The Crimson Petal And The White

绛红雪白的花瓣 下

[荷]米歇尔·法柏/著　葛晟嘉　赵波　刘聪/译

目录
Contents

第十八章 2
第十九章 19
第二十章 38
第二十一章 56
第二十二章 76
第二十三章 97
第二十四章 116
第二十五章 134
第二十六章 154
第二十七章 171
第二十八章 190
第二十九章 209
第三十章 228
第三十一章 248
第三十二章 269
第三十三章 288
第三十四章 307
第三十五章 328

第二部分

第十八章

　　亨利·拉克姆再次按了一下门铃。当他抬手拨弄铃的时候，寻思自己或许离开，而不是等着福克斯夫人亲自请他进门。自从上次见她病得厉害后，间隔的时间是不是太短了些？她父亲的铜门牌看上去虽不过一个信息而已，眼下却忽然好似生病，或是死亡的预示：詹姆斯·克鲁，内外科医生。
　　克鲁医生家年老的女仆打开了门。亨利脱下帽子，顶到了自己胸口，以致没法开口。
　　"请进，拉克姆先生。"
　　亨利被领到了长廊，他看到克鲁医生几乎消失在楼梯的尽头，自己则无法摆脱粗鲁地给他脱外套的仆人。
　　"医生！"他猛地一扯袖子喊道。
　　克鲁停下了脚步，转过身又迈步下来，静静地，似乎不是在打量探访者，而是琢磨自己忘记了什么。
　　"先生。"亨利问道，"福克斯夫人怎么样了？"
　　克鲁走到了亨利的跟前。
　　"她确诊得了肺痨。"他不知如何说起，"我该怎么说呢？"
　　亨利紧握住手中的栏杆，抬头看医生垂着的眼睑下染红的眼睛。
　　"会不会是……？"他分析道，"我曾经读过……也许是肺动脉瓣片？
　　医生笑了起来，仿佛在嘲笑自己，而不是亨利。

第十八章

"拉克姆的那些玩意儿和甜水都是垃圾。我猜还是你的祈祷有些作用。"

"我能看看她吗?"亨利恳求道,"我会尽量让她没有负担。"

克鲁重新往楼上走去,将招呼客人的担子丢给了楼下莽莽撞撞的仆人:"是啊是啊,尽一切可能。"

继而,他越过自己肩头回望道:"她会告诉你,她感觉很好。"

说着,克鲁消失在楼梯的尽头。

仆人领着亨利穿过毫无装饰的走廊,接着是画着斯巴达人的画的房间,这与亨利的房子大相径庭,丝毫没有半点女人的气息。这儿所有黯淡的色彩都围绕着实用主义,直到他走到法式窗前,打开它们,眺望花园。唯有花园才存着自然的足迹,占据那块光秃的地面。透过一尘不染的玻璃,亨利看到一片阳光照在还未浇灌的常青树上,在那中间,是这世上最重要的人物:耶稣基督。

她躺靠在藤椅上,打扮得周全,穿着紧身衣,脚上不是拖鞋,而是双靴子,头发也精心打理过,事实上,这样的打扮甚至超越了平时。她的膝盖上垂直放着一本打开的书,正心无旁骛地看着。她是如此的美丽,比以往更美。

"福克斯夫人?"

"亨利!"她高兴地喊道,把书放在了身旁的草丛中,"见到你真高兴!我无聊透顶了。"

亨利走到她面前,无法相信克鲁医生会对这样一个鲜活的生命下了死亡的判决。那些行医的人什么都不知道!难道就没有错误吗?然而,当福克斯夫人发现了他脸上的疑云,直白地说道:"……我病得很严重。"

她笑着说道:"这就是为……今天早晨我甚至还摔了个底朝天,不过,这是我能容忍的最糟糕……儿吧,亨利,草很干。"

尽管她说得并不对,……裤子就湿了,但他却仍旧照着坐在那儿。

"好了,现在。"……杂了苦涩的欢愉,"我还有什么别的新闻告诉你呢?我想你可能已经……我该怎么说呢?救援站的同伴告诉我,我已经无法再履行义务了。你知道,从利物浦走到声名狼藉的那些房子会让我精疲力竭,我得在房子前的台阶上休息,而他们则进去了。我得让自己变得尽可能地有用,我对那个傻子措辞强硬,而我的姐妹们却觉得我让她们感觉沮丧。这周二过后,她们给了我一封信,建议我得依照国会议员制度一样休息。所有的救助者用了最绚丽的词汇祝福我尽快康复,实际上,他们是希望我无聊到死。"

如此可憎的话从她唇间恣意地流出,亨利几乎不敢再让她提起更多的细节。

"你父亲……"他尝试道,"有没有和你谈过,这是什么病,或许你……你已经……"

"噢,亨利,你还是那么小心翼翼。"她嗔怪道,"我得了肺痨。或是说,他就是这么和我说的,我也没有什么理由怀疑。"她的眼睛闪着热情的气息,就如他们在走向教堂争论时一样。"和大家想的不同的是,当然,也包括我那博学的父亲一样。我知道我自己不会死,至少现在不会。我有一种想法,在身体里,我不知道该怎么形容,一种计算我生命的日历,那是上帝放在那儿的,每一页都是由他亲手书写下来的。我不知道过去了多少页,也并不想知道,但我能感觉剩余的页数还有很多,不像其他人想的那么少。所以,我只是得了肺痨,不是吗?好吧,我是得了,但我会战胜它的。"

"你真勇敢!"亨利激动地跪了下来握住她的手。

"胡说。"她反驳道,冰冷的手指却紧扣住他温暖的手,"上帝让我继续忙碌,就这么简单而已。"

两人彼此沉默了小会儿。他们互相握着对方的手,情感在彼此间来回游荡,无知的冲动已经将他们完整地贴合,所谓礼节已然不能分开他们。花园沐浴在阳光的温暖中,一只黑色的大蝴蝶飞过高高的栅栏,在摇曳的灌木丛中寻找一朵花。福克斯夫人抽回了手,亨利并没有拒绝,由着她将手放回了胸前。

"亨利,现在告诉我,你的生活有了什么新的变化吗?"她深吸了口气问道。

"我的生活?"他眨了下眼,因为触摸了她的肉体而神情恍惚。

"我……啊,"他很快又回过神,"有不少新鲜事。我很高兴和你分享。我已经……"他涨红了脸,瞅了眼两腿间隙里露出的草地:"我去了贫困不幸的地方进行深入研究,我做了很多的准备,最后……"他的脸更红了,随后咧嘴笑道,"你知道那是什么。"

"你已经读了我借你的《生活道路》了吗?"

"是的,但我做了更多的事儿。我,我已经开始了,只是几周前,与那些穷人,堕落的人开始对话,我去了他们住的街道。"

"哦,亨利,你真这么做了?"这比她听到亨利在街上从刺客手里救了女王更使她引以为荣,"告诉我,告诉我,发生什么了?"

他跪在她面前,告诉了她几乎所有的事。所有关于他所到的地方,与那个闲散男人、野孩子,还有妓女的对话(只是省略了他曾起的淫邪之心)。艾米莉·福克斯专心地听着他的话,脸微红,身体因为有些不适而焦躁。她不停地变换坐姿,好似骨头被藤椅擦伤。他说话的时候,不禁发现她已经变瘦了。她的衣领塌没在了裙子里。这是她的锁骨吗?他在想入非非。在他把自己当作传教士的时候,福

第十八章

克斯夫人总在自己身旁，朝他建议，帮助他忏悔自己的过错。他的野心只有在穿了她鼓励的铠甲后才会变得坚强，而失了这些，这一切就会变成脆弱易醒的。她一定不能死！

这一刻，她令人惊愕地握住了他的手，紧裹住他的双手："上帝一定会让我们一起为此努力的！"

亨利看着她的双眼。片刻之前，他告诉她，妓女拿他没辙，在她们污秽的身体里，他能看到的只有灵魂。如果所有的事是真的，他意识到自己的手在她掌心里有些兴奋，如此高尚的女人怎会被邪恶的病魔敲打她柔弱的背脊，还激起了他的欲望？

"上帝会给予我们力量的。福克斯夫人。"他低声嘶哑地说道。

"教堂弄，天堂的后门！"

将一个穿着得体的女人送到这四分之一令人厌恶的老城中后，马车夫与马一起发出了鼻息声，好似鄙夷的目光转向鹅卵石上冒着热气的粪便。为了不惹火他，休格并不说话，只是给了车钱，随后，提着裙子蹑手蹑脚地走向林克夫人的房子。这条街是多么的糟糕！新落下的马粪已是这儿最小的污染了。这儿一直都是这么臭吗？是不是她已经在毫无臭味，只有玫瑰香与拉克姆化妆品的地方待得太久了？

她敲了林克夫人的门，听到上尉闷声道"进来"，她便自己进了屋子。孩提的时候，她经常这样进来。屋内的气味并不比外面的好，令人害怕的老男人让客厅变得更像垃圾堆，简直比外面肮脏的街道好不了多少。

"啊，情妇！"上尉不怀好意，不打任何招呼就朝她喊道。

"好好想想自己吧。"

休格褪下自己的手套收进手提包，屏住呼吸走了过去。她已经有些埋怨昨天在新牛津街上遇到卡罗琳的事儿了。为了避免同她长聊，就敷衍地同她说要来这儿拜访。这是多么意想不到的巧合，卡罗琳已经在一年里见到她两次了。这座城市，居住着几百万的人——刚好就在她着急去往尤斯顿火车站监视来自伯明翰的火车的时候就撞见了她。现在看来，倒还不如在街上与卡罗琳多说几句话，因为威廉并不在火车上，而眼下他倒是可能去往她的房子，敲她的门，可她却在这般淫秽不堪的地方闻着老男人的尿味。

"林克上尉，卡罗琳现在有空吗？"她问道。

老男人往后靠向自己的轮椅，兴奋地捏着这番有用的信息，头上绕着的头巾从他嘴旁落了下来。休格能感觉到，他化脓的胃似乎又要反刍了。

"好运！"他嘲笑道，"我会给你好运的。约克郡的女人，霍波特，在1852年继承了父亲的遗产，三天后被一块掉下来的拱门压死。植物学素描家伊迪丝·克劳馥在1861年被艾迪教授从几千人中甄选出来参加了前往格陵兰岛的远行，然后被一条海中的巨鱼给吞噬了。去年的十一月，利兹·萨姆纳，普利斯王的情妇，被发现在其墨尔本小屋里……，她的脖子……"

"是啊，是啊，很悲剧。可是上尉，卡罗琳有空吗？"

"再等她两分钟。"老男人咆哮道，接着又埋入了他的头巾中。

休格用指尖偷扫了最近的一张椅子，随后坐了下来。上尉在蒙了阳光的地方默然不作声，而休格则盯着墙上已经锈了的步枪，这本是安静的，但这安静却在三十秒后，被林克再一次打破。

"香水公司的主人怎么样了？"

"你答应过我不和任何人说的。"她骂道，"这是我们协议中的一部分。"

"我什么都没有说。"林克啐了口唾沫，眼珠转悠着看向房间内的其他地方，这块鸽笼般大小的空间，他毫无用武之地，而楼上的男人们则尽情地使唤着自己年轻的身子与器官。三个淫荡的女人慵懒地寄居于此，林克夫人则在自己的小房间内读着两便士的书。"你就这么不相信我吗？我可是用男人的名声作的担保。"

休格的目光落到了指上。她手上的皮肤此刻糟糕透了。或许，她该问问卡罗琳是不是有熊油。

"他很好，谢谢。"她说道，"好极了。"

"是不是经常尝到大蛋糕沫子？"

休格瞟过他眼眸里闪过的光，腹诽这话是否含沙射影了某种淫秽的想法。她想性欲这样的事对林克少校而言是最微不足道的欲望。

"他和我所期许的一样大方。"她耸耸肩。

"别把一切都搭上。"

后门的一声钝响穿过发着霉味的空气传到了他们耳朵里。满足的客人已经消失在了明亮的世界。

"休格，"卡罗琳出现在了楼梯口，身上只随意地披了一块布。在这样的灯光下，休格站着的角度刚巧可以看到卡罗琳胸口那块疤痕，那是她在帽子工厂做工时留下的。"上尉要是挡那儿，就把他推走，他反正也在轮椅上，不是吗？"

林克上尉懒得理会卡罗琳的挖苦，轮子扫过台阶。

"她那脖子被条丝巾一勒就能分成两半儿。"当休格朝着自己朋友走去的

第十八章

时候，林克喃喃总结道。

卡罗琳给了休格自己房间里的一把椅子，这也是屋里唯一的一把椅子。卡罗琳迟疑地坐在了床上。休格瞬时理解了问题的根由，立刻起身帮她换被单。

"没有干净的了。"卡罗琳说道，"就把这条晾那儿吹一下，散散就好了。"

她们一起将被单从床上掀起来，将它最湿漉的部分用布盖好后放到窗台上。当一切放妥当之后，阳光比刚才又亮了一倍。

"唔，我今天很幸运。"卡罗琳嘻笑道。

休格尴尬地回笑。在普里奥利，她有很多处理这样麻烦的办法：每一周，当没人看到的时候，她会带一大包脏污的被单穿过小公园的门口，稍作停留，就把它们扔在那儿。随后，她会去彼得·罗宾逊买些新的被单。好吧，没有洗衣工，她能怎么处理那些脏脏的被单呢？克里斯多夫的小身板，沾了肥皂沫的红手臂，就像一张张照片似的浮现在她的面前。

"你还好吗？休格？"

休格的脸庞显得颇是复杂。

"有些轻微的头疼。"她说道，"今天的太阳光太强烈了。"

卡罗琳的窗台被这烟灰脏污了多久？上次它们还不是这么脏。这屋子本来也是这样难闻吗？

"你说什么，休格，我没听清楚。"

卡罗琳拿着她的陶碗到离床远点的地方，好不至于一眼就能望见，这样算是对客人的尊重。她蹲下身子忙于自己的避孕活儿：倒完水，拧开药瓶倒了些进去清洗私处。看着她的动作，休格不禁打了个冷战。

"哎，真是麻烦，不是吗？"卡罗琳边继续，边絮叨。

"嗯。"休格别过头。自从搬到普里奥利后，她已经很久没有做这样的事了。事实上，这也没有什么用。当威廉整晚待在那儿，或是说即便他不待在那儿，她都会洗一个很长很长的澡。她会潜入温暖干净的水中，打开双腿，用浸满了芳香肥皂的白色毛巾洗涤下体，她想这样该会洗得非常干净吧。

"差不多好了。"卡罗琳说道。

"不用急。"休格在想此时此刻，威廉是不是站了他们的爱巢门前敲着门。她望着温热的微风翻腾起被单，它平整的样子逐渐地变成了蜗牛。上帝，这些床单真是脏！想到她每周都会把床单扔到公园，而卡罗琳却得勉强地睡在这样的旧床单上，她不禁心生内疚。卡罗琳——它们得要洗洗了。哦，没问题的。她在心底自言自语道。

卡罗琳拿着自己的陶碗走到窗前,抬起手臂,瞬时藏在了翻滚的被单后,就像一个鬼影。

"转开你的头。"她边顽皮地调侃,边违规地将脏水顺着建筑的后墙倒去。

"我得告诉你。"几分钟后,当她坐在了秃秃的床垫上,半裸着,梳起头发,"我必须得告诉你最新的事儿。好吧,我已经看到他四次了。你会喜欢他的,休格,他是谈吐非常吸引的人。"她开始讲述自己与那个忧郁严肃男人的会面。她给那男人取了个绰号叫"神父"。这是一个脏的故事,这世界没有一篇妓女写的小说是纯净的。休格勉强伴装耐心,仿佛已经知道了这个故事是如何结局的。

"随后,你们上床了?"她抢在卡罗琳之前说道,好让卡罗琳加快讲故事的速度。

"不!"卡罗琳激动道,"这才是最奇怪的事!"她顽皮地摆弄起自己裸露的双脚。脚也是这么脏,休格想,她的脚脏成这个样子怎么能指望逃出圣贾尔斯呢?

"可能他比你想的更古怪。"她叹息道。

"不,我能感觉不是这样。"卡罗琳笑道,"我问他了,就在上个星期,我问他是不是觉得和我上床是件糟糕的事,他实际上可以尝试一次,感觉下自己是不是喜欢,至少也看看对别人说来这是件多么不值得大惊小怪的事儿。"她斜眼回忆起她的"神父"是如何回答的,"站在窗子那儿,和往常一样,不看我。他说了什么?哦,他说是不是其他男人都会向诱惑屈服,还说总有贫穷堕落的女人做妓女,总有像我儿子那样饥饿的孩子,邪恶的地主与杀人犯一样充满了邪恶,因为上帝不够爱他们。他说我知道这些事就会好点儿。"

"那你怎么说?"休格问着问题,而她的思绪早已飘荡在卡罗琳屋子里所有脏污的东西:垫脚板已经腐烂得没法刷漆,墙壁裂得没法贴纸,地板满是虫坑,已经没法再打蜡。没有什么能比一把火烧光这儿,重新开始更好了。

"我说我没有看到有人能阻止像我一样的女人成为贫穷堕落的妓女,或是孩子不再饥饿。除非她们嫁人了,摆脱了这一切。"

"随后,他就要娶你,给你一切吗?"

"差点儿!"卡罗琳大笑道,"我第二次见他的时候,他说给我介绍清白的工作。我问他是不是去工厂工作,他说是,我告诉他我并不想去工厂工作。我想这事儿总该结束了吧。没想到上周,他又来了。他问了我,不去工厂工作,那去商店怎么样?如果我愿意的话,他愿意和人说一下。如果我怀疑他,我可以向拉克姆香水公司征询这件事。我应该听过这家公司。"

第十八章

休格像受了惊吓的小猫猛地一颤，幸而卡罗琳已经走到了窗前，无所事事地拍打她的床单。

"那你说了什么？"

"我说任何少于一个先令一天的工作都会折磨死人。我说，对一个贫穷的女人来说，清白的工作与慢性自杀没什么区别。"她突然笑着将手中的新发带抖松，散开刚梳好的头发。"啊，休格。"她指着房间里所有的东西，"什么样的工作能够改变生活所需呢？勤奋的工作，足够的休息，还有良好的睡眠？"

休格想还有得体的衣服与首饰，皮绑的书籍，银色鎏边的报刊，戴上花边手套坐上马车前往歌剧院，一个美妙的浴缸，一处属于自己的屋子。她看着卡罗琳的脸孔，思索着"我在这儿干吗呢？我为什么受欢迎？你为什么朝我这般笑呢？"

"我得走了。"她说道。

"你想要些钱吗？"好吧，她也没有这么说，也没有提到任何关于钱的字眼。她只是说"我得走了"。

"噢，太惭愧了！"

是啊，太惭愧了，太惭愧了。"你想要些钱吗？"说啊，"你想要些钱吗？"

"我家里还乱七八糟的，你知道我没收拾好就过来了。"

说啊，你这胆小鬼。（"要是你能快点说，我就会给你一个先令。"）

"你想要些钱吗？"不过是简单的几个字，你的手袋里有比卡罗琳一个月工资都多的钱。所以，说吧，你这胆小鬼，你这寄生虫，你这妓女！

卡罗琳笑笑，拥抱她的朋友，休格只是给了她一个吻，什么都没有留下。

在回普里奥利的路上，休格抖落了她的不公平。休格因为鞋底发出难闻的臭味，于是来到了她每周都扔被单的公园里，用绿草来擦拭。她每次离开的时候都会扔个包裹，难道没有穷人发现过吗？或是一位公园管理员发现它。不管是以什么方式，那些被单最终都会被转到穷人那儿，不是吗？基督教，以及寄居在伦敦的空想社会主义者，肯定已经有了这样的东西。胆小鬼，妓女。

当休格还贫穷的时候，她总会想待到自己富有的时候，她会帮助所有贫穷的女人，至少是那些她认识的人。她在卡斯特威太太家的房里常做着白日梦，手放在小说的书页上，想象着自己的某位旧友，会带着冬季里温暖的毯子或是肉饼过来探访。没有所谓的慈善，这些事都是如此的简单。她挥舞自己礼物时的情态，并非如轻浮的女施主向下等人布恩，而是像一位顽皮的孩童向另一位孩子兴奋地炫耀。

然而，当她如今有足够的钱时，她反而觉得慈善就如鞋子上的马粪一样。

安全地回到自己的房子时,休格打算迎接威廉的归来。然而,当下午的时光慢慢逝去,他却仍然没有出现。她信步在书房里,边自责,边从隐匿的地方抽出自己的小说。她深深地吸了口气,卸下自己的重担,就着书桌坐了下来。

灯光渐渐地暗了下来,法式窗子就好似一面镜子,映出了这一切。花园绿色的植物徘徊在她的脸上,就好似一缕青烟从脆弱的身子腾起。玫瑰花丛的深色叶子好似那张脸庞的肌肤,她的头发静止地落在那儿,曲起的发卷随着屋外的每一阵清风轻浮闪耀,杜鹃花的幻影在她怀里颤抖。

休格的堕落与升华,就如她的故事一样,烂熟于胸。她回忆起在米切姆薰衣草田,拉克姆工人是如何谦卑地看着自己。在他们眼中,她就是来探访他们这些穷人的,那猫一般的眼睛里混杂了怨愤与忠犬般的恭敬。当那些工人呆呆地看着她的裙子拂过地面时,便确定她并不知晓这个季节,裙子下的植物该是多么贫瘠,他们的腿上爬满了血泡,头发里则躲了无数虱子。

"其实我知道那些事儿!"休格在乳白色的书桌前构思那些关于穷人的章节时不禁抗议道。难道她的童年会比那些人中的任何一个更有希望吗?不过,她现在比他们中的任何一个都过得好,当然只要他们足够聪明,或许他们也可以改变。只是,在薰衣草田的那一天,他们站在那儿看着雇主旁打扮入时的女人经过,眼睛里充满了绝望与羡慕。

"但,我是他们的声音!"她再一次抗议,话声回荡在静谧的书房中,此刻的声音与伦敦季前的声音微微有所不同。难道她的声音一直如此这般的美妙吗?告诉我们一个故事。嘘,你这般美妙的声音可是那些在教堂弄的女孩儿们半戏谑,半羡慕的呐。这是一个什么样的故事?她问的时候,她们便回答。这里有报复的心思在里头。粗鄙的字眼。休格,在你说这些粗鄙的字眼时听上去有趣极了。可有多少女孩儿能够读上一本书呢?如果她告诉那些薰衣草田的农民她曾住在伦敦的贫民窟里,多少人会信,多少人会啐口唾沫到地上?

不,瞧瞧人类历史上那些从穷人中脱颖而出的人吧。休格必须面对最令人羞耻的事实:下层的人或许渴望被听到,然而更上流的人所代表的群体发出声音时,他们则会闭上眼睛去倾听那口音。

休格焦躁地咬着唇瓣。当然,她的痛苦之源重要吗?她提醒自己如果威廉将她逐出这奢华爱巢,她毫无收入,无家可归,甚至比薰衣草田那些工人更糟。她……她已无法从自己的思绪中脱离出来,她仍然想着那些衣衫褴褛的男人,女人,朝着她挥手,他们向后退着,哦哦地发出不安的声响。休格盯着法式窗子上的影子,脑袋与肩膀被叶子与花遮得忽隐忽现。我是谁?

第十八章

　　我的名字叫休格。她的手稿中也是这般记述的。这段话就紧接在长篇论述男人之后。反复地书写，反复地阅读，这让她记得每一行所写的内容。

　　我的名字叫休格——或许，不是这个名字，我想没有更好的了。我是那一个被称作堕落的女人。

　　你不会看到那些浮夸难堪的句子：卑鄙的男人，永恒的亚当，我控诉你！这些都埋伏在了段落的末尾，她轻敲了下书页，随后，又敲了下一页，接着，又是一页。随了意志的消沉，她迅速地翻过许多书写了很多字的书页。她希望在这儿能够找到自己，因为这同名的人物，拥有着与她一样的脸孔与身体，甚至连胸都如她一样有雀斑。只是在发黄的手稿中，她看到的是自己用手写下的字句与标点，甚至还有那些因为墨迹在某处变干变脏而缺损的意思。这些夸张的谋杀案：他们达到了什么效果呢？那些假想的男人会遭遇可怕的结局：血肉之躯的女人会如何呢？

　　她可以抛弃这样的情节，选择一个不那么骇人的桥段。她可以把桥段设置在喷射胆汁的中间点，巧妙合理地删除詹姆斯·安东尼·弗鲁德，雷莉西亚·斯科尼，威尔基·柯林斯以及其他羞怯于写妓女的作者。倘若可以的话，或许该免除其地狱之火。隔了一个世纪，时代的信息更为成熟。瞧瞧这些纸——她生活的积累——一定还有很多事值得摸索！

　　然而，当她要撤去这些繁复桥段时，她便怀疑了。油墨渗透了每一行，变质了每一处论述，腐败了每一样信念，这是偏见与无知，甚至更糟：盲目地憎恶美好与纯粹。

　　我看着那些穿梭于剧院的富贵女人。（这是休格三年前写的。那时，她十六岁，与世隔绝地生活在卡斯特威太太的房子里，某个客人们都离开了那儿回往各自的家，所有人在睡觉的灰色清晨写的。）都是伪善的人！所有的人都是虚伪的。他们虚伪于佯装欣赏音乐；彼此虚伪地打招呼；虚伪强调着自己的口音。

　　装作她们不是女人，而是某种更高等上流的人！她们长长的外衣被设计得给人错觉，好似她们不是用双脚走路，而是腾云驾雾。"哦，不。"她们兴许会说，"浮在空中的时候，我没有双腿，更没有胸脯，只是紧身衣束起的完美身型。如果你想要那些粗野的胸脯，那么就去看看那些大胸的奶妈们吧。如果你要双腿，要双腿里的东西，那么你得去找一个妓女。我们是完美的人群，有高贵的姿态，我们只交换生命中最高贵与最重要的东西。换句话说，奴役可怜的女裁缝，折磨我们的仆人，蔑视那些端着我们高贵粪盆清洗的女人，还有那些没有止境的，愚蠢的，虚无的，毫无意义的追求。"

这就是页末，休格没有心思再翻过它，阅读更多的内容。她合上了手稿，手肘放在上头，下巴埋在手掌间。在她的脑海里依旧回荡着那晚威尔第的安魂曲。毫无疑问，对坐在那儿的所有女性听众而言，那一首曲子无非就是在炫耀她们生活的优渥与担任茶余饭后的谈资。然而，其他那些坐在礼堂的人却神情恍惚。休格知道：他们脸上正流露着这样的颜色。他们虔诚地站着，好似他们仍旧在听音乐，而当他们打算离开的时候，好像沉睡的人在挪着缓慢的步伐。休格见到那些高贵夫人中的一位，她们彼此相视。诚实，而敞开心扉的笑容！——好似一首爱情的乐曲闪耀在彼此的眼眸中。

数年前，甚至数月前，她还曾经想拿着破除旧风俗的棒槌，打算要敲烂歌剧院的房子，让那些高贵的女人们从燃烧的房子奔跑到贫民里。现在，她踌躇了……这帮养尊处优的女人在工厂里变得肮脏而憔悴，成垛的毛衣放在她们下等的姐妹旁——这是为追求什么样的公平而奋斗呢？为什么那些工厂不能彻底粉碎，成摞的毛衣不能在火堆里化为灰烬，而非要是歌剧院和那精美的房子？为什么必须是上层的人堕落到底层，而不是那些生活在底层的人越到上层呢？难道忘记自己的身体，像上等女人一样思考真是无可饶恕的事吗？像安格尼斯这样的女人是否真的应该为自己无法想象出如何用布包的棒捅弄自己下身去除陌生人的精子而该受到谴责呢？（"精子"，在她的字典中应该是隐私，且不可说出的词吧。）

她再一次翻开珍贵的笔记本，期望能够找到自己觉得骄傲的那部分。结果，却看到一段如何挑逗男性的文字。

她低低一吟，合上了手稿。这世上没有人会想要读这些东西的，没有人想要。

她感觉心里涌上自怨自艾的涟漪，她由着涟漪破裂，将脸埋入双手中。现在已经是下午了，威廉还没有来，蓝色的小鸟在她的院子中低吟，天真美好的东西因为她丑陋的故事而羞惭……上帝，她必须得进行每月的课程，用这样的方式来思考问题。

铃声吓了她一跳，她手肘猛地往前一冲，小说飞了出去。纸片满落在了书房的每一处角落，她慌措地趴在地板上，抓起地上的纸页凑在一起。她仅有时间将胡乱抓起的手稿塞入衣柜，在威廉进来之前关上门——是的，威廉有房子的钥匙。

"威廉！"她毫不掩饰地喊道，"我在这儿！"

打大厅衣架旁第一个拥抱开始，她能感觉到她从尤利西斯抽回神时并没有带上半丝情欲。哦，他非常高兴见到她，尤其是她给了一个英雄式的拥抱。只是当她贴上他身子的时候，微妙地感觉到他有些沉默寡言。休格立即软了下身子，松开手臂，轻抚他胡子拉碴的下巴。

"你看上去真是很疲惫！"她就像发现他浑身刀伤，或是被一只可恶下流的猫抓挠坏了一样可怜，"我上次见你后，你有好好睡着过吗？"

"我睡得很少。"威廉承认道，"我房间外面都是唱歌酗酒的人，整晚提了大嗓门地唱。昨晚，我很担忧安格尼斯。"

休格笑着，同情地将头侧靠在他身上，暗思自己是否能够想象出很少被提起的拉克姆夫人——或是威廉会不会要她。当他思索的时候，她亲切地将他带入……哪间房间？起居室，现在，是的，她已经决定了：起居室会让他从气恼恢复到平静。

"这儿。"她将他安置到搁脚凳上，倒上白兰地酒，"洗掉你嘴里伯明翰的味道吧。"

他解开外套扣子，拽松了领口，垂头丧气地朝休格谢了声。他意识到昨晚回到家里竟是没有人关心。行动缓慢的女仆，心烦意乱的妻子：糟糕的欢迎仪式，让他独自忍受饥饿。

"我很高兴有人希望见到我。"他说着，将头靠在她的肩膀上，舔过她唇上的白兰地。

"威廉，我一直都希望见到你。"她说着，抬手放到了他流汗的额上，"告诉我，你有没有买下制箱厂？"

他叹息了一声，摇摇头。

休格坐在他的身旁，感觉自己正完美地沉浸在想象中。

"让我猜猜，"她模仿着北方制造厂里的浑浊的声音，"那儿怎么了，啊，拉克姆先生是个好工程师，只是不知道该怎么修理，是吗？"

威廉瞬间愣了愣，扑哧地笑出了声。"正确。"她装伯明翰口音的粗音调更像是约克郡的，但也是很精准了。她的脑子怎么就这般像太过精致的硝基漆！他后背与脖子的肌肉慢慢地放松了下来，接着，开始解释起他对工厂做的决定：她明白，就如平时一样，明白他的话。

"好吧。感谢上帝，伦敦季已经快结束了。"他喝下杯中最后一口白兰地喃喃道。

"狗一样的日子又要回来了。不再有晚宴，不再有戏剧，只剩下一个可怜的音乐夜。"

"我想你早就已经寻了借口逃避所有的事儿了，不是吗？"

"是呐，是呐，几乎所有的事儿。"

"因为你相信安格尼斯好多了。"

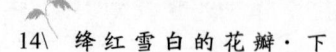

他盯着手中的玻璃杯，皱起眉头。

"我得说她真的好多了。"他叹了口气，"至少在公众场合，尤其是在伦敦季的时候，比之前一季，要好多了。"他意识到自己的赞美是如此无力，于是清了下嗓子，"她是个易怒的人，但我相信她比很多人要好。"他脸部抽搐，话声却并不失礼。

"她还没有你想的那么好，是吗？"休格问道。

他含糊其词地点头，好似受了胁迫的忠诚丈夫："至少，她不再胡言乱语，说自己见到了守护天使。尽管，我们每次出去，她总是四处乱瞟……"他往凳子靠下，将肩头枕在她的腿上，"但我不再挑战她，因为那样只会让她受伤。如果她觉得有幽灵的话，那就由着她吧。"

"那她正常吗？"

他静默了一小会儿，当她轻抚他的头颅时，煤块嗞嗞地发出声音，在灶台旁交换着位置。

"有时候，我会问自己安格尼斯对我是否忠诚，她总是看向人群，我发誓，她一定在寻找某一个人……我在想，是不是有一个能与我在任何事上匹敌的对手？"

休格笑笑，心情沉重得像有重重的物体拖着她往下坠，这重量仿若女人穿着衣裙蹚过深水。

"或许她是在看自己的守护天使？"

"唔。"威廉在她的抚摸中休息着，并没有生疑，"我上周在罗西尼音乐厅，安格尼斯昏了自己的椅子上。就片刻的事儿，随后，她突然醒了过来，叫唤道'是啊，保佑你，带我走吧，用你坚实的臂膀！'"

"'谁的臂膀，亲爱的？'我问她。"

"'嘘，亲爱的，那女人还在唱歌呢。'她就是这么回我的。"

休格想要笑，她感觉此时发笑不会引起威廉的反感。她笑了。没有任何的后果，威廉相信她，显然比之前更相信她了。

"安格尼斯怎么会对你不忠诚呢？"她喃喃，"你不知晓，不允许的话，她都无处可去。"

威廉犹豫地咕哝着："切斯曼发誓告诉我所有她去过的地方。他也是这么做的。"当他忆起安格尼斯的短途出行，双眼微眯起来，再次睁眼的时候，红色的眼眶中流露出烦躁的神色，"起初，我想她可能是去克里克伍德的天主教堂……约会。但切斯曼告诉我她进了里面，随后独自出来了。当她坐在教堂里接受教义洗礼的时候,她可能会做些什么事呢?"

"我不知道。我从没有去过教堂。"休格说着,随后开始和威廉亲热,他的动作让她感觉擦伤的刺痛,丝毫没有性的炫耀感。

"从没有去过?"威廉喘息道,"你不会说真的吧。"

她悲伤地笑着,捋顺他脸上一缕散落的头发。

"好吧,威廉,你该知道我小时候不过是个异教徒。"

"但……该死!我想起那时候我们谈论柏德烈与阿什维尔书时,你曾说过宗教的事儿……"

休格紧紧地闭起眼睛,她脑子里尽是妓女感化院与圣母可怕的样子,接着,在混乱中变得漆黑。

"毫无疑问,我的母亲在我床边说的那些故事都是从《圣经》中背诵出来的,年复一年。"她叹息道,"我就读了很多可怕的书,不是吗?"

"她总像两个人似的。"他说道,"这是问题所在。一天正常,一天像发情的野兔一样疯了。真是无法让人觉得信服。"

休格在道德的岔路口思索了下,鼓起勇气说道:"如果她真的疯了……你会怎么做?"

他的下巴立刻变得僵硬,羞耻的脸孔再一次地软化了它:"啊。我想她还在成长。她会变得更成熟。她嫁给我的时候还很年轻,真的太年轻了。她还玩着娃娃,满是幼稚的样子。我记得那是四月,在麦斯维尔有一场木偶剧。宾治先生如以前那样用他的手杖打在他妻子身上。安格尼斯变得非常焦虑,她揪住我的手臂,求我带着宾治夫人离开。'快点,威廉!'她说道,'你现在是一个有钱的重要男人,没人会阻止你的。'我朝她笑笑,但她真的是认真的!还是个孩子,你明白吗?"

"这样的孩子气难道不是最糟的吗?"休格记得安格尼斯倒在小巷中,四肢埋入了泥沼,"她是怎么了?"

"噢,克鲁医生觉得她大概是太瘦了。该把她送到疗养院去多补充些牛肉乳酪。他说'我在疗养院里看到女人被照顾得很不错'。"

"那你怎么想?"她小小地兴奋了下,试图追探他的意见,这不再是商业上的事,而是他的私生活。他对她是敞开心扉的,每一字都没有对她隐瞒。

"我没法拒绝。"威廉说道,"安格尼斯在家只吃莴苣和杏子。在其他人的家里,她却百无禁忌,像个女孩儿一样什么都吃。"他耸耸肩,好似又在说:像个孩子。

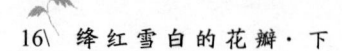

"好吧。"休格下结论道,"医生得宣扬赞赏'丰满'是时尚,安格尼斯不是这伦敦城内唯——个瘦弱的女人。"

因此,她请威廉不再说下去,然而他却没有这打算。

"的确不是,的确不是。"他说道,"但还有另一件事值得注意。安格尼斯例假不来了。"

休格不禁背脊一凉,完完全全僵在那儿。威廉的想法——任何一个男人如此熟悉安格尼斯的身体都让她感到震惊。

"你怎么知道的?"

"克鲁医生说的。"

房里,又落了安静,休格脑子里是她用刀将克鲁医生在黑夜中刺死。他只是一个黑影,她看不到他的样子,但他的血却好似她沉浮中的任何一个男人一样鲜红。

威廉突然咯咯地笑了起来:"从来没有去过一座教堂!"他半醒着,"我以为我知道你所有的事了。"

她撇过自己的脸,感觉温热的泪水从脸颊处滑落了下来。如果有什么,那就是威廉不知是谁挑起了嘲笑的尖叫声,然而,她则因悲伤而生出怜悯……为他,也为自己,为正在这儿彼此偎依的他们怜悯。噢!他是在爱抚什么样的魔鬼……!她脉搏里流动着可怕的血液,五脏六腑是如此的绝望,腐败的记忆与欲望的苦涩荼毒着他!要是她能拿着刀刺向自己的心脏,让污秽迸发而出,一滴滴地落入地板的缝隙中,留她一人一身干净轻松。威廉是个多么傻呆的人,他绯红的面颊,他男人的骄傲,他玩弄女人的本能,他狗一般的胆怯,他相较于她的无知。他的特权已经将他的内里软化;一个温和的孩子将他圈在了怨恨蛆虫的外头,她能想象出他如孩子一样下跪在自己床旁,在亲切的保姆面前祈祷"上帝保佑爸爸妈妈"。

噢,上帝,如果他只知道她的身体里竟然是……

"我还留了些小惊喜给你。"她以自己极美妙的声音说着话,袖子拂过她的脸颊。

威廉从她腿上抬起头,完全醒了过来,充血的眼睛睁得极大:"告诉我个秘密?"他就像男孩儿一样热忱。

"是的,非常秘密的事。"她笑着,泪水跳出眼眶,而此刻她已埋在了他的臂弯处。

"我没什么特别秘密的事。"她说道,"事实上,什么都没有。当我说为你留了些惊喜的时候,其实是说……"

第十八章

"我明白你想说什么。"他宠溺地冲她说道,手臂滑向她的裙子,"告诉我那些关于你的秘密——任何事。一件在这世间没有第二个人知道的事。"

休格被他胁迫着要告诉他所有的事,那是通向她心底最深的伤疤。那疤痕从她与卡斯特威太太的一个小游戏开始,当休格还是一个学步的孩童时,就被扯了披在半冻身子上的被单,炫耀似的提到了小床上。"上帝就是这么做的。"她的母亲同时会低声说着故事,"这就是上帝爱做的事。""我冷,妈妈!"休格忍不住要哭,而卡斯特威太太则站在月光下,抓住被单到胸口,手放在她耳旁。"我想知道,"她会说,"上帝会听到吗?你知道,他听不到女人的声音……"威廉在她肚腹上擦着鼻子与脸孔,边喃喃地鼓励她,边等着秘密。

"我……我……"她挣扎着,"我下身也能喷水。"

他抬眼盯着她,震惊道:"什么?"

她咬着唇,颤声笑道:"我会展示给你看,这是一项我与生俱来的天赋。一项不重要的天赋……"他还张着嘴,她已经跳了起来,从浴室里取来一杯温水,在威廉面前展示了这一绝活儿。整个过程不带任何性的意味。威廉被休格逗得大笑。之后,他们又偎依在一起。

"你呢?"休格理了下他的领子,问道,"你有秘密告诉我吗?"

他歉意地笑着:"这和你的怎么比呢?"他话音落下,一切已无需更多的言语。

远处,肮脏而满是湿气的屋子里,一个妓女正惊愕于一位出乎意料的访客,他握着她的手,给了她三个先令。

"先生,更多的问题吗?"她眨着眼睛,声音轻微地颤抖,她能感觉到他这次来这儿是要得到些不同的东西。

他走着路,好似跛瘸了似的,走向她的床,重重地坐在了边缘。

一方灯光从窗外照在了他的身后,使得他坐在了暗处。

"我爱的女人。"他喉咙嘶哑却又激动热忱地说道,"快死了。"

卡罗琳舔了下嘴唇,缓缓地点头,她不知道该如何表达自己的感情,哪怕是她自己儿子离世,她都不知道,更何况是一个毫不相干的人。

"太可惜了。"她紧握住手中的硬币,生怕它们发出叮当的响声,好似这一举动显得更为尊敬,"真是太糟糕了。"

"听我说。"

"我在听,先生,你爱的女人……"

"不。"他看着地板嘶哑地叫道,"听我说。"

他的头朝胸口低下,肩膀开始颤抖。他双手紧紧相握,呈祈祷的样子,直到手变得绛红雪白。他卡住的喉咙虚弱地吐着字,只是啜泣的声音扭曲了意思。

卡罗琳笨拙地靠近他,当他更猛烈地哭泣时,她已经挨着他坐在了自己床上。陈旧塌陷的床褥,他们身体彼此贴着,但他却没有发现两人已并排坐着。她朝前倾,与他做着相同的姿势,听着他的话。

"上帝,该死的上帝。"亨利哭泣着,用着更清楚的声调,更猛烈地喊着,"上帝,该死的上帝!"

此刻,他知道她在听着,他已经丧失了自控力,只是几秒间,他就像屠户家的驴子一样嘶喊,他的身体颤抖着,手依旧用力紧握着,咯吱地发出声音。

"上帝……该死……上帝……"亨利继续咆哮着,在他的身后,那个女人胆怯而害怕。(谁知道一个男人会使用什么样的暴力呢?)卡罗琳安慰地放上自己的手臂。

第十九章

"起来。"嗡嗡的催促声响在耳畔,"记着你在哪儿。"休格已经从位子上打盹醒来。五彩的阳光透过脏污的窗子闪耀着,她直直地站了起来,整理了下邋遢的裙子与让人生厌的披肩。

一位老妇人在她的身旁,已经结束了自己虔诚的任务,将模糊的双眼再次转向讲道台,遥远的牧区神父仍忙碌地在座位的海洋中传道。

休格看向教堂后面的那排座位上,她担心他们是否看到她睡着了,可他们却并没有在意。有一个虚弱的男孩儿,慢慢斜过眼睛,试图用下齿咬到鼻子。他的身旁,最靠近阳光的地方坐着蒙面的母亲,一手抱着一个孩子,温柔地摇动着臂弯好让他们能睡得沉稳。

事实上,大部分的人都在睡觉,有些人耷拉着脑袋张着嘴,有些人竖起领子,下巴贴到了胸口,其他的人靠着身旁熟人的肩膀。他们无法抵抗袭来的睡意。这般热的天气,灿烂的阳光,还有牧师低沉的声音:这是催眠药的阴谋。

休格偷偷地活动了下自己的脖子,提醒她此刻有一个好主意。威廉再次离开了(虽然只是去雅茅斯一天),那么,她该如何打发周日的早晨,而不是陪着拉克姆的家属来教堂呢?

并不是说有很多拉克姆家的人。自从威廉结婚蜜月之后,他们和拉克姆家的人之间又生分了很多。当威廉与安格尼斯同老拉克姆及所有的仆人一起回来的时候，咯咯而笑的女眷们让困惑的安格尼斯以为她会很快地融入这个活泼的家庭。

雅茅斯，或不是雅茅斯，威廉再也不想参加。为什么他得听那些嚼舌头的人咆哮那些虚无的东西。在商业的世界中，不切实际的东西都不值得去谈论：宗教亦是如此。因此，通常是安格尼斯替他去，身旁还会跟着一些仆人。然而，安格尼斯今早却不在，只有她苦着脸的仆人。（克拉拉十分清醒，当然，她并不是因为虔诚，而是因为她十分憎恨莱蒂，因为莱蒂可以做晚上的礼拜，而周日休息。她同样妒忌切斯曼可以自由地在教堂外踱步来回，读着墓铭，抽着雪茄。为什么没有人拿着阳伞尖戳这个愚蠢的炊事女孩儿。简妮，快阻止她打鼾！）

休格在这可怜的教会长凳上烦躁不安，很多排椅子后，一个勉强可以看到的女孩儿或许就是威廉·拉克姆的女儿。不管她是不是，整个礼拜期间都一动不动地在那儿，几乎是被一件棕色外套与过大的帽子罩在里头。休格试图说服自己得要向几英尺外那个流泻金发的女人学习些什么，但她的眼睑却无力地下垂着。她渴望赞美诗的支柱，即使她唱起的那些赞美诗满是不熟悉的曲调，但至少它们可以让她醒着。冷漠的牧师继续看着，单调的音节从未变得复杂。

在前排座位的最左边，一位英俊却满面愠色的男人也正在烦躁不安。他肿胀的眼睛疏于修饰，古怪地在最前沿注视着礼拜。每一次，当他不能赞同的时候，他就深深地吸口气，每一次吸气的时候，都能从后面看到，甚至听到。

牧师正在诽谤亨利·汤普森爵士关于自然本质的异端说，休格已经在这场布道中睡了许久，她只听到汤普森的言论赢得了大多数堕落淫秽的人的公开支持。牧师谴责在今天早晨这样的礼拜中，甚至都潜伏着被亨利·汤普森爵士异端说蛊惑的灵魂。噢，上帝，休格低叹，别让他说下去了。然而，当她的祈祷奏效的时候，所有与上帝休战的期冀又随之消散。

在最后一首赞美诗结束后，集会渐渐散去，很多人在座位那儿徘徊寻找教堂的日历。坐在最前排那位风流倜傥的男人并不属于他们中的任何一位，他起身走向通道的时候引人注目地惊到身旁的人。当他与休格擦肩而过的时候，休格认出了他是威廉的哥哥，一个"愚蠢，犹疑不决"，"曾拥有该死的财产"的男人。

在亨利之后，诺丁山穿着时尚、标榜圣洁的人站起身，有秩序地走在走道中，男人恬淡寡欲地提着他们的深色外套，女人不仅用招摇的首饰装扮自己，更是穿了最时尚的衣服。结束睡眠的人零零散散地离开，那个可能是威廉女儿的孩子被她严肃的女仆伴护在一旁。她有安格尼斯般的青瓷色眼睛，威廉一样的下巴，她挫败的神情就像当初在烟尘弥漫的凡尔赛德遇见威廉时，他脸上的一样。

第十九章

　　这就是父女相似的道理吗？很难会有人说，她不是威廉的女儿。只是小小的片刻之后，小女孩儿的眼睛与休格不期而遇，某种话语彼此互换。第一次在这样一个传说中的神学之地，心灵的火花穿过停滞的空气闪耀。

　　是你吗？索菲？她想着，那孩子已经离开了。

　　当一切安全了后，休格离开座位，尾随了教众进入阳光灿烂的教堂花园。小女孩儿急促地跑向拉克姆的马车。切斯曼正闲逛在两个真人大小，嬉闹模样的天使前，将手中的烟丢在地上，用脚碾灭它。

　　随着拉克姆家人的离开，休格寻找着仅剩的另一位拉克姆成员：威廉的哥哥亨利，她发现自己并不是唯一一个跟着他的人。一个面色苍白的女人，由仆人搀扶在礼拜前也坐在了位子上，此刻正也要离开教堂。她靠手杖支撑着，朝亨利挥手打着招呼，很明显是想喊住亨利。威廉的哥哥反应令人震惊。他猛地转过头，脱下帽子，抚平自己没有洗过的头发，小心翼翼地重新戴上帽子，接着摆正了自己的领巾。即便是在这样半蒙着脸的情况下，休格都能看到他精致的脸上，适才出现的愤懑与苦涩已经挥去，取而代之的是怜惜镇定的面容。

　　病弱的女人在女仆的帮助下，走路并不像一位跛足的人（跛足的人更多迈着三条腿的步子），而像是在炫目的悬崖边抓着扶手走路。她苍白瘦削得仿如一根去皮的树干，左手搭在仆人的手臂上好似小枝，右手紧紧地抓着手杖柄，看着就像多余的根节。热量让她周围的人脸孔变成粉色，甚至变红（尤其是周围那些打扮精巧的女人），而她的则仍旧是白色，只是颈脖上露出两块绛红色的斑，很快又褪了下去。

　　当休格看到这番情景时，不禁暗叹她可怜的样子。然而，当她血液里流动起对那女人的同情时，她感觉罪恶正随之而来：为什么你不回到卡斯特威太太那儿看看凯蒂呢？你是胆小鬼吗？如果她还没有死的话，一定是比这陌生的女人情况更糟。

　　"啊！亨利！你是想躲避我吗？"

　　肺痨病魔缠绕的女人推开身侧的女仆，独自走起路来，努力让自己看上去更轻松。她弯曲的肩膀与紧锁的手指让亨利停止了先前的脚步，朝她跑了过去，几乎撞上了休格的胸口。

　　"福克斯夫人，让我帮你吧。"他伸出手臂，好似很少用过的坚强工具，递向福克斯夫人，然而，福克斯夫人却礼貌地摆摆手拒绝了。

　　"不，亨利。"她停了下来朝他说道，"我拿着这手杖就很稳了。除非这手杖被人抢了去。"

亨利越过福克斯夫人的肩头,怒目圆睁地看着不怀好意,存有抢夺心思的那些人,包括最近的休格。被福克斯夫人拒绝的双手无用地垂落在他身体两旁。

"你没必要把自己放在危险的位置上。"他抗议道。

"危险!噢!"福克斯夫人嘲笑道,"去问阿德尔菲拱桥下贫困的妓女什么是危险。"

"我不会。"亨利说道,"我宁可你在家里休息。"

然而,福克斯夫人已经停止了脚步,通过地上的手杖,重拾呼吸的力气,发出自己的声明,"我该来教堂的。"

"只要我还行,我就会来的。毕竟,教堂比社会救援处更重要。别再劝说我不要来。"

"是啊,可是你得休息,你父亲都这么说。"

"休息?我父亲让我去旅游。"

"旅游?"亨利的脸庞扭曲着希望,害怕,与不被理解的神色。

"去哪儿?"

"福克斯顿沙滩。"她嗤鼻道,"据大家所说,该是病残人的伊甸园,或是说冥界。"

"拜托,福克斯夫人!"亨利不自在地张望,好似牧师就在附近。其实,只有一个蒙面的女人穿着破旧的衣服,悠悠地回身,好似在犹疑自己能否转过去。

"来吧,亨利,让我们一起走走。"福克斯夫人说道。

亨利惊愕道:"并不是所有的……?"

"是,一路走向我父亲的马车。"她戏谑道,"来吧,亨利,正常人每天早晨可都要走五里路呢。"

亨利忍无可忍地喊道:"不是……"但他还是管住了自己的嘴不去提绝症两字,用其他字替代了呼之而出的话语:"但不是周日。"

他们避开阳光,重新走在老路的绿荫下,蒙面的破衫女人跟在他们身后。休格刻意地保持着谨慎的距离,福克斯夫人呼吸急促,让她错过了部分的话语;这些错过的话语变作了微风中的低喃,像蒲公英的种子飞扬。只是,福克斯夫人的肩胛骨在她裙子的衣料中扭曲,话声响亮而清晰。

"那能给我带来什么好处?"她继续道,"一个人直直地躺在床上,倒不如在这样温和天气,这么好的条件下……(有几字没有听清)……吟唱上帝的赞美诗……(接着又是一些话)"

提到"温和"天气这样的字眼让休格感到背脊冰凉,因为她睫毛下的蒙布已经沾上了她的汗水。此刻的温度正惩罚着休格,她后悔穿了这身穷人的衣服,而没有带上奢华的阳伞。寒冷的血液一定是病魔在追逐着这位只剩了憔悴的躯壳架子。

"美妙的日子……屋子里,我会又冷又痛苦……"

亨利抬头看着猛烈阳光的天空,期望太阳能变得如福克斯夫人所想的那般温和。

"……病态地盖着雪白被单躺在床上,不是吗?"福克斯夫人继续道。

"我们说点别的吧。"亨利恳求道。墓地就在他们的左侧,碑石在树间闪着光芒。

"好吧,那么……"福克斯夫人,"你怎么看待这场礼拜?"

亨利四下查看确定牧师并不在他们后面,只有那个衣衫破旧的女人,而在她后面是克鲁医生的女仆。

"我想能够更好……非常好。"他怨埋道,"但我不会攻击亨利·汤普森爵士。"

"是的,亨利,真的是那样。"福克斯夫人喘息道,"汤普森勇敢地演说了邪恶的……(漏了些字句),是时候承认我们自己……属于更小世界的非常葬礼……我们已经成为了……"她停留了小会儿,摆动起手杖,朝墓地摇晃着手臂,"像这样一个低调郊外的教堂花园……对未来会发生什么……人口如何摇摆都没有半点的指示……你读过一本很不错的书……《恐怖正在我们脚下酝酿》?"

如果这个问题有一个答案,那么休格并没有听到。

"你应该,亨利……你应该读的。它会丰富你的眼界。没有比这本书更能说服别人接受火葬的了。作者形容伦敦的旧墓地……在它们全部关闭的时候……有害的蒸汽……可以用肉眼看清……"

到如今,她的话让让人闻者心痛,焦虑的亨利·拉克姆频繁地回头看身后,他并不是去看休格,而是去看仆人,他希望仆人能够过来搭把手。

"上帝创造了我们……"福克斯夫人喘息道,"从一手的灰开始……因此,我无法理解说他不能从灰烬中复活我们的想法。"

"福克斯夫人,请不要再说了。"

"我想知道大量关于葬礼的事……在六个月之后……在泥土中?"

仆人在这个时候忙乱地擦过休格身旁,用手臂扶住了她松垮的身体。

"你再说说,拉克姆先生。"当福克斯夫人半倒向她的时候。他点着头,虚弱惨然地一笑,好似在承认他还不如一个年长的老仆人更能扶住福克斯夫人。

"当然，当然。"他边说，边看着这两个纤弱的女人。

若是遇上需要，她们便会互相扶持，偶尔蹒跚同行，一步并一步。亨利·拉克姆像柱子一样站着，直到她们安全地回到医生昏暗的车厢，他才转回头看向教堂。休格想要遮掩羞耻的面容，不让他瞥见她曾觊觎他的烦苦，于是突然加快了脚步从他面前走过。

"早安。"她说道。

"早安。"在帽子失礼地往后掉到地上前，他已抬手于距离它不过几英寸的地方。他打招呼的声音微有嘶哑。

"噢，他就像荆棘刺进了我的肉。"威廉那天晚上在休格的床上绝望地呻吟。
"为什么他要把我当作他隐私的倾诉者？"

"或许他找不到别人了。"休格冒着透露隐私的风险，继续道，"他是你的哥哥。"

两人睡在平坦的毯子上，灼热潮湿的身体暴露在凉凉的空气中。尽管威廉在怨埋亨利，但他仍旧心情不错，就像一只有母狮子陪伴的雄狮，在最近的杀戮中冒着汗滴。他去雅茅斯的旅途很成功：他与一位叫做格罗文·潘克的进口商，在著名的海滨地区，边抽着雪茄，边达成了交易。交易的内容，是向他提供拉克姆香水厂用廉价乳白色包装盛上的珍贵香膏。

在行动中（与休格做爱的行动，而不是与潘克交易的行动），威廉达到了他所想要的，并能施予她所不知的恩泽。他的温柔让她敞开心扉，过往，她对他总是隐藏得就如坚硬的贝壳。她想，他不是这个世界上最坏的男人；他甚至可能是最不恶毒的男人——他真正地爱上她的身体。

"我是他的弟弟。"威廉叹息道，"看到他这样，我也心痛。可是，我该怎么帮他呢？我要求他做的所有事，他都会想办法拒绝去做。而他做的事，都是让我烦恼不堪的。我从雅茅斯回来，本来很高兴错过了克兰令人心烦的礼拜，结果，亨利就在我的客厅把所有的事一五一十地背给了我听！"

为了让休格不厌烦自己要说的事，威廉总结了牧师对火葬的长篇大论。

"亨利怎么想？"当威廉两分钟就总结完了她花了数小时听的礼拜，她不禁问道。

"哈！优柔寡断的瘸子啊！一点儿都没变！"威廉叫嚣道，"他说他的脑子里全是火葬的场景，但是他的心却觉得土葬好。"

休格压住想要和威廉分享脑子里的图像的冲动，两具尸体正在被两种不同的方式埋葬，一具被几人抬着准备塞入火炉，另一具则心脏滴血地停在铁锹的附近。

"你呢？"她问道。

"我告诉他，我自己更希望土葬，但不是因为任何牵强附会的宗教原因。为什么非要用箍圈将简单的事绑缚成如此复杂的事！我正有了一半儿写这话题的想法……"威廉将她搂得更紧，两人皮肤间沾着汗滴。他朝休格解释土葬的优越性与宗教毫无关系，只是与社会、经济有关。这是让悲伤的朋友与亲戚感觉他们上次见面时还活着的去世之人仍旧还活着，只是慢慢地腐烂，直到完全从他们的记忆中朽去。爱着的人，哪怕是变作了尘土，仍旧在他的脑中。此外，怎么总有人成为盗墓者呢？那些主张火葬的人是不是已经想到过了？那些制作棺木，出殡的人呢？土葬带动了相关的产业，让更多的人有工作，岂是普通人知道的？甚至拉克姆香水公司都因此获利，如果土葬被废除了，就没有人向拉克姆公司买放置在棺木中的香囊与香水。

"安格尼斯怎么看待呢？"休格轻声询问，希望没有透露她已经知晓拉克姆夫人并没有在早晨出现于教堂。

"感谢上帝，她错过了所有事。她在海边。"

"海边？"

"是的，福克斯顿的沙滩上。"

休格一手撑了起来，轻柔地拉过被子盖到威廉的胸口，试图探知自己该是多么的厚颜无耻。

"她在那儿做什么呢？"

"我想，大概是吃蛋糕和冰激凌让自己变胖吧。"他闭起眼睛，深深地呼吸，"为了从麻烦中解脱出来。"

"为什么？她有什么麻烦？"只是威廉没有心思去告诉休格哈林顿女士的舞会上，他妻子被两个脸红的年轻海军军官从混乱的人群中架了出来，在她身后则是长长的，闪着光亮的黄色呕吐物——更不必提那个悲伤惊愕的女主人。他或许可以向休格说安格尼斯不过是小病，然而，安格尼斯却在分秒内崩溃了，甚至不顾他的低声劝说朝哈林顿女士谩骂。即便是在回家的马车上，她坐在他对面的位置上前后摇晃，执迷不悟地念念叨叨，在黑暗中睁大闪烁亮光的眼睛。

"你知道，哈林顿夫人一定不会原谅这件事。"他说着话，为自己是摩挲她的脸庞还是转过三百六十度去把她拥抱在自己臂弯中，抚摸她脸上湿漉的发丝而左右为难。

"啊，我们不需要她。"安格尼斯吸气道，"她看上去就像一只鸭子。"

尽管这件事让他丢脸,可安格尼斯的话还是不禁让他发笑,在某种意义上说,她是对的,而且不仅仅是哈林顿女士的长相。从那时到现在,威廉的命运已经超越了他们的高度,那些低层次的贵族——命运已被赌博与饮酒践踏,而他们的庄园已从破碎到毁坏——于是,他们便开始奉承于他。

"但也不是去侮辱主人的理由。"他责备起自己妻子。

"主人,主人,主人,主人。"安格尼斯疲倦怪异地咳嗽着,而马车则继续颠簸地穿行在黑夜中。

"圣灵……"

"威廉?"声音是休格的,她裸身躺在他的身旁,将他召唤回现实。

"嗯?"他闪烁着目光回应道,"啊……是的,安格尼斯,她实际上没什么特别的问题,只是女性的娇弱罢了。"他抓起自己的衬衣,从床上溜了起来穿戴上,"我对她在福克斯顿沙滩的这段时间寄予了很高的希望。因为据说海洋的空气能够治愈很多毛病。如果还是不行的话,我会听从我朋友布雷奇露女士的建议,送她到国外休养。"

"国外?"休格睁大了淡褐色双眼,"国外哪儿?"

他停顿了小会儿,半拉着裤子,感觉两人亲热时的温度尚未散去。

"我会穿过那座桥。"他温柔地告诫她,"如果我来的话。"

甚至在火车才开始放缓速度即将靠站到达福克斯顿的时候,刺鼻的海水味已经穿过车厢的窗子飘入鼻中,海鸥的叫声断续地穿过天花板。

"噢,夫人,你闻闻。"仆人热心地撩起车窗的流苏窗帘,深深地朝开着的窗子呼吸,"这是补药,毫无疑问是补药。"

福克斯夫人合上书,放在膝盖上微笑着。

"劳拉,它闻上去真叫人愉快。就和那些烤猪肉一样,只是对治愈病痛却是毫无作用的。"

不过,福克斯夫人无法否认这海边的空气是美妙的。带着咸味的微风轻柔细腻地吹过她的鼻子与头颅,令人兴奋愉悦的感觉让她没有心思再继续看书。她把书放回了身侧的篮子里,再次赞许了题目:《祈祷的功效》,菲利普·柏德烈·艾德·沃德·阿什维尔。这本书该是多么的无聊!简直就忽略了祈祷不是不劳而获地满足自己希望,而是对别人付出后得到了上帝的答谢。就像男人——大部分的男人是这般玩世不恭,如苏格拉底的政治手腕,当窗外一百万人挥舞着绝望的双手渴望救援时,他们沾沾自喜于自己收集的那些数据。

第十九章

随着一下颠簸,蒸汽的嘎吱的声音立刻降了下来,刹车的声音宣布火车到站了。彩色的斜边闪过玻璃,汽笛声划过天际。

"福克斯顿——!"

艾米莉·福克斯夫人坐在车厢里等待着,与此同时,其他的客人已经在走道中拥挤走路。她不得不伤心地承认,她的健康情况已经不允许她如陌生人一样穿插在那些人的中间。她悲凉地回忆起过往,曾经与自己救援站的伙伴挤在一堆叫嚣纷乱的人群中,最后到达打架的地方,当她发现是夫妻打架的时候,还曾赤手空拳地将他们分了开来。那两个面红耳赤,青筋暴出的人当时是多么惊愕且怪异地看着彼此!

车顶因为搬运工翻弄包裹与箱子而震动,蒸汽伴着嘈杂混乱的声音从几台引擎处发出狂怒的声响。人群中,肥胖的马车车夫跑向一个个看上去富有的旅行者,而从火车上下来的人一手提着庞大的箱子,另一手则挂着累赘的阳伞。到处都是孩子:男孩儿戴着毡帽,穿着过长的外套,女孩儿们穿着成人时装的迷你版。他们跟着自己的母亲与保姆们,手里拎着篮子、桶和小铲,时而踉跄,时而起舞。艾米莉·福克斯夫人看见一个兴奋的小姑娘绕着小路原地旋转,最后摔倒在地上。她并没有大哭大闹,兴奋得根本没有在意倒地这样的小事故。糟糕的一天,跌倒后再起来!因为妒忌而心受责备的艾米莉·福克斯夫人一动不动地看着。

人潮冲毁了通往林荫大道的门户,劳拉提起福克斯夫人的行李箱与阳伞,蹒跚地到了月台。福克斯夫人跟在她的身后,身体拄着手杖微微倾斜。从伦敦到这儿一路休息,她感觉很好,只是看到铁路警卫的时候,又提醒她自己的病是多么地赤裸于世。

她的父亲订了沙滩附近的酒店,并且提前将药寄到那儿,要求酒店放在她陌生的床旁。只要艾米莉·福克斯夫人的营养足够,劳拉可以任自己的时间安排饮食,甚至可以比平时更随意,这样的话,福克斯夫人或许会忍不住和她一起吃饭。不管是从沙滩上巡回兜售的小贩那儿,还是在有菜谱的酒店餐厅,都能成为她们吃饭的地点。这样的规定目的是让福克斯夫人可以休息足够的时间,彻底地在海边放松自己。福克斯夫人绝不能自己走入游泳的地方,或是有任何在水里冒险的活动。如果她实在无法忍受枯燥,她还得遵循克鲁医生的关照,边看那些大胆的女人在自己租的更衣室里换好泳装在浅滩上玩耍,边在孩子用沙堆建城堡的安全干燥的地方欣赏。

因为烈日的照射,干燥的地方每分钟都在扩展。当劳拉与福克斯夫人走在通往沙滩的林荫大道时,她们身旁走过许多男女,穿得好似要在沙滩上待整日,有些人手里拎着折叠凳子,另一些则带着书,甚至写字桌。有个小贩朝着经过的每个度假客叫卖。马车拉着女人沐浴的机器朝女士更衣室而去,尾随其后的是唱着赞美诗的四重奏乐队。

"这地方不错。"当劳拉与福克斯夫人跨过大石头,最终走入沙滩时不禁感慨。然而,福克斯夫人却没有抬眼,只是小心翼翼地放置自己的手杖,挪着脚步。沙滩对于普通人来说都是一个挑战,更不用说像她这样行动不便的人,她极不情愿地接过劳拉手臂的搀扶。她气喘吁吁地吸着海边的空气,开始有些头重脚轻,感觉周围嬉戏的人与赚钱的小贩似乎成了梦境中的幻影,一旦她闪烁眼睛,便会即刻消失,留下她独自一人在空寂的岸旁。

在劳拉几码之外的地方,是一些贩卖东西的摊子。其中一个是卖阳伞的,一个是卖玩具船的,还有一个是卖木头做的小鸟,摊贩正大声地宣布这鸟可以飞翔,至于另一个则卖着薄纸包卷的葡萄布丁,摊主一只手猛烈地在布丁上方挥舞,以防盘旋的海鸥随时下来捣乱。

"就这儿吧,夫人。"当她们走到绿荫的小坡时,劳拉说道。福克斯夫人感激地坐了下来,将自己背靠向小坡。地平线在眼中摇摆,浩瀚的蓝天与宝石蓝色的海水无法分清彼此的边际。

"让我一个人静会儿……"她喘息地扯出笑容以示自己优雅的举止。

"当然,夫人。"劳拉说道,"我去买些吃的东西。"在福克斯夫人尚未提出反对意见之前,劳拉已经去往喧嚣的地方。

那一个下午的晚些时候,当一大片葡萄干蛋糕半躺在她裙子旁的沙子中时,劳拉被拉着去附近的福克斯顿帐篷里看了《惊魂记,神奇的技工(伦敦季的灵感!)》。福克斯夫人躺在那儿,看着蔚蓝的天空。孩子们的声音早已被海鸥的鸣叫,雄伟波澜的海浪声一起吞没。

她不想来的,不想,她不想来这儿,但是现在她对这儿很满意,因为这儿能让她更容易思考。她扭曲的思想已经完全抛在了污染的大都市。这儿,在这永恒不朽的海边,她能,至少能够直接思考一些事。

一只海鸥小心翼翼地徘徊在她身旁的沙滩上,它是被蛋糕吸引过来,但却对人类有所忌惮。福克斯夫人捡起粘粘的,带沙的蛋糕片,温柔地扔向海鸥的脚边。

"海鸥先生,我该怎么应付我的朋友亨利呢?"当海鸥匆匆地啄了下蛋糕,她喃喃起来,"或者,我该称你海鸥夫人?小姐?我没法区分你们世界的称谓。"她闭上了眼睛,试图抑制自己不咳嗽。接着,她从箱子的最底层,也就是柏德烈与阿什维尔共著的书下,拿出一块沾着血渍,皱巴巴的手帕。尽管她总是想象肺

第十九章

就是空洞,苍白的透明玻璃球,可她的父亲仍旧希望她相信她手帕上的血就是肺的碎片。

自己安抚了下,咳嗽的欲望渐渐衰退。然而,一种更强力的诱惑此刻正牵绊着她:关于亨利的考虑。她是多么希望他能陪在自己的身边!如果和她坐着火车聊着天的,不是劳拉而是亨利,那该有多么悠闲呐。要是当她感觉双脚虚弱迈不动的时候,是亨利冲上来抱着自己,而不是父亲派来服侍自己的年长仆人该多好呢!他强而有力的手会完美地插入她肋骨的两旁,他能将臂膀放在该放的地方。他会将她温柔地放在床上,好似她是他的猫一样。

我想要他。

她想这般说。这并不需要大声地呼喊:上帝听见了。她肉欲的渴望,虽并没有被上帝定罪(就像圣保罗在给科林蒂安斯的信中所写的那样),却并不值得骄傲。事实上,她与亨利之间并没有任何猥琐的事情。谁说马太福音第五章第二十八条① 适用于已婚女人,而不适用于寡妇,适用于女人而不适用于男人?在古加利利,妇女们毫无疑问地承担着家务活以及抚养孩子,几乎不参加任何先知的巡回演说。或许事实不是如此,他只是从他的视角看待了问题,上帝眼中怎会只有男人?

"无论是谁,怀有欲望地看着一个女人……"如果耶稣在人群中看到任何一个女人的话,他一定会加上一句"或是看着一个男人",这严重影响了艾米莉·福克斯夫人,因为这可能意味着在一个人的内心深处有私通的罪责,为什么不是通奸呢?糟糕的基督教徒不会为自己的毛病去诠释《圣经》;好的基督教徒应该站在对立面,勇敢地在字里行间中抓住每一次蹙眉瞥见的慈爱而沮丧的神。在她心里,自己就是一个通奸者。

是的,她对亨利有欲望,并不是因为他有一双强而有力的手能够在她昏厥的时候扶住她。她希望他的身体压在她的身上,他的胸抵在她的胸上,她渴望窥探他深色衣服里的样子,发现他双臀秘密的形状,先揉入她的手掌,接着勾入她的双腿。上述的那些话,默然无声地写在她内心的墙上,闪耀着不可思议的光芒——神亦在寻找狭小的庙宇,她的心就像是一面镜子,能让上帝看到自己的样子,然而,现在……现在这面镜子里的人似乎是亨利·拉克姆的脸。迷人的脸……

艾米莉·福克斯夫人睁开眼睛,直直地坐了起来,在不经意间平添了自己的罪恶,驼背的海鸥抬头看着她,似乎在想她是不是已经为自己规划好了多汁的食物,于是,继续满意地吃起了餐食。

---

① 马太福音第五章第二十八条:只是我告诉你们:凡看见妇女就动淫念的,这人心里已经与她犯奸淫了。

艾米莉·福克斯夫人想，只有一个方法解决这问题，那就是嫁给亨利。通奸、幻想或是其他的事，都不可能出现在夫妻之间。只是，嫁给她好朋友亨利的想法是邪恶的，因为亨利不想结婚，他已经说了很多次这样的话。怎样才能让他对自己的欲望不再止于友谊呢？

"肉欲是自私的。"在一次布道谈话的时候，他曾经向她说过，"灵魂则是慷慨的。人一辈子只贪图肉欲的满足让我害怕。"

"噢，我想上帝不会介意你再花点儿时间同我在太阳下走走。"她玩味地应道。因为那天他看上去心情冷淡，她希望能够劝好他。

"我太鄙视自己的闲散劲儿了。"他并没有理会她的魅力，"我的时间太少了！"

"噢，但是，亨利。"她说道，"你这么个三十岁的男人在说什么呢！你还有来生来完成你的雄心呢！"

"来生！"他悲伤地重复着，"说什么大话呢！我们可不是轮回转世的信徒相信自己会有很多世。"

"一世就够了。"她朝他保证道，"事实上，我工作中接触的一些人告诉我他们连这一世都觉得无法忍受的漫长。"

然而，当亨利再一次打开这个话题的时候，极不情愿地噤声了；拖延症的理论证明了他有很好的布道天赋，尤其对牧师来说是个非常好的预兆。

"是的，对不同的人，时间因为不同的经历而变得不同。"他让步道，"但上帝自己的钟却是精准得可怕：我们诞生，学习走路，说话，在若干年内做了上千件事情。但我们不理解的是，我们的很多挑战其实在婴儿时期就已经排好了序列。建造一座新的教堂让我们感觉可能就像我们第一次建造沙城堡一样，只是十年之后，第一块砖都可能没有砌好。"（艾米莉·福克斯坐在沙滩上，看着小男孩儿们在垒城堡的时候无意间想起了亨利的话）"所以，"亨利总结道，"这个可怜的世界所迫切需要的是我们伟大的希望，我们共同的雄心。数十年过去了，我们却只是将所有的事寄托于来世。"

"是的，这都是善良的目的。亨利。"她努力地提醒他，"没有一个纯粹的基督教徒能够达到所有的事。我们只能尽力而为。"

"太对了！"他叫道，"可给我看到你尽力，而我却是这样，我就感到羞耻！"

艾米莉·福克斯夫人沉浸在金色的福克斯顿沙滩，她笑着回忆起亨利那天下午严肃的脸孔，他的脸庞因为理想主义的激情而扭曲。她是多么想要亲下他的脸庞，抚平他眉间隆起的皱纹，将他拉到这儿——用细弱无力的手臂将他紧紧地抱住……

只是回到这个想法的唯一途径就是婚姻。

如果她和亨利能够结婚,为什么他们的友谊一定要遭受改变呢?难道住在一栋房子里就不能保持一致了吗?(当然或许该是她的房子,而不是他的;他的房子容不下他们两个人!)他可以在她边上有间卧室,如果他不介意清扫的话(什么时候莱弗斯夫人打算过来,将那些捐赠的衣服打包?那些非洲圣经公会的人会退回来吗?)在她最近的状态中,得有一个适合男人的地方,如果那个男人是亨利的话,那真是太令人愉快了。他可以带上煤块到她家,以帮助她为开始。如果她睡前像狗一样累趴了,他可以抱起她上楼,极尽温柔地将她放下……

她沮丧地笑着自己固执卑贱的欲望。她身上的病痛,不管是什么病因,都让她无法靠近上帝,尽管如此,她经常看到那些油画里,患有肺痨的女人躺在天使悬空的床上,床旁满是光环。或许,她得的不是肺痨,是某种歇斯底里的苦痛?换句话说,她是不是在变成疯子的路上?她看上去非但没有去往天堂,反而越来越糟,就像一只动物,咳血,脖子与肩膀发着疹子,汗水从各个毛孔里冒出,哪怕是在做白日梦梦到亨利·拉克姆的时候,她都能感觉自己双腿间湿漉得像洗过一般。

丢人!她还从来没有这么羞耻过。在自责与赎罪中,她总是选择更有益的。那么……假使她与亨利成为了夫妻会怎么样?这会是一个糟糕的事吗?如果他的担忧是生儿育女成为父亲,那么她是不会触发这问题的,因为和伯蒂的婚姻证明,她不会生育。

那么,该怎么提议结婚的事呢?如何从礼貌点头跨越到同床共枕,直到彼此生死别离?可怜的老伯蒂单膝下跪,在她读书的时候,他就追求了她,那时候她甚至还没有准备好被他求婚,不是吗?这并非因为自己可能冒犯了世俗规则(尽管她非常厌倦规则!),而是因为她怕冒犯到亨利,会让他更疏远自己。失去他的敬意对她而言是难以承受的残酷,至少眼下脆弱的情况下是这样。

"我必须得等待。"她大声道,"等我好些了再说。"

听到她的声音,海鸥叼着嘴里最后一块蛋糕渣飞走了,艾米莉·福克斯夫人头倒向绿草葱茏的山坡,软帽微斜在一边,以致草尖刺进了她的头皮。接着,整个人一下被草刺得生疼,于是,她从头上彻底扯下了帽子。随后,她又再次仰躺下去,低声喃喃,希望把她潮润裸露的头皮放到一块温湿的空地上。

她关于亨利的决定遍布了周身,就像药物的作用或是一桌丰盛的晚餐,近来,能够满足她的既不是药物,也不是任何食物。而这决定却是恢复的良药!疲倦已经从她的四肢浸入了她身下的沙子。

海鸥再次飞了回来,确认她抗议的声音并不正常后,继续啄起沙中的蛋糕。当它仰头吞食的时候,蛋糕屑洒落了下来,好似在点头同意她的决定。是的,她必须等到好些后,再……再将生命捏在自己手里,交给亨利·拉克姆。

"他会说愿意吗,海鸥先生?"她问道,只是海鸥扑打了自己的翅膀从沙里仓促地腾起,朝着大海飞去。

在福克斯顿沙滩的另一处,岩石堆积的地方,安格尼斯·拉克姆因为一只电动的木鸟撞在了她的脚上,惊惧地尖叫起来。她提起腿,膝盖上的女性杂志落了下来,手则紧紧地将裙子紧裹起来。

克拉拉则不像她的主人,并没有热衷于学习《伦敦季:谁大放异彩,何时,何地》,她正看着有东西像飞弹一样朝自己而来,接着眨眼之间,就掉到了地上。她很淡定,丝毫没有惊慌,弯身捏住木板纸糊的翅膀,捡起那只鸟。

"夫人,只是一只玩具。"她甜笑道。

"一只玩具?"安格尼斯退缩在后,惊愕地回应。

"是的,夫人。"克拉拉将鸟吊在半空,好让安格尼斯看到它嗞嗞发声的翅膀有一块破损的地方,那儿有一把黄铜色钥匙,一个小小的金属马达,"我们刚才经过的地方,有个男人放了一车子这样的木鸟在卖。"

安格尼斯侧脸去看克拉拉,却只看到一个六七岁模样的男孩儿穿着蓝白色棉海军服,头戴着破烂的草帽欢腾地朝着这头冲了过来,直到跑至陌生女人与拿着他的玩具的仆人面前,方才停了下来。

"小姐。"他尖声叫嚷道,"那是我的飞鸟。"

"好吧,那么。"克拉拉斥责道,"你得好好地看着它飞到哪儿了。"

"对不起,小姐。"小男孩儿恳求道,"它没法直飞了。"他紧张地用左脚挠起紧绑着鞋带的右脚。仆人怒视着他,因而他更愿意去看长着一双蓝色大眼睛,朝他笑的女人。

"噢,可怜的小伙儿。"安格尼斯说道,"别烦恼,她不会咬你的。"她朝克拉拉示意递过木鸟。

安格尼斯很喜欢孩子,只要他们不是婴儿,只要他们还是小孩儿,还未成为大人。小男孩儿尤是可爱。

"它真的会飞吗?"她问道。

"好吧……"小男孩儿皱皱眉头,极不情愿地说木鸟的坏话,"卖鸟的那个男人做了一个，飞得很好，他说我们也能做到，可是我的，还有我弟弟的，都飞不了多远。我们已经把它们扔很高了，但它们还是很快掉到了地上。我得走了，夫人。我妈妈想我会很快回去的。"

"好的，小小先生。"安格尼斯笑道，"说话很诚实，给你，你的玩具。"

一个孩子就能制造快乐，这是多么的简单！她用亲切的目光目送男孩儿离开。他一走，安格尼斯就朝克拉拉说道："去替我买一只来。如果你想吃蜜饯糖果的话，你也可以顺道买来吃。"

"是，夫人，谢谢夫人。"仆人说着，迅速去做主人交代的差事，海军蓝裙子在每一步中撩落卷起的细沙。

安格尼斯等待着，直到克拉拉完全消失在自己的眼中，她才去看克拉拉放在篮子里的书，她好奇克拉拉这样的女仆会看什么样的书。啊，是一本小说《简爱》。安格尼斯自己读过这本书，是从穆迪那儿借来的，尽管克鲁医生禁止她看这书。有狗一样灵敏耳朵的克拉拉让安格尼斯浑身打了个冷战，女主人的仆人看着如此可怕的一个故事，妻子被病魔折磨得疯了，随后被丈夫关到了一座塔中，而他则打算娶另一个女人。她双唇抽了下，将书又放回了篮子。

当她挺直身体，疼痛再次袭上头，左眼后端不停跳动。这种疼痛的感觉真是很奇怪，因为她已经用古氏夫人那儿得到的粉色药片止痛！坐火车从伦敦到这儿的路上，她趁着克拉拉坐对面假寐的时候已经吞了很多。现在她翻弄起手提袋，试图装作喝薰衣草水一样，饮下一小瓶鸦片水。但是，不，她必须省下些留给她实在忍不住的时候再喝。

她逼自己想事情要轻松，因为想得越多，她发现自己的痛苦就越深。如果她能扫除脑子里的担忧，除了那快乐的记忆与印度教中的"涅槃"，一切都从脑子里移开就好了。

生活还有很多需要感谢的……这是一个令人感激的季节……有一辆属于自己的四轮马车，一个马夫……一个冒着上帝责难而来保护她的守护使者……最后，还有令人害怕的血……她儿时的信仰离开了许久之后又再一次地聚集在了一起……

随着疼痛的增加，安格尼斯试图想象自己在参加弥撒，坐在旧教堂点燃的蜡烛前，听着斯堪隆神父的声音。但这很难，嬉笑的孩子，海浪的声音，粗鲁吆喝的商贩，轻而易举地打散了她的注意力。但她做到了，虽然只是一会儿的时间。她把骑驴人喋喋不休的声音当作了拉丁的圣歌。随后，手风琴响了起来，符咒瞬时消散。

可怜被误导的威廉……如果他能够足够关心她的健康，把她送到属于她的教堂一周，而不是把她送到海港边啃饼干，那就好了。她该是多么满意于自己依偎的温暖庇护所！能够避开周日七嘴八舌的人，不用坐在圣公会信徒中间，不用被令人厌恶的克鲁医生劝诫，该是多么的好……克鲁医生总是抱怨那些她从未听过的人，他的嗓音里就没有半点儿好听的，他的赞美诗常常是走调的，说实话，这样蠢的人是怎么能被人允许成为牧师的呢？该是她宣布自己真正信仰的时候了。是的，她现在已经足够富有可以逃脱处罚了。谁敢把手放在她身上，说"不"呢？特别是她有一个守护天使会保护自己……

她凝视着明亮的海滨，用手遮在眼睛上，希望在孩子、驴子，以及那些沐浴机器中间能够发现守护天使朝她走来。然而，却没有。她只是在愚蠢地祈祷，自己的守护天使一定会从修道院出来，与她在伦敦的某处见面。那一处甚至连上帝都无法找到，对她而言在福克斯顿沙滩与她见面并无法逃脱上天的监视……

啊，为什么没有把日记本带来呢？她把它留在了家里，害怕它被淋湿，或是什么其他的问题……如果她能带着，她会草草地翻阅那些纸页，安慰地看着守护天使手指留下的痕迹。每一晚，当安格尼斯入睡的时候，她的守护天使都会在神圣光晕中看她的日记，随后在上面留下了指印。（这不是因为守护天使的手指不干净，而是她本身的神力会留下指印。）这并非安格尼斯的想象——有时候她睡觉的时候，明明笔记本是合上的，可醒来的时候，它会是打开的，或是相反，明明是开着的，醒来却是合上的。

威廉想把她留在这儿多久呢？她甚至不知道！酒店经理知道，可她却不能知道！她并不是个有主见的人，但也绝不可能无视自己作为女人的权利。她不能一周周地待在沙滩上，由着自己肤色变暗，所有的药都吃完。

然而，这只是简单、愉快的想法。如果能够写一封信给守护天使，寄给她，再得到回信该有多好。可是她该怎么问守护天使女修道院究竟在哪儿？是的，她知道这样问是很过分的。如果她是一个好女孩儿，她最后会被人告知所有都是好的。

安格尼斯感觉突然有股苦味。她舔了下唇，低头看自己双手。她刚用手触碰过鸦片。倘若克拉拉就在附近，她得匆匆把鸦片水放入手提包中。她的手可真是不听话，在拿这么珍贵的液体时，还在忙着想事，以至于明目张胆地喝了那么多！她吞服了多少呢？如果她在克拉拉回来的时候毫无知觉地倒在沙滩上就太可怕了。

她呻吟着，努力站了起来，试图从裙子上拍落沙子。她手上粘着粗糙的谷

第十九章

粒——沙子几乎同玻璃一样坚硬——这些沙子是什么做的,威廉这个骗子可曾告诉过她?她检查了下自己柔软的手掌,期望看到自己血痕错综的图案,但是却没有看到。不是威廉在撒谎,那就是自己的手掌比想象的要坚硬。

她决定走走路,让身体能够吸入更多的空气,好让自己保持清醒。长时间坐在太阳下非常容易犯困,而且穿着这样紧身的裙子会觉得自己更热。她相信在海边(假定海边的食谱从她上次过来后就没改过)天空会变得潮湿,就像冰冷、含盐的雾气:这刚好是她需要的。

安格尼斯朝着水边走去,朝着海潮的边缘漫步,那儿的沙湿漉而灰暗。她走着路,就像是在跳高雅的宫廷舞,每一道银浪涌上的时候,都侧过身,接着当浪拍打到岸上的时候,她便合着旋律地跳起。只是海洋是一个可恶的舞伴,她的舞步开始犯错,海浪一下下涌来,浅滩上漩涡里的水盖过了她的靴子,透过孔眼钻入了里头,吸上裙子。没什么大不了的……她在酒店里有两大箱的裙子和鞋子。凉水在她的脚趾头间并没有引起不乐意,反而直通她的大脑,刺痛感令她清醒——你知道,她并没有睡着,谁会在同海水共舞的时候睡着呢?

尽管如此,如果她被裸露一半的石头绊倒,在淹死前倒下的瞬间,她还有时间欣赏。(可谁会知道这样的事会多快发生?)安格斯开始离开海浪,回到……回到……回到她走来的地方。她浸满水的裙子变得很重,重到难以挪移到很远的地方。最明智的方式就是停在这一处,由着裙子落在沙滩上变干,随后再迈步。

瞬间,她闭上了眼睛,瞬间,整个世界颠倒在眼中,地面,天际,颠倒了它们的位置。地,到了她的上空,挥动着无形的蔓枝将她紧紧地缠绕起来,安全坚固地卷裹入温暖的肚腹,如此,可以让她不会堕入虚无。她倒挂地看着混乱的大地,好似天花板上的蛾子,盯着晃动着孔雀蓝的花瓶。她半睁着眼睛瞪着深渊,如果大地松开绑缚,她就会像一只布娃娃似的跌落深渊般的来世。

因为眩晕与恐惧,安格尼斯转过头,将脖子贴向潮湿的土地,颧骨轻埋入沙中,闭起一只眼以避开阳光。慢慢地,不幸中的大幸,宇宙又颠倒了回来,一切回归到了原位。远处,美景正朝自己而来,穿着黑色裙子,白色头巾与面纱的修女过来了。修女每走一步,周围的地就变得更绿,玻璃闪烁般的光泽落在了柔和的绿色中。苔藓迅速在沙滩上滋长,一叶,一叶地,森林精巧地盖住了天空。海鸥与孩子们的尖叫声慢慢地弱了下去,最后变作了画眉的低喃;海洋的巨浪声亦变得平淡,直到成为乡村汨汨的流水声。当沙漠消失,更多她熟悉的场景袭来:宁静郊区的女修道院。

"噢,安格尼斯。"修女在热情地朝她说道,"你又来了吗?你怎么回事了呢！"她往后退了些，好让一双朦胧的身影靠近。

安格尼斯努力地开口，然而她的舌头在嘴里就像一块无力的肉。当她感觉有强壮的手放在自己肩膀与膝下的时候，她只能呻吟。两名强壮的男人正将她放到女修道院的修女面前。他们将她的脚抬了起来，好似她是小宝宝似的，温柔地将她放到了担架上。

安格尼斯的反应？可悲吗？她痉挛地张着嘴，不停地将黄色呕吐物吐向救援的人。

克拉拉·蒂洛森看着自己的名字被警察写到了本子上，开始落起害怕而愤怒的泪水。

"她让我离开她。"她辩护道，"她想让我给她买一只这东西。"她向警察示意了一只金属线与胶合板，还插了金属钥匙在背上的鸟。

两个强壮的男人从海滨沐浴公司借了担架将拉克姆夫人放了上去。医生已经把手掌放在了湿冷的前额，又量了她嘴里的体温，诊断她的头疼可能是得了肺结核。医生认为没有必要立刻送到医院，但她必须避免再被太阳照到，得回酒店房间。

"她的亲属呢？"当那两人将失去知觉的安格尼斯抬走的时候问克拉拉。

"威廉·拉克姆。"仆人抽噎道。

"就威廉·拉克姆？"

"我不知道。"克拉拉啜泣着，不安地看向沙滩上留下的呕吐物暗痕，心想这些呕吐物或许意味着她工作的未来。

"拉克姆香水公司？'一瓶能用一年'的那个？"

"我想是的。"克拉拉对自己主人的产品一无所知，她的女主人根本不屑于那些产品。

"你能联络上他吗，小姐？"

克拉拉用手绢擦了擦鼻子。警察是什么意思？他是不是认为她能够飞走，眨眼的工夫到诺丁山将这件事告诉楼上的威廉？然而，她还是点了头。

"好吧。"警察合上笔记本回道，"那么，我就把这件事交给你了。"

天空变得阴霾，似要下雨。家长们将闲散玩耍中的孩子带离了沙滩，打扮入时的人们寻找躲避的地方，古怪打扮的人从海中爬上岸进入了沐浴室内，吆喝做买卖的商贩推着他们的货物反复加速，边推边嘶哑地朝着撤退的人群吆喝所有的货品差不多都不要钱了。

福克斯夫人回到酒店已经很久，她抱怨这种休息把她累死了。她完全不知

第十九章

　　道拉克姆夫人也在福克斯顿，远远地，就是撒玛利亚人发现了安格尼斯昏迷在水边的地方。命中注定，在安格尼斯回到伦敦前，她是见不到安格尼斯了。

　　那么休格呢？安格尼斯看到颠倒世界中，朝着自己走来的人是休格吗？

　　不，休格正在自己普里奥里的房间里，逼迫自己在看 G.W. 赛普蒂默斯·皮耶斯著的《香水的艺术》。临她最近的水就是那只没有排水设施的浴缸。她可怜的脑袋里没有半点地方是留给拉克姆夫人的，现在她满脑子都是薰衣草与香精油。知道菠萝油不过是丁酸氧化乙烷的事实对她有什么作用呢？背诵玫瑰冷霜的配方有用吗（一磅杏仁油，一磅玫瑰水，半德拉马克的玫瑰油，一盎司精油与白蜡）？她在想什么样的男人会写鲸鱼的精子呢。

　　"天哪！"当书本从两腿间掉下的时候，她一下从困顿中醒了过来，喃喃道，"清醒！"

第二十章

"海边怎么样?"布雷奇露女士寂静无声地将茶杯放在碟中问道,"我今年没有去那儿,每个度假区都是人。啊,谢谢你,罗丝。"罗丝是拉克姆家客厅的新女仆,她正为布雷奇露女士倒茶。女仆端拿热烫茶壶的手很稳当,她的手腕很红,而上胳膊则是雪白,身上煤油的味道清晰可闻,布雷奇露女士很是满意。

九月初,一个晴朗寒冷的下午,距离威廉从福克斯顿沙滩带回自己瘦削的妻子已经过去了几周。她比去福克斯顿前还要怪异上十倍,在这段时间把自己藏在了楼上,对拜访者一律摆出"不在"的姿态。

公平地说,不止是安格尼斯·拉克姆搞糟了事情。这个天气,一会儿莫名其妙地变暖,八月底的时候又莫名其妙地变冷,好似在收回自己不该给予的慷慨。大部分的天,早晨是太阳,一到下午变就成灰蒙阴雨,刺骨的寒风似乎在暗示脑子里的某些元素。叶子整车整车地从树上落下,夜渐长,而昼则渐短,整个英格兰从惹人厌恶的阴霾乡村换作了如画美景。威廉生意伙伴的果园已经提早进入了收获时节,水果挂在树上摇摇欲坠,几乎都快落到了收割机里,若是晚上一个小时,那些果实便会受伤腐烂在地上。感谢上帝,薰衣草已经收割过了。休格有些失望没能看到收获的场景,因为威廉在伦敦季的时候还有很多的事,自己极不稳定的妻子还需要照顾。不过,他已经

第二十章

答应十月末的时候带她去看焚烧五年龄薰衣草的场景。

在拉克姆诺丁山的住处，楼上楼下的仆人都在忙着准备迎接秋季的活儿：叠放好的厚窗帘被拿了出来；食品储藏室里放满了龙虾、沙丁鱼、鲑鱼、甲鱼等食物罐头；水果与蔬菜则放在了地下储藏室；烟囱已经清洗过；简妮打扫烤箱的时候得了病；切斯曼检查了马车的顶与门是否松动；莱蒂与罗丝挪开了火炉上的夏季装饰物，接着放上了干燥的原木；希尔斯从清晨到黄昏一直在边嘟囔边大惊小怪地修剪。

布雷奇露女士也已经接受夏天远去的事实，她换了一身，看上去更老了些——尽管没有老很多——但却老过了她二十九岁的年龄。她穿着粗毛边的连衣裙以让自己保持着健康（就如同她自己形容的那样）。自从伦敦季之后，威廉好像又胖了些，已经穿不上原先的衣服。他又厚又方正的胡子已经遮了领巾，身上穿着一条羊毛背心，重磅花呢裤子加上花呢外套，他试图悄悄不系纽扣，只是站在客人面前却又难以修饰。

"我没法说其他的海滨度假区。"他回答布雷奇露女士的话，"但是，就我看到的，福克斯顿已经成了马戏团。当然，这都是火车导致的问题。"

"好吧，这就是现代。"布雷奇露女士掰开了手里的饼干富有哲学意味地说道，"像我们这样有马车的人应该寻找一块还没有被人开发的天堂。"说着，她匆匆地吃了手里的饼干，好继续自己的话题，"除了使病人康复，我从来没有明白过海滩的魅力。"

"是的。非常对。"威廉把手中的空茶杯递还给罗丝。

"你妻子怎么样了？"布雷奇露啜饮了小口满杯的茶水，同情地问道。

"噢，我想并不糟。"他叹息道，"我想她是感冒了。"

"她很想做礼拜。"布雷奇露说道。

威廉痛苦地笑笑。现在似乎都知道安格尼斯会参加天主教每周日的礼拜，他没什么心思去阻止她。尽管她的背叛是可悲的，尽管在反对的邻居面前尴尬的是他，他仍然希望安格尼斯快乐，没什么比她坐车到克里克伍德，做个虔诚的天主教徒更开心的事了。

他多么希望她从海滩回来的时候能变好！然而，她只是在那儿待了八天，而他则支付了两个礼拜的钱，八天后，她并没有要求克拉拉陪她悄悄回伦敦，而是写了张明信片朝他抱怨酒店里有美国人，喝的水里有虫子，他必须立刻马上到酒店带她回来。我以所有神的名义，请求你！她在明信片上签了名，背面是一只戴了锥形贝壳的驴子，独角兽的雕刻，福克斯顿海滩的图片。为了不让邮差看到另一封这样的信件，威廉全速去了福克斯顿，却发现安格尼斯在那儿住得很满意，反而把他当作一个不受欢迎的客人，将他拒之门外。

"她怎么了？"当他与克拉拉看着安格尼斯的行李正被搬运工搬出酒店的时候，他私下问道。

"我没什么可以抱怨的，先生。"克拉拉的脸色好似一个被上了一周枷锁，遭遇烂水果投掷的囚犯。

回到家后，安格尼斯并没有时间去证明海边清爽的空气对她毫无作用，至少不如克鲁医生说的那么有用。当打开福克斯顿纪念品的时候，安格尼斯又蹦出了新的怪想——一个非常愚蠢的行为已经成了她不可改变的嗜好。每天早晨吃饭前，她都会拧上发条让木鸟在自己的窗台前飞翔。那只微小电子元件做成的鸟像块石头一样砸了下来，鸟嘴断了，左边的翅膀也裂了开来，然而这都没有阻止安格尼斯这一嗜好。每个早晨，吃过早饭后，希尔斯发现有东西落在他新翻的土里，被灌木丛给遮住，他一声不吭地放回屋子。（好吧，他必须得默不作声！——在这季节抗议丝毫没有半点好处，因为拉克姆夫人曾把他的玫瑰花做成一瓣一瓣铺成的花毯迎接她晚宴的客人。）

"可怜的女人。"布雷奇露咯咯笑道，"我真替她难过。我们这些健康的人应该更感恩我们的好运。当然，我的丈夫活着的时候总是催促我感谢上帝。"她目光呆滞地看着，头往后靠在椅套上，好似看到了丈夫的灵魂，"啊……可怜的阿尔贝托，"她叹息道，让罗丝再替自己拿一块生姜蛋糕，"他不在的时候，有时候真孤单，尤其是我知道自己的大半生都会这么度过……"

她突然动了动身子，又直起了腰板，眼睛再次明亮，继续话题。"我不该痛苦的。我有儿子，怎么说也是阿尔贝托留给我的。他们是多么奇妙的相似！你知道，我想……如果他要是还或者……如果我明天能再生一个儿子，那孩子要是同他父亲一模一样该是多么令人惊奇啊？你知道，我只是假设！你肯定觉得我很无聊。我只是想，如果你有个儿子，迟早你也会有同样的想法。"她拍了下自己膝盖好似要将睡着的小狗拍醒，"现在，你离这些事还很遥远。请原谅我吧。"

"不，不。"当她起身离开的时候，威廉说道，"这是我的荣幸，我的荣幸。"

他诚挚地说在他的客厅她是受欢迎的，他抱歉地送她走。与她一样的高层次社交圈中，他就想恶作剧地逗她。他甚至幻想看到她的马车夫能够爬下马鞍前，她摔倒在他前面的台阶上，双手无助地爬上车。当她将自己的裙子敛入马车时，她再次挥手后离开。

当威廉看着她的车夫驾驶起马车，他觉得与她交流是最愉快的事，她虽然目光里满是高贵，但交往却是很坦诚。她从不反对他，因为他有被她巧妙称为"关心"的东西：令人惊讶的是，她总是在说未来属于工业。他只是希望她不用那么热情地跟着安格尼斯——特别让他懊恼的是，这样慷慨大方的心思也得不到回报。

"我对她的信任不会比我能把她扔出去的距离更远。"安格尼斯在最近脱口而出的失言中这样说道。（强烈的刺激可以让她虚弱的臂膀变得坚强）事实上，不管是在这儿还是那儿，当她的病过去之后，她会否认所有的事。

不过他相信安格尼斯会好起来，毕竟，除却早上一直发生的木鸟事件，到现在为止都没有什么不正常的事件，不是吗？现在已经到了中午……

威廉站在前厅，忧伤自己的客人已经离开，房子再一次落了安静。每当布雷奇露女士拜访他的时候，她带着和气的嗯哼声与叹息慢慢消退，在她走出门后，空气再一次地散发着不确定的气息。是的，这里是寂静的，但是这样的寂静意味着什么呢？安格尼斯在楼上静静地缝纫还是孵化着另一次爆发？她在天真地打盹，还是在狂喜昏迷的躺卧中？威廉屏住呼吸在楼下心神不宁地倾听。

几秒钟内，他的问题已经有了答案：就像任何一个男人希望的那样，在非常近的地方，他听到了灵巧的手指正弹在钢琴上，安格尼斯·拉克姆今天在弹奏音乐！房子立刻明亮起来，又一次像一个家。威廉松开了拳头，微笑起来。

克鲁医生说的"庇护所"其实就是他喜欢的这样：威廉·拉克姆不会轻易认输！除却这些，他丈夫的责任感呢？威廉意识到自从十月起，他的样子就会印制在每一款拉克姆产品上（这是休格的想法），因为这个目的，他已经选了自己看上去最和善，甚至有些慈蔼的照片。买拉克姆产品的女人们会怎么认为呢，如果她们知道这个经营着芳香气味的男人在传播自己仁慈一面给这世上所有家庭时，把妻子送入疯人院会如何呢？不，安格尼斯还有机会——事实上，她还有一百次，一千次的机会！她是他的妻子，她无论疾病还是健康都是他珍爱的妻子。

"叫切斯曼过来，"当钢琴声开始令人着迷地伴着壁炉声一起回荡时，他吩咐莱蒂道，"我要出门了。"

亨利·拉克姆日复一日地在懊悔的痛苦中迂回。忽而，他惊愕地听到自家前门有人在敲门。会是谁呢？没人会拜访他，没人！一定是听错了。

他匆匆地打理了下自己，好让自己看上去尽可能地得体，只是在匆忙中他找不到自己的拖鞋，于是，胡乱地穿着袜子奔向那扇被一直敲着的门。

当他打开门，门前的台阶上站着两个令他困惑的漂亮女人：两个稚气脸孔的女人，可能是双胞胎，刚出少女的年岁，穿着一样的灰色带粉的软帽与外套。

她们站在一个遮着布类似于放花手推车或是说特大号摇篮样子的马车前,车上既没有花,也没有婴儿。

"先生。"其中一个说道,"我们在这儿是代表斯凯岛(注:苏格兰岛屿)饥饿与寒冷的妇女儿童。"

亨利不解地瞪着她们,一阵寒冷的细风钻入他的房子提醒他,太迟了,他的前额已经布满了令人讨厌的细汗。

"斯凯岛,先生。"另一个女孩儿用与姐妹几乎一样轻快的声音说道,"在苏格兰,很多家庭被迫离开自己的土地,以逃避即将到来摧毁他们的冬季。先生,您有不需要的衣服吗?"

亨利傻傻地眨眼,嘴巴结结巴巴地吐着自己已经准备好的词句:"我……我已经把我所有不想要的衣服给……啊……给,给了一位做很多慈善……慈善的女士。"女孩儿们怀疑地看着他,好似她们已经习惯于被看上去好心却又非常礼貌的人搪塞拒绝。"艾米莉·福克斯夫人。"他苦恼地补充道,好似这个名字能够证明所有的事。

"去年冬天。"第一个女孩儿说道,"岛上的人已经沦落到吃红藻了。"

"海藻,先生。"见他迷惑,第二个解释道。

第一个女孩儿深呼吸了下,美丽的胸口因此起伏,她张开嘴想要再说什么,亨利则站在那儿。

"你们可以接受现金吗?"他嗓音嘶哑地问道,正这时,他的猫窜了出来,头撞上他后扑向他的脚踝,似乎在提醒他去看他光着的脚丫。

双胞胎彼此看着对方,好似从来没有碰到过这样的提议,她们回应的答案完全就是一个损失。

"我们并不是想要强加于您,先生……"其中一个目光投向小路说道,而亨利则趁着这个时候,翻找他裤子口袋。

"这些。"他伸出一手掌的硬币,里头夹杂着剪报的墨粉与用过的邮局邮票,"你们觉得两先令够了吗?"他脸部抽搐地在思索这些钱能买什么。"不,三先令吧。"他从一堆杂碎中取出一枚明亮的先令。

"谢谢你,先生。"女孩儿们异口同声,其中一个伸出自己戴着手套的手,"我们不会再麻烦你。"

"没关系。"他说完,因为他慷慨的救济,她们滚动其手推车离开,一起消失在喧闹中。

亨利关上门,回到自己温暖的前厅,这间房子中最温暖的房间。壁炉旁的

第二十章

地板放着一块手绢,卷成了一个球。他明白不用拆开它——因为这是他在几分钟前扔在了地上的,上面沾满了他的精液。

他再一次重重地坐在了手扶椅上,手脚冰凉,头上继续发烧,腹股沟发痒;他整个身体被沉重的肉体支配,包括,不受欢迎的拥抱,一个被污染湿冷的心灵。猫咪踏入房间,头直直地朝向污浊的手绢,好奇地瞟了一眼。

"呼,"他伸出穿着棉袜的脚朝向它,"那是脏的。"

他将手绢从她鼻子下拿走,重新捏在拳头里。把它洗得干干净净是个挑战;如果是睡衣弄脏的话,他还愿意尝试下(这也是他没有雇佣一个洗衣女仆的原因),但是这件不值钱的东西看上去不值得让他用水放满金属盆,站在那儿用沾满肥皂的手去清洗顽强黏附的精子。其他自慰的人是怎么做的呢?让女仆用双手洗干净这粘滑的东西,那些女仆事后一定十分鄙夷他们。有强烈克制力的男人是不是很少会发生这样的事?而贫穷的人连补丁都缺又怎么会舍得浪费这么好的棉布(在伦敦,不用考虑斯凯岛!),亨利将手绢投入火炉。手绢落到了烧着的煤的中央,它嗞嗞发声地变作了黑色,忽而,又展开,成了一抹明亮的火焰。

福克斯夫人正在走向死亡,他却帮不了她。这样的想法再一次折磨着他,在绝望暗淡的时间里,在他无法思考的浮躁时刻中,在他睡着的时候,在他走着的时候。福克斯夫人正在走向死亡,他不能救她,不能让她快乐,也不能让她减轻痛苦。她整天躺在父亲花园里的贵妃椅上,如果天气糟糕,椅子就会放在阴冷客厅的窗旁,她仍旧躺在那儿,看着窗外几乎察觉不到的草坪。她并没有痛苦,只是无聊透顶,她在不停地咳嗽中让亨利放心。她想要牛肉茶吗?不,她不想要牛肉茶;如果他尝过,他也不想。她想要的是到阳光下走走;然而太阳是任性多变的,即便当它穿过云层,短暂地闪过光芒,福克斯夫人求他在自己重聚呼吸的时候耐心些,机会从此溜走。事实上,她已经迈不了步子,他没能扶住她。一次,只是一次……他小心翼翼地提议用轮椅,她拒绝了,用比任何时间都强硬的口吻朝他说道。如果不是他不想得罪她,他会说她是受了自己放不下的那份骄傲的罪过。

她恳求地看着他,灰白色的脸孔,瞪大的眼睛,干燥浮肿的双唇。有时,她会在一句话的中间停顿,随后一直看着他,不停地呼吸,动脉在她的脖子里跳动,而静脉则显在鬓旁。击倒死亡的力量就在你的手里,她似乎在说,所以为什么你要让他带走我?

"你,还好吗?福克斯夫人?"他问了些愚蠢的问题。

"不,当然不好,亨利。"她叹息着,不再闪着自己薄如蝉翼的眼睑,用可怕但信任的眼神去看他。

　　在少数她还不错的日子里,她会自己用力把他从身旁推开。昨天就是这样,福克斯夫人激动而焦躁,她的眼睛充着血,心情飘忽不定。有一个小时,她看上去就快睡了,嘴唇吐着不清楚的字句,胸口几乎很少起伏。忽然,她吓了一跳似的用手肘撑起自己,挑战他道:"噢,亨利,亲爱的,你还没走吗?你坐那儿一下午……看着我父亲花园后篱笆墙……有什么好的地方吗?你该已经待得够久了吧。"她的语调古怪而颤动,就像站在刀刃上,很难读出是友善的调侃还是痛苦。

　　"我……我还能再待会儿。"他直直地看向前方说道。

　　"亨利,你该忙自己的生活。"她催促道,"而不是浪费在一个瞌睡着的女人身旁。我还没忘记你那让人担心的懒惰!我总会好的——但不是明天,也不是下个礼拜。不过,我会好的——相信我,亨利?"

　　"愿神保佑……"他咕哝道。

　　"不过告诉我,亨利,"她继续充满激情道,"你的工作……你做了些什么呢?"

　　就在那时,他希望在这之前就已经离开了。

　　"我……我有些怀疑。"他说着,疑心她是否能够和自己一样听得清楚,该死的回声在脑子里低吼,"我想我到底还不适合做一个牧师。"

　　"胡说,亨利。"她抓住了他的手臂盯着他的脸孔吼道,"你能够成为最好……最仁慈,最虔诚,最真实,最帅气……"她咯咯傻笑,带血的黏液从鼻子里流了下来。

　　被这失礼的一幕惊吓到,他将目光再一次地锁在了篱笆上,挣扎着忏悔道:"我……我的信仰已经……"

　　"不,亨利。"她的呼吸在痛苦中鸣笛,"不!我不想听!上帝更重要,比任何一个女人的病痛都重要。答应我,亨利……答应我……亨利,不要放弃你的使命。"

　　他是一个懦夫,一个没有骨气的无赖,凄凉的堕落者,他唯一能给的答案,是她想听到的答案。

　　"啊,我的宝贝……我希望我们已经住在同一间房子。"

　　休格心中的话语透过胸骨惊起心脏的剧烈跳动,威廉长着胡子的面颊贴在她的胸口。她没有想过男人这样的情绪能够带给她炫目的快乐,尤其是来自一个大腹便便,长着讨厌胡子的男人。

"我屋里的这些房间很漂亮舒适。"她非常想他反驳自己。

"私密。"

他叹了口气,食指划过她大腿上干燥的虎纹皮肤。"我知道,我知道。"他的手温和地停留在她大腿间的三角地带。(他最近做了很多这样的事:爱抚她的身体,甚至当他自己已经满足的时候也是如此。总有一天,当她能够有足够勇气的时候,她会拿过他的手,更多地指挥他。)"然而,"他哀叹道,"我有事的时候,总是最想和你商量,想办法在我的工作中扫出一条小径,我没法离开这房子。"

她抚弄了下他的头发,把马卡沙油推入她手掌干裂的地方。"我们现在每件事都成功了,不是吗?"他说着,"'R'字已经印在了新肥皂上;五年龄的植物焚烧——我还会再安排林克先生;默西埃丁香花果园;找出你父亲老迈过时的老友;离开伦敦办公室……"

她始终在想,告诉我,你到底有多爱我。

"是的,是的。"他说道,"但有更多的事把我从你身边拉走。"随着一声易怒的哀叹,他的头从她胸前移开,同时,用他的手擦抹了下脸。

"哎呀,这是件很古怪的事,我发现管理一个商业帝国,还有所有的阴谋都比管理一个家庭更简单。"

休格拉过她肚脐上的床单。

"那么,安格尼斯不好吗?"

"我并没有总想着安格尼斯。"他疲倦地喃喃,好似许多人的家庭根本不可能关注到每一个人。

"那……孩子?"她在想,把它给我吧。说说你女儿的名字吧,为什么你不能这么讲呢?

"是的,那孩子有个问题。"威廉说道,"一个麻烦的问题。她的保姆比阿特丽丝说,她这样的年纪,一个育婴保姆已经不够了。'我没有知识,拉克姆先生。索菲小姐需要一个女家庭教师,拉克姆先生。'事实上,巴雷特夫人刚有了一个孩子,她想要一个育婴保姆,有人说出开价多少都没有问题,你觉得这会和比阿特丽丝向我提出离开没关系吗?"

"那么……索菲多大了?"休格舒展手臂,理智地去窥探答案。

"啊,她只有五岁!"威廉自嘲道,"不,让我想想六岁,是的,六岁,安格尼斯去海滩的时候,她刚过了六岁生日。现在,休格,我问你,你觉得是否有必要给一个六岁的孩子请专业老师?"

休格的思绪回到自己六岁的时候,她坐在母亲裙子身旁的凳子上,她的左脚因为被一只老鼠咬过而绑了绷带,看着一本邪恶阴森的哥特式小说《僧侣》的手抄本,她几乎看不懂里面任何内容。

"我没法说。威廉。我离开摇篮后就接受了严格的命令,但我……"她脸部抽搐地回忆起自己大声朝卡斯特威太太朗读,还有因为太过年轻而被误导读错的音节,"一个异常的童年。"

"唔。"这答案并不是威廉想要的,于是他改了话题,"我兄弟亨利也是。"他重重地叹了声,"不断地烦扰我。"

"噢?"

"他很艰难地拒绝了一个朋友。"

"什么朋友?"

"一个非常……"他在寻找一个形容词可以形容福克斯夫人,却又不是过分直白,"知名的女人,叫艾米莉·福克斯。在她得肺痨前,是社会救助机构的指引灯。"

休格在想她是否应该忽略社会救助机构呢,那儿的代表们时不时地会去银街拜访,卡斯特威夫人很欢迎她们,甚至在讽刺,挖苦,泪送她们走之前,还让凯蒂·莱斯特奏大提琴。

"社会救助?"她附和道。

"做好事的一群人,她们教导妓女从良。"

"是吗?"她说着,不经意站了起来穿上衣服。"成功了吗?"

"我不知道。"威廉耸耸肩,"他们教导站街的女孩儿们……我不知道……是不是去成为女裁缝,或是类似于这样的工作。我想布雷奇露女士的厨房帮工就是从救助站找来的。那女孩儿十分感激,也很高兴,布雷奇露女士说你要是看到她就不会怀疑。"(休格没法继续穿衣服,因为威廉坐在了她的长裤上。)"我在想,"他揣度道,"当我去找一个新的客厅女仆的时候,我会从救助站找一个,但我很高兴现在不用。罗丝很不错。"

休格试探地推了下威廉,好让他松开自己的长裤,威廉二话不说让她抽走了长裤。接着,她决定鼓足勇气冒更大的险。

"你大哥呢。"她问道,"他也在救助站吗?"

"不,不。"威廉说道,"那儿只有女人。"

"或者一些类似的机构呢?"

"不……为什么你会这么问?"

第二十章

休格深呼吸了一口，并不是因为背叛了卡罗琳的信任，而是因为威廉的偏见。

"我有一个熟人。"她小心地说道，"我去买水果的时候碰到了她。她是一个妓女……"（威廉的脸上有不悦吗？她是不是错误判断了他对她的信任？别无他法，她只能继续说下去。）"上次我们碰到的时候，她告诉我一个很奇怪，很异常的故事……"

所以，休格叙述了卡罗琳关于一个冒充虔诚改革家，愿意支付两个先令交谈费的故事。威廉耐心地听着，直到她说到那个家伙提到给妓女在拉克姆工厂一个体面工作的时候，威廉气呼呼地恼怒了起来。当她结束的时候，他吃惊地摇着头。

"上帝！"他喃喃，"会是他吗？会是亨利吗？我想没有别人了……我确实记得他曾问我是否能够雇佣一个没有推荐信的可怜女人……上帝……"他突然大笑，"暧昧的魔鬼！他究竟还是个男人！"

休格被懊悔刺得心痛，尽管她并不确定威廉笑的是亨利或是她已经背叛了的卡罗琳。"噢，他并没有把手放在她身上。"她赶紧解释道。

威廉哼哼了声，脑袋同情女人似的斜在那儿，"或许不是那一次。"他说道，"我的意思是那个时候。然而，谁能说他拜访其他妓女的时候没做过呢？"

休格沉默了。她羞愧于因为听到他亲昵地喊自己而快乐。

"母鹅"如此深情的称呼。

"谁会想到呢！"威廉仍然暗笑着发着牢骚，"我那虔诚的哥哥亨利！我那假仁假义的哥哥亨利！哈哈！你知道，我必须承认，我从来没有像现在这样喜欢他。上帝保佑他！"他伸手拉过休格，感激地亲吻她的脸颊，至于为什么，她也并不知晓。

"你不是在嘲笑他吧？"她心神不宁地摇着他的肩头问道。

"我自己哥哥？"他诡秘地笑笑，"他现在做的事，是天堂的忌讳。而我，将是最谨慎的化身。"

"当你什么时候再见他？"她希望自己向他揭露的那些细节因为时间而腐蚀。

"今晚。"威廉说道，"一个晚宴。"

那晚，为了消除亨利带给房子阴郁的黑暗，威廉已经安排了比平常多两倍的蜡烛在客厅里，甚至还装饰了很多花。从门外看去，效果很是令人欢愉（他自认为如此）。尽管隔离的厨房就像地牢一样锁紧了味道，威廉鼻子在过去的几个月变得更敏感,他能区分醒目薰衣草和穗花薰衣草,也可以发觉厨房里正做着一个高级的菜式。他会尽最大可能驱逐痛苦。

与以往不同,安格尼斯宣布参加这对兄弟的晚餐。一种令人不安的预感。威廉告诉自己一点儿都不是,安格尼斯总是对亨利很温柔,她今晚会很高兴,咯咯地笑,同她监督挂冬季窗帘时那样唱着歌。

"我知道在这种情况下很困难,但不要提及福克斯夫人,好吗?"在亨利即将到来的时候,他提道。

"我会装成伦敦季仍在进行的。"安格尼斯暧昧地朝他挤眼,"随后什么都不提。"

一会儿之后,亨利带着他慌乱不安的神情出现了。他脱下被雨打湿的帽子与外套,威廉立刻用兄弟间的拥抱揽住了他的肩膀,径直带他来到了客厅。在那儿,他看到了天堂般的场景:温暖,明亮,到处都是玫瑰,餐巾被叠成了孔雀的尾巴,漂亮的女仆将金肥皂放到了桌上。拉克姆夫人已经穿着雪白桃红间的衣服,坐在华丽的花朵与银餐具前朝他笑着打招呼。

"对不起。"亨利说道,"我……啊……"

"坐吧,坐吧,亨利。"威廉礼貌地打着手势,"在这儿可没有计时的人。"

"我差点儿就来不了了。"亨利兴奋地眨着眼睛。

"你来了,我们就更高兴了呢。"安格尼斯说道。

直到亨利坐定在盛了红酒的玻璃杯,闪闪发亮的餐盘,雪白色的餐巾前,枝状的大烛台映出他的脸庞,威廉才意识他的哥哥看上去是多么寒酸。亨利的头发已经盘到了耳后,除了汗水淋漓的眉毛,四处都已被头发遮盖,该是到了修剪的时候。应该是有段时间没有用香皂或是化妆油了。威廉观察着亨利的衣服,皱巴巴的,有些松垮,仿佛大酒瓶一样爬行,又或是瘦了很多,或者两者都有。他衣领上的领针歪斜地固定着领巾,烛光恼人地闪烁着,这让威廉想要拿过来调整好它。晚宴开始了。亨利没有细看炖鸭清汤直接舀了喝进嘴里,他宁愿用充血的眼睛去看挂在威廉肩旁左侧某一处不甚清楚的镜子。

"我不该狼吞虎咽地吃成这样。"他像一个机器人似的舀着汤,毫无所指地说道,"苏格兰的人正靠海藻活着。"

"噢,汤里其实没有任何的油脂。"安格尼斯让他放心,"汤很细致地过滤过。"接着,房间内落了安静,只是被亨利啜食的声音打断。这难道就是安格尼斯认为亨利在伦敦季没有被任何人邀请的原因吗?"至于海藻,"她灵感袭来,"我们也吃了些,威廉,是吧?在奥尔德顿夫人那儿的蘸酱里?和扇贝,剑鱼混在一起的。我吃过的食物中很特别的一道。我很高兴自己能吃到地道的俄国菜,我在桌子下面还装了一盘。"

威廉皱着眉头,瞬间意识到自己两年前在卡斯伯特夫人晚宴派对上的尴尬,夫人的狗在白色锦缎餐布下靠近安格尼斯的地方,开始大口地吞咽东西。

"我接近社会了。"当亨利的汤碗被仆人收走后,他悲伤地说着,"我不是说误会,或是宴席派对。我是说社会——我们的社会——我们组成的群体,人的群体。我没有什么可以浪费来玩的。"

"哦,亲爱的。"当主菜端到房间的时候,安格尼斯睁大同情的眼睛看着亨利,"你不想当一名牧师吗?"

"希望!"亨利尖锐却缺乏希望地吼道。

"我相信你会非常合适的。"安格尼斯坚持道。

亨利的下巴紧收起来,而刚好这个时候,发着嗞嗞声的松鸡被叉到了他的盘子里。

"比那个烦人的克鲁医生好。"安格尼斯说道,"坦白说,我不知道为什么我现在会烦恼。他总是警告我那些我不会去做的事……"

夜渐深,安格尼斯肩负着最沉重的谈话包袱,一叉一叉地吃着,频繁地啜饮着红酒,而威廉则不安地凝视起愈加可怜的哥哥。

亨利一遍遍地提到当他能够激励自己开口时,对那些于自己毫无意义的人来说所有的话语都是徒劳的。他声音变得古怪,多次降到了难以听清的咕哝,随后充满了强烈的苦涩,甚至讽刺挖苦——非常不像原来的他。自始至终,他的大手都在忙碌地将松鸡切成越来越小的一片一片,他根本没有在意威廉的烦恼,只是将那松鸡片捣入没有吃过的蔬菜中。

"你比我想象的还善良。"他叹了口气,回应仍旧鼓舞他的女主人,"你……还有福克斯夫人总以一种别样的,与我所知事实不同的方式看待我……"

安格尼斯瞧了眼威廉,她明亮的目光在恳求他允许自己说那个被禁止谈及的女人。他克制地一遍遍用皱起的眉毛提醒,然而,她似乎都不懂其中的意思,立刻大声呼喊道:"福克斯夫人很对,亨利,她说的非常对!你就是一个少有的,有信仰的人。我知道!我有一种直觉,我能看到周围人头上的光环——不,不要朝我皱眉头,威廉。这是真的!信仰的光环能从人身上折射出来——就像,就像煤气灯旁的光晕一样。不,威廉,这是真的。"她的头越过桌子朝亨利那儿倾斜了过去,胸口几乎碰到了她还没有吃完的食物,脸庞仓皇地贴到了闪耀的烛台,嘲笑道:"看看你坐那儿的弟弟,朝我猛烈地嘘着呢。他身体就是那么不敬畏上帝——"她短暂地停顿了下,佯作端庄地笑道,"不过,亨利,说实话,你不该把自己想得这么差。你比我认识的任何一个人都虔诚。"

亨利尴尬地扭动了下身体:"我确定你的菜已经变凉了。"

安格尼斯并没有意识她正在自己的家里,可以随着自己的性子吃得少些,甚至很少很少。"有一次。"她继续道,"威廉告诉我一个故事。他说当你还是孩子的时候,你听到一个布道坚称上帝只在《圣经》中开口,而不会直接进入我们的耳朵。威廉说你非常生气,拒绝吃饭,拒绝睡觉,就像先知一样,只听上帝说话!"她纤细的双手扣了下,笑着点点头,默默地告诉他自己也曾这样做过。接着,作为奖励,她感觉脖子后有神圣的声音在私语。

亨利感觉他的弟弟目光中带着烦恼。

"年轻的时候,我们都是愚蠢的。"威廉说着,脸上恣意地冒汗,希望某人或者某事能够立刻吹灭这间屋子一半该死的蜡烛。"我自己回想起年少的时候的那些话,没有半点期待过甚至是想过自己可能会成为商人……"这番勇敢的坦白并没有打动安格尼斯,她推开了自己的盘子,彻底趴在了桌布上,以便更好地与亨利交谈。"我喜欢你,亨利。"她轻轻低喃,"我总是喜欢你。你应该是一名天主教徒,你想过成为天主教徒吗,亨利?"

亨利窘迫不堪,却又不能做任何事,只能用勺子搅动自己放棕黄色的粥里的水果和奶油。

"改变就如节日一样美好。"安格尼斯向他担保,随后又啜了口红酒,"或是更好,不久前我刚有个假期,只是我并不高兴……"威廉不赞成地咕哝着,不再推迟自己介入话题的时间,走到桌边推开分隔他们夫妻的枝形大烛台。

"亲爱的,或许你喝的红酒够多了。"他以一个坚定的声音提道。

"一点儿都没有。"安格尼斯半愠怒半迷人地说道,"那只咸松鸡让我感觉太渴了。"她嘴贴着玻璃杯的边缘,玫瑰花蕾般的唇吻着红色的液体。

"亲爱的,我们桌上有水,在玻璃瓶里。"威廉提醒她道。

"谢谢,亲爱的……"她仍旧盯着亨利,没有半丝摇摆,边笑边点头好似在说,是的,是的,我明白所有事,你不用阻止我。

"我听说……"威廉并没有绝望,"克鲁医生正在考虑买一栋那谁曾经住过的……啊……他们叫什么名字呢?"

安格尼斯并没有提及威廉不记得的名字,反而再一次地中伤牧师。

"我讨厌去教堂被骂,你呢?"她噘嘴问亨利,"一个人如果没有自己的思想而只有那些下流的污秽,那他怎么会成熟呢?"

第二十章

时间慢慢流逝,五分钟,十分钟,甚至更久,静默的仆人清理了所有的餐盘,只留下红酒,与三位不配合的人。最后安格尼斯的头滑到了臂弯处,脸颊几乎刷过了袖子。她前额眉间的变化好似是龟兔赛跑中的最终赢家。

"亲爱的,你睡着了吗?"威廉问道。

"只是休息下眼睛而已。"她喃喃地应声。

"那需要一只枕头吗?"他并没有抱太多的希望提这意见,或是说,如果她听了,他估摸她会暴躁发火。然而,她悠悠地转过脸看向他,青瓷色的双眼颤抖地闭上,说道,"是的……我想是的……"

威廉困惑地将桌子挪后,取下膝盖上的餐巾。

"我是不是……我是不是该喊克拉拉来陪你?"

安格尼斯突然从座位上站了起来,眨了一两次眼睛,朝威廉抱以谦虚完美的笑容。

"我不需要克拉拉将我放到床上,笨蛋。"她不平稳地抓着他,"她能做什么,将我抱上楼吗?"于是,安格尼斯只是朝自己的客人说了声晚安后,就优雅地离开了桌子,悄然无声地离开了房间。

"好吧,我真是该骂……"威廉喃喃着,因为亵渎神灵而嚼了自己舌头。

结果,他那虔诚于神灵的哥哥却似乎并没有注意到。

"她快死了,威廉。"亨利艰难地看着空地。

"什么?"威廉吃了一惊,还没有缓过神来,"她只是喝多了……"

"福克斯夫人,"亨利在深深的痛苦中振作,一个好似期待他说出的声音在萦绕,"她快死了,死亡,生命正在抽离她的身体,在我的眼前,每一天……很快,……也许是下个月……明天……后天,我们不知道是天,还是小时,不是吗?我敲开她父亲的门,一个仆人会告诉我她死了。"每一个字都带着发酸的痛苦,每一个词就像熄灭了微弱希望的蜡烛。

"克制,克制。"威廉叹了口气,他瞬间感觉安格尼斯已经远离了争论。

"是啊,死亡会像夜晚的小偷一样来临,不是吗?"亨利冷笑,继续与无形的辩论者争辩,"这就是《圣经》里耶稣说的,不是吗?"他抓住自己的红酒杯,大口地喝着酒,轻蔑地露着愁眉苦脸,"故事会让小男孩儿小女孩儿快乐。装饰品,还有棒棒糖……"

威廉费尽了自己所有的克制,与迸发的情绪做着斗争。

"你说的好像她已经进了墓穴似的:她还没有死呢!"他说,"只要她活着,她就还是人,有需求,愿望需要满足。"

"没有什么——"

"可怜的家伙,亨利!别老是不停地背诵一样的东西!我们在讨论一个女人……一个可能要告别这个地球的生命,你最好的朋友。你是在告诉我,你做任何事都没法改变她的感受?"

最后这句话,看上去刺入了亨利悲伤的黑色外壳。

"她……她凝视着我的灵魂,威廉。"他满脑子填满了记忆,低声喃喃,"她的眼睛……她恳求的眼睛……她想要什么呢?她想要什么呢?"

"上帝。"威廉再也无法忍耐,"你怎么会这么愚蠢呢?她一定是想做爱!"他从座位上暴跳起来,脸贴近亨利,"带她上床,笨蛋。她在等你!明天娶她!如果明天醒来你是牧师的话,今晚你就娶她!"每一秒,他的兴奋都在骤升,而他哥哥涨红的脸上满是正义的愤怒,"你这卑鄙的假正经人!你不知道做爱是一种乐趣,女人也是这么觉得吗?你的福克斯夫人没法在社会救助的时候感受到。为什么你不让她在死之前感受一次呢!"

伴着酒杯的一声颤动与烛台的灯光摇曳,亨利站了起来,脸孔愤怒发白,拳头紧紧握着。

"你会允许我离开的吧。"他重重地说道。

"是的,离开!"威廉夸张地指着门大吼道,"回到你那阴暗的小房子,梦想着世界比真实的高贵纯粹。但是亨利,你就是个蠢蛋,伪君子!"这些话被节制地闷了许多年,终于从他嘴里说了出来。"对女人两腿间毫无兴趣的男人还没有生呢!唱着贞洁,禁欲的牧师,圣者,都在追赶女人的肉体!为什么不呢?为什么世界上有那么多的女人等待我们去救还非要去手淫呢?我曾有过成打成百的妓女;如果我已经勃起,我就只需要用我的手放入,很快,我就满足了。而你呢,我的哥哥,好像你没法从一个祷告中告诉一个妓女这事儿:不要以为我不知道你在想什么。哦,你的……你的恶作剧,不,你所谓的'谈话',就是和伦敦所有的妓女说话!"

亨利喉咙里发出低吼,冲出了房间,猛地拉开了门,门撞在了墙上颤抖地回弹着。威廉蹒跚地追了上去,看到自己的哥哥已经穿过了大厅一半的地砖,追在他身后喊:"亨利!别做圣人!让她知道你是个男人!"

他感觉自己已经说得够多了,于是转身回到了餐厅,背靠着最近的墙壁,深深地呼吸着。他听了前门细碎的争执声:莱蒂恳求拉克姆先生让自己帮助他穿上外套,而亨利则像一只受挫的熊,接着,整个房子都被门的碰撞声震动。

"啊,好吧。"威廉用低沉沙哑的声音咕哝道(因为他自己已经叫得沙哑了),

第二十章

"现在都说了,我们等着吧,我们会看到的。"

他的心剧烈地跳动着——毫无疑问,他哥哥紧攥的拳头,狂怒害怕的样子,都只是在自己小时候才看到过。他步履凌乱地回到了餐厅桌前,拿起杯子,将几乎已经空了的瓶子倒尽。一饮而尽之后,他独自上楼,脚步越来越坚定地走向了安格尼斯的房间,而不是自己的。

上帝,他已经拥有足够假正经、病态的人了。现在是时候做一个儿子的父亲了。清晨,亨利坐在他的壁炉前,把他过去十年或是更多年写的所有东西扔进里面。他曾经希望能够在自己的教堂里布道时当众说出的所有这些想法这些观点。

他积累了这么多的纸,墨水,松垮的活页,装帧过的日记与笔记本,每一张上都整洁地填了他愚蠢不雅的笔记,所有他自己编译的注解,还标志着类似于自己还需要进一步阅读或是研判是否真实的字句,所有这些是多么的荒诞可笑!在过去三年里增加的记号才是最悲剧的字符,那是一个倒三角像是狐狸头的字符,意思是指:问问福克斯夫人的意见。一页又一页,亨利烧了所有他浮夸虚无的证据。

普斯在他的脚畔咕哝,似乎完全赞同这个能把自己皮毛烘得温暖,甚至快烧起来的游戏。煤已经足够多了,慢慢地消耗着,如果有人期望更旺的话,纸烧得更厉害。

亨利现在正忙活着整理一堆油腻的总账,这是他父亲留下的(约莫有一打甚至更多),那是1869年拉克姆办公室春季结算的时候做的文件。"让我看到这些好纸被毁掉会很难受的,"他记得自己是这么告诉父亲的,"我能把它们废物利用。"虚伪!这是什么?高兴,非常高兴,封面的话语是这样的:这是众多他梦想成为他第一部布道书的一个题目。再一次,虚伪!他苦闷地皱眉,从背脊线中扯下卡纸,将它丢入了火堆中。

火越烧越旺,他背靠着椅子,闭上眼睛直到火光减弱。他很疲倦,非常疲倦,禁不住要睡觉。睡眠可以让他安静下来,哪怕只是闭上眼睛休息一会儿。不,他不会睡着。所有的东西都要处理掉。

在他重新开始自己任务之前,因为敲门声而震动下了身体。谁呢?他瞥了眼壁炉架上的钟:已经半夜了;好人都该上床了,甚至那些斯凯岛来的热情姑娘也睡了。敲门声仍在继续,急迫却软了下来,直到催促他走过没有亮灯的门廊。敲门的人会是某个为了要抢劫一些陈旧贵重的物品而要杀他的人吗?好吧,来吧。

亨利穿着袜子站在门口,打开一条缝,朝着黑暗看去。他门前有条小径,站着福克斯夫人,斗篷从头披到了脚。

"亨利，让我进去。"她温柔地说道，好像并没有什么不妥，反而，他让一个女士站在冷风中却是不够绅士。

他目瞪口呆地往后退了一步，她则匆匆地走了进去，脱下斗篷帽子。福克斯夫人的头发松散地披落下来，没有任何梳子与头饰，比他曾想过的更浓密。

"回到这温暖的房间来吧，傻瓜。"她温柔地嗔怪着，毫不迟疑地走了进去，"这么阴冷的天气，你穿那么少。"

当他下意识地看了下自己，果然还穿着睡衣。

"什么……什么风把你吹来了？"他跟着她走进明亮处，舌头打结地说着话，"我……我简直……我简直没法相信。"

她站在他空着的手扶椅后，双手放在了椅罩上。她的脸不再苍白，脖子也不再凹陷，唇潮湿而露着玫瑰色。

"亨利，他们是错的。"她的声音温和而丰满，已经完全从肺痨中治愈，"完全是悲剧的错误。"

他张嘴站了起来，手臂麻木地垂在两旁，颈项里的头发微微刺痛。普斯卷曲在壁炉旁，抬头看着呆滞的他，好似在说，别穿了！

"天堂不是真空的，或是一股幽灵在上飘浮的烟雾。"福克斯夫人继续着，抬手离开他的椅子，顽皮地扭动手指表演起来，好似疲倦的双翼，"那儿与伦敦街道一样真实，满是努力与活力的生命。我等不及要告诉你那里的样子——它会让你睁开眼睛，亨利，睁开眼睛。"

他眨着眼，屏息凝视起真实而有形的她，她那熟悉的，一针见血的样子正摆在自己脸上：毫无戒心的目光，一半天真，一半认真，总是伴随着她最异端的说法。她常常让他感觉如此：欢乐地亵渎神灵与让他震惊；担忧她的观点会引发权势人的暴怒；然而，她瞥眼间就像施了魔法，只是一个瞬间就能告诉他所有的都是真的。他走向她，就如之前很多次一样——用自己传统古板的皱眉来警示她，与此同时，他也因为想要同样看到她同样看到的东西。

"我是对的，亨利。"当他靠近的时候，她点头继续道，"天堂的人只有爱。最神秘的……最无止境的……完美的……爱情。"

他坐在那儿——几乎是摔在自己的座位上，敬畏而疑惑地抬头看着她。她解开颈脖里的斗篷，由着它滑向地板。她裸露的肩膀就像大理石一样，精致的乳房掠过他的椅子，弯下身亲吻他。她的脸庞从未如此这般地出现在他的梦中：每一根眉毛都是那么锐利，她鼻子的毛孔真实地放大着，眼白的地方带着些许血丝，好似她已经哭过却又感觉好多了。她温柔地将手攀上他的颈脖；指腹有目的地勾

第二十章

向他的下巴,引着他贴近自己的唇瓣。

"福克斯夫人……无论如何,我不能……"他想要拒绝,只是她却读懂了他的意思。

"天堂里没有婚姻,亨利。"她低声朝他说道,人愈加倒向他的椅子,头发因此落在了他的胸前,她呼出的热气吹到了他的眉间,"第十二章,第二十五首。"

她提起自己裙子放到了他的膝盖上,然而,他却温柔地用手腕护住自己裸露的地方。他的手腕很坚硬,脉搏跳动在里面,血液流动时敲击着他的手掌。

"噢,亨利。"她叹了口气,扭动着自己的身体到了椅子的另一侧,将臀部放在上头,"不要再这么谨慎,开始了就不要停下,难道你没有看到吗?"

他的手腕虽然还紧扣,而却刚好微妙地保持了平衡托住了她的身体,展示出平静的意志,体力,还有欲望:他的臂膀是强壮的,他可以随意弯曲她的身体;他能将她的身体形成一个圈,让她自己的手肘碰到她的胸,或是将她的双臂打开,然而,最后,他们还是根据自己的决定改了体位,而全是靠着她的力量在动。他由着她,两人彼此拥抱;尽管如此他仍然躺在那儿朝她表示,自己似乎,似乎在作孽,他们就像是创造日第六天的两只动物。

"他们是豺狼,亨利。"她低语,"而你是狮子。"

"福克斯夫人……"他喘息着,瞬时在睡衣中感觉窒息。壁炉的火将房间烤得炙热,已经不再需要穿着衣服,他由着福克斯夫人将他脱得与她自己一样不着半缕。

"亨利,这个时候,叫我艾米莉。"她喃喃在他耳边,引领他进入天堂。

第二十一章

　　钟声滴答而过,即将1875年,9月29日。在邪恶之所没有希望地逃离,在亨利·拉克姆去世后的两周,安格尼斯无法形容的恶月再次降临后,安格尼斯从床上起来,拉着铃绳。更多的血流了出来:克拉拉必须立刻过来帮助她清洁自己,更换布带。

　　仆人反应的速度很快,因为她知道安格尼斯要什么;她带着冒热气的金属碗过来。肥皂与海绵像四海里的造物已经脱离了原有的属性漂浮在上面。

　　"更多了。"安格尼斯忧虑地低语,只是克拉拉已经拉走了床被好让女主人包裹的尿布露出。她要做的并不是质疑拉克姆夫人为什么连这么普通的女性月事都搞得仿若受了致命伤一样,她要做的只是服侍。

　　"这是第六天了,夫人。"她把落血的床单卷成团,"明天肯定就没有了。"

　　安格尼斯看上去并不乐观,因为还缠着这么多的织物在身上。

　　"神愿。"她别眼不去看那些污秽的东西。她怎么能相信自己可以从这样的折磨中治愈,她曾想象这病从少女变作成人就会离开,然而这一希望幻灭了。

　　安格尼斯别过脸,不再去看没有洗过擦干在镜子中出现的身体。她熟悉自己每一根眉毛,每一个初期的雀斑,如果需

第二十一章

要,还能精确地从每一个角度描绘出她的下巴。唯一她茫然的部位,就是她所谓的"下面"。她所知的就是这个"下面"属于她的身体,只不过这个部分是错误的设计,因为没有完美的关闭,所以,恶魔才会用自己的力量乘虚而入。

毫无疑问,克鲁医生已经与那些力量站到了一起,在她身体不佳的时候掩藏自己的快乐;幸而威廉也开始不喜欢他了!整个伦敦季,医生没有常来,只是昨天,威廉允许他待了一个小时,两个男人甚至在吸烟房里长谈——谈什么呢?当克鲁医生与威廉慢悠悠地走出门的时候,安格尼斯已经想象着自己被束缚在疯人院的庭院中,被丑陋的干瘪老太和哼叫的白痴骚扰。她也梦到了在一只放满了热水的浴缸里睡觉,随后醒来的时候发现,冰冷的血水已经同肉冻一样没到了她的脖子。

她疲惫地靠在枕头上。克拉拉已经离开了,留下了安静而舒适的床单。只有睡眠能带着她去往健康修道院的!她神圣的修女为什么失踪了呢?在亨利的葬礼上,没有一眼,也没有一个手印,她左右寻找着自己的守护天使,看着墓地每一处的树荫。什么都没有。即便是在晚上梦境开始,她都没有能够走出梦境中的火车站;相反,她不安地在纹丝不动的车里,巡走在车厢里的搬运工始终不语,直到它不是一个交通工具,而成了一座监狱。

"修女,你在哪儿?"安格尼斯在黑暗中叫唤。

"就在边上,夫人。"克拉拉在小会儿之后,透过卧室的小缝隙回应道,好似她的耳朵没有欺骗自己。

第二天早晨,莱蒂迟疑地走进主人的书房,说道:"拉克姆先生,您的信件。"她拿着一个放着成堆信件与哀悼卡的银盘。

"只是些奔丧的信,谢谢你,莱蒂。"威廉坐在自己的座位上并没有起身,只是抬手轻弹了下手指打发道,"把卡片拿给拉克姆夫人吧。"

"是的,拉克姆先生。"莱蒂根据信封小麦色的原理,将商业信函从黑框的奔丧信中拨弄开来,放在主人混乱桌子上小块空间,随后离开了房间。

威廉揉着脸,扫除这些天来的疲倦;他红丝满布的眼睛缺乏睡眠,正沉浸在失去哥哥的悲恸中,还有对他妻子的伤害中,是的,不变的折磨。他发现除了婚姻之外,没有什么能比死更麻烦的了。

办丧事的彼得·罗宾逊第一时间提供了日常的东西,仅仅在要求下达的二十四小时之后,就把黑色的衣服,服丧的软帽,夹克,披肩印上那些魔法的字"丧礼急需"通过邮局寄了出去。但这只是开始,不是骚动的结束。一旦仆人们穿上黑色,就会急着裹覆家具和装饰,吊起黑色窗帘,将黑丝带系在铃绳上以及所有上帝知道的地方。随后，就开始荒谬地选择棺材——这件事就如同当时他给休格在五十个衣架中挑选最合适的。可是此刻他怎么还会有心思在五百种样式中选择呢，毕竟死的人是他的哥哥。"和你一样上流的人士，先生，你该看看拉克姆自己工厂的，立刻就不同了。不可缺少的橡木，为了还愿的榆木……"贪婪！为什么威廉必须要有这些多余的花费？为什么亨利·卡尔德·拉克姆不安排呢？老人已经很久没有事做了。但是，"外人都会看着你，威廉，我已经退下来了；在这个世界，你就是'拉克姆'。"狡猾的老头！暴政，恃强凌弱的家伙现在也会说恭维的话了吗？那么结果呢，威廉·拉克姆就是那个可怜的人，必须处理大堆的棺材细节，棺材垫子，花圈，绸带，只有上帝才知道有几百件事需要他提前安排好，尤其他还沉浸在失去哥哥的痛苦中。

至于葬礼呢？如果有一件事他是乐于支付的，那就是可以擦除所有悲痛事物的药物。那是一场悲凉的表演，没有人能得到任何利益的空洞仪式，令人厌恶的克兰博士在雨中主持了葬礼。一群道貌岸然的人拖着脚步参与了葬礼，像亨利生前都没怎么打过交道的麦克利什就是这群人的代表！坦白讲，家庭之外，只有一个人会是真诚善意的。那人就是福克斯夫人，只是那时，她还在医院。不过，仍然有二十多人参加了葬礼。那些愚蠢的人浮夸地在炫耀自己减轻的重量！整个仪式全是四轮大马车，青年侍从，衣服上缀着羽毛的人等等，加起来一共花了威廉一百多英镑。都是为了什么呢？

他并不是吝啬这些钱；他愿意给亨利三倍多的钱去买一座得体的房子，而不是在那个被火灾毁灭的阴暗小屋。只是……该死的，做什么能这么哀悼他的哥哥？每个人，每样东西上都换上了黑色装饰物：这有什么用呢？拉克姆家现在黑暗得就像一座教堂——甚至更让人沮丧！仆人们像教堂看守人一样慢慢移动……铃声都听不见了，所以他有一半时间都没有听到任何事……整个仪式有天主教的味道。确实，这样悲凉的事应该属于天主教徒：愚蠢的人总在想着人可以死而复生！

认识他的人以这样的方式去纪念——世界的损失，天堂的幸运——这就是威廉让一个泥瓦匠在亨利墓碑上刻的墓志铭。悼念者伸着脖子看墓志铭——他们是在想弟弟是不是本来可以为哥哥做得更好？看着它们印在最冰冷，最坚硬的石头上时，所有的心绪是如此的不同。

威廉将早晨的信收在手上，同时摊开了一打信封，发现寄信者有：柯里本玻璃工人；R.T.阿布里克，纸箱制造商；克拉特&C，格里纳姆&伯特，律师；亨利·拉克姆（老）；促进社会启示录；G.潘克先生；塔特尔&索恩，职业救援人员。

第二十一章

威廉第一个打开的是最后一封,里面有八页纸,纸的抬头写着塔特尔＆索恩,职业救援人员。封面上写着:

令人尊敬的拉克姆先生,在此列出 1875 年,9 月 21 日在诺丁山格勒姆·普拉斯 11 号抢救出来的物品清单。这张清单中没有列明的,可能已经焚毁或是在塔特尔＆索恩救援队来之前就被那些不知廉耻的人偷走了。类别 1:大面积烧伤的猫一只(目前由我们照顾,请提出处理意见),一个火炉,一个四个抽屉的厨房柜子,厨房炊具,锅子,盘子,不同类别的厨房物品,调味瓶……

威廉翻阅着纸页,发现到处记录着奇怪的物品:

不同类别的印刷品,埃德蒙·科尔的《一个夏天》,艾尔弗雷德·韦恩·福布斯的《衣衫褴褛的虔诚者》,F. 克莱德夫人的《表面头衔》,约翰·布拉姆特利的《明智与愚蠢的处女们》,R.A……一共 371 本书,大多数是宗教书籍(所有名录需提出申请),黄铜架子的地球仪(轻微烧坏)……

看着这些东西,威廉无奈怜悯地叹息着,呼出恼怒的气息。一个轻微烧毁的地球仪!他是什么,还是谁与这轻微烧毁的地球仪有联系?在接下来亨利希望的信息中,他想他曾告诉那些施救者保护亨利的房子不被那些不配拥有的穷人占领,然而,回头看看这些事,他会把亨利的遗物放在哪儿?如果他没能让自己的哥哥活着,拥有他的火炉或是浴缸有什么用途?

威廉将清单扔到了他的桌上,从椅子上起身,站在书房的窗旁,透过自己的院落看向远处的街道,安格尼斯曾说那儿曾有天使走过。此刻只有毫无生气的人走过,每一个都比亨利矮,身板也不如他直。唉,高大挺拔的亨利!威廉在想他是否会在自己哥哥活着时激怒他,而虚伪地为此伤心。也许吧,只是血终是浓于水的。

他们曾一起长大——不是吗?他努力地去回忆与哥哥共同的儿时,那时亨利还未在他们之间设下信仰的门槛。模糊的画面,就像搞砸了的照片,两个男孩儿玩着游戏的草坪已经变作了街道,所有的印记已尘封在了土中。

关于亨利最后那几年的记忆已经不再是那般的美好。威廉想起哥哥在大学的时候,饶有目的地穿过铺洒阳光的图书馆,一半书籍堆在了他的胸前,根本没有在意躺在草坪享受野餐的威廉,耳边只有柏德烈,阿什维尔欢腾的呼喊声。随后,威廉跳跃似的回想起亨利狭小的房子,六角缘木架上没有雪茄,没有酥心糖,没有烈酒,没有任何能够抓住拜访者眼球的东西,上面放着的只有宗教方面的书。他想起亨利几乎每周日都会停在自己家门口,传递给他这个弟弟错过的正面且发人深省的想法。

威廉努力地往回想过去，他看到十二岁时的亨利在家庭祷告之后背诵自己作文中关于世间万物与精神关联的论述。仆人在他们的阶层里烦躁，他并不知道当背诵结束时他们应该拍手还是应该保持尊敬的沉默！

"很好，很好。"老亨利·拉克姆赞赏道，"我儿子是多聪明啊！"

威廉的右手莫名感觉到疼痛，于是低下头，方才发现自己的拳头正抵在窗棂上，窗棂的木头粗糙地擦伤了皮肤。他的眼中蓄满了一个儿童妒忌的泪水。耳边响起消防员确定亨利在被火烧之前已经被烟呛死的字句。他用袖子擦了下脸，胸口涌上的颤动化作一阵抽噎，这时，又一串敲门声响起。

"是的，你想要什么？"他嘶哑地问道。

"叨扰了，先生。"莱蒂打开条门缝，"布雷奇露女士来了。是您，还是夫人见她呢？"

威廉从自己的外套口袋里拿出表看了下时间，他搞不明白为什么布雷奇露女士会比约定的时间早到。事实上，她并没有早到，只是威廉已经迷失在自己忧郁悲伤的回忆中，忘记了时间而已。他以为时间只是过去了几分钟，其实，他站在那儿已经一个早上了，而他眼中妒忌父亲偏爱哥哥的泪水已是十八年前的事了！精神病与忧郁症是怎样在这虚无的一天中占据他的心神的呢？万能的神！悲伤有自己的住所，只是有人迎难而上，而有人则需要让生命之轮继续运转。

"好吧，莱蒂。"他清了清嗓后说道，"告诉布雷奇露女士，我在家里。"

接着的那个礼拜，安格尼斯·拉克姆写信道：

亲爱的福克斯夫人，谢谢您的邮件，威廉让我向您回信。我很高兴您能接管亨利的财物，否则的话他的遗物都会被廉价出售。我会照顾亨利的猫，直到您出院后再交给您。威廉说其他的物品已经送到您家里显眼处的空地。威廉说那不过就是个小房子，那些救火的人还要抱怨这抱怨那儿的，不过我请您心里不要去怪那些没有礼貌的救火队员。在医院很难过吧？我上周就特别的苦恼，幸而身体又恢复了。看到您所做的哀悼行为与我一样多，我很安慰。不无聊吗？我需要戴黑臂章三个月，穿两个月黑衣服，随后还得有一个月做半哀悼仪式。您呢？我不知道您会遵从哪样的法则。别误解，亲爱的福克斯夫人，虽然我很喜欢亨利，而且只喜欢他一个人，甚至每天我都会为他的死而流泪，可我还是非常厌恶戴孝。如果不穿着阴郁的黑衣服，我没法拉下铃就喊人来打开窗，透透气。只要我出门，就必须穿成漆黑，虽然彼德·罗宾逊的册子上强调西班牙花边是很时尚，黑色的手套能让人的双手看上去纤巧，我仍旧感觉不舒服。我的手本来就很好！黑色，黑色，所有的都是黑色。在这黑色边的哀悼纸上写的字都是可怕的黑色。我似乎

第二十一章

一直在上面写着字,因为我们似乎已经进入了没有完结的悲哀场合,威廉让我代表他回信,他说我必须明白他不在状态。尽管如此,我仍旧不明白我能否明白:或许他的意思是他很忙。当然,亨利悲悯的命运对他的伤害并没有对我的深刻。我颤抖着,每每想到他就哭泣。如此可怕的结局……摔倒在火前,随后,被火吞没。很多时候,我都会在火还烤着的时候睡着觉,但克拉会为我扑灭的。或许,我应该送亨利一个小仆人。但是我怎么会知道这件事呢?黑色,所有的都是黑色,我孤独地体味着漫长的日子。在这样一个悲伤的日子,渴望陪同与消遣是一种罪恶吗?如果除了亲戚与私交甚近的朋友能够拜访我们,那对我来说没有更好的安慰了,对其他人不也是这样吗?过去伦敦季快乐的约会再也不会来了,我没法参加任何的派对。他们肯定会忘记我这个被黑暗笼罩的人。而威廉倒好——他三周的服丧日已经结束,他能随心所欲地做事,为什么我还得应付这么多月呢?

诚挚的安格尼斯。

附言:亨利的猫咪过得很好,它现在喜欢吃奶油,好似从来没有吃到过的那样。

教堂弄,圣贾尔斯,并不是通往东方的长途。休格的手指绕在热可可冒出的热气中,心悦于这番的温暖,笑着看向主人。卡罗琳没有点灯的房间单调而灰黑,亚麻黄的裙子周旁满是苍白的光泽,她回到了自己床上,几乎消失在黑暗中。与之相对的是房间中仅有的一张椅子,休格将自己打扮得色彩斑斓,一只异国的彩鸟在屠宰场上扑打羽翼。她后悔自己穿了这样只在自己家才算得上适度的裙子!

卡罗琳机智老练,已反复说自己很欣赏休格"昂贵"的穿戴。只是,她怎么能去辩驳自己戴着已被定性成价格昂贵却又缺乏时尚的东西呢?卡罗琳灰脏裸露的脚悬在床沿那儿。它们难道不像双动物的脚,对周围的一切无动于衷吗?休格抬起杯子放到唇下却并没有喝,她喜欢杯中的蒸汽扑到脸上,而热的陶瓷温暖她的手掌。

"你手很冷吧。"

休格尴尬地笑笑,轻啜了一口都不想吞咽的下等可可。

"手是冷的,心是热的。"她在一层拉克姆青春粉饼的掩饰下看不到泛红。她很明白自己为什么这么冷:因为现在的她已经适应了可以从早到晚都享受壁炉温暖的日子。她想没有火能够炙热地烤在每一间房里,直到窗子爬满了蒸汽,灶台边的每一处角落与缝隙都充斥着壁炉的味道。一周一次,两周一次,有人会带着一麻袋干柴火到她那儿,她离贫穷已经很远了,甚至忘记该给那背柴火的人多少硬币。

"你的亨特先生怎么样了?"卡罗琳边找着梳子,边问道。

"嗯?哦,挺好的,很不错。"

"林克上尉自从上次你来后也不错。"

"是啊,我刚听到林克夫人的声音了。很奇怪,他给我感觉好像厌恶起自己的经历来了。"

"他会告诉你。"卡罗琳嗤了下鼻子,发现一只丑陋的黄杨木梳子还粘着些头发,"一回来就唱着歌告诉你。"

林克上尉唱歌的样子在休格印象中很可笑,但没关系:她需要再利用他一次。或许,这一次,她能在到达农场之前就把他灌醉,这样好让他表现得更好。

卡罗琳打扮起来,看着穿衣镜里的脸。

"我老了,休格。"当她转过身发现自己自然分开的头发,立刻愉快地说道。

"我们都是。"休格说道。在她的唇间,这听起来就像是一个彻头彻尾的谎话。

"你知道凯特·莱斯特死了,是吧?"

"不,我不知道。"休格轻啜了一口可可。尽管喝到胃里的液体是热的,但她身体里莫名涌上了凉意。她试图告诉自己,自从离开卡斯特威太太这儿,她还是每天——几乎每天都想着凯特。然而,她却没有想过这个曾经如此熟悉的人:整夜坐在那儿将死的妓女,手拉着手,好似它们一样长短。尽管前几个月,凯特看上去不行了,离死亡十分近,她都没有能够再来一次卡斯特威太太这儿。此刻,一切都晚了。倘若卡罗琳行将离开人世,而威廉又需要她陪自己睡床上,她还会整夜陪在卡罗琳的身旁吗?或许不会。

"她什么时候死的?"她问道,罪恶感在肺腑中滋生。

"没法说。"卡罗琳仍旧在梳头,"我不确定是几号,但肯定不是这几天,有段日子了。"

"谁告诉你的?"

"林克夫人。"

当休格想着另一个问题——任何问题的时候,她感觉汗水正弥散在她紧实的衣袖与紧身上衣里,她想要抓握住思想中任何证明一丝真实,深刻,诚挚地关于她对凯特去世想法的词——但却找不到任何词。

什么都没有,只是"她的大提琴呢?"

"她的什么?"卡罗琳抬起头,分开头发,光滑的发丝该是要洗了。

"凯特经常弹奏的乐器。"休格解释道。

"我想他们烧了吧。"卡罗琳实事求是道,"他们烧了所有她碰过的东西,林克夫人说这样可以祛除病毒。"

一个生命离开了,就像巷子里的尿,滴流的声音回响在休格的脑子里。如果有一天我闭上了双眼,甚至没有人知道我曾经活在这个世界。

"老地方还有什么……别的新闻吗?"她问道。

卡罗琳正别起头发,发式匆忙而马虎,没有镜子,发油的头发松松地绾着,这让休格不禁粗鲁地抓住她朋友的肩膀,让她重新绑弄头发。

"珍妮弗·皮尔斯挺好的。"卡罗琳说道,"林克夫人现在把她当二把手看待。有一个新的女孩儿——我忘记了她的名字,现在有些变化了,同以前不太一样,噢,倘若你能懂我的意思。同你之前理解的有了差异。"

休格听到这条信息后,脸部不禁抽了抽。妓女就是妓女,无论是这个躯壳还是那个躯壳,都是妓女,不是吗?然而,卡斯特威太太处那些熟悉的墙壁回弹出来的不是欢愉的声响而是痛苦的尖叫,这般的情景对休格来说,就好像曾一度认为作呕,此刻而却不禁念起的肉体交易奇特地闪着光晕。男人很快就给了女人一些先令以解除自己在她双腿间已得到的"清白"。

"我没想过妈妈会同马戏团路的桑福德夫人去比。"她说道。

"啊,你没听到吗?桑福德夫人已经不再玩那把戏了。一个老情人希望带她离开那儿去自己的家。她会在那儿等着,她会有马车,她要做的只是系上她的真丝腰带,想想真是不错。"

休格笑了笑,但她并没有心思在那上面;她看到可怜的小克里斯多夫拖着细长泛红的手臂,拎着浮了肥皂的水桶已经站在了她旧卧室的门口,一个妓女正在鞭打着一个四肢匍匐在地的肥胖男人,他的身上已经落了血红的印子。

"你……你的生活有什么新变化吗?"她问道。

卡罗琳盯着斑驳的屋顶寻思起来,接着,又来回地在床上挪动。

"嗯。"她含糊地笑着,好似在回想她刚认识的一个男人,"好吧,我好像已经很久没有看到我那帅气的牧师了。我想他不是怕了我的恶作剧吧。"

休格盯着她裙子膝盖上的黄印看了会儿,她在决定自己是否要开口。她知道亨利的死亡已经在她的心脏上烧了个洞,如果她把这件事告诉卡罗琳,或许这场焚烧会结束。

"对不起,凯蒂。"当她再次理清了自己的思路,"你不会再见到那位牧师了。"

"为什么不能呢?"卡罗琳大笑,"你把他从我这儿偷走了吗?"但她能感觉真相的气息正在靠近,她的双手忧惧地紧攥着。

"他死了,卡罗琳。"

"噢,不,该死的,真他妈该死!"卡罗琳用拳头敲打起自己的膝盖大声惊呼,"该死的,该死的。"

歇斯底里的痛苦与后悔冲出她的双唇,她陷入了极度的痛苦中,整个人倒向床,深深地呼吸着,拳头在床单上颤抖。

一会儿之后,她叹息了声,松开自己的拳头,双手松弛地放在胃上,从多年来几乎习以为常的悲痛中缓过神来。

"你怎么会知道他死了?"她的声音混浊不已。

"因为我知道他是谁,这就是原因。"休格说着。卡罗琳对亨利的命运反应如此强烈,只是因为好奇,并无别的缘由。

"那他是谁?"

"真的重要吗?凯蒂。除了名字之外,你比我了解他得多。我甚至从来没有见过他。"

卡罗琳站了起来,脸涨红着喘息,只是两眼都是干的。

"他是一个正派的男人。"她说道。

"很抱歉我告诉你他死了。"休格说道,"我不知道他对你意味着那么多。"

卡罗琳耸耸肩,自我暗示对他的柔情不过就是对一个客人而已。

"啊。"她说道,"这世界不是只有男人和女人吗?所以,你不用太在意。你还在意什么呢?"她离开床,走到了窗前,站在亨利曾经站过的窗棂前,看着教堂弄的屋顶。

"是的,他是一个正派的男人。我想为他主持葬礼的牧师也是这么说的。或者他们将他埋在有立桩围住的路下?这就和我祖父的兄弟自杀后,他们做的那样。"

"我想他不是自杀。他只是在客厅睡着了,壁炉里有很多纸,房子着火了。或许,他把现场弄成这样,好为他家族拯救自己的弟弟。"

"他看上去不那么蠢。"卡罗琳靠着窗子,抬头斜视着变暗的天空,"我那英俊可怜的牧师宝贝,没有对任何人起过坏心。为什么那些害人的人反而不杀死自己,而那些不害人的人却早逝?这是我对天堂的想法。"

"我得走了。"休格说道。

"噢,不,再多坐会儿吧。"卡罗琳反对道,"我正要点些蜡烛。"

她发现休格僵硬地坐在那儿,双手紧扣在被子上,黄色的裙子在黑暗中紧皱。

"或许点个火儿。"

"不要为了我。"休格瞧了眼柳条篮子里贫瘠苍白的柴火,"如果你马上出门的话,烧火炉是浪费柴火。"

然而卡罗琳已经坐到了壁炉旁,快而熟练地拨弄起来。"我的客人也会这么说。"她说着,"我总不能说这屋子太冷,你们不能挪地吗?反正是林克付过钱的,不是我付的。"

"只要不是记我账上就好。"休格说着,立刻后悔自己唯利是图的言辞,希望卡罗琳反应迟钝没有注意到自己的话。休格希望自己能够尽早地离开,于是将盛放可可的杯子放到了椅子下。好吧,它已经凉了:她为什么逼自己去喝冷可可——又冷又糟糕的可可?坦白地说,它的味道就和老鼠药一样……

只是她的耻辱并没有因此终了。卡罗琳正点着火,好似设了一个惩罚性的动作在提醒休格自己的方法:放入大量的引火物,一捧一捧地放入干木,直到燃起更多的火星来。卡罗琳用木箱上的刺花纹条花木与旧家具木条搭起了简单的引火设置,用一支简单的金属棒让火噼啪地发出声响。她虽背对休格,却继续着她们的对话。

"那么,做克拉姆老头儿的情人是什么样的感觉呢?"

休格的头发彻底遮住了她红彤彤的脸庞。背叛!但谁背叛了自己?林克,或许是……

他的誓言不值一钱,老猪……

"你怎么知道的?"

"我不笨,休格。"卡罗琳透过木头蹿起的火苗挖苦道,"你告诉我你被一个有钱人包养了,那个可怜的牧师告诉我他可以为我在拉克姆公司找个工作;今天你告诉我你也知道我的牧师……当然,我知道不久之前拉克姆家有人在自己的房子里烧死了。"

"但,你是怎么知道的呢?"休格固执地问道。卡罗琳并不读新闻,教堂弄离诺丁山太远,哪怕整个诺丁山被烧毁,教堂弄都没有人会看到半丝烟。

"一些不幸吧,"卡罗琳叹息道,"我无能为力,但却能听到。"她朝下指了指,透过地板,透过被虫蛀得千疮百孔的林克夫人的客厅,林克正拿着报纸坐在那儿。

"但为什么你喊我的……我的伙伴是'拉克姆老头儿'?"

"好吧,他是老头,不是吗?我偶尔记起我的母亲也有一些拉克姆家的香水。"她眯起眼睛,仿佛记忆如同遥远的月亮一般,"一瓶能用一年呢。"

"不,不。"休格说道(牢记下要建议威廉在拉克姆的广告中抹去平民信息),

"不是父亲，是儿子……是那个还健在的儿子。今年他刚接手了公司所有生意。"

"那怎么样了呢？"

"好吧……"休格展示了下自己昂贵的衣裙，"就像你能看到的一样……"

"衣服不意味着什么。"卡罗琳耸耸肩，"他也许把你当作玩物，或是想要你舔他的脚。"

"不，不。"休格赶忙说道，"我没什么可抱怨。"休格似乎突然觉得想要上个厕所，她希望能走（她得去外面解手，而不是在这儿！）。然而，该死的，卡罗琳却还没有结束。

"噢，休格，你真是好运！"

休格在位子上挪动了下："我希望每个女人都能一样幸运。"

"我也希望！"卡罗琳大笑，"但是一个女人需要魅力和能力去抓住这笔财富。像我这样的担负，现在我们没法取悦一个男人，除非……"她拍了下床单，"很短暂的时间。"当她意识自己的想法很是明智时，双眼闪过些许欢愉，"有一种说法，不是吗，休格，一种符咒，像魔法一样的符咒。如果我能在他们进入我身体的时候抓住他们，他们在我的控制中。我的声音听起来就像是音乐，我走路就像是天使在云端，我的胸让他们感觉像是保姆，而他们深情看着我的双眼其实就像是在看天堂。然而，当他们变软的时候……"她哼了一声，学起男人泄欲后的疲累样子，"他们会厌恶起我嘶哑的声音！我荡妇一样的步子！我下垂的乳房！当他们第二次看我的脸时，他们会因为自己没有戴上手套去碰这么一张肮脏的妓女脸而感到失策！"卡罗琳快乐而轻蔑地笑了起来，同时，她也看着自己的朋友；然而，她却发现休格正用双手捂着脸，猛地哭了起来。

"休格！"她困惑地走到休格身旁，将手臂放在休格颤动的背上，"怎么了？我说的话怎么了？"

"我不再是你的朋友！"休格抽泣，话语闷在手掌中，"我对你来说成了一个陌生人，我恨这个地方，我恨它。噢，卡罗琳，你怎么能理解我呢？你是穷人，而我过得奢侈。你在牢笼中，而我是自由的。你坦率，而我则满是秘密。我藏满了计划与阴谋，除了去关心拉克姆之外，没有什么能调动我的兴趣。每说一句话，我都会深思熟虑。我无法说出自己心里的话。"她的手捏成了拳头，情绪激动地抵在泪水打湿的脸庞上，"甚至泪都是假的。我选择让它们流下来，这样我自己能好受些。我是虚伪的！虚伪！虚伪到了骨子里！"

"好了，姑娘。"卡罗琳将休格的头与肩膀放在自己的胸前安慰道："够了。我们仍旧是我们。你没法感觉到的……好吧，它失去了，已经走了，就让它走吧。

第二十一章

哭泣不能带回处女膜。"

然而休格却止不住地流泪,这是自她成年的第一次,那时,她还没有穿上红色的衣服让人唤她卡斯特威太太——她在一个男人的怀里哭成了如此这般。

"噢,卡罗琳。"她啜泣着,"你比我更值得。"

"但是仍旧不够好,不是吗?"微长些年纪的女人笑道,"明白吗?我能读懂你的想法,姑娘,我透过你脑门就能了解你在想什么。我停下来只是为了保有更好的印象罢了,因为我已经读到了更糟的东西。"

在黑暗的房间里,当火燃起的温度开始蔓延时,两人互相抱着,直到休格恢复镇定,卡罗琳弯曲得背疼。

"啊呀!"卡罗琳戏谑地喊疼,抽回了自己的手臂,"你把我给弄弯了,比男人把我的腿往天上抬更厉害了。"

"我——我真的得走了。"膀胱惩罚性地涌来一阵疼痛,休格立即说道,"已经很晚了。"

"是的,是的。我的鞋子呢?"卡罗琳从床下拿出自己的靴子,故意让休格瞥见了自己的夜壶。她拍了下脚上的灰,穿上靴子,"最后一个问题。"她边扭伤口边说道,"每次在你走后都想要问你。那次我见你在希腊街的纸店里——还记得吗?你是在买书写的纸吗?写字的纸。那是干吗用的呢?"

休格迷离的双眼在泪水后变得温柔。她会因为再一次地刺激而流泪:"我从来没有和你说过吗?我在……我在写一本书。"

"写书?"卡罗琳怀疑道,"上帝!一本书,一本真的书,就像……就像……"她看了看房间四周,然而却看不到一本书,除了一个烟草盒子大小的,她的牧师留给她的新约,但现在已经做了墙角线堵老鼠洞的东西,"就像书店里那种吗?"

"是的。"休格叹道,"就像书店里的那些。"

"现在怎么样了?写完了吗?"

"不。"这就是她能说的,但她看得出来卡罗琳似乎并未满意。"但是……"她即兴创作道,"我打算马上写本新的。我希望更好。"

"我会在里面吗?"

"我还不知道呢。"休格无奈地说道,"我只是在想。卡罗琳,我需要……用下你的夜壶。"

"亲爱的,就在床下。"

"别看着我。"休格脸一下又红了,这一次是真的感觉不好意思。以前,她与卡罗琳在一起就像伊甸园里堕落的野兽;有需求的时候,她们就会裸着身体肩并肩,像柏德烈与阿什维尔那样叉开腿。现在,她的身体不再为任何人,只是为自己,还有威廉。

卡罗琳奇怪地瞟了眼,随后由着她去。她快速地从床上转到椅子上,继续扣上自己的靴子,而休格则蹲了下来。

卡罗琳的房间又变得安静,而教堂弄外,生活咯吱作响,啐口水,叽叽喳喳的声音不停;两个男人开始吵架,听着咆哮的声音好像是外国人,其中,还夹杂着一个女人的尖笑声。休格疲累地想要尿,膝盖与拳头忍不住颤抖起来,然而,她却怎么也尿不出。

"和我说话。"她恳求道。

"说什么?"

"任何事。"

卡罗琳沉思了一秒,而外面有人在喊叫"荡妇!"随后,大笑的声音消失在了看不到的楼梯井里。

"林克这时候肯定希望能喝更多的威士忌。"她说道,"他还要鼻烟。"

休格笑着,在她黄色的华丽裙衫下,感谢上帝,模糊的水声开始了,"我会让他抽的。"

"它一定是个印度鼻烟。黑色的,填充物是粘粘的,该是德里兵变时的。"

"如果有钱买的话,我会买一个的。"休格站了起来,脸上的泪水已经淡去,为了隐去证据,她将夜壶提到了床的另一侧。

"你知道。"卡罗琳天真地继续刚才的话题,"我想要出现在一本书里,当然最好是我朋友的书里。"

"为什么,卡罗琳?"

"好吧,显而易见,我不知道:一个敌人能让你变作一头牛——"

"可是,我想问你为什么想要出现在书里。"

"好吧……"卡罗琳的眼睛呆滞地看着前方,"你知道我总幻想自己被画下来。如果我不能被画下来……"她耸耸肩,瞬而变得忸怩,"在书里也好,毕竟那会是永恒不朽的,不是吗?"

看着休格的脸,卡罗琳发出沙哑的笑声:"哈!你不知道我还会说出这样的词吧?"

她再一次地笑了,随后,面容化作了悲恸的笑容,就好像亨利·拉克姆带来的最后一缕精神如烟一样从烟囱飘走:"我是从一个朋友那儿学的。"

为了打破内心阴郁的情绪,她佯装没有看休格,只是说道:"好了,我必须开始工作了，亲爱的，或许，这区的男人都只和妻子做爱了。"

说完后，两人彼此行了贴面吻别，休格独自从凄凉的楼梯走下来，留着卡罗琳收拾自己夜晚的盛装。

"小心你的脚下！"卡罗琳喊道，"有些台阶已经烂了！"

"我知道。"休格也喊道，毕竟，她曾经知道哪些可以踩，而哪些被太多重重的男人走过。现在，她手紧紧地拉着楼梯扶手，生怕身旁木头会倒塌。

"聚集的暴风雨，"林克上尉在昏暗的影子处转着轮椅喃喃，"灾难！"

或许是回到了安全的地方，或许是要离开林克即将崩塌的房子，休格并没有听老男人的胡言乱语，也没有如往日一样去闻他身上的味道。

"老实说，上尉，如果这就是你要在下一次去农场时表现的样子……"她从林克面前挪过去的时候，边收拢自己裙子不被他的轮椅弄脏，边顺口警告他。她离开了他责骂的范围，他生气地爆发出哼哼声跟着她穿过房间。

她加快了脚步，想要丢他一个人留那儿困窘，然而，他却追她过了走廊，手肘变形地在狭窄的墙壁上擦过，铸铁的轮椅在他费力经过的时候，发出嘎吱嘎吱的声响。

"秋天！"他朝着她脚后跟吼道，"秋天会出新疹子！德维纳·科隆小姐，站那儿就被人刺伤了心脏，就在彭赞斯火车站！德里布有三个人被倒塌的新楼砸死了！亨利·拉克姆，香水厂商的哥哥烧死在自己的房子里！你还想逃去哪儿！"

"是的，你这个老头。"休格对他的揭露，不管是有意无意地，都十分恼怒，因为她编织过乔治·亨特这样的虚构人物，"是的，我希望现在就逃走！"于是，她猛地拉开门，头也不回地跑了出去。

"其实，这一次，你不用麻烦地带那老头去。"当他们见面的时候，威廉说道。

"噢，不麻烦，"休格说道，"已经安排好了，他会和小羔羊一样，你可以尽管放心。"

他们穿着衣服，端坐在普里奥里前室的凳子上。威廉没有时间与休格做爱；他脚旁的地毯上放着两片皱巴巴的包装纸，里面有半打杂乱镶边的纸，他最后的决定必然是及时把它们寄走。休格已经建议他将金色与橄榄色搭配起来，他想要赞同她，但蓝色与祖母绿搭配更清爽，只是堆在一起看上去太廉价。对纸而言，他们都认为包在肥皂外，越薄越漂亮，于是两人在一起做了很多实验，发现只有店主不负责的时候才会让包装纸脱落。所以，他只需要选择图案，最后，他打算放那儿一分钟，相信自己本能上会第二次选择的一种花纹。

"不。"他坚持道，"老头能留在自己家。"

休格看到他眼神中的斩钉截铁，片刻，感觉这眼神背后带着的害怕。这是他们彼此隔阂的开始吗？当然不是——一分钟前，他还告诉她，笑着告诉她，她成了他的左右手。所以，如果林克真的是那么令人讨厌，那么还有谁能够与她一起去米切姆，让那边的工人投以尊敬的眼神？

她立刻搜寻自己生命中所有认识的男人：空留给自己父亲的位置；一对巨人，狂暴的样子吓得她母亲哭泣（这是在她母亲将泪水当成家常便饭前的事了）；一个以温暖她身体为名夺走她贞操的"善良的绅士"；在那以后，就是那些半裸着身体，像化装舞会上与她身体相叠的男人，不，不止是两个，而是成百。她回想起一个一条腿的客人，他剩下的那条腿还撞了她的膝盖；她还回想起一个薄唇的男人几乎掐死了她，幸而艾米跑来救她；还有一次，一个亚洲脸孔的傻瓜胸比她的还大；还有一个头发成堆地落在肩膀上，眼睛已生了白内障。她能记得的是他们千奇百怪的身体。在《休格的沉浮》中，有所有她认识的男人的片段，所有的人都被她用笔复仇屠戮。亲爱的上苍，难道就没有一个她认识却不让人厌恶的人吗？

"我——我必须承认。"当她抛却了手挽手的小克里斯多夫时，朝威廉说道。"我想不到合适的陪同人。"

"那就不要带了。"拉克姆喃喃着，注意力再次回到脚旁的包装纸上。

"噢，不过威廉。"她似乎不相信自己耳朵听到的，立刻说道，"难道不会引发流言蜚语吗？"

他猛地咕哝了一句，精力又回到了金色与橄榄色对比蓝色与祖母绿色的问题上。

"我不会让这些琐碎的事烦恼，该死的。就让那些农场工人窃窃私语好了，如果他们想这么做的话！除了窃窃私语，他们在外面没胆子做其他的事……上帝，我满脑子关心的事就是刚葬了的哥哥。比起那些人的闲言碎语来说，更糟的事，是我最近严重缺觉。"说着，他突然踉跄地起身，抓住了金色与橄榄色包装纸。"就是它了。"他宣布道，"我喜欢它，我想我的客人们也会喜欢。"休格高兴极了，晕乎乎地抱住了他，他溺爱地亲了下她的眉宇。

"信，我们必须得写信。"在她嬉闹前，他提醒她道。她抓过纸和笔递给他，他匆匆地用打字机写了信，随后，在结束之前的十分钟，他站在前厅，让她帮忙穿上外套。

"你真是个宝贝。"他说着，尽管信封塞在牙齿间，字句还是很清晰，"不可缺少的人，这是我对你的评价。"

第二十一章

随后，他匆忙扣上扣子，拍了下灰尘，离开了房子。

待到他走后，休格关上门，锁上弹簧，彻底从戴着镣铐佯作端庄的桎梏中解脱。她洋洋得意地喊叫，从这间房舞到那间房，旋转着脚尖直到裙角飞舞，发丝扬起。是的！最后她能走到他的身旁，就若这个世界所想象的一样！如他所说，不是吗？他们的关系不该被这些细碎的想法给左右——他允许这样的事发生！愉快的一天！真是愉快！

只是她愉悦的心情在想到又要去教堂弄一次告诉林克自己已经改主意了而有些低落。只是，她为什么必须得去？想到这儿，她拿来一张书写纸，坐在写字台前，精神紧张地旋开钢笔浸入墨水瓶中。

亲爱的林克夫人：

我本周五出行的计划取消了，所以我不会去接上尉了。（这是她想了许久唯一能想到的话）无需归还那些我给出的钱。此致。

休格敬上。

再过十分，十五分钟，邮递时间就截止了，休格仔细想了下是否要加句"又及……捎上我对卡罗琳的爱"，可感觉好像缺了些感情。英语有很多表达"爱"的词。休格把所知的都想了一遍，然而末了，休格知道林克夫人一定更会添油加醋地说这些话，这反而让她的房客疏远。因此，当太阳落下，普里奥里的天气变糟的时候，休格打算下次见到卡罗琳的时候，亲自向她表达，于是她将信封入信封，随后等到天气变好后再去寄送。

"准备立刻行动！"威廉·拉克姆朝着烦躁的举火炬人吼道，"非常好，点篝火吧！"

在堆起的柴堆周旁，所有涂有动物脂肪的火把头往下点在了粗糙的枝条与灰色的叶子上，仅是半分钟的工夫，薰衣草的味道就从蹿起火苗的木头中弥漫了出来。男人们不觉一起笑了起来，手挥动起来扇去眼睛前的烟：执行开始点燃草堆的命令，燃起了他们内心贫乏的骄傲，只是在这样的下午，他们能够在这九便士一个日的粗鄙工作中多享受一杯免费的柠檬水。

"看来还得更多的火把。"一个人说道，只见他手里燃着的棒就像是一把剑，上头的火可能会吞灭整个山上的植物。阴霾的烟尘开始向上空腾起，让浮在最低层的云蒙上了灰意。

"这是拉克姆家高品质的证明。"威廉朝休格说道，"灌木难以引火，因为它们并没有枯竭，它们的生命还在里面。但是拉克姆不会将它们带入第六季丰收，因为它们虽然有生命却并不强健。"

休格看着他,不知该如何回应。他向她着重说了这件事,好似她是上了年纪,需要轮椅推送的林克上尉这样的投资人的女儿或是孙女。他们两人还有距离,还没有到她所想的手挽手亲密的距离。

"我曾经见证过。"威廉大声地说着,音量越过了噼啪作响的木头与其他人细碎的交流,"一篝火能烧六季。它不停地烧,噢,就像是干枯的欧洲蕨。油从最后一批收割中蒸发的话,那一定是三流货色,我确定地告诉你。"

休格点点头,保持沉默,继续看着燃烧的火焰。冷风吹过,她的背脊不禁一颤,心中的窘迫已穿过心流露在她的脸上,她不知道自己是否适应这曾经很向往的乡村生活。火所到的地方,男人们边再次用火把点着火,边讨论着火的进程。他们的口音听上去颇为难懂,她想自己可能是太过有教养所以才听不懂,或是他们真的口音真的太重了,仅此而已。

那些工人对她而言就像是外星人,穿着他们统一而修补过的鞋子,粗糙的棕色裤子,没有领子的棉衬衣,就像是某一类生物,强壮得不惧冷风或热火炙烤的灵长类动物。

休格很欣慰他们专注于自己篝火,这也意味着他们不太关注自己,她今天并不渴望自己被更多地照顾。她自己挑选了深色严肃的衣服,丝毫不像第一次她来这儿的时候,有着吸引众人眼球的薰衣草色的羽毛。如果她没有挽上威廉的手臂,她自己就是个与他毫无干系的人。

烟波满是青灰色的火花与灰烬,它们巨浪般地涌向变黑的天空;男人们欢呼雀跃看向他们热忱工作出来的果实。然而,当薰衣草的烟变得更浓时,休格感觉一种不安涌了上来——非常惧怕的心思让脚底的冰冷感仿如那次去卡罗琳没有烧火炉的房间一模一样。深呼吸烟雾旁尽可能多的新鲜空气,还是屏住呼吸呢?她两样都试了,最后决定如平常一样呼吸。如果她能够在来之前吃点什么就好了!因为她已经预感到自己头昏眼花了。

"有时候,我没法拜访你。"威廉突然凑近她发红的脸孔说道,声音不再是庆典的主人,而是躺在她赤裸身体旁度过爱欲的男人。

休格努力抓住自己的思绪去解释他话的意思:"我想,这是一年中最忙的时候吧。"

威廉在篝火后朝那些男人挥手示意往后退,如此,可以让他们知道不需要再燃火。显然,烟对他的困扰不比对她的少。

"是的,但不是这个原因。"他轻轻地说着,好似在察看大家是否如他所说那样撤退,"家里发生了些事……事情还没有处理妥当,家里有一只大马蜂窝,

第二十一章

我告诉你……噢,天哪……真是件日常琐事!"

休格试图用浓烈的香水来集中精神。

"索菲的保姆呢?"她想要听到的是柔和放松的嗓音,然而听上去却只是糟糕的脾气(她感觉如此)。

"你总是推论得很对。"他现在大胆地站在离她更近的地方,"是的,比阿特丽丝·克利夫已经贴上了条,说是自己心脏不好。她已经说服我索菲需要一个女家庭教师,其实,她已经急于跳槽到巴雷特夫人那儿,我确定她不想留在有丧事的家里。"

"很难找到女家庭教师吗?"休格的心沉沉地跳动。

"几乎不可能。"他皱着眉头,"我有我的工作,但却可以确定一些未来。糟糕的家庭教师有很多,可你没法把她们挑出来。支付可怜的工资,自然只能引来更糟的应对;而支付丰厚的薪酬,那么各种女人都会鱼贯而入。我在周二晚上的泰晤士报登了广告,现在已经收到了四十封信件。"

"可是安格尼斯没能选出一个吗?"休格试问道。

"没有。"

"没有?"

"没有。"

休格脚下已站立不住,更觉心脏沉得太过厉害以至于肩膀都跟着摇晃起来,她听到自己虚弱的声音:"威廉?"

"怎么了?"

"你确定不后悔,我们无法住在一起?"

"我会全心全意地。"他立刻回答道,声音与其说是疲倦,倒不如说是生气,尽管打乱他们之间和谐的是令人心烦的交易限制或是毫无意义的法律。

"如果我能有根魔法棒……!"

"威廉?"她的呼吸急促,舌头感觉吞入了薰衣草,她站的地方,慢慢地开始旋转,就像海洋上大片的漂浮物看上去广阔而黑暗。

"我相信——我会帮你想到办法,我们的,我们的解决方案是……让我做你女儿的家庭教师。我有所有的技能,当然,除了音乐之外,我想我只能从书本上学习。索菲应该不如我,不是吗?至少在朗读,书写,以及算术上,我能够教她。"

威廉的脸庞扭曲地映着火光,他的眼睛因为大火而变红,他露出的牙齿泛着黄色光,他吃惊,或是愤怒。休格拼命地继续自己的话:"我——我能住在索菲现在保姆的地方……哪怕很简单普通,我会很高兴的,因为能离你更近。"

她说完了最后一个字,微弱而无力。她晃着身体站在那儿,满怀期望地喘息着。慢慢地,慢慢地,他转而回答她。亲爱的上帝,他的嘴唇丑陋地卷曲着!

"你可能不能——"他刚要开口,却被粗鲁的乡下话打断了,"拉克姆先生!我能和你说话吗?"

威廉转过身去应对,休格则再也站不住了。一大阵热浪扑过她的身体,眼前一黑,整个人晕倒在了地上。她甚至没有感觉到摔倒时的冲击:只是——十分奇怪——草刃的冰冷刺痛了她热灼的脸庞。

接着,在模糊的意识中,她感觉自己的身体被冷冷地抱了起来,然而,去向哪里,是谁抱了她,她却一无所知。

第三部分

第二十二章

整个夜晚,成千加仑的雨恣意地冲刷在伦敦臭气熏天的街巷上,遥远湖泊的芬芳笼住了切普斯托别墅。卧室的窗子在黑暗中闪烁,就像是船只的灯塔,无论外面的雨水多么奔流,它总在那儿摇曳着光芒,哪怕房子的地基正漂浮。尽管如此,拂晓之后,拉克姆的住处并没有移动,深色的云层舒了开来,黯淡的新天空已经露出了面容。暴风雨,结束了。

房子与地面浸没在泛光的洪水中。车行道已经被吞在水里,优质的黑色碎石也跟着浮了起来,一颗,一颗,往门口飘去。房子周围,大量的水喷涌而出,冲向外墙。窗子已经被雨水冲得尤为干净,花园里,每一片树叶都在阳光中闪耀,每一根枝丫都垂了下来;一把铁锹正插在土里以防止树木从另一侧倒塌。

在地下的厨房里,近视的简妮正拖着晚上从肮脏的蒸汽通道,碗碟室窗户,楼梯井鱼贯而入的水。她往铜管里添加了新煤,这样地板就会干得快点,任何复杂的难题在她的手中都能一一化解。尽管她还没有看到晨光,但她已经听到了鸟儿的歌唱。

如果休格数月前站在彭布里奇·克雷森特大道的树荫下朝着拉克姆夫人挥手时,她该发现安格尼斯已经在卧室窗前,透过闪亮的玻璃在看外面的世界。安格尼斯昨天睡了一个白天,随后晚上一直都醒着,她在等待太阳跟随着她。在北极(如

第二十二章

果她相信书本上所写）只有白天，而没有晚上，这是多么让人愉快。但是她没法理解：那是意味着时间在那儿是停滞的吗？如果不是，至少一个人的年龄是不会增长的？她好奇什么样的才是更好的：任何事一成不变，还是永远在变化中保持23岁的年龄。这就像一个谜语留在了脑中。

  为了防止在一天的开始就头疼，安格尼斯把北极的事放在了一旁，她穿过昏暗寂静的房子，走下楼梯，踩着人行的路，直到她到达已经温暖明亮的厨房。仆人们并没有吃惊看到她，因为她每天早上都会来；他们知道她不是来批评的，因为他们做着自己的事。在美味交织的蒸汽中，新的厨房女佣，安格尼斯还喊不出她的名字，正把刚烤的维也纳面包从烤炉里拿出；厨师从腌泡的碗中叉出羊舌头，选择出那些与主人口味相符的形状和大小的块块。安格尼斯径直穿过洗涤碗碟的地方，简妮正擦着木头水槽，刚刚，她已经擦好了石头的。女孩儿踮脚，使着劲儿，臀部也跟着扭动；努力干活让她发着野兽似的哼哼声，并没有控制住音调，因为她并没有发现拉克姆夫人到了自己跟前。

  "普斯去哪儿了？"

  简妮猛地一吓，好似被某样重要的事惊到，不过很快恢复了："他在铜管后面，夫人。"她边说，边用自己肿胀红色的手指了方向。你或许会觉得为什么她会用"他"来形容亨利的猫？因为在亨利身后，它就被证实是只公猫。当普斯第一次来到拉克姆家的厨房时，厨师撩起他的尾巴看过他的性别——而这一点，可怜的亨利·拉克姆从未做过。安格尼斯跪在最大的锅炉前干净的石头地板上。

  "我看不到他。"安格尼斯看着暗处。

  简妮准备好了：她拿着一只厨房帮佣放了些兔子，鸡心，脖子，还有装肾脏的零碎盘子，放到了铜管附近。普斯立刻就跳了出来，睡眼惺忪地眨着眼睛。

  "亲爱的普斯。"安格尼斯抚摸了下他的背脊，上头光滑得就像皮手筒，暖和得和刚从烤炉中取出的一样。

  "别吃那些东西。"当普斯嗅着那些黑而湿漉的肉，她提醒他道，"这些脏。简妮，拿些奶油来。"

  女孩儿照做了，安格尼斯继续抚摸着猫的背脊，好让他趴下身，让肚子贴到地，在离碗底几寸的地方，慢慢地克制自己。

  "你的新主人今天会过来，"她说道，"嗯，你是个心碎的人，不是吗？我得把你送人了，是的，我得把你送人。我会勇敢的，会把你带给我的记忆存好。你这个小魔术师。"她再一次挪开了他面前的碎肉。

  "哈！"她快乐地歌唱，简妮拿着一只瓷碗回来了，"给你这些可爱干净的白奶油。给我看看你会怎么办?"

最后一个在普里奥里的早晨,休格颤抖地坐在她的写字台前,透过雨斑污渍的法式窗子看她的小花园。她迫切地要离开这儿,一瞬间,这片难以言喻的珍贵地方,尽管她住在这儿的时候,从未关注到这些;因为数周的暴雨,泥土已经打散了有序的育床,杜鹃花变作了棕色,茎叶已然腐败,黏滑堆积的落叶层层地铺在窗前。啊,这是我的花园,她想,她是如此荒诞。

尽管她有过不满与愤懑,这些房间里的每一寸地方无法不激发出她内心的惦念与失去的痛苦。那些在地板上踱步的孤寂已经过去,现在她却遗憾地要离开!疯了。

休格继续在颤抖。她为了在威廉来的时候不耽误,已经浇湿了火堆,现在,她的房间已经开始变冷。它们因为被拿走了装饰品而变得更冷,秋日苍白的光亮混杂在煤油灯不安的灯照中,让被剥蚀的墙壁看上去更加破烂。休格的双手冷得发白,她缺乏血色的手腕被墨色的衣袖刺伤;她吹了下指节,呼吸温热湿漉。她穿着黑色的衣服,丧服的软帽已经戴上,她的手套则放在了膝盖上。她希望带了所有要带的东西,根据威廉说的,她将那些容易搬走的东西都放在了前室;剩下的,他毫无疑问会处置的。任何有些脏的东西——床单、浴巾、衣服,不管有多贵,她都已经扔到了街上,做清洁的人会随之拿走。(雨会浸没所有的东西,但是只要多点耐心,那些可怜的人一定会取走它们的。)

关于搬家的讨论,尽管休格想象过她的新住处会很小,因而没有提及过床。她想那地方能伸直腿吗,他们两人能习惯于这样吗?想到她赤裸的脚会穿过阁楼尖顶窗子时,她窃笑地想起爱丽丝的奇妙幻境。

她是怎么主动提出的?在几个小时后,她会只对索菲·拉克姆负责——她究竟该如何与索菲相处呢?她是一个骗子,一个赤裸裸的骗子……甚至孩子都能看出来!老师需要知道公式,格言,黄金规则,但是当她搜寻自己大脑时,她找到了什么?

某一次,可能是五年之前,她的母亲在一个像野马奔腾般的男人走之后,到她床侧来检查床是否坏了。卡斯特威太太认为女儿身上崩裂的伤口不需要缝针就会自愈,甚至当她在药品柜里寻找的时候,她还给了一条如此出色的建议——如何避免流血:"只要记住,越反抗,伤害就越深。"

"他们说,"安格尼斯·拉克姆夫人与艾米莉·福克斯夫人说道,"你康复的事儿就是一个奇迹。"

第二十二章

福克斯夫人低声谢谢,从罗丝手里接过可可和一片蛋糕:"很少的奇迹。"

她轻柔却坚定地提醒着女主人:"比起说上帝当没有什么可以给予的时候就给予了奇迹,我更愿意认为自己不过是经过护理而得到了健康。"

只是,安格尼斯却没有。当她坐在这个女人面前,上一次,她还看到对方痛苦跛行在教堂庭院好似就快死了一样,当时还引发了不适和同情。而现在的福克斯夫人看上去很精神,尤其是脸上的神采:头颅昂起,身上适宜地穿着衣服,眼窝已经不再空洞。她的确看上去是美丽的!别忘记了,她曾经不需要拐杖就靠着自己的自信而走路(这显然并不神秘),她完全靠着自己的呼吸与坚强坚持着一整天。

"你是在女修道院,对吗?"安格尼斯低声问道。

"不,是在托罗缨医院。"福克斯夫人回道,"你给我写过信,我想你能想起来……"然而艾米莉并不确定这些事,因为坦白讲她发现拉克姆夫人今天有些不在状态。比如说,大厅里的很多箱子,堆起来的帽子盒子,还有些诸如卷起的雨伞之类的东西,好似家庭成员中的某一个人要离开,而问拉克姆夫人的时候,她似乎一无所知。

"我大概来得不是时候?"艾米莉再次探问道,"大厅里放了那么多的箱子。"

"一点儿都不。"安格尼斯说道,"我们还有些时间呢。"

"那这些时间后呢?"

然而,拉克姆夫人比起该有的隐晦而言,反应得直言不讳。

"我们会被打扰。"她告诉自己的客人,"被一些我们不关心的事儿。"

罗丝给了一只银盘子,拉克姆夫人从最左手边拿了一块蛋糕,根据事先安排好的,那儿总是放着最小块以供品尝。她手里拿着一小块,之前的很多块已经报废在了厨房,此刻,客厅的灯光扫过细小的水果蛋糕。

"现在,福克斯夫人。"她微笑地一口口吃着小薄片,"你说你是说你从那个……你知道那什么地方被抓走了,随后并没有得到更好的看护吗?"

艾米莉开始在想在过去那些身体抱恙的月份,是不是随心交流的方式都变化了:她们间促膝谈心的交流怎么成了这样!

她仍得到了她付出的。

"我从来不觉得我得了肺痨。只是别人说我得了,我没有必要去反驳他们。你不觉得还有别的比让他们不要传播这些事更重要的吗?"

"亨利告诉我们,他确定看到你已经快离开人世了。"拉克姆夫人无畏地说道。

福克斯夫人怀疑地眨着眼睛，预料自己某些情感即将溃堤。随后，她感觉自己头靠向椅子，任由自己灰色双眼变得潮湿。

"亨利见我的时候是我最糟糕的时候，那是事实。"她叹息道，"可能我当时失踪会儿，待到痊愈后回来，对他会更好。"看着悲剧的横杆倒在模糊的山谷，亨利的样子依稀清楚的时候，艾米莉发现安格尼斯正如孩子一样点着头，显然在认可会有这种超乎自然的可能存在。"我告诉他我会好的。我记得告诉他，我知道我的日历，上帝已经为我设定好了，虽然不知道还有多少页，但我能感觉自己能比人们想的要活得长。"

听到这儿，安格尼斯兴奋地动了起来。噢，她的身体竟然有一本日历，能够确认（这与她之前从报纸上看到的论调完全不同）自己会活得比21917天还多！她想要知道这个秘密，此刻，现在，这个寒冷的十一月初中午。不，她必须慢慢地套出，她能感觉到：福克斯夫人看上去很神秘，安格尼斯能辨别出她就是神秘主义中超脱时代的死亡幸存者肖像。在她绣品下藏着的书，《灵魂插图实录》，在里面有一张照片，是一个北美印第安人把毒蛇当作项链来玩弄，他的脸看着有些像福克斯夫人！

"告诉我。"安格尼斯说道，"你带了自己的包裹吗？"

福克斯夫人从自己的幻想中回过神，抓住沉重的纸包，将那些东西倒在了椅腿上。

"书。"她的声音一反常态，将它们交给拉克姆夫人。她一本本地拿出，有《基督教虔诚教徒的日常交往》之类题目的单薄论文，《苦学男人的愚蠢》，《卡莱尔风与基督教教义：朋友还是敌人？》。

"我的上帝。"安格尼斯试图用快乐的声音来掩饰自己的失望，因为这些书并不是她想要知道的。

"你真是太客气了……"

"如果你翻到书皮底纹的时候，"福克斯夫人说道，"你会看到不是我大方。这些书是你丈夫的——至少，它们写着是你丈夫的，是他给亨利。我不知道该怎么处理亨利的东西，但我想应该归还它们。"

安格尼斯认为自己已经为这次福克斯夫人的拜访了解得足够多，然而，此刻还是陷入了尴尬。

"好吧。"她说道，"我们现在得去厨房了，看看在那儿有什么正等着你。"

在休格等待了两个小时多后，她想象威廉是不是在想更好的主意，恐惧自

第二十二章

怜的泪水崩塌在她的脸庞,她害怕就此再也无法见到威廉。一小时后,拉克姆的马车叮当地停在了房子前面,威廉敲开了门。

"不可避免地迟到了。"他简单地解释说。在这之后,他并未对迟到一事再多说一个字,只是监督车夫将行李放到车顶上。休格没有被告知是等待还是离开,只是徘徊在门厅玄关的地方,就像衣帽架一样,而切斯曼则傻笑着进进出出地搬东西。当她戴上自己的黑色手套时,眼角处瞥见他宽阔的肩膀上正扛着自己的一个箱子,嗅寻着特别的味道。如果是这样的话,他的举动就是徒劳的,因为每间房里都弥散着奇妙的消毒味道。

当所有东西都放好后,威廉示意她可以走了,于是她跟着他走到了街上。

"小心脚下,小姐。"心情舒畅的切斯曼提醒道,只是小会儿的工夫,她就爬上了拉克姆的马车,他的手飞快地摸了下她的臀。待她转过身,凛冽地看他的时候,他已经离开了。

"很高兴见到你。"休格放好沙沙作响的黑色裙子后,朝着对面坐着的他说道。

威廉用手指示意噤声,随后扬起浓眉示意他们头顶上切斯曼正站着的地方。

"待会儿再说。"他温柔地警告。

拉克姆家的大门开了个口子,当女仆看到她的主人与新的女家庭教师回来的时候,将门开得更大了。铰链嘎吱地发着声响,因为门是上周才装上的:所有的装饰品都雕刻着"R"字。

"莱蒂,"威廉·拉克姆严肃地宣布道,"这位是休格小姐。"没有回应,只有拉克姆的声音,"欢迎到拉克姆家,我希望,不,我相信,你在这儿会快乐的。"

休格跨进门,立刻被里面的富丽堂皇包围。在她头顶上挂着一盏巨大的枝形灯,阳光透过窗子将光辉洒在了灯上。插着花的花瓶是那般的大,类似灌木的绿色枝条任意地点缀在里头,楼梯井的两侧擦得锃亮的桌子上都放着这样的花瓶。墙上没有被占用的方寸地方,都挂着优质画框裱好的田园风光画。在通往餐厅与客厅长廊的拱门处,老式钟金色的钟摆摇摆着,当休格迟疑的脚步踏上抛光砖地板上时,托科鸟清脆地探出来报时。桃花木做的扶手螺旋上升,她双眼盯着那儿,知晓上头的某一个房间,就是她的,令人激动的是,房间与拉克姆家是一层。

"真是个漂亮的房子。"她不知所措地想要表达自己的意思。她的雇主正表示出欢迎;女仆们从各处跑了出来;她前任的行李已经放在了大厅,她的到来引发的各种动静让她感觉自己就像是赛缪尔·理查森小说里的女英雄,或是那些钟姐妹,她们的名字可不是钟,而是,而是什么呢?她的大脑再次地回想起钟、钟、钟,而真实的姓名却想不起来了……

"休格小姐?"

"哦,哦,不好意思。"她说着,再次被震撼道,"真是太美了……"

"请允许我带你去看看你的房间。"威廉说道,"莱蒂和切斯曼会帮你把行李放进去。"

两人一起上了楼梯,手接连滑过发亮的扶手,两人身体的距离恰到好处,而脚下的声音则因地毯的缘故而模糊不清。休格记得她与威廉在卡斯特威夫人房子里一同上楼梯时发出了很多声响,她记得最开始的时候,威廉还是情况糟糕的闲散人,可怜而带着野心希望看到整个世界扑倒在他的脚下。此刻,她侧脸看着他们走过的楼梯:这个长了胡子的绅士真的与一年前,曾经祈求她让他"低劣",长着娃娃脸的乔治·W.亨特是同一个人吗?

"真是太感激了,实在是无以言表。"她说道。

"这是你的房间。"威廉带着她穿过走廊,停在一间半开的房间前。这间房间,比她想象的还要促狭。一扇单窗下放着一只木床,上面铺着整洁的被子与法兰绒毯子。一个苍白的白桦木斗橱,抽屉上是白色瓷拉手,上端还悬着一面带铰链的镜子。一只凳子,一把看着很舒适的扶手椅,一张小桌子。这儿没有更多的家具,因为没有空间了。墙上挂画的钩子在褪色的蓝墙纸上就像是压扁的昆虫;一只丑陋的花瓶空空地放在壁炉旁。在光光的地板上,放着一块大地毯,虽然做工极好,却并不如楼下那块波斯毯。

"比阿特丽丝住这儿挺合适。"威廉关上他们身后的门,说道,"虽然对于女家庭教师来说,你也能满意了,但我并不是说你也得这样住着。"

吻我。她在想,于是她朝他伸出手,他迟疑地看了眼她,随后接过她的手握起,只是握着的感觉好似生意场上的伙伴。

"我能和别人一样住得好。"她说着,边从记忆,尤其是最近的记忆中找着安慰,边把他颤抖的手指放在她裸露的臀部上。

房外有人敲门,威廉抽回手,一言不发只是让仆人进来,自己则大步离开了房间。进来的莱蒂提着休格沉重的包蹒跚地挪进屋子,里面放着休格手写的小说。看到女仆歪斜地拉着这臃肿的包裹,休格大步向前,打算去帮她。

"哦,哦,没事的,小姐。"女孩惊叫起来,显然对于这样有违礼仪的事感到十分惶恐。休格退了一步,疑惑道:如果她比家里的这些仆人高一层的话,那她是如何留下女家庭教师地位卑微这一深刻印象的?她想,大概是从小说看到的——难道小说不是事实披上虚幻外衣的吗？

大个子上楼时的靴子声与咕哝声传来，莱蒂匆匆地出了房间，走向切斯曼。他胸前抱着一只大箱子笨拙地走着路。

"小姐，您只要说放哪儿，我就放哪儿。"他咧嘴笑着。

休格瞧了瞧自己的小房间，似乎已经被一只包给占了地方。

"放床上吧。"她边示意，边发觉所有的回应好似都引来切斯曼猥琐的眼神，但是……好吧，现在真的没有地方给这箱子了，除非她打开它。

"我得承认这是最好的地方了，小姐。"

当他蹒跚地抱着箱子经过休格，轻柔地放在床上时，她一直看着整个过程。他高大，偏上的膝盖，系着黄铜纽扣的厚实的外套，纤细的骨架与长长的手指，让他看上去显得更高。他长着麻子长脸，马鞍驼峰似的下巴，任性坚韧的眉毛，卷曲的深色头发油而顺溜，一嘴整齐的白牙一定是他最自豪，也是最不同凡响的财产。尽管穿着厚外套，但他浑身散发的男人傲慢像是无形的刺棒，用来压迫女人。甚至当他看着她的时候，哪怕正说着"愿意""小姐"一条眉毛还扬得那么趾高气昂。她已经打定主意该如何控制住他。

"先就这样吧。"她一本正经说道，但脸和身体则是巧妙地给了提醒，她会要控制他：这是一个复杂的姿势，休格是从一个叫做利兹的妓女那儿学来的，非常实用：专门教害怕、被鄙夷、无助的女人对付这样的男人，让他们哪儿来哪儿走。

切斯曼闪烁双眼，假笑着离开了。她没法希望去除他依然知晓的事：对他来说，她会一直是威廉的情妇，而不是索菲的家庭教师，所以，他可以幻想将她列在自己征服的名单中。她所需要做的就是微妙地平衡反感与吸引，她还不至于对他构成伤害，因为到目前为止甚至往后，她都不可能威胁到他的位置。

她想切斯曼关心的就是拉克姆家每个人没什么问题。她走到床前，手放在箱子上，看着窗外。外面没什么东西：一个被雨水包围空荡的拉克姆花园……其他，她什么都没有看到，不是吗？她付出的努力已经被制服，她小心翼翼地培育与威廉之间的感情已经被奖励，现在，她在这儿，拉克姆的家里，满怀着威廉与安格尼斯的寄望。她真没有什么理由去搅弄翻腾自己……

"休格小姐？"

她畏缩了下身子，不过是莱蒂在敲门。莱蒂有一张天生姣好的脸孔——看上去很友善。她不会与莱蒂有什么矛盾，不，她会……

"休格小姐，拉克姆先生请您喝茶。"

十分钟之后,休格小姐身子僵硬地坐在小古董林立的客厅中,手里握着茶杯,一个穿着如她一样丧服的仆人正端着一盘蛋糕走来走去,而威廉·拉克姆则滔滔不绝地说着诺丁山的故事。是的,诺丁山的故事。他就像克鲁医生在讲道台前一样,机械式地吐着字句——家族是怎么在切普斯托将别墅建起来的,波多贝罗农场卖多少,肯辛顿格拉弗尔矿产门是如何改名为诺丁山门的,诸如此类的话题。

"你一定会有兴趣了解这儿有一个免费的图书馆,去年才开的,在高街。不知道多少教区的人在自吹自擂这事儿呢。"

休格尽可能地集中精力听他说话,只是她的大脑却好像是在沸水中翻滚的菜花。虚幻的空气与倒茶的女仆混乱交织,令休格困惑的是,威廉在罗丝退下后仍然止不住地在演说着。

"……从胆小鬼到店主,用了两代人!"

他停顿了下,并不知道该怎么继续,休格笑了笑。她在思索是否将藏在某处的"威廉"召唤回来,又或是由着自己身在困惑中?

"大厅里的那些行李……"她开始道。

"比阿特丽丝·克利夫的。"他压低声音,直到最后声音变得亲昵。

"我一直在让她等待,对吗?"她压住了自己另一起慌措的迭起,想到那个被她排挤走的女人,她觉着那女人已经从无足轻重变作了可怕能干的保姆——此外,还是一个精于欺诈的人。

"让她等等吧。"威廉厌恶地瞅着天花板吸了下鼻子,"她在琢磨自己离开这儿能给我带来多大的麻烦,我想你这会儿喝着茶的工夫,她的手指已经在那儿摆弄了一会儿。"

"唔。"虽然茶烫得难下口,但休格仍将茶送到唇边。

威廉则从自己的手扶椅上起身,手插在马夹口袋里来回走动。"比阿特丽丝会告诉你所有关于我女儿的事。"他说道,"我不怀疑她会说得更多。如果她开始让你抓狂,你可以反复提醒她火车开车时间,这是我的建议——她得赶火车。"

"安格尼斯呢?"

威廉突然止住了动作,手停在半拉子的地方。

"关于安格尼斯?"他眯起双眼。

"安格尼斯会过来看我们吗?"这对休格而言是个非常合理的问题——拉克姆夫人会不会对自己女儿的教育有一两点意见?

然而,威廉却犯了糊涂。

他重复道:"我们?"

"我，比阿特丽丝，还有索菲。"

"不用了。"对话似乎陡然换了个方式，"不需要。"

尽管她并不明白，但仍点点头，极快地啜饮了小口茶水，又咬了几口蛋糕。一粒葡萄干从她手里握着的碎屑中落了下来，立刻没入深色的地毯中。钟，此时此刻，才开始发出嘀嗒的响声。

在深思了一会儿之后，威廉清了清嗓，用自己低沉严肃的声音说道："我想有些事我不必说的，其实也挺明显，或是这么说，我并不相信比阿特丽丝会说什么。但如果不是的话……"

那一刻，他们间私密的谈话被莱蒂打断，她穿过门的时候方才意识到自己来得不是时候，于是马上颤颤巍巍地鞠躬摇晃起来。

"什么事，莱蒂？"威廉死死盯着她骂道。

"先生，求您原谅，是希尔斯。他想同您说话。他发现院子里有夫人的东西。"

"上帝，莱蒂！"威廉咆哮道，"希尔斯知道自己该怎么处理那该死的鸟……"

"先生，是其他东西。"她畏缩着身子说道。

威廉紧攥着拳头，看上去好似要勃然大怒，从房里抓起一个仆人揍一顿。然而，仅是一眨眼的工夫，他的肩膀松垮下来，深深地呼吸起来，转过来面对他的客人。

"很抱歉，休格小姐。"他说着，人便消失了。

休格就像一只花瓶坐在小摆设旁，竖起耳朵想要听个究竟。她并没有离开位子，但却像狗一样转过一个角度，倾听着从门廊那儿传来的大惊小怪声。

"这些是什么？"威廉不耐烦地问道，声音严厉刺耳。花匠回答的声音并不清晰——喃喃地，不屑于提问人的抗议。"什么？被埋了？"威廉脱口而出，"好吧，谁埋了它们？"（另一个无声的回应，这一次是希尔斯与莱蒂先后发出的）。

"把克拉拉叫来。"威廉下令道，"天，看看这地板……"

在克拉拉开口之前的几分钟里，模糊的话语声夹杂了令人蒙羞的措辞。被威廉打压得越多，声音便愈加地颤抖。"从头开始？"

"您的'从头开始'是什么意思？"女孩儿的回答并没有让他有什么反应，他不停地谩骂。当克拉拉眼泪鼻涕止不住落下的时候，希尔斯的声音终于又传了过来。"不，不，不。"威廉性急地否定了园丁的建议，"她会立刻要它们回去的。把它们放在安全干燥的地方吧……"接着又一番私语。"我不知道哪儿，只要别挡着客人的道儿!难道这世界上所有的事儿都要我来决定吗?"于是,他把事儿丢给了他们,休格能感觉到沉重的脚步声通过地板,转向客厅。

"有麻烦吗,亲爱的?"当他回到房间的时候,她同情道,但他看上去并不像亲吻她肚腹的男人,于是,她便抬头问道。

"安格尼斯的日记本……"威廉难以置信地摇着头,"一打,甚至更多,安格尼斯……把它们埋到了花园里。或是让克拉拉替自己把它们埋了……"

他的双眼仿似正看着这幅场景——穿着丧服的仆人拽着一把铁锹咆哮着,而湿漉的黑土洞里填塞着布边框的日记本。

"你能想象吗?"

休格同情地皱着眉头,期望自己的表情就是威廉所想要得到的回应:"她为什么要做这件事?"

威廉倒在了扶手椅上,盯着自己的双膝。

"她告诉克拉拉她已经……'已结束了过去'!'她要开始重生!''清除这些东西!'"

在休格的面前,他的怀疑变作了不幸;他再一次地摇起头,眉宇间写着每个人都能读出的意思:在英格兰还有谁的丈夫能够忍耐我所忍耐的事吗?

如果此时此刻他们在普里奥里,她会将他揽在自己的臂膀里让他的头靠在上头,用自己的胸提醒他至少有个女人能够满足所有他想得到的:没有更多的,却也足够。然而,在拉克姆的会客厅内,钟发着嘀嗒的响声,田园风格刺绣的波斯地毯上落着一粒葡萄干……

"你想告诉我什么呢?"她说道,"在我们被叨扰之前。"

他抬手抹了把嘴,在无法倚靠她舒适臂膀的情况下自我舒展了下。

"是的。"他尽量地在礼节范围内靠她更近,"我想和你说的是,最好……接下来……我会告诉你些不一样的事……"他手互相挤压了下,祈祷自己能有勇气说出来,"用这种方式来照顾索菲,才尽可能地不需要安格尼斯。事实上,你能保证不管什么时候安格尼斯起身想要……是的,……"他在房子里含糊地比画着,"她……安格尼斯……毫无顾忌地做任何她想做的事儿……"

休格再也没法忍受了。

"你是说,"她确认道,"安格尼斯并不在意索菲。"

"正是如此。"他稍松了口气,但几乎很快又有了新的尴尬;他要挽回下自己妻子的名声,至少得收回对她不知所以的污名,"我的意思并不是说安格尼斯看到你和索菲下楼就会是世界末日,也不是说她会希望你把我的女儿当作囚犯,但是……"

"谨慎。"她总结道,摸索着让他恢复信心的路径,取悦他,让他从她平静温和的眼神与果断的口气中感受愉悦。

"正确。"他背靠在椅子上呼吸,好过一个被拔了牙齿正痛苦流血的人。

"现在,是时候了。"当钟声再一次响起,他说道,"把这些事交给你。你觉得呢?"

索菲·拉克姆的卧室里,气氛格外严肃。除了一张儿童床塞在暗角,整个房间看上去好似很久以前修筑的女修道院,除却祷告便是沉思。墙上没有画,没有装饰,没有任何玩具,事实上,不着一粒灰尘,一个玩具——一片漆黑如墨的抛光表面。十几本书直立着放在书架上,高度与宽度就和棺材似的,每一册望上去都是那般不和谐。

"我是索菲的保姆。"比阿特丽丝·克利夫祝贺的音调里夹了些怜悯的意味,"我在这儿六年了。"

休格脑子里猛地跳出意念在催她回应:"幸会!我是威廉·拉克姆的情妇,我在这儿四十五分钟了。"

然而,她艰难地吞咽下了这话,说道:"我是休格。"

"我一把屎一把尿地照顾这个孩子。"长相刻板却乳房颇大的比阿特丽丝说道,"我已经见证过了这个家庭的起起落落。"

休格并没有去想如何回答她的问题,反而在想比阿特丽丝的乳房是否一直如此的好,这样的话,她能始终在杰明街基尔夫人那儿得到大胸妓女的工作。

"时光如梭。"她四周扫了一眼说道。

这间卧室第一印象很大,其实几乎和隔壁她自己的房间一样尺寸,只是看上去大些,因为主人很小而已。索菲坐在一张大直背椅子上,身上穿了一条休格见过最阴郁,最紧绷,最星期天款式的蜡白色衣服,好似戒酒协会里的立体模型。没有人介绍她,她只是谈话内容的话题而已。她看着地板,因为上面放着各种花色的鞋子。

"你会发现。"比阿特丽丝说道,"总体来说,索菲是个非常善良的孩子。尽管她经常瞪眼看着窗子不做任何的事情,却并没有恶意。你会发现,她并不笨,尽管她的想法很容易变得有点天马行空。"

休格看了眼索菲,想看看她是如何看待这些评论的,但孩子只是研究着地板上的蜡。

"有些时候。"比阿特丽丝继续道,"当她表现得像个婴儿的时候,她的理性又驱使起她来。这不是一个好事儿。在这样的时候,她会需要非常严格的灌输,否则的话,她会变成和……"

比阿特丽丝停顿了下,好似她要飞快掠过拉克姆一家:"就像一个疯子。"

休格礼貌地点头,希望她的脸并没有透出厌恶这个黑色胸脯薄唇,却怀有令人难以置信学识的女人的意思。她已经在威廉第一次提及女儿保姆的时候,就想象着比阿特丽丝是一个另类的人——或许和卡罗琳一样强壮,是个满脸堆笑的村落人,又或是一个欢愉逗乐的伦敦人,总是传递各种情感。休格甚至害怕最后一刻的拥抱哭泣,而索菲则拉着她保姆裙角边唱耶米利哀歌边喊着"我的宝贝!"云云如此的场景。

然而,三个穿着丧服的人呆立在寒冷的房间里,比阿特丽丝始终斜眼看着索菲·拉克姆,就像一个口技表演者用意志在控制丢弃的娃娃原地不动,不要翻倒。玫瑰色脸颊的保姆是否也有撩人的爱情?太多的小说中的罗曼蒂克的桥段最后都会堕入残酷的现实中。

"你知道,她弄湿了床。"比阿特丽丝说道,"每一个夜晚。"她扬起半边眉毛,向休格诉说着过去的时光里索菲造成的麻烦。

"多么……不行。"休格看了眼索菲说道。孩子看上去沉浸在鞋扣的世界中难以自拔。

"夏天的时候不难处理。"比阿特丽丝说道,"冬天的时候,就是个噩梦。你和我过来,我给你看看什么地方是晒干屋子里床单最好的地方。"

"好的,太好了。"休格忍住心里一次又一次涌上,想用拖鞋打比阿特丽丝·克利夫一巴掌的莫名冲动。

"真是个小可怜。"比阿特丽丝继续道,"但至少索菲不是那些讨厌水的孩子。她喜欢被清洗。这点我记得挺清楚……"她双眼好奇地看着休格,打量着她极瘦的身体,"我想你和拉克姆先生已经谈论你将要负责的事了吧?我是保姆也是老师,哦,天晓得算是什么。在过去的六年里,没想过别的,但我能理解你,作为一个家庭教师,并不希望做……这些事。"

休格张开嘴,但发现舌头打了结,她不能想象,或是说威廉并没有告诫过她,索菲会有其他超越教导的要求。

"我……我们……威……拉克姆先生和我已经达成了协议。"她结结巴巴道,"我会照顾索菲所有的事。"

比阿特丽丝再一次地扬起眉毛,关注地盯着浸满尿液的拖鞋滴答落着液体。

"你要坚持让他请位保育员。"她的口气就像是在建议一个非常棒的想法,而拉克姆先生显然迟缓地没有考虑过这件事。

"这家人有的是钱。休格小姐——尽管用吧。你知道吗？前面的门上周才换的。"

休格摇摇头，比阿特丽丝开始考虑如何提起火车的事而显得不唐突。

"我相信索菲不会有任何麻烦的。"在比阿特丽丝停顿呼吸的时候，她说着似乎经过计算的数字，请两个"狡猾木匠"的钱足够雇佣一个保育员了，"我相信你已经跟在她屁股后面做了很多事……而对我来说……就是接好你的班，继续做下去。"

"来，我来给你看湿了的床具挂在哪儿。"她说道。于是，当她和休格向门走去的时候，她朝着孩子说的第一句话是："待那儿，索菲。"黑色衣服仍旧静止地落在高背椅上，眨着如安格尼斯一样蓝色的眼睛，并不敢转过头去。

下楼的时候，比阿特丽丝一直在说索菲，或是说在谈索菲的笨拙，索菲的缺乏礼数，索菲的健忘，不经意地还流露出对索菲拥有很多好衣服的嫉妒，絮絮叨叨毫无重点。当她们穿过楼梯旁奢华的走廊时，比阿特丽丝告诉她索菲喜欢什么，又不喜欢什么。详尽地介绍一直到了令人能产生幽闭恐惧症的厨房储存室才告一段落。

"这儿造得就和酒窖一样。"当她们走入散发着亚麻肥皂气息的温暖房间时，比阿特丽丝解释道，"只是拉克姆先生喝完了红酒，还没有再放新的。"她朝休格饶有意味地瞥了眼，"数年前吧，在他还没有变化前。"

休格忐忑地点点头，她知道那变化源自她。比阿特丽丝把一根长铜管上从这头到那头的棉被单挪了开来。

"随后，他开始迷上了拍照。"她把床单在胸口叠放起来，继续道，"这儿就被称作'暗室'。不过他有一次不巧倒了些有毒的东西，味道飘得到处都是，随后来了一个人说是潮湿的缘故，所以铜炉管就穿了……"她半眯着眼睛停在那儿，"嗨，这是什么？"

地板的一处暗角，躺着一大堆垃圾。走进看了看，全是潮湿且沾满泥巴的纸片，看上去是笔记本、日记之类的东西。

"我已经和管这些的人说过了。"她嗤了下，"这房间不是垃圾场。"

"啊，你不是还得赶火车吗？"休格脱口而出道，"是吧？把这些事留给我吧。"

恰在这时，不远处老式的钟砰砰地敲了起来，仿佛做了回答。

当比阿特丽丝·克利夫一走，她的东西就随之从大厅里消失了，仆人们不再站在窗前看马车摇晃地离开视线,休格独自回到被喊着"待那儿"的索菲房间里。她还能做什么呢?

她曾希望威廉能够在保姆走了后来找她,给她一个更热情的欢迎,但他好像消失了,她没法到这栋楼的每个房间里找他,不是吗?不,随着她踩上每一层铺着地毯的台阶,她强烈地希望自己几小时的欢迎已经结束了。她不再是一个访客,而是一个……家庭教师。

甚至当她打开卧室的门,她已经准备好迎接一个凄凉的场景,这场景已沉浸入她的内心,迫得她脊柱战栗:索菲·拉克姆就像是博物馆里的标本,笔直地坐在直背板凳上,害怕怀疑地僵硬在那儿,硕大眼睛的光芒直射入休格的心底,期望着……什么呢?

然而,当休格进入的时候,迎接她的并不是那幅场景。小索菲尽管还待在让她待着的地方,却已经因为待太久了而进入了梦乡。她的样子,就像比阿特丽丝所中伤的那般,脑袋歪斜在自己的肩膀上,人朝下倒着,裙子皱皱巴巴,一条胳膊放在膝盖上,另一条则悬在半空。她吞吐着气息,金色的发丝轻拂起来,扣子紧扣的黑色衣服上一摊口水的印子将那一块湿得格外地黑。

休格温柔地靠近索菲,跪在了她的身前,这样,她能更好地与这个睡着的小人儿处在同一水平上。睡梦中的女孩儿胀着脸,下唇吐在外头,整个脸孔没有安格尼斯一样的美丽,一旦那双青花瓷色的蓝眼睛闭上,就只剩了威廉似的下巴、眉毛与鼻子。除却拉克姆的财富,这个六岁的女孩儿骨子里就流着他的血!她的躯干与威廉一样,像只小狗似的,但却足够的健实。为什么不让她睡呢?同情怜悯的声音在休格耳旁鸣响。让她永远地睡着吧。然而,她知道自己得要喊醒这孩子,于是跪在那儿,等待着,希望自己的呼吸足以催醒她。

"索菲?"她低声道。

随着一个湿湿的鼻息声,孩子抖颤了下身子开始恢复知觉,就在一个极重要的瞬间,给了休格一个礼物:在形成任何偏见之前,她成为了女孩儿睡醒后第一个见到的人。索菲茫然地眨着眼睛,迷糊地打量起面前的脸庞——好似刚从子宫的梦境中离开,比起前世曾经走过的地方而言,尤是茫然。醒来的世界是什么呢?

一旦她发现自己做了这么糟糕的事会迎来惩罚的时候,休格已经伸出手,温柔地放在了她的肩膀上,说道:"没事的,索菲。你只是睡着了而已。"

索菲僵直地靠在椅子上痛苦着,休格瞬间觉得一个家庭教师不该让这个孩子如此的害怕。为了让索菲不那么痛苦,休格犯了第一个错误。

第二十二章

"我们之前见过。"她问道,"你还记得吗?"

索菲以一个孩子的目光困惑地看着这个进入自己眼睑的陌生"动物"。这是家庭教师的开篇问题,就像一个谜语似的把戏,将她注意力抓住!

"不,小姐。"她承认道。她的声音与安格尼斯像极了,但比安格尼斯多些温软,少些调调——仍如音乐的声响,只是更像小铃铛,而不是双簧管。

"在教堂里。"休格提醒道,"我看着你,你也回看了我。"正如她谈到的那样,听上去不过是一个毫无印象的经历。

索菲咬了咬下唇。她的保姆和她说了上百次在教堂里要更专心,现在就是报应了!

"不记得了,小姐。"沮丧的稚气声从傻孩子帽檐的阴影下飘出来。

"没关系,没关系。"休格直起膝盖说道。只是当她们笔直地站起来时,才发现彼此间的差距让人明显尴尬:索菲的头还不到她的手肘那么高。

"好吧。"休格继续犯起第二个错,"我很高兴比阿特丽丝离开了,你呢?"她期望自己的声音就像一个孩子与另一个孩子说话那样带着玩笑,而不是带着欺骗性的同情。

索菲抬头看着她——她们的脸孔隔了那么远的距离!——她恳求道:"我不知道,小姐。"

她的眉毛焦虑地蹙在一起,她瘦小的手紧紧交缠着放在裙子上,待她完全醒来,这个奇怪的新世界成了一个危险的地方。

该做什么?该做什么?应该试着从她所有读过的书中寻找那些孩子的话题,于是休格问道:"你有玩具吗?"

她琢磨这是一个白痴的问题,但索菲的双眼却跳跃出了意外的亮光:"在幼儿园里,小姐。"

"幼儿园?"休格吃了一惊,因为她还没去过那儿。那是一个她教授索菲的地方,她得去看看!很不错,比阿特丽丝在教导拉克姆家孩子的事情上还是恰当的,幼儿园本就该经常被用于施教,但是比阿特丽丝离开房子之前还没有同她说过"这儿就是我通常叫做教室的地方"。或许,休格不提火车,催促她抓紧赶车的话,她或许会提这事儿。

"那么,带我去看看。"她说道,在小会儿的犹豫之后,她伸出手。她会被接纳吗?让她欣慰的是,索菲抓住了她的手。

刚接触到孩子暖和的手指时,休格心头涌上一种她从未感觉过的感觉:贴着这只陌生的手,她自己的手竟莫名地激动。她的手曾经握过数千个陌生人的手,哪怕对粗糙的手都已经麻木不仁,此刻却有些刺痛,几乎是一个激灵反射般的刺激,接着而来的是羞怯。同索菲的手相比而言,她自己的手是这么粗糙!孩子会厌恶这表面开裂粗硬的手吗?她该如何让她们握着的手变得舒适?谁会决定她们的走向?

"带路吧。"当她们提步出去的时候,她说道。

拉克姆的房子再一次像被遗忘了,除了钟,镜子,灯光,油画,不同的墙纸之外,这儿就像是一个百货公司。幼儿园在 L 型的转角外,休格与索菲穿过了几道门才到。

"那是父亲的冥想室。"没有人问,索菲小声道。

"下一间吗?"

"我不知道,小姐。"

"那么,在那儿背后的一间吗?"

"那是妈妈的房间。"

当她们走入幼儿园的时候,休格发现这比起索菲的卧室来说,有着截然不同的样子。这儿更大,窗子也比普通的大,分开摆放着陈列柜与箱子,一张书桌,一些玩具——玩具确实比休格想象的要多。越过这儿,是一些上了漆的木质动物,这些动物是摆放到诺亚方舟上的,虽然诺亚方舟本身并不在附近,更远的地方是天然大气的娃娃小屋,里面放着娃娃的家具。在远处的伽罗,摇摆木马的背上放着手工制作的马鞍,一堆彩色的篮子里放满了各种小装饰,琳琅满目,不胜枚举。一块深绿色的书写板,没有任何字迹,只是架在四条木腿上,好似买来就是为了揭开拉克姆·索菲生命中的新篇章。

"这是你的娃娃?"

索菲打开了一只箱子,拿出一只软塌的娃娃,娃娃有只深棕色的脑袋,是个咧嘴笑着的黑人,胸口褴褛的棉布上绣着"唐宁"的字样。他看上去很丑陋,但索菲却很温柔地拿着他,多少还有些悲伤的样子,好似他过得比她想象的还要差些。

"我爷爷给我的。"她说道,"他曾经坐在一只大象上,但那时候茶叶还没有空呢。"

休格想了两秒但很快就不再想下去。

"为什么你把他放在箱子里?"她问道,"你为什么不把他带到床上?"

"保姆说我不能把有味道的旧娃娃带到我干净的好房间里去,小姐。"索菲委屈的话语渐渐明显起来,"只能放在这儿,她不喜欢看娃娃的黑脸。"

第二十二章

这恰好是休格等待表露自己的机会。

"但是在柜子里,非常的黑暗可怕。"她反对道,"他肯定很孤独!"

索菲的眼睛瞪得格外的大,她摇摆在信任的边缘。

"我不知道,小姐。"她说道。

休格再一次地蹲下身,借着检查娃娃靠近索菲,希望她能看自己的脸孔。

"我们该更好地利用这个箱子。"她说道,伸手将玩具垂荡的腿放入索菲臂弯处,"那么,你的娃娃叫什么名字?"

又一个难题。"我不知道,小姐,我爷爷从来没告诉过我。"

"那么你喊他什么呢?"

"我没喊他名字,小姐。"索菲咬起嘴唇,哪怕是对一个卖饼干的,这样的行为也是会招来责罚。

"我想你得给他取个名字。"休格说道,"一个漂亮的英文名。他现在可以住在你的房间了。"

几秒钟后,索菲怀疑地看着她,当她这位特别的家庭教师朝她点头的时候,她深深地吸了口气,哭泣起来,"谢谢,小姐!"

她是快乐的,丝毫没有半点的难过。

就在索菲向休格小姐一件件地介绍着东西的时候,几条街外的艾米莉·福克斯正坐在楼梯的中间,在继续爬楼之前休息了小会儿。她今天已经做了很多事,对一个女人而言,头贴靠在台阶地毯的一处孔洞处,安静地呼吸并不妥当。她的气管里还有喘息声吗?或许很轻微的喘息。然而,就像拉克姆夫人所说的,她已经完全不在状态。有多么的悦耳,就有多么的疲累,她感觉到自己双腿的疼痛已经枯竭,坚硬的楼梯正硌着肩膀的骨头,心脏的声音在两鬓跳动。她暂时放任了这副躯体,这副骨头与筋肉制成的躯体,却同时向上帝祷告自己正好好地拥着这副躯壳。

拜访拉克姆夫人是件极其劳累的事,特别是拎着一只放猫的柳条篮子——猫可是结实而不轻的动物!——穿过诺丁山。毫无疑问,她没有马车,甚至也没有萨拉在她身旁啰唆地建议——如果有人知道事实,就会了解到萨拉已经回去做妓女了,她叫人苦恼的祖父在伦敦季的时候赌马输了大钱。

另一个女孩儿,同样也是社会援助挽救的妓女,她会在下周三到艾米莉的家,不过,艾米莉打算稍后清扫下房子,这样不会让这女孩儿在干活儿初期生出气馁的感觉来。所以,现在她要做的就是:让所有的事儿整洁。好吧,不是立刻,当然，不是；她现在正坐在楼梯的中间，看着楼梯下头前门磨砂玻璃外如幽灵一样走动的行人。

当她还在巴多罗买，没有时间去指导工人的时候，亨利的东西寄过来后就把她整个房子变成了一条小道——坦白说来，就是混乱中挤出的小道。没有更多的空间腾给这么些……好吧，就如他们所说，不过是一只猫。当然，普斯刚来的时候就已经十分好奇茫然，楼上楼下地漫步来回，从这扇门进去，又从另一扇出来，打量着主人的家具与奇妙，在所有不熟悉的地方跳上蹲下。对它来说最困惑的便是亨利混乱的床，朝着墙正对着客厅，床褥胡乱地挂在铁架上，对人或是野兽一无用处。至少有一半的时间，艾米莉让它进自己的房子，它试图引起她的注意，希望她能很好地安置自己。

艾米莉必须承认她的房子看起来就像是一个吉普赛街的旧货商店。在厨房，什么都是成双成对的：两个炉灶，两个陶器碗柜，两个冰提桶，两个汤锅，两个热水壶，甚至两个调味架。亨利挑的东西几乎与她的一样。不过，她的厨艺并不出色，尽管如此，她也不想有所提高。

这座房子里的椅子和板凳叠了两三层，有些晃晃悠悠，有些则卡在了一起，但到现在为止，最糟糕的问题还是在那些多得离谱的书籍上：亨利的书，加上她自己的。在每一个房间，每一个过道，都堆了一大堆书，就像沙堡一样，从大慢慢变小，其他的则绕放在另一头，重心倾斜着，而亨利的猫则亲昵地吻着这些书籍。她没法去抱怨救援队公司的人把这些书堆成了这样：因为是她把这些书从箱子里拿了出来，想要看看这场火还幸存了什么，什么没有留下来。她对利用物理存储空间上的技巧并不足，很多地方都没有用到，圣经宣传学会的人送来的《新约》已经堆积如摇摇欲坠的塔，而他再也没有回来拿过，四处已经躺了些书，还有些从扶手处滑到了地板上。

这些多少看起来还算得上整齐，最让人沮丧的是成包的衣服。这些还不包括艾米莉平时送到伦敦时捐赠的棉手套，织补袜子和被褥，而是亨利的衣服。三大包没有打开的衣服躺在她的卧室里，包袱上面敲着塔特尔&索恩的章。

普斯懒散地游走在她的裙旁，喵喵叫唤着透过裙子的阻隔蹭着她的腿。在它能更深入地爬进去的时候，艾米莉站了起来。她是多么累！现在还只是下午，但她却想要睡觉了。不是打盹的睡意，而是一个分隔一夜的长觉。她期望上帝这次能够放松规定，让夜晚早早地来临。所有的不安就留在明天吧，不是吗，白天只有几个小时而已了。

她整个人都僵硬了，硬到她几乎又惦记起自己的拐杖——艾米莉拖着迟缓的步子走入厨房，估摸普斯此时已经打量完了房子，准备吃饭了。

"你想吃什么呢，普斯？"她犹豫地走进厨房门，朝着脏脏的开花的扫帚喵了下。

该给它吃什么呢？现在她已经把它带回了家，所以得要好好想想怎么让它继续待下去。她检查了下碗橱，她没有生肉，因为她最近并没有下厨，而总是在饭店吃饭。（是的，凄凉，她知道所有拮据的家庭都靠着零碎的羊肉与面包屑维持生计，而她却像高等妓女一样在饭店里吃饭！可是，没有萨拉的帮助，她没法下厨，不管怎么说连接烟道的火炉她根本够不着。）然而，她却没法带着普斯去饭店点餐……不过，这恰恰又是最简单的解决方案。噢！英国社会就是厌恶实用主义！不是建造那种实用主义的工厂，而是让国民生活更便捷的实用主义！以后，一定得和亨利说说……

她叹了口气，打开另一个碗橱，发现一大块莱斯特奶酪，那是在女仆没有的情况下，她自己可以烹调的食物。普斯叫唤了起来。

"我想猫是不吃奶酪的？"她说着，抖落出一小块在它爪子间，它一下扑了上去，大口地吞咽了下去。事实证明她的认知是错的，她每天都学到了些新的东西。靠着奢侈的烤炉，她用奶酪喂食起普斯直到它吃饱，或是说它因为太渴而没有继续吃下去。她给了它一碟水，它毫无热情地盯着。于是，她打算第二天给它买些牛奶。

她自己应该吃些东西了，除了些面包，奶酪，茶还有拉克姆夫人给的水果蛋糕之外，她今天还没有吃过东西。她以前的胃口还没有恢复，至少现在还没有完全从糟糕的病痛中走出来，在她出院后，一只写着"易腐食物"的箱子在塔特尔&索恩库房里待了小段时间后，又放在这儿相当长的时间，最终消失了。

她走过一堆混乱的平底锅后，打开了另一个碗橱，想着自己好像留了些饼干。然而，她发现那里是一堆书。过了约莫一刻钟的样子，她已经翻阅起伦德尔太太撰写的关于"国内烹饪新方向"的书，盯着扉页上的题字，上面写着：给我珍贵的朋友亨利·拉克姆，1874年，圣诞节。她上了楼，每一步都是如此地痛苦。

快到她卧室门前的地方，她看到两块深棕色小东西，就像雪茄一样，走进四分之一的地方，她发现是动物的粪便，非常臭。艾米莉闭上眼，泪水涌出了眼眶；她没法，没法再多出力气上下楼了。相反，她在床边一只装满手帕的盒子里抓起一条。不久前的那些日子，她会在一天的任何一个时间随手抽出一条，止不住地咳出血来。她小心翼翼地将猫粪便用软棉手帕包裹起来，一层层地同香盒一样折叠。把它包起来，明天再处理也无妨了。

当她进入卧室后,她开始脱起衣服,当解开一半扣子的时候,她猛地意识到自己竟然没有拿睡衣。今天的早晨,她还精神十足地搓洗睡衣上的血迹,并且在衣服上做了修补,然而上帝就好像筛走了她的记忆——让她忘记自己把睡衣悬挂在了楼下的椅子上。不,不,不,她只能穿着内衣睡觉。

她挣扎着脱去裙子与衬裙,手指因为疲累而笨拙,直到脱下自己的女式衬衣与长裤的时候,她才迟钝地发现身上沾了湿汗,腋窝,腹沟,臀后都潮湿得发痒。她短暂地考虑鼓起勇气下楼,解决猫粪的同时,去拿自己的睡衣,随后烧些热水,但脚却灌了铅似的,让她认为这些都毫不值当,于是,脱去自己仅剩的衣服,钻入了暖热的被窝中。

她想只有在非常糟糕或者虚弱的情况下才该在白天睡觉。明天,她必须恢复活力,而不是过度耗费她几乎丢掉的身体。

被子完美地贴合着她的身体,汗水恣意地流到了四肢,尽管夜晚还得过段时间再降临,她感觉自己已经不知不觉进入梦乡,只有微小的骚动在她床脚跟轻响。当她第二天醒来的时候,她会发现普斯正满足地依偎在她的脚旁。

第二十三章

休格的床，对先前的女人而言正好，然而对她而言却太小了。在拉克姆家第一个漫长的夜晚，整个睡眠都被远处断断续续的狗叫声侵扰着。休格梦见各种各样奇怪的事。在黎明前的那会儿，她辗转了很多次，一条瘦长裸露的腿从被单里滑了出来，挂在寒冷的空气中，撞上了行李箱的一侧。在休格的梦里，却是一个男人用长着老茧的手抚过她的小腿，向她腹沟攀缘而去。

"你不需要再战栗，"卡斯特威太太说道，"一个仁慈的绅士已经过来让你温暖。"

休格试着蜷缩成球，关节却碰撞在陌生的床柱上，于是醒了过来。

这一小会儿，她感觉自己已经完全迷失在这间黑暗促狭、地方又高的房子里，此前，她已经习惯于居住在普里奥里，路灯柔和照明的地方。她几乎感觉自己回到了卡斯特威太太的房子里，除了那儿比这里还大。同样，在床下有股味道，腐败潮湿的味道，提醒她这里就像教堂弄，那间她第一次住过的小屋子，有什么东西发霉腐烂了。

休格靠在床边，往床下摸索着，手指拂过乱堆着的安格尼斯的日记本。啊，是的，现在她记起来了。昨天比阿特丽丝·克利夫刚离开，她就回到储藏室，拿了这些日记本。随后，她把它们藏到了床下，接着就急急忙忙找索菲去了。

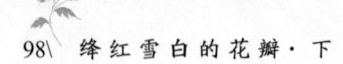

啊，索菲。

休格在她丑陋的黄裙子里摸索出火柴，点亮了两根蜡烛，彻底从睡眠中醒来。她立刻意识到自己内脏发疼，随后变成尖锐的刺疼。她一整天都没有吃东西，甚至没有蠕动过肠子。焦虑完全阻碍了她的思索。现在，她已经恢复过来，肚子不停地打鼓。

时钟显示是五点半。她睡了多久？她是在孩子上床之后就很快上的床，大约是七点左右。她曾期望威廉过来看她，所以决定一直醒着——她甚至在思考如何在身体上准备更充分地迎接他——然而，只是几分钟的工夫，当她把头靠向陌生而散发着味道的枕头时，她就睡着了。如果威廉来看她——当然并没有证据证明他来过——他一定会由着她继续睡觉。

在休格的记忆中，昨天的事都停留在索菲睡觉的时候——索菲睡觉了，就在她面前睡着的，好似遵从了她的命令，又或是说只是假装睡觉？休格也知道假装睡觉是因为有时可以从中得到些什么……

她是个小演员，我警告你。这是比阿特丽丝离开时说的话。她会从你身边溜走，只要你给她半分的机会。

休格回忆起索菲靠在枕头上温和的呼吸声，蜷曲起的被褥床单半落在索菲呆板的白色睡裙上，而她不敢轻易地将被沿拉到孩子的脖子上。

在这之前呢？倾听索菲的祷告。冗长地祈求上帝保佑。她在为谁祷告，祷告什么呢？休格记不起来了。一想到她今晚还得再听到同样的祷告，她便不由心烦意乱。

但是在这些祷告之前发生什么了呢？是哦，是将索菲放入床旁的浴盆里洗澡。事实上，除了将浴巾放在她纤小湿漉的肩膀上她什么都没做。休格羞涩地转过头，当洗衣服的女仆进来收拾拉克姆小姐衣服时，她调皮地往后退了一步。

那在这之前呢？哦，在忙格利高里粉。比阿特丽丝特别强调每夜该给索菲吃的剂量——这是她离开这栋房子前说的最后一句话"记得格利高里粉！"——但是当她送了一满勺到孩子嘴唇边的时候，孩子脸上的表情却是很厌恶，这让休格立刻放低了勺子。

"你不想喝吗，索菲？"

"保姆说不喝的话会遗憾的，小姐。"

"好吧。"休格回应道，"等你有这样的感觉，你告诉我，我再给你喝。"说完，她又将让人厌恶的黄色粉末与氧化镁、姜粉放回了罐子。

昨天没有正式的课程，因为休格正在试图找出索菲到现在为止，在生活中学会了什么。索菲耗尽了自己的力气去记住和背诵所有的故事。《圣经》的故事，大量的道德训诫，还有很多被比阿特丽丝·克利夫形容为"基本知识"的东西，比如说哪些国家属于英格兰，还有哪些该属于却还不属于英格兰。有一些关于善良贞洁的童谣，小诗，索菲最博学的地方则是了解印度的大象。

"它们的耳朵要小些。"孩子在听了很多启发的话后说道。

"比什么小？"休格问道。

"我不知道，小姐。"索菲慌乱地顿了顿说道，"保姆知道。"

整个下午，就像事实在虚构的小说面前总是苍白一样，休格笑着重复道："非常好，索菲。"她不知道该说什么，不管怎么说，告诉孩子这些事该是对的。从索菲骄傲安慰的眼神可以看得出，"好"与"索菲"这样的词很少同时出现在一个句子中。休格夸奖孩子的话就像是给欠债人一个被禁止的礼物，足以让她尾巴翘起来。

昨天已经够多了。今天，索菲正式的教育必须开始了。当休格敢于向卡斯特威太太询问什么是教育的时候，卡斯特威太太就在她面前变成了羊。

在晨曦的时候，休格借用蜡烛光，打开了书，用比阿特丽丝的话就是圣餐。"这是拉克姆先生亲自买的，"保姆说道，"索菲必须知道上面所有的事。"《年轻人必读之历史问题及其他》，很厚的书，上面的字密密麻麻。作者叫曼格纳尔，听起来就像是一只狗咆哮着拒绝吐出嘴巴里的球。

休格检查了第一个问题，古代君主制是在大洪水时代后建立的，只是，她卡在了如何发"迦勒底人"的读音上，在教导索菲的路上有些出师不利的感觉。她又往下读了点，当她读到"古希腊邻近同盟或近邻同盟联邦是什么"时，她很肯定这些资料还没法进入索菲的大脑。她决定跳过一些千年前的事儿，或者说，是一些书页——直接从耶稣的诞生说起，至少索菲听到过耶稣。

一切搞定。休格将曼格纳尔的《问题》放到了一边，从隐蔽的地方拿出安格尼斯的日记本。令她惊奇的是，她现在才发现它们都是锁住的，每一本肮脏的册子都被一条绑绳捆缚，随后小锁锁住。当她试图解开的时候，少量的泥落在了她的膝盖上，然而，小锁更加地坚固。最终，休格在道德的挣扎中，用刀尖撬开了锁，完全解除了机械的束缚。

纸页在打开的时候落下，刚巧显示了1869年的一页，上面写着：

我今天被可怕的人吓到了——我很确定会是一个很大的试验，比我任何经历过的还要厉害……就在克拉拉进来告诉我克鲁医生正在来的路上，要"帮助我解除痛苦"的那一刻时，我就感觉到了。不管他说什么，我知道上一次他在这儿

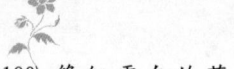

的时候，我朝他诉苦，在生了这么多月的病后，还不如死个痛快。但是，我其实不是那个意思！他的黑色箱子吓到我了——里面有刀，还有水蛭。我已经求克拉拉阻止他在我昏厥的时候伤害我，但她并没有听我的话，还说每个人都很担心那个"宝宝"——太晚了，它就要来了。这会是谁的"宝宝"？我希望威廉能够把克鲁医生来的事儿及时告诉我……

倒刺般的疼痛袭上休格的五脏六腑。她轻叹一声，合上册子，坐在马桶上，松散的发丝落在她睡衣肩头，前额靠在膝盖上，汗水引发了刺痛。她握起拳头，却什么都没有发生，痉挛已然过去。

回到床上，她再次打开安格尼斯的日记，回到她刚才看的那部分，继续去读接下来的信息，想知道索菲是如何来到这个世界的。但是，安格尼斯无知的分娩过程后的一页很快就是：

刚从霍顿夫人家晚餐回来，那是我恢复健康后首次在外用晚餐。

在我生病的时候，我与霍顿家格格不入，他家的礼仪也混淆得乱七八糟。霍顿先生把纸巾放在自己胸前，而我则吃着勺子里的西瓜。没有龙须菜夹子，而我的土豆里面有一根"骨头"。每个人都滔滔不绝地说着霸菱银行①，随后开着一个关于贵族开销的玩笑。霍顿夫人的嘴笑得合不拢。整个晚上，我孤独无聊。我再也不会去那儿了。我琢磨什么时候塞斯利夫人会回应我的邀请呢？

继续，继续。休格翻着日记本：更多相同的内容。威廉在哪儿呢？索菲在哪儿呢？他们的名字并没有出现过。安格尼斯去了派对，她的丈夫应该陪在身旁；当她回家的时候，该陪在她女儿身旁。

在安费雷特夫人那儿，我看到了弗格夫人，蒂贝特夫人，洛特夫人，波特夫人，奥斯巴夫人……

纸上点着这些人的名字，随后不知疲倦地出现着我，我，我，我，我。

休格又撬开了其他的一些日记本，读了若干的字句，被自己眼前的一堆人物搅得头疼。二十本日记，几百页纸，所有的地方还混杂了安格尼斯令人厌倦的微小圣经手稿。比这些东西有用的事，该是今天能够在楼梯上偶遇拉克姆夫人，抱怨劣质瓷器，沉闷的天气，楼梯扶手上的灰尘。要是几个星期前，休格会非常兴奋能够在邮筒里看到安格尼斯的信，她会非常努力地看每一行字，甚至将眼睛睁到最大。现在，安格尼斯的整个生活就在她的面前，一堆肮脏的日记本，她却不知道该从哪儿开始。

最终，她决定只有一条路可以走：从一开始做起。她打开所有的日记，按

---

① 英国历史最悠久的银行。

照日期排列，直到她找到最早的一本。

第一本日记本尺寸最小，也是最精美的一本，包含了很多错误的开头，灵巧优雅的字迹有几分倾斜。日期是 1861 年 4 月 21 日，标注了特别的记号。

亲爱的日记本，我希望我们会成为好朋友。露西有一本日记本，她说写日记是一件非常有意义好玩的事。露西是我最好的朋友，她住在，住在，住在我住的，住的，住的隔壁。

安格尼斯第二次尝试，直接写在了第一个开头的下面，同样的整洁，并没有因为第一个开头而失去信心。

4 月 28 日，1861 年。

亲爱的日记本，我希望我们能够成为好朋友。我想你会发现我是一个忠实的小女孩儿。五月，我就十岁了。更小的时候，我更高兴，那个时候，我们生活在比现在更小的地方。随后，亲爱的爸爸就从生活中消失，妈妈说以后不会再有了，然后……

后面写的字句竟然如此的不整洁，假如安格尼斯是写得太快了——或许，希望某些力量能够带她越过障碍。

亲爱的日记本，你好吗？我的名字叫安格尼斯·皮高特，或许我该说那曾经是我的名字，但是现在

亲爱的日记本，我……

另一个条目里，没有日期，匆忙地乱画了些在背页上。

我最亲爱的圣特蕾莎，我恨不是自己亲生父亲的父亲是罪恶吗？我恨他，咬牙切齿地恨他。他是一个妖魔，向我的妈妈施了魔法，让她忘记了我的父亲，她看着他的时候，就像一只狗在等待肉。她不能看到我看到的东西——他粗鲁的眼神，他的笑容都不是笑容，我不知道我们会变成什么样子，因为他已经禁止我们去教堂——真正的教堂——而后，他带我们去他的教堂，一座伤风败俗的房子。

每个人都没好好穿戴，所有的东西都是如此普通，他们甚至还有《公祷书》。亲爱的圣特蕾莎，我不敢揣度，您见过这样的一个地方。除了圣母玛利亚站在那儿，没有任何的东西，只有请求钟楼基金的信。我的父亲，我的新父亲尤恩爵士说所有的东西都和我原来教堂是一样的，但是他不明白（或是他装作不明白）即便是一个简单的小词语拼法都是错的，就像在"科隆比亚施了魔法的森林"中①，当科隆比亚忘记说"扎布达哈尼发"，她就失去了自己的翅膀。尤恩爵士讨厌教堂，我们的圣母，我们所有的圣人，他说"没什么比这房子更神圣"，他说的神圣就

---

① 科隆比亚是英国戏剧定型角色。

是指您,圣特蕾莎。为什么您不再和我说话了?这里让人不愉快的墙壁屏蔽了、挡住了您的声音吗?我不能相信他比您更强。如果您不能和我大声说话,或许您能在皮特小姐带我出门走路的时候与我耳语,或者,您可以把答案写在早晨的这张纸上(或者下一页纸,因为这张纸已经写满了)。我会留下带墨水的钢笔,但请不要溅出墨水,因为皮特小姐(我的新家庭教师)很严格。哦,是的,您得知道我的问题,它们是,我自己的亲爱的爸爸去了哪儿,我什么时候能再见到他?我和我妈妈还得在这个邪恶男人魔爪下多久?他说一旦安排好,我就必须去女子学校上学。我很害怕这件事,因为这意味着我要离开妈妈,我听说读书是一件要花费很多年的事。我不希望成为一个年轻女子,因为这样的话,我就不能玩,而且,必须嫁人。

日记剩余的地方都是空白,米白色的,神秘的纸页。休格感觉又一股穿刺的疼经过自己的五脏六腑,她再次坐到马桶上。

结束卑鄙行为之后的她更觉疼痛。她紧抱自己,颤抖着,咬着嘴唇,无法大声说出亵渎圣灵的秽语。在腹部绞痛的同时,她有意加深了呼吸。我是一个家庭教师。一会儿之后,六点半,罗丝会给她一杯茶。随后,休格会穿戴整齐,她随意丰盈的头发会系起来,身上穿着黑色的衣服。房间已经收拾整洁,日记本已经藏了起来——就在床下,用破旧的裙子包裹着,那件裙子,她曾经穿着跟踪拉克姆一家去往教堂。天晓得她为什么还要保留着裙子——她现在并不需要伪装!但她还是留着那件衣服,毕竟现在变得有用了。

"早上好,休格小姐。"罗丝说道,鼻子因为闻到残留在空气中腹泻的味道而皱了起来,"我不知道您喜欢吃什么样的饼干。"

她拿出了一盘饼干,里面放了三种不同的饼干。

"谢谢,罗丝。"休格被这位友好的仆人感动得几乎要落泪了。罗丝并没有读过任何的小说,或是说她做事并没有那么严谨。

"非常谢谢,请问能告诉我怎么开这扇窗吗?我试了但没有用。"

"这扇窗已经从外面被封起来了,小姐。"罗丝充满歉意地道,整个房子在最近的狂欢之后有了些小麻烦,"我会告诉拉克姆先生,请他让园丁爬上去修复它。小姐。"

"不需要,不需要。"休格不想给威廉带来一丝麻烦,因为他觉得家庭教师是更方便,而不是更麻烦。当他来看她的时候,该是他生了对她的欲望,而不是必须面对这些需要匆忙解决问题。她朝罗丝点点头,尝了小口温热的茶,咬了口饼干。

"噢。"当仆人转身离开的时候,她的肚子又开始叫唤起来。

数分钟后,在与她自己房间差不多的索菲房间里,休格喊醒了索菲,发现索菲的身体浸在了尿中。小女孩儿迷茫地眯眼看着灯光,褟裤与睡衣紧贴着湿漉的身体,似乎一水壶那么多的尿从膝盖流到了胸口。

"哦……天哪,索菲。"休格咬舌吞下了污秽的骂话。

"对不起,小姐。"孩子说道,"我做坏事了。"她的声音平淡入场,不夹杂任何的乞求,她就好似在背诵以往应对这些事时的说辞。

盛着热水的金属浴盆已经放在了床边,就像小克里斯多夫曾经做的一样。休格帮助索菲离开了床,为了不让索菲自己脱的时候脸碰到尿,于是帮她脱下睡衣。剩余的,则是孩子自己做的。她结实的身体与纤长的手臂消失在拉克姆沐浴肥皂的泡沫中。这是泡泡浴中最好的产品,比其他的肥皂产品要好得多!那还是休格建议改良的。

"非常好,索菲。"她说着,转过脸。头发刺痛了她的项背,她发现一双眼睛在黑暗中闪烁:索菲的娃娃,狼藉地悬挂在梳妆台的顶部,下巴埋在了胸口,牙齿露在外面。休格和娃娃互相望着对方直到洗澡水变得平静,她才转过身朝向索菲。孩子正在等待被擦干,她的肩膀因为寒冷而抖颤,休格用一条浴巾裹住了索菲的双肩,然而,当她拿过浴巾的时候,她瞥见索菲双腿间稚嫩的私处,紧致,因为水而显得更清楚——毫无意识地想象这里被侵犯的样子。

"对不起,小姐。"当索菲听到她的家庭教师在咕哝的时候说道。

"你没做错什么事,亲爱的。"休格说着,当她擦干索菲身体之后,转头看向窗子。太阳正在升起,至少夜晚已经淡去,在休格的膝盖上,已经放了一条非常小的女式裙子。

大约八点半,在她们吃了一碗罗丝送来的粥后,休格送她到幼儿园,同昨天一样的地方。她们踮着脚穿过黑暗,关着门的地方,那儿是私人的空间,就好似威廉与安格尼斯的身体一样。她们同老鼠乞丐一样,继续往楼梯平台末走去,直到进入没有点灯的房间,那儿的地垫与木摇马已经放置好了。

一个仆人在壁炉里点了火,使得整个房间的温度升高。当休格点亮灯时,索菲直接走向了写字台坐了下来,她紧紧穿着鞋的脚晃在半空,离地约莫几英寸的地方。

"我想,我们先做听写。"休格边说,肚子边发着响声,"随机挑的单词,看看在你还半睡半醒的时候能不能默写出来。"

索菲并没有觉察出幽默;她只觉得这是至少自己准备好后才要做的事。

即便如此，她仍然拿了一张空白的纸，放在书桌上，竖起耳朵，等待第一个令自己蒙羞的词。

"猫。"休格小姐说道。

头低着，索菲写着单词，小手笨拙地抓着一支钢笔，大眼睛扑闪着挣扎如何把蘸满墨的笔书写得更完美漂亮。

"狗。"

又蘸了下笔。索菲的脸微微一抽搐，一滴深色的墨污染了"d"字，毫无疑问，这是故意的小陷阱！一秒而已。

"主人。"

孩子再一次写了词，费力却并没有显示出自己记不起拼法。这里谁才是蠢人？

"家庭教师……不……啊……女孩儿。"

处女，这样的信息反复在她脑海里跳跃，卡斯特威太太狡猾的声音在鸣响。处女。

"啊……"她寻找着灵感。

"窗子。"

专门为您准备的处女，先生。

"门。"

妓女。

现在，太阳已经明亮，照亮着教室的昏暗，温暖着陈腐的空气。休格抬起袖子擦拭了下自己微湿的前额。她没有想过默写会是一件如此艰难的工作。整个早晨，索菲·拉克姆跟着她所教的学习。她写，她就大声朗读，而索菲则听着伊索寓言，回味其中的道理。她的第一次正式的历史课就是这样：休格小姐背诵了五六次，索菲重复着，直到牢牢地记住，至少凭记忆力写了下来。因此，索菲学习到了第一世纪，伦敦是罗马人建立的，耶路撒冷被罗马的提图斯给毁坏了，罗马在尼禄统治的时候给焚毁了。

熟记这些赤裸的历史只需要十分钟，但真正花时间的是纠正索菲发圣城"耶路撒冷"的音调。尽管如此，整个早晨还是悄然而过。休格将曼格纳尔的书放在一侧，打算回答索菲对早晨课程的问题：在罗马人找到伦敦之前，伦敦在哪里呢，为什么提图斯不在意耶路撒冷，如果天下雨的话，罗马怎么着火的呢。随后，当她结束这些谜题的时候（比如提图斯，完全即兴创作式地编了个原因），休格拦截了更多无厘头的问题，比如一个世纪是什么，一个人怎么知道他活在第一个世纪，伦敦有大象吗。

"你在伦敦看到过大象吗？"休格笑道。

"我从来没有看到过，小姐。"孩子说道。

中午的时候，当索菲在谋划晚点上课，好多玩会儿的时候，休格也同意了。按理，很多家庭的孩子下楼会穿得干干净净，十分妥帖，随后与自己的父母一起吃午饭晚饭，然而，在拉克姆家却不是。

阳光灿烂的早晨已经被阴雨替代。罗丝为她们带来了楼下午餐的一部分。楼下的午餐是给谁的？休格猜度着。之后，罗丝又离开了房间。下午的课程从两点开始，休格可以好好地休息，让自己半麻冰冷的脚，流着汗水的腋窝，刺痛发痒的私处，能够得以休息。当她吃着胡萝卜布丁的时候，她在寻找替代"私处"的词，不是肛门，因为听起来太粗俗，那些有教养，上得了台面的词却是十分难记。她必须净化自己的词汇与想法，毕竟，她得做位称职的家庭教师。尽管威廉对自己女儿似乎并没有太多的关心，但他肯定不希望她在学习低等的语言。

"听话，索菲。"当她打算让孩子重新回归到托儿所——更像是教室的地方。

"听话，做甜甜的女孩儿，能让人变得聪明。"索菲开玩笑似的用这机会背完整首诗，就像教义问答一样，"做高雅的事，不是成天做梦；让生命，死亡，永恒下去，一首欢乐，甜蜜的歌曲。"

"非常好，索菲。"休格关上门说道。

回到她自己的房间，马桶已经倒空并且清洁干净，薰衣草香氛已经洒满了房间。床上又放了干净的被单与枕头，休格的梳子、别针盒、纽扣钩等等已经清洁后放入了篮子模样的精巧首饰盒中。

床下用旧衣服包裹的日记本并没有被动过。感谢上帝。一瓶洗涤水放在了梳妆台上，除此之外，还有一份叠起来的报纸与一只干净的玻璃杯。

休格打开留言，想着或许是威廉放上的。实际上，是罗丝放的，上面写着："希尔斯会来查看窗子——罗丝。"

她脱下衣服，洗了该洗的地方，穿上了深紫红色，威廉尤爱的露乳沟睡衣。她坐在床上，脚裹在毛毯里，等待着。尽管安格尼斯的日记本诱惑着她，但是她不会冒险去干这事儿，因为如果可能的时候，威廉进来——他肯定会——他绝对不会在进入之前敲门，如果是这样的话，她该说什么呢？即便他敲门，日记本这么脏，她要把自己手上的泥土弄干净还需要时间……

钟敲过了。雨啪啪地敲打着窗户，停止了些许的时间，随后再次落了下来。她的脚趾头慢慢地变得暖和。威廉没有来，休格想着他抓住她，随后从后进入她身体，双手抓住她的肩膀好似野兽一般要把两人的身体融在一起——犹如，一个瞬间，身子一个冷抽，已经将他卷裹入自己的身体，完完全全地将他融入自己。

一点五十分，她再次穿上黑色家庭教师的服饰，将深紫红色的睡袍放在衣柜中。她自我安慰道，今天是周三——威廉会去清点之前一周订的到港货物。现在，他会在艾尔街，皱着眉头看着那些派单，这些单子已经成形在他的脑子里，她会在他烦恼消淡的时候替他写下来。这是一项枯燥的工作，但总归是要做的。

一天剩余的时间过得很快。休格发现索菲爱上了听她朗读。因此，在死记硬背地学习更多曼格纳尔的《问题》时，她就会从这本珍贵的书中发现更多混淆难解的东西。休格大声地朗读着《伊索寓言》，用各种声音扮演着不同动物。在某一个时刻，她发出鹊鸭的声音时，就会看看索菲，发现她正抽动着唇角，好似匆忙掩饰自己的笑容。当然，孩子的眼睛大而明亮，她屏住呼吸，生怕错过了任何一个简单的词。

"胡——须。"休格提胆说道。

四点之前，楼外的广场传来刺耳的叮当声。休格和索菲走到了窗前，看到一辆马车出了马厩。看上去是拉克姆夫人打算去另一个贵妇家中喝茶，或是打算去好几个人的家中。

黑夜已经悄声走来，天下起了蒙蒙细雨，而当安格尼斯匆忙从客厅跑上马车的时候，她粉色的裙子与相配的阳伞仿似黄昏中的一抹亮色。切斯曼将车门关上，她便坐着车改道离去。

"我会晕车的。"索菲鼻子贴着窗玻璃说道，"如果我坐那车的话。"

七点，在烧肉为主的晚餐后，休格在自己的卧室等了威廉一两个小时，休格回到索菲的房间去完成她晚上最后的工作。她不禁想给索菲晚上洗澡是多余的，毕竟早晨还可能再给她洗一次，不过，索菲似乎已经习惯于此，休格不情愿地去做这件既定的事。她又例行惯例，将香喷的孩子裹在她白色的睡袍中。

"上帝保佑爸爸妈妈。"索菲跪在床边，双手在床单上合十成塔尖的模样，"上帝保佑保姆。"保佑这三个人的话好似一个奇怪的魔咒，前两个很少出现在她的生活中，而第三个却因为要照顾巴雷特家的新生儿而放弃了她。父亲，母亲，保姆就好似民间混合的圣父，圣子，圣灵，或是伟大的巨熊，中型熊，小熊。

"……我很高兴我是住在英格兰，有房子，有床的小女孩儿，上帝保佑非洲的黑人小孩儿，他们没有床，上帝保佑所有生活在贫困国家的小孩儿，因为他们生来吃老鼠……"

休格双眼慢慢地游移在索菲钻出睡袍的苍白裸露的脚上。不管她如何用伤感与非历史的故事来掩饰自己良心上的不安,君士坦丁大帝还是做出了迫害基督教徒的决定,她显然只能跟着比阿特丽丝·克利夫的脚步继续授课。因为在索菲脑子里已经记住了很多垃圾,还有更多的事儿要去记。

"我……我能给你讲一个睡前故事吗?"当休格将被子拉到孩子下巴,整理好被缘的时候说道。

"谢谢,小姐。"

但就在休格拿过一本书的时候,已经晚了。

那夜,在她最终决定放弃等待威廉后,躺在床上,将安格尼斯的日记本放在身前的毛毯上,其中一本搁在膝盖上,其余的放在轻易能拿到的地方。如果她听到威廉来自己门前,她决定吹灭床边的蜡烛,随后在黑暗的掩饰下,将这些日记本藏回床下。接着,若是他来的目的与她所想一样,他几乎不会去发现,甚至更不会关心尚未完全熄灭的烛光,以及她肮脏的双手。她会趁着他脸孔埋入她双乳中时,将双手擦干净。

安格尼斯继续在与继父的长篇激烈争辩中保持着自己的记忆,他残忍地将她送入学校,那是1861年9月2日,在新本子的第一页上写着偌大的阿伯特兰利女校的名字。她痛苦地认为自己被送入了一眼便知的深渊中。因为,她不仅得自豪地夸耀校名,还得用水彩笔勾画出学校的蜀葵月桂校徽与座右铭:体面礼仪。

她再一次向"亲爱的日记本"而不是"圣特蕾莎",或是某个超自然的使者强调,十岁的安格尼斯开始了没有间断的学习生涯。

好吧,我现在在阿伯特兰利女校(靠近汉普斯特德)。沃克沃斯小姐、巴尔小姐(校长)说在没有"完成"之前,任何女孩儿都不能离开,但是这并没有什么可怕的,亲爱的日记本,因为她们的意思是说聪明与美丽。我已经在深刻地想着这件事,觉着自己成为聪明美丽的人未尝不是好事,因为这样我就能嫁得好,比如真信仰的官员。我会向他形容我爸爸的样子,他会说:"为什么我已经看到遥远土地上那个男人在奋斗了!"随后,我们直接结婚,他继续去寻找我的爸爸。妈妈和我可以在他的房子里住着,等待他和爸爸回来。我不知道沃克沃斯小姐与巴尔小姐与其他的老师说的"结束"我,是什么意思,但我已经看到一些大点年纪的女孩儿在阿伯特兰利女校好些年,看上去很满足于她们的生活,有些人已经很高,很漂亮。穿上晚装,我肯定她们看上去已经很像油画上的淑女,而且有一位不错的官员陪在身旁。我被安排在一间房间里,必须与其他两个女孩儿一起在这儿。我想这里大概有三十间这种房间的样子。在我来这儿之前时,我非常地担忧,因为我知道我必须与陌生冷淡的女孩儿生活在一起,想到我还得祈求她们宽恕简直就犯恶心。然而,我房间的两个女孩儿并不那么坏。一个叫勒提提亚(我想是这么拼的),尽管她比我还要大一些,家庭背景还更好点,但她却长得丑,缺乏精神。另一个女孩儿自从来了后总是哭泣,什么都没有说。晚上的时候,一些别的女孩儿(起先,我想她们是学校的老师,因为她们看上去已经很大了——我猜想她们一定是结束了的人),她们试图让我告诉他们谁是我的父亲,我没有告诉她们,因为我害怕她们会开我爸爸的玩笑。然而,有人却在那儿说"我知道谁是她的爸爸——他是尤恩爵士"。这让她们一下变得非常安静!可能我有些背叛自己爸爸,因为没有说出谁是我的亲生爸爸,但你不觉得我可以利用继父尤恩爵士的名头得些好处吗?不管对错,我很高兴这让我感觉不需要承受痛苦,我讨厌去承受痛苦。抓裂撕扯我心的动作绝非一般的治疗能够治愈,自从上一次受伤之后,我害怕如此。尽管我能够不再有伤痕,我必须安全地到达我的婚姻,随后,我才能享受所有的关怀。祝我好运!(我坦白和你讲,亲爱的日记本,是因为我交给邮局的任何信件都必须保持未封状态先给巴尔小姐看。)我有更多的事要说,但维克小姐刚刚顺道走过,警告我们必须熄灯了。所以,亲爱的日记本,我必须把你用钥匙锁起来。告诉你,不要担心我,因为看上去我能从我的学业中喘过气来!你亲爱的朋友,安格尼斯。

休格在精疲力竭之前又读了二三十页——安格尼斯的日记。坦白说,非常乏味。安格尼斯的承诺该是明天维克小姐来执行,确实,维克小姐,也有其他的小姐,在安格尼斯来说,都缺乏栩栩如生形容他人的能力,只是明日复明日地跟在别人毫无特色的脑袋后面。

在休格进入睡眠的最后几分钟,她希望能够像幽灵一样穿过拉克姆的房子,去窥探这里住着的每个人究竟是什么样的。她希望自己能够穿过威廉书房的木门,看看他在干什么;她希望能够钻入他的大脑去看看为什么老躲着自己。她希望能看到安格尼斯,真实血肉,能够触碰可闻的安格尼斯,她希望看夜晚中的安格尼斯究竟在做什么……甚至看看她睡觉的样子。休格相信,比那些被泥玷污的日记本更真实!

最后,她想到要溜入索菲的房间,温柔细语地让她起床,用夜壶再上个厕所。然而,这是不可能的幻想:如果她能够选择的话,她希望这是真的。索菲会很高兴,在早晨醒来时看到干干的被褥!休格深深地吸了口气,鼓起勇气将热暖的被褥放在一旁,匆匆地光着脚丫穿过黑夜的走廊到索菲的房间。只是一两分钟的不适应她已经完全克服过来可以去完成这件满怀爱心的事——是的!她起来了,蹑手蹑脚地拿着蜡烛走了过来!但是,就像还记得的那些童年睡梦一样,梦中明明被告知离开床,在夜壶上尿尿,最后还是把尿撒在了床上,而这样的事儿往往只发生在睡觉的时候,喜剧得就像一只蛾子在她打鼾的大脑中被捕获。

第二天的早晨,在破晓的寒光中,当冷凛寒风敲打的时候,拉克姆家东边的窗子被雨夹雪的珠子狠狠地敲打着,休格蹑手蹑脚地来到索菲的床边,将被单拉了回来,发现孩子又浸在了尿里。

"对不起,小姐。"

该怎么回答呢?

"好吧,我们没有床单了,因为外面下着雨,一会儿,我要见些有趣的朋友,但他们可不会喜欢你身上的臭味——所以你觉得我们该怎么做呢,我的小宝宝?"话声回响在休格的记忆中,玩味带着些挖苦,那是卡斯特威太太十五年前与她说的话。这些话竟然已经跳在了她的舌尖!她瞬时惊恐地吞了进去。

"没什么可对不起的,索菲。我们来洗洗干净。"

索菲一寸寸地把紧贴身子,湿漉漉的睡衣从身上脱下,肋骨不经意间暴露在外。她上前帮忙,用力把衣服从索菲手里拉了下来,卷成一团,当酸臭的尿味刺在她手掌与指间的裂痕引发疼痛的时候,她咳嗽一声大吸了口气来掩饰自己。她没能发现,裸露的孩子已经从臭气熏人的床上走到了浴盆里,私处有着狂躁的红色。

"好好洗,索菲。"她快活地建议道,人则看向他处,然而,却无法摆脱自己在教堂弄的破碎镜子中查看自己发红的私处的回忆。那一次,一个长着多毛双手的肥胖老头将她独自留在了那儿。"我有一只聪明的中指,真的,我有!"这就是他告诉她的话,说着他便伸出手指戳入了她的双腿中。那是一个闹着玩的家伙!他喜欢玩弄小姑娘,这让他们比任何时候都快乐!

"我洗好了,小姐。"索菲说话的时候,两条腿因为寒冷哆嗦着,被灯照着的肩膀冒着蒸汽。休格用浴巾将她双肩包裹起来,将她从浴盆里提了出来,随后把她擦得干干的。在替她穿上灯笼裤前,休格将拉克姆的雪花霜涂抹在索菲的腿间,轻轻地拍打在疼痛的地方。薰衣草的香味弥漫在空气中,孩子的私处被抹得如同妓女的脸一样白,中间还留着红色的嘴唇,只是在白色棉粉扑里却不再是白色的了。

在休格扣上索菲不合身的蓝裙子后,她又替索菲系上了白色的裙子,随后从床垫上拉过床单(与防水的蜡垫子一起,就像卡斯特威太太家那张床一样!)浸入了浴盆中。她在想是不是只有在小而下流的地方,床单才必须立马洗完挂起来吹干,在这样一座房子里,则有专门负责洗晒的仆人。或许说,曾经有一次,洗衣服的人因为不堪重负而唠叨抱怨过？又或这是比阿特丽丝·克利夫的想法，只是想证明索菲给她带来了多少的烦恼？

"我在想会发生什么。"当休格胳膊在发黄的水中捣弄的时候说道，"如果我把这床单和其他东西都洗了的话。"她拖起沉重的亚麻布开始拧了起来，等待索菲的回应。

"太脏了，小姐。"孩子郑重地站在自己的立场上向新来的人说着拉克姆家不可挑战的事实，"我糟糕的味道会扩散到这个房子里每一处地方，包括新的干净被子，所有的地方。"

"你保姆这么说的吗？"

索菲犹豫着，一天的审问开始了，她必须非常注意自己的答案是否正确。

"不，小姐，这是……常识。"

休格不再提这事儿，只是尽力拧到最干。她由着索菲梳头，拿着拧成一团的湿床单出了房间，就像比阿特丽丝·克利夫之前做的一样。

土地依旧十分阴暗，然而，大厅里却薄薄地铺着层奶白色的日光，太阳的余晖照到了楼梯半道，这让休格血脉里流淌的信心又比昨天多了些。如果威廉见她这般匆忙地穿过他的房子，手里还拿着湿漉漉的床单，会怎么想呢？然而，这番想象是徒劳了，她什么人都没见着。尽管她知道拉克姆房子里的地下室此刻一定像极了蜂房，什么都听不见，她感觉唯一的灵魂缠绕在奢华的走道中。一切安静得就像走在厚实的织布上，几乎难以察觉的脚步声。

狭小的古怪储藏室连接墙壁的铜管变得温暖，因为半小时前蛋糕才刚刚挪开。在休格处理之前的几个小时，放安格尼斯日记本的那块角落已经没有了泥土与脏水；与她害怕的不同，在日记本曾经放着的地方并没有惩罚盗窃者的通告。

休格将床单挂在铜管上。到了现在，她才发现滑石粉混着洗澡水已经一起浸进了手掌裂纹，她畸形怪异的皮肤上满是交织成网的乳白线条。血块与香泥的污点附着在被单上，像极了男人的体液。

威廉，你在哪儿？她想到。

早晨又花在了罗马帝国与两段故事的听写中。休格是从一本覆了织物，脊背线有磨损散口的书上读的这些。在扉页中修订的申明中，书写了这样的话：

亲爱的索菲，我的好朋友训斥我在上个圣诞节把《圣经》给你，她说你还太小，不该看这个。我希望你能喜欢这本小书。宠爱你的，无聊的亨利伯伯。

"你还记得亨利伯伯吗？"休格轻轻地说着，好似在施展一种异国的法术与超自然的某种能力。

"他们把他葬在了地里。"索菲皱着眉头说道。

休格继续读了下去,神话故事对她来说很新奇;卡斯特威太太并没有做过尝试,因为她们提倡"万物就是这样"的观念,反之就会说"你很快就会发现的,孩子,什么都无关紧要"。卡斯特威太太鼓励儿时的休格听民间故事(越下流越好),选择的故事都是从旧约中截取(休格仍能够列出各种故事),写实生活:事实上,任何一个不该承受的痛苦都是毫无动机的行为。

正午时分,当罗丝带着休格与索菲分享午饭的时候,她还带来了一个消息。

拉克姆夫人正在楼下与客人愉快地交谈,希望能够让自己向她们——客人展示下房子。因此拉克姆先生期望夫人能够完全安安静静地处理这件事。完全安静,你懂的。"如果你想有更多的冷冻肉卷,我会很快为您准备蛋糕。"罗丝用甜美的声音在减退她们牢笼的痛苦。

当仆人离开家庭老师与学生之后,周围再一次变得安静。在这十一月中,晨间的太阳光褪了颜色,房间变得暗淡无光,窗子在风中咔嗒地发着声响。雨滴尖锐成了哗啦敲打的冰雹。

"好吧,这些拜访的人大多数是贫困的。"最后休格说道,"因为他们没有看到过你美丽的托儿所——完美的教室,我这么说吧,这儿是这栋房子里最让人高兴的房间,你的娃娃也是最有趣的。"

又一次的停顿。

"我生日之后,妈妈没有见过我呢。"索菲盯着盘子里的开心果果仁,猜想这位新的"比阿特丽丝"小姐是不是会因为自己拒绝吃冻肉而遭到惩罚。

"你什么时候生日?"老师问道。

"我不知道小姐,保姆知道。"

"我会问你的父亲。"

索菲看着休格睁大的眼睛,感觉亲密熟悉的老师看上去好似成人世界中高尚而虚无的人物。休格拿起曼格纳尔的书,随意地打开:"通常叫做《康普鲁顿合参本圣经》"。她的目光落在这个地方。

她依旧决定从《圣经》中摘取一个故事加上自己风格,辅以一些《伊索寓言》的内容后再告诉索菲。

"你生日的时候发生了事?"她边平和地问索菲,边往回翻了些,继续看《圣经》,"你做了什么顽皮的事儿吗?"

索菲想了想,皱着眉头,胖嘟嘟的脸庞闪着从溅洒冰雹的窗户上泛出的银灰色光。

"我不记得了,小姐。"

最后,她说道。

休格低哼了声,仿佛在说"没关系"。她决定不再说乔布,而是说以斯帖记,直到她发现书里全是谋杀与净化处女的故事,接着,她又被尼希米[①]的事儿给缠上了,简直比安格尼斯·尤恩的日记还枯燥乏味。她看了下周围寻找灵感,发现角落里挤成一团的木头动物。

"这个故事,"她合上书说道,"就是诺亚的洪水。"

那一晚,在照顾索菲睡觉之后,休格回到了自己的房间等待漫长的黑夜。她知道威廉在这栋房子里,还知道安格尼斯出去了:这对威廉来说无疑是探访他情妇的最佳时间。在这间狭小得如盒子一般的房间里,墙纸肮脏地空留着油画挂钩,而她则坐在床上,深紫红色的睡袍藏着淡散香气的酥胸。

雨,再次击打在窗上。或许正因为希尔斯还没有爬上去,敲开油漆锁,所以,风扫过的雨水好似能够穿透玻璃侵入屋内。

回到阿博特·兰利,天花板顶上是年轻少女,长廊与修道院相似,安格尼斯·尤恩一直在这儿继续下去。休格发现(读着安格尼斯字里行间中窒息却又催人睡觉的气息)并没有太多严格的学习内容,而是更多强调淑女"修养"。因而类似地理,英语之类的话题,安格尼斯几乎只字未提,却洋洋洒洒地记录着自己针线活赢得的赞赏或是在一位德语或法语老师的陪伴要求下,在学校里散步。岁月流逝,安格尼斯在学业上成绩很好,练习本上得到了许多"P"[②],音乐与跳舞则是她最不花力气的,最喜欢的课程。安格尼斯叙述的故事中少数形象的片段就是坐在音乐教室的钢琴椅子上,同她最要好的朋友雷蒂西亚提着两个高八度,跟着指挥棒弹奏曲子,而另外四个女孩儿则在其他的两架钢琴前一起弹奏。她糟糕的拼写不会引来任何严苛的责备,而算术,只要列的算式是完美的就能逃脱错误的惩罚。

尽管安格尼斯不止一次没写日记,休格同样也没有这么多的耐心,总是跳着页数翻看。冒着被威廉闯进屋子,发现她在读自己妻子被偷了的日记本,一把被他用发红粗糙的手抓住的风险,休格该得到怎样的回报呢?上帝,这所学校还有什么需要抱怨的呢?真正的安格尼斯呢?那个有血有肉,曾经住在远处的女人究竟在哪儿?她是威廉奇怪而麻烦的妻子,是索菲的母亲吗?日记本中的安格尼斯是童话般的人物,好似白雪公主一样。

忽而一阵敲门声将她震得抽搐了下,将日记本从膝盖上摔飞。在慌乱的几

---

① 公元前五世纪希伯来领导人。
② 相当好的缩写。

秒钟后,她又重新拿了回来藏在床下,用地毯抹了下自己的手,随后舔了三下嘴唇好让它们看上去闪亮。

"谁?"她问道。

她的门摇了开来,威廉站在那儿,穿得十分讲究,好似一位商务伙伴站在办公室的门前。他的脸上,毫无表情。

"进来吧,先生。"她招呼着他,努力地将自己的声音调节在严肃与魅惑之间。

他走了进去,随手关上了门。

"我忙极了,"他说道,"圣诞节快到了。"

荒谬的解释加上她螺丝紧拧般的紧张,将她带入了欢乐的边缘。

"我随时恭候你……"她说着,将尖指甲握成的拳头抵在自己后背,用疼痛来提醒自己要与威廉做的事是谈论拉克姆生意上的一个难解之题。她将他拉向自己胸口——这并没有引来发自肺腑的笑声。

"我想一切都在我的掌握中了。"他说道,"瓶装香水的订单比我害怕的还糟糕,但化妆品的业绩却是噌噌直上。"

休格的拳头攥得如此之紧,以致泪水模糊了她的视线。

"你过得怎么样?"威廉问询起来,声音轻如阴郁的细风,"告诉我实话,现在你后悔来了。我不该这么揣度。"

"一点儿都没有。"她闪动双眼,反对道,"索菲是个表现很好的小家伙,一个乐意学习的学生。"

他的脸瞬时暗沉下来,这显然不是他想要谈论的话题。

"你看上去很疲倦——至少双眼看上去如此。"他说道。

她努力让他看到自己充满活力的脸孔,然而却不重要:他并没有在抱怨,只是表达自己的关怀。他还记得她双眼该是什么样的,难道不该感到安慰吗!

"我是不是得招聘一个育儿女佣帮衬?"他提道。声音怪异地杂糅着,好似混了各种元素的香水一样:是失望,好似一个魂牵梦绕的梦,当她步入他的房子之后,他们就该开始不再间断的肉欲关系;是驯顺,好似他已然知晓他会被抱怨什么事;是痛悔,因为她忍受着他女儿的麻烦事;是恐惧,当他有一千桩别的事做时,他期待寻找到其他的仆人;是同情,当看到她躺在比阿特丽丝·克利夫功能性的小床时;是喜爱,好似他希望他能够用一个爱抚换回她双眼中闪烁的色彩;是欲望,斑斓地闪烁着,好似花束中插着的不同字条。

"不用了,谢谢。"休格说道,"没必要,真的没有。我是没有睡好,这是真坏，但我想是因为这是新床。我真的很想念普里奥里的旧床，睡在上面真的很愉快，不是吗？"

他歪着头，并没有真正地点头，只是摆出让步的姿态。这正是休格所需要的，她立刻走上前抱住了他，双手贴上他的背，抬起一条大腿摩挲起他两腿间的地方。

"我也想你。"她说着，将脸颊贴到了他的肩膀上。她感觉到男性欲望的微弱气息从他的衬衣领口钻了出来。

"我什么都做不了。"他嘶哑地说道，"关于这间房间的大小……"

"当然没关系，亲爱的，我没有在抱怨，"她在他耳旁低语，"我会很快适应这张小床。它只是想……"

她拉着他往后退了几步，坐在床的边缘，开始了如往常一样的温存，她耳语着，紧紧抱住他，雨点般地将吻落在他身上，有些是技巧，有些是真诚，但大多数，她也不知是什么。

"你是我的男人。"一切结束时，她确信地说。

几分钟后，因为没有清洗的水，她用手帕沾了些饮用水擦起他的身体。

"还记得第一次吗？"她淘气地问道。

他忍不住想要笑，但脸部很快抽搐了下："我太丢脸了。"

他叹了口气，盯着天花板。

"噢，我知道你做爱一定非常棒。"当雨最终停下，静谧再次笼上拉克姆家房子的时候，她安慰着他。尽管床对两人而言显得狭窄，威廉在身子干了并穿戴好后，仍旧躺在她的手臂中。

"这是我的生意……"他抱歉道，"拉克姆香水公司，我的意思是……我在虚度日子。"

"这是你父亲的错。"休格回想起威廉的抱怨就好似这是她自己情感爆发似的，"如果他能够有更合理的公司架构……"

"确实如此。但是这也意味着我一辈子都在他的错误中发展，加固……"

"脆弱的建筑。"

"确实。同时忽略了所有。"他轻吻了下她的脸庞，一条腿滑落在狭小的床垫旁，"生活的快乐。"

"这就是为什么我在这儿，"她说道，"提醒你。"她琢磨是否此时合适问他是否可以敲他房间门，而不是等待他来找自己，然而外面马车道上，车轮与马蹄卷带的吱吱嘎嘎碎石声提醒他们安格尼斯回来了。

"她近来好些了，是吗？"当威廉站起后，休格问道。

"上帝知道。是吧,可以想象。"他将头发往后整理到脑后,打算离开。

"索菲什么时候的生日?"休格不情愿让他什么信息都不留下地离开。她到了这么一个奇怪的家庭,大杂院似的房间却几乎没人知道彼此的存在。

他皱着眉头,似乎被繁重的细节问题困扰住了思绪:"八月……八月的时候吧。"

"噢,那么还不算差。"休格说道。

"怎么了?"

"索菲告诉我安格尼斯自从她生日后就把她丢弃了。"

威廉古怪地看了下她,烦恼,羞愧,她想他内心更多的是悲哀。

"自从'生日',"他说道,"索菲是说她出生开始吧。那天是指出生。"他打开了休格的门,担心妻子在这样的夜晚会更不耐烦,下马车走路也会比平时更快。"在这栋房子里,"他疲倦地总结道,"安格尼斯是没有孩子的。"

说着,他走了出去,做了个手势,好似让她"站那儿",接着,便关上了门。

许多小时之后,当休格在黑暗中睁着双眼躺在床上时,拉克姆家变得安静,每个人的房间都是关着的,她从被窝里起来,点了支蜡烛。她手里拿着闪耀的蜡烛,光着脚丫子,被拉长了的身影在地上移动。她感觉脚尖走在奢华神秘的宅邸里,自己是渺小的,但是她的影子,在经过那些对她禁闭的门时则拉得很大。

仿佛与童话中的鬼一样,她溜入索菲的卧室,慢走到孩子的床边。威廉的女儿深睡着,眼睑微小地颤动,好似安格尼斯般的大眼睛深藏在皮肤中。她张着嘴呼吸,偶尔抿动自己双唇好似在回应梦中或是记忆里的刺激物。

"醒醒,索菲。"休格低声道,"醒醒。"

索菲的眼睛扑闪着睁开;青瓷色的虹膜胡乱地转动,好似喝了戈弗雷甜酒,或是街道的因凡特静音,又或是其他某类品牌的鸦片而昏迷的婴儿。休格拉出床下的夜壶。

"起来一分钟。"休格边说,手放在索菲温暖干燥的睡袍下,将她沉重的小身体竖了起来,"只一分钟。"

索菲挣扎着去遵守,在极度黑暗的条件下,她眼睛茫然而笨拙地睁着。

索菲将平滑娇嫩的小手放在自己裂纹蜕皮的手掌中,抬到半空中。

"相信我。"她说道。

第二十四章

疯了！绝对疯了！

这栋房子中的一半问题，如果你问仆人的话，会是拉克姆一家总有奇怪的癖好，该睡的时候不睡，该醒的时候却还在睡觉。

现在就是个例子。克拉拉踮脚穿过走廊，手里拿着蜡烛，在这半夜三更的时候，大多部分的仆人们该不再忙于男女主人提出的麻烦中，而是躺在枕头上休息直到天明。

但是现在呢？克拉拉挨个弯身从钥匙孔里斜眼查看，她确定没有一个拉克姆是睡着的。

疯了，如果你问克拉拉的话。那就是威廉·拉克姆把她年薪提高了十个先令，难道他希望她吻他鞋子来报答吗？十个先令的确是非常好了，但是对于一个安逸的晚觉来说值得吗？她已经失去了很多睡眠！像今晚，这个例子！门，开开关关的噪音是她在检查，谁知道拉克姆夫人要做什么呢？十个先令一年……对一个脸像公交车上铭刻的广告的主人，为什么她半途没告诉过威廉自己保持清醒去看他妻子是否醒着需要每小时一先令的收费呢！这个可怜的女人现在在干吗？毫无疑问，是些愚蠢的事。第二天，当这位忠实的女仆，疲累地站在那儿，拉克姆夫人说不定就躺在床上，大白天地打着鼾，口水滴在阳光照射的枕头上。

而拉克姆的孩子，她应该是晚上七点上床的，随后第二天早晨七点起来。新的家庭教师——休格小姐——显然不知道该怎么照顾孩子……

她变得多么愚蠢？克拉拉透过索菲·拉克姆的卧室钥匙孔看着——疯了！烛光摇曳在这条路上，那边是休格在包裹孩子的身影。克拉拉不想多管闲事。当这个女人走进这栋房子的时候，克拉拉就已经嗅出了味道：恶臭。一个自我的家庭教师，她让人极度怀疑的走路姿态，她荡妇一般的嘴——拉克姆是在哪儿找到的她？或许是社会援助站。一个艾米莉·福克斯的"成功案例"在半夜玩弄索菲？

拉克姆先生呢？他在干什么？克拉拉查看起他的钥匙孔，毫无阻隔地看到一个伟大男人的桌子，男人正在忙于涂写。他是不是在等白天劝说更多的人买他的香水？或是他在写小说，因为他曾告诉过妻子他在忙于构思？威廉打算出版一本小说，克拉拉，拉克姆夫人，至少有那么些年每个月听他说一次。世界上最好的小说。很快我们会无法忍受他父亲的恃强凌弱。

克拉拉又走到了安格尼斯的门前，弯身去查看。拉克姆夫人满屋子都是亮光，她穿着酒红色的睡袍。精神失常！至少她没有鼓足勇气喊自己的女仆来帮她穿上去……但是为什么她要来回走动呢？她手里的书看上去像赞美诗？这看上去就像本账本——决然不是拉克姆夫人连十二加十二都不会的可怜人会看的。

克拉拉想要侦查得更久些，但安格尼斯突然停止了来回走动，盯起了钥匙孔的方向好似她发现了克拉拉贴在另一端的眼睛。敏锐的听觉？动物的直觉？疯子的第六感？克拉拉不知道是什么，但是她明白得要提防。她屏住呼吸，快速地蹑手蹑脚回了自己床上。

安格尼斯·拉克姆站得笔直——就像她能展现的最高高度——她抬眼看着天花板。上面有一只蜘蛛，正爬过玫瑰模样的石膏。安格尼斯并不害怕蜘蛛，至少不是这类细小的蜘蛛，她并没有想要清理它。她刚从一本美国来的小册子——安普罗修斯·M.劳逸斯《万物的开拓》里看到这样一个小蜘蛛不过是和她一样的生物而已，只是低等些而已。

此外，她刚才感觉有些不同寻常。搅弄她一天的头疼消失了。她头皮里面再一次充满清净活力。她真的该去学习如何更快地在自己胃告诉她不该再吃饭的时候——就立刻停止一切！煞风景的事儿，她是一个新派女性！

于是，她晚上要开始新的日记了——不，不是日记——而是舌头打滑，思想打滑。不，她已经告诉自己不能再写日记了。这样令人疲劳的东西，满是各种牢骚与抱怨，最好就是烧了它们，免得那些好事之人找到它们。

不，她现在写的是伟大而有意义得多的东西。过去的伦敦季，因为完满，是她所参加的最后一次了。不同的命运已经在她内心滋长，她必须回应召唤。那些年，她已经在那些时髦的女人中成为时髦的女人，而拒绝更深层的本质。那些年，她毁灭于每一本有关秘术的书籍，告诉自己不过是出于好奇——现在是时候去看待真实了。

她捧起新日记本——不，不是日记本——朝着光。她该怎么称呼它呢？它是一个大而漂亮的东西，像账本那样大，却没有线条与横竖列。在扉页上，已经留着她哥特式漂亮的字迹。《安格尼斯·皮戈特被照明的想法与超自然的反应》。简言之，她称呼它为——"一本书"。

她在卧室里来回走动，重新读着第一页，上面满满的庆祝词句，她克制住自己书写的渴望直到半夜来临。现在已经是十二点四十五了，在这儿：为子孙后代铭刻，漆黑的墨水仍然闪着亮光！第一课，上帝与自己的上帝是三位一体的。然而，很少有人知道我们是三位一体的。我们首先有自己的身体（这儿我称之为父体），也是我们日复一日寄居的地方。其次是我们第二个身体（我称之为太阳体，这身体靠着在天堂与全世界各大秘密宫殿的天使们保证了我们的安全，等待着复活）。第三点，我们还有第三个身体（或是说精神体，这就是我要说到的圣灵身体，同样也是灵魂）。第二课，这个世界大多数的痛苦在于我们不知道自己的第二个身体。我们错误地以为当我们第一个身体离开的时候，我们的来世就是鬼魂。不是这样的！所有伟大而值得信赖的作者们，包括神圣的圣约翰，尤莱亚·诺布斯先生，都同意来世还会在这地球上，只是临时给了新的身体。第三课……安格尼斯踱步在卧室中，努力决定强大的第三课。她在想那些女修道院与自己的守护天使，但拒绝写下去，因为实在过于隐私了。

她从现在起写的每样东西都必须拥有普遍感染力，以及启蒙基本真理。探讨了下她现在的情况，所著的"书"太像一本日记本——而日记本只是死的思想，失去昨天，不过虚无浮华。书的文字是用来铭记的。

因此，她并不后悔把日记本埋起来，让虫子啃食掉本子，因为她不在意！从今夜起，她所有的文字是不朽的！

让索菲用夜壶把完尿后，休格妥帖地将她放回了床，打开了安格尼斯·尤恩另外的日记本，放在膝盖上。她轻抬起一条腿，以便蜡烛光能够更清晰地照过来，随后，她便认真阅读起来。

阿博特·兰利，1865 年，安格尼斯认为自己最终成了一个淑女。在休格的衡量标准中，安格尼斯并没有做任何成长的事，也没有任何成熟的思想，然而在安格尼斯的思想中，她已经几乎"完成"了。她曾经崇拜的女性期刊上的高雅女教师，如今已经成了她的对手。她告诉自己的日记本，假如她的日记本还不知道，她该怎样弄自己的头发（将它们梳到耳后，两束长卷发要吹在两侧，用假的小发髻来遮蔽脖子）。她完全抄了法国时尚的造型，并学习刺绣课。尽管没有提到身体的变化，但根据她钟爱的设计示意图可以推测，她身体已经发育"完好"地匹配上裙子。

她十三岁的课程甚至比九岁的时候还少，每一样事情都在减少：跳舞、音乐、法语、德语。对休格来说，最后两个是绊脚石：她只会丁点儿的法语，不会德语。卡斯特威太太认为男人说法语像女孩子，而德语听上去则像是老牧师呕吐。因此，当安格尼斯开始写法语的"你好，日记本"，或是德语的"亲爱的日记本"时，休格就打起哈欠，往后继续翻页。

小尤恩小姐在学习加伏特舞、小步舞，这些舞的目的在于提升浪漫，而完全忽略了男人。她的求爱经验大抵来自于学校老师与其他女孩儿秘密短暂的交谈。她曾经希望能够嫁给一个士兵，从而去寻找自己亲生父亲，而这样的想法已经消失殆尽；现在，她的理想丈夫是一个来自南法国冬季宅邸的时髦贵族。另一个白日梦，她并没有提及：

尤金妮娅今天哭着离开了学校；她下个月就要结婚了，嫁给神秘的瑞士银行职员！这样的话，我得提醒她我的水彩画刷子。或许，她能寄给我。

休格哼了声，发出无可奈何的轻蔑声。真该一巴掌拍在自私的安格尼斯脸上！但是，她很快记起她在弓街小巷子里帮助安格尼斯的时候，安格尼斯不过是一个被血腥吓坏了的孩子，她在休格的臂膀中颤抖，恳求被带回家。

在所有的兴奋中，尤金妮娅也已经忘记了她小猫的剪贴簿，十四岁的尤恩小姐写道。其中的一些小可爱还没有贴上去呢！我发誓，如果这个瑞士银行职员能够给尤金妮娅一半自己所说的爱，他最好还是帮她拿回自己的剪贴簿！

最后休格明白了：这个糊涂脑袋，跳着小步舞的女人是淑女，就像她该成为的成年淑女一样。是啊，就像所有休格见过的淑女一样。她们在自己奢华的马车中流露着贵族的狂妄，或是在海德公园里撑着阳伞散步，又或是排队进入歌剧院：她们是孩子。本质上来说，从她们玩玩具与彩色笔开始，待到她们长高，有了些"造诣"，约莫十五岁，十六岁的时候，仍旧习惯地坐在角落拒绝吃布丁，嘴里背不出个动词来，她们因为求婚者而回家。他们是谁，那些求婚的人？游览过世界自信的年轻男人或是私生子，也可能是瘟疫之后的幸存者。年轻男人对娱乐活动感到乏味之后，就会把注意力转到结婚上，他们会在新的伦敦季上去观察精心打扮的孩子们，他们会为自己挑选一个小妻子。

雷蒂西亚最近开始有味道了，可怜的家伙。安格尼斯在自己另一本日记的末页写着。

　　真不幸，起初是丑，现在变臭了！我是有教养的，我不会告诉她。上帝赞美教育，因为它教导我们学会了解其他的想法。如果这个世界所有的女孩儿都在阿博特·兰利上课，这个世界该变成什么样！每个人都一样的发音，每个人都知道该如何举止端庄。哪儿还有什么"世界邪恶"的东西不是教育可以治愈的？我认为没有了！

　　休格怀疑地摇摇头，合上日记本，按照时间顺序取出下一本。

　　首页用德语写着：亲爱的日记本

　　休格烦躁地合上日记本，吹灭了蜡烛。

　　那些泛黄的日记已经够了。生命此刻在继续中，在我们知道之前，1876年来了。

　　不理克拉拉认为拉克姆宅邸不比疯人院好的看法，十一月还是平静地过去了。日出日落一如往常，在切普斯托的这栋别墅中，没有尖叫与争执的声响。亨利·拉克姆的丧期已经结束，每个人都恢复了穿着。膳食也正常了，对仆人们的奖惩制度也证明是个成功。威廉正在做拉克姆香水公司圣诞节策划书，这个圣诞节得要向他的竞争对手展示父亲传给自己的小商号已经变大了。安格尼斯继续写自己的智慧"书"，没想过去挖她的日记本，尽管那些东西正在潮湿冰冷的土地下躺着。维克瑞夫人过来拜访了她，与以往八卦不同，令她吃惊的是，这次是谈论亚兰·卡甸的书《福音的精神解释》。对休格来说，她用不同的教育方法教育索菲的顾虑已经消除了。她曾想象自己会像小说写的那样成为一个因为孩子耍脾气而啜泣的可怜家庭教师，然而，小说再一次被证明是错误的，她的学生用功而且像任何一个老师所期望的一样容易抚慰。索菲看上去还是敬畏她的，特别是休格有治疗好自己被子湿漉漉问题的能力。每天早晨，索菲会在干燥暖和的被窝中醒来，不可置信地看着这一切。休格小姐一定是个非凡的小姐，她明白罗马帝国，能够在晚上控制淘气孩子尿尿！

　　休格很自豪于自己的成功，甚至超过任何她能记得的事。索菲胖圆大腿间的白粉疹子已经褪干净了。这就是她本该有的样子。所有的事也本该如此。

　　休格得到了孩子的崇拜，也在下午教了她如何拼写这个单词。她已经可以大胆地写给威廉条子，署名"休格小姐"，而不是祈求他来自己那儿一夜云雨。她一板一眼要求威廉为教室买更多的书，随后将纸条塞入他书房的门缝，就像当时在她客厅里表演那些调情小把戏一样塞入。

　　令休格吃惊的是，她大胆的请求在三十六个小时后得到了回应。在另一个下着雨的早晨，她和索菲走进教室的时候，两人还都在半梦半醒中，发现书桌上放着一个高高的神秘包裹。

"啊！"当休格打开了棕色纸包时说道，"这是我问威——你父亲要的书。"

索菲睁大了眼睛，不仅吃惊于堆在面前的新书，也被休格小姐与她父亲之间有亲密关系的佐证而惊到。

"它们……是礼物？"她问道。

"不全是。"休格说道，"这是你读书需要用到的书。"

接着，她让索菲看了看：一本每页都有版画的历史书，一本大英帝国城市介绍，一叠用纸、糨糊、线装订的概要，爱德华·李尔的薄而优雅的诗。

"这些都是最近出的新书。"休格热情道，"因为你是生活在现代的人，你明白吗？"

索菲眨巴着迷茫的眼睛，听着这个令人惊讶的说法：历史总在转动，就像是一个六岁女孩儿骑的车一样向前转动。她总想着历史是一张布满蜘蛛网的大楼，让索菲·拉克姆感觉自己不过是一颗微小的尘埃。

到正午的时候，索菲已经记住了李尔先生的部分诗。李尔先生现在还在世，这些诗都是在索菲·拉克姆生出来后才写出来的！

"猫头鹰与猫坐着美丽的浅绿色船去往大海。它们带了蜂蜜，还有五磅左右的一叠钱。猫头鹰看着天上的星星，唱着歌曲：'可爱的小猫，噢，小猫，我亲爱的小猫。你是多么美丽的小猫。你是多么美丽的小猫！'"

索菲做了个屈膝礼，她很少快乐成这样。

"索菲，不完全正确。"休格笑着说道，"让我们再读一遍，好不好？"

她的笑容里隐藏着一个秘密：这不是她耐心，而是对她母亲的报复。休格不会忘记在教堂弄的时候，作为一个七岁的孩子，当卡斯特威太太听她反复背诵最喜欢的一首童谣时。

"不，我的宝宝，"卡斯特威太太温和的话语后藏着威胁，"我们现在已经背得足够多了，是不是？"

这就是她母亲关于这事的最后一句话，随后，这些童谣就死了，仿佛脚下碾死的蟑螂一样。

"是时候了，"卡斯特威太太说道，"你已经该学些成长的诗了。"

站在书柜前，用她的指甲——那时已是红色的——掠过书脊。"不是华兹华斯这些，"她喃喃道，"你该有那种山与水的品位，我们不该总生活在那些离……"她扯了个笑，取出两本，在手里掂了掂，"这儿，孩子。试试蒲柏。不，最好还是……试试罗切斯特。"

休格拿着那些灰灰的书到了角落，认真地阅读了起来！但是她发现她每一行都是前读后忘记，在她脑海里只是男尊女卑的气息。

"妈妈，你还有别的喜欢的诗吗？"当她脱口问出这问题的时候，她感觉自己愚蠢极了，于是双手又放回了书上。

"我没说过我喜欢诗，我说过吗？"卡斯特威太太酸酸道，将罗切斯特的书狠狠地挤进了书架，书因此撞到了后面的墙，"讨厌的东西。"

你唱得多么的甜美，休格现在背诵给索菲，用她最真诚的，饱含鼓励的话声。

"噢，让我们结婚吧；我们已经等待得太长了；但是我们还得有一只戒指？你能跟着我重复吗，索菲，练习它，直到我回来？"

索菲与休格彼此会心一笑。孩子在想象猫头鹰与猫咪。而家庭教师则在回忆卡斯特威太太坐在愚蠢的凳子上，她红色的手指颤抖无力地指着满屋子跑着的小女孩儿们，她们正在重复地背着同一首童谣。

"在我下课的时候，让我听到它吧。"休格指着教室门。

在正午休息的时候，她待在自己的卧室，消磨着继续给索菲上课之前的时间。休格又开始看起安格尼斯的日记。他发现尤恩小姐的学校生涯行将结束。

谢天谢地！她已经读了几千字了，读这些文字就像费力地在做一件光滑，柔软，虚伪的大衣，浅薄的友谊，如羊毛般的想法，她只希望一页页地翻过，能突然看到威廉残酷拷打他的妻子。

然而，学校少女们的日记本就像一部小说的封面小喇叭似的宣扬着可怕的行为与疯狂的情感，但最后，却如无趣的蛋卷一般。

在阿博特·兰利的最后日子，十五岁的安格尼斯仍旧保持着愚昧的理智，最后一天的早晨和惯例一样，是这么写的：1867年5月3日。她甚至作了一首诗来讴歌自己的学校——七节弱韵的诗句听上去几乎毫无骨架。

没有人可以阻碍未来向前跑来！尽管未来在她的诗句中已经停止向前，而多愁善感的致命毒药让她不知所措，她仍做出了这样的总结。

结束告别的颂歌，安格尼斯为找阿博特·兰利的纪念品带回家而犯愁。我要抱歉地说道，另一些女孩儿窃取了各种各样的东西。亚麻布回形针，粉笔，唱片，维克小姐头发上落下的发饰，荣誉卡：所有的都有了。我甚至还看到今天晚餐少了些勺子。在接着的日记中泛黄的破烂纸页上，有二十四个阿博特·兰利的女孩儿在上面签名了。在第二页上，安格尼斯写道："就像你看到的，我让她们都签名了，她们也都这样做了，甚至连在形体操课上和我有冲突的艾米莉，我也打算原谅她。亲爱的日记本，我可能再也没有这么多的朋友了！因此当我看到她们的名字时，我哭了！因为泪水不停地滴下来，纸都打湿了，所以你能看到有些墨化开了。我们这些分开的年轻淑女们会有多么不同的希望！有些人可能很快嫁出去了，但那不是我，妈妈生病了，我必须帮助她恢复健康。还有些少些背景的人，会去做家庭教师：她们或许能找到慷慨的主人，令人惬意的学生呢！如果一个人没法成为淑女（比如艾米莉）我不能想象会成为什么。亲爱的日记本，我希望能写多得多的东西，但这天几乎已经结束，为了我明天的旅行，我必须早起。这是多么令人遗憾的告别！

我是多么的糊涂！我该在家里再和你写的！爱你的朋友。安格尼斯。

写完这些话，才结束。

接着的字极小，就像是针脚的线似的，写着：妈妈不在了，我很快会随她而去。上帝可怜可怜我们吧。把我妈妈从你的愤怒中，你严苛的正义中，从永恒的烈火中拯救出吧。你赦免了从良的妓女，我恳求你。但没有人听到。我的祷告变作天蓝色的汗水滴落下来。她流着血直到流干。他（她的"丈夫"）站在那儿，什么都没有做。现在，她被挪走了，去往一处无人知晓的墓地。一日复一日，我们的房子出现了更多的恶魔。他们在木椽上窃笑。他们在墙角线处私语。他等待在我身上得偿所愿。

休格检查了堆积在一起的日记本，打开它们，在字里行间中寻找是否错过了什么。然而，却没有。一周的形体操与花红色的蜀葵，另一周干了的血像十字架一样污染着。血不是大拇指被针刺，也不是女学生庄严的保证；这是更黏稠的东西，一种凝结的血块就像捆缚基督耶稣头的十字架上的红色。

现在你看到了我自己的血。安格尼斯在下面解释道。血从我身体深处，像一道深藏的伤口中涌出。它杀了妈妈，现在又来要我的命。但是为什么呢？为什么，我是那么的无辜？休格翻过日记本，还有很多这样的话语：翻滚的墨水这么厚，可以让纸变作紫色。在我睡着的时候，铁床架变得柔软，皱起来就像嘴唇，通过蜂窝似的"好朋友"来舔舐我的血。在床下，恶魔就像蘑菇一样等待血流到它们嘴里，它们可以吮吸，接着变成粉红色。它们吸着，直到变作红色，几乎爆炸。这是多么的高贵，它们尖叫！比她的母亲更美味！给我们更多这样神圣的果汁！没有人能从这栋房子里逃脱，甚至连玫瑰园都是禁闭的。所有能帮助我逃开的人都听他的。我卧室的窗子外有云朵形成的圣母玛利亚，她的鼻子贴了上来，同时，她也靠近窗子，用手指留下印记。我是多么渴望躺下！我不能让他们得到我的血！我得走路，绕着我的房间走路，弯着手臂写这事。他们恶魔的嘴吸不到任何东西。当我不能走的时候,我必须匍匐地爬向壁炉,这样对他们来说犹如清汤寡水。

虽然安格尼斯最终还是变得虚弱后睡到了床上,她还是做了一个勇敢的声明。接着一天的日记上就是:

我在沾满了血的床上醒来,而我依旧活着。

接着,便是一个激烈的长篇演讲,比先前一个稍好些。尽管仍是频繁求助的词比如"厄运"、"结局",安格尼斯怀疑此刻死亡不过是走神了而已。

丰富的晚餐刚准备好,每个人都让我去参加。妈妈已经不在,我自己的生命在衰退中,他们希望我吃晚饭的时候狙击我,恐吓我!我吃了一只黄油蒿雀鸟,几勺甜品,随后请求离开。

接着的几天,安格尼斯在高调的绝望声中缓了些。常态也在一点点地咬去她的疯态,平凡的思想影响着她。尤恩爵士,被她形容成撒旦同伙的人,在一个周六下午带她去了水晶宫看"曼德逊"的音乐剧。安格尼斯掉入一池血的噩梦已经结束了,她在"真的很美丽"的音乐剧中几乎忘记了致命苦痛。第五天的时候,流血停止了。安格尼斯总结慈悲心肠的天使肯定是根据她的表现求情了。她书写的字变大了,在木橡上的恶魔变作了鸽子。在几行之后,她开始抱怨厨师在鸡蛋葱豆饭粒中放了胡椒粉。因此,安格尼斯的文章又到了成年期。每一个人,从她的继父到那个送家禽的男人都祝贺她成长为一个成年淑女,但是没人会告诉她,她已经成了一个女人。

"当他完事的时候,你得说'哦,先生,你夺走了我的贞操!'如果可以,得要哭一下。"

这是教堂弄时期,卡斯特威太太的一个妓女沙蒂说的,休格已经许久没有再听到她的声音。当休格还年轻的时候,沙蒂把如何处理的事儿告诉了她。

"他要是不相信我怎么办?"

"他当然会相信你。你已经平滑得和婴儿一样,你的胸都没有料——这些怎么会出卖你呢?"

"那如果他已经看到过我呢?"

"没机会。对失贞这件事,卡斯特威太太会传开的。整个英格兰的人都会说的,她们咬着耳朵等待这样的信息。他会是一个商人或是一个牧师,这样的人,会……"

"他来之前,我就流血了呢?"

"我还得教你每件小事吗?只要让你自己干干净净的!如果他迟迟不开始,

那么让他看看你窗外有趣的事儿,随后在他回头的时候,赶紧擦拭掉。"

"我窗子外没什么有意思的事儿。"

沙蒂抬抬眉毛好似在说我能明白为什么你妈妈叫你"没良心"了。休格合上安格尼斯的日记本,感觉鼻子里一阵酸楚,泪水淌过脸颊,湿润了她的手帕。那是1875年11月,沙蒂已经死了多年,在她离开卡斯特威太太去沃特太太家之后不久就被谋杀了。

"去了更好的地方。"这是卡斯特威太太知道消息后说的话,"她说她会的,不是吗?"

休格怕泪水滴落在地上,于是用袖子擦起她的脸,随后在床上擦着前臂。她穿的这条黑色裙子自从她来拉克姆家都没有洗过。每天,她都穿着不同的睡衣,但却穿着同样的外套进进出出。刘海已经长长了,她应该去剪了,但是拿着梳子的时候,她又想着将它别起来。

她的小房间与来的时候一样小。除了些化妆品——威廉的旧礼物之外——她没有为自己添置什么。印花布与小装饰品是从普里奥里带过来的,她最喜欢的衣服,还包裹在箱子里,而那些箱子现在堆放在衣橱的最顶端。还有些其他的衣服,整箱整箱的,也不知道放在了哪里:威廉肯定把它们放在了哪儿。

"你要的话只需要开口。"他保证道,约莫一个多月前,当她与他在飘着香水与肉欲夹杂的汗水中时他保证过。

休格站在窗前看着外面。雨已经变小,拉克姆花园里修剪漂亮的灌木丛与树篱闪耀着菠菜绿与银色。园丁希尔斯在遥远的栅栏处巡逻,他在检查常春藤是不是漂亮地伞状贴着网格,因为最近老有喧闹的人张望房子。现在是下午一点五十五,家庭教师又该回到学生那儿了。拉克姆家的主人该管什么,他在想谁,上天才知道。

休格细细看着在镜子中自己的脸孔,上了少许的粉底在鼻子上,撕下下唇小片干裂的皮肤。她已经用完了拉克姆的珍妮丝面霜,她不知道该怎么再要些,在列索菲书籍的清单时也忘记添上了。

当她走向教室的时候,她停在了威廉房间的外面,随后是安格尼斯的,透过钥匙孔偷看着他们。威廉的书房里浸没了午后的阳光,但里面却没有人;他一定是在世界的某个角落执行着自己的意志。安格尼斯的卧室是暗的:拉克姆夫人的一天既没有结束,也没有开始。

休格心血来潮地透过钥匙孔去观察教室里面,以便在被发现后掩饰自己的不雅举动。索菲坐在书桌前的地板上,用粗短的手指整理着地毯的边缘,满足地

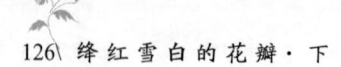

低头看着褪色的土耳其花样。

"小吉他,小吉他,小吉他……"她喃喃着,反复地铭刻入自己大脑。

"上帝保佑爸爸。"那天晚上,索菲双手在被罩里紧扣,在烛光中成了一个塔形的剪影,"上帝保佑妈妈,上帝保佑休格小姐。"

休格羞怯地轻抚孩子的头发,烛光因为她的手将剪影荒诞地拉得更大,她一下收了回来。

"你冷吗,索菲?"当孩子颤抖地躺在蜷曲的被窝里时,休格问道。

"不——不是很冷,小姐。"

"我会和罗丝说多给你加一条毯子。这时候还盖这些太不合时令了。"

索菲惊讶地看着她:休格小姐一定知道库存的东西,熟悉在亚麻床品与季节之间该精准地添加东西。

八点半的时候,拉克姆家蒙在了黑暗、宁谧与井然有序中。甚至连克拉拉也在自己房间里,鼻子贴着地在看本叫做《仆人》的期刊。拉克姆夫人在楼下的会客室重读着一本题为《安东尼夫人的诱拐》的小说——这不是一本晦涩难懂的哲学书,但却很好看,尤其是头疼的时候。威廉在普利茅斯,或是朴茨茅斯,或是某个重要的地方。这样一夜的远足——更多更频繁——也是至关重要的。因为拉克姆已经声名远播了。

克拉拉觉着需要检查楼下的钥匙孔,没什么可以打扰到她。所有的房间都是黑的,除了家庭教师的房间,里面的灯光是娴静的。这就是为什么克拉拉喜欢住在拉克姆家的缘故:像索菲小姐那样熟睡,或是像休格小姐那样在床上看书。

休格擦了下眼睛,打算看完安格尼斯的另一本日记本。如果没有别的什么事,那剩下来的就是在半夜的时候如平时一样,抱起索菲放在夜壶上。孩子已经不再依靠鼓励;不久以后,在门口轻喊一声,随后,或许就有了这个喊声的记忆。世界历史与宇宙的运动对索菲来说还需要些时日才能掌握,但是休格已经决定在年底之前教她。

在日记本中,安格尼斯·尤恩又回到了十六岁。

妈妈该是多么为我骄傲,她多么渴望是这样的反应。尽管我猜她在天堂看不起我——如果她能够隔着远的距离,在我头顶上还能认出我的话。

确实,尤恩夫人应该为自己女儿从未道明的极致美丽而骄傲(她没有这么说过自己)。

每当我绝望的时候,她会说现实是残忍的,我孤独地留在这个被上帝抛弃的房子里,做着我的祷告。在我的头发与眼睛之间有着原则……

第二十四章

悲伤与初潮已经让尤恩小姐变成了一个非常怪异的人,时而发疯,时而正常。在不来例假的时候,她把自己的精力分在穿衣,花园派队,打球,鞋子,帽子,以及去做英国国教礼拜的时候私怀一份对天主教纯净的执念上。她避开阳光,避免所有的运动,吃得和鸟那么少,不过,看上去大体还算健康。

每一次,她被"苦难"折磨的时候——人就会变得情绪不稳定——她认为这是威胁生命的一种病,是幽灵缠身的缘故。在例假之前的一天,她会成天抱怨格林萧的汤锅里有一个手指印;那天之后,她朝着地球所有的食物道别,随后用她剩余的时间斋戒祷告。恶魔从藏身的地方已经出动,他们饥渴地要喝她的血。安格尼斯害怕他们钻入自己的杯子,咸味让她一直保持着清醒。

我认为我昨天已经深呼吸了很多次,随后,我开始想象我有二十根手指,三只眼睛。

她拒绝让她的仆人处理弄脏的卫生纸,害怕恶魔会清除它们,于是她把血腥的棉条扔到壁炉里,恶臭的气息让尤恩爵士一直在召集烟囱清扫员调查。

尤恩爵士,因为安格尼斯费尽心思地在泼他脏水,没法容忍自己的名声被这畸形的怪物给毁了,的确,对休格来说,他是个够无辜的继父。他不打她;他也不饿她(她是自己寻饿,而他则是甜言蜜语地"残酷"哄骗肉给她吃);他作为监护人带她去听音乐会,参加宴会派对。如果不是一个负责的监护人,他又怎么能给自己继女最奢侈的条件,而毫无怨言呢?

只有一件事,他不能屈服:安格尼斯得要参加英国国教礼拜。并不是因为她是尤恩家族的唯一一代表,而是因为他自己不想露面。"信仰是一个女人的职权,亲爱的安格尼斯。"他告诉她,她必须去,忍受那些甚至不用拉丁语唱的颂歌。

*我装腔作势地张口,但我并不唱歌。*她在日记本上这么说,好似一个妓女在向另一个妓女保证,她会吸但不会吞。

除了一周的蒙羞之外,诅咒每周都在侵蚀她的内脏,安格尼斯感觉自己不可思议地能在百万次可怕的攻击中残存,相当地有悖于现实。她时常被身份相当的人邀请参加花园派对,舞会和野炊,非常快乐地享受其中。在她看米,她至少有一半的求婚者,只是尤恩爵士既不鼓励也不反对,所以她就与他们所有人调情。在这吝啬的话语中,休格看到每一个人都是面色红润的贵族。

埃尔顿是亲切而英气的男人,安格尼斯曾经提到一句。他脱下外套,卷起袖子,好推开我们的小船。他眉头皱得很紧,而我们几乎朝着笔直的方向而去,当我们选择自己的点后,他又帮助我们回到了岸上。这是一个高雅的社会,野心勃勃的商户与汗流浃背的码头工人在雅茅斯交谈或是在麻袋上讨价还价的场景是绝不会出现的。这就是说,在这个世界,像威廉·拉克姆一样的男人是不可置信的。

接着,1875年11月30日,柔和的铃声响起,随后:"威——廉,你这恶棍,现身吧!"

男人嘶吼的声音打破了拉克姆家的宁静。休格跳了起来。

"胆小鬼!懦夫!拔出你的剑,现身吧!"

另一个一般响亮却不同的男声响起。楼下来了群人!休格下了床,跪在自己卧室门前,打开一条缝去窥视外头。她什么都看不到,只能瞥见楼下栏杆的轮廓与枝形吊灯俗丽的灯光。声音更明显了:菲利普·柏德烈,爱德华·阿什维尔,吵闹地醉喊着。

"你什么意思?他在雅茅斯?我看他想躲被子里了!不想见他的老朋友!我们需要满……满足!"

又过了三十秒,罗丝慌张的抗辩混合了柏德烈与阿什维尔狂暴的声音,随后——令大家吃惊的是,拉克姆夫人出现了。

"先生们,让罗丝拿上你们的衣服,"她甜美地说着,声音回荡在客厅中,"我丈夫不在,但我会尽自己最大努力招待你们。"

极讲究的安格尼斯过去曾是如此逃避柏德烈与阿什维尔,现在却是如此不同一般地邀请他们。这显然让两个男人安静了下来,他们不禁掩声到只有鼻息与喃喃声。

"我听说。"安格尼斯说道,"你们还有一本书,啊,是快有一本新书了?"

"下周二,拉克姆夫人,还是我们最好的书!"

"我相信一定是非常棒。它叫什么呢?"

"噢,嗯……题目或许不太适合女人……"

"没关系,先生们。我不是威廉想的那样脆弱如花。"

"好吧……(自觉地清了下嗓子)《与社会恶习间的战争中,谁会是赢家?》。"(醉笑了下)。

"多有趣呐,"安格尼斯赞道,"你们肯定还会出很多书,虽然不是小说,但至少是你们自己的看法!你们真的得告诉我你们是怎么做到的。是不是有一个出版商愿意帮助你们出版?你知道,我最近特别喜欢这样的话题……"

声音越来越不清晰,因为安格尼斯让两人去了她的会客室。

"话题是……《社会恶习》?"阿什维尔怀疑地重复道。

"不,不,不,"当安格尼斯经过楼下楼梯时,卖弄风情地发着颤音,"出版物的话题。"

随后，不再有声响。

休格跪在自己卧室门前一会儿，然而房子又陷入安静，寒冷的气息从门缝中钻入，裸露的胳膊和胸口瞬时起了鸡皮疙瘩。简直不敢相信刚才她所亲见的事，边想，休格边回到床上，拿起放在一旁的安格尼斯·尤恩的日记本。

她继续读了下去，同时留了只耳朵去关注楼下是否还有更多的发展，她尽量地浅声呼吸以防止其中的一个男人声音忽然提了起来。她试图集中精神去看每一个词，但是她的耐心因为安格尼斯详尽的宴会列表与裁缝记录而被迫消磨，或许，是楼下柏德烈与阿什维尔的出现打乱了她的思绪。不管是什么原因，她都在寻找故事中一些更有趣的事儿：比如说，固定那些用小字记录的疯癫。

纸页沙沙作响，满是文字，然而却缺乏意义，数月悄然而逝。

直到1868年7月，安格尼斯·尤恩第一次提到威廉·拉克姆。啊，这是怎样一段记录！

她十七岁的时候写道：我今天被介绍给一个最为非凡的人。有些野蛮，有些神秘，有些膨胀感！

是的，对休格来说有些困惑的是，这儿说的是威廉，时尚的花花公子，刚从欧洲其他国家旅行回来，热情似火，满是神秘。也很高！尽管，对安格尼斯这样身高的女人而言，大概所有的男人都是高的。不过，不管威廉的真实身高是多少，他同那些安格尼斯熟悉的白痴贵族子弟站在一起时还是很突出的。

这个精神充沛的年轻拉克姆冒昧地鼓起勇气走入了尤恩小姐的圈子，显然是毫无顾忌，哪怕可能被人冷落。他已经巧妙地闲步在人群中，重新搅乱了格局，现在已经重新有了些不情愿的人跟在他身旁，于是，他凭了自己出众的智慧将一些男人推到别人那儿，留了更多的年轻女人听他说法国和摩洛哥的故事。安格尼斯就在这群女人中，脸蛋因兴奋而发红。然而，最后安格尼斯很是尴尬！拉克姆从这些女人中选了她，随后要把她单独带出来。为了避免她亲爱的日记本谴责她在这件事上的串通一气，安格尼斯着重强调，就在抱怨威廉要做的事儿时，她的伙伴们突然就离开了她，而他，则像一只得到了奶油的猫一样咧嘴笑着！

当抱怨他的关注就像"最令人烦恼"的事时，安格尼斯用这样的词来形容：

他是粗鲁的，不过长相和手还算好，满头金色卷曲的头发。他的眼睛像是漫不经心的，看每个人都很直接，但是他自己却并不觉得。他穿着很少有人敢穿的衣服，紧身的裤子，淡黄色的外套，鸭舌帽之类的。我只看到过一次他穿黑色正装（也很不错！）但是，当我问他为什么他不多穿穿，他说"黑色是周日，参加葬礼，或是无趣的男人穿的。我没法不穿成那样，否则的话，教堂，葬礼，还有公司里那些蠢人不让我进。这就是为什么，我会戴着猎鹿帽，穿着这衣服！"他并没有隐瞒自己父亲是一个商人的事实，"那是我父亲的公司，他以自己的方式过着，而我以我的方式过日子。"我没法确定他的收入从哪里来：或许是从写作中获得。他显然是我求婚者名单中非常不合格的人选。

三心二意的休格并没有对这件事留下深刻印象，不仅仅是因为她已经知道了故事的结尾，而且她注意到安格尼斯日记里几个月内提及的一半求婚者几乎都没有区别，反而对威廉·拉克姆却是着墨颇多。在这之前，安格尼斯记录所有的对话都是从"哈喽"到"再见"，在与他们交谈之后匆匆记录了下，因此没有提到过一个男人是否睿智之类的话。待到1868年秋，威廉的形象变得就像小说中的插曲一样鲜明：

"让我们来小聊下。"他突然边说，边把食指刚好放在了扇子上，将它收了起来放在我的鼻前。我吓了一跳，但他却在笑。

"十年前，"他说道，"我们两人都还不记得的时候？"我的脸通红，但我的思想却还在："我不觉得我们十年前就认识。"我说道。

关于这一点，他的手拍了下胸口，好似我打击到了他。为了不冒犯他，我犹豫地加了句话："不管怎么说，我可以和你小聊下，这也是我所学的。我对你而言，该是个没有旅游过，对大多数事漠不关心，肤浅的人。"我希望这个对话奉承了他一下，但是他看上去很严肃地继续道，"噢，可你很有趣，也没有我认识的其他那些年轻女人那么肤浅！你内心深处肯定还是有很多欲望的，只是没人能够猜出——当然，不包括我。虽然你看上去和别的女孩儿一样，但你和她们不同。你是特别的，还有，我能感觉你知道你的不同。"

"拉克姆先生！"我能说的是他让我感到羞愧。于是，他做了件奇怪的事，也就是说，他凑了过来，伸手放在我扇子边缘，将它打了开来，我的脸孔刚好藏在后面。我听到他解释道："现在，我明白让我的光芒直入你的心灵是错误的。这吓到你了，我不该吓你。让我们再回到小对话上。看那儿，安格尼斯，加尼特女孩儿们，她们戴的帽子。我看到你今天下午早些时候垂涎那样的帽子——（是的，是这样，没必要去抵赖。好吧，我再也不垂涎了！我心里说）我不到两周前还在巴黎呢，那时候每个人都觉得那些帽子已经过时了！"

这次邂逅是安格尼斯对威廉·拉克姆看法的转折点；此后，她将他的每个词当作是信条。尽管没有提及他的谈话，但感觉却是欢愉而没有深刻意义的。他是聪明的，比任何一个她认识的人都聪明。关于宗教问题，他用那般恰当的词句来总结他们的不足之处——"他们的人生观更多地在天堂与地球上，而不是梦想"。

（啊，要不是她日记前吃顿晚饭，她或许能够完全记住那话！）他参加英国国教会礼拜，但是他有异教的看法：英国的宗教已经在亨利八世之后变了废墟——安格尼斯一下就相信并分享了这看法。他对花十分的在行，能够预言天气，知道女人服装的质地，有几个常在皇家艺术学院做展览的艺术家朋友。就是这样一个男人！只是，他的收入仍旧是个谜，但是就如安格尼斯所写的一样：他是一个作家，学者，科学家，比任何一个政治家都聪明。为什么当他跟着他们的时候，还不决定该走哪条路？当我靠近他的时候，感觉心扑通扑通地跳，当我们分开之后，我就感觉浑身乏力。尽管我肯定在他将手放在我身上的时候，我会抵抗他哦，我有一半是在希望他这么做，有时候在他离开我之后，我幻想能够感觉他的双臂环抱着我。每一个早晨，我第一个希望就是看到他的脸孔，而我上床睡觉的时候，他是我梦中第一个想要见到的脸孔。我疯了吗？

楼下，碎落的声音。玻璃器皿或是瓷器——粗暴的惊叹声——有些像门摔在了墙上的声音，让房子也跟着颤了起来。

"滚！离开我的视线！"安格尼斯尖叫道。休格立刻又跪在了门前，脸贴着门缝。阴暗与光线在楼下仿若漩涡在客厅中扭曲起来。客厅的门猛地打了开来，客厅天花板的枝形吊灯轻轻晃动着。

"拉克姆夫人！"其中一个男人抗议道，"没必要……"

响亮的咔嗒声混着一个惊恐的声音：帽子架倒在了地板上。

"不要告诉我有什么需求，你这只肥胖的醉狗！"安格尼斯叫喊道，"没用的家伙，滑稽！你们两个！"

"我亲爱的拉克姆夫人……"

"没什么是亲爱的，你这个淫秽的人！满口垃圾！阴沟里的老鼠！你的头发闻起来就像一只香蕉！你的头皮都是亮光！滚出我的家！"

"是，是……"其中一个男人喃喃道。

"我的衣服，柏德烈……"他同伴提醒道，冰冷的气息闯入了房子。

"外套！"安格尼斯尴尬地叫道，"又肥又油的身体会让你暖和的，还有，你的妓女们！"

"啊，罗丝——你在这儿！"阿什维尔亲切友好地说了句，"我想你的女主人大概……大概，又犯病了……"

"我没有'犯病'！"安格尼斯狂怒道，"我不过是在试图将某些垃圾清除出去！不，不要碰它们，罗丝。如果你知道他们刚刚……！"

柏德烈，两个醉汉之一，再也没法忍受挑衅。

"我这么说吧,拉克姆夫人,"他激动道,"你的反应就是妓女们为什么这么……这么畅销的一半原因!这么朝我们叫嚣,你该看看我们主题的研究……"

"你个自负的蠢蛋——你以为我根本不知道什么是妓女吗!"安格尼斯尖声叫嚣,刺耳的音调仿似要将房子中所有的金属与玻璃击响。

"好吧,是的!她们是狡猾的普通女人,会因为钱堕落地来吻你肮脏的脸!啊!为什么不提钱的互相接吻呢,你这个猩猩!"

伴着安格尼斯的骂声,柏德烈与阿什维尔逃离了房子,前门砰砰作响,安格尼斯发出嘶哑的声响,一记身体倒地的闷声响在客厅中。在一小会儿的寂静之后,罗丝单薄焦虑的声音响了起来:"蒂洛森小姐!蒂洛森小姐!"休格直起身,急促地从门缝那儿赶了回来,像一个听话的女孩儿似的跳上床。

"像一个这样的夜晚……"喘息阵阵,"值十个先令。"楼上的一个声音在抱怨。

"瞧瞧她的手指。"另一个发牢骚道。

因为这栋房子没有主人,所以抬昏迷的安格尼斯上楼这件事,罗丝,莱蒂和克拉拉之间互相推诿着。她们花了很长时间去解决,呼哧呼哧,最后排着队经过了休格的房间,不久之后,又恢复了宁静。

休格等待着,直到所有人都入睡。尽管遭遇了挫败,但是丝毫不会阻碍她为索菲做的事。她下了床,所有人由着这个可怜的家庭教师出来表现了!休格看了看时间。十一点三刻——最后那些诺丁山的仆人都睡觉了。他们每天早晨必须早起:他们应该记得什么对他们最好。特别是克拉拉,阴鸷的嘴巴,闪着多疑色彩的双眼——都得好好休息下等到明天,才能像毒蛇少妇一样。她将留着痘疤的肮脏脸颊放在枕头上,由着世界自己运转几个小时……

十一点五十分。休格蹑手蹑脚地穿过寒冷的走廊,走向索菲的房间。房子里所有的壁炉已经凉了,温度停歇了上涨,木椽在风中摇颤,屋顶上冰雹震出声响。休格就像一个幽灵似的钻入索菲的房间,发现孩子已经竖着坐在床上,眼睛瞪大地看着烛光。

"做噩梦了吗,索菲?"休格温柔地问道,将梳妆台上光影摇晃的蜡烛放好,她发现一旁黑色的娃娃已经放在了一个白色围巾做的襁褓中。

"我的妈妈。"索菲以一种奇怪的语调说道,"病又发作了,小姐。她粗鲁得可怕,她叫喊,随后摔倒了。"

"没事的,索菲。"休格知道事实虽然并非如此,但却没有更好安慰她的话,

"你做了……自己的事吗？"她生造出的委婉语，听上去像神经质的呓语——这样的呓语只有在威廉进入她身体的时候才会发出。

索菲爬下床，顺从地蹲在夜壶上。这就是她所理解的休格说出的委婉语代表的意思。

"保姆告诉我。"索菲一边像小狗一样坐在瓷器上喷射尿液，一边说道，"我的妈妈会在疯人院过一辈子。"一会儿之后她补充道（好似她老师的百科全书中并没有这么一个可怕的地方）："一栋关着疯子的房子，小姐。"

邪恶，老套的故事，病死，腐烂在地狱。休格这般念道。

"你保姆说得太不仁慈了。"她说道。

"但是妈妈必须去那儿，是吗？小姐？"当休格帮着索菲回到床上时，她仍旧问着。

休格叹息道："索菲，已经半夜了，到了该睡觉的时候，不是我们担心这事的时候了。"

"几点了，小姐？"孩子睁大眼睛问道。

休格看了眼壁炉架上的钟。

"十一点五十五了。"她将毯子拉到了索菲的脖子处，房间里是这么的冷，她的双手竟不自觉地发抖，然而孩子的眼睛却恳求她不要离开。

"现在，我得回自己床上了，索菲。"

"好吧，小姐，还没到明天，是吗？"

休格看了看，打算撒个谎："还没到。"她说道，"现在，让我给你看看钟。"她取来壁炉架上的钟；它是一个钢灰色，像果冻模具，长得甚是丑陋的东西。她手里拿着它，让索菲去看秒针在玻璃罩子后转动的样子。风在屋外嚎叫，压过了钟发出的机械声响。

"现在，是明天了。"索菲说着，释然了心结，好似一个非常不愉快的争执已经成了大家满意的结局。

"并不是那样，还有小会儿。"休格说着，忽而提醒日期道，"这里是12月。今年的最后一个月，这个月我们会有冬季与圣诞节，当十二月结束呢，会迎来什么呢？索菲。"

休格等待着，愿意接受"一月"或是"1876"之类的答案。房子在大雨中嘎吱嘎吱地发着声响，愈加大声地压过所有的声响，包括孩子温柔的呼吸。

没有一个清晰的答案被说出来后，她吹灭了蜡烛。

第二十五章

"威廉,除了你之外,我们已经和每一个人说过了。"布雷奇露女士边与威廉·拉克姆并排走在闪亮的步道上,边说着话,"你的生活充满了谜题,我很好奇!"

威廉轻声一笑,暂时享受着"谜"这般的形容。但是他不希望对康士坦斯保密太久(就像布雷奇露女士坚持要他告诉自己的那样)。她毕竟是他最好的朋友——好吧,他现在可以在公众场合和她走在一起。

早晨的细雨已然停止,天泑晴了,这让周日下午变得超乎寻常的暖和。尽管太阳仍然黯淡无力,却仍旧怀着它的温暖,因为亮光点亮了诺丁山屋顶上的瓷砖,日冕为教堂尖塔带来光辉。威廉很高兴他能在这么好的天气下出门,更频繁地参加礼拜这事看上去不再那么痛苦。

"你为你的女儿找了家庭教师吗?"布雷奇露女士问道。

"找了,找了,谢谢。"

"因为我知道有个非常不错的女孩儿很快能够胜任——她非常聪明,和绵羊似的温顺,她的父亲刚破产……"

"不,不,我相信我雇佣的家庭教师完全胜任。"

布雷奇露女士轻蹙起双眉,再次提醒自己朋友的生活还有另一个她所不知的事儿。

"她不是社会援助站的女孩儿吧?"

威廉感觉脸与脖子渐红起来,幸而他长满了胡子,还穿了高领的衣服。

"当然不是。你怎么会那么想呢?"

布雷奇露往后看了眼脖子里绕着的貂毛披肩,好似她要调查的是件非常隐秘的事。

"好吧,听说福克斯夫人回到了她的旧……岗位上,你知道吗?他们和我说她甚至比以前工作还勤奋。她努力地解决那些改头换面的女人在做仆人时的各种问题,她比我懂多了,我厨房里曾经有个救助站的女孩儿,不过四个月后,我把她开除了。"

"噢?"威廉最后还是回到了常态,想到花了钱和心思,他就讨厌任何出错的事儿发生,"有什么问题吗?"

"没法和文雅的朋友倾诉这事儿。"布雷奇露女士用她戴着小山羊皮手套的手在她丝绸的肚腹前画了一条弧线。

"康士坦斯,我是文雅的朋友吗?"

她笑笑:"你是……别具一格。威廉,我觉得我可以和你说任何话题。"

"哦,是的,我希望你可以。"

她鼓起勇气继续道:"你没参加菲利普和艾德沃德新书的发行真是丢人。你不知道我就是那五个女人之一?实际上,是四个女人,伯纳德夫人被她暴躁的丈夫在众人面前一把揪走了!"

威廉朝她笑笑,但却有些小恼怒,因为他笨手笨脚的朋友们竟然在给他的邀请函里说"没有女人"。

"好吧,柏德烈和阿什维尔的书差不多就是下流书。"他叹息道,"他们的数据没法说服我,如果伦敦有他们说的那么多妓女的话,我们肯定会被她们绊倒的……"

"是的,是的,但让我告诉你,福克斯夫人也去了。她在人群中站了起来,建议作者将问题放到更公众的场合中去——随后斥责了些不足之处!'女人失足没有什么值得一笑的!'她说着,当然,每个人都咆哮了起来!"

"可怜的福克斯夫人,'上帝原谅她吧,因为她不知道自己在说什么'……"

布雷奇露咯咯直笑,声音出人意料的粗俗。

"啊,不过人不该嘲笑别人的轻率,不是吗?"她说道,"之后,我和菲利普与爱德华聊了会儿,他们说他们非常关心你可怜的安格尼斯……"

威廉脚下的步子变得僵硬起来。

"谢谢他们的关心。"他说道,"但是没有必要,安格尼斯康复得很好。"

"但是今天早晨没有和我们一起来教堂……"布雷奇露女士喃喃着。

"不。"

"可能在克里克伍德的天主教做弥撒？"

"可能吧。"威廉很了解她。他的妻子信仰以及她与马车车夫之间的秘密实际是个可怜的谎言。

"我相信，她会放弃的。"布雷奇露女士哀伤地长叹一声，双眼蒙上层薄薄的雾气，"是啊，相信。"她悲伤的语声回荡，仿似历过了生命所经历过的创伤与厄运。她恍惚的神情最近总是浮在她阴郁的脸上。尽管如此，她也不能长时间地阴沉，于是重新振作起来："你圣诞节有什么计划吗？"

"恐怕和以往一样。"威廉说道，"我就是一个非常无聊的人，睡觉，吃早饭，然后在大英帝国的另一部分地方管理我的工厂，随后，吃饭，睡觉。坦白地说，除了银行家外，谁还会对我有丁点儿的兴趣……"

"噢，不，不，你得给我留点空间，威廉，"她抗议道，"每个出色的商人都需要一个女性朋友。特别是他经营着对女性这么有价值的东西。"

威廉努力地让自己看上去平静，其实已忍不住露出笑脸。在他看来，布雷奇露女士不会用拉克姆的产品。新的产品目录和广告一定是起了作用……

"对我来说，"布雷奇露女士说道，"我已经对自己要办的派对有了新想法。尤恩爵士夫妇，在一个国度，一张晚餐桌上吃饭。"

"是啊，你怎么做呢？"

"事实告诉我，得要迅速！我在所有人吃惊尤恩爵士回来之前已经提了请求，当然，我是没有魅力将他带回来；我想他妻子觉得一家人要在英格兰过圣诞节，所以会促他出席……否则……"

威廉很难想象尤恩爵士会遭到这样的"胁迫"："我以为会有更多的原因。"

"好吧，你必须得记得他现在的妻子不再是安格尼斯母亲那个顺从温和的妻子了。当然，现在他也有了自己的孩子，那是他自己的骨肉。"

威廉轻哼了声；他还没有见过尤恩爵士夫人。并不是因为拉克姆夫妇没有收到邀请，而是因为那些邀请在安格尼斯看来，就好像是堕落天使发出的，而她总是一成不变地写上"抱歉"后拒绝前往。

"我相信她是好意，亲爱的。"威廉想要劝说她，然而，安格尼斯却无法原谅自己的继父再婚。至少，他得在余生继续痛苦，圣洁的维奥莱·皮高特献出了"她的灵魂"来取悦他！然而，这见异思迁的家伙竟然急着结婚……这样的事。

"我必须承认，"威廉说道，"一直以来我都有些害怕见他老人家。当我请求他把安格尼斯的手交到我手上的时候，我告诉他，我会把她照顾得很好……好吧，你知道我的那些事，康士坦斯。我总是在想他是否会觉得我很差劲儿……"

"哦，不，他是只温柔的老猫，"当他们走近切普斯托别墅的角落时说道，"他和我可怜的阿尔贝托是老朋友了，你知道的，他努力劝说阿尔贝托不要做那些傻事……好吧，你也知道我的那些事。那时候阿尔贝托死了尤恩爵士还写了很多安慰的话，绝对不是虚情假意的话。阿尔贝托做了些傻事，傻事，真的！他不像你这么聪明……"

布雷奇露女士瞬间沉默了，她与威廉不再往前走。一位骨瘦如柴的女子穿着黑色朴素的裙子，一头需要修剪的红色头发，瘦长的手牵着一位胖乎乎的卷发女孩儿在旁。

"你好，休格小姐。"威廉平淡却又诚挚地向她问好。

"很好，谢谢，先生，"骨瘦如柴的女孩儿回道。她的双唇在毫无声息的肤色衬托中惨淡地闪耀着，两眼却是清丽有加。她的行为一如一位家庭教师，毫无期待的黯然无味。

"今天是个不错的日子，"威廉说道，"比之前几天要好。"

"是的。"家庭教师回答道，"是的。"她笨拙地拉着孩子的手，抓在手心里。

"我带索菲出来，因为她看上去脸色一般……"

"现在的小姐不会太苍白，"布雷奇露女士说道，"粉色已成了过时的了，不是吗，威廉？"

无论是她，还是威廉都没有低头看索菲。他们的凝视与话语直接越过了孩子的头顶朝着休格小姐而去。

"我觉得索菲，"家庭教师显然毫无兴趣于世故的谈话，"是最乖，最努力学习的孩子。"

"你真是让人感觉亲切。"布雷奇露女士说道。

"很好，索菲。"威廉低头，与女儿狭长而蓝的眼睛仅仅对视了一下。

回到房子里，在教室令人窒息的温暖中，休格几乎难以控制住自己。她的身体不觉颤抖——摇晃——因为愤怒，因为自己，因为索菲。未发泄的欲望透过空气刺痛着她所有的肌肉和神经，就像狂暴者愤怒的爪牙将沾沾自喜的小婊子撕碎。

"索菲，那女士是谁？"终于，在深呼吸后，她问道。

索菲正在玩诺亚船上的木头玩具——尽管休格小姐已经让她在安息日随心所欲地安排，这仍旧是她周日最喜欢的活动。她没有注意自己在父亲和同伴面前

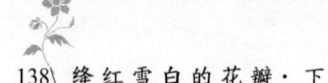

是多么的不体面,她的面颊真的有些发红,但却是因为那些活动与燃烧的火才会这样的。

"我不知道,小姐。"

"她经常来看你的父亲吗?"

索菲从照顾长颈鹿的专心中抬起头,眉头疑惑地打成结。这比美索不达米亚君主的继承者问题听起来困难。

"你没有看到过她吗?"休格追问着,声音紧在了喉咙里。索菲考虑了会儿。

"有时候我会听到仆人们说到她。"她说着。

休格陷入了愠怒。这些月,第一次,她渴望拿起纸笔在自己的小说中写上一个复仇的故事。这一次,受害者不是一个男人,而是一只女人用细绳子绑在手腕上牵着的,让人厌恶的小哈巴狗。

"可怜!可怜!"她哭诉着,好似感觉尖锐的东西戳入她臀部中间——冰冷,却若皮革一样坚硬发怒的毛发。

"那是什么?那是什么?"她害怕地尖叫着。

"你不认识了吗?这是貂的鼻子。"休格回道,扭曲着拳头里尖锐的貂头,"比起你的脖子来说,这可怜的动物一定会更喜欢你的屁股……"

"你听到了吗?"索菲高声说道,"我爸爸说什么了吗?他说我是一个好女孩儿。"

休格颠簸在自己复仇的梦幻中,迷糊地看着孩子脸上的快乐笑容,她的眼睛里正泛着骄傲的色彩。

"他没说。"在她阻止自己胡说之前,话已脱口而出。

索菲心满意足的样子一扫而光,眉头皱了起来——这一改变让她看上去更像威廉。她转过头,躲避地继续玩自己毫无危险的玩具。在她的小手中,诺亚开始缓慢、庄严地登上了方舟的甲板。

"但是,亲爱的拉克姆,原谅我这么说,你仍旧在回避话题。"

"我?"威廉说道。这是周一早晨,他正在自己的吸烟室招待客人。威廉已经点了雪茄,开了瓶葡萄酒:"可能我们意见不同。"他说道,"在这件事上,我问你如何让我的妻子在她自己的家里回到康复的状态。你看上去在举例从亚伯丁疯人院到阿伯里斯特维斯疯人院的优点与缺点。"

克鲁医生咕哝了一声。他说的话不过是最自然的事,却激起了拉克姆对疯人院的某些看法,而实际上他却没有那样的意思。克鲁医生花在疯人院的时间比任何一个健全的人都多；在他还年轻的时候，他曾经认为外科不是他的特长，他给很多收容所的人做手术，除了开刀技术之外，他还知道了很多事。

他知道什么是好的疯人院，什么是不好的，他知道有些疯人院实际上是冠了美名的监狱，或是试药的木板屋子——又或是另一种情景，一流的医院花钱去积累知识，治愈那些病人。很多次，他发现精神病女人，那种到了药石无灵的程度的可怜人儿，如果立刻远离那些大惊小怪于她们病的圈子，反而就立刻康复了。

因为知道这些，克鲁医生能够以自己权威的医术判断，安格尼斯·拉克姆在她自己家里是不可能恢复的。她有什么恢复健康的希望呢？她有宽容的丈夫，还有谄媚容易上当的仆人纵容。

"拉克姆，这样没什么用。"他说道，"让一个病人留在家里。如果妻子摔断了腿，或是得了天花，没有人会抱怨男人将她送到医院，我可以告诉你，这没有区别。"

威廉不悦地啜了一口。"我要创造奇迹。"他沉思道，"如果她身体没有问题的话……"

"我已经检查过她的身体。如果她能照料好自己身体，是没有任何问题的。"

"有时候，当她表现非常差，就快要摔倒的时候，我发誓她的眼睛一只比另一只大……"

"嗯，我想那是她直视你有困难。我肯定任何一个女人在这时候都一样。"

忽然，吸烟室闷声的寂静被纯净的钢琴声穿透进来，那琴声是附近客厅的某双手弹奏的。在流畅的序曲之后，安格尼斯开始唱了起来，平静愉快得仿似小鸟。依恋与多愁善感柔软着威廉的内心，这让克鲁医生不禁叹声。

"拉克姆，"他争辩道，"你真的得改变自己宠爱她的想法，你总是把她当作一个健康的人只是偶尔生病，而不是一个生病的人，偶尔正常。告诉我，如果你的香水店有装瓶的机器发疯了，弄碎了玻璃，将它们搞得到处都是，而且反反复复如此，你找个人去修它，让它看上去好了，那么你能保证这事儿就这么过去了吗？就不会再需要修理了吗？"

"人不是机器。"

对工业制造者而言，克鲁克制的评论就像一个古怪的哲理。"好吧。"伴着安格尼斯天使般的颤声，他叹息道，"如果你不考虑疯人院的话，我得让你采取些直接做法。首先，别让她去做弥撒。天主教本不是罪过，但是你的妻子嫁给你后，她得跟着你成为英国国教徒。如果在罗马教堂里她的信仰不过是一个幻想，她会试图转变你，而不是秘密地冲着自己开心去了克里克伍德。第二，应该让安格尼斯了解她已经是一位母亲了。这场逃离现实的荒谬哑剧已经演太久了。如果你考虑什么对安格尼斯才是最好的,你想想自己女儿,现在她已经会问问题了。被剥夺了母亲的爱对她并不好,你不明白吗?"

威廉悠悠地点头。尽管事实让人厌恶,但却无法否定这位专业知识丰富的年长智者。母亲拒绝承认后代一定会给后代带来伤害:这是事实。

"看上去她还不过是几个月前放在臂弯里的宝宝。"他在喃喃安格尼斯反应的时候,想起索菲在比阿特丽丝怀抱里那个偶然的一瞥。不过,孩子已经像野草一样成长,他得承认昨天,当他看到休格和索菲在街上的时候,他吃惊于女儿敏锐的智力。

"我不想安格尼斯承受没必要的痛苦。"他说道。

"但现在至关重要,拉克姆,"医生开口道,"你妻子一点儿的不幸并不值钱。"

威廉痛苦地赞成:两人的讨价还价已经结束,双方似乎在靠近。呼吸变得轻快,主人给了他客人更多的酒。

"现在,告诉我,医生。"他问道,"你女儿怎么样了?"

艾米莉·福克斯弯下身用手指拿起猫留在楼梯顶上的粪便。还好,粪便很干,她处理完普斯的粪便就可以立刻洗干净手。坦白地说,对于那些对脏东西大惊小怪的人而言,他们应该在肖尔迪奇贫困区住上一晚,在那儿,墙上滴着烂泥,孩子们因为老鼠啃咬而毁容……

艾米莉蹲下来做手头的事儿,松散的头发滑落在自己脸前——她捡得越多,发现得也越多。普斯现在真的很调皮。如果它不能马上改正,她会将它驱逐出床褥,把它锁房门外睡觉。

"你听到了吗?普斯。"她说道,好似在抽查它的另一个坏习惯。它默不作声。

她把粪便扔到一个曾经放文具的纸箱里,里面是两个星期的猫屎。今天早晨,她毫无顾忌五金店主异样的眼神,买了一把铲子在花园里铲了个洞,这些东西全得被倒入洞中。

她光着脚丫蹲在肮脏的台阶上,几乎全裸着。她没有穿睡衣上床的习惯,尽管是冬天了,她仍然没有穿睡袍。她几乎没有感觉到寒冷,她的四肢已经发白,然而她却感觉不到。在暖气十足的房子里,幸运儿们又怎么能知道寒冷的滋味呢?

然而,她的房子并没有充足的暖气。她忘记把煤拿进来了,而壁炉还需要清洁。她真的得找人来替萨拉了,没有仆人三个月了,真是很糟糕。社会救援处有一大堆不错的女孩儿,她只需要把房子弄得整洁些,这样不会给人留下太差的印象。

艾米莉洗着法兰绒衣服(她昨天刚洗了个澡),穿上她的工作服,那是一件漂亮实用的裙子,她穿着它见那些贫穷的人。她的胃咕咕叫着,一如以往地提醒她得要吃点什么才能离开房子。

在厨房里,她挤过亨利和自己的炉子,抓过碗橱上的面包。面包上还插着一把刀,她经常随意放餐具。没有黄油,却有大量的瘦肉与鱼,对独立的女人而言实在是很美妙的事。她想选贝尔格莱维亚①牛舌,但最后选了鲑鱼。她了解到鱼油对大脑好。

亨利的猫走了进来,发出讨宠的声音,用头蹭着艾米莉的裙子。

"等等,等等。"她责骂道,随后翻出只干净杯子自己打算倒杯热饮。随后她想起自己已经没有牛奶了,没有牛奶,她不喜欢茶,也不喜欢可可。没关系,很快,那莎夫人会在会议室给她倒上一杯好喝的茶。

"这儿,不要脸的家伙,"她说着,把剩余的鲑鱼直接倒在了厨房地板上,"总是想蹭我的……你为什么不出门,做点老实本分的活儿呢?我得叫你傻瓜普斯。"

亨利的猫闷着头:"喵?"

艾米莉现在得加快了,她睡得比自己想的晚,随后整晚都在重复写着同样的信敦促本地学校的领导让贫民窟的学生接受教育。如果她现在不马上离开,她会错过茶和饼干。

她的帽子去了哪儿?噢,是的,放在了亨利的床架上,那床架正倚靠在卧室的墙壁(她给床垫找了好"归宿",正巧艾默生夫人在找床具,只是这床架太重了)。艾米莉用一些帽子别针与缎带领结将帽子系在下巴上,将自己装扮成福克斯夫人,准备进行讨论。

就在她要打开前门的时候,一封信从门缝中塞了进来,落到了她的脚上。

她将信塞入了手提包中,冲了出去。

闲适地坐在社会援助的会议室内,福克斯夫人打开了信封,一杯茶放在手肘旁。一张纸叠成了很小的方块,落在了桌上。福克斯夫人将它弄平整,斜眼看着《圣经》。

时间过得真快。尽管你的父亲是黑暗的使徒,但我知道你是一个很好很善

---

① 英国富人区。

良的人（我也有一个邪恶的父亲，所以我有共鸣）。我知道你已经新生了。人们说，你不漂亮，你的福泽差，但是他们没有看到你内心的美丽。发光的灵魂知道它肉欲的归属是永生不朽的！因为对我来说，我与生俱来的外表已经开始腐败，我无法不去想它。我碰巧知道我的新生正在修道院里等着我。请你，请你，请你告诉我修道院在哪儿。我准备过去，但我害怕我的守护天使期望我耐心地等待直到痛苦终了。你是我唯一的希望。请你告诉我这秘密的地方。

以我们共同认识的亨利为名。我向你乞求。

安格尼斯 R

福克斯夫人将信重新塞回了信封。她周围的点心已扫尽，姐妹们也已戴上手套，穿上外套。拉克姆夫人的恳求得要等等了，因为堕落潦倒的人们离自己更近。

那天晚上，福克斯夫人靠在自己床上，普斯在她大腿上咕噜，她重新读了信。她此刻心情烦躁，下午在社会救助机构里干的事儿并不成功。肖尔迪奇地区满是不信神的贫困人士，他们像魔鬼一样难以被洞察：居民怀疑第一，几乎所有的门对救助者都"嘭"地关上。有一个妓女愿意与福克斯夫人交谈，然而她喝醉了，不可能和她说严肃正式的话题。

"你自己就是一个好妓女！"堕落的妓女朝她咯咯直笑，"我能辨别出来！你没穿紧身胸衣？我能看到你的乳头！"

福克斯夫人想要解释自己有病，如果穿上僵硬死板的壳套，根本没法呼吸；然而，羞意与是否穿胸衣没有关系，因为体面的女人在胸衣这类衣服出现之前就已经出现了……而妓女却从来没有过。

"你不是孩子，但看上去像，"她挑弄着艾米莉肿胀的胸脯，"男人喜欢这个。"

现在艾米莉靠在床上，肮脏的双脚满是酸疼，煤碎渣还残留在舌头上，仍旧没有加入可可的牛奶。更糟糕的是，此刻，这封信是安格尼斯在求问她生命不朽的秘密。该怎么回答呢？事实上，这并不是她想要的。艾米莉拿过纸笔，潦草地写道：

亲爱的拉克姆夫人，我很抱歉地告诉你，你错了。我们没有人可以永生，只有基督的精神可以（看《罗马书》6:7–10;I《新约全书》15:22，特别是15:50）。如果我能用另一种方式帮助你，我会很高兴的。

谨启

福克斯夫人

她将信件放入了一只信封中，封好它，然而几乎在同一时刻，她又将它撕碎。拉克姆夫人憧憬着能够收到让自己狂喜的信件，如果发现里面只是反驳与一些《圣经》上的参考信息的话，会是多么的可怜。

或许寄一本书更有用？这样既可以避免自己直接的否定，又能更有效地驱除拉克姆夫人心里的孽障。艾米莉跳下床，开始翻找乱丢在灰尘、皮毛堆里的书籍，她在找一本《毁灭的神殿》，是得了消瘦症的福音书传教者自传，她曾借给过亨利，那时候他正对她的身体问题大惊小怪。这本书薄薄的，书脊很特别，但是她却怎么都找不着，灰尘令她不停地打着喷嚏。

但，这是什么？她记不起之前什么时候看过这本厚册子。在它背面，有着权威推荐"布鲁姆斯伯利的 A. E"：对于快乐的情侣而言，这就是本《圣经》！在册子的封面上，有黑色的浮雕图案：伦敦娱乐指南——为刚到的男人了解小镇提个醒儿。她打开书，发现章节的空白处留着给亨利的题词，是菲利普与艾德沃德写的，上面还加了句：你未来的教区？好运！

艾米莉看到柏德烈与阿什维尔的恶作剧，脸不禁抽搐了下，令她自己惊讶的是，热泪夺眶而出，落在了题词上。

透过朦胧的泪眼，她翻着书页，有些折了起来，似乎要特别说明某个柏德烈与阿什维尔要举例的妓女。

福克斯夫人往后仰去，哭泣让她显得狼狈不堪。她打算稍后再看这本叫人讨厌的小书，或许她现在所感受到的悲伤就像是伪装的祷告。她得注意了……是的，得注意：她必须把这个女人当作是一个无价的目标去尽最大努力拯救。是的，最后有了些好的理由去看！

"小姐，你的茶。"

休格从可怕的梦中惊醒，在暗光中眨眼。她抬头看着：隐约有一个从未见过的人，一手端着杯茶，一手拿着灯，到了她床边，一天刚刚开始。

当她抬起手臂打算脱下睡衣时发现自己腿上还压着东西，那是打开后，面朝下放在左腿上的日记本。

该死的，她只能希望仆人把它当作课本，或是休格小姐自己的日记本，而不是她偷来的。

"噢……谢谢……罗丝。"她双眼模糊，嘴里的话嘶哑不清，"什么？"

"早晨六点半，周二，天气好了，小姐。"

"好了？"休格伸长脖子看向黑暗的窗子，上面映着罗丝那盏灯的模糊的光晕。

"小姐,我的意思是说停止下雪了。"

"啊,是的……"休格揉了下眼睛,"我肯定,如果没有你的话,我肯定得睡上一整天。"

迎奉的话刚说出口,她就后悔了,因为这样的话只能让人感觉自己像个荡妇。她提醒自己,在没有完全清醒之前,她得闭上嘴。当罗丝拿着灯离开的时候,黎明中微弱的光进入了休格的房间。如果她眼睛眯起来,能看到陌生的白影像鬼一样固定不动地悬浮在窗外离地二十多英尺的地方。风声瑟瑟,白影开始破裂消散,直到白色的四肢消失在眼中。树上的雪似粉一样,会凋零消失。

休格颤抖着拿着考究的杯子喝了一大口茶。大清早被一个仆人用一杯茶唤醒,而不是睡到十点十一点被阳光晒醒。这一瞬间,她被带回了比普里奥里更早前的卡斯特威夫人家顶层的房间,鸽子咕咕直叫,太阳无情地绽放新光,小克里斯多夫敲着门来取脏衣服。在她呆滞的大脑中回荡着一个声音:你得把克里斯多夫带着,卡斯特威夫人那儿没有给孩子的地方。

她咬着饼干,饼干屑落在了自己的睡衣上。他是一个小男孩儿,她告诉自己。他会和其他人一样变成男人。世界是为男人造的。她又喝了一小口润润干燥的舌头。为什么她会这么疲累呢?昨天发生了什么?她最后能记得的事,也就是在她睡熟之前,梦到一个尖叫恸哭的女人站在咆哮的风中。那是安格尼斯·尤恩宣布她要同威廉·拉克姆结婚。

日记本滑到了休格的膝盖上合了起来。她再次打开日记本,翻开那些脏污的纸页,发现某些地方有些迷乱。

我要和一个男人订婚了。安格尼斯写道,我几乎不知道他是谁。多么可怕!当然,我和他很熟——很熟,我能记得他说的所有聪明故事。但是他究竟是谁,这个威廉·拉克姆,他到底想从我身上夺取什么他已经得到的呢?噢,我祈祷自己不会厌倦他!他朝我笑,向我做古怪的鬼脸——这真是我足够了解的男人性格吗?当我想着结婚的时候,就像想着在黑暗的水中潜水。但是,在潜水之前日复一日地看着黑水,它们会变得干净吗?(噢,亲爱的,大概,我不应该这样做对比,因为我自己不会游泳!)但是我不能烦躁。两个恋爱中的人什么事都有可能发生。真高兴不用再叫安格尼斯·尤恩了!

"我妈妈根本不上床睡觉。"当休格帮索菲穿衣服的时候,索菲迷迷糊糊呜咽道,"她整晚都在花园里叫喊,小姐。"

"索菲,可能是你做梦梦到的。"休格心神不定地说道,努力在七点时候把索菲同自己一样穿好打扮好，并让噩梦变作过去，受尽折磨的恸哭已弱成低声啜泣。现在，当她努力回忆，女人的声音不再孤独，另外又添了个男人和一个女人的声音。哦，是的，楼梯传来一阵骚动。

"保姆说哭泣、吵闹糊弄不了人。"当休格用梳子梳开她打结的头发，索菲傻傻地噘着嘴，双眼闪烁着蓝色的光芒。显然，她还没有完全睡醒。

"我们得要努力让自己勇敢，索菲。"休格说道。

九点半，一天课程开始后不久，偏僻的教室传来一阵敲门声。通常，在早餐盘子被清理干净到午餐这段时间，不会有人打扰她们，但是此刻，莱蒂出现在了门口，两手空空，郑重其事的样子。

"拉克姆先生想要见您，休格小姐。"她说道。

"见……我？"休格不解地眨眼道。

"在他书房，小姐。"莱蒂的脸亲切和蔼，但是毫无信息可以猎取；如果有任何所谓女人间秘密的话，那么此刻对休格而言，这些秘密太难读懂。索菲坐在书桌前抬头看着，等待该做什么。休格点点头，打了个手势，示意继续边讲边画乐器，她已经绘出自己垂下的脖子与小提琴来说服索菲，而不是撕下画纸，重新画过。索菲弯下身继续自己的任务，她把尺抵在大提琴的绘图中，好似会从她手里溜走。

"我很快回来。"休格说道，但是当她跟着莱蒂走出房间的时候，她承诺的信心便一消而散。他让我走，她想道。他已经找到一个会说法语和德语的人，又能弹奏钢琴。随后，摇摆在不知所谓的想象中：不，他想吻我的喉咙，撩起我的裙子，早晨起来的时候，他热情澎湃，他没法控制住自己。

她脚下的地毯是湿漉漉的，肥皂的味道与潮湿的织布交合在一起；莱蒂已经完成了主人交代自己的事儿，卷起袖子继续回到桶和海绵旁，由着家庭教师独自站在那儿。莱蒂的水桶里已经是粉色的了。

休格胸口怦怦直跳，她敲了威廉书房的门，这个地方是她来到他房子之后，从未到达的秘密之地。

"请进。"他在里面喊道，她便推门走了进去。当休格看到他坐在书桌前，在氤氲的烟雾中疲倦地向前倾着身子，双手推开两旁堆积的信件，仿佛通宵达旦地在纵情声色。他的双眼发红肿胀，头发油腻潮湿，胡须杂乱没有打理。他从椅子上站了起来朝她打起招呼，她发现他冒失招呼时喷溅出的口水落在背心上留下深色的水渍。

"威廉，你看起来……这是累坏了！你肯定是工作太累了！"

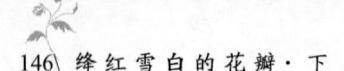

他走在房间里——鞋子，裤子，双腿都沾上了泥土——忽而，他抓住了她的肩膀，迫得她不由一个退缩，他立刻顺势拉她进入怀中。他将她细小的胳膊包裹起来，任她的脸庞贴着自己，她试图如一个贤淑的家庭教师一样拒绝；各种各样的托词涌入她脑海里：" 放开我，先生！" "噢！我要昏过去了！" ……

"怎么了，亲爱的？" 她紧贴着他，凑上他耳旁轻语。

"告诉我你在烦恼什么。" 她知道自己的话语贫乏，但她还能说什么呢？她所有期望的就是这间铺陈了杂乱的纸张文件，满是烟草晕染的墙纸，浑了牛肉汁的地毯的脏乱房间立刻消失，他们两人瞬时回到了普里奥里，卷裹在柔软的被单中，彼此袒露着身体，而威廉则惊讶地看着她，说着……

"唉，真是一件恶心，没希望的事儿。"

当他更紧地抓住自己的时候，她难以呼吸："香水……生意？"

虽然知道他所说的是其他事，但她还是提了香水生意。

"安格尼斯，" 他呻吟道，"她让我费尽了所有的心思。"

威廉的智慧和心思可能真的快到终点了，而他可怜的妻子却还没有感觉，这显然是他痛苦的地方。

"她做了什么？"

"昨晚下雪天，她穿了一件睡衣就一个人跑了出去！她要挖自己的日记本——或是说想要去挖。现在，她已经信了那些本子被虫子吃掉了。我已经让人把那些祸害的东西放在了安全地方，可现在却不见了。"

休格嘴里发出迷惑的声音。

"她伤了自己！" 威廉战栗地握住休格的手臂，"太可怕了！她用铁锹伤了自己的双脚。这可怜的宝贝，一辈子就没凿过一个洞，鞋子都没穿！啊！" 他想起迟钝的铁器插伤裸露的两只脚时，猛然浑身一颤。而这一刻休格也颤了一下，两人彼此间不约而同地有了同样的感受。

"她怎么样了？你呢？" 她哭泣着，而威廉也脱开了他们彼此的拥抱，用手擦拭脸孔。

"我已经让克鲁医生来了，当然，感谢上帝，他没有拒绝，尽管我的要求是无礼的……想想一个人穿着睡衣套着外套给一个尖叫的女人缝合伤口，看上去还有些自鸣得意！好吧，他完全可以如自己所想表现出的那样得意；安格尼斯仍旧得待这儿！难道我得因为自己妻子不会使用一把铁锹进地狱吗？我还不是一只野兽！"

"威廉，别这样！" 休格提醒他，声音忧虑不安，"你现在已经做了所有该做的事儿，一旦你好好休息下，你能够有更清醒的想法。"

他离开她，点着头，搓着双手。

"是，是，"他说着，眉头紧皱，努力驱散脑海中涌动的逻辑，"我现在已经控制住自己了。"他奇怪地盯着她，目光闪烁道，"你能想到谁会拿走那些该死的日记本吗？"

"或——或许是索菲之前的保姆带走了？那些日记不是在她离开之前挖出来的吗？"

威廉摇摇头，打算说出比阿特丽丝·克利夫对安格尼斯私下的蔑视，忽而觉着这或许就是她制造麻烦的缘由。

"我会写信给巴雷特夫人，让她帮忙查查家里有没有。"他说道。

"不，不，我亲爱的，"休格想到倘若他把嫌疑转向自己，那么她肮脏，鬼祟的秘密岂不是很容易就从她的小床下被发现？于是警告道："如果她是恶作剧，应该已经扔到了最近的河里。另外安格尼斯是要那堆旧日记本吗？她肯定不是需要休息和关怀？"

他踱步回到自己桌前，张张合合自己紧张的双手："休息，关怀。当然，是的。如果她能够睡着等到伤口愈合的话！我得从医生那儿拿点儿什么，药剂或是药片——不是克鲁那儿，该死的家伙……克拉拉肯定已经每天晚上按时给了……没有理由，没有理由，你知道吗！"

他的嗓音突然到了某个愤怒的极限。休格跑到了他的身旁，将粗糙的手掌贴到了他扭曲的脸孔上。

"威廉，你的痛苦已经让你迷失了，甚至不知道我是谁了。我是你的休格，你没看到吗？我是那个愿意听你的困难，给你建议，帮你写那些可怕的信的女人……我为你做了所有我能做的事。"她抓握住他松下的手，放到了自己的胸口上，随后滑到小腹，这番举动不过是希望燃起他的欲望，然而，他却默然无声地沉浸在自己的困窘中，好似她只是在用他完成十字架。

"威廉，"她恳求道，"记得霍普森吗？那些我们一起度过的漫长夜晚……？"

终于，他的脸色变得柔和起来。他怒火中烧的脑子中因为填入了那些亲昵的回忆而温凉：她用自己的办法帮助他在拉克姆香水公司度过那些风风雨雨，堕入漩涡的昏暗日子。

"我的天使。"他后悔地叹息道。让休格安慰的是，他靠向她，吻住了她；他的舌头干燥，充满了白兰地与肠胃不适的气息，但至少他正吻着她。她鼓起勇气，抓住他的头发，他的肩膀，他的背脊，呼吸加促，几乎立刻想要他，想他也要自己。

"噢,顺便,"他再一次打断了她,"我有些东西要给你看。"他的身体已有了反应,但是并不是,不,他并不是非常想要。他在桌上的一堆纸中翻找,最后找到了他真正想要的东西。

"我想你还没有看到过。"他迅速翻过那些新闻,翻过婚讯与债务信息,直到找到想给她看的那一页。那页的中央在净化剂血液与顺势疗法的广告中显著的位置有一大幅用冬青树围着威廉·拉克姆脸的声明。

圣诞节快乐,祝愿新的一年万事如意——拉克姆香水&化妆品公司。

休格读了几遍,费尽思量想要说些奉承的话。威廉未曾征询过她的想法一旦成真感觉是多么的奇怪!

"很惊人,"她说道,"多好的措辞,是的,太棒了。"

"这次是我率先在报纸上发布圣诞祝福,"他解释道,"你知道吗?我在我竞争对手前干了这事儿。"

"嗯。"她说道,"他们会想着他们也能想得到,是吧?"安格尼斯在黑夜中举着脏污的铁锹,深深地插入苍白的双脚中的场景一次次地浮现在休格的脑海中。

"毫无疑问,他们会在下个圣诞节的时候比我聪明,"威廉说着,"但是今年,我比他们早。"

"明年你会有更好的主意,"休格向他保证道,"我会帮助你。"

他们再一次接吻,这一次,他看上去已经准备好。当她的手滑入他的裤子里时,他已经有反应了。

"你什么时候来拯救我的痛苦?"她在他耳鬓厮磨,将不正常的兴奋感调动成性欲的震颤。当她双腿盘住他的时候,她惊异自己的下身依然这么湿润。威廉就像一只禽兽,这是真的,但是他担忧得几近疯狂,他的心已经在正常的位置了,她敢肯定是的,感谢上帝,他仍然对她有欲望。如果她能只做爱,听着他在耗尽精力的时候发出嘶哑的声音,那么所有的一切还是正常的。

当他们正在变得衣衫不整时,传来了犀利的敲门声,他们不约而同地整理好衣衫,将身姿调整到得体的状态,就好似本能地在演绎色情戏。

"进来!"拉克姆嘶哑道。

又是莱蒂,这一次看上去有些尴尬——当然,并不是因为打扰她的主人与家庭教师之间礼貌的谈话,而是因为她即将诉说的一个麻烦事儿。

"是……拉克姆夫人,先生,"她畏畏缩缩道,"她想要您,先生。"

"想要我？"

"是的，是很急的事，先生。"

威廉垂落的眼皮子下充血的双眼扫睨了下房间，不情愿地向这样的运气让步。

"很好，莱蒂，"他说道，"我会直接去那儿的。"

仆人退了下去，威廉离开桌子，整理自己的衬衣领子与领结。

"真是受宠若惊，"他迈着沉重的步子经过休格身旁的时候带着嘲意道，"一次被那么多的女人需要。"

安格尼斯在白天的时候总是黑暗的，此刻窗帘分开，由着阳光进入，有些不吉利的明亮。拉克姆夫人应是在半昏迷的状态，但是她还有意识，笔直地坐在床上，皎洁无瑕的身子穿着扣到下巴的睡衣，床的一半凸了出来，她的双脚正绑着绷带放在被子里。她的脸庞是平静的，尽管面颊留着和丈夫扭打以及希尔斯、罗丝将她抬回房子时留下的痕印。

她蓝得出奇的眼睛泛着红色血丝。威廉走进房间的时候就扫视了房里的一切。事实上，克拉拉警惕地站在女主人的床头旁。

"好了，克拉拉，你可以走了。"威廉说道。

克拉拉就像是身子小抽搐似的浅鞠了个躬。

"拉克姆夫人说我得留这儿，先生。"

"她是我的女佣，威廉，"安格尼斯提醒他道，"我想我有权让一个知道我心思的人留在这儿。"

威廉耸了下肩膀。

"安格尼斯……"他开始警告，却又想到更好的办法，"你想说什么呢？"

安格尼斯深深地吸了口气："我刚刚遭遇了让我感觉羞耻的拒绝。"她说道，"还是从我的车夫那儿。"

"切斯曼？"

"我想我们只有一位车夫，威廉，除非你为了自己消遣还雇佣了其他人。"

克拉拉的脸上是得意的笑容吗？真是无礼，尽是鼻涕的骚女人。他一定会看到她因为这站在街上……

"切斯曼对你无礼了吗？亲爱的。"威廉极尽可能地温柔道。

"像他这样的身份他已经很有教养。"拉克姆夫人说道，"我的耻辱来自于你。"

"我？"

"切斯曼说他已经被禁止带我去教堂。"

"今天是周二，亲爱……"

"我的教堂，"安格尼斯打断道，"在克里克伍德。"

威廉闭上了双眼，他更想去思考如何赶走克拉拉或是她能识趣离开。

"好吧……"他叹息道，"亲爱的，这实际上是克鲁医生嘱咐的。"

安格尼斯重复了一遍，让每个人无法忽略它的重要性："克鲁医生嘱咐的。"

"是的。"威廉惊讶自己此时此刻在娇小生气的妻子面前竟然毫无勇气，而平日里，他可以无视船坞码头愤怒粗野的工人。为什么曾经的甜蜜温存会变作这番痛苦呢？

"克鲁医生觉得以你现在的身体情况而言，不适宜……嗯……只考虑信仰而不是……"

"我要求，威廉，"她一字一句地说着好似把他当作了一个反应迟钝的孩子，"康复的奇迹。我需要在上帝认可的教堂向他祷告，圣母和她的天使会知道的。威廉，你在你的教堂里看到过奇迹吗？"

克拉拉放在后背的手打开后垂到了身前——如此无伤大雅的举动就像对威廉无言的嘲讽。

"我……"他摸索着把这番可悲的嘲讽转成更平和的方向，"我得忏悔，是我没有足够注意。"

"忏悔？"安格尼斯嘶嘶地发出嘘声，眼睛瞪到了最大，"是的，我同意你得忏悔。但是你不会的，不是吗？"

"安格尼斯……"他再一次控制自己不去吵架，再一次地抵御刺激，"我们能不能等你好些后再讨论？不管你的教堂是罗马天主教的还是英国国教的，你现在都还不适合去。你可怜的双脚需要休息和爱抚。"——连串智慧的想法闪现在了脑海里，"说到底，你想自己像一只包裹似的被抬入教堂，大家看着你，你会是什么样的想法？"

上升到安格尼斯的社会感知层面的努力被她愤怒一视后消失得无影无踪。

"我不会感觉自己是一个包裹，"她颤抖道，"我会感觉……神圣。毕竟，我不重。你竟然敢这么说。"

威廉意识到自己妻子虽然表面正常，但却正神经错乱中。和她争论都是徒劳的，反而会沦为克拉拉的笑柄。

"安格尼斯，"他生硬地道，"我……我不会允许的。你会成为一个笑柄，而我跟着你也会被笑话。你最好待在家里，直到……"

她痛苦地叫了一声,将褥扔到了一旁,敏捷地顺着床沿到了床脚跟,抓住黄铜花状的床架,朝着他痛哭,泪水溃涌到了面颊。

"你答应过我!爱我,疼我,尊重我!'我不在意世人怎么想',这是你说的话,'那些女孩儿蠢到了骨子里'你说的,'我古怪的小精灵'你曾这么喊我!'我们这个社会所害怕的就是古怪'——这也是你说的话,'如果我们有勇气让生活变得有趣,未来就会变得有趣——那样就能把不开心的事剔除!'"

威廉目瞪口呆地站在原地。他以为那晚是他这辈子遇到最怪诞的事,然而此时……才是最糟的。他年轻时的自负,他乳臭未干的誓言,在湮没的过去中跳脱出来,竟是出自他自己妻子之口。

"我……我会尽自己最大努力照顾你,"他辩护道,"你生病了,我希望照顾你。"

"照顾我?"她惊呼道,"你什么时候照顾过我?看看!看看!你到底打算怎么做?"

她往后倒了下去,拉起自己的睡衣,疯狂地撕扯自己脚上的绷带。

"安格尼斯!不!"他冲向她,抓住她的手腕,然而她的手却仍旧靠在脚踝处。沾满血污的绷带从脚上松了开来,瘀青的地方裸露在外,沾着深红的液体。他无法不去瞥她两条细腿之间金色的细丝毫无遮掩地裸露着。

"安格尼斯,"他使劲地挤着眉毛试图提醒她克拉拉正在他们身后,"不要在仆人面前……"

她发出歇斯底里,仿若野兽般的笑声。

"我的身体变作了一块……生肉,"她怀疑愤怨地哭泣道,"我的魂魄都要飞走了,你还在关心什么仆人?"她绝望地在他的束缚中挣扎,双脚在被单上搅动,鲜血渐染了雪白的亚麻。

她的胸抵在他的手臂上,让他想起这双乳房比休格的要丰满,他曾是多么期望他能幸福地拥她入怀……

安格尼斯突然停止拍打他。他们肩并肩,几乎鼻子对着鼻子。她喘息涨红的脸孔,沾着唾沫的下巴,厌恶地盯着他看。

"你在伤害我,"她温柔地道,"和其他人玩去吧。"

他松开她的手腕,她缩回了床头,身下拖着满沾污渍的绷带。眨眼的工夫,她已睡回了被褥中,头枕在枕头上,脸颊放在一只手掌上,仿似生着起床气的孩童,寡淡地叹着气。

"我……"他张口,却是没有继续。他转向克拉拉,无力地恳求她别滥用自己交到她手上的权力。

她诡秘地点点头。

"我会照料她的，拉克姆先生。"她向他保证，好似这样能让他松口气离开。

怀揣悲伤疲累的心，威廉颓丧地回到书房。那儿已经没有人了，休格显然已经等不到他后回到课堂去了。好吧，就这样。抽完雪茄。壁炉里的炭噼啪作响，他前额靠在墙上，拉开裤子边自慰，边痛苦地呻吟。几秒之后，他的精子射了嗞嗞发声的煤上。他的肚腹肥了，毛发已经过早地变得灰白；他是多么可笑的人，难怪被人笑话。高潮之后，他的阴茎软塌成了黏滑的皮包骨头，于是，他将它收起。他耷拉着肩膀转过身，瞥了眼桌上铺满的纸，心情愈加沉重。还有这么多的事要做，他的生命已然接近崩溃！他重重地坐了下来，双手捂着脸孔。

稳定，稳定。如果此刻放手，他将一无所有。

他毫无意识地打开了柜子的最后一层抽屉，那儿放着一些他已经回复过却又不能扔掉的书信。

在里面还放着《伦敦娱乐指南》，还有这个……他用颤抖的手指拿了出来。这是一张安格尼斯·尤恩拇指大小的照片，是一次泰晤士河旁夏季野餐时，他为她拍的。很好的照片，印得也不错，那时候在暗室里，他还不怎么熟悉印照片。他喜欢照片上安格尼斯依照他说的纹丝不动，露着平静可爱的脸孔，而她的那些伙伴——上流贵族们的愚蠢儿子们正骚动着窃窃私语，因而都是欠骂的模糊样子。这个扣着康乃馨色扣子的家伙大概就是白痴的埃尔顿·费茨赫伯特，其他人都是灰色、朦胧的背影，所有都只为了威廉·拉克姆最爱的那个人。

他无数次地盯着这张照片，提醒自己这个无可争辩的事实：昔日不再。

他并没有意识到自己已经落下了泪水，只是继续在最后一层抽屉里翻找。他不会记错，在某个地方，还放着一封安格尼斯在结婚前几天写给自己，满含香气的信。在里面，她告诉他自己是多么爱慕他，在幸福地成为他妻子之前，每一天于她都是等待的煎熬——大意约莫如此。

他翻找着，翻找着，在那些错过的戏剧表演广告、艺术邀请、没有阅读过的先前哥哥从《圣经》中摘抄的信件、来自债权人的威胁……

然而，他所追寻的，安格尼斯的香气……却躲藏了起来。难道真是她所有的爱都消失得无影无踪了吗？他低下脸去嗅。旧报纸，鞋上的泥土，休格的爱液。

末了，他失落地从抽屉的最底处拿出一张褶皱的报纸，仿佛就是那封信。然而，他发现这是自己几年前写给老拉克姆的一封信的草稿。

亲爱的父亲：

我女儿的出生搞得一团糟，我的妻子随后还抢救了，我实在没有时间去处理给我的这些职责。当然，我一旦有机会，就会努力重拾我的热忱。与此同时，我很不满意收到我们律师的信……

痛苦咕哝了声，威廉将一页纸攥入掌心中，随后扔到了一旁。上帝，他还做了两次这样的事儿！命运为什么剥夺了安格尼斯对他的崇拜，即使那时候他还曾是卑躬屈膝的臭小子，现在已经是一家大公司的主人？不公平！

作为行动，他直起身子，放了一叠新纸，蘸了墨水。

威廉·拉克姆，拉克姆香水的总经理，不能自我消沉：他得工作。是的：他的工作！他得做什么呢，在这之前……？嗯，是的：伍尔沃思的问题……

对老拉克姆，他写道，皱着眉头去想十二小时之前还十分清楚要写的细节，那时候噩梦还没有开始。

请注意，在1842年，拉克姆香水租用了托马斯·伍尔沃思在帕查姆和苏萨克斯的大片土地，这事儿已经评估过（我相信您自己），去耕种太繁琐。我发现有文件写了这交易，也相信有更多的文件。因此，我请你转给我任何与这件事或者其他您可能保留着的有关拉克姆公司事宜的文件……

威廉皱着眉头写完最后一句说着不幸事宜的话语。这件事，如果休格在，她可以帮助自己，可是，她也不在他的控制中。

第二十六章

"圣诞节。"休格停顿道。

索菲翻过在灰色的晨光中,自己的默写本,在新的一页顶部写了一个特别的词。休格从她眼角处已能看到少了一个"T"。

"冬青树(Holly)。"索菲的钢笔又刷刷了几下,这一次是对的。

"金属丝(Tinsel)。"

索菲看着倒挂在壁炉上银色、红色闪光的倒钩,寻思着,最后蘸了下墨水,猜想着,写下了:"Tintsel"。休格打算点明这个错误,寓教于乐地说道:"索菲,可怜的't'从你的圣诞闲逛着,遇上了金属丝……"

"槲寄生(Mistletoe)。"她刚开口的时候,就后悔说这词了:可怜的索菲皱着的眉头更深了,好似已经感觉到自己得到好分数的最后希望破灭了。而这个词也无意间让休格想起安格尼斯的事故:铁锹再一次戳穿了白色的皮肤,鲜血喷溅而出。

"Misseltow。"索菲写道。

"雪(Snow)。"休格说了个简单的词。索菲抬头看了下窗子,是的,真是在下雪。她的老师一定是越过她的头顶后面看着呢。休格满意地笑了。她即将与拉克姆家度过这个圣诞节,从某种意义上说,这是她第一次过圣诞节,因为在卡斯特威太太那儿是没有任何节日的。不管即将到来的这一天是如何特别,她都提醒自己十二月二十五日就和其他日子一样,然而,越是如此,这番期待反而更多了。最近拉克姆家有些变化,比起冬青树、金属装饰与闪耀的球而言,那些变化更明显。威廉还爱着她是一个巨大的欣慰,想到他们还会一起面对将来,协作,交心,这让她能够抵抗那些闲言碎语。但是,这不仅仅是威廉的爱让她燃起了希望;她还发现整个一家人精神上的转变。每个人都变得更友善,更熟悉。休格不再感觉自己穿梭于一栋神秘大房子中的两个房间,因为担心刺激那些房间内的邪灵匆匆而过。现在,随着圣诞到来,她拉着索菲到处走来走去,因为这是议程之一,因而到处都受人欢迎。仆人微笑,威廉经过时点头,不需要提点就已了然:拉克姆夫人安全地在楼上,在恍惚中打着小盹儿。

"嗨,小索菲!"当索菲骄傲地捣腾地玩弄另一卷新的彩带时,罗丝说道,"你真是个聪明的女孩儿。"

索菲点点头。她还没有遇到过这么多的赞赏,她根据老师的教导,将彩色纸剪成条并将它们粘在一起。或许在这个世界自己做点事儿并不是那么费劲儿无助。

"莱蒂,这些东西挂哪儿?"罗丝朝着楼上的伙伴喊道,尽管到处都已经挂满了装饰带,但他们仍然装得好似还需很多绸带,吸烟室内(上帝,希望这些男人抽烟的时候小心!),碗碟存放的地方(尽管有些潮湿,但是简妮仍在想分上一点装饰),钢琴,那些奇怪的放着亚麻布和轻微尿味布的房间,现在已经彻底空了。在马厩前,希尔斯已经巡视过了玻璃房。昨天的时候送冬青树的人已经来过,放下了三大捆大树,比去年拉克姆家订的要多上两棵。("有钱人。"在他离开的时候,伴作没有看到车道两旁的榭寄生)。的确,拉克姆家不惜代价地在擦去1874年圣诞节的痕迹,好似"庆祝"这样的话语堕落入云层下。今年,所有人,从男女主人到最卑贱的仆人——威廉·拉克姆的节日气息渲染着每一个人!所以冬青树呢?有三大整包!吃的东西呢?厨房里堆满了!飘带?任由孩子做她想做的!

当她不做飘带的时候,小索菲就做圣诞卡。得了威廉允许的小贩子在小会儿的犹豫之后,穿过拉克姆家门槛,向仆人们兜售他的货物,休格在他手上买了些贵的圣诞卡。除了那些传统描绘家庭狂欢,赠予衣衫褴褛的穷人的卡片,还有滑稽的卡片,比如青蛙与蟑螂跳舞,驯鹿咬了表情夸张的骑士屁股——这是厨房女仆最喜欢的。休格买了小贩展示中最贵的那些贺卡:有些能动的小花样,希望索菲能够照着作些类似的。

现在已经过了。在她看来,令索菲最高兴,最奢靡陶醉的礼物莫过于和简约的乔治亚房子一样,还能拉开纸作的窗帘望见丰富多彩盛宴的家庭圣诞卡。除了"天才"这个词,她只能用智者来形容能构想出这个奇特东西的人,她常常看着开篇,拉开纸花提醒自己它的美妙。她自己努力涂画着圣诞卡,虽然线条粗糙,但仍然坚持不懈,终于用硬纸板成功地做了一个房子,里面还有正在庆祝的一家人。

每一次都比上次的好,她给那些能够接受它们的人。

"哎呀,谢谢你,索菲,"库克说道,"我会把它送给我在克里登的妹妹。"

"谢谢,索菲,"罗丝说道,"我肯定这卡片会让我妈妈笑的。"

甚至,威廉都很乐意拿,因为,尽管他关系不同,他也不缺乏生意伙伴与员工用这样的方式来讨好,但这毕竟是唯一的礼物。

"又一张!"当休格领着索菲到他书房给了他一张最新的圣诞卡时,他惊愕地说道,"您都可以经营自己的生意了,不是吗?"

他朝休格递个眼色,然而休格并不能猜透其中的意义。

在这些短暂的父女交谈后,威廉想不出更多的话,而索菲则从兴奋跌落到了心情的谷底,转而倔强地抽噎起来,尽管如此,休格仍然认为这对索菲而言是好的,毕竟她能让自己父亲注意到自己。

"小姐,我爸爸有钱,"一天下午,孩子说道,说这话的时候刚要开始讲述关于澳大利亚的故事,"他的钱放在银行里,每天都在变多。"

这样的想法毫无疑问是比阿特丽丝·克利夫教的。

"亲爱的,还有很多比你父亲有钱的人。"休格温和道。

"小姐,他会胜过他们所有人。"

休格叹叹气,想象自己与威廉坐在惠兹通山顶的大阳伞下,啜饮着柠檬水,慵懒地看着成熟的薰衣草田。

"如果他聪明,"她说道,"他会满足于他已经有的一切,享受生活而不是这么疲累于工作。"

索菲吞下念想,显然她还不能消化。她已经得出结论为什么自己父亲不是安徒生童话中那些溺爱孩子的父亲,因为他从神那儿得了严苛的旨意要占领整个世界。

"小姐,你爸爸在哪儿?"她问道。

在地狱,宝宝。卡斯特威太太曾经这么回答过她。

"我不知道,索菲。"休格收回每一丝自己母亲对父亲的憎恶的记忆。在卡斯特威太太说过的故事中,那个男人抽动他的盆骨轻松地就将她从一个受尊敬的女人变作了一个下贱的人，此后根本就不在意发生了什么。

"我想他死了。"

"小姐，他是遭遇了事故还是参加了战争？"男人通常中枪，倒在自己的房子下——索菲激动地想象。

"我不知道，索菲，我从来没有见过他。"

索菲同情地摇摇头。倘若父亲很忙的话，这样的事看上去是很容易发生的。

"那你妈妈呢？"

休格脊柱一凉："她在……家，在她的房子里。"

"一个人吗？"索菲受着伤感书籍的影响，不免立刻涌上关心与希望。

"不。"休格希望孩子不再纠缠下去，于是说道，"她……她有拜访者。"

索菲果断地看了眼剪刀、糨糊，以及那些等待留给澳大利亚去处理的艺术素材。

"下一张卡，我会做给你的，小姐。"她承诺道。

休格努力地笑笑，在索菲看到愠怒的泪水闪耀在她眼中前转过头。她迅速地翻阅历史书，前后翻弄着，几次翻过了澳大利亚。当她翻的时候，她在想是否能够告诉索菲事实。不是关于她母亲卖淫的房子，而是关于圣诞节。关于为什么这样的节日从来没有在卡斯特威的房子里出现过；在她七岁前，她还不曾懂在街道上乐手会在她不知道被称作"十二月"的月末时弹奏曲子。是的，她七岁，当她鼓起勇气问母亲圣诞节是什么的时候，卡斯特威太太回答（只回答了一次，这个问题就被列入了禁问的范围中）："这是耶稣为我们的罪恶而死的日子。而显然，他并没有成功，因为我们还在承受着。"

"小姐？"

休格从梦中惊醒，手中紧握着历史书，书页的顶端已经在她指尖的力道下裂开。

"对不起，索菲，"她匆忙应道，"我想我好像吃了什么不好的东西，或是……"她发现孩子烦躁的表情，自觉愧疚，"可能圣诞节来，我太兴奋了。因为，你知道，"她深呼吸了一口，提高声调地说道，"圣诞节是一年中最快乐的日子！"

"我亲爱的布雷奇露女士！"柏德烈脱口而出道，"尽管我们都知道再过几天，一个骗人的犹太农民的生日又要小题大做了，但你这美妙的宴会是整个十二月真正的高潮。"

他转向其他客人，他们回以紧张痴傻的笑意。最可笑的是，菲利普·柏德烈说了些出格的话！要是没同伴艾德沃德·阿什维尔拉住他，他简直就成了一门没关住的炮！但是这并没有关系：布雷奇露女士已经把他引向费戈斯·马克雷德那儿，她轻易地就让自己的宴会回归到了正轨上。

威廉站在柏德烈身后，揣摩自己粗鲁的同伴是不是来这晚宴前已经喝醉了。康士坦斯已经优雅地解决了这尴尬的情况，但还是如此……威廉转过身，发现一个女仆正忙着浇湿火，以免房间里大部分已经感觉暖和的人变得更热。这个女孩儿真是不赖，没有人教她，她便这么做了。康士坦斯的这些小事真是令人钦佩——她处理事情的方式就像一台加好油的机器。上帝，她要是能教上自己的仆人一两件事……他们都是好心的人，大部分都是好心的，只是一个缺乏果敢的女主人……

布雷奇露女士办的这个宴会只有十二个人，大多数是在刚过去的伦敦季刚见过一回的，或是从未见过的。如往常一样，尽管如此，康士坦斯仍把他们安排在一起。她专注于那些从旧社会模式脱离出来但还没有变得苍白的人们，用她的话来说，他们是新时代的人。

这儿是杰西·夏普乐敦，刚从桑给巴尔毕业，肤色成了肉桂色，满脑子是野蛮的异教徒血腥的故事。艾德文与瑞秋·曼福德是狗饲养员，克拉伦斯·菲利，《她可悲的过失》的作者，正有两幕剧在火热上映；爱丽丝与维多利亚·巴鲍尔德，姐妹两个打扮特别地参加演习，并且表演了悠扬的小提琴，双簧管独奏短曲。

像布雷奇露女士常说的那样，很难找到音乐家不让人觉得厌烦：音调优美得不知该什么时候停止，停止之后仍然余音绕梁。菲利普·柏德烈的出现对威廉来说是尴尬的，因为安格尼斯已经让两人之间的关系产生了裂痕，但是感谢上帝，柏德烈正在菲戈斯·麦克莱德那里，这个被高等法院判为煽动，诽谤，叛国罪的家伙深入地谈着他所有的价值。

这是一个有趣欢乐的派对，食物由滚轮车穿过回廊推入餐厅，香味随之扑来，让人馋涎欲滴。然而，威廉并不轻松。他从家中出来，满怀着期待希望安格尼斯能够康复：她睡着的样子看上去就像天使，当他低身亲吻她面颊的时候，她发着热情放纵的喃喃声……

当然，女人睡着时说的话语肯定比她醒着时的怒火更真实！但是，现在在布雷奇露女士的派对上，他妻子的存在无时无刻不影响着谈话。他们怜悯地看着他。怎么会这样？他想安格尼斯在这次的伦敦季上很受欢迎！也许，有那么小许糟糕的时候，但是她总体表现很好，不是吗？

"你说是世界上最大的机械玩具展出？"他重新加入埃德温·曼福德关于伦敦季最大收获的话题，"我从来没听到过啊！"

第二十六章

"所有报纸都登了。"

"太怪了,我居然不知道……你确定你不是在说皇家剧场中的秀,不是那个叫做《惊魂记》的剧?那个小机械人?"

"那是诓孩子的木偶,"曼福德嗅了下鼻子,"除了专为自动机设置外,这简直就是一场伟大的展览。"

威廉不信地摇摇头,他没法相信自己错过了如此不可思议的事儿。

"可能,拉克姆先生,"瑞秋·曼福德插嘴道,"您可怜的妻子生病,分了您的心。"

男管家宣布提供晚餐服务了。威廉恍惚地坐上座位,挑了大黄火腿汤,当然,他可能更喜欢清炖肉汤。他对自己的选择感到茫然。

当晚餐开始的时候,餐桌上放满了肉汤碗,而他已经开始更多地在咀嚼些东西:平辈间的见解,而不是抱怨他妻子可怜的状态,这真的让他想要合上双手说"够了"。

他小心翼翼地看着其他客人舀着汤:他们非常放松,举止文明。如果不是他曾经在两年前的晚宴上,见证自己妻子像鬼上身一样地指着仆人上了一道活的鸡,他也能同他们一般这么放松。当他吃着放在自己面前的任何东西时,他都在回忆自己婚姻早期,结婚当天,甚至在尤恩爵士面前草拟结婚契约的时候。

他对尤恩爵士的印象如此鲜明——这没有什么好奇怪的,因为此时此刻,尤恩爵士与夫人就坐在他的对面。

"啊,是的!"当布雷奇露女士评论尤恩爵士的资产已经升值多少的时候,尤恩爵士轻笑道,"我曾努力地把它控制在合理范围,不过,我的邻居们卖给了我更多该死的土地,所以,土地越来越多——就像我的肚子一样!"

现在,他是一个步入老龄的胖子,他先前狐狸般的狡猾已经消失在吞咽欧洲酥皮糕点的下颊与红如阳光的脸孔中。

"这是什么?西冷牛排?康士坦斯,你怎么能做这个给我呢?我得把手推车推走!"

不过,他轻松地解决了自己的牛排,果汁冰糕,大块烤兔肉(他拍了下自己肥胖的肚子拒绝了蔬菜),又一份烤兔肉("见鬼!要是能分就好了!"),堆高得颤巍的果冻,一些五香碎肉开胃菜,一碗奶油浸梨,还有令妻子恼怒的事——从门口附近的一只碗中拿了一把水果干与坚果。

随后,他离开了女人让她们自己谈论她们的事儿,一瘸一拐地与男人们一起进了吸烟室,那儿放了一只水晶酒壶与六只玻璃杯子。

"啊，拉克姆！"他喊道。在晚餐前，他已经很妒忌自己的女婿被曼福德夫妇两人霸占了，现在他们才又有了机会。

"我要是说我几年没见你了，肯定是在撒谎：我到哪儿都能看到你的脸。甚至在威尼斯的药材商那儿，我都看到了你的脸，被印在了小瓶小罐儿上。"

威廉严肃地倾过脸，不确定他是被调侃还是被赞许了。那个在米兰的巴格尼尼家伙总是很有效率。

"这真是奇特的事儿，"尤恩爵士继续道，"站在国外的商店前，拿起一块肥皂，发现，'啊，威廉·拉克姆蓄胡子了！'你不觉得很奇特吗，威廉？"

"爵士，现代社会就是很奇特：我能把自己搞得像蠢笨的展示品出现在威尼斯和巴黎，同样，在这儿，也是这样子。"

"哈哈！"尤恩爵士大笑道，"好极了！"他在女婿递过的火苗中，拨弄自己的雪茄，脸被烟雾笼罩了起来。威廉发现他只有五英尺十一英寸，最多不超过六英尺。那时，当他把安格尼斯的手放到自己手上的时候，大约有六英尺半。

"当然，在各个省份，"克拉伦斯·费里从房间的另一侧笑道，"他们不指望评出来，只是想明白而已。"

"但是他们自得其乐，不是吗？"埃德温·曼福德疲倦地道，流盼的目光扫过威廉，希望能够解脱。

"噢，是，以他们自己的方式。"

夜晚，当大多数其他的客人抽身回家的时候，吸烟室里充满了酒精与烟雾，尤恩爵士结束了他在欧洲大陆旅游的奇闻轶事，一如酒醉后的常态，迅速变得严肃。

"比尔，看这儿。"他在座位上嘎吱地往前探了下身，"我已经听说了安格尼斯的状况。我告诉你，这对我来说并不奇怪。她总是在自己的世界里斗争，小时候就是如此。我能把她所有说过的奇怪事儿用手指头数给你听。你能明白吗？"

"我猜……"威廉说道，在他的思维中，闪现出的安格尼斯还是几个小时前的，她的头发从枕头上滑落，嘴唇麻木地张开，眼睫跳动着，腿则伸出了被窝，口中嘟囔着，"太热了……太热了……"

"你知道的，"老头委婉道，"当你告诉我要牵她的手，我宁可你比恳求的得到得少……我应该提醒你，男人对男人的方式，但是——好吧，我曾想她生了孩子后就会好的。但是这却并没有发生，不是吗？"

"没有。"威廉阴郁地承认道。如果有件事是在他妻子脑袋里一直挥之不去的阴影，那就是生了索菲。

第二十六章

"但是,听我说,比尔,"尤恩爵士眯起眼睛说道,"别让她制造更多的麻烦哦。这或许有些让你惊奇,但是她的事儿已经都漂洋过海传到外面了。是的,我在突尼斯的时候就听到了她尖叫的事儿,你信吗?突尼斯!她身为女主人的聪慧想法就像是小说,而对于头脑清醒的法国女人来说,我能告诉你,那些并不明智。那个'葡萄酒里的血'的事儿倒到处被人谈论!那简直成了个传说!"

威廉羞愧地猛吸了一口雪茄,这让他忍不住咳嗽起来。像病毒一样传播真是让人不可原谅!尤恩爵士提到的这件事发生在很久很久以前——那是1873年的伦敦季,甚至是1872年!这世界真是不公平,他能花钱在瑞典发布香水广告,但是一个月之后,没有瑞典人知道他,而一个倒霉的女人在1872年的某个夜晚私人场所里的一个不恰当言行却轻而易举地漂洋过海,这些年都被人谈论!

"相信我,比尔,"尤恩爵士说道,"我不是要告诉你该怎么与你的妻子相处。她是你的事儿,但是我告诉你更多的事儿……"他又侧了下身,比先前更靠向威廉。

"我在巴黎还是有点儿小地位,"他喃喃道,"我那些邻居都是他妈的碎嘴。他们听说我是安格尼斯的父亲,当然,他们不知道我不是她的生父,所以,当他们发现我和佩鲁妮娜有孩子的时候,就把我拉一旁,问我那些孩子们正常吗。我说:'你说都正常是什么意思,当然都正常。'他们说:'那么他们没有什么那信号?'我问:'什么信号?'"尤恩爵士的声音因为愤怒再次提了起来,"比尔,他们在想我的孩子都是疯子!现在就成了,我是正常的,而我的孩子们必须得疑似……有不良的血液,然而,只是约翰·皮高特迟滞的女儿依旧这样?不……"他的声音瞬而低下,鼻子里发出愤恨的音调,"如果她不好,就送走她吧。对我们每个人都好。"

时间敲过十点半,房间里除了威廉与他岳父之外,已经没有人了。布雷奇露女士家的男管家走了进来弯身朝两位说道:"打扰了,先生,夫人让我告诉您,您的妻子已经睡着了。"

尤恩爵士沉沉地朝威廉眨了下眼,长斑的手撑在椅子上,准备站起来。

"女人,唉。"他咕哝道。

这是一个极让人心慌的偶遇,之后的日子,威廉感觉如此。尽管如此,他既没有像朋友所建议的那样来决定安格尼斯的未来,也没有采取克鲁医生的建议,更没有听进尤恩爵士倒入他耳朵的那些话。发生了件特别的事儿,虽然本该对他毫无影响的,但却影响了他:那是他在庄园雇佣的一个不知名的树雕工人。12月22日,威廉去了米切姆查看下来年夏天成长的薰衣草,另外,从炼制的角度来看看需要多少劳力。他已经很长时间不满雇佣的那些赤脚的男孩儿踩在薰衣草田上,一方面是践踏了薰衣草的精华,另一方面从卫生角度而言,他不认可自己父亲的看法,认为孩子廉价而有效率,因为他们总是蹒跚在田间,抱怨被蜜蜂蜇伤。机械化,威廉确定更为有效,他自豪地在朝这方面调查,尽管目前还没有薰衣草可以论证。

"挺好,挺好。"当他根据机器控制员的指引看到铸铁腔内运行的东西,坦白说,被震撼了。

"先生,这是最好的了,"机器控制员向他保证道,"最好的了。"

整个米切姆,甚至萨里的大部分地区都在雪中,威廉无人陪伴地漫步在自己的田间,饶有滋味地想象在这完美无瑕的白色下的东西明年会迎来何样的丰收。如果能有一次这样的丰收写入深奥的诗词与没有印刷出版的论文中,而不止是说这是一片广阔,令人欣慰的土地,一片不可估量,富饶坚固的基础,那该是多么令人难以置信。他走向为保护薰衣草建立起的树林,他的胶鞋深陷在雪中,当他到达那儿的时候,他的海豹皮大衣与毛皮手套里已经满是汗水,他靠在最近的大树枝前,在寒冷的空气中呼呼地吐着热气。站了一两分钟后,他平稳了气息,看到了树上刻着这样的字:

帮帮我

我被这棵树卡住了

安格尼斯

他读着,反复地读着这些字,目瞪口呆。他没想要找出究竟是他的哪个雇员在这个时候刻上了这么重要的字句。他能想到的就是他妻子的癫狂已经到了最糟糕的程度,甚至连农民的手都在讨论他们。他甚至可能成为一个不忠于妻子的丈夫,那些窃笑声仿在周围嗡嗡作响!

微风吹动地面上残留的叶子,威廉知道自己这么做很傻,但还是忍不住用眼睛在树枝里探寻,存有一丝的幻想:安格尼斯会藏在里面。

在拉克姆家里,天使多得让人尴尬,圣诞树上都放不下了。休格、罗丝和索菲一直在楼下不紧不慢地忙活着,看看还有哪个地方没有装饰到。几乎每个能装饰的地方都装饰了,但是她们还是不肯罢休,最后连窗台、钟表、新衣帽架、相框、雌鹿头标本上的角、钢琴盖、平时没什么人坐的椅子的椅罩她们都没有放过。

现在是平安夜的早上,是装饰工作的收尾阶段。窗外,大片的雪花盘旋飞舞着,但是很安静,气氛诡异。邮件已经发走了,透过结满窗花的客厅窗户,能模模糊糊地看到邮差弯腰驼背的身影,渐渐消失在一片阴郁的银色之中。

屋里面,壁炉里的火烧得旺旺的,发出噼啪的声音。因为怕飞出来的火星把圣诞树引着了，所以圣诞树被移到了客厅的另一头。休格、罗丝和索菲蹲伏在圣诞树 X 形的木头底座周围，从地上捡起圣诞树上掉下的装饰物，短裙的下摆规规矩矩地裹着脚踝。罗丝边捡，边自顾自地唱着："圣诞就要来了，鹅也长肥了，请在老头的帽子里，放上一分钱吧……"圣诞树上几乎挂满了彩线，银色的铃铛，以及用碎木片做的雕刻，都快要把这棵圣诞树压死了，但最要命的还在后头：罗丝酷爱阅读女性杂志，她在上面看到了如何将圣诞树装饰成终极幻想的"秘籍"，大受启发。按照杂志上提供的简单配方，她将水和蜂蜜混合在一起做成所谓的无害、高效的"胶水"，然后装进其拉克姆家空的香水瓶，她要用这些胶水粘住洒下的雪花般的面粉。休格、罗丝和索菲每人手持一个香水瓶，开始将这些黏糊糊的液体喷到圣诞树上。

"啊，天哪。"罗丝紧张地笑道，"我们应该把圣诞树装饰完再喷的。"

"所以我们喷的时候，必须格外小心，"休格说，"如果我们不想搞成一团糟的话。"说这些的时候，她的语气并不生硬，反而显得饶有兴味。她太喜欢罗丝的这个提议了，她都想上去亲吻罗丝。

"明年，我会做得更好。"罗丝说。当拉克姆小姐将水和蜂蜜直接喷到地毯上的时候，她只是在一旁看着。她不知道是否有权力禁止这个孩子参加这个面粉喷洒活动。尽管休格小姐愿意和她这个佣人一起干活，这让她觉得受宠若惊，但是，一个小小的错误马上就能终止这种亲密的关系。

"往后站，索菲，"休格说，"你在旁边帮我们看着点儿就行了。"

这两个女人轮流将面粉抖落在对方捧着的手掌里，然后非常灵巧地将这些面粉撒到黏糊糊的树枝上。作为拉克姆家的一员，差不多就和这个家的家人一样，和罗丝一起疯，一起苦笑，这让休格幸福得有点眩晕。她还从没有对其他女人感觉如此亲密，所以她开心地忙东忙西。罗丝信任她，她也信任罗丝。她们只用眼神就可以达成默契，顺利地完成了这件作品。之后，她们将面粉撒到对方手上，希望这成为她们之间的一个小秘密。

那些没被粘住的面粉飘到空气中，弄得她们开始打喷嚏。这时，罗丝烦躁了，说："我们一定是疯了。"

休格伸出双手，这双手已干裂，粘在上面的面粉让手上的沟沟坎坎显得格外清晰。但这没什么大不了的。没有哪个女人是完美无缺的。当休格现在近距离地看着罗丝时，她发现罗丝居然有点斗鸡眼。所以，她们是一样的，都不是完美无缺的。

"如果你连一分钱都没有，那半分钱也行。如果你连半分钱也没有，那么，

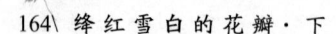

愿上帝将你保佑！"

她们又撒了一些面粉，大功告成。这些面粉把圣诞树搞得一团糟，但是，粘在树枝上的面粉确实像女性杂志上所说的，和雪一样。落在地板上的面粉，很容易清扫。但是，罗丝声明，这可不是一个家庭教师该干的。

罗丝边清扫，边唱《圣诞十二天》，但是她只反复唱着第一天那一句。和安格尼斯相比，她的声音有些生硬和发颤。但她的歌声让人很开心，其他人都静静地听着。索菲和休格害羞地看了看对方，她们都想跟着哼唱。

"圣诞第一天，我的真爱给了我……"

突然，威廉走入客厅，手里拿了一张纸，若有所思。他突然停下来，仿佛他本来要去另一间房间，只是在走廊里拐错了方向。圣诞树，现在已变成由各种小饰品、面粉和没用的东西构筑的洛可可式建筑，几乎完全吸引了他的注意力，仿佛其他都不存在，当然如果他注意到还有两个胳膊上肘部以下满是面粉的妇人，他也是不会说出来的。

"啊，壮观。"他说，之后立刻退了出去。手上晃着那封信。如果克鲁医生的字写得再大十倍，屋子那头的人都能看清信上写了什么——并不是因为休格能看懂这封信，信很简单，只是：*按我们之前商量的，我已安排好12月28日的活动。你不会后悔的，相信我。*

罗丝松了一口气。主人本该发火的，但他没有。她弯腰接着清扫，继续唱了起来。

当洒落的面粉被清扫干净之后，罗丝、休格和索菲将包装华丽的礼物放到了树下。这么多的盒子和包裹，用红色或者银色的带子系着——这里面到底都装了些什么呢？休格能唯一确定内容的包裹是索菲送给她父亲的礼物，其他的都是谜。当布置这些礼物的时候，她把小的放在大的上面，没有固定形状的放在结实的上面，使其看上去很迷人。在这过程中，她假装对写着接收人名字的小标签毫无兴趣。她只偷偷地看了几个，但都觉得不满意。哈里特？哈里特是哪个鬼？有罗丝和索菲看着，她也不宜进一步细看，不是吗？

求求你，上帝，她想。保佑我也有一份礼物。

楼上，威廉悄悄地打开他妻子卧室的门，然后溜了进去。尽管他说服克拉拉出去几个小时，但他还是将门反锁上，以防这个喜怒无常的女佣哪根筋不对突然杀了回来。

安格尼斯屋内毫无节日气氛。实际上，屋子里几乎没有任何的气氛。因为

第二十六章

安格尼斯唯一的消遣就是把任何可能妨碍克拉拉行动的东西都收起来，然后把这些东西原来所占的地方打扫得一尘不染。至于这些墙壁，他们在这个可怜的节日之前就是光秃秃的，因为安格尼斯讨厌图画。当她看到妇女杂志上说马是粗俗的，这间屋子里最后一件图画也被撤掉了。在这之前的那一幅被撤掉是因为安格尼斯说画里有鬼。

现在安格尼斯正熟睡，对屋外的暴风雪，对靠近她的丈夫，对一切都没有知觉。威廉轻轻地拿起一把椅子，放到床头，然后坐了下来。空气中弥漫着镇静糖浆、牛肉汤、热鸡蛋和香皂——是拉克姆康乃馨精华皂的味道，如果他没弄错的话。屋子里最近洒了很多香皂水。克拉拉为了防止发生意外——在浴缸中摔倒、淹死——为她的女主人在床上清洗，直接把湿透的亚麻布换成干的。他知道这件事，因为她告诉过他。当他提出为其再找一个女佣帮忙的时候，她却嗤之以鼻，因为这有违她一向坚韧的性格。

他认为安格尼斯的脚会慢慢好起来的。按照克鲁大夫的说法，左脚可能会留下终生残疾，使她变为瘸子。或许她能恢复到和以前一样。这都很难说，一切要等到她康复下床走动时才知道。

"很快，"他贴近她的头轻声说道，"你就能好起来。我们不知道该如何是好了。你曾让我们快乐地舞蹈，是的，是你。"

一缕亚麻色的头发落在了她鼻子上，让她的鼻子痒痒，抽动。他用指尖把这缕头发捋开。

"你。"她回应道，依然沉沉地睡着。

她的唇已失去了原本自然的粉色，变得干枯，苍白就像休格的一样，但是因为抹了药膏而显得光亮。她的呼吸有些难闻，她之前的呼吸是多么的香甜啊。克鲁说的是真的吗？——一个比安格尼斯病得还要厉害的女人从拉堡疗养院出来后重新焕发了生机。

"你想好起来，是吗？"他冲着安格尼斯轻声耳语，抚摸着她的头发，她的头皮是那样细腻，"我知道你想。"

"远……更远……斯坎伦……"她轻声回应道。

他把被单从她的肩膀上取下来，叠好放至床尾。有必要逼，不，是劝安格尼斯吃些更滋养身体的食物了，这一点非常地明显。她的胳膊和腿都极度消瘦。这两难的境地是何等残酷：当能自理的时候，她故意绝食；而当不能自理的时候，她无意识中达到了同样的目的。无论他对她将要接受陌生医生和护士的治疗有什么样的疑虑和不安，他都得承认克拉拉和她的粥匙是无法解决问题的。

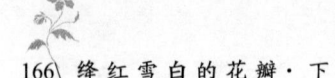

安格尼斯的双脚被绷带紧紧地裹着,像两只白色的棉蹄。她的双手也被绷带裹着,在手腕处有一个打了个蝴蝶结,以防她睡觉的时候碰到敷料。

"咿……呀。"她说,舒展着身体,感觉到了屋子的凉意。

威廉小心翼翼地碰了一下她的屁股,这屁股现在是尖的,和休格的一样。这并不适合她,圆屁股更适合她。一些东西在高大的女人身上显得很吸引人,而在瘦小的女人身上却显得憔悴,让人担忧。

"初夜那天晚上,我不是有意伤害你的,"他向她保证,同时温柔地抚摸着她,"我只是忍不住一时的冲动。爱的冲动。"

她的鼻息亲切,他起身坐在床上,挨着她。她发出柔和悦耳的"哦"。

"当时我想,"他继续说道,声音颤抖饱含感情,"一旦我们开始做了,你就会喜欢的。"

"嗯……把我抱起来……你这个壮男……"

他从身后紧紧地抱着她,深情地抚摸着她的四肢和柔软的胸。

"你现在想要了,是吗?"他热切地问她。

"你小心点……别把我摔下来……"

"别担心,宝贝儿,"他直冲着她的耳朵轻声说道,"我现在想抱你。你不介意吧,是吧?不会疼的。如果疼就告诉我,好吗?我绝对不会伤到你。"

他缓慢地与她温存,比对任何一个女人都温柔。当高潮来到时,安格尼斯喃喃地说"我……我都散架了……"。

一分钟之后,他再次站到了她的床边,用手帕将她擦干净。

"克拉拉?"她低声抱怨,声音显得急躁。她的一只绑着绷带的手在空中乱抓,想要盖的。"冷……!"他把窗户开了一条狭缝,以免尖鼻子的佣人察觉到什么。

"很快就好,宝贝。"他说,弯下腰接着擦拭。突然,他沮丧地发现她在尿尿:床单上出现琥珀色气味难闻的小细流。

"脏……脏……"她抱怨道,恍惚慵懒的声音里夹杂着恐惧和厌恶。

"没事的,安格尼斯,"他安慰她,拉起被单盖住她,"克拉拉马上就回来了,她会照顾你的。"

但是,安格尼斯在床单下蠕动着,呻吟着摇着头。"我该如何回家?"她叫喊着,她那双茫然发狂的眼睛突然睁开,舔着果冻似的嘴唇,"救救我!"

心里充满了悲伤和遗憾,威廉转身把窗户关上,然后急匆匆地离开了卧室。

"下一次我醒来的时候,"索菲那天晚上被塞进被窝里的时候想,"就是圣诞了。"

休格假装生气，用食指轻轻地点着孩子的鼻子。

"如果现在不马上睡觉，"她说，"圣诞节将在午夜来临，到时候你都不知道发生了什么。"

她深得索菲的信任，每次她假装生气要动手打索菲的时候，索菲连躲都不会躲。这让她感到非常甜蜜。她把毯子拉上来盖好。因为刚洗过澡，索菲的脸颊还有些湿，而休格的两只手还是暖乎乎，粉扑扑的。

"你知道在圣诞节的早晨会发生什么，是吧？"休格逗她，"如果一个女孩到了半夜还不睡觉。"

"会发生什么？"索菲担心她会想睡而睡不着。

休格没有想到会有这个问题；她说那句话纯粹是为了吓唬孩子，没有什么具体意义。她开动自己的想象力，很快就脱口而出：一个可怕的妖怪会冲进你的屋子，抓住你的腿，像撕裂小鸡一样，把你撕成血淋淋的两半。

"一个可……"她开始说的时候，声音粗糙，幸灾乐祸，之后她紧紧地闭上了嘴巴。她的胃突然在体内翻腾，她的脸充血通红。她用了十九年才明白她是卡斯特威夫人的女儿，她脑壳中的大脑，胸中跳动的心脏都是她妈妈这些溃烂中的器官的复制品。

"什么也不会发生，"她结结巴巴地说道，用一只颤抖的手抚摸着索菲的肩膀，"什么也不会发生。睡着你就知道了，小东西，只要你闭上眼睛。"

这么说着，她吹灭了索菲房间的灯，对刚才所说的那些充满羞愧，之后她回到了自己的房间。

在安格尼斯·尤恩的日记里，在其婚礼的那天早上，这个十七岁的女孩看上去非常开心，甚至有些疯狂。是的，据休格所知，安格尼斯对于将自己交给威廉·拉克姆而感到的恐惧和疑虑已经消散，或者说被驱散了。只是婚礼本身让她感到有些害怕——不过在害怕的同时，更有按捺不住的激动和骄傲：

哦，我亲爱的日记啊，为什么世界上已经举行了上百万场婚礼，因此有上百万个机会了解如何让他们的婚礼顺利进行，但是我的婚礼还是搞成了一团糟！现在距离婚礼开始只剩下四个小时了，可是我的婚纱只穿了一半，而我的头发还没有做！那个女孩儿去哪儿了？在这个最重要的日子，她还有什么事要比我的头发还重要的！而且她过早地把香橙花放在了我的面纱上，现在都已经慢慢干枯了！她最好给我找一些新鲜的来，否则我真的要发作了！但现在我必须停下来，不能再写了，以防弄断指甲或者把墨水弄到自己身上。想想吧，我亲爱的日记：

身上满是墨汁站在圣坛上！直到明天——或者（如果我能抽出空来）在今天晚上，我就不再是安格尼斯·尤恩，而永远是你的人了，安格尼斯·拉克姆！！！休格翻到另一页，发现是空白的，又翻了一页，还是空白的。她快速地翻阅着剩下的部分，就当她要认为安格尼斯一定用新的日记本来记录婚姻生活的时候，她发现有一篇没有日期，字写得极小，混作一团。

谜面：我来这个鬼地方之后，吃得比以前少，却长胖了。

答案：我在睡梦中被强行喂食。

在接下来的一页里写着：

现在我知道那是真的了。魔鬼坐在我的胸上面，用汤匙给我喂粥。我转头，他的汤匙也跟过来。他的粥桶有冰桶那么大。张大嘴，他说，否则我们一晚上都待在这儿。

接下来又是一些空白页，然后又有了：

我躺在担架上，老头儿们把担架抬起来，穿过阳光照耀的树林，到达了一条隐秘的小路。我听到运送我的火车在鸣叫着驶上归途。一个修女特意要照顾我，现在正在门口等着，双手在颔下紧握。啊，亲爱的安格尼斯，她说，你又来了？你将变成什么样啊！但之后她笑了。我被抬进了一家修道院，安置在位于其核心位置的一个温暖的小屋里面，光线透过彩色玻璃，把屋里照得五颜六色。我被抬下担架，放到一张"高床"上面——这床像是基座上铺了个垫子。

我胃胀，疼得要命，每天都要经受的眩晕恶心，现在又回来折磨我，仿佛我体内的魔鬼害怕我修女姐妹的治疗，加紧了对我的折磨。我的姐妹弯下身子看着我，光线透过彩色玻璃把她照射得五颜六色，她的脸是金凤花的颜色，胸是红的，双手是蓝的。她把双手轻轻地放在我的肚子上，里面的魔鬼就开始不安起来。我感觉它在里面既愤怒又恐惧，横冲直撞。但是我的姐妹有办法不用伤害我就能打开我的肚子，让魔鬼蹦出来。我只瞥了一眼那个邪恶的东西：它赤裸裸的，黑黑的，是用血和黏液混在一起做成的；但一旦被放到阳光下，它就立即从姐妹的手上蒸发了。此时我筋疲力尽，看到肚子在收缩。"现在，"我的姐妹微笑着对我说，"没事了。"

休格飞快地翻到最后一页，希望再有所发现，可是没有了。但，但一定还有！她的好奇心被勾了起来，她以前从未被安格尼斯的叙述如此吸引过。此外，她现在看到了她最想了解的阶段：威廉和安格尼斯早期的婚姻生活。她轻轻地呼吸着，充满了期待，从大腿上堆放的一堆日记中，按照时间顺序找出下一本。她以前看过这一本，没什么新东西。她接着找出下一本。

开头是这样的:
"季节"随想,作者:安格尼斯·拉克姆女士

我问你,还有比帽针钝得连最普通的帽子都无法扎穿这样的事更让人心烦的吗?当然,我说"普通",并不是说我的帽子不"特别"。休格读到这里停下来,把日记放下,她感到困惑和失望:她不能摁进去吗?不,她不想再了解更多这样的事情,特别是在平安夜。此外,时间也不早了:差一刻就十二点了。突然袭来的困乏让她无法撑到十二点钟响,她已几乎无力将这些日记放回到床下了。只是因为想到罗丝在早上会发现她埋在这堆日记下面酣睡,才一起身收拾。一切恢复原状,休格小便后钻到床单下,吹灭了蜡烛。

她躺在漆黑里,聆听,脸冲着窗户,虽然她根本无法看到这些窗户。还在下雪吗?难怪街上这么安静。人们没有饮酒狂欢吗?在银街,平安夜总是闹哄哄的,街头艺人都出来表演,手风琴、手摇风琴、小提琴、笛子和鼓的声音混杂成一片,人们叽叽喳喳,听不清说了什么,还大笑着,这一切交织成一张网,这张网一直织到最高建筑物的顶层。这么嘈杂,根本无法入睡——卡斯特威夫人家的人们根本没想睡,他们在忙着手风琴,虽然声音并不好听。

在诺丁山,声音没那么嘈杂,也更神秘。是人类的声音还是马厩里马喷气的声音?是切普斯托别墅那边飘过来的歌声吗?还是近处大门发出的吱吱声?风在屋檐下低吟,穿过烟囱顶的时候发出笛子的声音。椽嘎嘎作响。或者是屋内床咯吱咯吱的声音?还是安格尼斯在其噩梦中挣扎抽噎?

你应该去帮她。去,帮帮她。为什么你不去帮她呢?休格的良心——或者是其他什么她给她任性的灵魂所起的名字,这个灵魂唯一的乐趣就是当她想睡的时候,折磨她——不停地唠叨。他们一直给她吃药,因为她总说些他们不想听的东西。你怎么能够允许他们这么做呢?你承诺过,你会帮助她的。

这个承诺是个卑鄙的伎俩,是从弓街的相遇上骗取的。当时安格尼斯倒在了污泥里,她的守护天使出来救她。

当时,我答应送她回家,仅此而已,她强调。你没说吗,"我会一直看着您直到您安全到家。"我当时的意思只是送您到这条街的尽头。啊呀呀……你真是个狡猾、胆小的荡妇,不是吗?

风吹得更猛烈了,在整个屋子里呼呼乱窜。在一片阴郁中,一个白色的东西经休格的窗户坠落。是穿着白色睡衣的安格尼斯?不,是屋顶瓦片上掉落的雪。

为什么我要关心安格尼斯的情况?她有些生气,把头埋在了枕头里。她是被宠坏的、糊里糊涂的坏妈妈。如果吐痰成为时尚,她会在街上朝妓女吐痰。

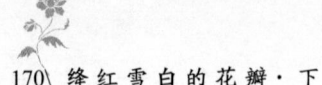

她淘气的对手不屑于回答。它知道,她想起了安格尼斯的肩膀在她的手下颤抖,就在那个小巷子里。当时,她向这个可怜的女人耳语道:"让这成为我们之间的一个秘密。"

我现在在威廉的房子里,我可能会有大麻烦。

她任性的灵魂因此(或者她认为是这样)而安静了一到两分钟。那么,克里斯多夫呢?它开始向她不停地唠叨。

休格在被单里握紧了拳头,把头深深地埋进枕头里。克里斯多夫能照顾好自己。我是不是要拯救他妈的世界上每一个人?

哦,可怜的孩子,这是一种嘲弄性的反驳。可怜胆小的荡妇。可怜的娼妇,可怜的娼妇,可……怜……的娼……妇……

屋外刮着风,在诺丁山的街道上,有个人在吹喇叭,还有另一个人在喝彩,但是她听不到。她差一点就能知道平安夜的情况了,可是她睡得太晚了。

第二十七章

"圣诞快乐!祝所有人圣诞快乐!"

一进到他儿子的屋子,亨利·考尔德·拉克姆就大声叫嚷着,仿佛他就是圣诞老人,或者至少是在讲台上咆哮的查尔斯·狄更斯。

"圣诞快乐,爸爸。"威廉回应道,他很尴尬,不是因为他父亲的热情迸发,而是因为佣人很难脱掉他父亲的外套。像尤恩勋爵一样,亨利·考尔德·拉克姆突然从之前的魁梧变得臃肿,而同时,威廉从以前一无是处的废物变为现在的实业巨头。

"啊,这味道,"老拉克姆狂热地说,"我敢说这次来这儿会毁了我。"说着,被领进了他儿子的客厅。在那里,仆人们致以热烈的欢迎。"嗯!以前没见过你!"他对一个新来的仆人说,"啊,你是——不,别提醒我!"他对一个老仆人说。他们对此并不见怪。几分钟之后,他就成了这里的老大,主导着这里开心的活动和人们的情绪。"饼干在哪儿?饼干呢?"他搓着手命令道。瞧!饼干来了。

今天早上礼物打开之后,时间就慢了下来,但当威廉的父亲专注于室内游戏的时候,时间又快了起来。"漂亮!漂亮!下一个!"他叫喊着。威廉在一旁迷惑地看着。他无法将这个开心的老小孩儿和以前那个固执的,长时间让这个屋子充满痛苦的老暴君联系在一起。

尽管有些尴尬，但威廉对他父亲今天的粗俗绝对能够接受，甚至还有些感激。因为尽管安格尼斯的事情让整个圣诞气氛大受影响，但是他父亲今天的表现还是让整个屋子充满了欢快的气氛。这里的每个人都非常清楚（嗯，除了像简妮那样的人）：这间屋子的女主人毫无知觉地躺在楼上，主人的心里很难过。他竭尽全力不把不开心表现出来，但是安格尼斯的痛苦还是时时狠狠地刺激着他。一大片死寂正笼罩在这欢快上方。你或许会认为，一大群女人能让这间屋子整天热热闹闹的。但是，不，这里缺一个男人，威廉厌烦了继续担任这个男人的角色。

好吧，是的，早上园丁会来，这能够稍微减轻威廉的负担，但园丁待的时间也他妈太短了。只干了十分钟，希尔斯就赶紧逃开这个他认为阴气太重的地方，跑回他自己在外面的屋子去了。切斯曼倒是管用多了，可是他已经彻底离开了，说是去看他的妈妈——真是一个不错的理由。

满屋子都是端庄宴饮的女人，亨利·考尔德·拉克姆，这个身材矮胖，性格温和，满嘴跑火车的老头儿的到来，无异于是对威廉的拯救。接着闹，老头！这正是消磨饭前漫长的几个小时所需要的。

请注意，这一天到目前为止非常顺利。老实说，是比之前那些年都好。在那些年里，安格尼斯尽管一如既往的漂亮，却总是用一些奇怪的话来扫兴——他只能认为这些话是故意要把圣诞节从商业主义的低俗中拉回到其本来的宗教意义上来。

"你是否想过我们为什么不再庆祝悼婴节了？"有一年她问，威廉送她的礼物拆开一半放在腿上。

"悼婴节吗，亲爱的？"

"是的，就是希律王屠杀无辜小孩的那一天。"①

感谢上帝，今年没有类似的对话。尽管气氛不是那么欢快，因为没有安格尼斯在场，屋子里又多了一件让人开心的事：她的女儿可以下楼了。之前那么多年的圣诞节，索菲都是被严格隔离开的，她的礼物和不是很热的食物是被送到她的屋子里的，而其他人则在楼下围着女主人忙得不可开交。这孩子终于等到下楼的机会了。这是一件令人开心的事情，威廉想，而且来得正是时候！她是个讨人喜欢的小家伙，拥有最迷人的笑容，而且现在已经长大了，不能再被当作小孩子了。尽管在过去这些年里，他依着安格尼斯，把圣诞节作为大人的节日来庆祝，但是他总是偷偷地想：如果没有小孩在前面嬉戏，圣诞树还是显得有些忧伤。

去年，开启礼物的仪式被许多事搞砸了——糟糕的经济、亨利·考尔德·拉

---

① 在《新约圣经》中，希律王知道伯利恒有个君王诞生了，就派三智者先行，假意跟随朝拜。当三智者从另一方向离开后，他下令将伯利恒及其周围境内两岁及以下的所有婴儿杀死，而耶稣一家在其死后才回到拿撒勒。——译者注。

克姆对他儿子的不信任、安格尼斯对廉价和将就所表现出的傲慢和轻视以及佣人们因动荡和忘恩负义而感到的局促不安。今年，开启礼物的仪式则非常令人满意。整个屋子的人都跪在圣诞树前，圣诞树被彩纸包裹着，而且像泡沫一样在不断膨胀。布雷奇露女士认为这样不大合适，她提醒威廉可别把佣人们惯坏了，威廉对她说："你对人性太悲观了，康士坦斯！"这样，布雷奇露女士无疑还是按照往年的惯例给她的女佣们一个礼盒，盒子里是些面料，可以用来做身制服。而威廉则给他的男佣们一个礼盒，里面是做好的制服。老实讲，既然将来都是穿现成的，为什么要让这些可怜的女佣们自己缝制衣服呢？除了这些，每个佣人还收到了其他的礼物，但并不是他们想象中的那些物件——比如给厨师的厨房用具，给女帮厨的硬毛刷，等等诸如此类——这些礼物是真真正正的奢侈品。全能的主啊，他现在是个富人了：当他完全可以在一旁心满意足地享受那些发自内心而非假装的表情的时候，他还真的需要送个像汤勺或是水桶这样嘲弄性的礼物，然后换来一句失望的、酸酸的、不情愿的"谢谢您，先生"吗？

所以，这天早上，当每个女孩收到一盒巧克力，一副小山羊皮白手套，一个镀铜的扣钩和一把精致的东方扇的时候，她们感到非常吃惊。他觉得这些手套是别出心裁的礼物，显示了威廉·拉克姆作为一个主人认为他的佣人们不只是家里的财产和苦力，也是下午休息时需要去外面享受一下生活的活生生的女人。

看着每个女孩最初的惊喜消散之后本性表露真是太有趣了。克拉拉很快又恢复了怀疑的眼神，嘴巴恢复了倔强，请求去照顾拉克姆夫人。罗丝小心地把礼物堆放在自己旁边，又开始忙活聚会的事情，怕出什么乱子。可怜的简妮抚弄着这些礼物并盯着它们看，她完全被它们的异国情调吸引住了，同时当她想到像自己这样的苦力也可以使用它们的时候，就感到无比的幸福。莱蒂，这个永远那么安静的傻瓜，把她的宝贝礼物放在短裙的下摆里抱着，惊讶地东张西望，好像她刚明白再也不用担心什么了。新来的烧饭女佣哈里特，和洗衣女佣，她的以色列名字他既不会拼写也不会读，这两个人都按捺不住内心的喜悦，想马上享用这些从天而降的意外之喜。她们想马上尽情地吃巧克力或者戴上她们的小山羊皮手套去逛街。与此形成对比的是，厨子（诚然，已经不再是一个女孩儿了）虽然心里开心，面上却对此表现出不理解，仿佛在说："上帝啊！我这个年龄和身份的人如何能消受得了这些东西啊？"但他知道，她心里是开心的，因为女人们都是这样。

送休格什么礼物是个棘手的问题。如何奖励她所付出的一切，而又不引起其他人的怀疑呢？他一度考虑过和她私下里在她的卧室单独庆祝，但当圣诞节日益临近，他最后认为这么做风险太大——倒不是怕别人发觉，而是怕随后而来的

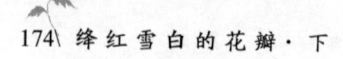

一堆责任,怕她黏上他。

不,还是公开奖励她。但奖励什么呢?即使是做做样子,无论如何,她都应该得到小山羊皮手套、巧克力、扣钩和扇子。但是除了这些,还应该送她一些什么礼物,既能不让别人嚼舌头,又对得起她付出的一切呢?这天早上,当全家人都在圣诞树前的时候,他为自己所做的正确选择而感到骄傲。

当莱蒂递给她一个神秘礼盒的时候,休格对这个大大的沉沉的礼盒感到万分惊喜。但是当她去掉红色的包装纸,把里面的礼物拿到灯下的时候,她嘴巴张着,眼睛瞪得更大了。啊,威廉想,这个表情是装不出来的。他竭力保持镇静,看着她看到制作精美的皮面莎士比亚作品集时,嘴巴张得大大的,一句话说不出来——悲剧的封面是暗栗色印有金色的图案;喜剧的封面是浓茶色印有褐色的图案;历史剧的封面是纯黑色印有银色的图案。其他佣人当然也惊呆了,瞪着眼睛瞧着——不识字的不明就里,识些字的面露羡慕之色,但并不是十分羡慕,因为即使他们得到一套莎士比亚作品集,又能从中获得什么乐趣呢?送给一个家庭教师的礼物中还有什么比书更明智,更合适的呢?

休格当然对此心知肚明,感动得快说不出话来,只是说着谢谢。

至于送给索菲的礼物,则是一个更加棘手的难题。经过一番苦苦思索,威廉决定不能再像以前那样送给索菲"来自她妈妈"的礼物。在前些年,每逢圣诞节和生日,一直是比阿特丽丝·克利夫打理这件事,而孩子对此一无所知。今天,一些事情促使他不能再这么做了:他不想再给休格增加额外的负担,克鲁大夫坚决反对这么做,安格尼斯缺席庆祝,而且他也不安地感到索菲已经长大,不会再相信这么低级的谎言。

所以,没有"妈妈给的礼物"。克鲁大夫安慰他说,等将来安格尼斯的妄想症治好了,她将送给女儿比这些俗丽的礼盒珍贵得多的礼物。或许吧,或许吧……但是,这天早上,索菲不会缺俗丽的礼盒。

意识到女儿长大了,他送给她属于自己的精致的猪皮小手套,让她感觉像个小姐。他还送给她一个龟壳发刷,一个鲸须发夹,一面象牙柄的镜子和一个可以把这些东西都装在里面的麂皮钱包。

对于收到的每一件礼物,她都感到惊喜和开心。她最开心的是,当她打开树下最大的礼盒的时候,发现里面有一个漂亮至极的玩偶。屋子里的每个人都惊奇得倒吸一口气,哄哄着上前去看:一个华丽的法国人偶被打扮得像是要去剧院,雪白的素瓷做的头,精致卷曲的马海毛假发上面戴着一顶鸵鸟绒的帽子。其中一只手里拿着蓝色的扇子,另一手空着。玫瑰粉色的缎子礼服(紧身上衣的领子开得比任何英国玩偶的都要低）在细腰下面像气球一样鼓着，用白色的长绒毛镶边。最不同寻常的是，这个玩偶的鞋底牢固地粘在一个拖车上面，使它能够在地板上前后滚动。

"天哪，"威廉的父亲感伤地喊道，"这比我几年前送给她的那个黑人玩偶高级多了，不是吗？"

但是，亨利·考尔德·拉克姆还藏着惊喜，或者更准确地说，是藏在椅子下面。他取出一个用普通牛皮纸和线绳包裹着的圆柱体（威廉以为是一瓶酒），然后把它交给索菲。这时她刚从父亲的慷慨馈赠带来的惊喜中回过神来。

"喏，亲爱的。"老头说，"我想你会发现这比茶箱上的一块破布要好……"说完，身子后倾心满意足地看着索菲拆开包装……一台钢灰色的小望远镜。

佣人们再一次惊讶得倒吸一口气，开始嘀嘀咕咕，满是惊奇和难以置信。这是什么东西？瓶式千斤顶？万花筒？还是奇特的编制针容器？威廉一眼便认了出来，但是内心里认为送给年轻的小姐小望远镜并不合适。当索菲惊叹着在手里把这个物件翻过来掉过去看的时候，他注意到小望远镜的金属上有凹痕和刮痕。

"这不是玩具，索菲，"老头说。"这是一台精密的仪器，是我曾经遇到的一位探险家给我的。让我来告诉你如何用它！"他跪在地上，爬过满是彩带的地毯来到索菲身边，演示如何使用望远镜。几秒钟里，她来回旋转着这个东西，当看到令人眩晕的模糊的壁纸和庞大空洞的眼睛的时候，她脸上一会儿是灿烂的笑容，一会儿是沮丧的表情。

威廉自己呢？他得到了什么礼物呢？他努力地回想……啊，是的：一个蕾丝的雪茄盒罩，索菲（家庭教师帮她了，要不然她的裁缝手艺还差着一大截呢！）把他的脸绣到了上面，是照着他在拉克姆香皂包装上的样子绣的。啊，还有他父亲送给他的质量一般的雪茄。这就是他在上帝保佑下收到的全部圣诞节礼物。真可怜，但这就是一个有着一大群佣人、一个年幼的女儿、一个早夭的兄弟、一个发疯的母亲、一个吝啬的父亲、两个得罪了的老友和一个无法相信的妻子的男人的命运。在英国还有人比他更惨吗？上帝保佑，这样的状况不要持续永久。

"抢椅游戏！"亨利·考尔德·拉克姆叫道，拍手的时候发出"呼呼"的声音，让人觉得他的手胖胖的，"谁玩抢椅游戏？"

在距离拉克姆家较远的地方，在一座堆满垃圾和多余家具的房子里，艾米莉·福克斯正坐着吃切碎的水果，她的猫在她光着的脚边发出呜呜声。

在您急着得出结论之前，我得告诉您：她今天只是光着脚，其他地方穿着还是得体的，无可指责——的确，她还戴着帽子，因为她出去了。去拜访她的父亲，送给他圣诞礼物——这是一个无意义的活动，因为他什么也不庆祝，也不想要什么礼物，但她是他的女儿，他是她的父亲，所以该做还得做。每年，他们互相送给对方一本书，当然都不读，只是为了祝福圣诞快乐而已，尽管克鲁大夫不相信耶稣，而艾米莉也不相信她的救世主出生在12月25日。这就是为了维持亲情而不得不做的愚蠢的妥协。

从她父亲那里回来之后，她都懒得动，只脱了鞋子，因为鞋夹得她的脚趾疼。曾经有一段时间她弄不明白为什么那些极其贫困的人们能够一年四季光着脚还显得毫不在意——的确，廷珀利夫人不知疲倦地从富人那里收集鞋子然后分发给没鞋穿的人，但这丝毫没有减少伦敦光脚的数量。现在，她明白了：已经习惯光着的脚穿到鞋里会不舒服。你不妨让猫穿穿鞋试试。

"你想要一双漂亮的黑色靴子吗，猫咪？"她问她的猫咪，逗弄它毛茸茸的脸颊，"就像故事里那样？"

他们一起坐在她最喜欢的地方——楼梯中间。圣诞节过完一半了，她亲爱的亨利也死了有三个月了。日历上的三个月，只不过是上帝眨了三次眼，但在艾米莉隐蔽的屋子里却是三个永世，这间屋子除了她自己，谁也不让进来。三只法国母鸡、四只牧羊犬鸟、五枚金戒指……隔壁热情洋溢的歌声里歌颂着这些荒谬的真爱信物。她今天怎么会听得这么清楚？之前她从未听到过……一个女高音和一个浑厚的男中音完美地交织在一起。

亨利死了已经三个月了，他已经埋在地下三个月了。他离开的时间越长，她越想念他。她越想念他，对他的感情也就越深。和他比起来，其他男人都是自私和狡诈的。和笔直强健的亨利比起来，其他男人都是弯腰献媚，奇形怪状的东西。想到他在地底下化为液体，脸庞化为泥土，他那曾经充满了诚挚激情的头颅，现在变成一个空壳，虫子们在里面蠕动，她柔弱的内心就像被一把钳子狠狠地无情地捏死，疼得要命。她知道让这些可怕的幻觉肆意折磨自己是愚蠢的，她应该期待着和亨利的重逢。可是她这辈子能看到耶稣再临吗？对此她非常怀疑。她再见到他，可能要等到一千年以后了。

去年圣诞节，他们两个肩并肩在街上散步，讨论福音书。而其他人则在屋内玩室内游戏……哦，对了，是一位希腊学者的一篇文章。亨利说这篇文章彻底解决了关于马太福音25节的争论。天主教徒绝对是错的。新的研究证明了当圣马太说"直到"的时候，他的意思是"直到……为止"；亨利希望报纸能够有些骨气登载这一伟大的发现，而不是满篇耸人听闻的谋杀和染发剂广告。

那么，她呢？她是如何回应他热切的理想主义的呢？瞧瞧她一直都是怎么做的！总是和这么可怜的家伙辩论。她说这个争论永远也无法解决，因为一个不相信处女会怀孕的人是根本不会在意希腊学者的，而且，反正这对于她来说根本就不重要，谈到福音书，她更喜欢马可和约翰，这两个明智的人有比讨论圣母玛利亚私处的状况更重要的事情要做。

"但是，你确实相信，"亨利说，眉头紧皱，显得很着急，"我们的救世主是由圣灵而来的，不是吗？"

每听到这个，她都不予理会，直接转换话题。"在我看来，"她强调，"约旦河之后发生的事情才是真的。"

上帝啊！你能想象得出每次亨利听到这些话后眉头皱成什么样！以及他在心里竭力安慰自己她不是在亵渎让他们走到一起的信仰。她喜欢逗他吗？是的，她肯定喜欢。在多少个阳光明媚的下午，他们分手时，他的心里充满了迷惑。而她本该吻他，抱住他，把脸颊贴到他的脸颊上，告诉他，她崇拜他……

她用袖子擦擦脸，她相信上帝会理解的。

"喂？"她的猫用头抵她赤裸的脚踝。从早上到现在，她还没有喂过它。此刻，夕阳西下，把楼下拉着的窗帘映成琥珀的颜色。

"你要水果泥吗，咪咪？"她问，从膝盖的大玻璃罐里舀了满满黏糊糊一勺。它闻了闻，然后用鼻子碰了碰，但是没吃。

"行行好，"她嘀咕道，"还有好多呢。"

这是宝莱斯太太多余的水果泥。救援会的每名成员都得到了一扎，用来做圣诞果馅饼的馅。毫无疑问，拯救会的其他成员都这么做了，或者亲戚做，或者由佣人来做，但是和伯蒂结婚后，她就不做馅饼了，虽然这馅很好吃。她用勺子从罐子里舀出，一团一团放进嘴里，享受它的香甜，尽管她知道它很可能使她恶心或者让她拉肚子。

他的父亲很快就要和他的医生朋友一起共进圣诞晚餐。出于礼貌，或者是因为知道了她家里最近的情况，他执意邀请她参加，但是她拒绝了。她应该拒绝！上次和她父亲的朋友一起共进晚餐的时候，她让他父亲丢尽了颜面。她大谈为什么妓女躲避医生，然后敦促他们每周为这些绝望的女人们提供一次免费医疗。如果今天她陪着他的话，她一定会咕哝几句"很高兴认识您"，再聊十几分钟，然后恢复原状。她太了解自己了。

食物会非常方便。只要想想就知道，盛在银盘里，一道接着一道地上……并不是因为她同意特权阶层可以在这个曾经神圣的节日里胡吃海喝；也不是因为她不明白当脑满肠肥的一般人大快朵颐的时候,另一些人还在寒风里瑟瑟发抖地排着队领取一点儿可怜的清汤寡水。她吃得不多:在圣诞宴会上坐下来,吃一片鸡肉或者火鸡,一些烤蔬菜,然后就什么也不吃了,直到布丁上来时,吃一点布丁。她自然不是一个喜欢吃喝的人。因为为自己准备热菜,尤其是烤的东西,实在是太麻烦了。

"可怜的咪咪,"她低声唱道,从头到尾抚摸它。"你会非常喜欢美味多汁的雏鸠的,是吗?或者梨树上的鹧鸪,是吗?让我们看看能为你找到什么。"

她在厨房里翻找,可是一无所获。切菜板没洗,上面有一层亮晶晶的鱼油,它两分钟就把它消灭了,还有一些剩下的碎火腿,她找遍了也没有找到,突然她想起来,早就被她吃到肚子里了。亨利曾经说:"人们太容易只满足于口腹之欲了,这实在太吓人了。"或许,她会用她的余生来回忆亨利所说过的一切。

"喂!"她的猫催她,她不得不承认善意永远无法代替行动。所以,她拿起靴子,出门去"探险"。无论过不过圣诞节,肯定有卖肉的地方,如果她肯屈尊寻找。体面的人们应该都关门去庆祝耶稣降生了,但是穷人们却还是和往常一样,每天都忍饥挨饿。艾米莉穿好鞋子,拍去了短裙下摆的灰尘,让猫咪窜到一堆椅子下面。她拿起钱包,看看里面还剩下多少钱。还有好多呢。

拉克姆夫人的信依然压在她的钱包底部,埋在一堆硬币和饼干屑中间。在她父亲今天早上和她说了那些之后,她会回信?对此,她表示怀疑。

她不知道自己将拉克姆夫人的事情拿去和这位夫人极不信任的人一起讨论是不是背叛了这位夫人。对此,她唯一的辩解是,她尽全力不泄露这位可怜夫人的隐私,只是向她父亲征求关于一般女人发疯,产生妄想的专业意见。

当然他立刻就问:"你为什么想知道这个?"一如既往的生硬和直接!但因为自己本身问得很唐突,她也没指望他绕圈子。

"哦,只是好奇而已,"她回答道,装出她遇到的其他女人那样漫不经心的样子,但或许实际上根本就不像。

"你想具体了解些什么呢?"她依然替拉克姆夫人保守秘密:"嗯,比如如何才能让一个疯女人相信她自己疯了呢?"

"你无法让她相信。"他回击道。

"哦。"在以前,谈话可能就此结束。但自从差点失去她之后,她父亲不像以前那样怠慢了。她的病让他不再把对她的爱(这份爱,艾米莉从未有过怀疑)深藏在心里,他的脸有些红,就像是被传染一样。他从那之后再也无法像以前那样镇静自若。

"没用的,宝贝,"今天早上他解释道,"诱使一个疯子承认'是的,我有妄想'有什么用呢?一个小时之后,她绝对又不承认了。只有治愈了她大脑的疾病,她才能够不再受妄想折磨。就像是一个断了胳膊的男人,无论他承认与否,断掉的胳膊对治疗没有影响。"

"治愈的概率如何呢?"

"可能性还是挺大的,如果这个女人年龄上已经成熟,并且头脑也足够冷静的话。除非有不幸让其再次崩溃。如果她在女孩的时候就有妄想,我认为,治愈的可能性就很渺茫了。"

"我懂了,"她说,"我想我的好奇心得到满足了。谢谢。"

她对科学的失望一定刺伤了他,因为他补充道:"我想,将来有一天,一定会有药物能治好最严重的精神病。也许,是疫苗。我们将在下世纪见证所有奇迹发生。我坚信这一点。"

"对那些现在的病患是个小小的安慰。"

"啊,"他笑道,"这你就错了,我的姑娘。难以治愈的精神病之所以难以治愈恰恰是因为患病状态适合他们。他们并不想被拯救。在这方面——如果你允许我这么说——他们非常像你们这些堕落的女人。"

"好了,爸爸,"她警告他,"我要走了,谢谢您的礼物,圣诞快乐。"

但是,担心就这么不开心地分开,他最后缓和道,"请告诉我,艾米莉,为什么要问这些问题?如果你能再提供些信息,我或许能提供更多的建议……"

她犹豫了一下,仔细想了想,然后说——尽管和往常一样呢,显得不是很认真。

"一位女士写信问我关于永生的秘密。也就是,永远活着。她似乎相信我知道等待她的不朽躯体位于何处。"

"你真好,"她父亲之后悄悄地说,"能够关心拉克姆夫人。我只能对你说,她将很快接受最好的治疗。"

"喵!"猫咪咆哮道,将爪子掏进她的短裙里。

"好,好,这就走。"艾米莉回应道。

夜色已经来临。对于威廉来说,拉克姆家里还是圣诞节的气氛。

老头儿叫大家玩抢椅子游戏引起了一阵尴尬,因为正当大家跃跃欲试的时候,突然想起来没人会弹钢琴——至少他们中间没人会。但是,休格挽救了局面——上帝保佑她——她提出使用音乐盒这个极其聪明的建议。大家都松了一口气,这个小玩意儿帮了大忙!威廉让克拉拉负责开关音乐盒,因为他认为,比起和其他佣人抢椅子,这更适合她——他是对的。天啊,当莱蒂差点掉下来的时候,他看到她的嘴唇在抽动,她是在笑吗?她确实有一手,每次当乐音演奏到刚一半的时候,她突然关上了音乐盒,让反应最快的佣人都措手不及。每次都能抢到座位的选手,尽管关节有些僵硬,居然是亨利·考尔德·拉克姆,因为他不介意他碰到的是谁的屁股,也不在意碰撞得多么粗鲁。在接下来的游戏——金鱼草中,老头也是高手。把灯都熄灭,然后将一碗白兰地点着,拉克姆家的三代人都站准备好将手插到火焰当中。亨利·考尔德·拉克姆先来,一眨眼的工夫,他就将他那短小的,满是皱纹的手指飞快地插入到了摇曳的火苗当中,几乎和他把葡萄干扔进嘴里是同时的。

"别怕,小东西,"他催促他的孙女,"只要你足够快,是不会伤着你的。"

但是索菲犹豫了,她痴痴地盯着这一大碗浅浅的蓝色火焰。威廉怕她犹豫的时候,火苗突然蹿出来,上前从里面取出了一枚葡萄干。

"继续,宝贝。"他温柔地敦促她,这时老头抓住机会又从里面取出了一枚葡萄干。

索菲突然尖叫,既恐惧又兴奋,从火焰里面取出了一枚葡萄干。当她的长辈们一拥而上时,她偷偷地看夹在手指中间的这个小水果,发现黑色褶皱的果肉上面没有火苗,然后小心翼翼地放进嘴里。

下一个项目是晚餐。威廉的父亲对此同样兴致勃勃。一道菜接着另一道菜,他吃的和尤恩勋爵在布雷奇露女士家聚会上吃的那样多,唯一的区别是吃的东西不同。拉克姆家的厨子对于她称之为"野蛮人的食物"没有丝毫热情,但当她动手烹饪的时候,却是非常的美味。亨利·考尔德·拉克姆非常喜欢吃。

火鸡、鹌鹑、烤牛肉、牡蛎馅饼、肉馅饼、圣诞布丁、葡萄酒果冻、苹果刺猬——所有这些摆在他面前,他都笑呵呵地吃完了。

难怪在餐后娱乐的时间,他坐在幻灯机旁往里面放画片的时候,他乘黑和其他人不注意,将他马甲和裤子上的扣子解开了。

"我是卖花的小女孩。"她为索菲将打在客厅墙上的幻灯片字幕读了出来:一个在虚拟的伦敦街角,穿得破破烂烂的脸胖嘟嘟的乖女孩,被幻灯片员工描绘得很漂亮。

"我将卖给您金凤花和水仙,它们没有玫瑰那么贵。"

在幻灯片放到第八幅的时候,小女孩死了(这是当然的事情)。她叫卖水仙的时候就已经像个天使了,现在当一对甜美可爱的六翼天使接住她的灵魂指给她天堂的时候,她更加的光芒四射。

威廉更喜欢看柏德烈和阿什维尔的色情幻灯片,现在感到非常无聊,但是不表露出来,因为他的父亲已经买了三套而且事先也小声地表示了歉意:"这些东西很少有适合小孩子看的,你知道的:里面几乎全是谋杀和不忠。"

第二个幻灯片故事紧接着第一个,是关于海难中英雄主义的,全家人都喜欢这个,尽管里面没有一个女人。第三个也是最后一个故事是关于卖西洋菜的年轻人的悲伤故事。这个年轻人为了拯救他的酒鬼父亲而死了,这让莱蒂和简妮不由自主抽噎起来。故事的结尾在墙上打出了"戒酒!"——这个结尾有些令人讨厌,因为威廉和他父亲现在正想着去大喝一顿。

"晚安,小索菲。"威廉说,这时罗丝将灯重新点亮,然后关掉幻灯机。休格犹豫了片刻,不明所以,突然猛地意识到圣诞节庆祝活动结束了——至少对孩子和保姆是这样。

"是的,晚安,小索菲,"亨利·考尔德·拉克姆说,同时在膝盖上铺上一块没有使用过的餐巾,"快去看看你那些精美的新玩具——免得小偷来偷走了!"

休格环视客厅一圈儿,发现礼物已经被移走了,包装纸的碎片也都被清扫干净了,甚至极小的卷曲的金属箔也被从地毯上捡了起来。罗丝正在开烈性酒,除了她之外,其他的佣人们都回到拉克姆家的角落,各自忙各自的去了。拉克姆家的男人们慵懒地倒在椅子里,在这么多娱乐之后,他们已经累得快睁不开眼了。

休格紧握着索菲的手,在门口逗留了片刻,她朝罗丝望去,正好看到对方的眼睛,但是这个佣人毫无反应。她低下头专注于打开一盘朗姆酒切片。无论她和休格多么亲密,一起干过多少傻事,她们之间现在已经有了间隙。

"晚安。"休格说,轻得无法听到,她送索菲出去到楼梯,然后上去到达安静的角落,在那里,礼物正在卧室的门后面,在黑暗中等着她们。

让索菲上床是不可能的。她太兴奋了,因为有这么多令人惊叹的新玩具可以玩。当休格在一旁看着,不知如何是好的时候,索菲跪在了地板上,面对面地看着法国玩偶,然后将其轻轻地来回滚动。在她卧室微弱泛黄的灯光下,这个玩偶比在楼下客厅的时候显得更加神秘,但同时也显得更加真实,就像是一个真的小姐从舞会或者剧院出来,在铺着地毯的街上四处找寻她的私人座驾。

"那家伙现在在哪里啊?"索菲假装无助地说道,同时把玩偶旋转360度,"让他在这里等我的……"

她拿起小望远镜,将镜筒伸到最长,然后放到右眼上。

"我要用这个找到他,"她宣称,声音更像个男孩,显得自信,"即使他在很远,很远的地方。"然后,她开始检视四周,聚焦于那些可能的地方——壁脚板上的一个结,摇摆的窗帘饰带,和她女家庭教师污迹斑斑的短裙。

突然,她抬头看着休格,一脸严肃地说:"你认为我能做一个探险家吗,小姐?"

"探险家?"

"当我长大了,小姐。"

"我,我看不出有什么不能的。"休格希望索菲能够提一下——甚至,能够稍微小题大做一下——被冷落在地板上的那本小书,在扉页上写着"送给索菲,休格于圣诞节,1875年"。"可能不会被允许的,"孩子思忖道,皱着眉头,"女探险家。"

"这都现代了,亲爱的索菲,"休格叹道,"现在女人能做所有的事情。"

索菲的眉头皱得更厉害了,她的保姆和女家庭教师截然不同的观点在她本已筋疲力尽的脑袋里冲突碰撞。"或许,"她想,"我能去男探险家们不愿去的地方探险。"

屋外飘来一阵嘈杂:一队陌生人在沿着拉克姆家的小路前进,同时唱着"我们祝您圣诞快乐",夜里刮着大风,他们的声音听不清楚。索菲走到窗户边,踮起脚尖,想朝下面黑暗处偷看,可是什么也没有看到。

"这么多人。"她说,仿佛在说"我从来没有见过!"就像童话故事里的女主人,本来只邀请了六个客人,可是却一涌而来了上千人。

"来,索菲,"她说,"该上床睡觉了。澡只能等到明天再洗了。我想你在明天应该和你的这些玩具朋友们重新地正式认识一下。"

索菲摇摇晃晃地从窗户边走向休格,然后把自己交到休格手上。尽管在脱衣服的时候她并没有反抗,但却并不像往常那样配合,当她的衣服从她僵直的四肢上被剥下来的时候,她只是默默地瞪着前方。当休格轻轻地捅她让她抬起胳膊好穿睡衣的时候,她的脸上是奇怪和焦虑不安的表情,暗示她的裸体受到了侵犯。

"去给我们拿些无花果布丁来,

去给我们拿些无花果布丁来,

再加一杯啤酒……"唱圣诞颂歌的人在下面唱着。

"现在叫醒我妈妈没用,小姐,是吗?"索菲脱口而出,"她都错过了。"

休格掀开床单,把莱蒂藏在里面的长柄暖床器取了出来,然后拍拍床上热乎乎的地方。

"我们不走,除非我们得到一些,我们不走,除非我们得到一些……"

"她状况不大好,索菲。"休格说。

"我想她活不长了,"索菲断言,同时她爬上床,"然后他们会把她埋到地里。"

楼下,门砰地关上,听不到了声音——大概是满意了。索菲的话让她觉得厌恶,感到阵阵寒意。但她努力控制自己不表现出来。她给索菲盖好被子,然后放好自己的枕头。考虑到第二天早上的第一印象,她把礼物收了起来,然后小心翼翼地将它们放在梳妆台上。她把女王般的法国人偶放在那个颓废的咧嘴笑的黑人侏儒旁边。她把索菲的新钱包、发刷、发夹和镜子摆成一排,最后面是小望远镜。她把那本书立了起来。

书名是爱丽丝漫游奇境记。但是,索菲已经掉进了一个无意识的兔子洞,进入了她自己的不安的奇境。

当当的敲门声传来。"休格小姐?"当当当。"休格小姐?"当当当当。"休格小姐!"

她突然从床上坐起来,倒吸一口气,充满恐惧和茫然,那个"来给他取暖的畜生"一下子从她幼小的身上飞走了,她现在又剩下自己一个人了——年龄增长了,身体也长大了,被丢在黑暗中的某个角落。

"谁,是谁?"她朝黑暗中喊。

"克拉拉,小姐。"

她用两个粗糙的手掌根揉揉眼睛,想着如果她使劲眯着眼睛看,会看到阳光。"是不是,是不是我睡过头了?"

"求求你,休格小姐,拉克姆先生说我得进来。"

门开了,这个佣人进来,灯举得高高的,制服皱巴巴的,头发乱糟糟的。克拉拉的脸上平时都是让人捉摸不透或自鸣得意的表情,现在却扭曲变形了,充满了犹豫不决和赤裸裸的恐惧。

"我得确定没人会来您的卧室,小姐。"

休格透过散落的橙色头发,默默地眨着眼睛。她示意克拉拉可以侦察这间小屋的地形。克拉拉立刻举灯,快速地查看小屋的四角。她严肃彻底地检查着,就像天主教徒在主持焚香仪式。

"原(谅)我,小姐。"她含含糊糊地说,同时将休格的衣柜打开一道缝儿。

"索菲没事吧?"休格说,现在已经点亮了她的床头灯。她注意到,现在是凌晨3点。

克拉拉没有回应,只是深深地行了屈膝礼,就像是给女王在行礼一样。只有到最后一刻休格才反应过来,那根本不是在行礼,而是在检查床底。

"让我来帮你！"她慌忙说，她散乱的头发从一边掉落在地板上。她用一只胳膊肘撑着，用另一手在床底扫来扫去，是日记重重地碰撞着，以此来显示它们并非是人类的遗骸。

"对不起，小姐。"克拉拉咕哝道，然后赶紧离开了房间。

她一走，休格赶紧下床穿好衣服。此刻，她听到屋子里有窃窃私语的声音，一片混乱。门关着，透过她的门缝，她看到灯突然间变亮了。快，快：她的头发让人难以忍受。她本该在几星期前就把它们剪掉，可是谁来剪呢？之前卷曲刘海的样子已经完全看不到了，她用一些别针和夹子把乱蓬蓬的头发收拾得很平整。她的鞋子在哪儿？为什么她的胸衣这么难扣上？她的内衣一定是弄皱了……

"暗室！"威廉在楼下喊道，"你聋了吗？"

一个女人的声音，分辨不出是谁，轻声说所有屋子都看过了。

"不！不！"威廉喊道，很明显非常激动，"这屋子过去是……哼，那时你还没出生呢！"他脚步很重，狠狠地走过门厅。

休格现在差不多已经把自己收拾停当，冲到楼梯口，手里拿着蜡烛。像往常一样，她第一站是索菲的房间。她进到屋里，发现索菲睡得很香，或者至少装成这样。

只有当休格沿着楼梯口往回走的时候，她才注意到一件非常特别和不寻常的事情：安格尼斯的卧室门半开着。她循着嘈杂的声音，跑下楼。

"哦，拉克姆先生，在这样的一个夜晚！"罗丝喊道，这些话听起来怪怪的，从房子的后面穿过迷宫似的过道，颤抖着飘过来。

约会的地点是厨房，那里像坟墓一样阴森寒冷，两个犹豫而疲倦的人儿在这里相会。不可能是屋子里的所有人：厨子在楼上酣睡；新来的不太可靠的佣人们，尽管他们对这些动静很好奇，但是他们被告知要待在被窝里，别管闲事。穿得整整齐齐的，在这里瑟瑟发抖的是：威廉、莱蒂、罗丝和克拉拉。简妮站在门口的碗碟洗涤处，在哭泣，因为没有从米柜或肉柜里把拉克姆夫人变出来，虽然之前蒂洛森小姐生气地认为她能够变得出来。

莱蒂抱着自己，她的牙齿不停地发抖，她咬紧它们让其停下来。她制服的白色围涎是潮湿的，发着光：她冒雪去敲希尔斯小平房的屋门。希尔斯喝得不省人事，切斯曼又被他"妈妈"吸引而留宿，所以再一次威廉·拉克姆成了唯一应付危机的男人。

休格到的时候，他的脸阴沉沉的，显得很不友好。切菜板和石头地面在几小时前被擦得亮晶晶的，光经它们反射到威廉的脸上，使其看上去像鬼一样阴森

"她在外面，先生，"罗丝央求道，声音颤抖，她急着想说一些话，可是她不敢说：他正在浪费宝贵的时间——或者，甚至是将他的妻子推向死亡——如果他不出去寻找。

"地下室看了吗？"威廉问道，"莱蒂，你曾经从那里飞快地进出。"

"那里是空的，拉克姆先生。"女孩强调，她愤怒的抱怨让挂在墙上的铜锅都嗡嗡作响。

威廉用双手梳理着头发，抬头瞪着窗户，漆黑的窗棂上溅满了冬雨，四周是雪，像是戴了花环。这事不能在他身上发生。

在一阵折磨人的寂静之后，"罗丝，去拿防风灯来，"他说道，声音低沉而沙哑，"我们必须四处彻底搜找。"他的眼睛突然亮了起来，仿佛背后有火焰在欢快地燃烧——或者是发烧。"穿暖些，所有人！还有，戴上手套！"

经过粗略的搜寻之后，发现了最糟糕的状况：雪地上有一串脚印从前门直到大门，而大门敞开着。天色阴沉，下着毛毛雨。切普斯托别墅区的街灯发出微弱的亮光，每盏只能照亮距离地面十五英尺高的一小团空气。道路漆黑，前方也是黑暗，暗示着没亮灯的建筑物和复杂的道路。一个阴郁的女人很快就能消散在这样的黑暗当中。

"她是穿的白衣服吗？你知道吗？"威廉问克拉拉，这时这群搜寻者准备从家里出发。她打量他，仿佛他是弱智，仿佛他在问拉克姆夫人为此重要的场合选了哪件舞会礼服来穿。

"我的意思是，她是否穿着睡衣，上帝保佑她！"他厉声说。

"我不知道，先生。"克拉拉回复道，皱着眉头，极力克制自己不告诉他：如果拉克姆太太被冻死的话，那恰是在克拉拉被迫去杂物间和女家庭教师床下找寻的时候。

穿着笨重的大衣，四肢僵硬，威廉跌跌撞撞地往前走，嘴里呼出白气，后面两个女人踩着他的脚印跟着。因为只找到三盏能用的防风灯，所以这三盏灯被分配给了威廉、克拉拉和罗丝。莱蒂和简妮是如此气愤以至于无法理事，最好还是上床睡觉，而休格小姐压根儿就不该起床。

休格站在前门边，目送他们离去。他们穿过拉克姆家的大门，朝不同的方向前进，一辆二轮出租马车卡嗒卡嗒驶过，使人想到虽然可能时间已经很晚了，但是安格尼斯或许会叫一辆出租马车，现在已经在数英里之外了，迷失在庞大复杂的城市，蹒跚在陌生的街道上，那里屋子里没亮灯，里面充满了陌生人。马车驶过的时候，里面传出喝醉后的笑声，这提醒他们，除了暴露在冰天雪地中被冻

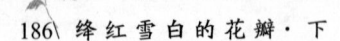

死，一个无助的女人在偌大的世界上还面临着许多的危险。

当站在门廊瑟瑟发抖的时候，休格忽然想到雷卡汉姆家里面没人照看。其他佣人按要求待在床上，如果她去打开那些平时不让进去的屋子的门，是没人会发现的，她可以想看哪间看哪间，没人阻止她。

她不想错失这个天赐良机。她想着自己站在拉克姆的书桌旁翻阅一些秘密的文件。是的，她应该跑上楼去，实现这些在她脑中像幻灯片似的幻想……但是，不，她动摇了。她已经厌倦了偷偷摸摸；她没有什么东西再想去发现的了；她只想成为这个家庭的一员，不再受到怀疑，永远开心，受人欢迎。

突然，完全没有防备——好吧，是突然从黑暗中——冒出一个感觉，她强烈地感觉到安格尼斯就在附近。她心里对此非常确信，就像是对宗教信仰一样。这是个质的转变。

威廉和那些人真傻，跟着唱圣诞颂歌的人的迷惑人的脚印瞎找。这些人走的时候粗心地忘了关拉克姆家的大门！安格尼斯一定不在街上，而是藏在屋子附近——而且非常近！

休格冲进屋内去拿灯，几分钟之后她出来时，手里拿了一盏非常脆弱的、特别小的灯，这盏灯只能照亮卧室之间铺着地毯的过道几码长的地方。她小心翼翼地拿着它走入风雪中，把手罩在灯罩上面的开口处，来保护颤抖的火苗。冬雨点点滴滴地打在脸上，非常冷而且锋利得像针扎一样，她的脸庞感到热热的，像是在风中燃烧的炉渣。她一定是疯了，是的，除非找到安格尼斯，否则她是不会回去的。

在这个要命的捉迷藏游戏中，从哪儿开始找呢？她迈着沉重的脚步走到车行道上。走在被雪覆盖的石子路上，她的靴子发出哗哗的声音。当她沿着拉克姆家的侧面走，经过客厅和餐厅的凸窗的时候，她脑袋里面有个声音在说不，不，不是这儿。你自己都感觉不"暖和"。离房子再远点，是的，走到黑暗里。暖和一些了，是的，暖和一些了！

她走近拉克姆家她不熟悉的地方，经过种植蔬菜的玻璃房。这间房子的表层被雪覆盖着，在黑暗中像大理石棺一样闪闪发光。每走几步，她都得护住灯，同时还要留心脚下，所以她差点被一件放在装煤的麻袋上的园艺工具绊倒，但是她到达了马厩而没有摔倒。

好，脑中的声音称赞她。

马车房门关着但是并没有上锁。她的直觉如此强烈，将其带到这里，而且在眼睛看到之前，她就确信有这么一个地方。她把门闩去掉，把门拽开一条缝，然后把灯伸进去。

"安格尼斯?"

没人回答,除了她胸中燃烧的直觉。她把马车房的门开得更大一些,然后溜了进去。拉克姆家的马车在黑暗中静静地立着,比她记忆中的要大,要高,车子上奇怪地钉着锃亮的钢钉,让人觉得不安。前面耷拉着一摊链子和皮带。

休格朝一个小屋子的窗户走去,举起灯靠近黑暗的玻璃。里面有个灰白的东西在动。

"安格尼斯?"

"我的……姐妹……"

休格打开门,发现安格尼斯蜷缩在地板上,膝盖紧贴着下巴。下巴上粘有呕吐物,眼睛也快睁不开了,微微地眨着,只能看到一细条的眼白。她又冷又困,已经被冻得不知道发抖了,但是至少她还没有被冻到死青。她的唇上因为涂着润滑剂,依然是玫瑰花蕾般的粉色。感谢上帝,她不只穿了睡衣——虽然不够御寒,但是足够能让她不被冻死。一件洋红的晨衣,厚厚的,用丝绸做的,是东方的款式,尽管前面被笨拙地扣上了,但只部分遮住了白棉睡衣,因为大部分扣子都扣错了。安格尼斯的脚到脚踝都被绷带绑着,穿着一双宽松的编织拖鞋,拖鞋都被融化的雪湿透了,而且里面有一些小树叶和小树枝,把脚扎得生疼。

"请,"安格尼斯说,勉强能把头从膝盖上提起来,"告诉我,我的时间到了。"

"你的时间?"

"和你去修道院的时间。"她舔一舔嘴唇,试图舔去粘在唇膏上的一小团呕吐物,但是徒劳。

"没,还没到呢。"休格说,虽然她极其反感,但还是尽全力在说的时候带上天使的权威。

"他们要毒死我,"安格尼斯呜咽着说,潮湿、漂亮的金发一缕一缕地从肩膀上滑落下来,"克拉拉和他们是一伙的。她给我的面包和牛奶在毒药里泡过。"

"离开这儿,安格尼斯,"休格说,同时将手伸进小屋去抚摸安格尼斯的胳膊,仿佛她是只受伤的宠物。"您能走吗?"

但是安格尼斯似乎没有听到。"他们把我喂胖了好宰我,"她继续低声说道,声音显得焦急而慌张。"慢慢地宰杀,持续一辈子。每天,来一个不同的魔鬼吃我的肉。"

"胡说八道,安格尼斯,"休格说,"你会好起来的。"

安格尼斯将头转向光亮。透过她的头发,一只眼睛大大地眨着,因为充血而成为青色。

"你看到我的脚了吗?"她生气地说,突然变得清醒,"就像破皮的水果。破皮的水果是好不了的。"

"别担心,安格尼斯。"休格说,尽管实际上她自己就很担心安格尼斯的眼神和痛苦就像是匕首一样锋利,深深地扎在自己的心里,让她承受不了而崩溃。

她小心地做了一次深呼吸,小心得像天使一样,然后说:"一切都会好起来的,我保证。一切都会是最好的结局。"她的声音充满了诱惑,而她希望自己的声音是宁静而可信的。

尽管说得和童话一样,但对安格尼斯效果不大,只是让她想起了更多的不愉快的事情。

"虫子们在吃我的日记,"她悲叹道,"上面有关于我爸爸妈妈的珍贵的记忆……"

"虫子没吃你的日记,安格尼斯。有我在,它们很安全。"休格将身子探进小屋去再一次摸安格尼斯的胳膊。"甚至博特·兰利那些,"她安慰道,"上面都是法语听写和健美体操,也都很安全。"

安格尼斯把头抬得高高的,大叫一声如释重负。她喊的时候,苍白的喉咙在颤抖,头发又滑回肩膀上,露出了脸颊上的泪痕。

"带我走,"她央求道,"请带我走,在他们将我带走之前。"

"还不行,安格尼斯,现在还不行。"休格把灯放在地上,轻轻地起身,然后慢慢地进到小屋里,"很快我将带您离开这儿,我保证。但首先您得回到床上暖和起来,好好地休息一下。"

她用一只胳膊搂住安格尼斯的后背,然后将手指滑到安格尼斯的腋窝里,那儿因为发烧,很烫而且潮湿。

"来。"她说,将安格尼斯从地板上搀起来。

往回走的时候,并不像她之前所恐惧的像噩梦一样。是的,她们必须穿过那些地方而且没有灯,因为她无法搀着安格尼斯同时还拿着灯。但是雨夹雪和风已经没之前那么大了,云层里包裹着雪花,像怀孕了一般,空气里是安静和忧虑的味道。同时,安格尼斯也不是死沉死沉的:她已经多少恢复了一些,毫无怨言地被休格搀扶着一瘸一拐地蹒跚而行——像一个喝醉的妓女。现在她们的目标就是那栋高大的屋子,而且楼下的窗户正好也亮着灯,她们往回走的时候比休格来的时候在漆黑中摸索要容易些。

"威廉会生我的气的。"休格心里不安地说,当在车行道上走的时候,她们的四只脚在地上发出哗哗哗和呼呼呼的声音。

"他没在这儿，"休格说，"克拉拉也不在。"

安格尼斯惊奇地看着她的救命恩人，脑袋里想象着威廉和克拉拉就像红海的两半被卷走，他们很害怕，无力地挥舞着四肢，然后不可抗拒的魔力将他们推出画面。然后她停止想象，当她的守护天使要带她跨入门槛的时候，她用批判的眼光扫了屋子一眼。

"你知道，我从来就不喜欢这个地方。"她评论道，声音很弱，若有所思。这时，雪又下了起来，她的头和肩膀上都亮晶晶的，"从这个地方你能闻到人们拼命地找寻欢乐，可是始终一无所获。"

第二十八章

但是现在,我亲爱的孩子们——因为我把你们当作孩子,我全世界亲爱的读者——我已经将我知道的经验教训都传授给你们了。但是我听到你们的来自非洲和美洲,甚至几个世纪前的声音,吵着要我说说自己的故事。

哎,你们没听懂吗?!我不是告诉过你们我的故事不值一提吗?我不是告诉过你们这本书绝不是日记吗?但你们还是想了解我!

好吧。我将给你们讲一个故事。我想,如果你阅读了我的全部"讲义",你会收获很多。而且如果不是太薄,这本书看起来要更好一些。尽管我认为我这本小书比那些蠢蛋写的大部头包含了更多的内容。但先不谈那个了。我将告诉你一个故事:我见证了一个我们所有人只有在耶稣复活时才能见到的东西——但是,我见到了,因为我的调皮。

故事发生在我被送往疗养院治疗的时候。刚到的时候,我的状况非常糟糕,但是经过我姐妹一两个小时的悉心照料,我的情况好转了很多,而且非常好奇地想去看看其他屋子是什么样子,但是他们严禁我这么做。但是我很无聊,非常想看看。我承认,好奇心一直是我最大的缺点,尽管男人们把女人对知识的渴望贬低为好奇心。所以,我走出了我的小房间。

我偷偷地走着,就像是去做坏事一样,然后从另一个屋子的锁眼往里窥视。我的天啊!我一直以为只有女人才被带到疗养院来，但是，在里面的居然是亨利，我的大伯！我一点都不介意，因为亨利是这个世界上最正直的人。我发誓：如果我知道他一丝不挂，我是绝不会透过锁孔偷看的！但是——只是看了一眼，我就看见他了，一个修女姐妹在他旁边照顾他的烫伤。我立刻将目光移开。

　　我突然听到我身后的走廊上有脚步声，我没有跑回我的房间，反而因为害怕而慌张地往前跑了。我朝那间绝对严禁进入的房间跑去，这间屋子门口贴着金色的A，然后进到了里面。

　　我如何才能装出一副对我违反规定所犯的罪过而忏悔的样子？我可以说一千遍万福玛利亚，但是想起这些的时候还是会幸福地微笑。当我看到屋子中间的幽灵的时候，我站在那里，有些目眩。我不知道从哪里来的一个巨大的火柱：它像是从离地面不远处发出来的，蹿至高处渐渐消失。我估计——尽管我从来不善于计算——它足足有二十英尺高，四英尺宽。火焰呈亮橘色，不散发热量，也不冒烟。在火焰的中心，是一个没穿衣服的女孩，像一只小鸟在风中飞舞。我看不到她的脸，因为她背对着我。但是她的皮肤是那么的精致，没有丝毫的瑕疵，以至于我猜她或许只有十三岁。火焰非常透明，我都能看到她的呼吸，因此知道她还活着，但只是睡着了。火焰一点都没有伤到她，只是将她托起，使她的头发轻轻地绕着她的脖子和肩膀旋转着。我鼓起勇气朝火焰伸出一只手去，猜想它就像白兰地燃烧时发出的火焰。但是，它比那还要奇特，我能将手指伸到里面，因为它和水一样冰凉——是的，就像水在我手上流动。我不知道为什么，这比将我烫伤还要让我吃惊，我惊奇地大叫出来，赶紧把手撤了回来。我的动作让火焰开始不规则地颤动起来，而且女孩的身体也开始转动！这让我非常恐慌。

　　我吓得一动不动，直到这个飘浮的身体完全转了过来，我看到了她的模样——居然是我自己！

　　是的，亲爱的读者，这是我的第二个身体，我的太阳般的身体——绝对完美——苦痛在我身上留下的所有痕迹都已消失。我是如此想看看她完美无瑕的样子，以至于我把脸直接探进了火焰当中，感觉妙极了。我最满意的是我的胸，那么小、那么光滑；我的私处，一根阴毛都没有；当然，还有我的脸，上面没有丝毫忧愁的痕迹。我得承认：她现在睡着，让我不感到紧张，因为我认为自己没有勇气和她四目相对。

　　最后，充满恐惧——或者满足——我离开了这个房间，然后以我最快的速度跑回了我的小屋子。

　　休格将日记翻页，但是这让人入迷的一幕很明显属于《安格尼斯·皮高特的领悟和思考》,那是安格尼斯做出将她的日记从地下挖出来的重大决定之前写的。

"好吧,你怎么看?"威廉说,他坐在书房的桌子边上,休格站在他面前,手里拿着打开的日记本。

"我,我不知道。"她说,依然还在猜测今天早上他为什么叫她来。她和威廉都困极了,大脑已经疲惫不堪,他们还有比剖析安格尼斯的胡言乱语更重要的事情要做。"她讲了一个很好听的故事,不是吗?"

威廉迷惑地瞪着她,眼睛很疼,泛着粉红。甚至当他开口说话的时候,肚子都咕噜噜地叫,因为他准许忙了一夜的佣人们可以睡个懒觉。

"你在开玩笑吗?"他说。

休格合上日记本,把它抱在胸前。"不……不,当然不是,但是……这个记录,它是……它是个梦,不是吗?只是记录了一个梦……"

威廉很生气,脸上现出痛苦的表情。"那么其余的呢?早期的那些?那个……"他说这个词的时候,故意夸张了对其的厌恶,"教训?"

休格闭上眼睛,深呼吸。她既想笑,又想告诉威廉抛弃掉他那该死的老婆,这让她感到很困扰。

"嗯,你知道我不笃信宗教,"她叹道,"所以我真的无法判断——"

"疯了!"他咆哮道,用手掌狠狠地砸着桌面,"完全疯了!你看不出来吗?"

她感到害怕,本能地往后缩。是否他以前也曾这么粗暴地对她讲话?她不知道自己是否应该大哭起来,然后抱怨说"你吓到我了",声音颤抖着,这样他就能后悔地将她搂在胳膊里。她很快地看了一眼那胳膊和拳头,打消了这个主意。

"看,看这些。"他怒吼着,指着桌上一堆快要掉落的书和小册子,所有的封面都奇怪地用由墙纸和布手工制作的护封包着。他抓起最上面的一本,猛地翻到书的扉页,然后大声地、嘲弄地读起来:"《从物质到精神:精神显现方面十年经验之成果,以及对初学者的建议》。作者:西莉亚·E.德福伊!"他将其从手上抛掉,就像是抛掉一块脏得不可救药的手帕,然后又抓起另一本,"《耶稣伤口初探:对于圣经奥秘的探索》,作者:提拜博士。"他又扔在一边。"我搜寻了安格尼斯的房间,把她可能用来伤害自己的东西都拿走了。你猜我发现了什么?两扎这些烂东西藏在她的针线篮子里!从美洲搜集的,或者是偷的——是的,就是偷的——从位于南开普敦街道的巫师租赁图书店里偷的!这些书,没有哪个神智健全的人会出版,也没有哪个神智健全的女人会去读!"

休格默默地眨着眼睛,她不明白这么一大堆话到底是什么意思,但是说这些话的激烈的语气让她感到害怕。这些书和小册子，仿佛也被吓到了，突然间倒下，散落在威廉的书桌上。一本小册子掉在了地毯上，赞美诗集大小，被蕾丝紧紧地裹着。

"威廉，你想让我怎么做？"她问，竭力克制着愤怒，"索菲在教室里闲坐着，而你把我叫到这儿来看你……收缴的这些安格尼斯的东西。我同意它们表明她的头脑极其糊涂。但我该怎么帮你呢？"

威廉用一只手捋了捋头发，然后抓住一把使劲压到头皮上，她上一次见到他这样烦躁不安的样子是他和一个敦提的黄麻商人争论的时候。

"克拉拉已经告诉我，"他呻吟着，"她坚决反对再给安格尼斯吃任何的……药。"

她有几次想说话，但是都咬住舌头没说，她知道这些话对于一个想让自己妻子对药品上瘾的男人来说是不敬的。相反，她深呼吸，然后努力说："真是这么糟吗，威廉？当我搀她回到屋子的时候，我觉得她走得挺好的。最危险的可能已经过去了，不是吗？"

"昨晚发生了那样的事情，而你却说危险已经过去了？"

"我的意思是，对于治疗她的脚伤而言。"

威廉低头凝视。只有在此刻，休格才从他的举止里觉察到了鬼鬼祟祟，这种顽固的羞耻感，自从他在卡斯特威夫人家将她的短裙撩起来，乞求她做其他妓女都拒绝做的事情之后，她再也没有见到过。他现在想让她怎么样呢？

休格的脸现在因为耻辱而扭曲，她赶快尽力让它恢复回来。"克拉拉是安格尼斯的女佣，威廉，"她提醒他，"你应该问你自己，如果安格尼斯不相信她，克拉拉怎么可能做到？"

"问得好，"威廉说，同时点点头，让人有一种不祥的预感，仿佛他非常清楚地意识到克拉拉已经不能再胜任了，"她还拒绝，断然拒绝，锁上安格尼斯的门。"

"当她喂安格尼斯药的时候？"

"不，之后。"

这对于休格来说太突然了，她一时无法接受。"你的意思是，你想——嗯，计划是……让安格尼斯变成……"她重重地咽了口唾沫，"被锁在卧室里？"

威廉转过滚烫的脸，不敢面对她；他朝窗户愤怒地挥动着胳膊，他僵硬的食指指着空气，"这周的每天晚上，我们是否要把她从马车房，或者从上帝知道的什么其他的地方，移出来吗？"

休格把日记本抱得更紧了。她想把它放下,但是她觉得即使是将眼睛离开威廉片刻都是不明智的。他到底想要什么?什么样的屈从才能浇灭他胸中那熊熊燃烧的怒火?是否他需要猛揍她,然后趴在她的两腿中间表示懊悔?

"现在安格尼斯似乎……非常平静,你不这么认为吗?"她轻声说,"当我把她从冰冷的屋外带到室内的时候,她所谈论的一切都是她有多么的期望泡一个热水澡还有喝杯茶。'家就是家啊'她说。"

他两眼放光瞪着她,简直不敢相信。他轻信了她的上百个谎言:比如,他的阳具要比其他男人的大得多,他的胸毛非常的性感,拉克姆的企业有一天必然会成为全英国最重要的化妆品生产商。但是,这个——这个,他无法相信。

有片刻的时间,她害怕他会抓住她的肩膀使劲地摇晃,让她说出实情。但是接下来,他一屁股坐回到了桌子上,用双手擦拭着脸。

"你究竟是如何知道从哪里可以找到她的?"他问道,语气比之前冷静些了。他几个小时之前没有抽出时间来问这个问题,当时是黎明,他刚回到屋子,浑身湿透了,担心得快疯了,却发现他的妻子钻在被窝里昏昏欲睡。"我的天啊,威廉,瞧瞧你的样子。"是安格尼斯说的唯一一句话,然后又闭上了眼睛。

"我……我听到她在叫。"休格回答说。威廉还想让她在这儿待多久?索菲还在教室等着,今天很心不在焉而且易暴躁,想和往常一样上课,可是又拒绝……会有麻烦——眼泪,至少是这样——如果没有马上恢复正常的话……

"有一点……非常的重要,"威廉声明,"那就是,她在接下来的几天里没有跑出去。"

休格的自控力到了极限,她声色俱厉地说:"威廉,为什么你要告诉我这些?我认为你不想让我和安格尼斯有任何的关系。我现在是否会成为她的看守?当我教索菲的时候,她是否要坐在教室的一个角落里,以确保她不乱来?"这些话一出口,她就后悔了;一个男人需要持续的,不知疲倦的恭维才不会变得很凶;一句话不小心就能让他完全失去控制。如果一个女孩想要说话刻薄,她最好以此为业,就像艾米·豪利特那样。

"啊,威廉,请原谅我,"她央求道,用双手捂住脸,"我太困了。你也是,我确信。"

最后,他走过去拥抱她,热烈地吻她。安格尼斯的日记本掉在了地板上;他们的脸颊贴在一起,骨头挨着骨头。当一方抱得更紧的时候,另一方则比对方抱得还紧,直到他们快要无法呼吸。楼下,门铃响了。

"是谁?"休格倒吸一口气。

"哦，商人和寄生虫们，"他回应道，"来要圣诞礼物的。他们得晚些时候再来了，当罗丝准备好面对世界的时候才行。"

"你确定……？"她问，门铃不停地响着。

"是的，是的，"他不耐烦地回复道，"安格尼斯现在正被克拉拉看着——就像我现在这样看着你一样。"

"但是，我想，你说过，你给所有佣人放假让她们——"

"除了克拉拉，当然！如果这个小骚货无法让安格尼斯入睡并把她锁起来，那么她至少能够和她一起待在屋子里面！"这些冷酷的言辞让他自己都感到不寒而栗，他继续说道："但是你没看到吗？一个家绝不该是这个样子的！"

"对不起，威廉，"她说，抚摸他的肩膀，"我只能做好我的本分。"

这奏效了，她松了一口气。他紧紧地抱着她，发出几声悲叹，直到紧张开始离开他的身体，这时他准备坦白了。

"我需要……"他轻声地对她耳语，催促道，像是在搞一个阴谋，"你的建议。我要做一个决定。我一生中最困难的决定。"

"嗯，我的宝贝，是什么？"

他紧握住她的腰，清了清嗓子，然后下面这些话就直接冲了出来，说得太快几乎听不清。"安格尼斯疯了，她已经疯了好几年了，局势很难收拾，总之……好的，我认为她应该被弄走。"

"弄走？"

"弄到精神病院去。"

"哦。"她又抚摸起他的肩膀来，但是他的内疚如此强烈，就像是被针扎似的，以至于短暂的停顿已经让他感觉被抽了一耳光。

"那儿能治好她，"他充满激情地说，但心里并不确信，"有大夫和护士不停地照料她。等她回来的时候，她就是一个全新的女人了。"

"所以，你安排什么时候……？"

"这件事情已经被我拖了太多年了！就二十八号，去他妈的！克鲁大夫提出要带她去一个地方，那个地方叫做拉堡疗养院。"他以一种奇怪的，令人腻烦的语气说道，"在威尔特郡。"仿佛提到这个地方就足以打消对其医疗水平的任何怀疑。

"那么，你已经做出了决定，"休格说，"你希望从我这里得到什么建议呢？"

"我需要知道……"他呻吟道，深深地低着头，"我需要知道……就是……我不是一个……"她感觉到他的眉毛在摩擦自己的皮肤，感觉到他抽动的下巴穿过她的衣服。"我需要知道我不是一个恶魔!"他叫道,突然间感觉到一阵痛苦。

休格极其轻柔地抚摸着他的头发,宠爱地吻着他的头。"你看,"她充满柔情地说,"你已经尽全力了,我的宝贝儿。尽全力了。一直都是这样,自从你第一次见到她开始,我确信。你……你是一个好男人。"

他发出一声大大的哀叹,里面有悲伤,也有释然。这就是从一开始他就想从她那里得到的东西;这也是为什么他把她从孩子的房间里叫出来的原因。休格紧紧地抱着他,他沉沉地靠着她,她的心里充满了羞耻;她知道自己之前的所有堕落以及假装享受的卑贱都比不上现在这番话的下贱。

"如果克拉拉将你的计划告诉了安格尼斯该怎么办?"虽然这是一个讨厌的问题,但是她必须问,而且已经深陷不忠不义之中,再问这么一句又有什么关系呢?她的声音里透着令人反感的阴谋的味道——就像是麦克白夫人恶毒的口水的味道。

"她不知道,"威廉贴着她的头发轻声说,"我没有告诉她。"

"但是如果,到了二十八号怎么办——?"

他推开她,立刻开始来回踱步,眼神呆滞,耸肩,焦急地搓着手。

"我会放克拉拉几天假,"他说,"我欠她天知道多少个下午的假,更别提好几个晚上没让她睡好觉。"他朝窗户望去,眼睛眨得厉害。"而且——而且我也应该走了,在二十八号那天。上帝原谅我,休格,我受不了在这看着安格尼斯被带走。所以,我将……我将去忙一些事情。我明天早上走。在萨默塞特郡有个男人称自己发明了不用酒精吸取花香的方法。几个月来他一直给我写信,邀请我亲自去见识一下。很可能他是一个骗子,但是……哼,我就给他个面子。当我回来的时候……嗯……到那个时候将是12月29号了。"

休格的想象里并排闪耀着两个生动的画面。在一个画面里,威廉被带进了一个灯火通明的贼窝,骗子正斜眼瞧着,其周围是一些冒着泡沫的烧杯。在另一幅画面里,安格尼斯和克鲁大夫挽着胳膊——在其日记里她把这个男人描述为撒旦的男仆,魔鬼般的审问者和吸血鬼大师——捕获者和猎物像父亲和新娘一样走向等着的马车……

威廉更加紧张地搓着手。"情况本该更好,"他遗憾道,"要不是克拉拉搞不定鸦片酊的话。安格尼斯现在非常清醒和警觉。她用舌尖品尝给她的任何东西,就像只猫一样……"他抬头看了一眼屋顶,反过来责备天上到底藏着个什么坏蛋制造了这样的恶作剧,"但是克鲁带了四个人来。四个壮汉。"

"四个?"想到安格尼斯消瘦的身躯被五个庞大笨重的陌生人压着,休格感到不寒而栗。

威廉停止踱步,他直勾勾地盯着她。他扭曲的充满血丝的眼睛央求她再纵容一次他的放肆,用她的沉默和温顺,再一次赐予他不正当的幸福。

"如果有什么不愉快,"他说,同时摸寻着一块手帕擦去眉头的汗珠,"多几个人能确保事情进行得……体面一些。"

"当然——"休格听到自己说。楼下,门铃响了又响。

"妈的!"威廉咆哮道,"我跟罗丝说她可以睡觉,不是说她可以睡一整天!"

几分钟之后,当休格回到教室的时候,里面是一团糟。她想会是一团糟的样子,结果还真是一团糟。

索菲离开了她的课桌,现在站在脚凳上,面朝窗户,一动不动,很明显没有发觉她的家庭教师回到了房间。她用她的小望远镜观察外面的世界——这个世界没有什么特别壮观的东西,只是一片灰蒙蒙的天空和一些忽隐忽现的行人和车辆穿过拉克姆家栅栏上的希尔斯种植的常春藤构成的屏障。但是,在一个拿着小型望远镜的女孩看来,如果没有什么更好的事情可做,即使这样模糊的影像也很引人入胜,因为谁知道她的家庭教师要把她一个人像这样丢在这里多长时间?尽管家庭教师曾庄严宣布在新年来临之前有很多东西需要学。

所以,索菲对大人们的承诺置之不理,正在进行自己的调查。一些看起来很奇怪的人们今天早上穿过大门,摁响门铃,然后又走了。罗丝似乎今天什么都没做!园丁出来抽了一支那种有趣的白的小段儿,那不是雪茄;之后他离开拉克姆家,然后在路上渐渐消失了,他走得非常慢,也非常谨慎。切斯曼已经从他妈妈那里回来了,他走路的方式很特别,和希尔斯一模一样——这两人甚至差点在大门口遇见。那个有着红色、丑陋胳膊的厨房的佣人还没有出来倒她的便桶。今天的早餐不会正常了——没有粥和可可茶——只有黄油面包,水和圣诞布丁。因为这些礼物都乱成什么样了!开始的时候,休格小姐说圣诞礼物应该放在卧室里,这样上课的时候不会分神,之后她又改变了主意——为什么?哪个对呢——是把礼物放在卧室里呢,还是把礼物放在教室里?澳大利亚怎么样?休格想从新南威尔士州开始,但是没有什么结果。

总之,整个宇宙都乱了套了。索菲调整小望远镜的镜头,嘴巴紧绷,继续她的侦查。这个宇宙可以随时调整自己——或者随时爆炸成一片混乱。

当她走进屋子的时候,休格能感觉这个小姑娘身上散发着不满,即使索菲转过身背对着她,孩子的不安就和蔫屁一样具有杀伤力。但是休格还闻到了其他的东西：一种真的气味，刺鼻而且令人担心。上帝啊，有东西着火了！

她横穿到壁炉旁，在那里，索菲的黑人人偶躺在铅色的炭块上冒烟，它的腿已经化为灰烬，束腰外衣萎缩成极脆的腌肉一样，它依然开口笑着，牙齿还是那么白而火苗慢慢地舔舐着它那嗞嗞作响的黑脑袋。

"索菲！"休格责备地喊道，她太累了以至于无法让自己的语气和缓一些。她努力地在威廉面前表现得很懂事，这让她已经筋疲力尽，她已经无力去顾及得不得体了。"看你都干了些什么！"

索菲僵住了，她放下望远镜，慢慢地在小凳上转过身来。她的脸因为担心和内疚已经变形，但是她噘起的嘴巴依然表示着反抗。

"我正在烧黑人玩偶，小姐。"她说。之后，料想到她的家庭教师会利用她作为小孩的轻信，她说，"他不是真的，小姐。他只是破布和饼干。"

休格低头看着这个支离破碎的小小的尸骸，感到很纠结：不知道是该上前用手把它快速取下来，还是用拨火棍去捅这个讨厌的东西好让它停止闷烧，好好地烧完。她背对着索菲然后开口说话，但是她看到一个漂亮的法国人偶站在屋子的另一边看着，高耸于诺亚方舟上方，戴着有羽毛装饰的帽子，它那张自以为是而又冷漠的脸直接面对着壁炉，话到嗓子眼又咽了下去。

"他之前在茶箱里，小姐，"索菲继续说道。"在他下面应该有一头大象的，小姐，只不过大象给弄丢了，这就是为什么他无法站起来。而且不管怎么说，他是黑人，而正常的人偶都不是黑人，不是吗，小姐？被溅上血之后，他浑身就脏兮兮的，小姐。"

屋子里变得烟雾弥漫，孩子和家庭教师都在揉眼睛，她们的眼睛很敏感，都快流泪了。

"但是索菲，像这样把他扔进火里……"休格开始说，但是她无法继续："邪恶的"这个词实在说不出口。这个词在她脑海里燃烧着，卡斯特威夫人将这个词深深地烙在了她的脑海里：我们不得不邪恶，小东西。这个词发明出来就是用来形容我们的。人们沉迷于罪恶不能自拔；我们就是那个罪恶。

"你应该问我的。"她咕哝道，最终拿起了拨火棍；她们马上就会开始咳嗽，而且如果烟雾弥漫到其他房间的话，那就糟了。

索菲看着玩偶熟悉的轮廓在火中化为灰烬。"但，他是我的，不是吗，小姐？"她说，眼睛一眨一眨的，闪着光，"对他，我可以想怎么样就怎么样，是吗？"

"是的，索菲，"休格叹道，这时火苗变得更亮了，那个微笑的小脑袋慢慢地滚落到身体的废墟里，"他是你的。"她知道她应该立刻放下这件事情，接着上课，但是刚高兴了一下，怒气立刻就来了，她太累了无力控制这股怒火儿。

"一个穷孩子可能会需要他，"她说，粗暴地用拨火棍撩拨着玩偶的灰烬，"一个可怜的没有任何玩偶的穷孩子。"

马上，索菲就哭了起来，声音如此之大以至于她脖子上的汗毛都立了起来。孩子从她的凳子上跳下来然后一屁股坐在了地上，无助地尖叫个不停，衬裙在地板上摊成一摊。她的脸在几分钟之内就变成了一个红色的肉球，上面满是眼泪、鼻涕和口水，脏兮兮的。

休格站着看看，被小女孩强烈的悲伤给弄蒙了。她站在那轻轻摇摆，希望这只是一个梦，在床上一翻身就结束了。索菲现在最丑也最惹人厌，她希望自己有勇气去拥抱她，这样就能够抚慰孩子抽搐的身躯，抚平所有的伤害和打消她那些可鄙的想法。但是，她还是没有勇气：那个嚎啕大哭的红脸蛋让人感到害怕和恶心；如果今天有什么东西能够让休格崩溃的话，那就是当她拥抱索菲的时候，对方拒绝她，将她推开。所以，她只是静静地站着，耳朵里面嗡嗡作响，紧紧地咬着牙。

几分钟之后，教室的门开了——之前应该有人敲门，但是没有听到——克拉拉尖尖的鼻子伸了进来。

"我能帮什么忙吗，休格小姐？"她在喧闹声中喊道。

"没事，克拉拉，"休格说，这时索菲的哭声突然变小了，"过圣诞节太兴奋了，我想是……"

索菲的哭闹渐渐小了下来，抽噎着还带着咳嗽，克拉拉的脸变得严肃起来，白白的，充满了愤怒和不满——这个该死的小东西怎么敢为了一点点小事就这般大吵大闹。

"告诉妈妈，对不起！"索菲抽噎着说。

克拉拉朝休格看了一眼，像是在说"是你给她灌输这些愚蠢的想法的吗？"之后赶快回去照顾她的女主人。门碰上了，教室里再次充满了烟雾和抽噎声。

"现在请站起来，索菲。"休格说，心里祈祷着这个孩子乖乖听话，别再闹腾了。孩子照做了。

离圣诞节第二天结束还有很长的时间，就是歌里唱的送斑鸠的那一天①，在这一天为旅行悄悄地进行着准备。这一天剩下的时间过得就像是在梦里。这个梦以其神秘莫测的智慧突然决定不再作一个噩梦，而是陷入到一种善意的混乱当中。

<u>脾气发完之后，</u>索菲变得冷静和温顺了。她专注于新南威尔士州和不同品

---

① 《圣诞节的12天》这首歌描述圣诞节时爱人所赠送的十二种礼物，从第一天起，一天加一种。其中歌词有："圣诞节的第二天，真爱送我两只斑鸠。"——译者注。

种羊的名字；她记忆处在她英国的房子和澳大利亚大陆之间的海洋。她说："澳大利亚看上去像别在印度洋和太平洋上的一枚胸针。"休格说："它更像是苏格兰梗犬的脑袋，戴着有刺项圈。"索菲承认她还从未见过梗犬。这个在将来的课上可以进行讲解。

当佣人们起床并开始工作之后，拉克姆家又恢复了常态。午餐被送到了教室里——热的烤牛肉片、胡萝卜和土豆在一点钟准时送来——尽管甜点还是圣诞布丁，虽然不是平时的板油或米饭——那些更能安慰人——但至少这次是热的，有蛋奶糕，还优雅地撒了一些肉桂。很明显，宇宙慢慢地从崩溃的边缘又回来了。

罗丝也恢复了正常，去应答门铃。门铃一直响着，就和那些奇装异服的人们打开他们的圣诞礼盒感到失望后又回来讨要另一块饼干的时候一样。每次，索菲和休格走到窗前去看的时候，这个孩子都会说，"是谁，请告诉我，小姐？"她表现出谦卑，努力想弥补自己之前的过错。

"我不知道，索菲。"休格说，她的意思是每个人都不认识。由此，逐渐造成一种印象，那就是休格小姐可能知道很多关于古代历史的知识和遥远地方的地理状况，但是对拉克姆家的事情几乎一无所知。

"今天晚上我的课一结束，"索菲说，当时是下午休息的时候，她的家庭教师正困得打盹。"我要读我的新书，小姐。我已经看了那些画，它们让我感到非常好奇。"

她抬头看看家庭教师的脸，希望得到允许。但是，她只在干燥开裂的嘴唇上露出疲倦的笑容，眼睛里布满了细小的血丝。那些血丝会自己消失吗，还是它们会永远地刻在那里？先看故事书的插图然后再读故事是不是不好呢？她还能做些什么好让一切恢复正常呢？

"澳大利亚是个非常有趣的国家，小姐。"

那天夜里，休格独自躺在床上睡不着觉，心中充满了焦虑：她可能根本无法入睡。那会毁了她，彻底毁了她。她含含糊糊地骂了一句，紧紧地闭上了眼睛，但是它们又倔强地弹开了，瞪着黑暗看。睡眠和醒来是有自然规律的，但是她违反了这一规律，这规律现在反过来开始折磨她。

万一在早上离开之前，威廉来安慰她，和她进行最后的放荡呢？或者，他可能带着一副丧家犬的表情，问她是否介意给安格尼斯强行灌下一剂鸦片酊。又或者，他可能只是想把脸埋在他喜爱的休格的胸里？好几个月以来，休格第一次在想到威廉抚摸的时候感到了厌恶。

她醒着躺在床上感觉过了一个多小时，之后点亮灯，从床下面拿出一本日记。

第二十八章

她读了一页，两页，两页半，但是安格尼斯·拉克姆在这些日记里表露的都是无法忍受的愤怒，这个自负无用的女人如果消失，这个世界是不会对其有丝毫留恋的。

所以，当这个好心的大夫带着他的四个强壮的男人来的时候，你该怎么做呢？休格问自己。当安格尼斯尖叫着救命被强行弄进黑色马车的时候，带索菲到花园里散步吗？

在日记里，安格尼斯已经结婚两年了，抱怨着她的丈夫。他整日无所事事，她宣称，只是给《玉米山》写文章，而《玉米山》并不会发表它们，给《泰晤士报》写信，而《泰晤士报》也不会发表。他几乎对自己的屋子不感兴趣，就像对她的屋子一样。她注意到，他的下巴几乎不像他兄弟的那样结实，肩膀也不宽——实际上，他哥哥亨利要帅得多，而且亨利自己居然毫不掩饰这一点，要是他不穿得和一个乡下的杂货商一样该有多好啊……

休格停下来。她把日记重新堆到床下，把灯熄灭，再一次试着入睡。她的眼睛又疼又痒——她都做了什么让她遭受……？啊，是的。阴谋背叛无防备的女主人，这样的脑袋是不会安宁的……

那么威廉呢？他现在睡着了吗？他应该辗转反侧，痛苦地冒汗，但是她希望他安然酣睡。或许之后，当他在早上醒来完全休息回来之后，他会放弃针对安格尼斯的计划。不可能，不可能的。休格根据经验知道那是一个踏上不归路的男人的脸和拥抱。

一切都会好的，我保证。一切都会有最好的结果。

这是她给安格尼斯的承诺。但是如果安格尼斯去精神病院的话，一切不就是最好的结局吗？她的脑袋是糊涂的，这毫无疑问——经过专业的治疗，她的脑袋不会……不糊涂吗？在铺着稻草的地下室里，一个女人被锁链拴着，悲惨地哀号着，这个画面一直在休格脑子里打转——完全是幻想，那些劣质小说里的幻想！那个拉堡将是一个干净、友好的地方，有大夫和护士们一直在照料着。而且那是在威尔特郡……谁能说拉克姆夫人，这个可怜的受到蒙骗的女人，不想去疗养院呢，而且那里的护士都是修女？

很快我将帮你离开这儿。很快，我保证。

当她伸出一只胳膊让这个受到惊吓的女人抓住的时候，她对安格尼斯说了这些。啊，但是妓女口中的承诺是个什么玩意儿呢？仅仅是用来润滑的唾液。休格忧郁地揉揉眼睛，她厌恶自己。她是个骗子，是个失败者，关于澳大利亚的那些知识都是她杜撰的……天啊，当火焰舔舐它的脑袋的时候，那个黑人玩偶可怕的笑容……！

一个新的女人，她跟自己说。安格尼斯回来的时候就是一个新女人了。威廉是这么说的，难道那不是真的？安格尼斯将在疗养院被治愈；当她离开的时候，她会吻护士们的脸颊，会眼含泪水，和医生们握手。之后，她将回到家里，然后认出索菲是自己的女儿……

这个想法，本以为可以起到安慰的作用，反而起到完全相反的效果——它让她不寒而栗。在她困得快要睡着的时候，休格终于知道了她应该做什么。

现在是12月27日晚上，威廉·拉克姆坐在萨默塞特郡弗洛姆的一间酒吧里，手里摆弄着一杯威士忌，希望他能够穿越到后天。

他已经走了如此之远，而且做了如此之多的消遣（谁会想到到镇子上的一个老毛纺厂去看看，会如此的无聊至极！），但是还有十三到十四小时克鲁大夫才能到达切普斯托别墅区……那段时间任何事情都可能发生——尤其是他可能精神崩溃……因为克拉拉现在不在家，只有罗丝和那个笨蛋莱蒂照看着，所以存在着一种可怕的危险，那就是安格尼斯可能会跑掉……也就是，将她自己暴露而受到伤害……

要是他此时此刻能够和家里取得联系以确定安格尼斯的安全该多好。就在上周，他刚在《霍格评论》上读到一篇文章，上面提到在美国马上会生产出一种设备，是用磁铁和隔膜做成的发明，能够将人类的声音转换为电振动，使人们可以远距离通话。如果这个机器现在已经普及该有多好！想想吧，他冲着一根电线说几句话，然后收到回答，"是的，她在这儿，正在睡觉。"这样他就不用再担心了。

另一方面，或许这个神奇的声音电报只是胡说八道，只是一堆鬼话，在没有更好的文章的时候，用来填充版面的。

毕竟，想想他为什么要来弗洛姆！那个说有提取花香的新方法的家伙当然是个骗子，甚至连一个有趣的骗子都不是。威廉本想着至少能够看到冒泡的气体，恶臭的香水和假装忍不住地喊"快看！"但实际上是被邀请去研究一个大学生的胡写乱画的笔记本，这个大学生只是想让人出资支持他的研究。上帝啊，请你保佑我们远离那些稀里糊涂想用钱来建造空中楼阁的年轻人吧！

"但是，我不明白，"威廉告诉这个家伙，火气一触即发，"如果这个方法可行的话，为什么你不实际演示一下呢？只是小型的，粗略地演示一下，在蛋糕盘里放上一些鲜花就行？"

对此，这个年轻人的反应是，对他住处的简陋无奈地做了个手势——意思是在这么破烂的地方，甚至连最小的奇迹都不会发生。胡说八道！但是就让这个家伙沉湎于自哀自怜中吧，根本没机会让其醒悟的。威廉保证：会记住他，并祝他研究顺利，然后逃走了。

这次扫兴的经历之后，他走马观花地看了看镇里有意思的地方，然后回到了住处，在房间里待了一段时间。躺在一张奇怪的过于软的床上，试着读一篇从香料商的角度谈论在北方养殖麝猫及其存在的实际困难的论文，但他发现几乎无法看懂，他希望自己要是带一本小说就好了。

此外，他住的地方已经让他非常丧气。老板娘在登记的时候，要求他把"拉克姆"这个词拼出来，她与他面对面看着，却没有想过以前可能在哪里见到过这张脸。毫无疑问，卫生间里的所有香皂都是皮尔斯牌的，没有一个上面印有装饰性的"R"。坐在丑陋的有着蓝色纹路的浴缸边上，威廉是有理由哭泣的。

现在他全明白了。自掌管拉克姆家企业这几个月来，他一直被强烈的乐观情绪所笼罩；每个月都能看到自己的财富在增长，在那些和休格在克洛斯小修道院的深夜交谈中，他确信事情将按他的意志来发展，在未来，拉克姆家的企业达到声誉的巅峰是历史的必然。直到现在，他才依稀看见现实在未来的迷雾中向他眨眼。他将建立起自己的帝国，但是因为没有子嗣，只能在逐渐衰老中，看着这个帝国崩裂倒塌。他将会是西曼提斯①，当事业的大厦将变为一堆废墟——或者（更糟）被某个对手窃取的时候，充满绝望。无论哪种情况，拉克姆的名字在一个世纪或是两个世纪之后不再有任何意义。这个屈辱的种子现在就在萨默塞特郡弗洛姆的一个肥皂碟里。

无法忍受自己悲惨的结局，他逃出这家店然后找到一个小酒馆——这家酒馆叫快乐的牧羊女，他坐在里面手里摆弄着一杯威士忌。这里忧郁、昏暗，焦糖色的木地板让人感觉不舒服，吧台是用假大理石加固的，远不是他所期望的快乐的避难所。火烧得很旺，但这是唯一和壁炉相似的地方。一只老狗，眼睛里分泌着黏液，半睡半醒地卧在壁炉旁边，每当里面的木柴噼啪的时候，就皱起眉头呜咽着。客人们也不是他想要的那些能够让他暂时忘掉烦恼的活泼的乡下人；他们安静地喝着，或者独酌，或者三个人一起喝，偶尔无精打采地抬起下巴来要酒。两个丑陋的女人在昏暗的吧台后面忙活着。很明显，她俩太忙了以至于没有带新来的客人到座位上去。所以，威廉在一个阴暗的角落靠近厕所门的地方，自己找地儿坐了下来。

① 古埃及王，据称其墓在底比斯的拉米西陵。英国诗人雪莱写了一首关于他的傲慢与灭亡的诗来暗喻警示当时当权者的傲慢。——译者注。

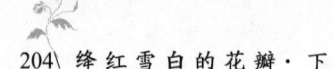

吧台上方的钟表在午夜不走了——上帝知道是哪个午夜,多久之前——在多次努力试着冲过十二点之后,终于筋疲力尽停了下来。威廉掏出他的手表,看看还需要等几个小时才能够上床睡会儿,这时一个衣衫褴褛的家伙过来搭讪,要卖给他一块金表以替换下他现在戴的这块银表。当威廉表示不感兴趣时,这个家伙斜眼看着他,说:"女士们喜欢戒指或是项链,是吗先生?"

威廉的双手在威士忌酒杯两边握成了拳头,他威胁这个家伙要报警。这果然奏效了,尽管威廉发现,即使那个家伙逃走之后,他的双手还在颤抖。他眉头紧皱,喝下了剩下的酒,然后示意再来一杯。

实际上,只过了几分钟之后,一个家伙又过来找他搭讪——这次不是一个贼,而是一个讨厌的家伙。这个家伙看起来闷闷不乐,眉毛浓浓的,穿着一件粗花呢大衣,问威廉他们是否过去在哪里碰到过——马匹拍卖,可能是,或者是卖旧家具的地方——而且强烈地暗示:如果威廉公寓里缺什么的话,尽管开口。威廉没说话。他的脑子里,十七岁的安格尼斯正在阳光下飞快地跑过他继父家绿茵茵的草地,追逐着摇晃的铁环,她的白色围裙飞旋起来。"哦,亲爱的,我现在必须长大,不是吗?"之后她气喘吁吁地说着,暗示她即将来临的婚礼。啊,上帝!她说的时候脸上泛起了绯红!他当时是如何回答的呢?

"你是干什么的?"①

"嗯?什么?"他嘟哝道,这时他未婚妻的影像消散了。

这个无聊的家伙正倾着身子看他,距离这么近,都能看清其油津津的头发上一层薄薄的头皮屑。"什么行当,"他说,"你从事?"

威廉正要开口如实相告,但忽然担心这个家伙会认为他是个骗子;他担心这个家伙明天会去弗洛姆的商店里打听,然后确信根本就没有什么拉克姆牌。

"我是个作家,"威廉说,"一个评论家,为每月的评论期刊写文章。"

"挣钱多吗?"

威廉叹道:"勉强糊口。"

"你叫什么?"

"亨特。乔治·W. 亨特。"

那个家伙点头,立刻将这个名字丢到了九霄云外。"我叫雷。威廉·雷。如果你需要马,请记住这个名字。"说完就走了。

威廉偷偷地扫视了一圈酒馆,他害怕再来这些不速之客,但是看起来他已经

---

① 此处,原文为"What's your line, then?",一语双关,既有"你说了什么?"又有"你是干什么的?"之意思,这里威廉陷入对往昔的回忆,正想着当时是如何回答安格尼斯的,这时这个无聊的家伙突然这么一问,威廉以为他在问"你当时说了什么?",一下子没回过神来。——译者注。

领教了这个酒馆所有的讨厌鬼。直到现在他才注意到,除了女招待和酒吧前门上方那幅拙劣的牧羊女油画,这个地方没有一个女人。女招待非常难看而油画上的牧羊女则是斗鸡眼——画家不是故意画成这样的,对吗?——脸上是粗俗的,露出牙齿的微笑。啊,安格尼斯的小嘴是那么完美,她笑起来的时候,桃色的皮肤上会泛起玫瑰色的红晕……尽管他上次——那是五年多以前了——吻她的时候,把嘴完全压在她的嘴上,她的唇冰冷得就像是冻了的橘子……

他举起杯子,又要了威士忌。他一直不怎么喝烈性酒,但是这儿的麦芽酒能让柏德烈和阿什维尔那些人直接吐出来并轻蔑地啐一口。此外,如果他要能用这烈性酒镇静剂让脑袋里的漩涡停下来的话,他就能回到住处美美地睡一觉,尽管时间还早。顶多是经过一夜死睡在上午醒来的时候感到头痛欲裂而已。

又喝了两杯威士忌,他感觉到有点上头,该走了。吧台上方的钟表依然是十二点,而他的手表怎么也无法从马夹里取出来,但是他确信如果现在头沾上枕头,他是不会后悔的。他起身……突然间忍不住要呕吐和小便。他东倒西歪地朝厕所走去,转而又想一个无名的小巷子可能更好,所以跌跌撞撞地走出快乐的牧羊女酒吧,来到费洛姆漆黑的街道。

几秒钟之后,他找到了一个窄巷子,里面弥漫着人类粪便的臭味:理想的地点。忍着恶心,他摇晃着朝着污秽尿起来;遗憾的是,他还没有完全尿完的时候,一阵恶心袭来,他不得不前倾把呕吐物喷出来。

"哦,宝贝儿,宝贝儿。"一个女人的声音喊道。

还在呕吐,他抬头,眼睛里都是泪,朦朦胧胧地看到一个女人正朝他走来——是个年轻女人,黑色头发,没戴帽子,穿着黑色条纹的青灰色裙子。

"你这个可怜的男人。"她说着向他逼近,屁股一扭一扭的。

威廉轻蔑地朝她摆摆手,依然在干呕,他怕很快一群拾破烂的会把现在这个脆弱的自己围起来。

"你需要一张柔软的床,可怜的宝贝儿。"她柔声说,现在已经走得很近,他能够看到她厚厚的粉底和突出的颧骨上点的美人痣。

他再一次在恶臭的空气中摇摆胳膊,这次幅度很大。

"让我一个人待着!"他吼道,立刻——感谢上帝——她走了。

但是三十秒之后,几双长满了毛的手抓住了威廉·拉克姆的肩膀和衣服口袋,当他想要挣脱的时候,脑袋受到猛击,让他坠入深渊。

"全是零钱!"

火车颤动着停了下来，甩开门将里面的人们泄到熙熙攘攘的帕丁顿火车站。蒸汽烟囱的嘶嘶声几乎很快就被嘈杂的人声所淹没，一些想从火车顶上取下行李的人们挣扎着不被推挤着回家的人们卷走。

人们八仙过海各显神通：男人们戴着葬礼上戴的墨镜装作和盲人一样，而对此，女人们则旋起鲜亮的庞大的短裙，尽管东倒西歪的行李砸到许多小孩。如果穿着漂亮并且得到很好的照顾，孩子们该多可爱啊！但真是遗憾，当他们不乖的时候，他们又是如此的吵闹！瞧，有一个已经开始放声大哭起来，对妈妈的央求置之不理。孩子！听你妈妈的话，你个淘气包；她是为你好，你应该勇敢一点，捡起掉落的篮子，接着走！

一个女人，站着看着这一切，想着这些，仿佛是伦敦无数不幸人们中的一员——衣履寒酸、没人陪伴而且还是个瘸子。她穿着深蓝色的棉布裙，皱巴巴的，前面是灰色的围裙——这个款式的裙子，那些时尚的女士们已经有十多年不穿了——戴着一顶破旧的帽子，这顶帽子原先是白色的，现在看起来已经是淡褐色的了，还披着一件浅蓝色的羊毛斗篷，使用多年之后已经如此粗糙以至于差不多就成了一堆羊毛。她背朝着喧闹混乱的人群，在售票窗口前排队。

"我想去洛斯特威西尔。"当轮到她的时候，她告诉柜台上的男人。这个男人上下打量她。

"彭赞斯线没有三等票。"他提醒她。

她从破旧裙子的一条缝里取出一张崭新的钞票。"我要二等座。"她害羞地笑着，如此新奇的冒险让她格外的兴奋。

窗口的男人犹豫了片刻，他盘算着是否需要叫警察来调查这个穿得破破烂烂的女人是如何搞到的钞票。但还有其他人在排队，而且这张可怜的消瘦的脸上有些迷人的东西。仿佛，如果生活条件好一些，她本应该成为最迷人的妻子，而不是被迫靠自己过活。不管怎么样，谁能说一个穿着破旧裙子的女人就不能有一张钞票呢？毕竟，这个世界上什么人都有。就在上周，一个穿着男礼服大衣和裤子的女人还从他这里买票。

"要返程票吗？"他问。

女人犹豫了一下，之后笑着说："是的，为什么不呢？谁也不知道……"

男人咬着上嘴唇，用钢笔填写车票。

"七点十七分，"他说，"在博德明①换车。"

这个衣衫褴褛的女人，小手里拿着这片纸，一瘸一拐地走开了。她四处张望，

---

① 苏格兰西南部城市。——译者注。

差不多忘了她是一个人，心里还想着她的女佣上来跟着她，推着一箱子的衣服。之后她想起来她永远也不再需要女佣了；她穿的这些破烂是她此生最后的衣服了，只是在死的时候用来遮蔽身体罢了。

她深吸一口气以鼓足勇气，开始在人群中穿梭，小心地移动着以免有人踩到她。没走多远，她就被一个中年主妇挡住了。她们两人相互给对方让路，就像是在跳芭蕾舞，就是两个太太在狭窄的门口遇到的时候那样，这样几次之后，两人都停了下来。老一点的女人脸上充满了同情。

"需要我帮忙吗，亲爱的？"

"不，不要，"安格尼斯说。她之前已经被特别嘱咐别理会陌生人。

"刚到伦敦？"

安格尼斯没有回答。她对今天早上的送别印象模糊，因为当她的修女姐妹在凌晨将她从睡梦中轻声叫醒的时候，天还黑着。但是如果有一件事她记忆犹新的话，那就是她的修女姐妹命令安格尼斯绝对不能向任何人透露她的行程，无论那人看上去多么的友好。

"我有一家基督教旅馆，专门接待新到伦敦的女士，"这个主妇似的陌生人继续说道，"请原谅我的冒昧，你的丈夫是不是最近走了……？"

安格尼斯还是没有回答。

"被抛弃了……？"

安格尼斯摇头。摇头是可以的，或者她希望是这样。在逃跑的一路上她都严守着修女姐妹对她的嘱咐——她即将被背叛的惊人的消息；她的伪装；把酸胀的脚伸到鞋子里；在自己的家里像小偷一样偷偷地下楼；在前门庄严地，无语地分手，当时她只是挥了一下手，便一瘸一拐走进阴郁的风雪中——是的，所有这些她都非常勇敢地面对，就像修女姐妹劝告的那样；如果她现在软弱下来，背叛了修女姐妹，那将是悲剧。

"你看上去饿得快不行了，亲爱的，"这个固执的好心人说，"我们的旅馆食物充足，一日三餐，而且火烧得旺旺的。你不要花钱，你可以做些针线活或者其他你力所能及的事情算作房费。"

当听到多多地吃能使她的身材得到改善——而正是贪吃把搭讪的这个女人涨得和球一样——的时候，安格尼斯被深深地冒犯了，气得差点跳起来。用剩下的一点礼貌，她说："感谢您的好心，夫人，但是您搞错了。我不需要您任何东西，我只想让您离开。我还要赶火车。"女人的脸马上沉下来，之前一脸的同情烟消云散变为一脸丑陋的褶皱，但是她还是走开了。虽然疼得要命，但是她很自豪。

在七站台，站长正在引导乘客登上彭赞斯线列车，手里握住铃舌，用把儿指挥着。"所有人都上车！"他边喊道，边打着哈欠。

安格尼斯进到指定的车厢，完全是自己上来的，找了一个地方坐下来。座位是木质的，就和教堂里的一样，没有她习惯的厚厚的垫子，但是每件东西都很干净，和她想象的完全不一样。她之前以为二等座车厢就是安着轮子的马厩。这个车厢的其他乘客还有一个留着胡子的老人，怀里抱着孩子的年轻妈妈，（很幸运，孩子睡了！）还有一个脸色愠怒的男孩，脸颊青肿，背着一个挎包。安格尼斯谨记修女姐妹的嘱咐，靠窗坐着，马上闭上眼睛，避免任何人的搭讪。

实际上，她突然感到非常困乏，以至于她怀疑是否还有力气说话；她的脚遭了一路的罪，现在阵阵作痛——她一路走着穿过诺丁山，直到天亮的时候，被一辆出租马车给救了；花很长时间等待帕丁顿火车站开门；受到警察驱赶这样的羞辱；现在她正在为这些而付出代价。她的头疼得厉害，和往常一样是位于左眼后面的那个地方。感谢上帝，这是她最后一天遭受这样的罪过了。

"任何不想坐本车旅行的，现在请下车！"

站长的声音刚刚能穿透她充血的脑袋。但是，她不需要听到他，因为在梦里已经听到过很多次了。相反，是她修女姐妹的声音在她发烧的脑壳里轻声说，"记住，到达目的地后，下车，别和任何人说话。一直走到乡下。叩农舍或者教堂的门，说你正在找一家女修道院。不要说是疗养院，因为人们不那么叫它。坚持要他们带你去女修道院，除此之外，哪也不去，别告诉任何人你的真实身份，一定要得到肯定的回答。你向我保证，安格尼斯，你向我保证。"

火车发出嘶嘶声，颤动起来，慢慢地开动了。安格尼斯睁开一只眼睛——这只眼睛不像另一只那么快涨爆了——偷偷地透过窗户往外看，明知道不可能，可心里还是希望能在站台上看到她的守护天使庄重地点头，认可安格尼斯是个非常勇敢的女孩儿。但是，她没在那里，她在别的地方忙着，忙着拯救灵魂，治疗病体。安格尼斯将很快就能见到她，就在列车的终点。

第二十九章

沉浸在天堂的温暖中,她轻飘飘地飘浮着,光着身子,远远地高于俗世的工厂烟囱和教堂的尖顶,高高地飘浮于闷热的天空。这里的空气芬芳迷人,随着轻柔的风和庞大柔软的、枕头似的云朵,起起落落——一点都不像她一直想象的天堂的模样——静止、透明、被人遗忘的角落。它更像是气体的海洋,她踏着厚重的空气,和飞在他旁边的男人慢慢靠近。当足够近的时候,她叉开腿,用胳膊和腿把他缠住,张开双唇来迎接他爱的化身。

"要,啊,我要,"她呻吟着,搂住他的腰,让他进得更深;她温柔地吻着他,他们紧紧地黏在一起,融为一体。云彩漩涡似的将他们裹起来,就像是一张毯子,他们在永恒的温暖舒适的波浪中漂流,像是在游泳,被律动的水流和他们自身急切的冲刺带向远方。

"谁能想到会是这样?"她说。

"别说话,"他叹道,将他的双手沿着她的肩胛摸到了她的臀部,"你总是说个不停。"

她笑了,知道这是真的。他的胸压着她的胸,既令人欣慰又令人兴奋。在一块巨大的云层上,他们翻滚着交织在一起,激情如火。

"艾米莉!"

尽管幸福地抽搐着,但她依然能够认出这不是亨利的声音——他呼吸急促,朝她头发里吐着热气——而是来自另外一个看不见的人。

"艾米莉,你在那儿吗?"

好奇怪,她想着,这时云朵散去,她从天空坠落,朝着地面冲去。如果这是上帝的召唤,他一定清楚地知道我就在这里。

"艾米莉,你能听到我吗?"

她落在了自己的床上——鉴于她极快的降落速度,这是一次很棒的软着陆——她坐起来,喘着气,她前门的喧闹还在继续。

"艾米莉!"

上帝保佑她,是他的父亲。她跳下床,这让猫咪摔倒躺着,四只爪子用力地胡乱挠着。她环视卧室想找个东西遮蔽她的裸体。但是她能找到的只有亨利的外套和衬衫,而这些东西——连同一些放在"塔特尔和儿子"①袋子里的亨利的其他衣物——她最近已经放到了床上,以寻求慰藉。她披上温暖的皱巴巴的外套,就像是一个斗篷,把衬衣围在上腹部,然后系上袖子当作围裙,跑下楼去。

"是的,我在,爸爸,"她透过斜的木头隔板和毛玻璃喊道。"我——我很抱歉没有听到,我刚才正在……工作。"阳光很强,她想现在一定至少得十一点了——太晚了,以至于不好意思说还在睡觉来着。

"艾米莉,原谅我打扰你,"她父亲说,"但是事情紧急。"

"我……我很抱歉,爸爸,但是我不能让您进来。"这个男人怎么回事!她不再接待访客——他们两人对此都很明白是怎么回事啊,"我上午晚些来或者下午来也不行吗?"

他的脑袋已经变形,戴着一顶黑色的大礼帽,上前离玻璃更近一些。"艾米莉……!"他的语气表示他很不高兴在大庭广众之下出洋相,在过往行人众目睽睽之下猛砸他女儿的门,"这关系到一个女人的生死。"

艾米莉考虑了片刻。她知道,他父亲不会夸大其词,所以一个女人的性命可能真的处于危险之中。

"嗯……,如果您能等几分钟,我……我出来……"

她飞奔回楼上,飞快地穿好衣服,比以往任何时候都快——穿上灯笼裤、女背心、裙子、紧身短上衣、长筒袜、吊袜带、鞋子,戴上手套和帽子,也就是布雷奇露女士考虑一个发夹的位置所用的时间。

"我准备好了,爸爸,"到前门的时候,她喘着气说道,"和你一块去。"他退后,她窜出屋子,把满屋子的灰尘和混乱安全地锁在里面,然后深深地呼吸

---

① 品牌名——译者注。

了一口新鲜、冰凉的空气。当她转动钥匙的时候,她能感觉到他父亲在看着她,但是她忍住没说话。

"那儿!"她欢快地说,"我们走。"

她转身面对他;他一如既往地一尘不染,但是他紧皱的眉头告诉她,很遗憾,她并非干干净净。他是个庄重的帅老头,是的,他确实是这样,尽管他的脸上因操劳而布满了皱纹。世界上这么多的疾病,却只有一个背着挎包的老头去独自对抗……如果拉克姆夫人那封悲伤的信里有一件事情能够让艾米莉确信这个可怜女人的精神已经崩溃,就像一根锁骨被折断那样,那就是里面提到了克鲁医生是个坏蛋;在艾米莉看来,她的父亲是仁义的化身,能够治愈骨骼的疾病和伤口的创伤,而模仿他的这些慈善之举,她顶多能做的便是给政客们写信以及和妓女辩论。

所有这些她都在一瞬间想到,当时他站在她屋外的小道上俯视着他;她看出他有些不耐烦,他紧张地上下打量着街道,她意识到出大事了。

"什么事,爸爸?怎么了?"

他示意沿着小路走,离开不远处的那个幽灵——一个爱管闲事,多嘴多舌的人,穿着蓝色的衣服和狐狸皮,胸部是垫起来的。

"艾米莉,"他说,他们在飞快地走着,把他们的"尾巴"远远地甩在了后面,"我将告诉你一个秘密,但是这个秘密无法保密很久:拉克姆夫人失踪了。按计划,昨天早上她该被送到疗养院去的。但当我到她家去接她的时候,她已经走了。消失了。"

艾米莉,尽管听得很认真,但同时也在空中找着线索,在其他行人的行为中找寻着线索,想得出现在大概几点了。"或许是去看她的朋友去了?"她说。

"不可能。"

"为什么?她没有朋友吗?"天色暗了下来,现在不会是黄昏了吧,是吧?不,那是乌云,正聚集着准备卸下它们的包袱。

"我想我不明白是怎么回事。她在半夜逃出了自己家,而且精神完全错乱。她的所有衣物——每件裙子、夹克、外套和宽松上衣——都在,除了一双鞋和几件内衣;也就是说,她几乎是裸着跑上街的。她现在非常可能已经冻死了。"

艾米莉知道,她现在应该被吓得瞠目结舌,充满同情,但是她好辩的本性占了上风。"在冬天裸着上街,"她说,"是许多女人都会做的,而且也没有被冻死,爸爸。"

他再一次转头左右看看,很满意混杂散布的清洁工、仆人、宠物狗和女士们现在都听不到。"艾米莉,我就直说了。在拉克姆夫人给你的信里面,有提到过有一个地方她非常地想去。她是否表示过她认为这个地方在哪里呢？地理上讲？"

艾米莉几乎不知道是该觉得好笑还是尴尬。"嗯，你知道，爸爸，她非常想让我告诉她。"

"那么你怎么说的呢？"

"我从未回答，"艾米莉说，"你劝阻了我。"

克鲁医生点头，非常失望。"上帝保佑她。"他咕哝道，这时一匹役马和一辆车叮叮当当地走过，拉了一长溜翻滚着的粪便。

"我不知道拉克姆夫人会跑那么远，"艾米莉说，"我的意思是，在她的脑袋里。"

克鲁挡住了一个清道夫的去路，但是这个家伙没有退让，因为他专注于看上去更加慷慨的另一对，他们正在接近另一堆粪便。

"她在圣诞夜也跑过，"他解释道，"拉克姆家里有一半人都冒着雨雪出去找她，一直找到天亮。最后她被发现藏在一个马车房里，是家庭教师休格小姐发现的。"

艾米莉一听到这个名字，耳朵立刻竖了起来：这个名字虽然不是很平常，但是她发誓最近在刊物上见到过。但是在哪里呢？

"太可怜了——我都不知道！"她说，"但他的丈夫威廉呢——他不知道妻子可能的藏身之所吗？"

克鲁医生摇头。

"我们的工业大亨，"他说，带着令人厌烦的讽刺，"今天早上刚从位于萨默塞特郡的医院被带回家。他被昆虫学者们给打了。"

艾米莉轻蔑地哼了一声，显得非常无礼："被什么……打了？"

"昆虫学者们。就是一帮强盗，等在酒馆的外面，伺机攻击烂醉如泥的醉汉。艾米莉，你真的花了那么长时间参加拯救会，和伦敦底层社会的人打交道，而从来没有听说过这个词？"

"我听到的你可能没听过，爸爸，"她反驳道，"但是现在拉克姆先生怎么样了？"

克鲁医生生气地叹道："他失去了一块银表，一件大衣，和一些钱；他现在鼻青脸肿，有脑震荡，看东西模糊，还折了几根手指。其中一个无赖跳到他的右手上，似乎是这样。他真是太幸运了，躲过了刀子。"

艾米莉看到前方有个肉店，在那个地方，她最近变得特别有名。如果她记得带上钱包的话，她会给猫咪买一些早餐。或许屠夫会让她赊账……

"这听起来得惊动警察了。"她说,脚步慢了下来,盘算着他父亲还要和她像这样走多久,之后他才能接受她帮不上他的忙,而且让她自己待着。如果她能私下里和屠夫说几句就好了……

"拉克姆不会的。这个可怜的傻瓜害怕丑闻。"

"但是肯定的,如果他的妻子已经失踪两天……"

"是的,是的,当然他会报警,而且很快就会报警。但是在他看来,这是最后的办法。"

艾米莉磨磨蹭蹭的,在一个窗户前面停了下来。这个窗户满是倒挂着的羊羔和小猪仔的残骸,肚子被拉开,里面用几串香肠点缀着。

"这就是说,我想,"她说,"之后就是报警了?"

克鲁医生瞪大了眼睛看着他旁边的这个女人,穿着随便,打扮平庸,瘦得皮包骨头,而这个女人是他三十年前创造的。从那时起她就一直在长个儿,但不是很漂亮——继承了他的长脸和她妈妈疙疙瘩瘩、不规则的头颅,这两样东西不恰当地搁在了一个人身上——他脑子里突然闪过她出生和她妈妈死的那一天——这两件血淋淋的事情发生在同一张床上,同一天夜里——他突然意识到:尽管身体不好,但是艾米莉活得要比她妈妈长得多。她妈妈死的时候,脸颊像玫瑰一样红,不明所以,没有发愁地皱着眉,眼角也没有鱼尾纹,完全没有操劳的愁容和对悲伤的坚忍。

他低下头,天上开始落下沉重的雨点,打到他们俩身上。

"算了吧,女儿。"他叹道。

"警察,"威廉说,"我会报——报警。"他面部抽搐着,他裂开的头颅使他的舌头有些该死的结巴,对此他很恼怒。仿佛他还不够惨!

他和休格当时在他的书房,时间已经很晚了,那天是12月30号。如果佣人们想嚼舌头,他们大可以这样,但这没有什么不合适的,去他的:当主人受伤无法写信的时候,家庭教师只是在业余充当秘书而已。上帝啊,为什么他不能使用这个屋子里面唯一一个文化水平还可以的女人而同时不让像克拉拉那些爱管闲事的人怀疑他们在一起偷情呢?如果她敢,就让她尽管打探吧,她除了纸的沙沙声什么也不会发现!

"你想什么呢,嗯?"他在房间的另一头问休格。他四肢伸展躺在长软椅上面,头上裹着绷带,肿大的紫色的脸上满是黑黑的血污,右手用绷带吊着,当时休格正笔直地坐在他的书桌旁,握着笔,等待着记录口授的信件。"你也太安静了。"

休格认真考虑了一下才回答。她发现他从萨默塞特郡回来后,变得非常暴躁;他头上所挨的重击对他没有任何好处。刚开始的时候,当被委以写信的任务,当坐在位于抛光的拉克姆香水胡桃木的旁边的他的椅子上,她感觉到很开心,可是现在这份开心已经被他吓人的喜怒无常破坏掉了。即使是按照他的吩咐伪造拉克姆的签名的时候——在这之前他们一致认为这么做要好过他用左手写的和婴儿胡写乱画一样的东西——所感到的兴奋和幸福,现在当她被责骂太慢的时候,也没有那么强烈了。

"警察?你是最了解的,威廉,"她说,"尽管我必须承认我看不出安格尼斯能走出多远。一个女人,脚上有伤,一瘸一拐地走,而且还没有穿衣服,如果我相信克拉拉……"

"已经三——三天了!"他叫道,仿佛这说明,或反驳了任何事情。

休格在心里挑选着她能提供的建议,但不幸的是,大多数都有一定的风险,或大或小,也就是说,都有可能让安格尼斯被找到。

"嗯……"她建议,"除了成群的警察,和在报纸上发布告示,您是否能雇一个侦探?"除了在《月亮宝石》①上读到的那些,她对侦探一无所知。她认为装模作样、愚昧昏庸的西格雷夫一定比聪明的克夫多。

"找了,我会完蛋,不找,也是完蛋!"威廉喊道,他的左手想抓一缕头发,却发现全是绷带。

"我,我很抱歉,亲爱的。"

"如果我让公众知道安格尼斯的惨状,她所受的羞辱将是难以想象的。她的名字——和我的名字——将被当作笑柄,从这儿一直到……到……突尼斯!但是如果我谨慎一些,再过一天,她将陷入非常大的危险……!"

"但是她能有什么危险呢?"休格问道,语气非常温柔,极其理性,"如果她逃走当晚就被冻死了,她……嗯,她现在便不会再受到任何伤害,这样,剩下的工作只是找到她的尸体。如果她活着,那只能说明有人收留了她。这意味着她将再多安全一会儿,当周密的调——"

"她是我的老——老——婆,妈的!"他嚷道,"我的妻子!"

休格立刻低下了头,希望在佣人或者索菲听到之前他的火气能够下去。她

---

① 《月亮宝石》是英国侦探文学的创始作,也是英国文学大师柯林斯的代表作,故事情节惊险曲折,结局出人意料。月亮宝石是印度世代相传的一颗钻石。一个英国军官从印度佛寺掠走了这颗宝石,于是,这颗价值连城的宝石便传到了英国。此后,这颗诅咒的宝石夺走了许多它的拥有者的生命。令人生畏的印度人若隐若现的身影,紧追着这颗宝石。作者威廉·威尔基·柯林斯,是与狄更斯同时代的作家,两人都受到英国作家爱伦·坡的影响,柯林斯的作品更接近现代的侦探小说。这部侦探小说成功塑造了克夫探长的生动形象;通过对月亮宝石案件的侦破,充分显示了侦探艺术的精湛以及他料事如神的本领。同时也描绘了愚昧昏庸的西格雷夫。——译者注。

手下的拉克姆家的信纸上写着"亲爱的伍尔沃斯先生",仅此而已;一滴墨汁从她的钢笔上掉下来,把信头弄脏了。

"难道你没有意识到安格尼斯可能急需救助吗?"威廉责骂道,挥舞着那只没有受伤的手,指责外面的世界。

"但是威廉,就像我刚说的……"

"这不是简单的选——选择她的生或死——有——有比死更糟糕的!"

休格抬起头,不敢相信。

"别和我装——装傻!"他大怒道,"甚至在我们说这些的时候,某个该死的老太婆,就像你的卡斯特威夫人可能正在把她安——安——安置在一个肮——肮脏的妓院里!"

休格咬着嘴唇,转身背对着他,面朝着满是烟渍的壁纸。她均匀地呼吸着,没有擦去脸上的眼泪,而是让它们顺着她的下巴往下流然后进入裙子的衣领。

"我确定,"当她确信她的声音不会出卖她时说,"安格尼斯太虚弱,而且病得很厉害,不会像你害怕的那样被人欺负。"

"你没有读过《伦敦娱乐指南》?"他问,速度之快就像是抽了一鞭子,"垂死女孩儿的买卖还不错——你忘了?!"他发出一声刺耳的呻吟,充满了厌恶,仿佛他纯真的蛋壳此刻刚被砸碎,人类堕落的刺鼻的臭味冲击着他的鼻孔。

休格静静地坐着,等着他再开口,但是他的怒气似乎已经过去了,肩膀耷拉下来,几分钟之后她开始怀疑他是不是悄悄地睡着了。

"威廉?"她温顺地说,"我们现在还给伍尔沃斯先生回信吗?"

别了,1875。

如果拉克姆家在 12 月 31 日有什么庆祝仪式的话,这些仪式也是秘密进行的,特意不包括主人在内。这个城市其他家庭——甚至,是整个文明世界的其他家庭——可能都热闹地期盼着新年的来临,但是在切普斯托别墅区的这间屋子里,掀开新的日历所具有的意义相对于大家正在等待的事情来说黯然失色。生活现在被分成两半,悬而未决:一半是拉克姆夫人失踪之前的日子;另一半则是——无论结局如何——当她被找到之后,一家人终于可以松一口气,不用再痛苦地压抑着呼吸,焦急地等待。

1876 年一月的第一天,佣人们各自忙着,仿佛这一天并不是什么特殊的日子。烤盘里涂上油准备做面包,而这些面包可能需要,也可能不需要;亚麻织品被熨烫好后放在一大堆床上用品上;一些生蛆的鸭肉让希尔斯拿去做肥料,而不是用于其他更有效的用途。甚至克拉拉故意在楼梯上走上走下,从拉克姆夫人的卧室进进出出,绷着脸警告其他佣人:她们最好别问为什么。

相较之下,没人能够指责家庭教师是多余的;在新年的第一天,前半天她忙着她新的日程:早上给索菲小姐上课,然后匆匆吃过午饭,之后在主人的书房里工作两个小时。

休格和威廉没有寒暄也没有绕弯子,直接开始干活。工业的齿轮不为任何人暂停,拿手指断了或者头疼,或者老婆失踪了当借口是没用的。账单必须得支付,出错的供应商必须被追责,还得勇敢地面对拉克姆百花香囊的失败。

休格给一些某某先生们写信,彬彬有礼地和威廉商量修改他充满火药味和悲伤的语气,尽全力不让信件变得语无伦次。几乎想都没想,她就把像"让——让他好好想想吧,混蛋!"这样的话直接换成了"你永远的朋友",而且每当他对数字失去耐心的时候,温柔纠正他的计算错误。今天他因为一个西哈姆[①]的炭黑生产商而大发雷霆,气一直没消,现在躺在长软椅上,鼾声从他肿胀的有血痂的鼻子里发出来。

"威廉?"休格柔声说,但是他没有听见,她知道如果把他叫醒会让他非常生气,而如果让他这么睡下去他顶多温和地责备几句。

为了在威廉感到不舒服而自己醒来或者她不得不回去照看索菲之前让时间过得快一点,休格拿起《伦敦新闻画报》,静静地翻着。她知道现在安格尼斯的失踪已经引起警方的注意,但是威廉要求绝对的谨慎已经被证明是正确的,因为报纸上丝毫没有提到拉克姆夫人。相反,今天的大新闻是被称为(仿佛已经成为传说)北部铁路大灾难。一幅基于一位幸存者所画的素描而创作的版画描绘了一队魁梧的男人穿着厚外套围在倾覆的苏格兰飞人号车厢周围。由于刻版工缺乏技巧或者过于突出技巧,这些救援人员看起来像邮递员从列车上卸一麻袋一麻袋的信件,丝毫没有展现事件本身的恐怖。在发生在彼得伯勒[②]北部博特·利普顿的这次严重撞车事故中,有十三人死亡,二十四人严重受伤。事故的原因是信号灯受冻显示"关闭"位置信号。这场灾难能让利克上尉感到兴奋。

休格想着安格尼斯,这是当然的;她脑子里想着安格尼斯从残骸中被救出来,支离破碎、内脏外翻。是不是安格尼斯从诺丁山到这个城市花了太长的时间?她本该坐开往爱丁堡的火车。休格现在很被动,她不知道安格尼斯到达帕丁顿火车站之后会去哪里——如果她能够到达的话;"看看布告板,答案会自己出现"是她的修女姐妹给她的唯一建议——这也是唯一能给予的建议,因为休格不了解

① 英国英格兰东南部城市。——译者注。
② 英格兰早期城市,现为北安普敦郡的一部分。——译者注。

铁路，也不清楚铁路运行图。万一安格尼斯被"博特·利普顿"教会所迷惑，决定在那里下车该怎么办？

报纸这篇文章下面有一段名为"铁路旅行安全状况"的脚注：

在1873年，有17246人死于非命，平均比例为百万分之七百五十。这些人当中，有1290人死于列车事故，990人死于矿山事故，6070人死于其他机械事故；3232人淹死，1519人死于马匹或运输工具，1132人死于各种机械；其余的有的是摔死，被烧死，窒息而死，以及死于其他日常事故。

当威廉在噩梦里打鼾呻吟的时候，休格幻想着安格尼斯掉落进一个矿井，脸朝下漂浮在一个肮脏的池塘里，被捞起来，尖叫着被扔进打谷机，被马蹄践踏，消失在马车的沉重的车轮下，坠落悬崖，痛苦地在烈火中挣扎。或许在拉堡疗养院会好一些，毕竟……

但是，不。安格尼斯没有在那趟列车上，也没有遭遇上述这些不幸。她完全遵照修女姐妹对她的嘱咐。在28日晚上，她已经脱离危险，安全地在一个乡村的避难所安顿下来。想象一下：一个质朴的耕种自己土地的本分农民。他发现一个陌生女人从玉米地里穿过来，或者是小麦地，或者其他任何什么庄稼；这个穿得破破烂烂的，一瘸一拐的女人眼看就要摔倒。她在找什么呢？修道院，她说，然后在他的脚下晕倒了。这个农民把她抱进屋里，他的妻子正在里面煮一锅汤……

"不！不！"威廉呻吟道，用那只没有受伤的手挥舞着，反抗那些梦中的袭击者。

休格想象着安格尼斯的另一种可能的情况：不知所措的拉克姆夫人跌跌撞撞地走出乡村火车站，借着月光走进一个危险的农村，很快便被一群无赖袭击，这群无赖抢走了休格给她的所有钱，然后扒走了她身上的衣物，强行把她的腿掰开，然后……

钟表响了两声。索菲·拉克姆下午上课的时间到了。

"对不起，威廉。"她低声说道，他的整个身体猝然一动。

日子一天天过去，一直没敢说出自己名字的新年战战兢兢地往前走着，索菲似乎是拉克姆家里面唯一没有受到安格尼斯消失影响的人。毫无疑问，这个孩子对这件事情是有自己的看法的，只不过这些看法藏在她包裹严实的身体内。但在回答的时候，她很善于表达，除了好奇什么也没有表露。

"我妈妈出走还没有回来吗？"她每天早上都问，措辞模糊，表情也很难让人看懂。

"是的，索菲。"她的家庭教师回答道，就像是在问答式教学，之后开始一天的工作。

休格注意到两个完全颠倒的反应：索菲的行为是典型的故意装作镇静、耐心和成熟，而威廉·拉克姆则愠怒、结巴和大喊大叫，正做着什么就睡着了，像是一个爱发牢骚的婴儿。索菲认真地研究澳大利亚，就像很快要去那儿居住一样。她熟记英国君主的那些偏见，仿佛这些信息是武装她这个六岁小女孩的最佳武器。

甚至是玩的时候，她似乎也决心要弥补自己在圣诞节时的那些罪过。那个漂亮的法国人偶，本来应该有很多社交活动的，却只能在角落里长时间站着，反思自己的虚荣，而索菲则静静地坐在书桌前用蜡笔画画，一幅一幅地画着素描，描绘骑着大象的褐色皮肤的仆人，而且一幅比一幅可爱。

她还读《爱丽丝漫游奇境记》，一次读一章，反复地读每个部分直到背下来或者看懂为止。有的时候是先背下来而没看懂，有的时候是先看懂而没有背下来。这是她读过的最离奇的故事，但是她的家庭教师给她这本书一定是有原因的，她越读越对里面的惊险习以为常，直到这些动物们变得几乎和李尔先生①的动物一样友好。从剩下还没有读的章节的插画看，这个故事的结局应该很惨，但是当她翻到结尾的时候，她发现最后五个字是"快乐的夏日"，这样的结局应该坏不到哪儿去。她非常喜欢里面的一些画，比如爱丽丝和老鼠游泳的那幅（只有在看这幅画的时候，她脸上才显出无忧无虑的神情），还有一幅每次看的时候都能让她开怀大笑，画的是一个超级胖的男人在空中穿行。这幅画一定是一个巫师画的——这些线条构成的图形就像是对她的肚皮施了魔咒，无论她多么努力地克制，都忍不住咯咯咯笑起来。至于爱丽丝说的"我到底是谁？啊，这是一个很大的难题！"那部分，索菲每次重读的时候必须做深呼吸，这个问题说出了她内心最深处的秘密，这让她感到非常恐慌。

"我很开心你能喜欢我圣诞节送你的这本书，索菲。"休格小姐说，又一次逮到她在看这本书。

"非常喜欢，小姐。"索菲让她放心。

"在我帮助你父亲的时候，你表现得很好，做了所有的阅读和素描。"

索菲脸红了，低下了头。并不是要做个乖孩子这个想法驱使她画那个骑着大象的可怜的黑人玩偶，她也不会为了做个乖孩子而读《爱丽丝漫游奇境记》和在没人的时候用嘴唇模仿"吃我"，"喝我"。她做这些事情是因为她无法做其

---

① 爱德华·李尔（Edward Lear, 1812—1888）以写 nonsense poems 出名。他从小爱画动植物，20岁那年，英国动物学会雇他给学会的动物园里养着的鹦鹉写生，后来印成彩色图册，共42幅。这在当时是个创举，他因此有了点小小的名气。——译者注。

他事情：一个神秘的声音，她怀疑是上帝的声音，敦促她去做这些事情。

"该轮到新西兰了吧，小姐？"她充满希望地问。

在安格尼斯失踪的第八天，休格注意到索菲都不再问她妈妈出走回来了没有。仿佛，过了一个星期失踪的人还没有出现，孩子们就认为这个人可能在被找到之前都不会出现了。没有哪个捉迷藏游戏拖这么长时间，没有什么调皮捣蛋能够躲过惩罚这么长时间。安格尼斯·拉克姆太太已经去另一个房子里生活，就是这样。

"爸爸的手还疼吗？"索菲问，这时她和休格已经吃完午餐，休格将要去书房。

"是的，索菲。"

"他应该吻它然后像这样夹住它，"孩子说着，用自己的右手和左腋窝演示该怎么做。"我就是这么做的。"她向休格投去奇怪的、恳求的目光，仿佛是希望她的家庭教师尽责地将这个治疗方法传给他充满感激的父亲。

去威廉的书房工作的时候，休格当然没有照做。他表面的伤可能正在快速地好转，但他的脾气却越来越坏，他的结巴——这让他非常恼火——也没有任何减轻的迹象。他女儿奇怪、有趣的建议不是他想听到的。

第三封、第四封信还没有发出去，信件又已经堆了一堆，看了让人望而却步。今天几乎没有完成什么工作，因为威廉总是跑题，抱怨合作伙伴背叛和不忠。他还回忆安格尼斯——一会儿声称这座房子如果没有她就是一个空壳儿，他愿意付出任何代价换取能再次听到她在客厅里甜美的歌声；一会儿又说他忍受了长达七年的折磨，现在该是有个答案的时候了。

"什么答案，亲爱的？"休格说。

"我有妻子，还是没有？"他抱怨道，"七年了我一直在问自己这个问题。你无法了解那种折磨：你只想做个丈夫，却被当作一切其他的东西——怪物、骗子、傻瓜、看守、一个衣着光鲜的摆设在发——发——发情的时候——这该死的结巴！"

"你激动的时候，结巴会更厉害，威廉。而你冷静的时候，几乎不结巴。"这是不是一个彻头彻尾的谎话呢？不，他似乎接受了。

抛开口吃不说，拉克姆确实在逐渐康复。他的吊带在他脖子上挂着就是个摆设，而且也不再躺在长软椅上打呼噜了，而是经常踉踉跄跄地站起来，在地板上踱步。他的视力也基本恢复正常，每次他用手帕擦去满头大汗时，更多的血痂就掉下来,露出粉色的嫩肉。

"我们要开始工作吗,亲爱的?"休格说,他嘟哝着表示同意。他构思了几分钟,当她复述这些信件的时候,频频地嗯嗯作声,点头同意这些数字,但是之后一些措辞激怒了他,他脾气的薄薄的保护套再次爆裂。

"告诉那个恶棍自己把自己吊死!"他喊道,十分钟之后,说另一个商人,"这头蠢猪他不会有好下场的!"对于这些暴怒,休格已经学会老练地用长长的暂停予以回应,之后建议一个更加和缓的措辞。

但是如果说威廉对于这些商业信函反应有失理性,那么这和他对安格尼斯那些相识们留下的名片的反应比起来,要算是绝对的理性了。

"古奇夫人?她要负很大的责任!她胖胖的臭皮囊里咣当的杜松子酒和鸦片比一群齐普赛街①的妓女加起来还要多。这只恶心的母牛为什么要邀请安格尼斯去她的降——降神会②?"

"这就是一张名片而已,威廉,"休格说,"留下只是出于礼貌。"

"这个该死的女人!如果她真——真的有千里眼,她——她就应知道不该来这里打探!"

休格等着。在罗丝拿来的银盘上还有几张名片。"您是否要,"她说,"我不提那些和拉克姆香水无关的邮件?"

"不!"他喊道,"我要知道所有事情!全都告诉我,听到了吗?"

安格尼斯失踪十天之后,阳光穿透云层,休格决定带索菲出去到花园里上下午课。

花园里现在还不是很漂亮,也不是很舒服——充满了被弄脏的雪,雪泥和淤泥,——但和屋里比起来毕竟是换了个环境,屋里狂风暴雨,充满了火药味和忧惧,从主人的晴天霹雳到楼下穿过整个屋子的尖叫。

现在随着拉克姆夫人安全的希望越来越渺茫,佣人们开始担心新的东西:他们没有担心当女主人被带回来时会造成的喧嚷吵闹,而是已经开始担心自己被辞退了。因为,如果拉克姆夫人没有回到家里来,拉克姆家就用不了现在这么多佣人了。克拉拉将是第一个被辞退的,但她可能不是唯一的一个。拉克姆先生脾气一直很差,不管是对哪个女孩儿,稍不如意就威胁和指责,说她不称职。莱蒂已经哭了好几次了,新来的厨娘容易激动,昨天和他顶嘴"我可没您那样的好太太!"之后被命令打包走人,几小时之后这个命令又被粗暴地撤销。

总之,这是一个不开心的家庭,充满了不祥的预感。所以休格小姐和拉克

---

① 伦敦街道名——译者注。
② 人们设法与亡灵对话的集会。——译者注。

姆小姐来到外面,穿着暖和的哔叽冬装和毛衬里皮鞋,戴着手套。屋外的世界很广阔,只要你穿得暖和一些。

她们先来到马厩,在那儿,索菲抚摸马的胁腹,休格忍受着切斯曼无礼的凝视。

"记住别让您的家庭教师耍什么花招,索菲小姐!"在她们离开的时候,切斯曼开玩笑说道。

接下来,他们来到温室,希尔斯严密注视她们,不让她们动任何东西。这些玻璃容器上凝结了一层雾,里面培育着非季节性的蔬菜——这是希尔斯"一年四季什么都有"的宏大计划的第一批果实。

"今天学什么,索菲小姐?"园丁说,同时冲着家庭教师胸前抱着的历史书点头。

"亨利八世①。"孩子回答。

"很好,很好,"希尔斯说,他认为上学除了叫人会读毒药瓶上的说明之外没什么用处,"从来不知道什么时候他能派上用场。"

社交访问结束,休格和索菲横穿到拉克姆家的边界,开始绕着栅栏转圈,正如休格过去窥探这所房子时习惯做的那样,不过当时是在金属栏杆的另一侧。现在再看这所房子,不用再像过去那样通过熟铁栅栏眯着眼睛往里瞧了,休格提醒自己:她曾经多么渴望了解这所屋子里的情况,现在她知道了。切斯曼非常粗俗无礼:她走到今天这一步是她做梦也想不到的,但是她还不知足。

她们一边走着,休格一边绘声绘色地讲亨利八世的故事,大胆地在其中添油加醋。的确,她必须约束自己不要过多地复述主人公的对话,因为尽管索菲似乎对她说的什么都相信,但她还是害怕复述过多会让孩子产生怀疑。这本关于这位危险的国王的历史书情节简单,分为六个故事,非常像一部童话,凯瑟琳②、安妮·博林③和克利夫斯的安妮④几乎都快成了"三只小猪"或者"三只小熊"。

"如果亨利八世那么想要一个儿子的话,小姐,"索菲问,"那他为什么不娶一个有孩子的女士?"

"因为这个儿子必须是他自己的。"

"但是,如果她娶了那位女士,那位女士的儿子不也就是他的儿子了吗,小姐?"

---

① 亨利八世(1491年6月28日—1547年1月28日),是英格兰亨利七世次子,都铎王朝第二任国王,1509年4月22日继位。他也是爱尔兰领主,后来更成为爱尔兰国王。——译者注。
② 凯瑟琳(1485—1536),英国国王亨利八世的第一个王后。——译者注。
③ 安妮·博林(1507?—1536),英国国王亨利八世的第二个妻子,伊丽莎白一世女王之母。——译者注。
④ 克利夫斯的安妮(1515—1557),英国国王亨利八世的第四个妻子。——译者注。

"是的,但是要做一个真正的继承人,这个儿子身上流的必须是国王自己的血。"

"孩子们就是用那个做的吗,小姐?"在拉克姆家的边界,索菲问,当时是1876年1月8日下午两点半。"血吗?"

休格话到嘴边,又咽了回去。

男人射出的一股黏液和女人体内的一个像鱼一样的卵,脑子里的卡斯特威夫人帮忙提示道。

休格用一只手摸过她的额头:"嗯……不,亲爱的,小孩子不是用血做的。"

"那他们是怎么做出来的,小姐?"

休格考虑片刻,脑子里现出小精灵和仙女的异想天开的故事。认为这些不行,她接着想起了上帝,但是上帝创造了人类,可是又几乎不管他们的幸福,这似乎更荒谬。"好,索菲,"她说,"孩子们是……嗯……被种出来的。"

"像植物一样?"索菲说,朝草坪那边的希尔斯的棺材一样的温室和地上乱放的黄瓜架费力地盯着看。

"是的,有点像植物,我想。"

"是不是因为这个,亨利叔叔在死后才被埋到了地底下?然后长出小孩儿呢?"

"不,不是的,索菲宝贝儿,"休格赶紧说,吃惊于孩子把魔瓶打开后一下子把里面的死亡、出生和生殖这些魔鬼全都放了出来,"孩子是长在……他们是长在……"

这没用。找不到任何合适的词,即使有合适的词,它们对这个孩子也毫无意义。休格想摸索菲的肚子,但是又打消了这个念头。

"在这儿。"她说,将一只戴着手套的手放在了自己的肚子上。索菲傻傻地瞪着这些张开的指头,几秒钟之后问了一个必然的问题。

"怎么种,小姐?"

"如果我有一个丈夫,"休格说,然后小心翼翼地继续,"他能……在我身体里种下一颗种子,我可能就能长出一个孩子。"

"丈夫从哪儿获得种子,小姐?"

"他们自己造。他们在那方面很聪明。看起来,亨利八世不是特别聪明。"之后,话题的航船终于驶进都铎王朝①历史的平静水域——或者说休格是这么认为的。

---

① 都铎王朝(1485—1603),英国的封建王朝。——译者注。

几个小时之后，索菲洗完澡，擦上粉，被放到床上，休格给索菲盖好被子，在枕头上将索菲纤细的头发顽皮地摆弄成光环一般绕着她昏昏欲睡的头，但是，在熄灯之前，还有一件事情要彻底搞清楚。

"那么，我是从妈妈身体里出来的。"

休格愣住了。"是的。"她谨慎地说。

"妈妈来自……"

"她的妈妈。"休格同意道。

"她妈妈来自她的妈妈，她的妈妈来自她的妈妈的妈妈，她的妈妈的妈妈来自她的妈妈的妈妈的妈妈……"孩子快要睡着了，重复着这些像打油诗一样的话。

"是的，索菲。沿着历史一直往前追溯。"

不知道为什么，休格突然想钻进索菲的被窝里，紧紧地抱着她，同时也被她抱着，吻索菲的脸和头发，将孩子的头紧贴在胸前，轻轻地摇晃她，直到他们都睡着。

"一直追溯到亚当和夏娃？"索菲说。

"是的。"

"那么，谁是夏娃的妈妈？"

在夜里这个时候，休格实在太困了，无法想出这个宗教谜团的答案，尤其还因为她知道威廉正在书房等着她去面对另一堆拉克姆的信件和他火爆的脾气。"夏娃没有妈妈。"她叹道。

索菲没有回应。或者是她睡着了，或者是根据长这么大对这个世界的了解，她认为这个解释非常可信。

"告诉我，"威廉突然逼问，这时休格正就象牙的脆度给格罗弗·潘基写信，"你和安格尼斯是不是关系……亲密？"

休格抬起头，小心地将装满墨水的钢笔放在吸墨纸上："亲密？"

"是的，亲密，"拉克姆说，"警方的侦探，当——当他们和佣人们交谈的时候，对特殊的关系特别感兴趣。"

"警察？在这个房子里？什么时候的事情？"她问的时候，甚至想起索菲拿着望远镜站在教室的窗户前，说开心地前来索要圣诞礼物的"工人"也太多了，"没人问我。"

"不，"威廉说，把头转向一边，"我想——想他们不问你是最好的，因为你忙着索菲的事情，说——说不定，你可能——无——无论因为什么原因——

已经被警察盯上了。"

　　索菲盯着桌子那头的威廉。他今天晚上已经踱完步，在过去的一个小时里，一直躺在长软椅上。她看到的只是头上的绷带，肮脏的吊带还有看起来缩短的双腿，他不停地交叉双腿又分开。很难相信她是他的情人以及会在克洛斯小修道院，在那么多夜里，特意为他花那么多个小时洗浴、芬芳自己的身体。

　　"安——安格尼斯对一些她几乎不认识的女人有该死的特殊的迷恋。我——我们发现她给艾米莉·福——福克斯写信，求她告诉天堂的地址。"

　　"我根本不认识你的妻子。"休格平静地说。

　　"当警察找克拉拉问话的时候，她说安——安格尼斯坚称把她从马车库里找回来的人是她的守护天使，一直在她身边，是她在这个世界上唯一的朋——朋友。"

　　一阵寒意带着恶心和负疚沿着休格的脊柱蹿下，同时还有几乎无法控制的傻笑的冲动——这些混杂在一起，尽管她长期以来能体验到不正常的生理感觉，但她必须承认还从未感受过。

　　"整个过程顶多花了五分钟，"她告诉威廉，"我听到她的叫声，我发现她在马车房里，然后我扶她回到屋子。我没有说我是谁，她也没问。"

　　"她相信你？"

　　"我想她没有理由不相信我，"休格说，"因为她从来没有见过我。"

　　威廉转过头，直直地看着她的眼睛。她也凝视着，不眨眼睛，显得很无辜——这是过去的老办法，这些办法在过去帮她让那些危险的顾客相信她如果活着并顺从他们，对于他们来说更有用，而不是被勒死和不合作。

　　钟表响了，十点半了，威廉重新躺到长软椅上。

　　"我不该留你。"他叹道。

　　第二天，当她像往常一样，在吃过午饭后不久赶去威廉书房的时候，她发现屋子是空的。"威廉？"她轻声叫道，仿佛他会像玩偶匣中的小丑，从烟盒里或者是文件柜里蹦出来。但是没有。这里就她一个。

　　她坐在拉克姆香水垛的旁边，等了几分钟，整理成堆的纸张，浏览《泰晤士报》。一艘新客轮开始运营，往返美国需要二十五天，包括游览纽约和尼亚加拉大瀑布，每周二从利物浦起航。索尔·奥林生产广受追捧的价格仅为五先令六便士的金色染发剂。一篇题为《众多的不幸》的文章搜集了这一周的爆炸、火灾和其他灾难，这合里克上尉的胃口。西班牙有内战，黑塞哥维那①也有。法国展现新风貌。休格真不知道共和党在选举中获胜对法国香水业意味着什么。

桌上还有一堆未打开的信件。她是否要在威廉有机会用他的臭脾气把事情搞复杂之前直接开始呢？

她可以看他的商业伙伴说了什么，想好合适的回复，之后当威廉到的时候，用裁纸刀大声地把信封的另一头裁开，假装再把信打开。

钟表滴答滴答地往前走着。待了五分钟之后，她想要不要把一个佣人叫到书房来，问问威廉的行踪，但是她没有足够的勇气去拉铃绳。相反，她离开了书房，去了楼下，她很少一个人下楼，一般都是索菲在后面跟着。她脚下的地毯有几块已经变色；她直到现在才注意到它们。那是安格尼斯的血渍。不，不是污渍：是用力擦去污渍时在稍有污点的表面上留下的干净的红色。

踮起脚尖，休格偷偷将头探进每个房间，直到她找到罗丝——罗丝非常吃惊，看上去很内疚，她被撞见正在客厅的壁炉旁看便宜的故事书，两只脚搭在炭箱子上。她们在圣诞节时的轻松和亲密像蕾丝掉进了火里立刻萎缩，现在她们一个是家庭教师，一个是女佣。

"据我所知，拉克姆先生今天没有任何约会，"休格一本正经地说，"我想你不知道……？"

"拉克姆先生今天一早就被带走了，休格小姐，"罗丝说，"被警察带走的。"

"被……警察。"休格重复道，就像一个弱智。

"是的，休格小姐，"罗丝说，把书紧紧抱在胸前，书俗艳的封面被挡住，露出了背面，背面上不是神魂颠倒的婢女而是比切姆药厂的药品广告，"他们大约九点钟来的。"

"我明白了，"休格说，"我想你不知道原因吧，罗丝？"

罗丝紧张地舔了舔嘴唇："请别告诉任何人是我说的，小姐，我想拉克姆夫人已经被找到了。"

威廉用点头和听不清楚的嘟哝暗示抓他的这两个警察会让他安全地回来。他已经准备，再一次，独自站立起来；他不再感到眩晕，不再需要别人在腋窝下搀着他。

"如果你可以，先生，"停尸间的工作人员建议，"请把注意力集中到那些腐烂最少的部位。"

---

① 南斯拉夫中西部一地区。——译者注。

威廉走上前去，环顾四周，确定他是在地狱——一个响着回声、发出嘶嘶声、发着磷光的车间，很明显这里是用来生产死人的。呼吸着这里肮脏的空气——混合着醋和樟脑的味道，冰冷的空气——他比第一次被带进来时呼吸得更浅，他强忍着低下头看着停尸台上的裸尸。

这具尸体的身高和安格尼斯一样，骨瘦如柴，是个女的：他能确定的只有这么多。最近，停尸间的工作人员用水管冲刷了尸体，让它显得光亮透明；尸体在头顶无情亮光的照射下闪闪发光。

脸……脸上是目瞪口呆的表情，已经烂得差不多看不出是个人了，就像是有人恶作剧用生鸡肉刻了个人脸，留在那儿吓人。脸上有三个洞：没有嘴唇和舌头的嘴巴，两个没有眼球的眼窝；每个洞里的水都是半满，反射出微光。威廉想象安格尼斯在海面下漂浮着，想象着鱼游到她睁开的眼睛上，试探着一点一点地咬她李子似的深蓝色的虹膜——他站不稳了，身子一晃，朝身子两边粗暴地喊：“小心，小心！”

威廉听从工作人员的建议，试着找寻尸体上腐烂不太严重的部位。这个女人——或者女孩儿——的头发因为浸泡显得黑了，乱蓬蓬地缠作一团；如果这些头发干后被梳理好，他就能看出它们的真正的颜色……她的胸非常丰满，和安格尼斯的一样，但是乳沟被暗礁划开，露出了胸骨，扭曲了胸部的轮廓。这具尸体上似乎没有什么部位他能够看着不恶心，擦破的皮肉里翻出血淋淋的骨头，或者本该是洁白无瑕的躯体上有着吓人的青一块紫一块的伤痕。在被啃食的手上，一些手指要比另一些完整，但是上面没有结婚戒指——警官已经告诉他这并不能说明什么，因为从泰晤士河里打捞起来的每具尸体，在到达彼奇科特停尸房的时候都没有任何的首饰，无论它当初掉到河里时是多么的珠光宝气。

威廉的眼睛模糊了，感觉脑袋要炸开。他们想从他这儿得到什么呢？他们想让他说什么？面对这严重变形的尸体，其他任何丈夫能做得比他更好吗？有人能够仅靠尸体上三平方英寸完好的地方就能辨认出他们的妻子吗——比如，未腐烂的肩膀，或者她脚踝的形状？如果能够辨认出来，那么这些妻子一定和他们的丈夫们，比起安格尼斯和他来，有更多的亲密接触！或许，如果躺在停尸台上的是休格的话……

"我们明白，先生，如果……"警官开始说，威廉紧张地呻吟着：揭开真相的时刻到了，他不能被认为是不够格的！他最后一次审视这具尸体，这次他集中在阴毛和阴部，这个小小的避风港里，桃色的肉和精致的毛发完好无损。他紧闭双眼，脑海中泛起新婚之夜安格尼斯的样子，那是之前唯一一次她像这样躺着，让他盯着看。

"这是她——她，"他嘶哑地宣布，"这是我的妻子。"

尽管这些话出自自己的口，但还是给他沉重的一击：当他的现在和过去被强行撕裂，他感到头晕目眩。停尸台上女人的容貌先是模糊，继而非常的清晰，就像相片从显影液里被拿出来，直到清晰地显出安格尼斯的样子。他无法忍受她现在这个样子。他的安格尼斯，死了！他高雅的有着天使般声音的新娘，现在枯萎变成了停尸台上屠夫的垃圾。如果她在七年前他追求她的时候死掉，在那个阳光明媚的下午，他让她一动不动地坐着，他给她拍照，她看着他，仿佛在说，是的，我是你的；如果她晚一小时掉进泰晤士河，七年来他拼命地在找她，一次次地跳入同一河段；如果他刚从水里把她的尸体拖上来，他都不会像现在这般难过。

他抽噎着，结结巴巴地亵渎着神明，让他人搀着离开了停尸房，他现在是个鳏夫了。

第三十章

拉克姆家祸不单行。

安格尼斯·拉克姆夫人,香水生产商的妻子——香水的名字用的就是生产商自己的名字——在周五被发现淹死在泰晤士河里。风湿热还未痊愈,她从位于诺丁山的住所出发去参加朗伯斯区①音乐学校的音乐会。一个误会导致她和同伴们分离。

风大,朗伯斯码头路滑加之拉克姆夫人的病体,这些是警方认为导致这次致命意外的原因。距离这次悲剧仅仅四个月之前,亨利·拉克姆(拉克姆的哥哥)在一次房子着火中丧命。拉克姆夫人的葬礼将在周四十一点在她教区位于诺丁山的圣马可教堂举行。

休格弯腰盯着夜壶内部光滑的陶瓷,把三根手指插进嘴里。她很难呕吐,她的指甲都划伤了咽喉才犯了一下恶心。但是什么东西也没有吐出来,只有唾液。

真该死!过去一周,甚至更长的时间——或者说,自从安格尼斯失踪之后——大多数早上她都会恶心,刚要开始讲课,就得离开教室把早饭都吐出来。这不奇怪,因为她害怕安格尼斯被抓到,恐惧自己的所作所为被发现,还有威廉说来就来的暴脾气,以及从天亮一直忙到半夜让她筋疲力尽!今天她担心如果现在不把呕吐私下里解决了,将来会在大庭广众之下出丑,到那时便无处可藏了。

① 英格兰大伦敦南部的区。——译者注。

她抬头看看表，葬礼的马车随时会到，可她的早餐就是吐不出来。她站起身，不安地发现她素服的重重的绉纱已经皱了。这讨厌的东西一弄就皱，紧身上衣太紧了，呼吸的时候肋骨都被勒得发疼，紧身上衣和短裙用双线缝合，缝合的地方磨得屁股疼。是不是彼得·罗宾逊的女裁缝弄错了？送来的衣服盒盖上写着她的尺码，和威廉叫她在订单上填写的完全一样，但这些衣服就是不合身。

休格以前从未参加过葬礼，但她读过关于葬礼的东西。以前，妓女死了就直接消失了，没有仪式什么的。今天一个黑暗的屋子里躺着一具尸体，第二天阳光就照在空空的床垫上，床上用品被晾在屋外的晾衣绳上。那些尸体都去哪儿了？从来没有人告诉过休格。啊，曾经有一次可怜的小莎拉·麦克蒂克被卖给一个医学生，但那并不经常发生，是吗？可能所有死的妓女都被秘密扔到了泰晤士河里。但有一件事情是可以确定的：她们都没有葬礼。

"索菲必须去吗？"她大胆地问威廉，因为威廉命令索菲必须去，"一般不是不让孩子去吗？"

"我才不在乎别人怎么样！"他反驳道，脸一下红了，"安——安格尼斯是拉克姆家的人。我们家没他妈剩下几个人了，我们都该去为她送葬。"

"她能只去教堂，不去墓地吗？"

"都得去，都得去。安——安格尼斯是我的妻子，索菲是我的女儿。他们说女人们在葬礼上可能会哭。在葬礼上哭怎么了？一个人去世了，上帝啊！现在不要再讨——讨价还价了，在单子上写上你的尺码……"

休格的裙子太紧了，她都不敢深呼吸，感到很生气。

这已经是第十二次了，她打开快被翻破的报纸，再次阅读安格尼斯的讣告。每个字都刻在了她的脑子里，但当实际印刷在纸上，还是具有一种奇怪的令人害怕的权威，这些谎言被印进了报纸的每一根纤维，无法消除。数千份印有关于尚未康复的女士因她对音乐表演的热爱而丧命的悲剧小故事的报纸从印刷机里被吐出来，分发到数千个家庭。笔确实比剑更有威力；它杀死了安格尼斯·拉克姆并把她丢进了历史。

为阻止自己再次阅读安格尼斯的讣告，休格拿起了一卷她那包装精美的莎士比亚文集。实际上，自从收到这份礼物，她几乎还没有看过，因为一直忙着看孩子的课本和偷看那些日记。现在是该活动一下大脑里的文学细胞了。

她草草翻阅着，想找到《泰特斯·安特洛尼克斯》①，她一直认为这部作品没有受到应有的重视——实际上她回想起为这部作品的血腥和狂暴辩护以支持某

---

① 莎士比亚早期戏剧。——译者注。

位乔治·W. 亨特,当时他们是第一次在"炉边"见面。

现在找到《泰特斯·安特洛尼克斯》了,她却看不懂了;她一定是疯了。威廉在那第一个夜里,曾经告诉过她,她最终会回到《李尔王》——他是对的。她走马观花地翻着书页,只有在看插图的时候会暂停一下。她的智商怎么了?照顾索菲把她的脑袋搞坏了吗?她曾经将百万字的《克拉丽莎》①视为一场盛宴,会一口气看完伊丽莎白·艾洛瓦特②和玛蒂尔达·休斯顿的最新作品……她现在傻傻地盯着描绘麦克白夫人准备跳下护墙的版画,仿佛这本皮装的文学作品只不过是给小孩看的图画书。

窗外传来了马蹄声和碎石上嘎吱的声音,葬礼马车已经到了。她应该立刻回到教室,让自己看起来已经做好准备并且能够陪伴并保护好拉克姆小姐,但是她先透过窗户看,身体尽量往前倾,鼻子都快碰到玻璃了。毫无疑问,索菲也在做同样的事情。

能看见下面有两辆四马拉的大马车。其中一匹马就在卧室窗户正下方,烦躁不安地喷着鼻息。要是在过去,她会调皮地扔东西打它摆动的头,头上装饰有羽毛,或者甚至会瞄准马车夫放在后面的黑色的大礼帽。她至少能认出六个阴郁的官员轮流从马车拉着的窗帘后面探出头来。每个细节都是黑白的:男人们,马,马具,木车轮和座套,甚至车行道的石子也都是黑色的,上面的雪已化了。休格草率地用袖子擦去玻璃上的哈气,但突然停了下来,她意识到两件事情:一件是,绉纱不防水,而且在湿湿的玻璃上会留下灰色的污渍,另一件是,下面的人们可能会认为她在向他们招手。

她后退离开窗户,把夜壶推回到床下,从彼得·罗宾逊的盒子里抓起她的手套,赶紧去找索菲。

索菲站在教室的窗户前面,用她的望远镜偷偷地朝下面的马和车盯着看。那个法国人偶站在角落里,粉色的舞会礼服外面披着用绵纸做的披肩,露出一截裸露的胳膊,它的羽毛帽子被用黑色手帕做的披巾粗鲁地盖了起来。索菲自己的素服没有这么薄,它们像黑色的蚕茧把她微小的身体包裹起来。

"他们来接我们了,小姐。"她说,没有转身。

"我有点害怕,索菲,"休格说,她戴着黑手套的手悬在索菲的肩膀上,犹豫要不要摸它,"你是不是也有点害怕?"自从得知妈妈的死讯后,这个孩子没有哭闹,相反,表现得很淡然,冷漠得有些不真实。一个人真的能够失去了妈妈还无动于衷吗?

① 英国小说家理查逊的长篇书信体小说。——译者注。
② 伊丽莎白·艾洛瓦特(1827—1898),女,英国小说家。——译者注。

"保姆把关于葬礼的一切都告诉我了,小姐,"索菲说,翘起脚尖旋转过来面对她的家庭教师。她放下望远镜,有棱纹的金属镜筒咔哒一声落回到原位,"我们什么也不用做,看着就行。"

休格弯腰去把索菲的帽带重新系上,希望用手指温柔地滑过索菲的喉咙能让孩子相信她只需要表现出——哪怕是一点点的——悲伤,休格小姐将会给她所期望的所有同情和爱。但是系帽带的动作过于轻柔,根本传达不了这样的信息:只是系了个很宽松的结,仿佛这位家庭教师太笨,手指太无力以至于无法合适地打扮一个孩子。

"今年的开头太令人悲伤了!"休格叹道,但是索菲没有接这个话茬。

"是的,小姐。"她说,没有反驳她监护人的看法,因为后者更有权威。

在黑色潮湿的土地上,已经挖出一个四英尺宽、六英尺长、六英尺深的坑。一大群安格尼斯·拉克姆的朋友围在这个整洁的坑周围。他们肩膀挨着肩膀,挨得非常近,相互之间只隔一点点合适的距离。克兰牧师站在坟墓的头部,用他洪亮的声音主持仪式。之前在教堂,他已经做了长时间的布道,现在看起来他要为新来给拉克姆夫人送葬的人再讲一遍。

细长娇小的棺材盖着黑色的天鹅绒,上面有白色的花环,已经被殡仪员的助手(扶灵者就是象征性的护送者)抬到了墓边,现在躺着听教区牧师讲话。棺材周围有一个耐人寻味的光晕,仿佛棺材会突然打开从里面蹦出一个活人来,或者是蹦出另一个人的尸体,甚至是土豆。前来送葬的人里面有很大一部分有这样令人毛骨悚然的幻想——不只是那些有理由怀疑棺材里面并不是安格尼斯的人。

"是她吗?你确定?"威廉一从彼奇科特停尸房回来,休格就问他。

"我……是的,我确——确——确信,"他回答道,目光呆滞。胡子上的汗珠闪着光,"我非——非常确——确——确……"

"她穿着什么?"任何东西都可以,拜托,千万不要是破旧的深蓝色裙子,前面还有灰色的围裙,还有浅蓝色的斗篷……

"她——她是裸——裸着的。"

"她被找到时候就是裸着的?"

"上帝啊,你认为我会问这样的问题吗?啊,如果你看到我今天看到的那些……!"

"你看到什么了,威廉?你看到什么了?"

他只是发抖,紧紧地闭着眼睛,让休格去想象安格尼斯身体的样子:"啊上帝,我祈祷,让这件事情就此结束吧!"

当上前拥抱他的时候,她闻到他的衣服上散发出来的难闻的气味。她抚摸他粘湿的背,说是的,是的,就此结束了,他看到的是安格尼斯,每年有数千人被淹死,比起因为其他原因死的人都要多,仅仅一周前报纸上还这么说,想想安格尼斯逃跑那天夜里的天气和她衰弱的身体吧。她不停地说着,直到他的抽泣和颤抖渐渐缓和下来,他终于安静下来了。

现在他笔直地站着显得很庄重,就像是站在墓旁的一具蜡像,他的脸瞬间可以被辨认出来是拉克姆香水上的样子,下面是黑色柱子似的丧服。休格在他的脸上抹上了拉克姆化妆品掩盖了上面的伤痕,他的右手——严格按照传统来说,是他唯一不能被遮蔽的部位——戴着宽松的黑色手套,吊着黑色绷带。他的头被帽子紧紧地箍着,一胀一胀的,很痛苦。

不像亨利的葬礼那样在雨中进行,安格尼斯葬礼这天天气晴朗,温度不冷不热,微风轻拂。两只鸟在光秃秃的树上面叽叽喳喳地讨论冬天就要过去,它们或许能看到春天来临。送葬的人们对它们不感兴趣;这些挤在一起的黑色动物像一群乌鸦,脸上是专注和饥饿的表情,它们聚错了地方,这些愚蠢的家伙:这里没有食物,连一粒渣子都没有。

但,今天谁仅仅是为了好奇而来的呢?人们为什么要从舒适的家里出来前来看安格尼斯·拉克姆被埋到地下呢?

嗯,当然是洛德·昂温——如果他不是恰巧在英国度假而是去了更常去的意大利或突尼斯,我们很难说他会做什么。尽管如此,他现在在这儿,他漂亮的妻子也来了,虽然非常遗憾,她和拉克姆夫人从未谋面。

亨利·考尔德·拉克姆是威廉的长辈,虽然没有安格尼斯继父那么帅,但在他这个年龄也算不错的。这个可怜的男人:年龄越大,抱孙子的希望却越来越渺茫;之前,他有两个儿子。一个立志做牧师单身一辈子而另一个则决心做一个单身的浪荡公子。之后,一个儿子死了,另一个娶了一个女人,这个女人为了生孩子所付出的努力都快赶上男人了;现在甚至她也走了。所以他一脸忧郁。

还有谁来了?嗯,看看女性:布雷奇露女士以及一大堆安格尼斯认识的女士们,其中有坎汉夫人、巴特斯莱夫人、安弗利特夫人、麦斯威尔夫人、菲茨休夫人、古奇夫人、马尔夫人——那个阿伯内西夫人在那儿吗?哦,亲爱的,你真的应该知道。看起来像阿伯内西夫人,但阿伯内西夫人不是应该搬到印度去了吗?只有在葬礼结束后,才有可能解开你这些小谜团。

那么那个小孩呢?那个小孩是谁,站在她脸色苍白看起来凶巴巴的家庭教师前面?索菲·拉克姆,是她吗?今天来的一些女士意识到拉克姆夫人有一个女儿，其他人则没有意识到这一点。他们好奇地盯着这个小女孩儿看，发现她的骨骼像爸爸，而眼睛像妈妈。

这真是一个不寻常的葬礼！来了这么多女人，而几乎没有男人！难道拉克姆夫人没有男性亲戚吗？没有兄弟、侄子和外甥吗？很明显，没有。据说有几个叔叔还活着，但是他们……嗯，他们是天主教徒，而且不是那种体面、谨慎的天主教徒，他们是煽动者和狂想家。

那么克鲁大夫呢，就是拉克姆夫人的医生？他不是应该在这儿吗？啊，他现在正在安特卫普①在一个关于黏液水肿的研讨会上发表意见。那是他的女儿，艾米莉·福克斯夫人，不显眼地站在人群后面。又是一个寡妇！我的上帝啊，你曾参加过这样的葬礼吗？有这么多的寡妇和鳏夫！甚至昂温太太也并非是第一任昂温夫人，你知道——不，甚至安格尼斯·拉克姆夫人的母亲也不是——还有另一个，第三个，我的意思是说，首任昂温夫人，她几乎刚一结婚就死了，几个星期之后，洛德·昂温遇到了维奥利特·皮戈特，你知道，她自己就是一个寡妇——你能跟上吗？是的，这个丑闻最好被遗忘在历史的迷雾中，特别是在今天我们参加的这么一个庄重的场合，说长道短是不合适的。此外，他可怜的妻子尸骨未寒，维奥利特·皮戈特就朝着洛德·昂温转动她的遮阳伞，谁知道一个新丧偶的男人会在巨大的痛苦中做出什么错误的判断呢？

不管怎么说，那些都已经是过去了，我们不会再提，特别是因为我们没有一个人知道所有的事实，甚至菲茨休夫人也不能完全知晓，尽管她的姐姐和首任昂温夫人关系亲密。她戴着黑色的羽毛围巾，明天下午一定会去参加巴尔夫人的聚会——只有女士参加的非正式聚会。

但是，我们刚才说到哪儿？啊，是的，福克斯夫人。她看起来很好，不是吗？半年前，人们都认为她不会再参加葬礼了，除了她自己的除外；她来了，证明一切皆有可能。但是，她和拉克姆夫人特别熟吗？在人们的印象中，她们两个人从不一起在公开场合露面。或许她是代表她父亲来的？她看起来很懊悔，但是——谁敢说呢？——有一丝的不开心。她坚定地支持火葬，你知道吗？克兰牧师无法容忍她：有一次在布道时，她站起来说："对不起，先生，但那不是真的！"你想想象这样的场景吗？我希望我当时在那儿……

不管怎样，她来了，当克兰牧师讲话的时候没有发表意见。她表情冷漠凝重——是的，所有这些女士们的表情都是冷漠凝重，非常适合这个场合。古奇夫人在期间啜泣了一下，当发现只有她一个人这样，便立刻停止。

① 位于比利时北部。——译者注。

那么，那些男人呢？他们是什么样子呢？威廉·拉克姆的表情痛苦而迷茫；毫无疑问，他妻子的死给他造成的伤害程度在将来会逐渐显现出来。洛德·昂温的悲伤控制得非常好，以至于看起来有些厌倦。亨利·考尔德·拉克姆一动不动地站着，表情悲伤，他的注意力一直集中在牧师身上，每次掌声将牧师的讲话打断的时候，他都会静静地吸一口气，胸部随之扩张。

克兰牧师的演讲看起来要达到高潮了：他提到了"尘与土"，这让人们不禁认为这暗示着棺材很快就要被放入墓穴。尘与土，他提醒他的听众，是我们肉体最终剩下的东西，但是相对于我们的精神，它们微不足道。面对死神冷酷的目光，我们的灵魂回归到本源，我们的躯体——这个微小的，几乎是微不足道的颗粒，便是从中而来。拉克姆夫人肉体的消散对她来说没有丝毫损伤，因为她还活着，不只活在人们对她性格和行为的记忆中，对此到场的所有人都能证明，而且，更重要的是，她还在天父的怀抱中得到永生。

有幸认识她的人都怀念她——她的墓碑上刻着，"俗世的损失，天堂的荣耀"，几乎和旁边亨利的墓碑上刻的一模一样，因为饱受丧亲之痛的人们如何能想出什么更好的新词儿？人们是否期望他模仿赫伯特作一首玄言诗呢？如果换作是别人，是否能做得更好呢？死亡对于漂亮的诗句来说太不堪入目。

当殡仪员的助手将棺材抬起放在绳子上时，威廉盯着棺材看。他的下巴僵硬，他忍住不去擦眉毛上的汗珠，害怕这层薄薄的拉克姆粉底霜和拉克姆桃色腮红会被手帕擦掉，露出伤疤和瘀伤。时间到了：这个细长发亮的盒子最终被放进了墓穴，克兰牧师吟诵多年来一直念诵的咒语，送它上路。威廉感到不舒服。"灰烬归于灰烬，尘土归于尘土"在墓边说来很好，但是残忍地从科学的角度看来，灰烬是燃烧的产物，并非来自埋葬。威廉在停尸房的停尸台上看过之后，他知道棺材里面的尸体已经严重变形，但是最后的结果不会是灰烬，而是液体，或者至多是软膏。

的确，在威廉的脑子里，尸体已经腐烂得比他上周看到的时候还要厉害了。当棺材缓缓地被放入墓穴的时候，他想象撕裂的腐肉在棺材里面像果冻一样晃动着。他强咽一口唾沫压住不发出恐惧的呻吟。真是奇怪，他居然不相信安格尼斯身上还有一块结实的地方，而他的兄弟亨利——已经在地底下躺了好几个月，从逻辑上讲，状况一定比安格尼斯的糟多了——他想象着，就像是木乃伊似的，硬得像根木头。即使是在坟墓里，他的兄弟也会变为干尸来抵御腐败，变成坚硬的一个整块，而在威廉的想象中安格尼斯的易变——她作为女性所具有的典型的不稳定性——使她像炼丹那样被融化。

他把视线移开，他受不了了。眼泪把眼睛灼得生疼。今天会有人在私下里相信是他逼妻子自杀的吗？她们鄙视他，所有这些女人，所有这些多嘴多舌的"好朋友们"，她们在心里责怪他。他能向谁求救呢？他不能指望休格，因为她和索菲站在一起，而且他无法面对一个想法：现在她想有一个妈妈的希望完全破灭了，这个安格尼斯的孩子该怎么办。绝望中，他向布雷奇露女士望去，他喜出望外——而且被深深地感动——地看到她的眼睛也在闪亮着。你这个勇敢的，勇敢的男人，她在说。声音虽然不大，这是当然的，但却用尽了其他每种可能的表达方式。他紧紧地闭上眼睛，摇晃着，听土一层一层地落下。

最终有人轻轻拽他的胳膊。他睁开眼，希望看到的是一张女人的脸，但却是一个官员。

"这边请，先生。"

威廉目瞪口呆，不明所以。

官员用戴着黑手套的手指向墓地那头："马车正在等您，先生。"

"是……我……啊……"他结结巴巴地说，然后啪地闭上嘴巴。这一整天，他都害怕说话，害怕为自己辩解，结结巴巴地解释为什么安格尼斯没有好好地活着。突然他反应过来，他不是必须要说话的。他被放过了。没有任何问题了。是时候该回家了。

第二天，克拉拉·蒂洛森被辞退了。或者更委婉一点说，她带着拉克姆的祝福上路，去一个主人不是鳏夫的家庭里找工作了。

"现在情况变了。"当将这个消息告诉她时，威廉说的是这句话。当然，这几乎算不上新闻，她很清楚要发生什么，所以为什么不省去他的麻烦，直接在夜里消失呢，带上她的细腰和尖尖的小鼻子一起离开。啊，对了，是因为她需要一封推荐信。他不会给她在大厅里留一封吗，用丝带系在衣帽架上。不，他当然不会这么做。尽管他很讨厌这个女孩儿，但是他还必须再见她一面。

但请您注意，在拉克姆家工作的最后一天，克拉拉的举止发生了明显的改变：她像卖花姑娘一样甜美，像擦鞋匠一样恭顺。天哪，她差点笑了！她一大早就在练习这个对于女佣来说极其重要的技能，将自己的衣物和其他东西整理好装进手提箱，这样他们在到达目的地的时候就不会被弄皱和损坏。她的东西比安格尼斯去福克斯通① 沙滩时带的少多了，准确地说是：一个大箱子，一个格子呢手提箱还有一个帽盒。

拉克姆没有送她走。实际上，当马车来接她的时候，这个家里没有一个人

---

① 英国英格兰东南部港市。——译者注。

能腾出一分钟的空闲来和她挥手道别。只有切斯曼来帮忙,开心地帮她拎箱子,大声对她说,从今天起将开启新的生活。当她上马车的时候,将他青筋暴出的爪子放在她的腰上。克拉拉既想趴在他的胸前哭泣同时又想冲他脸上啐唾沫,纠结在这两种想法中间,无所适从。当他关上马车门的时候,只是由着他将她的裙摆弹开,以免被夹住,当马车开始走的时候,面无表情地坐在里面。

她膝上的手提袋里放着威廉·拉克姆的推荐信,到现在还一直没看。申请工作的规矩是这样的:递交一个密封的,未开启的信封,一种微妙而且明显的优势,即这表明你非常自信信上面完全是对你的溢美之词。当克拉拉在她的姐妹处安顿下来后,她会有足够的时间用蒸汽把信封打开——到那时,她会发现拉克姆将她描述为一个智力平平,对女主人的忠心令人羡慕,而对男主人也非常忠心,尽管不像对女主人那样,精明能干的女佣,而且对于一个包容的雇主来说,她的脾气虽然不好,但是绝不会影响其忠心的服务。之后,克拉拉会火冒三丈,后悔自己没有抓住机会告诉那个臃肿粗俗的流氓拉克姆她对他的真实想法,她的姐妹会老练地表示同意,心里明白:克拉拉连一个字都不敢提,因为害怕拉克姆会把推荐信夺回去,在门阶上将这封信连同她的未来一起撕个粉碎。

"咒你全家倒霉!"克拉拉会大喊,"我希望里面的每个人都死绝,在地狱里腐烂!"

是的,她以后会这么说。但是现在,马车缓缓驶过肯辛顿花园①,她咬着下唇,数着路边的树木,想着,拉克姆夫人的鬼魂会不会跟着她,因为她偷了一些小件的珠宝。一个鬼魂会在乎一些手镯和耳环吗,尤其这些是她很少戴的,而且即使她活着的话,可能也根本就不会在意的?如果这个世界上还有正义的话,偷这点东西根本就不算什么,顶多能换些小钱应应急。啊,但是据说死人报复心很重……克拉拉希望拉克姆夫人,无论她在哪儿,都记得她的女佣这么年来都是她对抗那个可憎的丈夫唯一的同盟,而且她的灵魂在上天堂之后会由衷地说:"一个做得非常好,善良和忠诚的仆人。"

天气温和,这在这个季节很反常,阳光明媚,就在这一天,休格二十岁了。

尽管按理说,一月十九日还是隆冬,但街面上残留的最后一点淤泥已经被清扫干净,鸟儿在树上歌唱,休格头顶的蓝天泛着淡紫色,云朵像蛋壳一样白,仿佛是孩子们故事书里的彩色板。她脚下,公园里的草是湿润的,不是因为雨雪,而是因为霜化了,仅能够把靴子沾湿。能够看出是冬季的唯一证据是石龙的嘴里

---

① 伦敦西区高级住宅区。——译者注。

悬着的长舌状的不透明的冰,这石龙位于公园里空空的喷泉边沿,但是即使是这根冰柱也闪着光,冒着气,像是在呼吸,渐渐地融化于这一片春意当中。

就在这样的日子里,休格想,我出生了。

索菲抬头看着这个石龙,之后又抬头看着她的家庭教师,默默地恳求被允许能近一些观察这个怪物。休格点头表示同意,索菲动作有些笨拙(因为她的素服太紧了,而且非常僵硬),爬上喷泉边沿,她的家庭教师用手扶住她。孩子找到了平衡,戴着手套的那只手按在龙的骨灰色的侧面。这副旧的羊毛手套看上去不是那么优雅,但是她父亲圣诞节送给她的小猪皮手套根本没法戴,当休格小姐试着将它们套在大人们用的手套撑子上时,其中一只被弄坏了。

索菲将脸探到石龙的下巴下面,害羞地伸出粉色的舌头去舔闪闪发亮的冰柱的尖儿。

"别那样,索菲!脏。"

孩子把舌头立刻收了回来,像是挨了一巴掌。

"我告诉你该怎么做:为什么不把尖儿掰下来?"看到孩子这么容易被吓到,休格感到很不安,急于想恢复索菲快乐的情绪。"继续,试一下!"

索菲犹犹豫豫地伸出她戴着手套的手,轻拍冰柱,没断。之后,在她家庭教师的鼓励之下,她用力地打了一下,冰柱断了。赭色的细流从铁质的碰嘴里汩汩地流出来。

"对,索菲!"休格说,"就是这样。"

在家庭教师的注视下,索菲像走钢丝一样走在喷泉的边沿上。她肥大的素服让她很难看到她的脚,但是她慢慢地前进着,显得很庄严,胳膊像翅膀一样张开,保持平衡。

按照丧事的规矩,失去妈妈的女儿可以在葬礼结束仅仅几天之后就被带到外面来吗?休格对此完全不懂,但是如果不允许这么做,谁又能因此而责备她呢?拉克姆家的佣人们胆子很小,而威廉则把自己完全关在书房里与世隔绝——全世界都能看到这个鳏夫悲伤至极的样子,或者更准确地说,看不到——所以,他几乎无法知晓,当不和他在一起的时候,她在做些什么。

而且如果他发现了,那又怎么样呢?她和索菲必须从早到晚躲藏在那个黑暗的、不让笑的房子里窒息吗?不!她拒绝像鬼魂似的在棺材里爬行。索菲的课将尽可能在室外进行,在公园里,在诺丁山的花园里。这个可怜的孩子已经像一个肮脏的秘密被藏起来太长时间了。

"历史韵诗的时间到了,小家伙,"休格宣布,索菲的脸一下子亮了起来,对于她来说，如果有什么东西比玩耍还要好，那就是学习了。她低头看着地面，准备跳下喷泉的边沿；穿着僵硬的衣服，她需要比平时多跳出几英尺。该怎么办呢？

突然，休格冲上前去，一把把孩子搂在自己的胳膊里，顽皮地将她晃倒在地上。这过程顶多只有几秒钟，只是呼吸的瞬间，但是在那一刻休格的身体感到非常的愉快，比她有生以来所有的拥抱都令人开心。索菲摇晃的脚擦过湿润的草地，着陆了；休格放开她，喘着气。感谢上帝，感谢上帝，孩子看起来高兴极了：显然，这个动作让她的祈祷再次显灵。

之后，休格感到困惑，甚至不安，因为她的身体对索菲产生了深深的依恋。刚到拉克姆家的时候她就决心不伤害这个不幸的学生，这个想法现在已经渐渐地从脑子里渗透到了血液中，充满了全身，进而变为一种完全不同的冲动：她想让索菲幸福。

一月十九日，也就是她二十岁生日那天早上，她站在公园里，整个身体依然沉浸在索菲的拥抱带来的幸福之中，休格想象她们两个一起躺在床上，穿着一模一样的白色睡衣，索菲熟睡着，脸颊依偎在休格的胸上——在一年前，这几乎是不可能的，尤其是因为那时她的胸很小。但是，她的胸今天感觉变大了，仿佛这个超长的青春期终于结束了，她现在是个女人了。

索菲开始绕着喷泉慢慢地踱步，脚步沉重，有节奏，像是在参加什么仪式，嘴里背诵着韵诗："威廉一世制作了《土地调查清册》①，威廉二世在小溪边被射杀，亨利一世演绎了《伊索寓言》，但是未能让女儿继承王位。"

"很好，索菲，"休格说，同时往后退，"自己练习，如果卡住了，就来找我。"

索菲继续走着，背着，自己本能地谱上了曲子，这样诗就变成了歌。她的胳膊因为戴着黑绉纱而僵硬，拍着身体的两侧打着节拍。

"斯蒂芬②和马蒂尔达③发起内战，直到1154年末。亨利，被称为金雀花王朝，与其孩子们和托马斯·贝克特④有不愉快。"

休格离开喷泉，在生铁做的长凳上坐了下来，距离喷泉大约二十英尺。孩子背诵的声音让她充满了自豪，因为这些诗是休格自己编的。她编这些是为了方便索菲记忆，因为索菲在历史课上发现很难区分那些诡计多端、嗜血残忍的英格兰君王们，特别是因为他们中许多人被称为威廉和亨利。这些小诗虽然微不足道，但却是休格在宣布不写小说之后，在文学方面的第一次尝试。啊，是的，她知道

---

① 威廉一世的官员进行的英格兰土地勘察记录。——译者注。
② 斯蒂芬（1096年—1154年10月25日），英格兰国王，1135年到1154年在位。——译者注。
③ 亨利一世的女儿和指定继承人神圣罗马帝国皇后。——译者注。
④ 托马斯·贝克特（1118年12月21日？—1170年12月29日）是英格兰国王亨利二世的大法官兼上议院议长。——译者注。

这很可笑，但是这些小诗在她心里燃起了微弱的希望：她或许可以当一名作家。而且为什么不为孩子们写写东西呢？趁他们还小，你可以塑造他们的灵魂……她是否曾真的相信：会有成年人读她的小说，抛弃偏见的枷锁，和她一样义愤填膺？但，为什么而义愤呢？她几乎无法想起……

"理查一世①总是在国外，1199年中箭而亡。约翰②好争吵，凶残和卑鄙，但在1216年签署了《大宪章》③。"

休格靠着椅背，脚趾在靴子里蜷缩起来免得冻僵，但她身上的其他部位是温暖的。她任由眼前变得模糊，索菲每次绕着喷泉从她身旁经过的时候就是一团模糊的黑影。

"好孩子……"她低声说道，非常轻柔，索菲都无法听到。听到自己的作品，不管是不是打油诗，被另一个人唱诵着，这是多么美妙的感觉啊……

"亨利三世统治时间排第二，但他的精神和身体都不是最强壮的。爱德华一世④算是结婚了，这本可以使苏格兰人免遭杀戮。"

"天哪，那是小索菲·拉克姆！"一个不熟悉的女人的声音叫道，休格好奇地找寻着声音的主人。在那儿，就在公园的门口，站着艾米莉·福克斯，疯狂地在挥手。看到一个体面的女人如此疯狂地挥动手臂让人感觉非常奇怪！她挥手的时候，丰满松弛的胸在上衣下面跟着摇晃，说明她没穿紧身胸衣。休格虽然不是很懂得什么叫体面，但是她真的怀疑这些东西是不是合乎礼仪……

"休格小姐，除非我认错了？"福克斯夫人说，现在已经从门口那儿走过来。

"是——是我，"休格说，从长凳上起来，"我想您是福克斯夫人。"

"是的，就是我。非常高兴认识你。"

"哦——哦，非常高兴认识你。"休格回应道，比正常的时间晚了两三秒钟。福克斯夫人离休格不到一臂的距离，看起来很喜欢在这儿溜达。如果注意到休格不自在，她也会装作没看到。相反，她朝索菲点头，而索菲在片刻停顿之后，继续绕着喷泉边走边唱。

"学历史的新方法。如果有人教我这些诗的话，我或许不会那么讨厌这门课。"

"我给她编的。"休格脱口而出。

---

① 理查一世（Richard I, 1157年9月8日—1199年4月6日）是英格兰国王亨利二世的次子，接续父位成为金雀花王朝的第二位国王，1189年至1199年在位。他征战沙场总是一马当先，如狮子般勇猛顽强，所以绰号狮心理查。——译者注。
② 约翰（1199—1216），英国国王——译者注。
③ 1215年英王约翰被迫签署的宪法性的文件，又称《自由大宪章》或《1215大宪章》，是英国宪法的基础。文中索菲说是1216年应该是口误。——译者注。
④ 爱德华一世（1272年—1307年在位），英格兰国王，亨利三世之子。又称"长腿爱德华"（Long Shank）、"苏格兰之锤"（因他对苏格兰人民的镇压）或"残忍的爱德华"，金雀花王朝最重要的代表人物之一。——译者注。

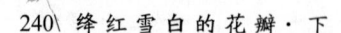

福克斯夫人直勾勾地盯着休格,眼睛微微眯起,让人感到紧张不安。"呃,你真聪明。"她说,脸上是奇怪的微笑。

休格感到汗水顺着裙子的黑色腋窝往下流,有些刺痛。这该死的女人有病吗?脑子被门夹了,还是在恶作剧?

"我……我发现给孩子们的那些书里有一些非常有害的东西,"休格说,绞尽脑汁想着合适的对白,"这些书扼杀求知欲。但是索菲现在有一些不错的书,一些最新的书,是——是我让拉克姆先生买的。"她突然想起了一件事情,松了一口气,她额头的汗珠稍微冷却了些,"索菲现在依然非常喜欢一本童话故事,是有一年圣诞节她叔叔亨利送给她的,我想亨利是您的好朋友。"

福克斯夫人眨着眼睛,脸色变得有点苍白,仿佛被抽了一耳光,或者被吻了一下。"是的,"她说,"他是。"

"在扉页上,"休格继续,"他的签名是你令人讨厌的叔叔亨利。"

福克斯夫人摇头叹息,仿佛听到了一个恶毒的谣言。这个谣言原先不过只是一个传闻,被人们传来传去最终变成了恶毒的谣言。"他一点儿都不讨人厌。他是最可爱的男人。"她突然一屁股坐在长凳上,没顾及礼节。

休格坐在她身旁,这样的交谈让她感到很兴奋——因为虽然开始的时候有些紧张不安,但现在她似乎已经占了上风。片刻犹豫后,她决定一石二鸟:显示她对索菲·拉克姆的书籍有多么的了解,以防福克斯夫人怀疑她作为家庭教师的资格——同时刺探。

"告诉我,福克斯夫人,这不是打探:我能否认为您就是亨利·拉克姆题词中提到的'好朋友'呢?这个朋友责备他送《圣经》给只有三岁的索菲?"

福克斯夫人惨笑,但眼睛却是明亮的,这双眼睛一动不动地盯着休格,"是的,孩子还小看不大懂《申命记》①和《耶利米哀歌》②,而罗得③的女儿们以及俄南④等那些,嗯……孩子们需要保持几年的天真,不是吗?"

"哦,是的,"休格说,她对于刚才提到的那些具体的故事不是很了解,但完全同意福克斯夫人的态度。怕对方看出自己的无知,她对福克斯夫人说,"但是,我确实给索菲读《圣经》,读一些惊险故事:诺亚和大洪水,回头的浪子,丹尼尔在狮穴中……"

① 《圣经·旧约》中的一卷。——译者注。
② 简称《哀歌》,系《圣经·旧约》中一卷。——译者注。
③ 罗得是以色列人始祖亚伯拉罕的内甥(圣经 创世记 12:5 节),是亚伯拉罕兄弟哈兰的儿子(《圣经 创世记》11:27 节)。索多玛与蛾摩拉是两个沉溺男色而淫乱的城市,上帝决意要毁灭这二城,并差派天使前往警戒罗得一家。索多玛城的人见两个天使到罗得的家,竟要求罗得交出两个天使任由他们摆布。罗得为免客人受辱,竟提议交出他的两个还是处女的女儿给他们蹧蹋,然而他们并不感兴趣。正当有人打算一拥而上,天使立即把罗得拉进屋内,并令他们无法进入屋内。——译者注。
④ 犹大的次子,依父命与寡嫂同房延续香火,但贪图肉体之欢,每次行房都将精液遗在地上。——译者注。

"但别读索多玛与蛾摩拉①。"福克斯夫人说,身子前倾靠得更近,眼睛一眨不眨。

"没有。"

"太对了,"福克斯夫人说,"我一周有几天走过我们自己的索多玛的街道。它们欢快地毒害着孩子们,就像毒害其他任何人一样。"

福克斯夫人真是奇怪,脸长长的,很难看,眼睛总是在搜寻着什么。她安全吗?为什么要这么瞪着看?休格突然希望索菲现在坐在她们中间,保持交谈的轻松愉快。

"索菲可以加入我们,如果你不介意,因为你已经认识她很长时间了。我叫她过来,好吗?"

"不,不要,"福克斯夫人立刻回答道,语气虽然并非不友好,但态度非常坚决,"索菲和我不像你想象的那么熟。过去亨利和我去拉克姆家的时候,从未见过她,你甚至可以怀疑她是否真的存在。过去我只能在教堂见到她,然后就是在拉克姆夫人不在的场合。这个巧合——或许我应该说,完全不是巧合——在一段时间后变得让人捉摸不透。"

"我不是很明白你在说什么。"

"我是说,休格小姐,很明显拉克姆夫人不喜欢小孩儿。或者说得再直白一点,她似乎好像不知道自己有女儿。"

"我不知道拉克姆夫人脑子里在想什么,"休格说,"我很少见到她。当我来到这所房子的时候她的状况已经不好了。但是……"福克斯夫人扬起的眉毛让人害怕,它暗示着一个家庭教师只要承认还有些事情不知道,那么她不是愚蠢就是在撒谎,"但是,我真的相信你是对的。"

"那你呢,休格小姐?"福克斯夫人说,将双手放在膝盖上,身子前倾,一副认真的样子。

"哦,是的。我肯定非常喜欢索菲。"

"是的,很容易看出来。她是你的第一个学生吗?"

"不是,"休格回答,表情镇定,脑子却像轮转烟火般快速旋转,"在索菲之前,我教过一个小男孩,名字叫克里斯多夫,在敦提。"威廉和黄麻商人的持久战中提到的那些名字和关于敦提的情况在她脑子里留下了深深的烙印,如果要她复述它们,她会完完整整地说出来。上帝原谅她声称自己为克里斯多夫做的那些事吧,她不仅没有照顾那个可怜的孩子,反而把他丢在了虎穴中……

---

① 上帝毁灭了此二城。——译者注。

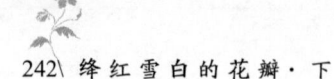

"敦提？"福克斯夫人回应道，"那你得走多长的路程啊。虽然你听起来不像是一个苏格兰女人——更像是伦敦人，我得说。"

"我在许多地方待过。"

"是的，我相信。"

之后是尴尬的暂停，其间休格盘算着自己以为占得的上风现在到底变成什么了。要想重新占得上风，她决定，就得进攻。

"我很高兴你能决定像索菲和我一样在同一个早晨出来散步，"她说，"我想你最近身体不太好吧？"

福克斯夫人把头侧向一边，疲倦地微笑着。"非常差，非常差，"她同意道，像是在唱歌，"但是我确定自己比那些看我遭罪的人要好一些。他们确信我会死，你知道，而我知道自己不会死的。现在我还在这儿。"——她一只手做出招手的样子，仿佛在示意一列看不见的人们先走，"见证一大群不幸的人跌跌撞撞地走进坟墓。"

但是，你不明白，安格尼斯还活着！休格气愤地想。"一群？"她表示怀疑，"我承认那很糟糕，同一家庭的两个成员，但是真的……！"

"哦不，我不是说拉克姆家，"福克斯夫人说，"哦，亲爱的，我道歉。我认为你知道我为拯救会工作呢。"

"拯救会？我承认我从未听说过。"

福克斯夫人笑了，喉咙里发出奇怪的声音。"啊，休格小姐，听到你这么说，我的同事们该多气馁，多尴尬啊！但是，我得告诉你，我们是女士们组成的团体，改造或者至少是试着改造妓女。"再次直勾勾地盯着休格，目光残酷，"原谅我，如果那个词冒犯了你。"

"不，不，一点都没有，"休格说，尽管她感到自己的脸颊滚烫，"请继续，我想多了解一些。"

福克斯夫人夸张地抬头看着天空，宣称（究竟是挖苦还是真诚地，休格不知道）道："啊！我们女性将来要有发言权！"在长凳上，她身子往前倾，离休格更近了，认为这样显得更加亲密，"我祈祷有一天所有受过教育的女士们都能急切地讨论这个问题，没有虚伪和逃避。"

"我——我也希望这样，"休格结结巴巴地说，渴望索菲来救自己，哪怕索菲摔倒在地上痛哭。但是，索菲依然在绕着喷泉走着，嘴里还是那一大串再也说不完的英国国王。

"……瓦特·泰勒①的暴徒和威克里夫②的《圣经》,我们在理查二世统治时期看到。"

"卖淫确实是个糟糕的问题。"休格说,把头朝向索菲,"但你们真的——你们的拯救会真的——有希望能彻底消灭它?"

"我这辈子是看不到了,"福克斯夫人回答道,"但或许她能。"

对于这个荒谬的想法,休格忍不住想笑,但是之后,她看到索菲走进视线,唱着:"亨利四世和王冠同眠而阿伦德尔把糖果藏。"心里突然泛起一阵天真,想着福克斯夫人的梦想或许能实现。

"最大的障碍,"福克斯夫人声称,"是顽固的谎言。最无耻和懦弱的谎言是卖淫源自女性的堕落。这个我已经听过上千次,甚至有的妓女自己也这么说!"

"那么源自什么呢?是男人的堕落吗?"

福克斯夫人苍白的面容此刻有了些血色,她在为自己要说的话题热身,"因为男人们制定法律,规定女人可以做什么,不可以做什么。而法律不仅仅是法典上的条文!一个牧师虽然心中没有爱却可以布道,这是法律;我们女性在报纸上、小说里甚至在日常用具的标签上可以被贬损得微不足道,这是法律;而最重要的是,贫穷是法律。如果一个男人时运不济,一张五英镑的钞票和一身新衣服就可以让他重新体面起来,而如果一个女人倒霉了……"她喘着粗气,冒着汗,脸颊通红,现在非常激动。她的胸随着呼吸快速地起伏,乳头随之显露,"人们希望女人们待在阴沟里面。你知道的,休格小姐,我还从来没有遇到过一个能够从良而不想从良的妓女。"

"但是如何,"休格说,因为被这么盯着再次感到害怕,满脸通红一直红到脖子根,"你们的组织去拯救妓女呢?"

"我们去妓院,街上……公园……凡是能找到妓女的地方,我们提醒她们——如果她们给我们机会的话——等待她们的是什么样的命运。"

休格认真地听着,点着头,心里回想起拯救会拜访卡斯特威夫人寓所③的那些早晨她从未起床,感到很开心。

"我们给他们提供避难所,虽然我们很可怜,只有很少的几间屋子,"福克斯夫人继续说,"要是这个国家空着的一般教堂能被更明智地利用起来该有多好啊!但无论怎么样,我们在现有条件下尽了全力……那么我们接下来做什么呢?嗯,如果女孩子们之前有职业,我们会尽全力帮她们恢复到以前的职业,并给她

---

① 瓦特·泰勒(1341年1月4日—1381年6月15日),英国农民大起义的领袖。——译者注。
② 威克里夫(1329—1384年),英文《圣经》译者。——译者注。
③ 一家妓院。——译者注。

们写推荐信。我写了很多这样的推荐信。如果她们之前没有什么职业，我们就确保她学到一门有用的技能，比如针线活或者烹饪。在一些最好的家庭里有一些佣人是从拯救会出去的。"

"天啊。"

福克斯夫人叹息道："当然，这对于我们的社群不算什么——我的意思是英国社会——我们最多能够提供给一个年轻妇女的就是一份体面的佣人工作。我们只能一件一件地解决。但是形势逼人，每天都有妓女死去。"

"但因为什么死的呢？"休格问，好奇心被勾起来，虽然她已经知道答案。

"疾病，生孩子，谋杀，自杀，"福克斯夫人答道，认真地列举每一项，'太晚了'是我们工作中最常听到的魔咒。我昨天刚去过一家妓院，被称为卡斯特威夫人寓所，去找一个我在一本堕落的读物《伦敦娱乐指南》上看到的一个女孩。我发现那个女孩早就走了，而且卡斯特威夫人也已经死了。"

休格的五脏六腑变成了石头，只是这生铁做的长凳能阻止她的身体将内脏倾泻到地面上。

"死了？"她轻声说。

"死了。"福克斯夫人确认道，大大的灰色的眼睛敏锐地捕捉到她猎物的细微反应。

"因为什么……死的？"

"新的女主人没有告诉我。我们的谈话被她摔在我脸上的门终结了。"

休格无法再忍受福克斯夫人的凝视。她低下头，感到眩晕恶心，盯着她大腿处的黑色的褶皱看。怎么办？说什么？如果生活是那些廉价的宝石袖珍书里写的那样，她会用匕首刺穿福克斯夫人的心脏，让索菲帮忙把尸体埋了；或者，她会倒在福克斯夫人的脚下，求她别泄露她的秘密。这些她都没有做，相反，她继续盯着自己的大腿，浅浅地呼吸着，直到她意识到鼻孔里有东西在冒泡，擦鼻子的时候，发现手套上有鲜红的血迹。

眼前出现一块白手帕，拿在福克斯夫人肮脏褶皱的手套里。休格不知所措，接过手帕，擤了鼻子。她立刻感到眩晕，像是在梦幻里，在长凳上摇晃，手帕也瞬间奇迹般地从柔软温暖的白棉变为湿透冰冷的猩红。

"不，向后靠着，" 休格往前倒的时候，听到了福克斯夫人的声音，"往后靠会好点儿。"然后她把一只结实温柔的手放在休格的胸上，往后推，直到休格的头向后仰到不能再仰，悬在空中，锁骨被铁凳硌得生疼，脸朝着蓝天，眼睛眨着。血涌上她的脑袋，慢慢流入咽喉，刺激她的气管。

"试着正常地呼吸,否则你会晕过去。"福克斯夫人说,这时休格开始喘息,呼吸困难。

"相信我,我知道。"

休格照做了,继续盯着天空,左手拿着手帕压在鼻子上,右手——不可思议——被握在福克斯夫人的手里。消瘦的硬硬的指头透过两层隔开她们皮肤的山羊皮捏着她的手,抚慰她。

"休格小姐,原谅我,"她身旁有个声音说道,"我现在看出来你一定非常喜欢你的'妈妈'①。由于我的自大,我没有能想到这一点。实际上,我没有想到所有的事情。"

休格的脑袋往后仰着,她能看到行人们沿着彭布里奇广场走过公园,只不过都是头朝下。一个颠倒的母亲悬在这个世界的天花板上手里拉着一个颠倒的小男孩,责备他盯着脸上有血的女士看。

"索菲,"休格小声叫,很焦急,"我听不到索菲的声音了。"

"她很好,"福克斯夫人让她放心,"她靠着喷泉睡着了。"

休格眨了眨眼睛。泪水顺着两只耳朵往下流,弄湿了太阳穴那儿的头发。她舔了舔满是血污的嘴唇,鼓起勇气问询自己的命运。

"休格小姐,请原谅我,"福克斯夫人说,"我是个胆小鬼。如果我勇敢一些,我就不会玩这个猫捉老鼠的游戏,我会直接告诉你我认为你是什么样的人。如果我错了,你就把我当作一个疯子,然后事情就此结束。"

休格小心翼翼地抬起头,手里紧抓着那块被血浸湿的手帕,按在鼻子上:"那么……结论是什么呢?你认为我是什么样的人?"

福克斯夫人把头转开,目光穿过公园,凝视着正在睡觉的索菲的身形。福克斯夫人的侧脸上,下巴显得坚强,非常有魅力,虽然休格禁不住注意到在她耳朵里有亮肉桂色的耳屎。"我认为你是,"福克斯夫人说,"你是一个已经找寻到自己人生使命的年轻女人,而且决心忠于这个使命,无论之前做过什么。这正是拯救会对那些被推荐到好的人家里当佣人的女孩的期望,但是她们中很多人,很不幸,又重操旧业。你不会重操旧业,是吧,休格小姐?"

"我宁愿死。"

"我想那没必要,"福克斯夫人说,突然显得非常疲倦,"上帝没那么嗜血。"

"啊!你的手帕……"休格叫道,想起手里攥着血淋淋的手帕。

"我家里有一大盒子,"福克斯夫人叹道,说着站起身,"之前我患肺痨

---

① 此处指妓院的老鸨。——译者注。

差点死掉,所以买了很多。再见,休格小姐。我们一定会再见面的。"说着走开了。

"我……我希望如此。"休格回应道,不知道还该说些什么。

"当然,我们一定会的,"福克斯夫人说,转身挥手,比之前得体多了,"世界很小。"

当福克斯夫人走了之后,休格擦了擦脸,意识到在脸颊上,嘴唇上和下巴上都有干掉的血渍。她试着吸收绿草上的水分,但效果不大,因为太阳已经蒸发掉了融化的霜。满是血渍的手帕让她想起一件事,这件事在过去几个星期里她竭力抑制自己不去想:到现在有几个月了,她一滴经血也没来。

她站起身,身子摇晃着,依然感到眩晕。她死了,她想。该死,她死了。

她试着想象卡斯特威夫人死后的样子,但这是不可能的事情。她的"妈妈"看起来一直像一具尸体,为了下流或者亵渎神明的目的而浓妆艳抹,恢复一点生机。死亡怎么可能改变她呢?休格顶多能把画面倾斜,把卡斯特威夫人从垂直放成水平。她粉色的眼睛睁着,手张开,手掌朝上,要钱。"来吧,先生。"她说,准备将另一位绅士带到他梦中情人身边。

"索菲,"她轻声说,此时已经走过去到了喷泉那儿,"索菲,醒醒。"

孩子困得就像是一个布娃娃,头懒洋洋地靠着肩膀,突然惊醒,眼睛惊恐地转着,害怕睡觉被逮到。休格先道歉:"原谅我,索菲,我和那个夫人谈的时间太长了。"现在一定中午了,休格想;她们最好赶回家,否则威廉可能会因为在今天需要的时候见不到作为他的秘书,或者情人,或者保姆,或者集三者于一身的休格而生气。"现在告诉我,小家伙,你的那些英国国王背到哪儿了?"

索菲张嘴正要回答,眼睛却睁大了。

"谁打你了,小姐?"

索菲的双手紧张地去摸自己的脸:"没——没有,索菲。我的鼻子自己流血,就是这样。"

这个解释让索菲非常兴奋:"我以前也这样过,小姐!"她说,语气好像在说这很吓人,很恐怖。

"真的吗,亲爱的?"休格说,努力回想着索菲以前流鼻血的事情,尽管满脑子都是自己的烦心事,"什么时候?"

"以前。"孩子想了一下说。

"以前什么时候?"

索菲扶着家庭教师的手,站起来。压在屁股下面的笨重的裙子已经湿了,变得褶皱,上面还沾着土、小树枝和草。

"在爸爸把你买给我之前，小姐。"她说，休格的手正要掸去索菲屁股上的尘土，突然僵在半空中。

第三十一章

人太多了！有上百万人！而且他们停不下来！上帝啊，让他们停止推搡和挤来挤去，哪怕只有一分钟，让这一切暂停，这样她就能过去了。

休格蜷缩在摄政街①兰普洛夫药店的门口，在人海中等着和人告别，但那人没来。交通的喧嚣无情地刺激着她的耳朵，小贩们叫卖着，行人漩涡似的一波一波涌来，马喷着鼻息，狗在叫着，所有这些曾经熟悉的声音都变得陌生。几个月的隔离已经让她变成了一个陌生人。

她怎么可能在这么多年里走过这些街道的时候陷入沉思，脑袋里面梦想着她的小说而从来没有被撞倒和被踩踏呢？怎么可能有这么多人挤在同一个地方，和她同时生活着呢？这些喋喋不休的女人们穿着甘草条纹的紫色裙子，这些大摇大摆的人们，这些犹太人和东方人，这些摇摇晃晃身上挂着广告牌的人们，这些眨眼示意的店主们，这些充满信心和活力的水手们和阴沉的办公室职员们，这些乞丐们和妓女们——他们每个人和她一样都领受来自命运之神相同的馈赠。这个世界有足够的财富，而贪婪的人们却为它争来抢去。

还有这气味！住在拉克姆家和诺丁山整洁的街道上让她变得胆怯：现在她屏住呼吸，眼睛流泪，因为她被强迫闻刺鼻的臭味，里面混合了香水味、马粪味，新出炉的蛋糕味，放了

---

① 也译作丽晶街，是位于英国首都伦敦西区的一条街道。——译者注。

很久的肉的味道，羊油烧着的味道，巧克力味，烤栗子味和狗尿味。拉克姆家尽管是做香水的，却没有什么味道，除了书房里的雪茄味和教室里的粥味。甚至花瓶——仿古，巨大而做作——现在也空着，悼念者们送给安格尼斯的花束都已经死了。

误读了休格的想法，一个年轻漂亮的卖花姑娘从她摇晃的小车里取出一束不怎么新鲜的粉色玫瑰，冲着休格挥舞。她有一个推车而且朝女士打招呼，意味着她可能真是一个卖花女而不是一个妓女，但是休格还是被吓到了，被迫动起来。深吸一口气，她走进人流，加入到向前急流的人群中。

她故意不看别人的脸，希望人们也不要看她的。如果她不是担心被撞翻在地，她会把黑面纱也放下来。她经过的每一家店铺，每一条小巷，都可能随时从里面蹦出一个熟人来，然后用手指着，大声叫喊休格又回到老地方来了。

她已经禁不住看到以前的常客了：在那儿，在洛克哈特可可屋外面，站着休·班顿——街头手风琴师——他看到她了吗？是的，他看到了，这个老家伙！但当她从他身边经过的时候，他没有显示出丝毫认出他的"小可人儿"的迹象。还有那儿！正摇摇晃晃地朝她走来，是纳迪尔，那个挂着广告牌四处走的家伙——但是从她身旁经过的时候，他只瞥了一眼，很明显，他认为穿着黑绉纱的女士不会去看"英国首次"活的大猩猩类人猿展览。

在商店门口和出租的马车等候处徘徊的妓女，休格认识，但不知道名字。她们无精打采，冷漠地打量着她；对于她们来说，她是个异类，就像是纳迪尔广告牌上的那只怪物，但没有后者那么有趣。这个一袭黑衣的新来者唯一能够吸引她们片刻注意力的是她不自然的步态。

啊，要是他们知道休格今天为什么一瘸一拐就好了！她一瘸一拐是因为昨天在上床之前，她躺下，抬起双腿，将满满一茶杯温水，硫酸锌和硼砂直接倒进了阴道，然后给自己裹上临时做的尿布就睡了，希望这些化学物质——尽管在箱子里放了太长时间已很不新鲜——依然能有一些效力。这天早上，她没能如愿流产，醒来时发现她的外阴和大腿内侧火红，而且疼得几乎无法穿衣服，更别说给索菲穿衣服了。九点的时候，她咬着牙硬挺着显得和平时一样，出现在威廉的书房里想得到他的允许能够休息一天，尽全力显得若无其事。

"为什么？"他问——不是因为怀疑，而更像是因为他想象不到她会有什么愿望在这个房子里面不能得到满足。

"我需要一双新靴子，给索菲买一个地球仪，还有其他几样东西……"

"你不在，谁照顾孩子呢？"

"她非常自立而且可靠，我发现。而且罗丝会顺便看着她。我五点就回来。"

威廉看起来非常心烦，故意弄乱桌上的信件，然后打开信读，他的手指打着绷带没法回复这些信件。"那个叫布林斯迈德的家伙已经就龙涎香的问题给我回信了，他想让我在这第三封信里给他答案。"

"照他说的做，你什么也得不到，"她说，假装替他生气，"他以为他是谁，威廉？你们两个谁才是老大？让他等几天，这会让他明白是你给他面子，而不是他给你面子。"

这奏效了，让她松了一口气，几分钟后她走出前门，脸色苍白，挺着不一瘸一拐，直到上了公共马车。

现在疼得没那么厉害了，或许是她在腹股沟处涂抹的大量拉克姆青春霜起了作用。这个霜在面部没有起到的作用（尽管商标上有大肆宣传），或许在其他难言的部位能够奏效，虽然这种功效不为人知。无论如何，她必须尽快好起来，否则当威廉除了让她写信之外，还想与她交欢时，她将不得不拒绝威廉。

休格一瘸一拐地走进银街，祈祷没人认出她来。这儿的妓女比摄政街的要粗俗，她们收罗那些在斯特雷奇消费不起的男人们。她们浓妆艳抹，像是戴了一个面具，惨白上面画着血红，很吓人。她们就像是哑剧里的巫婆打扮得花枝招展来吓唬小孩子。她不这样打扮有多久了？她清晰地记得那粉底有面粉的味道，每次擦的时候空气里都是这股味道⋯⋯但是如今她素面朝天，脸就像是被剥了皮的橘子。她每天在镜子前面不再精心打扮自己的睫毛，往脸颊上涂脂粉，拔眉毛，检查舌头，噘起嘴巴除去嘴唇上起的皮；如今，她只粗略地看一下镜子里既疲倦又忧虑的自己，然后把头发别起来，开始工作。

现在能看见卡斯特威夫人的房子了，但是休格踌躇不前，她要等到周围没人才进去。在距离门口只有几码的地方站着一个男人，这个男人过去好几次见她和她的客人从"炉边"那儿回来。他是个卖散页乐谱的，这时正在东倒西歪笨拙地跳舞，同时演奏他的手风琴，像疯子一样做鬼脸，用力踩着路面上的鹅卵石。

"大猩猩夸德里尔舞曲！"结束的时候他刺耳地解释着，拿起一本乐谱。从休格站的地方看去，封面上的插画像是拉克姆的头像。三个年轻的公子哥缓缓地走到他面前，鼓掌，鼓励他再来一次，但是他耸肩婉拒了。他不是为了好玩才跳的。

"您认识的女士们弹钢琴吗，老板？"他哀诉道，"我的音乐非常便宜。"

"这是一先令，"三个人里最趾高气扬的一个笑道，同时用细长的手指把硬币塞到卖散页乐谱人的外衣口袋里，"你留着你那些破纸吧——再为我们跳一次。"

　　卖乐谱的人弯腰表示感谢，胸前挂着乐器，再一次表演大猩猩，他谄媚地笑着，牙齿露了出来。休格看着，直到这些公子哥玩够了又去别处找乐子。他们走后，卖乐谱的朝相反的方向跑去，立刻去花掉这一先令。休格现在可以安全地进入她以前的家了。

　　她心提到嗓子眼里，走向卡斯特威夫人的房门，抬手去抓那个旧的铁门环，想敲出密码：休格来了，一个人。但是那个熟悉的生铁地狱看门犬已经被除去，留下的螺孔用锯末和虫胶整洁地填平了。没有门铃，所以休格只能戴着手套用指关节敲击坚硬的漆木。

　　等待让人煎熬，而门闩拉开时的摩擦声则更让人煎熬。她眼睛看着下面，期待着见到克里斯多夫，但是当门打开的时候，本想能出现的那张男孩的粉色的脸庞却变为一条裁剪考究的男裤的裤裆。急忙抬头，看见时髦的马甲和丝绸领带，休格正要张嘴介绍自己，却突然意识到面前的这个男人实际是个女人，于是愣在那说不出话来。哦，的确是这样，头发被剪短，抹上头油，然后被梳理得紧贴着头皮，但是长相还是女人的样子。

　　阿米莉娅·克罗泽——就是这个女人——看到来访者的迷惑，狡猾而得意地笑了。"我想，"她说，"你找错地方了。"说每个字的时候，香烟的烟雾从她的嘴里和鼻孔里喷出来。

　　"不……不……我……"休格支支吾吾，"我在想过去那个经常来开门的小男孩儿现在变成什么样了。"

　　克罗泽小姐的一条黑黑的被一丝不苟地拔过的眉毛翘了起来。"这从来没有小男孩儿，"她说，"只有大男孩儿。"

　　屋子里——应该是客厅里——传来珍妮弗·皮尔斯的声音："他想要小男孩儿？给他塔尔博特夫人的地址！"

　　克罗泽小姐转身背对着休格，没有说话，很无礼。颈背上的头发被仔细修剪过，就像涂上油脂的鸭绒。

　　"她不是男人，亲爱的！"她喊道，"是个穿着黑衣服的女士。"

　　"哦，我想不是拯救会的人吧，"皮尔斯小姐在屋子里喊道，声音里带着嘲弄和气恼，"请放过我们。"

　　意识到这两个同性恋能而且会一直这么玩下去直到玩够了为止，休格决定是该亮明自己身份的时候了，尽管她不愿意失去她们毫不犹豫戴在她头上的道德的光环。

"我叫休格,"她大声宣布,以引起克罗泽小姐的注意,"我曾经在这儿住过。我的——"

"天呐,休格!"阿米莉娅喊道,她的脸亮了起来,充满了女性的活力,"打死我也猜不到是你!你和我上次见你的时候完全不一样了!"

"你也是。"休格回击道,勉强露出微笑。

"啊,是的,"克罗泽小姐咧嘴笑道,两只手掠过她西服的轮廓,"人靠衣装——或者女人靠衣装——不是吗?进来,亲爱的,进来。几天前还有人来找你呢。你瞧,你的名气还在!"

休格僵硬地迈过门槛,被领进卡斯特威夫人的客厅,或者应该说是卡斯特威夫人曾经的客厅。珍妮弗·皮尔斯已经把它从之前的杂乱怪异的地方变为一个空空的空间,这被一本风靡整个英吉利海峡的昂贵的女性杂志推崇为时尚。

"欢迎,欢迎!"

卡斯特威夫人的桌子不见了,墙上也见不到这个老女人一大堆的从良的妓女的照片,墙面上是新贴的淡粉色的壁纸,屋子因此看起来比以前大了。以前挂照片的地方,现在空着,只有两把米纸扇,上面绘有东方的图案。一株顶部尖尖的绿植有幸挨着珍妮弗·皮尔斯经常倚靠的沙发,一个精致的蜜色的木质梳镜柜(因为现在没有其他合适的物件)应该是用来放钱的。阿米莉娅·克罗泽没有抽完的香烟放在银质的齐腰高的雪茄架上,散发出一缕青烟,当门砰一声关上的时候烟雾随之颤抖。

"快坐,亲爱的,"珍妮弗·皮尔斯说,和唱歌一样,同时急忙把两条腿从沙发上拿下来,光滑的短裙也一阵风似的滑下来。她从头到脚仔细打量着休格,边咳嗽边拍着自己的胸,"瞧?我已经为你腾出了一个温暖的好地儿。"

"我站着就好,谢谢。"休格说。如果她告诉他们她太疼了没法坐,她们会用粗俗下流的话嘲笑她,这想想都让人害怕。

"能更好地看看我们所做的这些改变,嗯?"珍妮弗·皮尔斯说,同时又靠在了沙发上。

有一点现在休格看得很清楚,那就是珍妮弗已经成功地从一名卡斯特威妓院的名妓成为它的老鸨。从她精细地装扮——没有一个小时这些装扮去不了——到她疲倦的目空一切的表情,这一切都表明她现在是"妈妈"。或许最能说明这一点的是她的双手:手上满是荆棘般镶着珠宝的戒指。

"我能和艾米说句话吗?"休格说。

皮尔斯小姐的指头交叉在一起,戒指发出轻微的碰撞声。"唉,和卡斯特威夫人一样，已经离开我们了。"之后，当注意到休格脸上吃惊的表情时，她微笑着，不慌不忙地纠正休格的误解，"哦不，我的宝贝儿。我的意思不是像卡斯特威夫人那样走了。我的意思是，她去了更好的地方。"

阿米莉娅笑了，那是一种带着鼻音的笑，像是马叫，很吓人，"无论你怎么说，珍，听起来都像是死了。"

珍妮弗·皮尔斯朝她的同伴嗔怪地噘嘴，然后继续说："艾米渐渐觉得我们的房子对于她的才华来说太……特殊了。所以，她带着她的才华去了其他地方。那个地方的名字就在嘴边儿，但就是想不起来了……"她叹口气，"如今有太多的妓院，要赶上他们可不容易。"

突然她的表情严肃起来，身子在沙发上往前倾，好几层的短裙发出沙沙响的声音。"坦白和你讲，休格，艾米的离开，以及我不再在他们称之为工厂车间的地方做活，让我们两个女孩很难过。女孩们喜欢给男人们应得的报应。我想你不是在找一个新家吧？"

"我已经找到一个了，谢谢，"休格平静地说，"我来这儿是要……要了解我……了解卡斯特威夫人的情况。她是怎么死的？"

珍妮弗·皮尔斯重新坐好，眼睛半睁半闭。

"在睡梦中死去的，亲爱的。"

休格等着更多的信息，但是什么也没有等到。阿米莉娅·克罗泽从盘子里拿起她的香烟，认为太短了不够优雅，把它扔到雪茄架中空的柄里。屋子如此安静，都能听到烟头碰到金属底盘的声音。

"她……她给我留下什么东西了吗？比如信件，或是要跟我说的话？"

"没有，"珍妮弗·皮尔斯漫不经心地说，"什么也没有。"

又是一阵安静。阿米莉娅从她夹克里衬的口袋里掏出一个银质的烟盒，她优雅的手腕擦过马甲下面隆起的胸。

"嗯……她发生了什么？"休格问。"在被发现死了以后，我的意思是。"

珍妮弗·皮尔斯的目光呆滞，仿佛她正在被审问出生以前发生的事情，甚至是有历史记载之前的事情。"殡仪员把她抬走了，"她含糊地说，"那不对吗，亲爱的？"

"我认为对，"阿米莉娅说，用擦着的火柴点燃一支新的香烟，"卢克斯还是布鲁克斯，大概是叫这个名字……"

休格看看她们两个人的脸，明白没有必要再问其他问题。

"我得走了。"她说，指头攥紧手提包，包里面放着治疗用的毒药有点沉。

"非常抱歉没有帮到你，" 睡眼惺忪的"妈妈"说，毫无疑问，她会出现在下一版的《伦敦娱乐指南》上，被称为"皮尔斯夫人"，"一定要给我们宣传宣传，你会吧，如果遇到正在找新家的女孩儿的话。"

在去摄政马戏团的路上，休格一直在告诉自己接下来该做什么。最重要的是她离城是为了去买新靴子，一个地球仪和其他任何能让威廉相信她不是在漫无目的地度过一天的东西。而走进店里和店主交谈鞋的形状这个想法似乎非常棒，非常令人开心。她浏览着招牌和广告牌，时不时地在橱窗前停下来，试着想象一个威尼斯玻璃生产商或一位音乐教授或者是一位发型师在她买完东西之后送她回家的情形。

其他行人一直在朝她涌来，绕开她，在快要撞到她的时候惊呼"哦！对不起！"而他们的意思明显是"你到底进不进这家文具店！"她的眼睛满含泪水，她本来指望着能用卡斯特威夫人房子里的洗手间，现在她都快憋炸了。

"哦！小心！"一个胖胖的老女人说，一样穿着素服，但是显得很不开心和暴躁。她看起来有点像卡斯特威夫人，但只是有一点点像。

休格在手提箱商店前面闲逛。橱窗里有一个旅行箱，箱子大展开，用看不见的铁丝拴着，以展示箱子奢华的内衬。箱子里面有一个地球仪，像一颗巨大的珍珠，象征着箱子的主人可以把整个世界变为他或她的牡蛎[1]。

她只需要走进这家商店然后询问他们是否愿意卖这个地球仪。他们很容易就能再买一个，所花的费用只是她愿意为现在这个地球仪所支付金额的很小一部分。整个交易应该在五分钟之内就能结束，或者五秒钟，如果他们不同意卖的话。她握紧拳头，把下巴向前探去，靴子的鞋底似乎粘到了人行道上，这没用。她继续往前走。

她到达牛津街[2]的时候，前往贝斯沃特[3]的公共马车刚刚离开。即使她想在摄政马戏团观众的面前，穿着素服，追着公共马车跑——也算是奇特的一景儿，但因为疼得要命，也无法去追赶。她应该买下那个地球仪，或者她不应该在进口雪茄店和宫廷服装店前面像个傻子似的徘徊。她今天做的每件事情都将是错的；她注定要一个接一个地做出错误的决定。离开拉克姆家之后她都干成些什么？什么都没有，除了在兰普洛夫药店买了些药，而这些药已经太晚了，太晚了。当她不在家的时候，威廉会因充满怀疑而发疯，他会搜她的屋子，发现安格尼斯的日记……而且上帝，还有她的小说。是的，此刻，威廉可能正坐在她的床上，

---

[1] 此为原文的字面意思，实际意思是随心所欲。这里为了保留原文的形象感，所以保留了这个表达。——译者注。
[2] 伦敦购物街道。——译者注。
[3] 位于伦敦西部的威斯敏斯特市。——译者注。

下巴僵硬，怒不可遏地读着她上百页的手稿，这些手稿的笔迹和为他起草的给商业伙伴的老练的回信的笔迹一模一样，但是这些手稿描述的是当一个名叫休格的妓女为报复男人而要割下他们的睾丸的时候，这些倒霉的男人们绝望的哀求。

"亲爱的，艾米告诉我你正在写小说。"

"妈妈，艾米告诉您的一切都不可信。"

"你知道你写的东西没有人会读的，难道不是吗，开花？"

"妈妈，我写东西纯属消遣。"

"好吧，女孩总需要些娱乐。悠闲地上楼去吧，给我写个美满的结局，可以吗？"

休格的膀胱已经疼痛难忍。她赶紧穿过马戏场，她认为另一侧有个公共厕所。当她到达厕所的时候，才发现那是个男用小便池。她回头望了望牛津街，发现又一辆公共汽车匆匆驶过。她的肉体传来阵阵疼痛。好像她被一群男人虐待了一样，而他们不肯停止，不肯离去，也不愿付钱。"哦，拜托别这样哭哭啼啼，"卡斯特威夫人不以为然地喷喷道，"你哪知道什么是真正的受苦受罪。"

休格站在大街上，忍不住啜泣，身体随之颤动不已。许多行人都避开她，用怜悯而又责难的眼神瞧着她，想让她从他们的脸色上读出，她选择这个地方哭泣是非常不合时宜的，给路人造成很大不便，况且万灵教堂就在附近。她大可以找个公园，甚至一片荒弃的墓地，那她得做好心理准备再走半英里的路程。

最后，一位肥胖男士向她走来，他长相滑稽，鼻头很大，头发花白，眼睛像压死的老鼠那样凸出来，样子十分吓人。他怯生生地朝休格走过来，双手紧握。

"得啦，"他安慰道，"情况还不至于这么糟糕，是不是？"

休格的回应显得很无助，破涕为笑，尽管她尽量控制，还是一边忍不住抽搭，一边傻笑。

"这才是我的好姑娘，"老人说道，和善地眯着眼笑起来，"这正是我想见到的。"他不住地点头，步履蹒跚地消失在茫茫人群中。

拉克姆香水制造厂的老板，从午间小睡中苏醒过来，脑袋还有些混乱，他站在客厅里，目不转睛地注视着钢琴，琢磨着自己能否再次听到琴声响起。他掀起令人惆怅的钢琴盖子，娴熟地抚摸着琴键，指尖轻轻掠过象牙色的琴面，最后一次触碰这个琴键的是安格尼斯的指尖，这使他感到一种莫名的亲切感。但是他用力太大了，一个钢琴键拨动了隐藏的音槌，弹奏出一个响亮的音符，他打个趔趄退后几步，十分尴尬，怕仆人会过来，查看一番发生了什么事。

他走到窗边,推开一扇窗子,把窗帘尽量拉得更开。外面正在下雨,多么阴郁啊!休格呆在外面的某个地方,没有带伞,这个他不应该不知道。她该呆在家里,帮忙处理这些来往信件;第二封信函已经投递出去了,亨利·考尔德·拉克姆欠下的500英镑没有偿还,看来伍尔沃斯先生对此把握着确凿的证据,这把威廉置于一个该死的尴尬境地,这双方都令他感到为难。

他的头脑中闪过一幕,一个裸体女人躺在停尸间的厚木板上。那个女人也就是安格尼斯。他坚信,如今她已经安息。雨水轻轻敲击着窗,雨下大了,噼噼啪啪拍打着窗子。雨点在落地窗上咪咪地笑,落在草地上叹息。

他摸索着点燃了一根雪茄,他破损的手指正在慢慢地愈合,他的一根手指已经有些扭曲了,但是这个轻微的畸形,只有他自己和休格才可能注意到。

隐隐的声响从屋子某个地方发出来,分辨不清是脚步声还是说话声,几乎完全淹没在外面瓢泼大雨声中。他会为《笨拙》周刊写文章吗?内容就是关于大雨让仆人更加难以驾驭了。很可能不会,在最近一年,和事业无关的东西他只字未写。任何有趣的,有哲理的事情都被推后,然后慢慢遗忘。他得到了整个企业帝国,但是他失去了什么?

他有些眩晕,赶紧找个最近的扶椅坐下来。这是脑震荡吗?不是,他只是饿得晕头转向了。午餐的时候,罗丝没有打扰他休息。有什么吩咐,他只需按铃,她就会带些东西过来。她也会从他的书房里拿来《泰晤士报》;到目前为止,他只是大致浏览一下,来确定当天的新闻是关于大猩猩的,而不是安格尼斯死而复生的消息。

简直愚蠢透顶,他知道当这个可笑的幻想不再困扰他的时候,他就完全从这个打击中恢复过来了。安格尼斯永远地离去了,她只存在在他的记忆里,更可惜的是,除了一个意大利无赖给他们照的结婚照,他俩甚至没有一张合影,而结婚照里,安格尼斯的面容还是模糊不清的。潘泽塔,正是那个家伙的名字,他却厚颜无耻地发了大财。

他在手扶椅上斜躺着,凝视着窗外的雨帘。透过岁月微光闪烁的面纱,他瞥见安格尼斯,在一个大雨倾盆的夏日,她被阵雨困在一座凉亭下避雨,她穿着一袭粉红色的衣裙,戴着纯白色的帽子,雨水溅落在她的面颊上,更凸显了她健康红润的颜色。还记得他正在她左右奔来跑去,和她共享这欢乐的时刻,他欣喜得有些眩晕。在她的所有追求者中他脱颖而出,就是这样默默地看着她,她面容姣好,脸颊绯红,开始有了些成熟的风韵。溅在她皮肤上的雨滴闪亮发光,她像一只小鹿乱撞,跑得气喘吁吁。

现在回想起来，她从未冷落过他，一次也没有过。即便那个时候，她身边围满了追求者，他们都是些富家子弟，在社会上有门路有人脉，看到商人家的子弟，他们都不屑抽动一下嘴唇。但是，他们都没有机会和安格尼斯在一起，这些娘里娘气的傻瓜们。似乎安格尼斯偶尔才注意到他们的存在，仿佛她可能随时会溜走，把他们丢在原地，就像对待别人交给她照料的小宠物一样，显然让她照看宠物决不是个明智的做法。

但是她从未离开威廉·拉克姆。他不是个无趣之人，差别就在这。其他人喜欢的无非就是他们自己的声音，而他则更喜欢倾听她的声音。吸引他的不仅是她优美的歌声，还有她比他认识的其他姑娘都要聪明。哦，确实，一些姑娘们不了解的寻常话题她也不知道，不过他可以辨出她想法新颖，见解独特。惊人的是，虽然她并没有接受多少教育，但是她对形而上学有天生的悟性，这些是她接受的教育中完全没有涉及的。她真的能够一粒沙中看世界，一朵野花中看天堂。

他在客厅回忆起这些往事，雨渐渐小了，他把头后垂到安格尼斯做的刺绣椅罩上，突然打了个喷嚏。这也使他回忆起漂亮的安格尼斯·尤恩，尤其是她是那么惹人生气，令人高兴，她也很迷信。他曾经问过，为什么有人打喷嚏的时候她都要迅速大声喊一句"愿上帝保佑你！"她解释道，在那片刻的震动里，在我们身边飞过的隐形的魔鬼会见缝插针，寻找一切可乘之机进入我们的身体，而我们正忙着发出一声"阿嚏"，无暇为自己祈福，这时只有我们旁边考虑周到的人以上帝的名义祝福我们，才能确保魔鬼没有侵入我们。

"好吧，那么我承认我欠你一条命喽。"他称赞她一番。

"你取笑我，"她温和地反驳道，"但是上帝就应该降福人类。这正是人们对上帝的期望，难道不是吗？"

"哦，尤恩小姐，你得小心了。人们可能会控诉你滥用上帝的名字。"

"他们已经这样做了，但是，"她一抿嘴，露出迷人的微笑，"只有当魔鬼入侵他们身体的时候，他们才会抱怨。"

"由于他们的喷嚏没有受到祝福。"

"确实如此。"

想到这里，威廉大声笑出来，这个女孩真是滑稽有趣。只有特殊的一类男人才能够洞察她温柔又调皮的智慧。每次他遇到她时，她都把她的智慧表现得淋漓尽致，总是以一种严肃的语调来调侃他，然后从扇子后面露出微笑。他们玩笑开得很柔和，渐渐地他俩日久生情。

当然，他想要得到她，他对她梦寐以求，在她身上播下爱的种子。但是，在他的内心深处，或他下半身的生殖器官都没有急切地要得到她。毕竟，有一大群女人专门供男人享用。当他想象着安格尼斯和自己结婚，他的视野几乎已经变得梦幻，他幻想着在一张巨大的白色床上他们两个人枕着彼此的手臂入眠。

他们才订婚的时候，她坦白地跟他说，很害怕身材走样，他知道她指的是生完孩子后，身材变形。他立刻决定采取避孕措施，不让她承受这样的负担。"孩子？"他大声说道，很享受那种又一次藐视习俗的想法，在那些日子里，他丝毫不担心长辈们微不足道的想抱孙子的期望，也没将那些说三道四的人放在心上。"世界上的孩子已经够多的了！人们生孩子，是因为他们想长生不老，但是他们在自欺欺人，因为那些小怪物不是他们自己，而是一些另外的东西，如果人们想要永垂不朽，他们要代表自己去追求！"

他决定通过写作流芳百世，他瞧了瞧她的脸色，害怕这个想法会让她觉得自己狂妄自大，但是她看起来很欣慰。

不论在睡梦中，还是苏醒的时候，他都会想象着自己和安格尼斯在一起，不只是新婚燕尔，一直到他们更加成熟些，当他们的声誉达到顶峰。

"这就是拉克姆庄园。"路人经过圣詹姆斯公园时，常常羡慕不已地说道，"他又出版了一本书。"

"是呀，她刚从巴黎回来，我听说她在巴黎专门找了五位不同风格的裁缝，定制了三十套衣服！"

在他们的未来平常的一天，他懒洋洋地靠在一把藤椅上，在院子里晒太阳，正在查看新出版的那本书籍的校对稿，处理读者的来往信件，他的崇拜者们都会收到亲切热情的回信，而诋毁他书籍的来信则会立刻被他用烟头烧掉。他的书籍从来不乏诋毁者，因为他大胆直言会得罪很多人！在他旁边的草坪上，有一大堆闷燃的灰烬，都是一些无聊之人写给他的抱怨信。安格尼斯时常在正午的时候从草地上溜过来，穿着淡紫色的华服，轻轻地责备他拿园丁的生活作实验。

现在，他在客厅里垂头弯腰地坐下去了。在1876年1月，他的妻子被夺去了生命，一想到这些美梦，威廉痛苦地皱了皱眉头，他多么傻啊！他又多么不了解自己！他对安格尼斯也知之甚少！他低估了残酷无情的现实，即使在他们婚姻最温柔的时光里，他的父亲还是一直羞辱他们两个！从一开始，一切不祥之兆都指向了皮考特尸间里，躺在厚木板上的那个可怜的女人！

他一疏忽又打了个瞌睡，梦里他看到安格尼斯站在他的面前，正如他们新婚之夜一样。他撩起她的睡衣，她真是人间尤物，但是她很恐惧，身体僵硬，在她凝脂般完美的肌肤上起了一层鸡皮疙瘩。他不住地称赞她的眼睛有多漂亮，显然她很高兴,他倒是更乐于花两百年来赞美她的每个乳房,三万年去赞美她身体其他地方。他渴望他们能够更加自然地结合,相互庆贺他们的爱情。他该不该引用一首诗来赞美她呢?称她为自己的美洲,自己发现的新大陆?羞涩和不安让他口干舌燥,妻子满脸恐惧的神情,一时哑口无言,他不得不继续保持沉默。只有他缓慢的呼吸声相伴,他加紧进行,希望通过某种神奇的感情交流或者情感渗透可以鼓励她和他一起分享喜悦;那样他爆发的激情可以通过相互缓解得到温暖的安慰。

"威廉?"

他猛地惊醒了,迷迷糊糊。休格在客厅里,就站在他面前,她的丧服都已经湿透,上面的雨水闪亮着,帽子正在滴水,她的脸上满是歉意。

她坦白道:"我没有获得任何进展,请不要冲我发火。"

他在椅子上直起身来,用那个没有毛病的手的手指揉揉眼睛。他的脖子突然痉挛了一下,头疼了起来,因幻想而勃发激情的身体渐渐恢复了平静。

"没关系,"他叹息了一声,"你只需要告诉我你想要什么,我会为你安排的。"

三天之后,在指导休格给亨利·卡尔德·拉克姆写信的时候,威廉稍作犹豫,在开头写上"亲爱的父亲",突然问道:"你会使用缝纫……纫机吗?"

她抬起头来,她本来认为对于今天可能发生的一切她已经做好准备:她私处的疼痛已经好多了,只要温柔一点,可以考虑做爱;使用了些艾草油和艾菊油,今天早上她的胃也不再痉挛。她得让自己这糟糕的身体好好休息一番,然后尝试服用薄荷油和啤酒酵母,这可是最后一招,只能孤注一掷了。

"很抱歉,"她说道,"我从来没用过缝纫机。"

他失望地点了点头:"那一般的针线活,你会做吗?"

休格把钢笔放在吸墨纸板上,试图从他的神情判断,他是不是和蔼,他是不是在说笑。"针线活嘛,"她答道,"向来不是我的拿手活。"

他没有笑,而是又点了点头:"那么,要你把安格尼斯的一件裙子按你的身形改一改,是不可能的喽?"

"我不这么认为,"她惶恐不安地说道,"就算我是个女裁缝,那也不一定行得通,我……好吧,我们的身材大不一样,难道不是吗?"

"真可惜。"他说道,让她在接下来的好几分钟都沉浸在不安之中,他这到底是要干什么?难道他怀疑她做了些什么事情?他昨天去了趟城里,是葬礼之后第一次去,晚上回来的时候也没有提他到底去了哪里……很有可能是去了警察局。

最终,他在幻想中醒过来,用一种响亮的命令性的腔调,一点都没有磕巴,宣布:"我已经安排好了,我们一起出去逛逛。"

"我们?"

"你,我还有索菲。"

"哦。"

"周四,我们去趟城里,照张合照。路上你就穿丧……丧服,但是要带上一件赏心悦目的漂亮裙子,给索菲也带上一件。照相馆有个换衣间,我已经确认过了。"

"哦。"她在等个解释,但是话刚说完他就转过头去了。她从墨迹斑驳的吸墨纸板上拿起钢笔,问道:"有什么特别的衣服,你想让我穿吗?"

"越迷人越好,"威廉答道,"白……白色的倒是看起来非常体面。"

"休格小姐,爸爸带我们去哪?"在这重要的一天的早上,索菲问道。

"我已经告诉过你了,去一位摄影师的照相馆。"休格叹息了一声,尽量不让自己的不悦扫了这个孩子的兴。

"那个地方大吗,小姐?"

"哦,安静些,为了这个,你还真是喋喋不休,我也不知道,索菲,那个地方我从未去过。"

"小姐,我可以戴上那个鲸骨的发卡吗?"

"亲爱的,当然可以。"

"那我能背我的麂皮包吗,小姐?"

她们全身穿着丧服,花格子的旅行箱里装着备换的衣物,那个箱子原来是拉克姆夫人的。休格和索菲冒险跑到车行道上,车马正在那里等她们。

"爸爸在哪儿呢?"切斯曼把索菲抱上马车的时候,她问道。

"我想,可能在把他的玩具收起来,索菲小姐。"马车夫使了使眼色。

休格也匆忙爬上马车,而切斯曼正在忙着拎箱子,没有来得及给她搭把手。

"休格小姐,您可要小心点!"他说道,说这句话的时候就像讲黄段子最后一句。

威廉突然出现在前门,把一件深灰色的大衣牢牢地套在他最喜欢的棕色夹克上,一旦扣子都解开,眼尖的行人就会注意到他没有严格地服丧。

他爬进马车,和他女儿与休格小姐坐在一起时,"走吧,切斯曼!"他喊道。他女儿很兴奋,因为父亲说的话立刻就变成了现实:马儿奔跑起来,马车在石子路上滚滚向前,沿着大路通往更广阔的世界。探险旅程才刚刚开始,而这只是第一页。

　　在马车里，这三个乘客都尽可能地审视着其他人，但还是假装没有盯着对方看：这真是个高难度的技术活，因为他们坐着的时候膝盖几乎都触碰着，这位男士自己坐在一个座位上，另外两位女士坐在他对面。

　　威廉注意到休格似乎苍白憔悴，身体不适，眼眶下面还有黑眼圈，她性感的嘴唇抽搐了一下，然后紧张地微微一笑，她的丧服真是有损形象。没关系，到了照相馆这一切就不再重要。

　　休格意识到，威廉已经，至少在表面上，完全从伤痛中恢复过来。他的额头和脸颊上有几道白色的疤痕，他的手套也显得有些大，不然的话他看起来一切面色如新，甚至比以前更好，因为他在恢复期，啤酒肚也不见了，他的脸变得更消瘦，显露出他的颧骨，这在之前是从没有过的。她把他的脸和"大猩猩方阵舞"漫画上相比，这确实有些不公平。也许他不像他哥哥那样英俊潇洒，但是他确实也别有风味，饱经风霜的他看起来彬彬有礼。他的脾气也变好了，他的结巴同样也改善了不少，他仍旧愿意和她分享来往信件，尽管他的手指已经痊愈，足以自己处理这些任务。因此，她确实不应该憎恨或者惧怕他，难道不是吗？

　　索菲静坐着纹丝不动，表现得一丝不苟，因为这是孩子们应该做的，但是事实上，她已经兴奋到得意忘形。她第一次乘坐着家里的马车进城，还有父亲的陪伴，她之前从来没有和父亲一起出去过。一时之间消化这么多的事物真是有点让她不知所以，手足无措。在她看来，父亲的脸庞苍老而又充满智慧，正如拉克姆商标上一样。但是当他朝着窗户望的时候，或者舔舐他红色的嘴唇时，又像一个喜欢留胡子的年轻人，女士们和先生们在街道上散步，路上有成千上万的行人，他们都不尽相同。这时一辆马车从马路的另一侧经过，抛光的木质和金属车厢，里面坐满了神秘的陌生人，由一个戴着蹄铁的动物拉着。但是索菲知道，这两辆同时经过的马车，就像彼此的镜子。对于那些神秘的陌生人来说，索菲是黑暗的谜，而对于索菲而言，他们也是。这些父亲明白吗？休格小姐呢？

　　"冷不丁地你就长这么大了，"威廉说道，"你欣欣向荣，长得这么快，你是怎么做到的，嗯？"

　　索菲眼睛仍旧盯着父亲的膝盖：这个问题就像爱丽丝仙境历险记一样，没法儿回答。

　　"休格小姐一直让你有事可做吗？"

　　"是的，爸爸。"

　　"那就好，那就好。"

他又一次称赞了她，就像那天一样，那时候那个像柴郡猫一样爱露着牙齿嘻嘻笑的女人还在她身边。

"索菲就爱学习。"休格小姐谈论道。

"真不错，"威廉夸赞道，一边在膝盖上叩打着手掌，"你能告诉我比斯坎湾在哪……哪里吗，索菲？"

索菲僵住了，唯一一个必须了解的生活常识，她竟然没有学到！

她的家庭教师解释道："我们还没有学到西班牙呢，索菲对殖民地都非常了解。"

"嗯，很好，很好。"威廉说道，说着他的注意力又转向窗子。他们经过的一座建筑外面装饰着一幅巨大的梨牌香皂的绘制广告，他看了不禁皱了皱眉头。

摄影师的照相馆就坐落在康迪街上一处建筑的顶层，并不远。乌鸦从卡斯特威夫人的房子上飞过去。青铜牌匾上写着"托维和斯科菲尔德，摄影师和艺术家"。在幽暗的阶梯中间挂着一幅带相框的肖像照片，上面是一位未经世事的士兵，他长着和丘比特一样的小嘴，轻轻地抱着他的步枪，就像捧着一束鲜花，照片经过大幅润色。这位士兵在克里米亚半岛阵亡，却永远活在那些爱他的人心里，墓碑上写着流芳百世，曾经被小心翼翼地搬迁过一次，然后碑文上加了几个字"扪心自问"。

在照相馆里，拉克姆一家遇到了一位高大络腮胡子的男士，他穿着长礼服，热情地打招呼："您好，夫人。"

他和威廉先生显然之前见过，这个很像个经理的男人，或通过会客室门上的小缝，看到的那个瘦骨嶙峋穿长袖衬衫的家伙，他正将无色的液体从小瓶倒入大瓶中，休格猜想他俩究竟哪位是斯科菲尔德，哪位是托维？墙上挂满了男人，女人和小孩裱在相框里的照片，有单人照，也有全家福，都完美无瑕，也有一张巨幅，画里是一位丰满的女人，穿着摄政王时期高贵华丽的衣裳，配上一群猎犬和一篮子溢出的碎屑静物写真。在画的一角附着死山雉的一片尾羽，上面的署名光泽鲜亮：E.H. 斯科菲尔德，1859 年。

"看，索菲，"休格说道，"这幅画正是由我们面前这位先生画的。"

"正是，"斯科菲尔德先生说道，"但是我放弃了最钟爱的东西——女士们慷慨解囊给予的大量金钱，就像这幅画捍卫了摄影的艺术，因为我坚信每一种新的艺术形式，只要它确得上是艺术，都需要艺术的助产……"一秒钟都没耽搁，他想起自己正在滔滔不绝地向一位弱势群体的女性游说，"希望你能够原谅这样的称呼。"

第三十一章

休格和索菲马上被领进一间小屋子，屋里有一个洗手池，两面及地的镜子和一个装饰性的奶油色陶瓷马桶，墙上布满挂衣钩和挂帽钩。从单个装着栅栏的窗户往外看就能看到屋顶，屋顶将托维和斯科菲尔德的房子和隔壁皮肤科医生的房子连起来。

他们打开旅行箱，里面柔软丝滑的华丽衣物都显现出来。休格帮索菲脱下丧服，给她穿上最漂亮的带金色锦缎扣子的蓝裙子，又给她梳了梳头发，戴上她的鲸骨发卡。

"现在，转过身去，索菲。"休格小姐说道。

索菲照做了，但是无论她看哪里，都有一面镜子，来回反射。正好看到休格小姐穿着内衣内裤，她感到烦乱不安，就盯着妈妈的旅行箱看。一张揉皱的传单上登了一则广告，"疯狂，伦敦社交季的轰动，仅在福克斯顿场馆展出"，这倒让她细细琢磨起来，虽然周围都是家庭教师一丝不挂的场景，她也没有在意。她反复看看价格，展会时间，和对女性神经质的性情发出的免责声明，索菲不情愿地瞥见了休格小姐的内衣裤，她衣裙领口上挤出来粉嫩的肌肤，赤裸着胳膊正和紧身的深绿色丝绸衣服作斗争。

索菲把传单拿到鼻子前，嗅了嗅，就像闻闻大海的味道。她幻想着确实在嗅海水的味道，但那仅仅可能是她的幻想。

休格和索菲走进托维和斯科菲尔德的工作室，里面并不大，可能还没有拉克姆家的餐厅大，但是三面墙都布置得别出心裁，可以装扮用作任何想象的摄影背景。一面墙上可以充当视觉陷阱，营造场景供照相的人们摆姿势，有森林，山川，阴沉的天空，还有其他选择，比如可移动的古典石柱。另外一面墙是起居室的后方，装饰是最流行的风格。第三面墙分成三个并排着的场景，最左边是一个从地板到天花板的图书馆书架，摆姿势的顾客可以从书架上选一本皮面精装的书卷，假装在读书，只要他站的不是太靠右，因为他只要跨过图书馆的边界就会发现自己处在一栋小木屋的窗边，窗子上挂着蕾丝窗帘。这乡村田园生活场景也同样是很窄的一片，甚至比旧时的衬裙直径都宽不了一英寸，然后就被另一个场景替代了，这是育婴室，伴着几只知更鸟和一轮弯月。

显然，育婴室这个背景最不常用，在它前面可以看到很多照相馆的摄影道具：不仅有育婴室场景里面的摇木马，玩具火车，小型写字台和高背椅，还有一大堆其他背景要用的物件，夹合板基座上粘着纸糊的大花瓶，铜台上挂着各式各样的时钟，两把来复枪，莎士比亚半身像上戴着一条链子，上面吊挂着一个巨大的钥匙环，几束鸵鸟的羽毛，大小不一的脚凳，老爷钟的钟面，还有很多难以辨认东西,对于艺术家和摄影师来说,这些就像登山者的手杖一样重要。这些让索菲深深地着迷,甚至有个西班牙猎犬填充玩具,眼神含情脉脉,仿佛它可以顺从地拜倒在任何主人的脚下。

休格用眼角的余光看到威廉在打量着她和索菲。他看起来有些不太舒服,好像在忧心会有始料未及的麻烦事出现搅扰了这一天的安排。但是看起来他对整套衣服并不失望,他是否认出她今天穿的裙子正是他们第一次见面的时候穿的呢,他没有表露声色。目前为止,托维的所作所为令人捉摸不透,他站在相机支架的后面,把沉重的机器上盖着的厚厚的黑色斗篷盖在自己头上和肩上,因此他还罩着头给拉克姆一行人中剩余的人继续照完,他的臀部偶尔扭动着,像鹡鸰一样,在遮光的布料下面,他的脚有意地像相机的三脚架的脚一样摆放。

曝光在几分钟内就完成了。斯科菲尔德劝说威廉先生改变只照一张相片的初衷,一次可以照四张,除非他们完全满意,否则不需要支付,也不会放大。

所以,威廉站在画上的地平线上,注视着斯科菲尔德先生所谓的远方,局限在照相馆里,通风网的那个方向是最远的。斯科菲尔德先生慢慢举起一个拳头,热情地描述着:"太阳啊,在地平线上,冲破云层!"拉克姆先生下意识地凝视着,而托维就抓拍下来。

接着,摄影师劝说威廉站在书架前面,手中捧着一本翻开的《光学基础》。"啊,很好,就翻到这臭名昭著的一章!"斯科菲尔德先生评论道,瞄了一眼书本,轻轻推了推,让书与顾客的脸更贴近些。"谁能想得到在这样一本枯燥的巨著里竟然藏着这样有趣的启示呢!"威廉面无表情的脸突然变得兴致勃勃,开始认真地读起来,托维又一次毫不犹豫地拍了下来。

"啊,开个小小的玩笑而已。"斯科菲尔德说道,垂着头,假装悔过。他指挥顾客的时间越长,他的行为方式就变得越来越卖弄了。他差不多都用小酒壶喝起了威士忌,还偷偷摸摸地嗅嗅笑气。

休格带着索菲坐在一边,等着什么时候轮到她,她在琢磨这家照相馆有没有其他的房间,比如一间专门用于拍摄色情照片的密室。当托维和斯科菲尔德在营业日结束了一天的工作,他们独自呆在这里的时候,他们就会找一些只是表面上很体面的女士和先生,或者他们也会从暗室里恶臭的液体里带走一些裸体的妓女,把她们晾干?将一套卡片大小的照片打包出售,贴上标签"艺术家专用",究竟还有什么比这样更有艺术性呢?

"现在,轮到这个可爱的小姑娘了。"斯科菲尔德宣布道,他优雅地将模仿的育婴室场景前面的道具很快收拾走,只留下一些玩具。犹豫了一会儿,他把玩具火车也挪走了，仔细思量了稍微长的时间，他断定拉克姆先生不是那种很喜欢看着孩子骑在摇木马上的那类父亲，所以他把木马也搬走了。他领着索菲到一条长桌旁边，教她如何摆姿势，他往后走了几步，然后又往前走了几步，用敏捷的脚步大致量了一下这个场景，然后把多余的凳子搬走。

"现在我要从天上召来一头大象，"他说道，然后他可怕地举起手，"让它端端正正地落在我的鼻尖上！"

索菲没有抬起下巴，也没有把眼睛睁得更大；她只是想起《爱丽丝漫游奇境记》里凯特说过，"在这里我们都变得疯狂了。"伦敦到处是疯狂的摄影师和身上挂着广告牌的人，看起来很像扑克牌里红心王后的侍从。

"大象没有变出来，"斯科菲尔德说道，注意到托维还没有曝光，失望地说，"真想把我自己的脑袋拧下来。"

这句恐怖的话，加上一个很有特色的手势，就变得更完满了，但只是成功地让索菲皱起了眉头。

"那位先生想让你抬起下巴，亲爱的索菲。"休格温柔地说道，"睁大眼睛，别眨眼。"

索菲照她说的做了，托维先生立刻拍下来。

照合影的时候，威廉，休格和索菲在一间很好的模拟客厅里面摆姿势：拉克姆先生站在中间，拉克姆小姐站在他的前面，稍微靠左一些，她的脑袋正好碰到父亲的表链，而那个没透露姓名的女士坐在右边一把优雅的椅子上。他们摆的形状有几分像金字塔，拉克姆先生的头处在金字塔的塔尖位置，而拉克姆小姐的裙子和那位女士正好构成金字塔的塔基。

"棒极了，棒极了！"斯科菲尔德先生喊道。

休格面无表情地坐着，双手端庄地叠在膝上，她把肩膀挺得笔直，目不转睛地看着斯科菲尔德先生举起的手指。那位穿着连帽衫的是托维，他那奇特的装置现在已经张开了眼睛；在那一刻，神秘的化学物质已经发生反应，聚光，形成了深深的影像，里面是三个精心安排的人。她听到他头上威廉浅浅的呼吸声。他仍旧没有告诉她他们为什么要这样做，她原以为到现在他已经告诉她答案了，但是他只字未提。她敢问他吗，或者这个话题会引得他雷霆大怒？此时她本应该对他们共同的未来满怀期望，这张照片把她摆在他的妻子的位置，这个场合很奇怪，她竟然产生一种莫名的不祥预感。

他到底想要用这张照片做什么呢？他不可能展示出来，所以他到底打算做什么？私下里用来痴念？或者赠给她当礼物？她到底在这做什么呢，为什么她现在感觉很糟糕,比逼迫她失去尊严,拍"艺术家专用"的裸照感觉更糟糕呢?

斯科菲尔德先生说:"我觉得,我们快弄完了,是不是,托维先生?"

他的搭档咕哝了一声回答了他。

几个小时之后,他们返回诺丁山,夜幕降临,所有的兴奋也烟消云散,拉克姆一家人都各自上床休息。屋子里所有灯光都已熄灭,甚至威廉书房的那一盏灯都熄灭了。

威廉躺在床上微微地打呼噜,早已进入梦乡。他梦见梨牌肥皂最大的一间工厂失火,他正无望地望着消防员救火。梦里充满浓烈的肥皂烧焦的臭味,那种气味他在现实生活中从来都没有闻到过。确定无疑的是,梦里发生的一切都是独特的,他醒来的那一刻就会忘记。

他女儿睡得也很熟,白天的经历已经让她精疲力渴。晚饭的时候出了些小事故,她把在洛克哈特可可店里吃的炖牛肉,蛋糕和可可饮料都给吐出来了,加上她乱发脾气,休格小姐责骂了她一顿,睡前她很痛苦。这个世界比她曾经想象的更加奇怪,更大,也更拥挤。有一些现象,甚至她的家庭老师都讲不清楚,但是父亲夸她是个好姑娘,比斯坎湾在西班牙,这个问题他还会再问吗?明天又是新的一天,她要好好学习功课,不让休格小姐为难。

休格躺着睡不着,手里握着便壶,吐出了一大堆薄荷油和啤酒酵母混杂物。但是,即使在痉挛,她的嘴巴和鼻孔感觉火辣辣的,有很多毒素。今天晚上,离开书房时,威廉对她说:"管好你自己的事!你以为这事和你有关吗?你觉得我早该向你和盘托出吗?你以为你是谁啊?"他的话深深刺痛了她,与此相比,身体上的痛苦不值一提。

她爬到被子里,紧紧按住腹部,唯恐抽泣声透过墙传出去。她腹部的肌肉痉挛不止,酸痛难忍;这里什么也不可能留下,除了……

自从怀孕之后,休格第一次认为肚子里的确实是个婴儿。一直到现在,她还不敢承认。其实什么也没有,只不过是无缘无故的焦虑,没有来月经而已。然后这个孩子就成了嫩芽上生的虫,她希望这个寄生虫能从她的身体里被引出去。她从不认为这是一个渴望宝贵生命的小生物。这是一个神秘的东西,在慢慢成长,却不能活动,一团肉肉的东西莫名其妙地在她肚子里生长。现在,在这枯燥乏味的夜晚,她躺在床上用手抓着腹部,突然意识到她的手正搭放在一个生命上:她怀了一个胎儿。

这个婴儿长得什么样子?它有脸吗?那是当然,婴儿肯定有脸。是个男孩还是女孩呢?目前为止,休格怀着它,它有没有知觉呢?它是否受恐惧折磨,它的肌肤是否受到硫酸锌和硼砂的灼烧，在休格满是毒药的内脏里，它的嘴巴能否呼吸到新鲜的空气。到出生的那天，它会不会后悔，尽管那一天就要来临？

休格从肚子上拿开手，把手放在滚烫的额头上。她得抵制这些想法。这个婴儿，这个生命，这堆顽强的肉，不允许活下来。她自己的生命都危在旦夕，如果威廉发现她怀孕，那就结束了，一切都完了。"你不会再去大街上流浪，不是吗，休格小姐？"这是福克斯夫人对她说的。要是被她回答的话说中了，我宁愿现在去死。

休格蒙上被子准备入睡；恶心的感觉变得不那么强烈，她现在能够喝一小口水漱漱口，冲淡舌头上薄荷油和胆汁的味道。从胸腔到大腿根儿，她的整个肚子仍然酸痛，好像她受到体罚，不常运动的肌肉那样酸痛的感觉。她把一只手掌放在腹部，感觉到了心跳。当然，那是她自己的心跳，就像她的胸部和太阳穴跳动的一样。她身体里的东西可能还没有心脏吧，会有吗？

斯科菲尔德也没睡着，事实上，尽管时间很晚了，他们还呆在康迪街上他们的房子里。忙碌着做一些事情，包括给拉克姆一家弄照片，试图创造出奇迹。

这头露得太小，托维咕哝着，他瞥了一眼一张照片上那位女士的脸，在黑暗中闪着光亮：“你不觉得这个头照得太小了吗？"

"是啊，"斯科菲尔德先生说道，"看来无论如何都没有用，那个图像太亮，看起来好像她的脑袋里塞了个灯泡似的。"

"要是他们三个能在户外明亮的太阳下重新照一遍就好了。"

"可不是，亲爱的，那就简单多了，"斯科菲尔德叹了一口气，"但那是不可能的。"

他们在凌晨的时候还接着忙活。上次那对父母痛失爱子，悲痛欲绝，处理相片的时候需要把一张男孩的脸叠加在一位士兵身上，记录下他们儿子卓越的军人形象，倒是个寻常工作，相比之下，这次拉克姆家交给的任务要艰难得多。拉克姆家的照片处理工作难度在于给的两张照片极不相称：第一张照片是一位业余爱好者在灿烂的阳光下拍摄的一张脸庞，他远远高估了自己的摄影技术，这张照片必须得重拍，放大好几倍，然后把照片上的这张脸放在另一张照片里那个女人的肩膀上，而这张照片正是在照相馆里专业摄影师拍摄的那张。

到凌晨三点的时候，虽然弄得差强人意，但是考虑到他提供的素材，只能做到这种程度。拉克姆先生对此不得不满意，或者，如果真的不满意，他就只为他和他女儿的图像付钱吧，那个不完美的合成图像就算了。

两位摄影师就去照相馆隔壁一间小屋子里上床睡觉了；现在对他们来说，

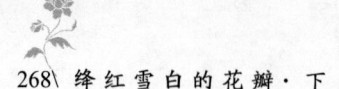

打个出租车回到克拉肯威尔他们的住处，已经很晚了。暗室里一条垂悬的电线上挂着他们白天的作品：一张威廉·拉克姆的照片，这张拍得很好，他凝视着浪漫永恒的山巅；还有另一张，拉克姆沉浸在阅读之中，一张精美的索菲的照片，她在育婴室里幻想；还有一张非常古怪的拉克姆一家的全家福，其中安格尼斯·拉克姆的头是在另一张照片上移植过来的，那张图片上是很久以前的一个夏天，阳光异常灿烂，安格尼斯的图像就像招魂师宣称的一位神秘人物，用胶片的乳胶能够捕捉到的，而肉眼永远看不到的鬼魂一样。

第三十二章

索菲·拉克姆像栖息的鸟儿一样站在靠窗户的一个凳子上,她微微地扭着屁股,看看凳子是不是摇晃。确实,凳子有点晃。因为她看不到裙子下面,她小心翼翼地不断地移动双脚来保持平衡,一直到她安全了。

她想,我将来一定比妈妈长得高大,不是傲慢,也不是作比较。她揣摩着自己的身体实际上和妈妈的不一样,她一定不是娇小型的。好像在她还是个婴儿的时候,有人给她喂了一口《爱丽丝漫游奇境记》里的蛋糕,虽然不会几秒钟就蹿到天花板那么高,但是她的生命里每一分钟都在一点点成长,一直到她非常高,就像休格小姐甚至父亲一样高的时候,也不会停止生长。

不久之后,她就不用踩着凳子看外面的世界。不久之后,休格小姐或其他人得给她准备新鞋子,新内衣和新的一切,因为她长得很高,到那时她所有的衣服就都不合身了。可能她就会再次进城,城里有专卖店,每天他们总能卖出一两件,因为街道上有来来往往的行人,店里有源源不断的顾客。

索菲举起她的望远镜,蜷起手指握住望远镜的边缘。她把望远镜调节到最长14英寸,朝着切普斯托庄园望去,行人寥寥无几,没什么事情发生,一点也不像城里那样。

她身后,学习室的门把手吱呀响了一声。是休格小姐已经回来了吗?尽管她只是过去帮爸爸整理信件。索菲不能猛地转过身来,以防从凳子上摔下来。她下定决心,要是望远镜摔碎了,她就得倒霉777年。

"你好,索菲。"是一位男士低沉的声音。

索菲惊奇地发现父亲站在门口。上一次父亲来这里的时候,比阿特丽丝小姐还在她家做保姆,妈妈在海边。她在想屈膝礼能不能给父亲留下好印象,但是凳子摇摇晃晃,她就打消了这个念头。

"您好,爸爸。"

他关上身后的门,横穿过屋子,等着她走到地毯上来。好久都没有发生过这样的事情了,在他的影子下,她抬起头来眨着眼睛,看着他长着胡子的脸庞,他时而皱着眉头,时而含着微笑。

"我有些东西要给你。"他说道,双手藏在背后。

索菲期待的兴奋劲儿被恐惧取代,她不禁联想到父亲会不会告诉她,由于她太淘气,要把她送给别的家庭养,原来保姆就是这样吓唬她的。

"这呢。"他递给她一本大书那么大的相框。封在玻璃后面的她那张照片照的时候,那个男人声称能把大象平衡地放在他的鼻子上。他拍到的索菲·拉克姆很高贵,但是照片没有颜色,都是灰黑色调的,像一尊雕塑,但是十分端庄,像个成人。在照片里,模拟的背景则变成一个真实的房间,那位年轻女人的眼睛美丽传神,闪着微光。多么优美的一张照片!如果是彩色的,那它就是一幅画。

"谢谢,爸爸。"她说。

她父亲低头冲她微笑,他的嘴唇抽搐了一下,作微笑状,貌似他已经不习惯运用那些僵硬的肌肉了。他没有说话,从背后又拿出另一张带相框的照片:这次是他自己,站在画中的山和天空前面,凝视着未来。

"你在想什么?"他问她。

索菲几乎不能相信自己的耳朵。父亲之前关于任何事从来都没问过她想什么。他年老而她还年轻,他高大她矮小,他是男性她是女性,他是父亲而她只是他的女儿。宇宙怎么会允许这样的事发生了呢?

"非常好,不是吗,爸爸?"她回答道。她想告诉他这幻象有多真实,他仿佛就站在真正的山峦前面,但是她不相信自己,害怕舌头打结,说不清楚,害怕自己贫乏的词汇把自己出卖。然而,他好像猜到了她的想法。

"真是奇怪,不是吗,我……我们知道这照片是在喧闹的街道楼上一个房间里照的,而在照片里我却站在大自然的野外。但是,这是我们必须做的一切,索菲,我们要以最光鲜的姿态亮相。这就是艺……艺术的目的,也是历史的目的。"

当他降低到她的水平对话的时候,他的话语能力已经到了强弩之末,结巴变得更严重。她看得出,父亲要离开了。

"另一张照片怎么样呢,爸爸?"她忍不住问道,他后退了一步,"我们仁的合照?"

"那张没有照好,"他答道,面带痛苦的表情,"可……可能我们某天会再去一趟,重试一次。但是我不能保……保证。"

他们没有接着聊天,也没有说告别的话,他转过身去,不自然地走出屋去。

索菲盯着关上的门,把肖像捂在怀里。她迫不及待地拿给休格小姐看看。

到了晚上,索菲一直没睡着,甚至仆人都上床睡觉了,休格小姐和威廉仍然借着主人书房的灯光在谈论业务。那真是个无休无止的话题,事情渐渐变得更加错综复杂,尽管他们疲惫不堪,不想再多说一句。一年前,要是有人问休格香水制造厂是如何经营的,她就会回答:种植一些鲜花,然后收获,混合成一锅汤,往一瓶瓶水里或者肥皂块里添加精华,然后给成品贴上标签,用马车载运到商店里。能够信任骗子克劳利去估算横梁推动引擎代替 12 — 16 马力成本吗?送更多钱财到赫尔港寻求港口当局的支持究竟值得吗?现在,像这些深奥的问题,每个都能吞噬二十分钟,第一封尚未回复的信件还没有从文件堆里拿出来。休格在想所有的行业都是这样:外行人看似很简单,内行人做起来却极其复杂。毕竟,甚至妓女闲聊她们的职业时,也能说上好几个小时。

今天晚上,威廉的情绪莫名其妙地不好。不像他平时发脾气那样,这次更加理性,但是很忧伤。在他才做董事长的时候,他处理业务上的困难都是满腔热情,立竿见影,但是最近,好争执的反抗情绪似乎突然削弱了他的精神,"毫无用处""无利可图""徒劳无功",这些丧气话常常从他的嘴里吐出来,然后深深地叹息,休格想着如何恢复他的自信,顿时倍感压力。休格安慰他说拉克姆公司正在蒸蒸日上,"你是真的这样认为吗?"他反问道,"你真是个乐观主义者。"

休格知道他没有生自己的气,就该心怀感激了,但是她倒是想恶狠狠地骂他一顿。今天她对索菲做的事忍而未发,她自己还是满腹委屈,没心情去做他的励志天使。什么时候有人安慰她呢,告诉她,一切都会变好?

"威廉,我怀了你的孩子。"她真忍不住想要告诉他,我确定,是个男孩,是你急切渴望的男孩,拉克姆香水制造厂终于有了继承人。别人不需要知道是你的骨肉,只有你知我知,你可以说你在救援协会里把我带回来,你不知道我已经有孕在身。你可以说我是索菲的好老师,你不能因为我在之前所犯的罪孽来惩罚我。你总是说,你不管他妈的别人怎么想。再过几年,孩子长得越来越像你,流

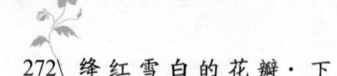

言蜚语也平息下来，我们就可以结婚。你不觉得这是命运的馈赠吗？

"我觉得你应该顺其自然，"她劝说道，她把思绪拉回现实，面前是一台横梁机，"要想收回投资，你得见证十年的好收成，千万不要扩大你的竞争者。风险太高。"

一提到他的对手们，威廉的情绪更加糟糕了。

"唉，那些人巴不得我在他们燕尾服带起的风里扑棱双臂，休格，"他说道，他重重地坐在褥褟上，冷淡地比画着动作，"20世纪属于梨牌和亚德利，我从骨子里能够感受得到。"

休格咬着下嘴唇，抑制住一声烦躁的叹息。要是她能够让他去画澳大利亚的袋鼠，或者给他一些简单的计算题做就好了，那样，他会不会给她一个大大的微笑呢？

"威廉，让我们先担心本世纪余下的这些年吧，"她建议道，"毕竟这才是我们生活的时代啊。"为了表示一封封地按顺序处理信件的重要性，她从信件堆里又拿出一封信，读出写信人的名字"菲利普·柏德烈"。

"先别管那个了，"威廉叹息道，让自己慢慢滑下去，一直到躺平，"我是说，那和你，和拉克姆公司都没什么关系。"

"但也没有什么麻烦的，不是吗？"她满怀同情地喃喃着。试图让他从她的语气里读出，她可以和他同甘共苦，患难与共，她会一直支持着他，像这世间最好的妻子。

"麻不麻烦，这不关你的事，"他挑衅地指出，但语气充满忧伤和无奈，"记住，除了这张办公桌，我还有另一种生活，亲爱的。"

她就照着表面的意思，或者尽她最大的努力理解这份亲近。他终究还是在暗指她对于他的事业是不可或缺的，难道不是吗？她又拾起一个信封。

"芬尼根，泰恩茅斯公司。"

他以手掩面。

"告诉我最坏的结果。"他呻吟道。

她大声读着信件，只有当威廉烦恼地哼哼，怀疑地咕哝的时候，才停顿一下，怕他听不见。然后，他正在消化吸收这些信件的内容，而她静静地坐在他的桌子后面，缓慢地呼吸，有种不祥的感觉，她感到柔软的肚子里正在膨胀，感到胃里一种愤愤不平的自豪感逐渐上升。

"今天下午，索菲恐怕不行。"她终于脱口而出。

威廉，正一门心思想一个所罗门式的难题，他在做决定，在泰恩茅斯卸载货船时延误了，责任到底该归咎于懒惰成性的码头工人，还是供货商再次向他撒谎。他茫然地眨着眼睛。

"索菲，不能。"

休格深深吸了一口气，裙子的接缝紧紧贴近她丰满的胸脯和鼓胀的肚子。一瞬间，她回想起，上次父亲带索菲出去玩的时候，她有多么兴奋；照片里的她洋洋得意，十分骄傲。她高兴地喋喋不休，丢三落四，漫不经心，然后就不这样了，下午渐渐过去了，她算术题做不对，花朵的名字记不住，懊丧不已，伤心落泪。所以吃晚餐的时候胃口很差，晚上睡觉的时候饿得焦躁不安。她紧张兴奋的心情里夹杂着难以消化的异物。

"她声称你告诉她我们很快会再去一次照相馆。"休格说。

"我……我可没说过这样的话。"威廉反驳道，皱着眉头，得出一个结论，生活是一个充满误解和背叛的陷阱：即使是自己的亲生骨肉也不行，一旦自己做个慷慨之举，就会招来麻烦。

"她再三强调是你许诺的。"休格说道。

"好吧，是她领会错了。"

休格揉揉疲劳的眼睛。手指上的肉是那么粗糙，眼皮上的皮肤却是那么柔嫩，她感到接着揉下去可能会受伤。

"我觉得，"她说，"如果你想把更多注意力放在索菲身上，最好是我在场的时候做。"

威廉用手支撑着将身体直立起来，难以置信地怒视着她。开始是索菲，现在是休格！女人真是复杂得很，和她们打交道有诸多不便！

"你这是在告诉我，"他简单地问了句，"什……什么时候，什……什么情况下我才应……该去看我的女儿吗？"

休格顺从地歪着脑袋，尽可能使她的语气变得柔和。"哦，不是的，威廉，别这么想，你做得非常好，我很崇拜你。"他仍旧生气地盯着她，哦，天哪，她想说些什么呢？她能现在就闭嘴吗？她还能做什么有用的事来解决这个问题呢？

"哎呀，你已经学完了一整本字典，不是吗，亲爱的。"卡斯特威夫人曾经奚落她说，"在你的生活中，只有两个字还有点儿用：'是的'和'金钱'。"

休格又深吸了一口气。"安格尼斯的要求让你处境如此艰难，"她怜悯地说道，"这么多年来一直是这样，如今更加棘手了，我知道。你对索菲的一丁点兴趣都让她感激不尽，而我也是这样。我只是好奇，你……和……我们能不能在一起多呆一小会儿。可以说，像一家人那样。"

她抑制住强烈的情感，担心自己陷得太深。但是他难道不是想要一张他们三个的合影吗？如果不是这样，那这张照片到底要用来做什么？

"我在尽一切可……可能，"他警告她，"来维持这个不幸的家庭。"

看到他的自怨自艾，她不禁想要用一连串的话来反驳他，但是她忍住了；他紧握着拳头，手指的关节煞白，脸色苍白，她本该清楚得很，他们的未来就要像扔到墙上的玻璃杯一样，立马摔得粉碎。上天本来能让她找些合适的话来表达自己，但是她将不会再多问一句。她从桌子后面滑落下来，裙子沙沙作响，她跪在他的旁边，关切地把手放在他的手上。

"哦，威廉，请别这么说，这个家庭怎么会不幸呢。这一年你事业有成，收获颇多。"她的心怦怦直跳，她把胳膊环在他的脖子上，但是感谢上天，他没有把她推到一边去，也没有雷霆大怒。"当然，降临在安格尼斯头上的灾难是一个悲剧，"她紧接着，抚摸着他的肩膀，"从另一个角度来看，也还算幸运，难道不是吗？现在你终于摆脱了多年来承受的担忧和丑闻。"渐渐地，他的一只拳头松开了，接着另一只手也放松了，放在腰上。她真是侥幸逃脱啊！她接着说："拉克姆公司今年运作得很不错，我们遇到的问题大半都是由于公司成长，这些我们别忘了。在这里，你有一个快乐的家庭，确实如此。所有的仆人对我都非常友好，威廉，你放心，我偶然听到，他们都非常满意，他们认为你的世界……"

他凝视着她的脸庞，他困惑，忧伤，缺乏精神支柱，像一只没有主人的狗。她亲吻了他的嘴，抚摸着他的大腿内侧，挑逗着他。

"亲爱的，记得我们初次见面我对你说的话吗，"她悄悄说道，"我会做你要求的一切，一切。"

她正要掀起裙子的时候，他温柔地挡住了她的手臂。

"天晚了，"他叹息道，"我们该睡了。"

她抓住他的手，慢慢地放进温暖柔软的衣服里，去触摸她裸露的肌肤。确切地说，她觉得，如果他能摸到她双腿间哪怕一秒，她也能够得到他了。没有什么比女人的身体更刺激，更让他无法抗拒了。

"别，我是认真的，"他说，"看看这时间。"

她乖乖地看看表，当她转过头的时候，他扭动着挣脱了她的拥抱。已经十一点半了。在卡斯特威夫人家的时候，十一点半正是夜晚行业的高峰期。甚至在普里奥里巷子的时候，威廉有时都会在半夜去见她，他从街道上闯进去的时候，会发出一些声响，给她沉寂的房间带去生机，他的长大衣上沾满雨水，滴滴答答作响，他磁性的声音充满欲望，然后他们那么亲密、协调，从他拥抱她的姿势她就能准确分辨出他的想法。

"哦，天哪，我累了，"他呻吟道，这时候老爷钟正在十一点半的时候敲响，"别弄这些信件了，明天再接着处理吧，啊？"

休格在他的额头上亲吻了一下。

"随便你吧，威廉。"她说。

第二天早晨，休格照常给索菲准备好一切。给她穿衣服，和她吃早餐，在学习室里把她安置在写字台上。课程刚刚开始了几分钟，一阵恶心从胃里涌上来，休格马上冲出门去，她深吸了几口气，突然闻到一种令人窒息的气味，空气里弥漫着一种很甜的粥和氯醛的味道。她在楼梯平台上停留下来，头晕目眩的，她怀疑到不了卧室就得呕吐出来。但是过了一会儿，空气的气味变了，想吐的感觉渐渐消失。她从容不迫地站在楼梯最上面。楼梯相当稳定，虽然墙和天花板感觉还在慢慢地旋转。这是选择性的幻觉。这天早上光线有些暗，安格尼斯留下的血迹完全看不出来。这个楼梯有多少台阶呢？很多，很多。接待大厅在最最下面。休格安然地站着。她的一只手搭在另一只手上面，抚摸着弧形的腹部。她迫使自己把手移开。房子空气流通，想要帮助她似的，知道她面临的麻烦，知道什么最适合她。她迈着步子向前走去，然后发觉自己又在抚摸肚子。她把手臂大大地张开，像一双翅膀，头脑里的血液流动得很快，煤气灯光出于同情地跳动着。她闭上双眼，任凭自己跌落下去。

"拉克姆先生！拉克姆先生！"嘭，嘭，嘭有人在敲他书房的门。"拉克姆先生！拉克姆先生！"嘭，嘭，嘭！

拉克姆从桌子后面跳起来，猛地打开门，莱蒂的手关节几乎要敲在他结实的胸膛上。

"哦，拉克姆先生！"她疯狂地尖叫起来。"休格小姐从楼梯上摔了下来！"

他从她身旁挤过去，大步跨过楼梯平台，俯视着长长的铺着地毯的楼梯，休格正四肢摊开地躺在最下面，黑裙子乱成一团，露着白色的内衣裤，红色的头发散乱不堪，四肢张开，像个洋娃娃一样一动不动。威廉一只手从楼梯栏杆上滑了下来，为了防止类似的不测再次降临在他身上，他赶紧大步冲下楼去，一步迈两三个台阶。

过了一小会儿，威廉轻轻地拍打了她的脸颊一下，休格从无意识中恢复过来。她躺在自己的床上，威廉正在旁边密切地注意着她。她只记得从某个空间飞落下来，恍惚之中，满是恐惧。

我怎么会到这儿来？

威廉的脸,忧虑憔悴,但并不生气。事实上,她察觉到他的脸上闪着一丝对她的爱的关怀,或者一丝劳累。

"罗丝和我一起把你搬上来的。"他答道。

休格环视四周寻找罗丝的踪影,但是没有找到,身旁只有她的爱人……她的雇主……现在别管他是她的什么了。

"我是失足跌落下去的。"她辩解。

"的确,我……我们这是个容易发生事故的房子。"他开玩笑说,有些忧伤的意味。

休格用肘部把自己支撑起来,但是一阵刺痛像刀子穿过她的肋骨,让她无计可施。她把头往前伸,下巴支在胸骨上,她注意到两件事:她的头饰掉落,头发变得散乱不堪,乱七八糟地落在脸的周围;她的裙子起皱了,露出她的内裤。

"仆人们,"她苦恼不已,"有没有看到我这邋里邋遢的模样?"

威廉不由自主地笑起来:"你竟担……担心这些奇怪的事情,休格。"

她也笑了,眼里涌出泪水。听到他喊自己的名字,竟是这样宽慰。她想象着几分钟之前,他用胳膊把自己抱上楼来——然后提醒自己不是他自己把她弄上来的,他把自己抬上楼的样子可能显得笨拙,也不庄重。

"我很抱歉,威廉,我……我失去了……"

"克鲁医生正在赶来的路上。"

休格一想到克鲁医生正匆忙向她赶来,不觉感到一阵寒意,她只是在安格尼斯的日记中得知这个人的。她想象着他沿着街道疾步走来,超自然地快速,他的眼睛像蜡烛一样闪着光亮,他的魔爪伪装在手套下面,他的黑包里充满蛆虫。他抢劫了拉克姆夫人,那算计已久的猎物,他还会设法折磨休格。

"这……这有必要吗?"她问,"看,我好得很啊。"她抬起胳膊和腿,微微扭动了它们几下,气喘吁吁,疼痛不已,威廉的反应是,他有些嫌恶地瞪着她,好像她是一只巨大的蟑螂,满是怜惜,或者他都要愤怒到极点了。

"别下床。"他命令她,语气刚硬,不可商量。

休格躺着等待着,缓慢地呼吸,减少右边的疼痛。那精神错乱的一刻,她究竟造成了怎样的伤害?她的右脚踝僵硬酸痛,她能感觉到自己心脉扑通扑通跳动,她的胸腔像破碎一样,好像用锋利的白骨碎片穿透她红嫩的心脏的外膜。这是为什么呢?她见过哪个女人为了流产,要从楼梯上摔下去吗?简直又是个瞎编乱造的故事,就像妓女们彼此之间讲述的童话故事……哈丽特·佩利被打得青一块紫一块,然后流产了,但这情况是不同的:威廉从来不对她的肚子拳打脚踢,不是吗？尽管有时候他的眼神会让她觉得他正考虑这么做……

有人在敲她的门，门把手转动了一下，一位高大的男人走进她的卧室。

"是休格小姐吗？"他问道，语气和蔼可亲，一本正经，"我是克鲁医生。请允许我……"

他前面提着个包好像一个外交的礼物，朝着她这边走过来，穿着一双磨损的皮鞋，但是并没有裂开。目光黯淡无神，胡子上添了一绺儿灰白。他看起来远远不像恶魔，倒是更像艾米莉·福克斯，尽管这张长脸长在他身上看起来比她更加英俊。

"你还回想得起来吗？"他跪在她的床边恭敬地问道，"你滚落了多远，你身体的哪个部分首当其冲？"

"不，我记不起来了，"她回答，回想起不可思议、虚弱无力的一刻，她灵魂出窍，身体悬浮在半空中，然后像一个死气沉沉的穿着衣服的肉体模型一样从台阶上滚落下来，"那一切发生得如此突然。"

克鲁医生打开包，拿出一个锋利的金属器具，原来是一个绊钩。"小姐，请允许我……"他咕哝着，她点头允许。

克鲁医生用长满老茧的手温柔地检查病人，很明显，他只对病人肉下面的骨头的伤情感兴趣，别无邪念。他每次脱下或挽起她的一件衣物，然后再穿上，这样轮流一遍，只剩下她的一只右靴。当他拉下她的短裤，把手掌放在她裸露的肚子上，休格脸变得通红，但是他只是用手指杵一下，确信她那里不痛，然后转向她的髋部，还平心静气地告诉她要尝试做各种姿势活动活动。

"你很幸运，"他最后说道，"人们从椅子上掉下来胳膊脖子断了也不稀罕。你从楼梯上摔下来，只是摔断了两条肋骨，过一阵儿就痊愈了，还有一些淤青，你可能还没有注意到，但是慢慢会显现出来。你的脚踝扭伤了，但是并没有摔断。明天早上，你的脚踝就会肿得和我的拳头一样粗……"他举起微微攥起的拳头让她看看，"尽管你现在脚还能动，但是预计到那时候你的脚就不能像现在这样活动了，不过别害怕。"

克鲁把手伸进包里，拿出一大卷厚厚的白色绷带，把头上的纸夹撕掉，这个纸夹是专门为了裹紧绷带用的。

"我要把条绷带紧紧地系在你的脚踝上，"他解释道，他把她的腿从床上抬起来，担在自己的膝盖上，也不顾她气喘吁吁，"我得告诉你，无论你有多想解开绷带，也不要把它弄下来。随着你的受伤的脚踝越肿越大，绷带会变得更紧，你可能想象它就要爆裂了，但是我保证那是绝对不可能的。"

当他包扎好她的腿，克鲁医生把她的裙子拉下来，看着好似一条毯子或者一块裹尸布。

"别做任何傻事，"他一边告诫她，一边站起身来，"尽量待在床上哪也别去，你就会恢复得很好。"

"但是我还有职责要履行呢。"休格立起身来，虚弱无力地抗议道。

他低头看着她，深邃的眼睛里闪过一道光芒，好像对此有一丝怀疑，似乎威廉·拉克姆先生交给她的任务都可以躺着完成。

为了让她安心，他严肃地说道："我会给你找一根拐杖。"

"谢谢你，非常感谢。"

"没什么。"

他的包咔哒一声关上了，那个男人，正是在休格床下藏着的那本日记里记录的恶魔审判者，吸血大师，恶魔，蛆虫的引导者，向她礼貌地道别问好，临别做个手势，来回摇晃一根手指，意思是千万不要胡闹，让她安心养病。

正如克鲁医生预料的一样，第二天早上休格醒来，十分难受，忍不住把缠绕在脚上的绷带弄下来，她立马这样做了，绷带解开后，顿时觉得好多了。

然而，不久之后，她从束缚中解脱的脚比没有受伤的时候肿大了一倍，甚至她脚一着地都疼痛难忍，更别说用脚走路了。只能一瘸一拐地走路，但那样809是奢望，单脚跳着走也没门儿，那样除了很丢人，用力跳这个动作会让她的淤伤更严重。只是单纯依靠意志力在屋里把拖着身体走一遭，她不得不承认，照这个状态，她不可能继续给索菲当家庭老师了。

趁着她的恐惧还没有变成恐慌，她的主人送来的一件礼物平息了她的心绪，礼物是托罗丝送到她的房里的：那是一根黑漆松木拐杖。这把拐杖是威廉自己本来就有的呢，还是他专门为她买的？这个她不敢问。她一瘸一拐地走来走去，只能用两条胳膊和一条腿，她感到很惊奇，这么简单的一个工具竟能改变世界，让人藐视黑暗的前景，把灾难变成不便。木拐上带一个横梁，有了这根拐杖，休格又重新站立起来了！

这真是个奇迹。她还只是半天没给索菲上课，午餐过后不久，她从她的房间里走出来，一条胳膊挂着拐杖，另一条胳膊下面夹着一本书，准备好履行职责。

她非常了解索菲，所以这会儿看到她在学习室里的写字台上耐心地坐着，休格一点儿也不奇怪。罗丝把她带到这边来已经有四个小时了，不过她不像在这儿坐了那么久，倒像是才坐了四分钟的样子。看样子是罗丝给她打扮的，这错不了。她给她梳洗，用发夹别住她的头发。罗丝的打扮人的方式和休格不同，让索菲看起来更像安格尼斯。索菲面前的桌子上摆着她上午偷懒的唯一证据：那是一幅画，画的是六间房子，房子是用蓝笔画的，窗户是用红笔画的，还有灰色的炊烟。索菲用手掌盖住画，好像在搞恶作剧似的，好像她本该深陷在摩尔人的战争中。

"对不起，小姐。"

"没什么对不起的，索菲，"休格叹了一口气，重重地拍打了一下拐杖，显得很失望。她有些疯狂，她本来想，或很希望听到索菲说句安慰的话，或者突然给她一个孩里孩气的吻。"过来，索菲，"她说，肩膀抽搐了一下，"把我手里的书拿走，我怕随时都会掉下去。"

索菲从座位上跳起来，赶紧过来拿书，好像丝毫没有注意到老师的残疾。她伸手抽出夹在休格腋下的书本，笨手笨脚地碰到休格的胸部，隔着衣服蹭到了休格的乳头。休格调整一下身体的重心，脚上的疼痛让她喘起大气。

"谢谢你。"她说。

索菲返回到座位上，等待老师的指示。她要假装老师今天并无异样，她的决心很明显。当休格摇晃地拄着拐杖，笨拙地放低身子坐到椅子上，孩子把视线移开，不去见证那不优雅的一幕。

"天哪，索菲，"休格喊了一声，"你一点也不好奇我发生了什么吗？"

"不，小姐，我好奇。"

"那好吧，不过你要是好奇，为什么不问问我呢？"

"我……"索菲皱起眉头，低头看着她的怀里。仿佛被一个更聪明的对手戏耍了，中了打着教育的旗号的逻辑的陷阱，"罗丝告诉我你从楼梯上摔了下来，小姐，她说我千万不要盯着……"

休格紧紧闭上眼睛，试图鼓起勇气想想她需要怎样才能熬过下午。

抱着我，索菲，她想。抱抱我。

但是她说的是："医生说不久我就会康复了。"

"好的，小姐。"

休格仔细端详了索菲写字台上的画。每个象征性的房子旁边都画了三个人：一个小孩，两个大人。即便从休格俯视的角度也可以看出，那个穿着深色西服，戴着大礼帽的男人无疑是威廉，玩偶大小手指很少的女孩是索菲。但是那位母亲是谁呢？图画上的女人长了一张心形的脸和蓝色的眼睛，看起来像安格尼斯，但是很高大，都有威廉那么高了，而且她浓密的头发轮廓是红色的。有一刻，休格激动不已，接着她注意到，索菲的桌子上压根就没有黄颜色的水彩笔，只有红色、蓝色和灰色的。而且，谁能说，对于索菲而言，所有的大人不是一样高呢？

"那好吧,"休格小姐宣布,把双手扣在一起,"做算术。"

那天下午,威廉·拉克姆自己在回复信件。他回信的时候,手很辛苦,不大灵便,但他能勉强应付得来。他把那个扭曲的手指扣在中指上,防止指尖把墨迹弄模糊,他把钢笔几乎垂直握在拇指和食指之间,那样能写得更加流畅一些。

来信已阅,他写道。现在我还得他妈的回复你,他想。他的大脑和笔之间已经重新建立了联系,尽管很折磨人。

但是这些不舒适都不要紧。能够独立自主做些事是多大的福分——能够亲口告诉无赖潘基事情的真相,这下好了,没有休格把他话中的刺剔除出去。有些人就需要挨骂,尝尝话语刺痛的感觉,尤其是格罗佛·潘基。如果拉克姆香水厂能够活到下个世纪甚至更长,那现在需要一只强大的手来掌舵——掌舵的人不能容忍外界的胡言乱语。潘基怎么敢说象牙雕刻到拉克姆香水瓶要求的那么薄一定会破裂?

很可能是你后来从事的交易,提供的象牙的质量不如以前好吧,他潦草地写道。你之前在雅茅斯拿给我看的瓶子都很结实。我建议你还是换成那个品种优良的象牙。

你的……

好吧,可能还不是"你的"什么。但是世界上不只有一位象牙商,格罗佛·汉基——潘基先生!

威廉皱着眉头,签上自己的名字。这签名看着有毛病,有些幼稚,很接近他原来的字迹,但还不如休格打瞌睡的时候模仿的签名。好,这有什么关系呢?他接管拉克姆公司之前签名方式和之后是不同的。他在信件上的签名看起来像个男学生写的,和他在结婚证上的笔迹大不相符。生活在继续,总理亲口说过:"变化是永恒的。"

他把信件封好了,有一股冲动,想要立即把信邮寄出去,急匆匆地跑到波多贝罗路,把信塞进最近的邮筒里,以防休格冷不丁地回来,发现搁在这里的信件。无论如何,外面新鲜的空气对他也是非常有益的。昨日的喧嚣让他感到烦躁不安,一直在寻找个好理由出去透透气,迈着轻松的步伐在一条大街上散步。他是该走呢还是该留下来?

他耽误了一小会儿,把潘基劈头盖脸骂一顿的满足感消失了,像手绢上的夜来香香精一样挥发得无影无踪。他回想了自从他管理香水厂以来那漫长艰辛的路途。那个时候威廉·拉克姆还是作家和批评家,那场景萦绕在他的脑际。他感到一阵懊悔，他永远不会再成为那样的人，那时候他笔下的东西让人畏惧，令人敬仰，常用雪茄烟头烧掉一些无聊的信件。那个男人拥有形状完美的手指，金色的长发，光彩照人的妻子，灵敏的嗅觉能轻易闻出污染的茉莉精油，但是没有嗅出伟大的艺术和文学的未来。而现在，他是一位鳏夫，说话还结巴，自己执笔费力地给厌恶的商人们回信签名，抱怨不已。他曾经同家人，朋友和旅伴亲密的关系，如今已经变得面目全非，无法挽救。但如今他还有补救的机会，来挽留一段曾经亲密无间的友情，不至于让它变质，导致双方疏远甚至为敌。

所以，他放下骄傲，离开房子，命令切斯曼驾车进城，车一直驶到布鲁姆斯伯里的托灵顿·梅夫斯家中，希望赶上菲利普·柏德烈先生在家。

五个小时之后，威廉·拉克姆快乐起来了。可不是，安格尼斯去世后他第一次这么高兴，甚至——是，为什么不承认呢？——很久以前，他真是个快乐的男人。仅仅五个小时的时光就把他从沮丧的边缘摆渡到了满足的海岸。

太阳落山之后，他在苏豪区一条狭窄的街道上溜达，有点醉醺醺的，四面八方的小贩，流浪儿和妓女上前搭讪，等他施舍几个小钱，买一些脏兮兮的不值钱的东西。他们牙缝很大，用恶意的目光打量着他，用手比比画画，一想到前不久在幽暗的弗罗姆街道上，几个这样的痞子把他打得半死，他本该满心忧虑。但是不，他一点儿也不害怕受到攻击；他无所畏惧，因为有朋友陪着他。是的，不仅有柏德烈，还有阿什维尔！世上真没有什么东西，没有什么比跟少年时结识的朋友在一起更令人舒适。

"比尔啊，我们正在建立自己的出版社。"阿什维尔说道，一个小贩头上戴着十二个帽子，手上还转着两个，他出于好奇转过头去看看。

柏德烈开玩笑似的，他把拐杖的圆头朝着一个在门口向他们挥手的妓女捅过去。一个昏昏欲睡的小男孩，推着一车的瓶瓶罐罐，值不了几个钱，是有人打发他去卖掉换钱的。刚到跟前他退缩了，害怕柏德烈的拐杖像一枚炮弹"啪"的一声拍到他流满鼻涕的鼻子上。

"我们找不到愿意出版我们下一本书的人——"柏德烈解释道。

"——工人们眼中的艺术——"

"——所以我们打算就他妈的自己出版吧。"

"艺术？你们自己出版？但是为什么呢？"威廉不解地问道，他糊里糊涂又觉得好笑，"从书的题目来看，听起来……没有你之前那本那么有争议……"

"你别信那一套！"阿什维尔洋洋得意地说。

"那是个绝顶聪明的简单想法！"柏德烈宣称，"我们掌握一大批劳苦大众——扫烟囱的人,鱼贩,烧饭女佣,烟草商,卖火柴的小贩等等——让他们读一点儿罗丝金的学术笔记……"

"……让他们看一些雕画……"

"……然后询问他们的想法!"柏德烈脸部扭曲,好像讽刺漫画上的顽固的知识分子,佯装在玩味伸直手臂拿着的一件雕刻,"你说这难道不是一个人的名字吗?阿芙洛狄忒?"

"那是个希腊女人,先生,"阿什维尔嘲弄地解释道,瞬间扮演了柏德烈小丑角色的搭档谐星,"她是个女神。"

"希腊人?天啊。那她的黑色小胡子在哪儿呢?"随后,柏德烈脸上的表情转变成另一种风格,看着更像一个若有所思的人,在满脸疑惑地搔头,"好,好吧,可能我不知道阿芙洛狄忒这个人,但是我觉得她的乳房肯定是出奇的大。虽然我见过很多女人的乳房,但是那样的乳房,在街上的女人里从没见过。"

拉克姆放声大笑起来,好像从上次和朋友们一起出去之后,就没有这样捧腹大笑了。

"但是究竟是为什么,"他问道,"往常的那些出版商拒绝出版这本书呢?我敢肯定,这本书会让他们赚很多钱!"

"这正是问题所在。"柏德烈傻笑着说。

"我们每本书都赔钱!"阿什维尔骄傲地说。

"不会的!"威廉反对道。

"就是!"阿什维尔喊道,"赔了很多!"他像土狼一样大笑起来。

威廉踉踉跄跄地走到另一边,在鹅卵石上真是不好走,他错估了自己的脚力。柏德烈搀着他。他醉得比自己预想的要厉害。

"赔钱?但这是不可能的!"他强调,"我见过好多人读你们的书……"

"哦,想必你是遇到了他们中的每一个。"阿什维尔轻松愉快地说。不到20英尺的地方,有一个喝得烂醉的老女人,正在用力掌掴她的丈夫,那个男人矮小瘦弱,她的巴掌扇在头发稀疏的脑袋上。他像九柱戏中的木柱一样摔倒了,四周哄堂大笑起来。

"这巨大的社会邪恶会及时收回它的成本,"柏德烈评价道,"多亏了那些手淫的学生和性欲得不到满足的寡妇们,像艾米莉·福克斯……"

但是没有人去购买"祈祷的效力",除了我们书中引用的那些悲惨的老傻瓜们。

威廉仍在咧着嘴笑,虽然经过多年从商的锤炼,他的脑子解决起这些金额问题来仍然有困难。"

"所以我看看能否理解你，"他说，"你不会让一个出版商赔钱，宁愿自己承受损失……"

柏德烈和阿什维尔做了个相同的不屑的手势，表示这个问题他们已经深思熟虑过了。

"我们也会出版一些色情书刊，"阿什维尔称，"来弥补那些健康书籍造成的损失。我们要出版那些最下流的黄色书籍。需求量是很大的，比尔，这是个饥渴的国家！"

"是啊，这些笨蛋！"柏德烈一语双关。

"我们要出版花花公子宝典，每月更新一期！"阿什维尔接着说，他满脸通红，热情洋溢。"我们的书不像该死的《伦敦娱乐指南》，那样毫无用处，只会提供一些无聊的阅读：某个女孩，你到了她们的住处，发现她已经死亡，房子里乱七八糟，或者充满五旬节派的人！"

威廉的笑容渐渐消失。一提到伦敦的《伦敦娱乐指南》，威廉想起了他和他的友人们疏远的另一个最初的原因：柏德烈和阿什维尔知道一位名叫休格的妓女，突然从社交圈里销声匿迹了。如果他们去拉克姆家拜访时，听到仆人喊"休格小姐"的名字，他们会作何感想？虽然极不可能，但还是转移了话题。

"你知道，"他说，"我在办公桌上呆太久了，能进城来跟老朋友一起出去逛逛，真是幸福。"他注意到，他的结巴完全好了。只是喝了几杯和陪在好朋友身边而已，就治好了结巴！

"忠实的朋友！"柏德烈喊道，拍打了威廉的背一下，"你还记得吗？发情的公牛和母牛一直把咱们从帕克公园追到我们住的地方。"

"还记得那一次吗，学监发现漂亮的荡妇莉齐睡在院长宿舍？"

"真是快乐的日子，真是快乐。"威廉应和道，尽管他不记得这些小事了。

"那就对了，"阿什维尔笑容满面。"那些日子真的是完全无忧无虑啊，比尔，如果你放任那样的生活。我听说你的香水生意正飞速发展。你不需要时时刻刻照看生意，对吗？"

"啊，你也许要大吃一惊了，"威廉叹了一口气，"时常可以感到这一切就要分崩离析。一切。常常是这个样子！这世上真他妈的没什么东西不让人操心。"

"真是个稳重的人，真是稳重。有些事情异乎寻常地简单啊。上床，一切就水到渠成喽。"

威廉咕哝着表示赞同，但是在他的心里却很难确信。近来，他很害怕休格做爱的提议。他身体的某个部位似乎不再听从他的使唤。他还能瞒着休格多久呢，他似乎已经丧失了部分性功能？还有多少夜晚，他能推托说疲倦了或者时间很晚了呢？

"若不是我运筹帷幄，"他抱怨道，"拉克姆香水厂到本世纪末就倒闭了。我似乎也没有继承人。"

阿什维尔停下来从旁边的姑娘那里买了一个苹果，那个姑娘长得很招他喜欢。他给了她六便士，比她要的多很多，她鞠了个躬，篮子里剩余的苹果差点儿掉出来。

"谢谢你，宝贝儿，"他眨了眨眼睛，咬了一口硬实的果肉，接着走，"所以……"他跟威廉谈论起来，嘴里咀嚼着果肉咕哝着，"你不想和康士坦斯结婚，是吗？"

威廉在路上停下脚步，大吃一惊。

"康士坦斯？"

"我们亲爱的布雷奇露女士啊。"阿什维尔说，尽量把音发得清楚，弄得好像拉克姆的困惑只是由于发音的问题。

威廉向前倾斜了一下，凝视着地面，他的视野时而清晰，时而模糊。一块方格状的粘满毛发的粪便粘在鹅卵石上，可能是长满藓的马粪，或者一片压得七零八散的狗皮。

"我……我没发现康士坦斯想要嫁给我啊。"

柏德烈和阿什维尔没有恶意地哼哼着，柏德烈一把抓住他肩上的衣服，愤怒地用力一拉。

"加把劲啊，比尔，你难道还想要她屈膝跪到你的面前求你娶她？她也有她的骄傲。"

他们一边走着，威廉就在细想他们刚才所说的话。他们一转弯到了国王街，这条街道稍微更宽阔。道路两侧的妓女朝他们挥手，确信已经说服晚上值班的警察花精力打击扒手和打架斗殴的人。

"伦敦这里有最好的性伴侣！"一位略有醉意的妓女大喊道。

"这里有好吃的炒板栗！"在对面的人行道上一个人大声叫卖。

柏德烈停下脚步，不是为了板栗也不是为了妓女，他只是踩上了一摊黏糊糊的东西。他抬起左脚，盯着脚底，踩到的东西现在和油腻的泥浆混杂在一起，他想确定踩到的究竟是狗屎还是一块烂水果。

"你觉得怎么样，菲利普？"阿什维尔问道，回过头冲着那个醉醺醺的女人咧着嘴笑,那个女人还在不断给他送飞吻。"想找点乐子吗?"

"每次都是这样,爱德华。可爱的阿波罗尼亚怎么样?"这些话对威廉来说有些跑题了,于是他解释道,"比尔啊,我们发现一个有魅力的女人,绝对是人间尤物,是一头发卷曲的非洲女人,她在贾丁夫人家里。她的身体和我们常见的女人身体不一样。他们教她像来自贝尔格莱维亚区的上流富家女子一样说话,真是最好笑的事情!"

"尝试一下她感觉是美妙无比的,"比尔说,"她不久之后就会被外交家和大使们承包了,她就会消失在西敏寺的深处!"

柏德烈和阿什维尔扒开大衣,拿出怀表看看时间,简单地商量了一下,贾丁夫人家里还去得成去不成,但不久之后,他们一致认为这个点儿阿波罗尼亚很可能没空。无论如何,威廉得到了这样的印象,他们对她的异域风情赞美不已,而且他们最近也品味了一下,还渴望尝试一下与众不同的东西。

"所以,你是怎样认为的?"阿什维尔问,"特伦斯夫人就在附近……"

"九点半的时候,"柏德烈说道,"贝丝和……她叫什么名字——威尔士的那个人——会被带到这里来,我不喜欢其他人。你知道特伦斯夫人是啥样儿的吗?糟得很。"

"福特夫人呢?"

"你要是上她那去,价格就贵了。"柏德烈抱怨道。

"是啊,但是还很快。"

"可不是,但是这是在潘顿街上。要是我们追求快速服务,我们可以去拐角处奥德丽夫人那里。"

听着他们谈论,威廉意识到他的恐惧是多余的:这些男人已经把休格忘得一干二净。她只是一个古老的传说,她的名字被上百个其他的新名字抹去了。这个女孩曾经在浩大的伦敦城仿佛黑暗中一座闪亮的灯塔,而现在早已淹没在无数的光亮之中,像微弱的萤烛之光。生活在继续,穿梭在生活中的人们却是无穷无尽的。

"那里那三个怎么样?"柏德烈问,"她们的神情倒是很愉快。"他朝着妓女三人小组点头,她们正在一家杂货店的灯光下咯咯地笑。"今晚,我对矫揉造作的轻浮的女人没兴趣,可以称得上是痛苦。"

这两个男人朝着挥手的妓女走过去,而威廉害怕自己被搁置在一边,没人保护,也尾随着他们过去了。他试图把眼睛放在黑暗的街道上那些女人的左左右右,不去正眼看,但是他无法抑制,灯光照耀下,那些女人在庸俗地炫耀她们穿

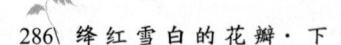

的塔夫绸和粉嫩的胸部,他的目光不知不觉被她们吸引了。那三人小组真是厚脸皮,打扮得花枝招展,长长的秀发从精巧的帽子下面倾泻下来。威廉有种心神不安的感觉,好像他们似曾相识。

"今天真是个好日子啊。"他们其中一个扭捏作态地笑着。

"像我一样,这些女人你一个也没碰过。"另一个说道。

"我也没有。"第三个人附和。

这三个女人是在炉边聚会上第一次遇到休格的时候,纠缠他的那三个女人吗?她们看起来更年轻,更瘦,她们的衣服没有那么华丽了。但是有些事情……天哪,命运会弄得这么凑巧吗?那些涂了胭脂水粉的妓女会不会嘴边一滑,喊他"亨特先生",问问他写的书卖多少钱,或者追问他和休格的约会结束了吗?

"多少钱?"柏德烈在询问那个嘴唇很性感的女人。她探过身去,在他耳边窃窃私语,她把前臂流利地搭在他肩上。

几秒之后,交易开始了。阿什维尔,柏德烈还有不情愿的威廉一起进入一个幽暗的死巷。第三个女人背对着威廉站着,脸朝着外面一条宽敞的大街,小心不速之客的到来。但是现在,威廉确定了,十分确定,他之前从未见过这三个女人,他盯着那个放哨的女人背部,意淫着。不过她对他来说,似乎缺少了些情欲的诱惑,她的头颜色暗暗的,像杜莎夫人蜡像馆的假人头,缝上可有可无的衣料,衬裙像马鬃似的,脖子很粗大,闪着微光的脊背上有个扣子从扣眼里悬荡下来。他的身体毫无反应;他把最好的年华都远远抛在过去了,他的余生都会用来担忧拉克姆香水厂;他的女儿长大成人,相貌丑陋,独身一人,不知感恩。他的圈子会越来越狭窄,成为别人的笑柄;接着,某一天,他用残疾的手写着毫无用处的回信,写到一半,突然心脏一紧就死了。从什么时候开始这一切误入歧途?从他娶了安格尼斯的那一刻,一切注定都错了——

突然,他注意到柏德烈满足地呻吟着,该是完事了,现在轮到他了。他突然兴奋起来,然而……

几秒钟之后,威廉平躺在地面上,不省人事,他的身边站了五个人密切地盯着他。

"让空气流通。"阿什维尔说。

"他怎么了?"一个妓女焦急地问道。

"酒喝得太多了吧。"柏德烈回答道,但是他的语气听起来没那么确定。

"不久之前,他被一群地痞流氓痛打了一顿,"阿什维尔答道,"我觉得,他们把他的头撞开了花。"

"可怜的人儿啊！"一个嘴唇丰满的女人柔情似水地说道，"他经常会这样吗？"

"过来，柏德烈，帮我弄弄他。"

这俩男人拽住他们这位朋友的腋下，把威廉抬到离地几英寸高。

带头的那个妓女，突然间被忽视，感觉很不快，拉拉他们的袖子，趁着他们还没有太心不在焉，希望重新引起先生们的注意。

"只有一位付了我钱，"她提醒他们，"公平地讲。"

"一位可还没有付我钱呢。"那个放哨的女人抱怨道。第三个女人皱起眉头，不知道该怎么插嘴发几句牢骚，因为阿什维尔还没有尽兴就被打断了。

"给……给给……"阿什维尔从口袋抓出一大把硬币，大多是先令，塞到她的手里，另两个人就伸着脖子瞧。"你们会算术吧，能把这些钱分开吧？"他现在对昏迷不醒的威廉担忧不已，没有心情讨价还价。全能的上帝啊，先是亨利，再是安格尼斯……要是这个悲惨的家庭再死一个人……！那命运该有多残忍，地位显赫的菲利普·柏德烈和艾德·沃德·阿什维尔，到时候，他们出版事业的开业典礼就得这样办了：搬着一具尸体，穿梭在苏豪的大街上寻找最近的警察局！

"比尔！比尔！你还好吗？"阿什维尔吼道，粗暴地用手拍打着威廉的脸。

"我……我还好，"威廉虚弱地回答，随着，五位旁观者的嘴里（甚至妓女们，因为在她们的心底还不想逃跑）都发出一声深深的叹息，大家都顿时松了一口气。

"好……"年龄最大的那个女人，正了正她的帽子，目光投向外面灯光闪烁的大街，说道："那么，大家都晚安吧。"然后她带领着姐妹们走出黑暗。

几秒钟过后，柏德烈和阿什维尔在死巷里踱来踱去，整理一下衣服，梳梳头发，充当彼此的镜子。你再也不会见到她们了，现在赶紧好好看她们最后一眼。

"送我回家，"从他们裤口旁边某个地方发出一声呻吟，"我想上床睡觉。"

第三十三章

她被仆人送到屋里,感到不大体面,终于,休格使起了小性子。她独自待在单调乏味的小卧室里,陷入沉默,虽然是在私下里,仍然称得上是在耍脾气。

威廉怎么敢对她说什么时候回家不关她的事!他怎么敢说他裤子上沾了泥巴是他自己的事,没必要跟她解释!他怎么敢说他完全有能力把这些信件处理得很好,用不着她操心,也不需要她仿造笔迹,巴结奉承!他怎么敢告诉她说,他单单纯纯去拜访老友,她与其在那偷偷地等他回来,还不如早点睡觉,因为她的眼睛时常布满血丝,眼睛下面生黑眼圈变得很难看!

在烛光下,休格跪在床边上,膝盖上放着威廉送给她的昂贵的圣诞礼物——《莎士比亚悲剧》,她一把扯下好多页,包括一些插图,她用尖利的参差不齐的指甲撕扯着脆弱的纸张。这纸张多么薄,多么平滑,就像《圣经》和字典用的纸一样,好像是用光滑的纸浆,或者烟卷里包裹的材料制成的。她在手里把它们揉成一团,麦克白,李尔王,哈姆雷特,罗密欧和朱丽叶,安东尼和克里欧佩特拉,都成了她指甲下的碎片,她还在喋喋不休地数落古代贵族。她原以为威廉给她买这些书是出于对她的学识的认可,是一种荣耀,间接地表达了一个信息,他知道在那些仆人面前,她的灵魂更加高贵。胡说八道!他是个胸无点墨的俗人,没有一点儿同情心的蠢蛋。他可以立刻就给她买一个镀金的象脚或者一个宝石的便壶,他的眼球不会为这些"手工装订的"莎士比亚的各类书籍动一下。他妈的，他这些逢迎讨好的举动都是为了让她心怀感激！

她在撕扯着那些书页，身体抖动着，像个孩子一样呜咽起来，不断地快速抽搐着，泪水从她的脸颊上流下来。他是认为自己眼瞎了或者失去嗅觉了吗？他跌跌撞撞进屋时，身上散发的骚臭绝不是泥土的味道，柏德烈和阿什维尔在两旁搀着他；他身上那廉价香水的气味是妓女用的。他身上散发着性交的臭味，他很可能用他近来最爱用的口头禅说，和她半毛钱的关系都没有！在这间卧室里鼾声如雷，散发着淫荡的气息，他却从来没邀请过她来这间卧室！她真该一刀捅了他，在他的肚子上划个大口子，亲眼看着他的五脏六腑随着鲜血一股脑儿地滑落出来！

过了一小会儿，她的呜咽渐渐缓和下来，她的手撕纸撕累了，她把手耷拉在裙子上，周围都是揉得皱巴巴的纸张，她裸露的脚指头淹没在纸团下面。如果威廉要是进来发现她这样怎么办？她跪倒着向前爬，捡起那些滚纸球，把它们投到壁炉里，立刻就烧着了，短短的一刻烧得很旺，然后就渐渐化成灰烬。

她最好是在烧安格尼斯的日记，而不是威廉送给她的圣诞礼物。莎士比亚的书卷毕竟没什么害处，而安格尼斯的日记却是时时刻刻都能将她出卖。继续把它藏在自己床下面有什么好处呢，当她已经完全获取到她想要的信息，日记本只能带来麻烦了？安格尼斯一定不会回来找她索要的。

休格把一本日记拿到灯下。几个月以来，日记上干泥巴的污点都被搓下去了，所以这本精致的书卷不像才从沾满潮湿泥土的墓地里取出来的那样，只是看起来很古老，像上个世纪的遗物。休格打开日记本，那极其娇小的链锁毁坏的碎片和银链子像她指节上悬挂的珠宝一样。

亲爱的日记，我确实希望我们成为挚友。

休格浏览着书页，再一次见证了安格尼斯·尤恩在接受她的新名字时的内心抗争。

这只是保姆对我的一个称呼而已，但毕竟，这是为了世人方便起见。我会如此烦恼真是愚昧。上帝知道我的真名，不是吗？

休格把日记摊在一边；她会毁掉所有的日记，除了这一本，正是这第一本，它如此小巧，很容易藏起来，没什么害处。她不禁想到，要是毁掉安格尼斯对子孙后代交代的第一句话那真是有些……恶毒了。就像假装她不曾存在过；或者，不是：从她死去的那一刻，她的死讯为报纸讣告提供了新的料子，她才开始存在。

休格从床底下掏出另一本日记。它正好是英国最后一部"编年史"，是安格尼斯15岁的时候写下的,那时她准备回家,照顾生病的母亲,一直到她康复。干花瓣从日记本里飘落到地板上,有深红色的,有白色的,轻飘飘的。安格尼斯·尤恩的告别诗是这样写的:

我们幸福快乐的姐妹情谊终于到此为止,太阳穿过红色的天空,推动着我们在知识的赛道上奔跑,因为没有人能够阻挡未来如期而至,勿匆向前!

休格托着下巴,把日记本投到焰火中去,慢慢燃烧了,发出轻轻的嘶嘶声。她把脸转了过去。

她又从藏放的地方取出一本日记,首先映入眼帘的是,给尤金妮小姐的石勒苏益格的猫咪剪贴簿要去哪里寄送,关于这个问题瑞士邮局还没有回信。上一本日记烧完之后,这本也要烧掉。

休格拿起第三本日记。利比斯日记本……在第一页上写着。又是一本要烧掉的。

她拾起第四本来。这要回溯到安格尼斯嫁给威廉的早年时光,开始的时候她带着一种难以捉摸的幻想,把那看做恶魔般的骚扰,在日记边缘上装饰着眼睛的象形文字,用月经血块涂写得潦潦草草。

休格又翻了几页,日记里逐渐康复的安格尼斯思考着:

我上学那会儿,就想过,我的过去的生活一直是温暖的。就像银色盖子下面蒸着自己最喜欢吃的一道菜,一直盼望着回家。我现在终于知道这真是痴心妄想,可悲至极。我的继父一直在谋划着,一步一步把我亲爱的母亲残忍地杀死,然后把我卖给第一个能把我带离他的魔掌的男人。他故意地选择了威廉,我现在终于明白了!要是他挑选一个上流社会更高贵的追求者把我嫁出去,他还会一直在上流社会的人们聚集的地方遇见我。但是他深知威廉会把我从原来的地位拖得更低,一旦我堕落得像现在这样低得不能再低的时候,他就永远不用再看我一眼!好啊,真是高兴!高兴极了!他那种人再也不是我父亲了。获得参加盛大舞会的资格这么大的奖励,也不能平息我对他的陪伴的厌恶之情。多年以来一直都是这样:女人是男人背叛的抵押品。但是真相终会大白。香水纸散发烧着的气味开始臭得难闻,弥漫得整个屋子都是。休格瞥了一眼壁炉,日记本的形状仍然完好无缺,但是纸页的边缘燃烧着橘色的火苗。她从床底下又拿出一本日记,随意翻动着。这个日记本扉页她之前从未读过,没有注明日期,墨水是坚蓝色的,看着很清新:

亲爱的守护神,我知道你一直在留心着我,请别认为我没有感恩之心。我睡着的时候,你安慰我一切都会好起来的,我听了很欣慰,在你的怀里安心入眠;

但是一觉醒来，我又陷入恐惧，你对我说的话，就像夜里落下的雪花，第二天就融化得无影无踪了。我渴望与你重逢，不是在梦里，而是在现实中真真切切的相见。我们会很快再见吗？会很快吗？在这一页做个记号——你嘴唇的一枚吻，一个手印，抑或是任何你到来的痕迹——我就会知道不要放弃希望。休格痛苦地嘟囔了一声，把日记本扔进火炉，正好撞到炉边上，迸发一溜儿火花，正好落在上本日记闷燃的残骸上，竖立着，并不稳当。这个"姿势"，就燃烧的科学原理而言，是目前燃烧最充分的：书页立刻就被火焰燎着了。

她又在床底下扒拉，这次摸到的不是安格尼斯的另一本日记，而是她自己的小说。看到它，她的心往下一沉！这破烂不堪的书页从僵硬的纸板书套里鼓出来：真是毫无用处的东西。所有的标题都打了个大叉——街道的景色，街道里传来的呼喊，无名坟墓传来的愤怒的叫喊，女人对男人的抗争，妓院的杀人案，谁占上风？凤凰，凤爪，凤凰的拥抱，所有进入这里的你们，愤怒的报酬，亲吻地狱之口，最后，休格的人生起伏——都被她自己幼稚的幻想给玷污了。

她把破损的书脊上的书页都弄整齐，任书本摊在能放开的地方。

"但我是一位父亲！"小说里一位命运不济的男人乞求道，对女主人公捆绑在他的手腕和脚踝上的纽带，做着无力的抗争，"我有一儿一女，还在等我回家！"

"你怎么不早想到那些？"我说，用极其锋利的缝纫剪刀划破他的衬衫。我在十分专注地做我的事，在他多毛的肚子上来回划动剪刀。

"看到了？"我说着拿起一个白色纽扣上剪碎的蝴蝶形状的花案，它的两半还被衬衫纽扣连在一起，"漂亮吗？"

"可怜可怜我，想想我的孩子！"男人哀求道。

我靠在他的胸膛上，把胳膊肘尽可能用力地压在他的身上，直接对着他的脸说，灼热的呼吸让他不停地眨眼，"这个世界上的孩子都是没有希望的，"我警告他，发出愤怒的嘶嘶声，"如果是男孩，他们就会像你一样成为肮脏的猪；要是女孩，她们就会被你这样肮脏的猪给玷污。对于孩子来说，最好的命运就是别出生；其次就是趁着他们还纯洁的时候死掉。"

看到原来自己的胡言乱语，休格羞愧地叹了一口气。她应该把小说都投到火里，但是她不能。安格尼斯那两本日记还在慢慢地燃烧着，散发着刺鼻的气味，煤炭上覆盖着一层干枯的焦黑的纸片，火都快闷灭了。只是这里有太多见不得光的纸张；得需要几小时，几天才能全部烧掉，并且烟和臭味很可能会吸引旁边房间人们的注意。休格无奈地叹息，推开她的小说和一本要烧掉的日记本，然后放回床底下。

午夜时分,黑暗中出现一只手搭在休格的大腿上,轻轻地把她摇醒。她焦虑地呻吟着,等待她妈妈发话:"别害怕,别发抖……"但是她妈妈一言未发。反而黑暗中响起低沉的男性声音,在她耳边低语。

"对不起,休格,"他说,"原谅我吧。"

她睁开眼睛,却发现自己完全钻到床单下面去了,头裹在麻布里,胳膊环在肚子上,有些透不过气来,她赶紧掀开透透气,眯着眼看看油灯的微光。

"什么?什么?"她咕哝着。

"原谅我丑陋的行为吧,"威廉又说了一遍,"我失态了。"

休格在床上坐起来,一只手撩了撩杂乱的头发。她的手掌温热有汗,她的手一拿开,被子下的腹部突然感觉到凉了。威廉把油灯放在她的梳妆台上,然后坐在了她的床脚,他一说话,他的额头和鼻子在灯光下的影子投到了眼睛和嘴巴上。

"我在城里喝了太多酒,一下子就晕倒了,你得原谅我。"

他的声音缺乏热情,听起来像生病了一样,无论这个消息有多紧急,他好像正在和她商量,让她不要误会这个劫后余生之人。

"好的,好的,当然,亲爱的。"她回答,探过身去抓住他的手。

"我一直在考虑你的意见,"他木木地接着说,"让索菲有更多机会和我们……俩一块儿出去……游玩,对她是有益的。"

"哦,是吗?"休格说。她注意到他头上钟表的时间:都已经凌晨两点半了。这个点儿他究竟脑子在想些什么?在马车里晕头转向,他们三个都穿着睡袍,欣赏着灯火通明的郊区街道,而切斯曼给他们唱着粗俗的小调?

"所以,我已经安……安排好了……"威廉说,从她的手中抽出手来,摆弄着他的小胡子,又开始结巴,"我……我已经安排了去参观我……我的肥……肥皂厂。带着你和索……索菲,明天下……下午。"

犹豫着是不是要脱口而出她舌尖上的话,她在她的额头漆黑的影子里寻找他的眼睛,只是看到了他躲躲闪闪的眼神。然后他最后说的一句话开始在她清醒的头脑里挥之不去。

"明天下午……"她反问道,"你指的是……今天?"

"是的。"

她眼睛一眨一眨的。眼皮里好像坠着沙子。"改天不行吗?"她提议道,非常温柔，让声音听起来尽量甜美，"你今……今晚没有睡好，不觉得明天最好睡个懒觉吗？"

"是啊，"他承认，"但是这次参观是很……很久之前安……安……安排好的。"

休格，还在忽闪着眼睛，尽量去理解："但是这件事确实该由你决定啊——"

"还有另一个人要来，一……一个我不喜欢怠慢的人。"

"哦？"

"是的。"他未能直视她的眼睛。

"我明白了。"

"我……我希望你能够理解。"

他伸手摸摸她，从他的每一个汗毛孔里散发出来酒精的味道，当他倚在床上，把手掌放在她的肩上的时候，酒精的味道从他的腋窝下袭来。他粗短的手指上散发着精液的味道和妓女们的香水味。

"我之前没有经……经常告诉你，"他嘶哑地说，"你有多……多珍贵。"

她叹了一口气，简单地捏了捏他的手，趁他还没有把手指和自己的交叉，就放开了。

"我们该睡觉了，"她说，然后把脸转过去，把脸颊紧贴枕头，"不然，像你说的那样，我的眼睛又该充血变丑了。"

她默不作声，假装精疲力乏，身体一动不动，然后凝视着墙上他的影子。她看到他的放大的手影在她的上面徘徊不去，颤抖着没有向前去抚慰她身上的怒气。她的小屋里充满难闻的气味，各种气味混杂在一起，纸张燃烧的味道，装书线烧焦的味道，背叛的味道，弄得屋子里闷热，加上他渴望补偿带来的压力，更加让人难以忍受。如果她能迫使自己坐起来哪怕一秒，抚弄他的头发，在他的额头上亲吻一下，很可能就会顺心如愿。但是她没有，她把脸颊在枕头上蹭了蹭，贴得枕头更紧了，在下面紧紧地握着拳头。

"晚安。"威廉说，他站了起来。她没有回复他。他拿起油灯，走出她的卧室，轻轻地关上身后的门。

第二天，午饭后不久，索菲从学习室里走出来，准备好陪着父亲和休格小姐一起去肥皂制造的工厂。今天早上，罗丝给她洗脸（因为休格小姐现在身体还有些不灵便，不能为任何人洗脸穿衣）就使用了那个牌子的肥皂。罗丝给索菲梳头和戴发饰的方式和休格不一样，休格小姐看到了，真想把发饰给索菲摘下来，

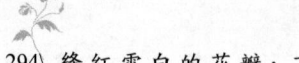

然后给她重新打扮一遍。但是她不能那样做,因为罗丝正看着呢,而威廉也在等着,休格小姐正全力对付那根拐杖,试图假装看起来几乎不需要拐杖的样子,只是带着而已,以防她累的时候用得到。

索菲近来想了很多关于休格小姐的事。她得出一个结论:休格小姐不仅是家庭教师和父亲的秘书,除了这些职责,她还有另一重生活,但是那种生活很复杂,她过得也不开心。她当时很快就得出了这个结论。几天前,索菲从她的学习室的门缝里偷偷看到她的老师休格小姐被爸爸和罗丝抬上楼去。很久以前,发生过类似的一幕,那时候她没有遵从保姆的叮嘱,从育婴室往外偷看,看到她妈妈被抬上同样的台阶,情况和休格小姐极为相像:样子很不淑女,裙子凌乱不堪,四肢悬荡着,翻着白眼。索菲确定无疑,存在着两个休格小姐:一位是泰然自若的知识保管者,另一位是遇到麻烦的大孩子。

下楼梯的时候,休格小姐拄着拐杖走了两三步,然后把拐杖给索菲拿着,严重地倚靠着楼梯栏杆走完剩下的路。她面无表情,仅仅只有一半,甚至四分之一的微笑(索菲已经学习了分数),然后休格没费多大力气就到了楼梯底下,尽管她的额头上闪烁着汗珠。

"不,我很好。"当索菲的父亲上下打量着她时,她说道。他点头,让莱蒂给他穿上大衣,然后大步流星地走出门去,没回头瞥一眼。

索菲和休格慢慢地走过来,家庭教师休格一瘸一拐地穿过车行道,她红扑扑的脸上还是挂着那个四分之一的微笑。切斯曼盯着她,他那大脑袋朝一边倾斜着,双手插在厚重的大衣口袋里。他和休格小姐眼神交会,索菲立刻就明白了,休格小姐讨厌他。

"现在到这边来,索菲小姐。"索菲离切斯曼他一臂之远的时候,他说道。他把手伸下来,他那粗大的胳膊一扫,一把就把她从车行道上抱起来,穿过轿门撂到座位上。

"休格小姐,请允许我。"他咧着嘴笑,好像要一把把她抱上去一样,但是当休格小姐爬上马车厢的时候,他只是顺便搭了一把手,她几乎稳稳当当地坐进了马车,突然她往后一晃,切斯曼立刻用手扶住她的腰,然后他的手在她屁股后面消失了。当马车夫把休格小姐推上来的时候,她马鬃的裙撑发出沙沙的声响。

"切斯曼,你要注意点。"休格小姐嗔怒道,她一把抓住马车厢里的衬垫,把自己拉进去。

"哦,休格小姐,我一直都很注意。"他回答道,他低着头,用翘起的大衣领子掩藏他那一脸假笑。

瞬间，车就动起来了，马具叮叮当当地响起来，地面凹凸不平，弄得马车的车架摇摇晃晃。他们正一路驶向那个叫朗伯斯德的地方！休格小姐原来在地图上给她指过那个地方。不得不承认，那个地图质量不好，上面的标识也不清晰；似乎制作课本的人们更热衷于绘画亚述巴尼波时期古老的美索不达米亚平原，而对当今的伦敦没有多大兴趣。总之，朗伯斯在泰晤士河的对岸，那边没有拉克姆庄园，没有教堂、公园、喷泉，没有斯科菲尔德和托维先生的照相馆，也没有洛克哈特可可饮品屋，让她吃蛋糕吃到吐，总之索菲她所认识的世界这边都没有。

"你今天相当不错，索菲。"父亲夸赞道。她听了高兴得涨红了脸，休格小姐却皱着眉头，低头看自己的鞋子。有一只鞋子非常紧，里面的脚肿得老高，疼痛不已，锃亮的皮革被撑大了，像个火腿肠。休格小姐需要新鞋了，至少需要一双。索菲也需要新鞋子了，她的脚在鞋子里很挤，虽然她还不至于从楼梯上摔下来或者发生类似的事：只是随着年龄增长，脚丫也长大了。要是参观完爸爸的肥皂厂，休格小姐提议去鞋店逛逛，这样好吗？如果时间短暂，和去可可饮品屋相比，那倒是个好去处，因为食物一旦吞咽下去就不复存在了，而一双合脚的鞋子是对双脚持久的恩惠。

"等你参观完爸爸的工厂，我们就去洛克哈特的可可屋。"父亲一边冲索菲点头，一边说道。他的眼睛瞪得很夸张："你会喜欢的，对不对？"

"是的，爸爸。"索菲回答。他所说的只是个特别优惠，算不上丁点儿失望。

"我已经告诉蠢帕尔塔克，让他在这个月31号收拾东西走人，"他接着说道，"这个时候不偏不倚，正好，你觉得呢？"

索菲思索了一小会儿，意识到她在这个对话中的角色已经结束了。

休格小姐深深吸了一口气，看看窗外。

"你非常清楚，我敢肯定。"她说。

"当然，虽然我称他'蠢蛋'，但是我在信里可没这么叫。"

"别，我希望你千万别这么做。"休格停顿了一会儿，咬着嘴唇上快剥落的干皮儿，然后说，"那样他会毫不犹豫地转而效忠你的对手，我敢肯定，到那时你就会遇到最大程度的不便。"

"现在所有这些理由都能在旺季之前助他一臂之力。"

索菲把头转向窗户。如果她父亲想进一步和她交谈，他无疑会吸引她的注意。在城里这一路真是有趣极了。马车经过的时候，索菲认出了肯辛顿花园和海德公园，观看了园中的树木，巨大的大理石拱门，一切对她而言都那么新奇。他们吩咐切斯曼别在繁忙的交通段耽搁，所以他驾着马车穿梭在各种不熟悉的大道上,然后实在难以避免才又重新驶到牛津街上去。当他经过所谓的马戏团,没有拐到右边那条喧闹的大街上去,而是径直向前驶去。而上次他们出来玩的时候,到了马戏团,索菲没能见到狮子和大象,非常失望。

大道两侧的建筑和商店看起来既不宏大也不赏心悦目——确实,它们看起来破旧不堪,人行道上的人们看起来也很寒酸。这里所有的男人和去过拉克姆庄园的磨刀工沃本先生出奇地相似,女人们看起来都像莱蒂一样,只不过没有她那么干净整洁。没有人唱歌,喊叫,吹口哨,没有人吹嘘他花了半便士就买了价值半个王冠的东西。他们像阴郁的幽灵一样移动在灰暗的寒冬,当他们抬起头注视着拉克姆家经过的马车,可以看到他们的眼睛像煤炭一样黑。

马车车轮下的路变得越来越不平坦,街道也变得越来越窄。现在街道上的房子很吓人,乱糟糟地都挤在一起,然后又慢慢分隔开,空中垂挂着各种线,上面晾着人们的内衣裤和床单被罩,一览无余,好像这里没有一人对尿床感到丁点儿的羞耻。脏东西发出可怕的味道,修剪工西尔斯可能用这些东西促进植物生长或者杀死植物,这里的妇女儿童几乎没有穿衣服。

他们的马车快速地穿过这条最糟糕的街道,索菲注意到一个小女孩,她光着脚站在一个铁桶旁边。这个小孩穿着一件没扣子的衬衫,衬衫很大,褴褛的褶边紧贴着她肮脏的脚踝。她用一根棍子懒散地敲打着铁桶。然而,虽然这个女孩在这些方面和索菲完全不同,倒像是亨利叔叔童话故事书里面的山精,但是她们的脸庞,这个女孩的和索菲的脸庞颇为相似,这一点令索菲非常兴奋,从车窗里扒着头往外看。

那个淘气的孩子,发现自己被别人盯上了,索菲的目光并不受她欢迎,她伸下手去桶里拿了个小东西,片刻都没有犹豫就猛地掷出来,像投掷了一个导弹似的。索菲还没有把头缩回来;她简直不能相信刹那间穿过空中的黑乎乎的东西和她身体和她乘坐的马车同处于一个世界;她反而被她的那个"孪生姐妹"执拗怨恨的表情迷住了⋯⋯只消得那一刻的着迷。飞来横物正好击中她两眼之间。

"搞什么鬼⋯⋯!"威廉大喊道,看到他的女儿四肢摊开往后倒在车厢地板上。

"索菲!"休格大喊了一声,切斯曼勒住缰绳,停下马车,休格重重地向前倾了一下。她用手臂一把抱住这个孩子,看到索菲只是迷惑了,没有流血,顿时感到宽慰。感谢上帝,没有造成严重的伤害。索菲的额头上有一块儿肮脏的棕色印记,当她挥舞着四肢寻找平衡的时候,她正好把落在她手掌和父亲左脚趾之间的狗屎压扁了。正是这准确无误的噩运导致了这样的不幸。

休格本能地一把抓起最近的宽松布料——威廉旁边座位上的刺绣椅罩——开始给索菲擦脸。

"你都没个手绢吗！"威廉大吼道，暴怒不已。他紧握着拳头，胸部起伏着，满脸愤怒，一头钻到窗外，但是那个顽童像老鼠一样逃窜了。然后，他注意到索菲的手沾了狗屎又黑又脏，赶紧往后缩了缩，离车窗远一点，避免沾上脏东西。

"别在那乱动，你这个傻孩子！"他喊道，"休格，先把她的手套摘下来！万能的上帝啊，你看看……！"这两个女人，被他的暴怒给吓着了，手忙脚乱地赶紧照做。"你刚才在做什么呢，"他冲着索菲大吼，"那样子把头伸出去，像个傻子似的？你什么事也不懂吗？"

他颤抖着，休格深知他发脾气多半是由于痛苦；自从他上次被打了一顿，他的神经还没有完全康复。她把索菲擦拭得干净如初，而威廉跳出车厢，用切斯曼递给他的破布擦鞋子。

"洒上点啤酒倒是个妙方，先生，"马车夫啧啧地说道，"我总是留些白兰地以作此用。"

正当这两个男人忙着的时候，休格审视着索菲的脸。这个孩子正在呜咽，但是几乎察觉不出来，她呼吸急促，但是没有流眼泪，也不像抱怨的抽泣。

"你受伤了吗，索菲？"休格悄悄地说，舔着她的拇指尖，从那孩子苍白的脸上擦去残留的污迹。

索菲向前伸着下巴，使劲儿地眨着眼睛。

"没有，小姐。"

在接下来的旅途里，索菲坐着一动不动，像一尊蜡像或者一个包裹，只是车轮颠簸的时候，她才晃动。威廉发过脾气之后，愤怒渐渐缓和下来，才意识到他的所作所为多过分，为了表示自己悔悟，他说了句："好，真是侥……侥幸脱险，不……不是吗，索菲？我们现在要……要给你买双新……新手套，好吗？"他说这些话时用一种愉悦的口吻，既让人同情，同样也让人恼怒。

"是的，爸爸，"索菲静静地说道，但是只是出于礼貌。她的目光飘忽不定，或者说目光聚集在宇宙的另一维空间，威廉·拉克姆这样的俗人是看不见的。索菲从来没有像现在这样和安格尼斯如此相像。

"看那儿，索菲！"威廉说道，"我们要过滑铁卢大桥了！"

索菲听话地往车窗外望了望，她的头正好从那个小孔里又抽回来。尽管就一两分钟后——令威廉慰藉的是——神奇的磅礴的水势从高处倾泻下来，索菲探过身去，胳膊肘搁在窗台上。

"你看什么呢，啊？"威廉像个小丑一样关切地问道，"我猜是，驳船？"

"是啊，爸爸。"索菲答道，低头凝视着灰绿色的滔滔河水。早上休格小姐在地图上指给她看的是一条清蓝色的丝带，而现在几乎辨认不出来。但是如果他们跨过的桥梁正是滑铁卢大桥，那他们应该离着滑铁卢车站非常近，之前她和妈妈在那里寻找音乐学院的时候迷了路。索菲低头凝视着遥远的水流，琢磨着究竟在哪个地方她妈妈被水浪淹没，喝了大量的河水，这些是一个活人无法承受的。

在朗伯斯拉克姆肥皂厂的铁门外面，一辆马车停下来候着，上面拴着两匹温顺的灰马。在马车里，可以看到：布雷奇露女士舒适地安坐在光滑的车厢里，倒像是四轮的壳子里的一颗海蓝色的珍珠，她还没有下车就吸引了所有人的目光。

"上帝啊，看看那黑烟……"威廉啧啧道，他踏出自己的马车，遗憾地注视着天空，浑浊的烟雾从道尔顿公司，斯蒂夫和施坦威公司和附近的各种陶器、玻璃制造厂，啤酒厂和肥皂厂里排放出来，污染了天空。他也满怀愧疚评价了一下自己肥皂厂里的烟囱。令人心安的是，他们看到从拉克姆肥皂厂的烟囱里排放的烟雾细微又洁净。

"喔，威廉，你在这呢！"声音从另一个马车里传来，那人冲他摆了摆手，那只手像猪皮质的一颗苍白的海星。

他吩咐看门人敞开大门，然后走近布雷女士。威廉就着给她带来的不便一再道歉，她的回应只是再三强调是她的错，是她比约定的时间来得早。

"你知道吗，我非常期待和你见面。"她声音发颤，她跳下马车来到人行道上。

"我很难相信……"威廉说，含糊地比画着现下工厂选址有多功利和丑陋，他想象中布雷女士的住处和华丽的娱乐花园迥然不同。

"哦？所以你怀疑我说的话！"她挑逗他，假装被冒犯到了，柔软的小手交叉搭在胸前蓝色锦缎上，"不，是真的，威廉，你千万别把我当作老古董。我绝不想在对久远的过往念念不忘中度过我的余生。说实话，你能想象我跟着一群乡间的老朽贵族，天天看他们射野鸡，听他们对改革法案抱怨不休？那种生活真是生不如死！"

"好，"威廉说，他玩笑似的鞠了个躬，"来带你看看我这不大的工厂吧，希望能把你拯救出那悲惨的命运……"

"没什么比这更能哄我开心了！"

说着他们走进大门。

你可能要问，休格怎么样了？哦，是啊，是的，她也进来了，拄着拐杖一瘸一拐地走着，索菲离她很近，就在旁边。布雷女士多么古怪，因为她一直在打趣地批判贵族的纨绔习气，似乎没有注意到家庭教师的存在——或者她拥有与生俱来的优雅和得体，不会去谈论一个人身体残疾这样的不幸。对，一定是这个原因，所以她不想询问休格这一瘸一拐的伤是怎么弄的，以免这不幸的家庭教师尴尬。

看着威廉和布雷女士肩并着肩地走着，休格心里很沮丧，她很想在那些阿谀奉承的人们中间挤出一条路来，让他们腾个地儿。恰恰相反，拉克姆和他的贵宾走过去之后，那些员工又挤了过来，好像即将要驱逐出工厂的闯入者，他们可能尾随在威廉他们后面悄悄潜入似的。休格尽最大努力让自己走起来高一点，她把头抬得老高，尽可能在拐杖上少用力，但是消化不良更是增加了她的疼痛，而她能做的只是尽量不去捂着肚子，不抽泣。

当这一小帮人进入工厂里面，工厂内灯火通明，不像休格期待的那样。她曾经勾勒了一座壮丽的建筑，又大又空，像火车站或教堂一样还有回声，里面放满了怪异的机器，嗡嗡作响，闪闪发光。她曾经想象，生产工序是看不见的，要在管道和容器里完成，一个供给另一个，而矮小的人类管理人员给运转的零件加润滑油。但是拉克姆的工厂设置却完全不是那个样子；这是一种紧密的流程，所有工序在像酒馆天花板那么低的地方完成，放有很多抛光木材的地方想必就是壁炉旁边了。

矮小的女孩，脸庞瘦削，手掌红红的，她们十几个人，都像洗碗女仆珍妮的仿制品——在一个薰衣草、康乃馨、玫瑰和杏花香味混杂的环境里工作。她们穿着土里土气的木屐，鞋底粗糙，因为石砖地上有一层像蜡一样的透明的肥皂。

"当心脚下！"威廉喊道，当他陪着参观者走进芳香四溢的厂子。四周灯光闪烁，他的脸几乎认不出来；他的皮肤是金色的，嘴唇是银色的，正充当这次参观的主持者。他忘记了自己的沉默寡言，一点儿也不结巴了，一边指指这里，指指那里，一边解释着一切。

"当然，你在这里看到的一切严格来说并不是肥皂制造——这是个脏活，不值得调香师来做。找个词来正确解释我们更多香水制造工序就是'重熔'。"他异常清晰地念出来这个词，好像希望他的客人在记事本上草草地记下来。布雷女士出于好奇，礼貌地转了转头，索菲看看爸爸，然后看了看布雷女士，然后又把目光转向爸爸，苦苦思索弥漫在空气中的神秘化学物质究竟是什么。

原来索菲想象着，一条条肥皂都是整个地从复杂的自动机器末端的斜槽或喷嘴滑落下来，只是搅浑的胶质软服，放在木头模子里，闪着亮光。线框平衡在黏糊的香料上面，把变硬的香料泥，切成长方形。每个模子都包含不同颜色不同香味的黏液。

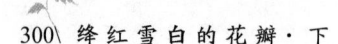

"这款黄色的是,或者会成为拉克姆工厂的金银花香皂,"威廉说,"它能止痒,今年对它的需求已经增长了五倍。"他把一根手指在闪亮的乳液里蘸了蘸,变成分明的两层。"上面这一层,我们就撇去了。这是纯碱,在我父亲那个时候,这一层是留着的,因此那时肥皂会对敏感皮肤产生刺激。"

他继续走到另一个不同的模子前,这里面的乳液是浅蓝色的,香甜沁人。"这里我们看到的是拉克姆香水厂的精华,由洋苏草、薰衣草、檀香油混合而成。""这是,"他接着往前走,"拉克姆厂的青年法国,绿色来自黄瓜、柠檬和洋甘菊作化妆水,让脸部肌肤恢复平滑。"

接着他带他们去熟化室,上百条肥皂依偎在金属床和橡木床上。

它们要在这里待上整整二十一天,有二十位穿着淡紫色工作服的女孩坐在一个大桌子旁边,每边十个人,一个狡猾的家伙监督她们工作,在她们周围踱来踱去,他那长着姜黄色汗毛的手插进大衣腰上的口袋里。队伍中的女孩都探过身去,当她们用蜡纸包封肥皂的时候,她们的额头几乎能碰到。每个包装上印着版画,画的是威廉·拉克姆慈善的面容。还有休格在五月的一个深夜写下的一段简短的文字,那时候她和威廉紧挨着坐在床上。

"姑娘们,早上好!"威廉说道。她们齐声回答:"早上好,拉克姆先生。"

"她们经常给自己唱歌,"威廉跟布雷小姐和其他宾客说,眨了眨眼睛,"但是我们一来,她们就害羞了,你看。"他走近桌子,冲着穿浅紫色衣服的女孩们微微一笑:"姑娘们,唱个歌给我们听。我的小女儿来看你们了,还有一位优雅的女士。你们别害羞;我们这就去装箱厅了,不瞅着你们看,但是我们只想听听你们甜美的声音,为什么呢,你们的歌声是极好的。"然后,他压低声音,像是在密谋什么似的,喃喃道,"做最好的给我看。"他有意把眼珠转到索菲那边,引起她们的母性。

威廉和来宾继续前行,来到工厂后面的一个大厅,有一群穿着带袖衬衫的矫健的男人把一堆堆散落的肥皂成品装进薄薄的木箱子里。确实,布雷女士,休格和索菲还没有跨过门槛,他们刚才离开的屋子就传来悦耳的歌声:才开始是一个羞怯的声音,然后三个,慢慢壮大成十几个人。

"蓝色的薰衣草,摇啊摇,绿色的迷迭香,摇啊摇,我若为王,摇啊摇,你将为后……"

"这里呢,"威廉说,他指着两扇大门,通过门上的缝隙,可以看到外面的世界,"就是工厂的尽头,其他的故事也正从这里刚刚开始。"

休格,她心事重重,正面临三重挑战,她尽量让自己的一瘸一拐的样子不那么引人注目，腹部绞痛难忍，她尽量克制自己不呻吟出声，她压制自己的冲动，别去一拳打在布雷女士那张扭捏作态的脸上，突然她发觉有人小心地拽了她的裙子一下。

"怎么了，索菲？"她笨拙地弯下腰就在索菲耳朵上悄悄地说。

"小姐，我想尿尿。"孩子答道。

你不会忍忍吗？休格心想，但是她很快发现自己也内急。

"对不起，拉克姆先生，"她说，"工厂，这里，有没有一个……盥洗设备？"

威廉简直不敢相信，他眨了眨眼睛：她这个愚蠢的问题到底是关于肥皂生产的呢，还是笨拙地重演在他的薰衣草地里的那一幕呢，或者她只是正常地要求去一趟工厂的厕所呢？幸运的是，他理解了她的意思，让一位雇工带着休格小姐和索菲去方便一下，而布雷小姐假装对木板上粉笔写的广泛分布的交货地点有强烈的兴趣。

"我听人说，摇啊摇，自从我来，你和我，摇啊摇，一定要在一起……"歌声还在耳边。

布雷夫人没把孩子的鲁莽放在心上，因为她优雅的举止和高贵的血统，让她没有那令人不快的弱点。她反而拾起一块肥皂，仔细端详包装上奇怪的文字。

员工厕所装置呈流线形，在索菲和休格眼里，比肥皂厂的其他东西显得更加现代化。一排清一色的光滑的白色陶器底座，每个上面放着一个精美的水箱架在屋顶下面，排列在那里好像未来机械装置的方阵，上面印刷着制造者的姓名，引以为豪。座子是浓棕色的，上面涂着清漆，亮晶晶的，看起来崭新如初；但是，按照刻写在水箱上的地址，这条路上的道尔顿公司只有几百码长。那基座太高，索菲吃力地爬上一个马桶，腿悬在半空，高出蛋壳蓝色的地板几英寸高。休格转过身去，又走了几步，端详着墙面砖，而索菲的小便慢慢进入池子。她的肠子里疼痛难忍，她几乎喘不过气，身体颤抖；她也想马上解手，但是一想到在一个孩子面前小便就担心不已，她琢磨着，要是拥有一种超人的意志力，她就可以等会儿再解决。

仅仅在索菲面前撒尿并不是很糟糕，她们亲密的关系能够补偿造成的尴尬，虽然某种程度上损害了她的尊严。但是她肠道深处的疼痛实在吓人，她很厌恶在这个屋子里撒尿，会发出声音还伴着恶臭，因为这会损害休格小姐宁静的知识保管人形象，还会在索菲头脑里和鼻子里留下恶心的印象——休格小姐是个患病动物。

她紧紧抱着自己，咬紧嘴唇，尽量压制腹部绞痛，她盯着墙上——一位不悦的雇工试图要在这些瓷器上搜索什么信息：

威廉·拉克姆表面冷酷，其实是顽固不化。

突然，她必须得——一定要坐下来了。她的腹部刺痛，每一寸肌肤都浸着冷汗；她屁股上的肉又湿又滑像一个剥了皮的梨子，显得迫不及待，当她把一大把裙子撩到拱起的腰上，拉下内裤。她让自己重重地摔在马桶上，发出一声痛苦的压抑的喊叫，向前塌下身去，她的帽子掉落在地板砖上，接着头发也散了。血液和其他一些热乎乎的滑溜溜的黏液从她的股间涌出。

"哦，天啊！"她哭喊着，"救救我吧……！"她一阵眩晕从下及上，然后完全失去意识。

过了一刻——应该确实只有一刻？——她在地板上苏醒过来，四肢摊开在又凉又潮的地板上，大腿上黏黏糊糊的，身体随着心跳晃动，她脚踝传来阵阵疼痛，好像被捕兽夹夹住一样。

她伸长脖子，看到索菲畏缩在一个角落，脸色像瓷器一样苍白，眼睛睁得老大，受到了惊吓。

"帮帮我，索菲！"她喊着，满是焦虑地发出嘶嘶声。

这孩子猛地一抖，像用线拉着的木偶，但是她的表情显得无能为力。"我……我去叫人，小姐。"她指着门，结结巴巴地说。门外备着很多壮汉和服务小姐，爸爸的工厂人员充足。

"别！别！索菲。"休格小声地乞求她，近乎疯狂，正当她不知所措，手在她一团乱糟的裙子下突然冲出来。"你得试试。"

又一瞬间，索菲望了望外面想求救。接着她跑上前来，抓住家庭老师的手腕，用尽全身力气，将她拉起来。

"好。"威廉说。布雷女士说完再见就离开了。威廉问索菲："你觉得怎么样？"

"爸爸，真是棒极了。"孩子无精打采地回答。

他们坐在拉克姆马车里，在马车上狭小的空间，他们身上都散发着肥皂的清香，他们的膝盖几乎都碰到一起，切斯曼把他们从朗伯斯接回来。这次旅行真是个巨大的成功，至少在布雷女士看来是这个样子，她向威廉袒露，她从未有过如此美妙的经历，每一个感官都同时兴奋不已，她能想象得出如果一个人身体不够强壮可能就会被打败。现在威廉只有休格了，她在其他少女中间，看起来还有些青涩，而索菲看起来好像在遭受某种折磨，而不像享受生活的馈赠。

威廉回到座位，懊恼地搓搓指关节。他女儿多么执拗啊！一句指责让她接下来整整一天都郁郁寡欢。不得不承认，这很令人沮丧，这孩子极有可能遗传了安格尼斯不饶人的脾气。

休格呢，正在她的座位上打盹儿，确实是，正打盹呢！脑袋朝后耷拉着，张着大嘴巴，说实话，看起来真是不悦目。她的裙子皱巴巴的，头发盘成松散的小鬏，帽子有些歪了。休格真该向布雷女士取取经，从她下马车到她向威廉挥手道别，一举手一投足都像一枚纽扣，整洁端庄，光彩夺目。康丝坦斯真是个与众不同的女人呐！堪称尊贵优雅的楷模，又生气勃勃。百里挑一的女人……

"又到滑铁卢大桥了，索菲。"威廉说，今天第二次给女儿推荐这条世界最大的河流，它真是蔚为壮观。

索菲目光投向窗外，她再次把下巴放在手臂上，趴在马车的窗子观察汹涌的河水，在滚滚水浪上即使是大船看着也不太安全。她抬头看了一眼，眼前的景色真是不可思议：一只大象飘浮在天空中，静止不动，像一尊雕塑，在它圆胖的肋腹上装饰着"三文鱼茶"的字样，它在屋顶和烟囱上游荡着，飘向人们集中的地方。

"你在想什么，索菲？"威廉问，他斜着眼看着天上的气球，"拉克姆能拿一个吗？"

那天晚上，拉克姆正在处理这一天累积的信件，他家里的其他人都尽量恢复了往日的生活。在楼梯平台上隔着几个门，休格尽量优雅地拒绝了罗丝哄索菲上床睡觉的请求，而是要求打一桶热水，送到她的屋子里。这个要求罗丝不难理解，她注意到休格小姐的样子就像在树篱中逆着拖出来的。

这一天很长，很长，很长。哦，天哪，一个男人对别人的需要怎么会如此视而不见呢？丝毫没有察觉休格和索菲多想回家来，威廉把这次出行延长到令人难以忍受的地步。首先，在施特兰德餐馆吃的午饭，那里毫不透气，休格热得都要晕过去，还得勉强吃半生不熟的羊排，威廉对这道菜赞不绝口。遇到从前的老熟人，跟多么神圣似的。然后又逛了手套店；接着逛了另一个手套店，因为第一个店里的手套不够柔软，不适合索菲这个孩子的细皮嫩肉；然后他们又去了鞋匠那里，在那里威廉博得他女儿一笑，当她穿着新靴子站起来照着镜子走了三步。要是他在那里就离开就好了。但是没有，他受到这个微笑的鼓励，带着女儿去了贝里·鲁德，詹姆士街道上的一家葡萄酒店，把她在他们的大秤上称了称。"英法六代皇室都在这里称过，索菲！"他告诉她，而经营者在后台斜瞟了他一眼。"它们是专门给举足轻重的人准备的！"接着，最后的招待，下午承诺的最高潮的事情——去洛克哈特可可店。

"今天我们是多么愉快的三人小组！"他欢呼，那一刻，她父亲的形象正是像圣诞节时那样和蔼可亲。然后，索菲忙着细细端详和她上身一般大的甜品菜单，他探过身去，贴在休格耳朵上低语："你觉得她现在开心吗？"

"我确定，她非常开心。"休格回答。当她从座位上向前倾的时候，感到一阵刺痛，她才意识到阴毛被干血粘到内裤上了。"但是我想她足够了。"

"什么够了？"

"她今天享受的欢乐已经足够了。"

即使他们返回拉克姆家的时候，那种折磨还没有完全结束。简直就和几周前她第一次进城回来后情形一模一样，索菲呕吐得很厉害，把可可饮品，糕点和没消化的晚餐都吐了，当然少不了眼泪。

"你还好吗，休格小姐，"在睡觉的点儿，罗丝问道，她在拉克姆小姐的房门前徘徊，"不需要我帮忙吗？"

"不用了，谢谢你，罗丝。"她回答。

于是——最终——从休格小姐从血花四溅的陶瓷便池昏倒在拉克姆肥皂厂的厕所里，现在已经过去七个小时四十分钟了——她和索菲终于能够好好上床睡觉了。

除了给索菲拿睡衣，让她把睡衣递过来，没有别的能帮得上的；她重重地倚着床，而这个孩子，脱下衣服钻了进来。

"非常感激你，索菲，"她声音沙哑地说，"你是我的小救星。"这话一脱口，她便看不起自己，因为她低估了这个孩子的勇敢。像威廉做的那种自视高人一等评价，把索菲当成一个聪明的小人儿，她只是善于玩弄玩的把戏而已。

索菲仰卧在枕头上。她的脸颊上布满疲倦，鼻子通红。甚至还没有祷告。她嘴唇抽搐要问问题。

"小姐，什么是笨蛋？"

休格抚摸着索菲的头发，把她滚烫的额头上的头发都弄得平滑。

"就是一个非常愚蠢的人，"她回答。她忍不住反问了几个她自己问题——你看到没冲水的时候，便池里的东西了吗？你看到了什么？她尽可能地忍住。"你父亲本来不是有意那么称呼你的，"她说，"他只是很愤怒，他身体不适。"

索菲闭上眼睛。她不想再听什么大人身体不适这样的话。宇宙该是恢复正常运作的时候了。

"你什么也不必担心，小家伙，"休格说，她一眨眼，眼泪便从睫毛上掉了下来，"现在一切都好起来了。"

索菲把脸转到一边去，脸颊深深地掩在被子里。

"你不会再跌倒了吧,休格小姐?"她问道,以一种奇怪的语气,有些愠怒地低声哼哼着。

"索菲,我保证从现在开始我一定会加倍小心的。"

她轻轻地触摸着索菲的肩膀,这个手势显得有些绝望,然后她把手移开了。但是这孩子突然从被子里立起来把胳膊紧紧地搂在休格的脖子上。

"休格小姐,你不要死!"她恸哭起来,而休格,一时平衡不过来,几乎要一头扎进索菲的被子里。

"我不会死的,"她赌咒发誓,她摇摇晃晃地亲到索菲的头发,"我保证,我不会死的!"

不到十分钟之后,索菲睡熟了,休格坐在火炉前一大桶冒着热气的水里。屋子里已经闻不到烧纸和胶水的味道,但是还有薰衣草肥皂和潮土的味道:罗丝,谢天谢地,最终把窗户给撬开了,破开了油漆紧紧封住的地方。

休格把全身洗了一遍,坚持着反复擦洗。她把海绵里的止痛水挤出来擦在背上和胸上,挤压着海绵多孔的骨架,一直到变成一个潮湿的粉扑,然后按到她的眼睛上。她哭得眼睛边上都疼了:她真的不能再哭了。

她时不时往下看,恐怕可能看到什么东西,令人安心的是只能看到一薄层洗浴的泡沫,掩盖了浅粉红色的水,而血块或者沉淀在桶底或者隐藏在泡沫下面。她知道她受伤的脚肿胀得很大,但是她没法看到,她想象着也许脚不应该很严重。她断裂的肋骨(用涂了肥皂沫的手抚摸着)几乎快痊愈了,淤伤更加清晰了。最坏的情况已经结束了,危机已经过去。

在木桶圆周允许情况下,她尽可能深深地倚在木桶上,又开始啜泣。她咬着下嘴唇直到咬得疼痛,最终她控制住悲伤,颤动的水又恢复了平静——或说只能平静得像有一个活人待在里面的样子。她的身体在浑浊的水中闪着微弱的光亮,每个心跳都让水颤动,像一层一层接踵而至的海浪。

楼梯平台上的几个门里,在同一时刻,休格正准备入睡,威廉正打开克鲁医生的一封来信,开头是这样写的:

尊敬的拉克姆先生,我仔细琢磨了很久,要给你写信,还是保持沉默。我不怀疑你可能对我多管闲事烦得要死。然而有些事情我几乎不能不注意,您女儿的家庭教师失足坠落之后,我照料她的时候,我决心对有些事保持沉默,虽然它曾一度给我造成很大困扰,自从……

前言比故事本身更长,而这个故事只需要一句话就说明了。

在休格的床上,漆黑的夜里,她把自己掩在被单下面,有很多人随她入梦。给我讲个故事吧,嘘,用你那美妙的声音。

什么样的故事呢?她问,她凝视着梦里斑驳的水,试图叫出潜在水下那张模糊不清的脸的名字。

讲带复仇色彩的吧,那个声音咯咯地笑,粗俗得无可救药,注定是要生活在地狱里的,超出这个世界之外。说些脏话,脏话在你嘴里说出来显得很滑稽,休格。

咯咯的笑声一再回响,一浪更比一浪高,最后成了刺耳的嘈杂声。休格赶紧游走,在一座水下城市的街道上游着,即便在梦里她也认为这很古怪,因为她从没学过游泳。但是游泳似乎是门生而俱来的技能,不用人教。她没有脱下睡袍也能游,向前扑通着身体,穿梭在阴沟一样的巷子里和明亮又清澈的大街上。如果这里是伦敦,那人们就像碎片一样四处飘荡,一直延伸到很远很远的地方,飘浮的人渣玷污了天空,似乎只有像休格这样举足轻重的人物才能待在地下。

"克拉拉?"附近一个声音喊道,这真是休格听到最可爱最悦耳的声音。

"不,安格尼斯,"她回答,转过弯去,"我不是克拉拉。"

"你呢,你是谁?"

"别看我的脸,我会帮你的,但是别看我的脸。"

安格尼斯仰卧在这条窄街的鹅卵石上,一丝不挂,肌肤像大理石一样光滑白嫩。一只纤细的胳膊遮在胸前,另一只手交叉垂到下面去,用她孩子般的手遮住她下体的三角。

休格脱下她的睡袍给安格尼斯穿上:"让它成为我们俩的秘密吧。"

"祝福你,保佑你。"安格尼斯说。突然伦敦城的水下世界消失不见,她们俩一起待在床上,很温暖,身上也变干了,蜷起身子相互依偎,像亲姐妹一样,注视着对方的面容。

"威廉说你就是一场梦幻。"安格尼斯喃喃道,伸手向前触摸休格的肌肤,打消她的疑虑。这个技巧是我想象出来的。

"别把威廉的话放在心上。"

"我亲爱的姐妹,请告诉我你的名字。"

休格感到她的两腿之间有一只手,温柔地托着疼痛的部位。

"我叫休格。"她回答。

第三十四章

　　第二天，休格发现夹在她卧室门上的两封信都没有署名：一封是空白的，另一封上面标着"敬启者"。

　　现在是中午十二点半。她刚刚在学习室上完早上的课回来，而在学习室里，从一开始索菲就让她懂得了学习这样严肃的事打扰不得，要心无旁骛，不能偷懒，这大好的时光不能浪掷。昨天一切都非常有趣。但今天必须得不一样——或者，今天必须像往常的每天一样。

　　"15世纪，"索菲背道，受这种气氛感染，她树立了一种责任感，要拯救这个被严重忽略的时代，"这个时期主要发生了五个重大事件：印刷术的发明；君士坦丁堡被土耳其人占领；英格兰发生内战，持续了三十年；西班牙人把摩尔人驱逐回非洲；克里斯多夫……克里斯多夫发现美洲新大陆。"在此处，她抬头看了休格一眼，只是想知道那位意大利探险家的名字。

　　"是哥伦布，索菲。"

　　整个早晨，尽管好多次都差点流出眼泪来，尽管血连连不断地渗入到暂时粘在她内裤上的卫生巾里，休格仍然是一个完美的老师，根据学生的需要充分扮演了自己的角色，对早上的事务做一个完美的结尾，她和索菲就分享了一碗过滤蔬菜和乳白色的米糊布丁做成的粥，这真是她们吃过的最清淡的午餐，显然一定是有人嘱咐过厨房，拉克姆小姐消化不良，令人困恼。罗丝端着一碗热气腾腾的玉米面粥放在索菲和休格面前，她俩默契地交换了一个失望的眼神,此时是这一天以来她们最亲密的时刻了。

现在休格小姐回到了她的屋子,迫不及待地要把沾满血迹的布料从她双腿之间抽走,然后换上一条干净的,好好地放松一下。令人伤心的是,昨天晚上那个洗澡桶,它被挪走了,尽管她也从没指望罗丝会让它留在这儿,那一桶冰冷的水,底上还沉淀了一层黏黏糊糊的红色血块。

她享受完又多待了一会儿,然后笨拙地弯下腰拾起信件。上面没有标记,她想,可能是罗丝给她写的一张便条,以防她没有注意到被油漆封住的窗户已经打开了。休格打开这封信,看到一张十英镑的钞票,还有一封没有签名的白纸潦草地写着信息,孩子般的字迹,用大写字母写的,可能用的是左手,上面写着:

我已经知道你怀了孩子。因此,你已经不可能再继续担任我女儿的家庭教师,你的工资已经随函附上;在今年三月一日准备好搬离你的房间吧,带走所有行李和财物。我希望那封推荐信(见于另一个信封)对你今后会有用处;你会看到我已经给了你自由的身份。事实上,我认为在今后如果你想去哪里,拥有一个合适的名字十分必要。所以,我给你取了一个。

这个问题没得商量。别试图来见我。有人来的时候,老老实实待在你的房间,哪儿也别去。

休格把这张纸按照原来的折痕叠了起来,折起来有些费力,因为她的手指又冷又麻,她把信塞回信封。接着她打开那个薰衣草色的信封,上面标着"敬启者",她的大拇指从信的侧面滑进去,避免把信给撕坏了。纸张锋利的边缘把她手划破了,但是她没有注意;她只担心把信纸或信件内容给弄脏了。她把拐杖平衡好,每隔几秒舔一下大拇指,大拇指顺着头发丝那么细的口子流出一滴血,她抽出信,读起来。这封信是用心写的,抬头写着拉克姆,署名威廉,就像她仿写过的信件一样整洁。

敬启者:

我,威廉·拉克姆,很高兴能向您推荐伊丽莎白·休格小姐,她曾受我雇佣给我六岁的女儿担任家庭老师长达五个月,从1875年11月3日到1876年3月1日。毫无疑问,休格小姐恪尽职守,能力高超,聪敏过人,热情洋溢。在她的教授下,我的女儿出落成一个优雅的少女。

休格小姐决定解除雇佣关系,据我所知,是因为一位近亲身体不好,需要照顾,绝不是因为我对她的能力有所不满。事实上,我对她赞赏不已,很高兴能推荐她。

你的朋友

第三十四章

威廉·拉克姆

休格又把这封信按照原来的折痕折叠起来，放回了信封，她又一次吸了吸拇指，但是伤口几乎快愈合了。她把两封信都放在梳妆台顶部，步履蹒跚走向窗户，不再依靠拐杖，把劲儿用在窗台上。拉克阳台下面，西尔正在慢条斯理地干活，干得很快乐。正在那些逃过严冬的树苗周围忙得团团转。他用剪刀剪下一大团麻绳把纤细的树苗绑在木桩上：它不再需要溺爱。他看了看，感到很自豪，往后退了两步，拳头放在臀部的皮革围裙上。

休格仔细地想了一下，觉得要是挥着拳头把窗户的玻璃打破，肯定会有大麻烦，只能给她的痛苦片刻的缓解。她没有那么做，而是拿起纸和笔，静静地站在窗户边，把窗台当作写字桌，她强迫自己理智起来。

亲爱的威廉，原谅我，我要说不，但是你弄错了，我只是受肿胀的脚踝的折磨，这都已经过去了，我现在还有月事，如果你来看看，你自己就会满意地发现。

你亲爱的休格。

她反复地读着这长篇信，聆听回荡在她脑际的声音。威廉能够正确理解吗？他正在担心忧虑，他会理解那句"你自己就会满意地发现"在争辩吗，或者她指望他能够看透那句话背后龌龊的建议？她深深吸了一口气，扪心自问她写的所有东西一定要达到目标。如果她在"自己"和"满意"之间加一个"完美"是不是俏皮幽默的意图会更明显呢？另一方面，这里需要俏皮吗，或者她应当换一种听起来更舒服的讨好的语调。

几秒钟之后，她意识到她太激动了没法写第二封信，她最好趁着还没有做出什么傻事来，先把这封信投出去。所以，她从中间把这封信折起来，一瘸一拐地径直走到威廉门前，把信塞了进去。

中午的时候，老师和学生正在做算术，检测学生关于15世纪的学习成果有没有忘掉，矿物学的知识才开了个头。钟表的指针正一点儿一点儿走着，天空上太阳慢慢升起来，挂在墙上的世界地图被一点儿点儿照亮。窗户状的太阳光照耀在湛蓝的大海和秋天的陆地上，有一些地方变得更加清晰，其余部分则在影子下变得模糊。

休格在马格奈尔问题中随机抽取了矿物学这个话题，她判断这是个安全的，没什么感情色彩的主题，恰巧能满足索菲的需要，她需要整齐划一，清晰可见的东西。她在列举主要金属，索菲跟着她读："金、银、铂、汞、铜、铁、铅、锡、铝。金最重；锡最轻；铁最常用。"

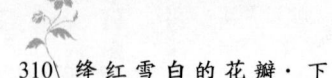

往前看下一个问题,金属的主要性质是什么?休格多希望她像往常一样备了课,发出了一声小小的恼怒的呻吟声。

"我要等一小会儿,把这些词翻译成你能理解的语言,亲爱的。"她解释,目光从索菲昂起的满是期待的脸上移开了。

"小姐,它们不是英语词汇吗?"

"是的,我得给你解释得更简单。"

索菲脸上被冒犯的神情一闪而过:"小姐,让我自己试着理解一下吧。"

休格知道她应该用一个圆滑温柔的回答拒绝这个挑战,但是她一时还想不起来怎么说。而是用干巴巴的雄辩的声音大声朗读起来:

"明亮,不透明,重量,可锻性,延展性,多孔性,溶解度。"

停顿了一下。

"小姐,重量就是东西有多重。"索菲说。

"是啊,索菲。"休格回答道,很懊悔之前准备好的解释已经不记得了。

"明亮是指它们闪光;不透明是指我们无法看穿它们;可锻性指的是我们可以按照自己的期望把它们锻造成任何形状;延展性……我自己也不知道它是什么我应该查字典。多孔性是指金属里有很多细小的孔,尽管这听起来不大对,是吧,金属可以这样形容吗?溶解度……"

休格闭上了嘴巴,瞥了一眼,观察索菲,这种支支吾吾,令人挠头的多样性教学方式根本不对索菲的胃口,她就接着翻到马格奈尔夫人引用的一个发现——在澳大利亚金矿是取之不尽用之不竭的。休格就即兴描述了一番,贫穷的淘金者在坚硬的土地上乱砍乱挖,他饥饿的妻子儿女在旁守望着,直到有一天……

"小姐,世界上怎么会有如此长的词呢?"当矿物学课程结束的时候,索菲不解地问道。

"一个困难的词相当于由很多短词组成的一个句子,索菲。"休格说,"它节省了时间和纸张。"看到这个孩子不大信服,她补充道,"如果书籍所用的语言是每个人,无论多小,都能够完全理解的,那本书就非常长了。你希望读一千多页的书吗,索菲?"

索菲毫不犹豫地回答说:"小姐,要是书上的单词我都认识,我宁愿读无数页。"

在一天的课程结束到晚饭之间的空隙,休格回到卧室,吃惊地发现她写的信没有收到回信。这怎么可能呢?所有她能想到的就是威廉的大脑在休息,但是他很自私,并不急于让她知道。她又一次拿起纸和笔写道:

亲爱的威廉，

请——我每时每分都在等待你的回信，这真是一种煎熬——请尽快让我放下心来，我们的家庭能像往常一样生活。稳定是我们现在所需要的。拉克姆香水厂不亚于索菲和我自己。请记住，我致力于协助你，让你省去不便。爱你的休格。

又读了一遍公告，她皱起眉头，可能"请"太多了。并且威廉可能不会温和地接收这个建议，他不认为自己在折磨她。但是她无心再写一封信，于是像之前一样她匆匆忙忙赶到他的书房门口，把信塞了进去。

今天休格和索菲的晚餐可仁慈多了：大黄做的汤，水煮鲑鱼鱼片，松软的果冻供选用。显然厨师还在担忧，小拉克姆小姐的消化不良还没有完全恢复。

之后，罗丝带来一杯茶，帮助晚餐消化——休格小姐有一整份，给了拉克姆小姐三分之二杯牛奶——休格呷了一小口，说了声抱歉。滚烫的茶水凉了下来时，她可能要去检查自己的房间，看看威廉有没有从全神贯注里回过神来。

她离开学习室，跑到楼梯平台上，打开她卧室的门。门前一无所有。

她返回学习室，继续喝茶。她的双手有些颤抖，尽管很轻微；她坚信威廉正在，或者曾在给她回信，但是被她看不到的需求，或者被一些琐事，像吃晚餐耽搁了。如果她能让下一个小时过得更快，她就不至于产生无谓的焦虑了。

尽管索菲比这一天早上起来的时候要平静得多，虽然下课了，但是她没多少话说，自己躲在屋子里远处的一个角落玩洋娃娃，试着把皱巴巴的纸团塞到布娃娃的裙子下面，把过时的衬裙变成裙撑。休格可以从她专心致志的表情看出来，一直到睡觉前她都希望自己呆着。做什么呢，怎么打发这时光？在卧室里抚弄自己的大拇指？读还没读完的莎翁作品？还是备明天的课？

她突然灵机一动，休格收拾起盘子、刀具和茶杯，把它们摞在一起，尽可能弄得稳稳当当，把尖尖的餐碟边压在胸上。然后拖着身体下楼，一次迈一个台阶，用一阵阵疼痛的受伤的脚和没有受伤的脚轮流用力，而后用力大得多。每个步子有六英寸长，她抱着的陶器轻微地嘎嘎作响，但是那一摞餐具在她怀里还是稳稳当当的。

她安全下到地面上，小心翼翼地沿着大厅，她一步接着一步往前走，虽然有些不优雅，她还是很高兴。没有出什么意外事故，她经过一连串儿的门，最后跨过了厨房的门槛。

"休格小姐！"罗丝大吃一惊。现在正逮到她在偷吃一个剩下的土司黄油三角，而她的晚餐还没有到时间，还得等几个小时。她的袖子挽了起来，倚靠在室中心一个巨大的厚板似的桌子上。厨房女佣哈里特，不一会儿也回来了，把牛舌切成光滑的形状。透过碗碟存放室的门可以瞥见一个人穿着寒酸的裙子,邋里邋遢,鞋子湿湿的,脚踝有些臃肿,正是简妮,她在擦洗水槽。

"我想我得把这些给送回来,"休格说道,放下那些脏盘子,"省得你们麻烦。"

罗丝大吃一惊地看了看,好像看一个全身赤裸的杂技演员炫耀似的翻跟斗,而现在正等着观众鼓掌似的。

"非常感谢,休格小姐。"她说,把嚼了一半的面包直接咽了下去。

"请叫我休格,"休格说,把碟子都递过去。"我们曾在一起做了很多事,不是吗,罗丝?"她想着专门提醒罗丝她们圣诞节时,她们俩甚至把面粉都搽到胳膊肘上去了,但是考虑到这可能像在摇尾乞怜,就没说。

"是啊,休格小姐。"

哈里特和罗丝紧张地对视了一眼。女佣哈里特竟然一时不知道该把手放在围裙上,还是继续切剪牛舌,牛舌都已经铺开,放得都快僵硬了,现在这个形状可不是她要做的样子。

"你们工作都很辛苦!"休格挑起话茬,打算打破坚冰,"为——为什么,拉克姆先生几乎想象不到你们的活儿有多繁重,我敢保证。"

罗丝睁大眼睛看着家庭教师一瘸一拐地走进厨房,僵硬地低下身子坐到椅子上。罗丝和哈里特都只能清晰地认识到,自从拉克姆夫人去世后,没有了往常那么多聚会,她们的工作任务远没有那么繁重;事实上,除非主人在不久的将来再婚,那么他立即就可以得出结论,他不需要多雇些仆人。

"休格小姐,我们毫无怨言。"

停顿了一会儿,在刺目而悲哀的目光下,休格四处打量着厨房。哈里特双手交叠,先把牛舌撂到一边,不管它会变成什么样子。罗丝把挽起的袖子放到手腕,噘起嘴巴,挤出一丝不安的微笑。简妮在擦洗盘子的时候,她的屁股也跟着一颤一颤的,她裙子上杂乱的褶子来回摆动。

"所以,"休格尖声说道,尽可能友善,"你们晚饭要吃什么呢?厨师在哪儿?你们都在这张桌子上吃吗?我猜想你们可能在最糟糕的时刻被钟声打扰。"

罗丝的眼睛时而清晰,时而模糊,她正在吞咽这四大勺难以消化的问题。

"厨师已经上楼了,而……而我们还要做一些果冻,小姐。这里还有一些昨天剩下的烤牛肉,你想吃一些葡萄干糕点吗,休格小姐?"

"哦,当然,"休格说道,"如果你能给我匀出来一些。"

葡萄干糕点取来了,仆人们都站在旁边看着家庭教师在吃。简妮把洗完的一摞盘子都放到了货架上,然后从隔间走出来看看外面这个更广阔的世界发生了什么。

"你好啊，简妮，"休格说道，她嘴里还咬着一块葡萄干蛋糕，"自从圣诞节过后，咱俩就没见过啦，是吧？"在这个家庭里，一个人竟然这么长时间见不到另一个人，真是很令人羞愧，你认为呢？

简妮满脸通红，她的脸颊变得像她龙虾似的手和胳膊一样红。她半屈着膝盖，眼睛鼓了出来，但是一言未发。由于拉克姆家成员的小事情而两次受到伤害，她不应该再表现任何亲密——第一次是索菲小姐鼻子破了，另一次是可怜的疯女人拉克姆夫人她闯入碗碟间帮忙——这一次她决定置身事外，不再招惹麻烦。

"好，"休格小姐机智地说，当她吃完最后一口葡萄干蛋糕的时候，仆人们仍在瞪着她，眼神里充满怀疑和迷惑，"我想我得走了，索菲睡觉的时间快到了。拜拜，罗丝；拜拜，哈里特；拜拜，简妮。"

她拖着重重的脚步，多希望自己能够瞬间腾空而起，毫无痛楚，像灵魂飘出肉体的景象一样，或者厨房的石头地板能够裂开，将她吞没，那真是大发慈悲了。

她一回到屋子，发现威廉终于回复了一封信。"信"这个词用得不够恰当，还不如说"纸条"，上面简简单单写着"没得商量"。

她把纸条一把攥得皱巴巴的，再一次，她忍不住要一拳打碎玻璃，痛彻心扉地哀嚎，咚咚咚去捶打威廉的房门。但是她知道这样并不能让他改变主意。她转而把希望寄托在索菲身上。威廉没有考虑到他的女儿，他只是粗略地想到孩子对老师产生的忠诚，他不久就会发现这种感情有多深。索菲会改变他的主意：男人永远禁不住女人的哭泣。

睡觉的时候，休格照常把索菲裹进被子里，抚平枕头上她细细的金发，直到她的金发像图画书插图上的太阳一般闪着光亮。

"索菲？"她说，她声音嘶哑，显得犹豫不决。

孩子抬起头，立刻意识到休格要提出的问题比给洋娃娃缝衣服要重大得多。

"嗯，小姐？"

"索菲，你父亲……你父亲很可能有些新消息要告诉你。我想，很快他就会说的。"

"嗯，小姐。"索菲答道，用力眨着眼睛，尽量不睡着，等休格小姐切中要题。

休格舔了舔嘴唇，像粗布麻袋一样又干燥又粗糙。她很厌恶大声地重复威廉下的最后通牒，唯恐话一脱口会成为铁板钉钉的现实，就像用墨迹比用铅笔字迹更难消除。

"非常可能，"她错乱地说，"他会让你过去见他……然后告诉你一些事情。"

"是的,小姐。"索菲答道,一脸迷茫。

"好……"休格握住索菲的手,鼓起勇气,继续说道,"当他找你谈话的时候,我……我想要你反过来告诉他一些事情。"

"好的,小姐。"索菲许诺说。

"我想要你告诉他……"休格喘着粗气,眼里泛着泪花,说道,"我想让你告诉他,你对我感觉怎么样!"

索菲像昨天那样伸手搂住她作为回答,只不过这次,令休格吃惊的是,索菲像个妈妈一样温柔,轻轻地抚摸和拍打着老师的头发,很孩子气。

"晚安,小姐,"她昏昏欲睡地说道,"明天开始讲:美国。"

休格等啊等,除了等待,她别无他法。威廉放弃了一次公司决议,可能还会放弃很多次。他曾威胁斯旺·埃德加滚一边儿去,他曾扬言去东印度码头一把抓起某个商人的衣领,把他晃到胡言乱语;他曾警告格罗佛·潘基用上好的象牙给他制作香水瓶,说这些话的时候都是咆哮。要是她并不搭理他,他那膨胀的决心就会枯萎,这一切都需要她超人般的忍耐。

第二天早上过去了,风平浪静,无事发生。一切如常。最初的移民踏上了美国的土地,和当地的野蛮人讲和。他们砍伐大片树木,建立家园。仆人端上来的午餐不像昨天那么乏味:有黑线鳕鱼蛋饭和更多的葡萄干糕点。

休格中午回屋的时候,发现了一个小包裹,一个长长的、细细的包裹包在牛皮纸里,用绳子捆着。难道是威廉送来的安抚的礼物?包裹末端用绳子绑着一张名片,她取下来,拿近了瞅瞅上面写的什么:

亲爱的休格小姐,我已经从父亲那得知您遭受的不幸,请接受我的礼物,它代表了我的美好祝愿。不需要退回来,我发现我已经再也用不上它了,希望你很快能到同样的处境,尽快好起来。

挚友,艾米莉·福克斯

休格打开包裹,拿出一个光滑结实的手杖。

她回到学习室,热切地要把自己的新工具拿给索菲看看,这个手杖比拐杖更好用,能让她走起路来步法更端庄,却发现这个孩子蜷缩在写字桌上,在不由自主地哭泣。

"发生了什么事?发生了什么事?"她问道,当她一瘸一拐冲进屋子的时候,手杖撞到地板上砰砰作响。

"你就要被送——送——送走了。"索菲几乎哭诉道。

"是威廉——你爸爸……刚才来过了？"休格情不自禁地问道，尽管她已经闻到了空气中他的发油的气味。

索菲点点头，晶莹的泪珠从她闪亮的下巴上滑落下去。

"小姐，我跟他说了，"她尖声辩解道，"我告诉他我呜——呜——爱你。"

"是吗？是吗？"休格急忙问道，她用手掌在索菲脸颊上擦来擦去，都无济于事，咸咸的潮湿的泪水刺痛了她手上的裂口，"他说什么了？"

"他——他什么也没有说——说。"孩子啜泣着，肩膀痉挛，"他看——看——看上去对——我——我很生气。"

索菲哇的一声大哭起来，休格把索菲捂在胸前，反复地亲吻她，口齿不清地低声说着一些安慰的话。

他怎么敢这么对我的孩子，她想。

当索菲完全平静下来的时候讲故事的始末缘由原来是这样的：休格是个非常好的老师，但是一个女人需要学的东西，有很多休格小姐并不了解，像跳舞，弹钢琴，德语，水彩，还有很多成就，索菲记不得它们的名字了。倘若索菲要成为一位举止优雅，端庄秀丽的女士，她需要一位不同的教师，而且是急需。布雷夫人，她通晓所有这些技能，她证实了学习这些很必要。

接下来整个下午，索菲和休格都在悲痛的阴云笼罩之下，几乎令人窒息。她们继续上课算术，移民的祖先，金的性质——她们悲伤地意识到所有这些课程都不是一位闺阁千金要学的。睡觉的时候，她们都不再直视对方的眼睛。

"小姐，拉克姆先生让我告诉你，"晚饭的时候，罗丝站在休格卧室门前说，"明天早上你不需要起床了。"

休格紧紧握着盛着可可的杯子，以防洒出来。

"不需要起床？"她愚蠢地重复道。

"他说，一直到明天中午你都不需要出来了。早上索菲小姐不再上任何课。"

"没有课？"休格又反问了一句，"他没说为什么不用了吗？"

"是的，小姐，"罗丝说道，她坐立不安，想要放松下来，"索菲小姐要去学习室见一位客人；我不知道是谁，也不知道具体是什么时候，小姐。"

"我知道了，谢谢你罗丝。"休格让仆人离开了。

几分钟后，她站在威廉的书房门外，站在没有照亮的静悄悄的楼梯平台上，呼吸急促。从钥匙孔里可以看到一缕微光，她把耳朵贴近房门的时候，隔着厚厚的木门可以听到里面沙沙活动（她想象到这个了吗？）的声音。

她敲门。

"是谁?"里面响起来他的声音。

"休格。"她回答。试图让这个词充满感情,所有的熟悉,所有的陪伴,所有满足性欲的承诺,单单一句低声细语足以体现。一千零一夜的肉体欢愉,可以看穿他,一直到他变得苍老,很苍老。

没有回应,一片寂静。她站着颤抖起来,迫使自己再敲一次,更有说服力,更聪明地,更坚持地吸引他的注意。如果她大喊,他就不得不给她开门,避免仆人闲言碎语,说三道四。她张开嘴巴,舌头像个在大街上卖破瓷器的哑巴弱智一样蠕动着。然后她光着脚回到卧室,气得牙齿打颤,说不出话来。

休格睡着了,四个小时之后,她梦见回到卡斯特威夫人家里,她十五岁,手里捧着一本书,上面都是色情知识,不过她都烂熟于心了。在静悄悄的深夜,最后一个男人跌跌撞撞回家去的时候,卡斯特威夫人就坐下来详细地考查她最新看过的宗教小册子,从普罗维登斯到罗德岛所有这些。趁着妈妈还没有太沉浸于剪掉这些小册子,休格拾起扯下来的书页问道。

"妈妈……我们现在很贫穷吗?"

"哦,不,"卡斯特威夫人假笑道,"我们现在过得非常舒适。"

"我们是不是差不多就要被扔到大街上去了?"

"不,不,不。"

"那么,为什么我得……我得……"休格不能把问题说出口。梦中发生的故事不比现实少,看到卡斯特威夫人那满是嘲讽的面孔,她的勇气衰退下去。

"确实现在,孩子,我不能养闲人,不是吗?这样你就会养成好吃懒做的恶习。"

"妈妈,求你了,我是认真的!如果我们还没有到穷途末路,那么为什么不……?"

卡斯特威夫人查了查小册子,恶狠狠地瞪了休格一眼,她的眼球里充满恶意。

"孩子,理智点吧,"她笑道,"为什么我要衰败来成就你的崛起?为什么我要在地狱中烈火焚烧,饱受煎熬,而你能在天空振翅高飞?简而言之,为什么这个世界非得成为你的乐园,比我那个时候好得多?"她一挥手,把胶刷在壶里蘸了蘸,刷子一挥,旋转了几下,在纸上沉淀下半透明的珍珠状的黏液,而这张纸上写满了从良的妓女的名字。

第二天早上,休格试着拧了拧一扇门把手,她之前从来都没有碰过这个把手,谢天谢地,门开了。她溜了进去。

这间屋子正是索菲原来说的"无人居住过的那间,小姐,里面只有东西"。

这是个储物间，换句话说，它和学习室离得很近，里面堆满了东西，上面蒙了一层灰尘。

安格尼斯的缝纫机在这里。它那黄铜般的光泽蒙落灰尘，变得晦暗，被人忽视。缝纫机后面是个奇怪的装置，经过仔细端详，休格认出那事实上是照片和几盒化学物质，进一步证明了威廉曾经非常喜欢艺术。一个画架倚靠着较远的那面墙，不确定那是威廉的，安格尼斯的，还是索菲的。一张箭弓上面的弓弦挂在画架的翼形螺帽上；安格尼斯真是愚蠢，她发现自己太过虚弱不能再追求艺术了。一支上面刻着"唐宁划船俱乐部1864"的划桨倒在了地毯上，书箱前的地板上满满地堆了一堆书籍：关于摄影的书籍，关于艺术的书籍，还有哲学、宗教方面的等等。宗教方面的书太多了。休格很吃惊，她从书堆里取出一本——《冬季在收获之前》或者约翰·克里斯蒂安·菲利普写的《灵魂在优雅地成长》，读了书的扉页。

亲爱的弟弟，我很自信这本书会引起你的兴趣，亨利。

窗台上布满蜘蛛网，那里还摆着一堆书：有墨兰波斯·布莱顿写的《古老智慧全解》，坦纳夫人写的《奇迹与技巧》，克洛威尔博士写的《原始基督论和唯心论的相同》，还有弗洛伦斯·马里亚特写的几本小说，还有很多更薄的书卷，其中有《女士梳妆手册》，《美丽的不老灵丹》，《如何保养容颜》，《健康、美貌和打扮：一位女医生致女人的信》。休格打开最后一本书，发现安格尼斯损坏了书籍边缘，在上面写了：一点儿也没有效果！毫无益处！骗子！

对不起，安格尼斯，休格想，把书重新放到书堆里。我试过了。

一个木质的大建筑，像一个特大号的衣柜，但是没有背板，直接固定在墙上，像一个木头做的陵墓，专门装着安格尼斯不经常穿的衣服。当休格打开门，一股防蛀虫的薰衣草清香散发出来。这个衣柜，休格可以确定，另一侧就是学习室的墙，挨得如此近。她深深吸了一口气，迈了进去。

里面有一排安格尼斯华丽的礼服，它们安安静静地挂在那里，散发着扑鼻的气味。在这华贵的衣服的仙境里，没有蛀虫可以妄图存活下来，袖子交叉的衣服，紧身胸衣，有裙撑的裙子，地板上掉了一只死去的昆虫，几英寸远的地方有一块透明的肥皂状的驱虫药，上面有浮雕图案，足以预料到，上面刻的是"拉克姆"的缩写。

休格记得，所有安格尼斯的衣物都在这里。她曾经仿制过的这些服装——当这些丝滑的布料拥抱着安格尼斯娇小的身体——穿梭在拥挤的电影院门厅，阳光和煦的园子，灯笼照亮的亭阁。现在都挂在这里：干净，整洁，没有意义。

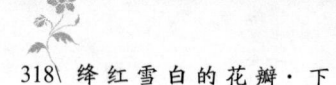

出于一股难以抑制的冲动,休格把鼻子埋进最近的一件女服紧身上衣里,驱开那股浓重的药水的味道,她更喜欢衣物上残留的安格尼斯个人所用的淡淡的香水味,但是没有办法逃脱令人头晕的防腐剂的味道。休格放开了那件衣服,它在挂钩上吱呀一声摇荡了回去。

休格走进里面更加阴暗隐蔽的地方,脚上缠绕上一条柔软的布料,发出沙沙的声响。她蹲下身子去查看一番,拾起一大团紫色的天鹅绒,发现自己的手指在上面戳了几个孔,大吃一惊。这条裙子被剪刀切成了十块,二十块,三十块,然后拼接到一起,好像给天鹅绒的诺亚方舟画面提供仿兽皮织物。它下面的那件裙子同样被毁损了。为什么?她无法想象。现在了解安格尼斯已经太晚了,了解一切都为时已晚。

她到了壁橱的最后面,休格低下身子到坐着的高度,她那只受伤的脚小心翼翼地伸到她前面,后背歇在由安格尼斯损坏的礼服做成的枕头上,她的面颊和耳朵靠着墙,闭上眼睛,等待。

半个小时之后,她打瞌睡的时候,几乎厌恶了屋子里散发出来的薰衣草味的药水。她听到声音,想起自己来这里的目的:从隔壁的学习室传来一位陌生女人的声音,和威廉的说话声交叉在一起。

"站直了,索菲,"他命令道,非常和蔼,"你不是一个……"是什么?听不见最后一个词。休格把耳朵紧紧地贴到墙上,太过用力,耳朵都弄疼了。

"孩子,别害羞,告诉我,"那个陌生女人催促道,"一直以来你都学到了些什么?"

索菲的回答太轻声细语,休格一个字也听不见,但是!索菲说得很多。

"孩子,你学过法语吗?"

沉默了几秒,威廉插嘴说:"休格小姐不会法语。"

"弹钢琴呢,索菲?弹钢琴的时候,你知道把手指放在哪里吗?"休格根据说话的声音在头脑里描绘了一副面容:尖鼻子,乌黑的眼睛,不饶人的嘴巴。她想象的画面如此生动,让她真想一拳头打在那个尖鼻子上,啪地一声打得她鼻子流血,骨头破碎。"孩子,你会跳舞吗?"

威廉又说话了,提到了休格小姐在这方面并不精通。他妈的!她怎么能够想要把刀子一把插进他的身体——但是这算什么?他毕竟也在维护她。他冒昧地问了句索菲这个年纪学习弹钢琴和跳舞这样的技能是不是为时过早。难道没有用处吗?毕竟是有用的,等她慢慢长大,到了适婚年龄。

"先生,这是对的。"新的家庭教师声音甜美,承认道,"但是我相信她们有自己的优点，一些老师低估了小孩子的学习能力，不知道孩子在很小的时候就可以学习。我认为如果小女孩，要是有人鼓励她比其他同龄女孩早点成熟，为什么不呢，那样一切都会更好！"

休格紧咬嘴唇，安慰自己，幻想着把那个女人劈成血淋淋的碎片。

"索菲，你想在钢琴上弹奏一曲吗？这比你想象的要简单得多。用五分钟我可以教你一首。你想学吗，索菲？"

这个女人她挤向前来：炫耀着她能教给索菲的一切，乞求成为选中的家庭教师。索菲的回答听不见，但是这个孩子能说什么呢，只能答应。威廉、索菲和新的家庭教师离开了学习室，下楼了。协定已经达成；现在没有退路；就像一个男人把妓女搂住的那一刻，一切都已成定局。

一分钟之后，休格站在储物间门口，听听接下来发生了什么。她没等多久：客厅突然响起一个不熟悉的声音：两根手指弹奏的简单的旋律。才开始那个人弹奏得自信从容，三四次之后，该轮到模仿了，这次琴声显得犹豫不决，弹得也不准确，定是出自索菲之手。

这曲调？好吧，不是《橡树心》，要是那首就好了。就像过去，休格十分确定当"橡树心"响起的时候，他们就该离开炉边会了，而这次，她深知当索菲在钢琴上弹奏的旋律响起来，就意味着她将永远离开拉克姆庄园。

休格回到卧室，开始立马收拾行李。等到了三月一日又有什么意义，等到的不过是这样的打击，客厅里钢琴上如此微小的敲打声，竟能够给她传递过来如此重击？每个小时她都继续再给威廉六十次机会来羞辱和折磨她；每一分钟她都难以忍受，她都不得不让索菲知道她们即将分别，给索菲蒙上痛苦的阴影。

她还能生存，她要想办法远离这些街道。昨天威廉给她的十英镑就是一种侮辱，嘲笑她对他女儿的所作所为。但是她的梳妆橱里还藏了大量钱财，很多很多！在一堆杂乱的长袜和内衣裤里塞着一封一封的信，里面装着她在克洛赛宅子时存下的钱。那个时候威廉可真是出手大方。那些和赢得他的爱没有关系的事，她都不愿浪费钱去做。他经常给她发工资，像钟表的发条一样定时，而她只花其中一小部分，剩下的都存在信封里，从一堆琐碎的好几个月没穿过的内衣裤里，摸索出来大部分信件，都是未开封的，里面装了一大笔钱，是那些仆人想都不敢想的。为什么呢，甚至她不经意地投到抽屉里的那些零钱都比简妮整整一年挣得都要多。

她把积聚的现金都装到安全的地方——她的钱包里，她的大衣上放钞票的一个口袋儿，她头一次对此深怀感激，自从住进拉克姆庄园以来花费的比在克洛赛大宅四十八个小时里花的都要少，那个时候对于她，一个妓女来说，这笔钱算不得大财富，那个时候源源不断的大笔钱财，买件特别华丽的衣服或者吃几顿大餐就会随时花得一干二净。在一个体面的女人眼中，她意识到这笔钱可以任她选择任何一种未来，如果她勤俭节约，再找份工作，她就富裕到天之涯海之角了。

休格一边收拾东西，一边在和良心抗争。她应不应该，能不能告诉索菲事实真相呢？不解释她离开的缘由，这样仁慈吗，或者说很残忍？要是剥夺掉索菲告别的机会，她会不会痛苦不堪？休格烦躁不已，半信半疑认为自己真的在考虑改变主意，但是在她内心深处，她深知自己并无意和盘托出。她反而出于残忍的本能继续整理行李，理智的声音已经丧失，就像麻雀吱吱的叫声淹没在狂风中。

她只需要一个行李箱。威廉做的那个板条箱，从卡斯特威夫人家取了过来还存放在家里某个地方，板条箱的下落他总是对她避而不言，既然它这么要紧，她现在索性也不要了。这些都是妓女的衣服，花街柳巷这些奢华的羽毛，她身上穿着的这件，还有其他一两件（那件深绿色的是她最喜欢的）：这就是她需要的全部衣服了。有几件换洗的衣物，几条干净的长裤，长袜，一双备用的鞋子：手提箱很快就装满了。她那可怜的小说和安格尼斯的日记本她就塞进了一个格子呢包里。

她一只手拎起手提包——用她没有受伤的那边那只手——把包抡到拄着手杖的那一侧的肩膀上。她走了两三步，步履蹒跚，像马戏团的动物被迫用后腿走路，不然就会挨鞭子一样。然后她抬起头，把背不动的大包放到地板上，开始哭泣。

"我们今天下午去户外上课吧，"不久之后，她向索菲提议，"屋子里太闷热，外面的空气新鲜。"

索菲从座位上跳起来，一想到要出去，显然很高兴。她赶紧梳妆打扮，准备出行；户外教学是她最喜欢的，尤其是包括去观赏喷泉，顺便瞥见鸭子、白嘴鸦、狗、猫，或者事实上除了人类任何一种生物都行。

"我好了，小姐。"她转眼间就宣布道，确实如此，她只需要稍微整理并扣紧歪了的帽子就好了。

"小家伙，先下楼吧。我随后就到。"

索菲照她说的做了，而休格在学习室里逗留了更久一会儿，拿齐所有上课所必需的东西，还有几件其他物品，她一股脑儿塞进了一个皮包。然后就下楼了，下楼的时候，她的手杖撞在栏杆上噼啪作响。

外面在刮风，天气阴冷，但是并不严寒刺骨。天空暗淡，是灰蓝色的，充满创造万物的阳光，绿色如茵的草坪上，铺着鹅卵石的街道上，铁篱笆或者人身上都是同一种颜色的影子。

休格本想径直走到前门,不幸的是,西尔凑巧正在那里移植玫瑰丛,所以行人便无法从围栏那里穿过,以免践踏了他的劳动成果。他背对着休格和索菲,但是他是个爱交流的人,如果她们试图从那里经过,他无疑会转过身来和她们讲上几句,但是休格不想这样。所以她温柔地拉着索菲的手腕,往后转,然后走到房子的另一侧去。

"小姐,我们和切斯曼一起去吗?"索菲问道,看到马车出现在眼前,问出这样的问题也是逻辑之中的事情。并没有看到马车夫和马匹,但是卸下马匹的马车停在这座小房子前面,上面闪耀着肥皂水,准备迎接拉克姆庄园外,整个肮脏呛人的世界的新一轮侵袭。

"不,亲爱的,"休格回答说,但是她没有低头看,她的目光盯在马厩右边的门上,"走这边更好,就是这样。"

这个门闩着,但是并没有上锁;锁挂在环上,打开着,谢天谢地。她笨拙地拄着手杖,牵着索菲的手,休格拿掉锁,长长的铁棒从锁轴上滑落下来。

"中午好啊,休格小姐。"

这个声音猛然出现,让休格小姐依靠那只没有受伤的脚跟转过身去,身上的重负——她肩上的格莱斯顿格子呢旅行包和另一条手臂上挎着的皮包,让她差点失去平衡。切斯曼站得离她很近,他粗鲁的脸上面无表情,只有眼睛里闪着无耻的微光。在沉闷的光亮下,没有了他的大衣和帽子缝纫的支撑,他看起来寒酸瘦小;寒冷的微风吹着他那几缕头发,涂了过期发油的头发一动不动,他的额头油亮,他裤子膝盖的位置有啤酒留下的圆圆的污点。

"下午好,切斯曼。"休格轻视地点点头,声音酸酸的。

"小姐,我来给你打开门,"马车夫提议道,伸出毛发浓密的手和胳膊,"如果你和拉克姆小姐不介意乘坐马车的话。"

有那么一刻,休格打算接受他的提议,乘坐马车比走路更容易,既然切斯曼主动搭讪,无论如何,她最好能够利用他。可以让他送到最近的公园,她们可以从那里出发……是啊,有那么一刻,休格重新考虑了一下,当她重新审视了一下这个男人,她看到他那指甲污黑的手正伸向她,想到他那脏兮兮的手指不久前还放在自己的腰上和裙撑上。

"我现在不需要你了,切斯曼,"她坚决地说,把索菲搂在自己的大腿边。"我们不会走远的。"

切斯曼缩回胳膊,把手掌放在毛发浓密的脖子上,一脸困惑的表情,他从头到脚打量了休格一番。

"小姐,你背着又大又重的包去哪儿?"他发话了,斜瞅着她那变了形的格莱斯顿包,"如果我可以这样说,你是要去散个步啊。"

"我告诉过你了,切斯曼,"休格强调,由于焦躁,她身体颤抖了一下,发出尖厉的声音,"我们只是决定去伸展一下腿脚。"

切斯曼眼睛往下看,看到休格裙子的高度,朝她抛了个媚眼:"我可不认为你的腿脚还需要伸展,休格小姐。"

愤怒借给休格一个胆儿。"切斯曼,你放肆,"她厉声说道,"我要告诉拉克姆先生。"

但是,切斯曼不像她想的那样被这威胁性的话给吓着了,切斯曼无动于衷,只是眉毛动了动。

"你是说,告诉拉克姆先生?在你回来的时候?休格小姐,那究尽①是什么时候的事?"

切斯曼向前走了几步,离着她如此近,她都能闻到他呼吸的气味,他挡在了她渴望通过的那扇门前。

"在我看来,似乎,休格小姐,"他思索了一会儿,把双臂交叉在胸前,凝视着阴沉的天空,"没有失敬的意思……但是我敢确定一会儿就要下雨,我想随时都会。这些乌云……"他怀疑地摇摇头,"你认为呢?"

"你要干什么,切斯曼?"休格问道。她一时害怕,唯恐手从索菲的肩上掉下来,她搂得索菲更紧了:"走到一边儿去!"

"现在,现在,小姐,"马车夫用一种通情达理的口吻警告道,"拉克姆先生会怎么说,要是拉克姆小姐——"他冲着索菲亲切地点个头,"着了凉?你说,这很有可能吧?"

"最后一次,切斯曼,靠边去,"休格小姐命令道,她知道如果现在他不屈服,她将无力再使用傲慢专横的口气,"索菲的健康是我操心的事儿。"

但是切斯曼若有所思地吮吸了牙齿一下,回头看看马车。

"好吧现在,休格小姐,"他说,"对于今天早上小姐您为什么出现在这里,我不能认同您的看法。"

还没有来得及品味品味这句话的后果,他扬起手掌冲着天空,戏剧性地问道:"现在是下了一滴雨吗?"他皱着眉头检查每只手掌,"扪心自问,拉克姆想让他的女儿在下雨的时候被带出去吗?家庭教师您如此热衷出门,竟然不顾及孩子

---

① 奇斯曼文化水平低,说话有错误。

会生病,背后的原因究竟是什么呢?"

看着他在那装模作样,他的手掌向上张开,接住任何可能掉落的东西,休格想她可能猜到了切斯曼想要谋取什么。

"来私下聊,"她说,试图让自己的声音听不出有投降的意思。可能索菲没有真的见到钱财易手,她就仍蒙在鼓里。"我希望我们能够达成一致的想法,受益双方。"

"这点我从不怀疑,小姐,"马车夫高兴地同意道,马上从门旁边弹回来,"对你来说,在马车后足够隐蔽吗?"

"在这等一会儿,索菲。"休格说,她放下包以免这个孩子一直盯着他们看。

一旦避开了索菲,到了马车后面,休格急忙把手伸进口袋里掏来掏去,拿出一张皱巴巴的钞票。

"看来现在我们开始相互理解了,休格小姐。"切斯曼喃喃道,两眼放光,表示赞同。

"这呢,切斯曼,"休格说道,把钱按到他伸出来的手上,"十英镑,对你来说,也算一笔小财富了。"

切斯曼一把抓起钞票,塞进自己裤子兜儿里。

"哦,是啊,"他肯定地说,"这些能买一两瓶啤酒,甚至三瓶……"

"好的,"休格叹了口气,转身要离开,"祝你愉快———"

"但是真的,休格小姐,"他得寸进尺,脏兮兮的手指在她肩上逗留,"钱财对我来说用处不大。我的意思是,拉克姆先生对我的工资有数,知道能买些什么,买不了什么。我不能穿着华丽的衣装出现,对吗,或者戴个金表链?因此,对我而言,十英镑……好……真的只能是一大堆啤酒而已,你不觉得吗?"

休格盯着他,虚弱无力,对他厌恶至极。如果她希望有一个男人像她小说里的主人公一样被捆绑在床上,向她求生,而她要把那个人像鱼一样切开,残忍地杀掉,那个人就是他。

"那么你是不让我们走了?"她嘶哑地问。

切斯曼咧开大嘴笑,晃动着食指,像一个和蔼的煽动家责备一个考虑不周的学生。

"我可没这么说,我现在说过吗?"

不顾她充满恐惧,他抓住她的胳膊,把她拉近,这样她的脸颊正碰到他肉乎乎的下巴颏儿。

"我要的一切,"他温柔地说道,吐字异常清晰,"是比钱财更多些的东西,是能让我记住你的东西。"

休格的胃像插进冰水里一样收缩了一下;她的嘴巴像灰烬一样干燥。你把我当成什么了?她想斥责他。我是一位夫人,夫人!但是她发紧的喉咙里吐出的第一句话竟是:"现在没有时间。"

切斯曼大笑,引导她走过马车的轮子,用手给她提起裙子。

她们身后的拉克姆庄园的门一关上,休格和索菲就走出了庄园的视线,无人妨碍也没人注意。

"小姐,我们要去哪儿?"她们急匆匆走在隐蔽处和主道连接的狭窄的小道上,索菲问道。

"一个好地方。"休格说,她一瘸一拐地走着还摇摇晃晃,她的格莱斯顿的包包和斜挎包来回地摆动,她的手杖碰到鹅卵石上,用力太大,下面头上都磨损了。

"小姐,我可以帮你拎个包吗?"

"对你来说太沉了。"

索菲皱皱眉头,看着很担忧,往后望了望庄园,但是已经完全看不到了。天空非常阴暗,大滴大滴的雨点从云中降落下来,落到地面上和索菲的帽子上,像小鹅卵石一样。索菲仔细审视天空,想进一步弄清这次小出行究竟是智慧还是愚蠢。尽管她无以言表,她感觉自己有种本能,能够感知宇宙哲学传来的消息,这些是其他人无法预言的。

在一位邻居的后花园(如果他们从未见过,可以称得上邻居吗?)一个男人正在挖坑;他停了一刻朝着索菲挥手,他的脸上扬起一个微笑。不远处,有一只杂种狗,往常见了人都是汪汪大叫的,而看到她们走近,却是异常镇定和安静。这是好兆头,还有一个预兆,谁知道呢?天空可能放晴。

一辆公共汽车开进她们的视线沿着肯辛顿公园路进城。

"索菲,走快点,"休格小姐上气不接下气地说,"我们……我们乘坐公共汽车吧。"

索菲乖乖地加快步子,虽然她也怀疑休格小姐自己能不能走快一点儿。休格小姐笨重地前行的时候,手紧握在手杖上抖得很厉害,她肩上变形的包摇摇晃晃,滑向一边去,样子很不优雅。

"索菲,往前跑,这样售票员就能看到我们想上车!"

索菲迅速向前跑去,过了一刻,休格蹒跚地走在松散的鹅卵石上,头几乎跌到脚后跟去了,格莱斯顿包掉到地上,里面的东西一股脑儿地撒落在人行道上,安格尼斯的日记不那么科学地散到四面八方去，书页翻动着就像煮沸的牛奶溢出的泡沫，风吹的纸张散落出五彩纸屑——干花瓣和褪色的祈祷卡。而休格的小说从纸板箱的夹克里倾吐了出来，撒落了满大街，有三个人身高甚至更长。那浓墨书写的纸页被风吹起来，搅动着，旋转得出奇的快。

那一刻，休格猛地伸手想一把抓住那些飘飞的乱七八糟的东西，然后转了一遭儿，摇晃着寻找索菲。

休格和索菲坐在拥挤的公共汽车里，一言不发，只是呼吸。休格没办法不气喘吁吁。她用手偷偷地轻轻地拍着自己通红出汗的脸颊。车上的其他乘客——像往常一样鱼龙混杂，有衣着邋里邋遢的老太太，戴着大礼帽面色和蔼的老师模样的人，抱着纯种叭儿狗的时髦的年轻女士，胡子浓密的工匠，挎着草篮，拿着雨伞，戴着精致的帽子，抱着花束只露着半张脸打盹儿的主妇们，还有酣眠的婴儿——旁若无人，好像其他人和索菲、休格都不存在似的，好像这个咔哒咔哒驶向伦敦城的公交车上空无一人似的，好像这个交通工具的出行是为了自身娱乐而已。他们眼睛盯着报纸，或者戴着手套的手叠在膝上，或者一切都行不通，他们就盯着对面乘客头上张贴的广告。

休格昂起下巴，不敢看着索菲。一位贵妇帽顶的羽毛上，威廉·拉克姆的头像粘贴在墙上，是用两种颜色印在广告单上的。它夹在其他两张宣传海报中间，一张是为茶打广告的，另一张是止咳片的广告。

雨开始拍打着窗户，天空灰暗，像黄昏一样。休格正从两个脑袋中间寻找间隙，透过雨水溅到的玻璃，可以看到车外等车的人们急匆匆地穿梭在昏暗的银幕里。

"高街角到了！"售票员喊道，但是无人下车。"又上来一位乘客！"他把一位半身湿透的游者扶上车。

沿着贝斯沃特大道一路上，休格留意着每一位似乎要接近公共汽车的行人。谢天谢地，没有警察。虽然都很陌生，就在一秒钟内，她相信几乎确认了她瞥见的每一个仰起的脸庞。打着雨伞散步的那个人不是艾米莉·福克斯吗？不，当然不是……但是看那儿：无疑那是克鲁医生？又不是。那两个胖子，恶作剧似的捶打着对方的肩膀——会不会是阿什利和波德维尔——或者管他们的名字到底是什么？不，这是两个年轻人，几乎刚踏出校园。但是那边！休格拳头紧握，十分恐惧，她发现一个怒气冲冲的男人冒着雨冲她跑来，他那没有戴帽子，羊毛似的不整齐的头发荒谬地摆动着。但那不是威廉；威廉的头发很久之前就脱得都露着头皮了，那个男人冲过马路，跑到街道对面去了。

车行驶了更远一段，到海德公园的骑马场和圣乔治的墓地之间，一个女人赶过来乘车，飞快地奔驰在人行道上，快得好像上了轮子一样。她的头挡着雨伞下面，尽管如此，她给休格的印象像极了安格尼斯。她穿着粉红色的裙子，这粉红色像是拉克姆工厂制作出来的康乃馨肥皂乳——这可能就是原因——尽管这倾盆大雨像深色的小溪一样让裙子变了色，看起来像条纹的糖果。

"你和我们一起吗，夫人？"售票员喊道，本来这一声是要吸引这位女士加入车上这普通人群中来，不过似乎冒犯了她微妙的情感，她慢下脚步，听了下来，一转身朝着相反的方向走去。

"小姐，我们要去哪儿上课？"索菲轻声问道。

"我还没有决定好。"休格说，然后继续盯着窗户外面，不安地躲避索菲的目光就像躲避悬崖边缘一样。

在大理石拱门那里，一个男人上了公共汽车，全身湿透，在两位女士之间找了个座位坐下来，尽量收缩浑身湿透的身体，以免碰着其他身上不湿的乘客，他弓起腰来，把肩膀宽阔而高大的身体尽量缩成一小团，不过貌似徒劳无用。

"原谅我。"他含糊不清地说，英俊的脸庞像灯一样通红。

"这是亨利·拉克姆。"休格想。

在市中心这一路，这个浑身湿淋淋的男人目不转睛盯着前方，他脸上的红润几乎渐渐褪尽，双手尴尬地搭在膝盖上。等到公共汽车达到牛津广场，他再也不能忍受了：他的肩膀开始散发出轻微的蒸汽，而且他自己知道。他又喃喃地说了句抱歉，说着就起身离开座位，逃也似的冲进雨中。休格目送他消失在暴雨中，虽然她自己也很不安，仍然衷心地希望他快速抵达目的地，无论是哪里。

"我们得下车了，索菲。"她说，一分钟之后，她抬脚就走。孩子也照做了，休格一瘸一拐下车的时候，孩子紧紧抓住她的裙子，踏入漩涡一样的倾盆大雨中。

她们眼前是个公园吗？不，不是个公园。她们的脚刚刚踏上坚实的土地，休格小姐就朝一辆出租马车挥手，给车夫一些指示，他们嘀咕了会儿，车夫赶紧给她们引座，引到烟味弥漫的车厢里去。而这个车夫，尽管全身湿透，仍然很快乐。那匹马很不情愿走，马的臀上水流如注，他用鞭子轻轻拍打着。

"你这匹老马，做个选择吧，"他开玩笑说，"去屠马场呢，还是去国王十字站！"

"小姐，我们能赶上回家吃晚饭吗？"马车摇晃着动起来，索菲问道。

"亲爱的，你饿了吗？"休格回答。

"没有，小姐。"

第三十四章

感到她不能再推脱了,休格允许自己看了一会儿索菲的脸。这个孩子睁大了眼睛,有点迷惑,显然很担心——但是休格可以看出,没有到紧张得要逃走的地步。

"我给你拿你的小望远镜,"休格说道,她把小背包提到胸前,到这个孩子视线不能及的位置,她背往前驼了驼,再次确定索菲看不到包里装的东西——一本历史书,一本地图册,干净的内裤,索菲·拉克姆小姐的一张带相框的照片,上面签了托维和斯科菲尔德的名字,一些杂乱的梳妆用品:梳子啊,发刷,铅笔和水彩笔,《爱丽丝漫游奇境记》,李尔先生的诗集,褶皱的方巾,一罐子滑石粉,一个马尼拉纸的信封,里面索菲自己做的圣诞节卡片,一本童话故事书上面有一位"烦人"叔叔的美好赠言,坐落在背包的最底部的正是望远镜。

"这呢。"她说着便把那个金属的圆柱递给了索菲,索菲毫不犹豫地接过去,但是她看都没看一眼就放在膝盖上了。

"小姐,我们去哪儿?"

"我保证,一个非常有趣的地方。"休格说。

"我能按时回家睡觉吗?"

休格用一只胳膊揽着索菲娇小的身体,手搭在孩子翘翘的屁股上。

"我们前方还有很长很长的路要走,索菲,"她回答道,不过看到索菲放轻松,蠕动着挨近自己时,她感到一阵欣慰,把手搭在索菲的肚子上,"但是结束的时候,我保证你就会有一张床,世界上最温暖,最干净,最柔软,最干爽,最好的床。"

第三十五章

威廉·拉克姆，拉克姆香水厂的当家人，在警察离开后，又灌了几瓶白兰地下了肚，他的情况比刚才更糟糕了。他站在客厅里，凝视着外面的雨，琢磨着还有多少书页下落不明：有多少张还在这夜风中飘荡，或者贴在了诺丁山上邻居的窗户上，或者路人把它们从树篱或者篱笆上撕下来，阅读之后，大吃一惊。

"我们所能找到的都在这儿了，先生。"莱蒂说道。她提高了嗓门，以免声音淹没在这怒号的狂风和沙沙作响的暴雨中。她把一堆脏兮兮的纸放到客厅地毯中间那堆湿透的纸上去，然后整理好了，在想主人是否真的打算把这些湿湿的纸片烘干后读一读，或者他只是操心该把临近的大街都清理干净而已。

威廉向她挥挥手，示意她退下，这个手势同时表达了吝啬的谢意和忧郁的情感。最后几张休格的小说恶狠狠地洒落在风中，从风雨中被抢救出来，威廉再也不忍多读下去了。

客厅门外响起女人低声道歉的声音，很悦耳，这表明莱蒂刚刚离开之后，和罗丝发生了，或说差点发生了口角。这是个什么样的家啊！再加上女人们急匆匆赶着上下楼的声音，但是没有一个人留下来帮帮威廉·拉克姆，这个围着一堆沾满泥巴的纸张郁郁寡欢的男人。这个男人，在这一年的时光里，他承担了极其繁重的责任，先后失去了兄长，妻子，现在又失去了情人，哎呀，天哪，真不敢相信这是真的！他的独生女。在这种情况下，做什么能比在大街搜罗这本男主人公被折磨至死的小说散落的书页更有意义的呢？

没有把休格写的这些乱七八糟的东西拿给警察看可能是他疏忽了，但在这样紧急的情况下，耽误警察搜索，哪怕一分钟，都似乎在浪费时间。这真是个荒谬的想法：让公务缠身的警察坐在他家客厅里，皱着眉头专心致志地读一个疯女人头脑发热写出来的东西，而他们本该在外面，在伦敦的大街上搜寻她本人。

他坐到了扶手椅上，一阵风把安格尼斯精心绣的方巾从扶手上吹落下去。他从地上拾起来，放回椅子上，虽然也没什么用。然后他拿过来一页休格写的小说，正是当这一大抱稀奇古怪的纸片送到屋子里来的时候他看的第一页。纸张柔软脆弱，滴着水，在他手里很容易撕裂，但是客厅里很温暖，这些湿湿的纸张一会儿就烘干了，就像秋天的落叶一样在他手指里一会儿就爆裂了。

所有的男人都一样，这笔迹纤细、看似邪恶的涂鸦写道。我有生之年学到的唯一一个道理就是这个，天下乌鸦一般黑，所有男人都一样。

我怎么敢如此断言呢？我又不了解这世上所有的男人。恰恰相反，亲爱的读者，我很可能了解！

看到休格承认自己滥交，威廉又一次厌恶地噘起嘴来。看到接下来的控诉他又皱起了眉头，因为在接下来的篇章里，她谴责他是卑鄙小人，永恒的亚当。但是，那低级庸俗的诽谤的魅力令他着迷，他继续读下去。

读者，如果你是这个性别中一员，如果你的裤裆里也夹着包着皮的软骨，你该多么自鸣得意！你想象着这本书会逗你开心，刺激你，把你从讨厌的无聊（忍受无聊对男性而言可是最惨的事情）中解救出来，你会像对零钱一样将它吃干抹净，然后你可以随意行事，一切照旧！正如在伊甸园里，夏娃第一次被背叛的时候，你的所作所为！但是这本书截然不同，亲爱的读者。这本书名叫《匕首》。可要聪明点：你会需要它的！

哦，天呐，哦，天呐。他的女儿怎么会落入这个心如蛇蝎的女人手里？他本应早就猜到，不至于拖到今天。还会有另一个人比他先感觉到吗？现在如此明显，事实不言自明，令人后怕，休格就是个疯女人：她反常的悟性，她的性堕落，她那男性一般对生意的欲望，她那爬虫一样的肌肤……哦，天啊，那她像个螃蟹似的爬着向他求爱，享受鱼水之欢的时候呢？任何傻瓜都能看出那似怪物野兽般的欢悦，那个时候他还在想什么风花雪月，肉体欢愉！

尽管这样，这怎么可能，上帝怎么会在他家里——他的温柔乡安插了两个疯女人，而其他男人却都幸免于此？他究竟做了什么，要遭此报应？但是，这样的问题是自我沉溺,无法解决手边上的问题。他的女儿被绑架了,正让人给运走了,很有可能承受一个悲惨的命运。即使索菲能够侥幸逃脱捕获者的魔掌,那么一个毫无防备的无辜女孩在邪风横行的伦敦城又能活多久?每个街角都埋伏着捕食者……不到一周《伦敦时报》上就会登出一个穿着讲究的小女孩,被一位面相和蔼的妇女给诱骗到巷子里,脱干扒净——她的靴子和衣服——杀死之后,撇下不管。

要是现在休格挟持索菲,索要赎金就好了,无论她要求什么,只要不会将他完全毁灭,他都乐意给她。

威廉把大拇指按压在眼睛上,挤压着。他的脑际萦绕的一个画面,像播放幻灯片似的,他回忆起来他女儿在哭泣,她的脸上满是悲伤,面容都扭曲了,她哀求他不要把休格小姐送走。她的小手因为太害怕都不敢抓着他,而是紧紧抓着她那小写字台的边缘,仿佛那是被扔在波涛汹涌的大海上的一只脆弱的小船。这个画面他要带到坟墓里去了吗?在斯科菲尔德和托维摄影棚里给索菲照的那张照片,他本想交给警察去做通缉海报,现在也不知所终,显然,是休格偷走了。于是,他不得不挥着剪刀把家庭画像上索菲的面孔剪下来,尽管根据他自己摄影的经验,他知道这么大尺寸的图像,一经放大,陌生人修出的图很可能就不像他的女儿了……

但是他再想也只能想起一些细节,心烦意乱,在这样的窘况下,避开不去想那些让他害怕的事情。昨天他的女儿还安安全全地在这里和他说明原因,羞怯地在钢琴上弹奏曲子,犹豫不决还是朝他迈来步子,原谅了他。理解他毕竟把她的兴趣爱好放在心上;但是今天,她走了他的脑壳里还回响着女儿哭泣的声音。

简直难以相信,休格怎么会如此轻易就犯下这样的罪行!真的就没有一个人拦着她的去路?他盘问了家里的所有人,盘问得比警察都要细致,他敢打赌。女仆们一无所知,什么也没有看到,没有听到,发誓太忙着做分配给她们的任务,没有注意到绑架的事。她们怎么这么鲁莽,怎么胆敢这么说?虽然这个屋子里住满了仆人,但事实上是没有人了——除了在厨房的火炉前,懒散地躺在扶手椅上读着两便士买来的书,他们整天还干些什么?

他们之中就没能有一个人不做这样费劲的活儿,而是确保拉克姆家的最后一个女人不让一个疯子拐走吗?

这些男人们也就只是有用一点儿。西尔证实休格小姐不是从前门离开的:万分感谢,西尔先生给提供了这样重大的信息!切斯曼说他远远地看到,休格小姐和索菲小姐出去散步,他也没在意,因为她们下午常常去散步。听到这里,威

第三十五章

廉真是非常想痛骂他一顿,这个家伙真是缺乏想象力,尤其是当切斯曼知道这家庭教师已经被解雇了的。啊,但这就是困难所在:切斯曼知道内情。他是拉克姆家里唯一一个先前就知道休格来历的仆人,既然警察都卷进来了,切斯曼就把事情弄得更他妈的棘手了。所以,与其暗示说任何有些常识的人都可能问过休格几个尖锐的问题,威廉安慰自己,便问切斯曼是否注意到家庭教师穿了什么样的衣服,她是否带了行李。

"先生,我不太注意一个女人穿什么衣服,"切斯曼说,搔了搔粗糙的下巴,"至于行李,我也什么都没看到。"

在休格的卧室搜查了一番,证实了切斯曼的印象是对的:在门附近扔着一个装得满满的手提箱。里面装的东西,让气急败坏的威廉一股脑儿都给倒了出来,看来可能是女人要离家出走所需要的一切:化妆盒,睡衣,内衣裤,拉克姆的旅行洗漱包,她第一次和他见面穿的绿裙子。然而,没有线索表明她去了哪里。

威廉的手开始颤抖,他听见他腿上颤动的纸张发出沙沙的响声,休格写的女性小说手稿的纸页还在他的手里紧紧攥着。然后他就扔了,他一屁股坐回到扶手椅上。安格尼斯绣的另一件小玩意儿——椅子罩,上面绣着知更鸟和装饰性的拉克姆缩写来纪念她的新婚丈夫——从原来搭着的地方被蹭了下去,正好掉在他的肩上。他心烦气躁,一把扔到一边去了;它正好落在钢琴盖子上,从平滑光亮的木盖上滑落下来。昨天钢琴上弹出的曲调多么美妙——而今天坐在凳子上的那个身体已经被一个骇人的吸尘器给吸走了。

他咬牙切齿,绝望地反击。休格和索菲在外面某个地方。

要是他能有幸得到上帝之眼,哪怕一个小时,在空中把整个城市一览无余,不要有云彩遮挡,而且休格身上伴随着罪恶的光晕,而她自己并不知情,那是一个辉耀的犯罪的标志,会让她在下面像灯塔一样闪闪发光,那样他就能从天空上指着她大喊:在那儿!她在那儿!

但这种幻想不是世界本身的样子,不知道多少警察在街上闲逛,视线最远能看到下一个街角,打架斗殴的小贩儿和撒腿就跑的小偷分散了他们大部分注意力,对街上带着孩子逃跑的那个女人睁一只眼闭一只眼,她和成百上千在大都市带孩子闲逛的无辜体面的女士不一样,她应该被逮捕起来。在这个时候,威廉·拉克姆的女儿还处于水深火热之中,这难道就是他们尽力做到的最好?

他跳起来,点了一根雪茄,吸着烟,在屋子里踱来踱去。意识到在这种情况下,自己和其他男人没什么区别,他就更加愤怒暴躁。就像其他人表现的一样,吸着烟,踱来踱去,等别人给送信儿来,很可能还不是什么好消息,多希望自己没有

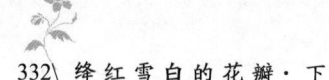

喝这么多白兰地。

地毯上乱糟糟的湿纸页开始冒出淡淡的水汽。他一阵恶心，从上面顺手拿了一张，发现雨水浸泡后，字迹模糊无法看清，又迅速抽出一张。

"但是我还是个父亲！"他眼前一亮，"我还有个儿子和一个女儿，等着我回家呢！"

"你要是之前想到这些就好了。"我说，用锋利的裁缝剪刀剪开了他的衬衫，我很专心地做我的工作，用剪刀在他毛发浓密的肚子上划来划去。

威廉自己毛发浓密的肚子里面剧烈地翻腾，恐惧不已，他再也读不下去。

他的头脑里闪过和休格第一次相遇的景象，她温柔地冲他莞尔一笑，提议去看莎翁的名剧《血海歼仇记》。"《泰特斯·安特洛尼克斯》，今天上演。"在炉边会上，她隔着桌子对他轻声细语。以至于警钟响起的时候，他都没有听到，只想着她在那儿闲聊。为她那超凡又成熟的才智而陶醉。那个时候他想象中的她是那么温柔，受孤独折磨，真心地渴望取悦她。他完全错了吗？愿上帝保佑他过去对她的认识都是真的；愿上帝保佑她还有一丝善良，不然索菲就在劫难逃了。

他任书页从手中滑落下去，威廉凝视着落地窗，窗户上雨水横流，拍打地玻璃啪啪作响。滴滴雨水透过窗子的接缝渗进屋里，以至于地板边缘都晃动了，木匠还曾经向他郑重承诺这样的事绝不会再次发生！他说这些窗户缝隙像女士的钱包一样封得严严实实，他妈的，胡说八道。威廉还保存着那个恶棍的业务名片；他会叫他过来把这个工作妥善处理好！

"先生，要是您可以的话，"莱蒂说，这一句让他一下子从无力的愤怒中惊醒过来，"您要吃晚饭吗？"

吃晚饭？吃晚饭？这个白痴怎么想的，在这样一个夜晚他还有胃口吃晚饭吗？他张嘴要责备她，让她这个榆木脑袋开开窍儿，她没法理解，除了葡萄干蛋糕和可可饮料这个世界还有更多的东西，才首先会造成这样的灾祸。但是，当他看到莱蒂脸上害怕的样子，察觉到她的诚实，她只是拼命地让他高兴起来。可怜的姑娘，她可能有些愚钝，但是她的出发点是好的，像休格那样恶毒的女人又不是莱蒂的错。

"谢谢你，莱蒂，"他叹息道，用手掌揉揉脸，"可能，来点咖啡吧。再要一些面包和黄油。或者……或者烤面包加芦笋也可以，要是你能做的话。"

"一点儿也不麻烦，拉克姆先生。"莱蒂唧唧喳喳地说，绯红的脸颊上满是感激，最后，她亲手做了那些饭给威廉端上来。

第二天早上，罗丝把装信件的银色托盘给威廉端过来。他在翻遍那堆信件，

第三十五章

搜寻勒索信。在这些业务信件里，只有三封背面没有寄信人地址的信。威廉嫌裁剪刀太精美，用起来费事儿，没了耐心，他就用指甲把信撕开。

有一封是代表一位印度麻风病人，根据佩卡姆·赖伊的埃克斯夫人的说法，他完全可以治愈，只要英国每年赚一千英镑的商人们到邮局按照以下地址捐赠一英镑就足够。另一封信是来自贝斯沃特的怀特利商场，满怀自信地表达了迄今诺丁山每个居民都意识到怀特利商场为这里的公寓提供了丰富的五金器具，而女士可以不用男性陪同就去逛街或可以去翻新的茶点屋吃午餐。第三封信来自一位绅士，他住在几百码远的彭布里奇别墅，信上附了一张脏兮兮的纸，上面印着蜀葵的纹章。华美的信笺抬头被肮脏的鞋印弄得无法分辨。信中用哥特字体列着如下清单：

小步舞：10 加伏特舞：9½ 卡楚恰舞 8½ 玛祖卡舞：10 塔兰台拉舞：10 约会和告别过程中的举止：10 间歇时的举止：9½ 做得好，安格尼斯！

这位来自彭布里奇别墅的绅士在另一张干净的纸上附加道：

我妻子认为这个可能是属于你的。

当罗丝给主人拿过来第二封邮件，不安地发现他弯腰驼背趴在书桌上，掩面痛哭流涕。

"罗丝，她会去哪儿？"他呻吟道，"她现在会躲在哪里呢？"

仆人不大习惯他的亲密，一时措手不及。

"先生，她有可能回家了吗？"她提示道，紧张地用手指拨弄空空的银盘。

"回家？"他把手从脸上拿开，重复了一句。

"先生，她会不会回家找她妈妈？"

他注视着她，嘴张得老大。

在摄政街上交通堵塞，马车过不去，他从切斯曼的车上下来，一直跑，跑得大汗淋漓，上次不接下气。威廉·拉克姆在银街上敲着一座房子的门，这座房子一直都没有真正处在银街上，尽管伦敦城的摩尔购物中心这样宣称。

歇了好一会儿，这期间他深呼吸，试图平静心跳。门开了一个缝隙，一双棕色的美丽的眼睛探出来瞧着他。眼前出现了一个铅垂线一般的身影，汉白玉色的肌肤，干净整洁的白衬衫，咖啡色的套装。

"您有约吗？"一个女人温柔的声音问道。

"我想……想见卡斯特威太太。"

那人半睁着眼睛，露出浓妆的睫毛。"你能不能见到她，"那个声音回答道，甜言蜜语里带着些傲慢，"得取决于你有多坏。"

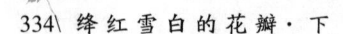

"什么！"威廉大喊，"夫人，开门！"

那个陌生的女人把门上的缝隙开得更大，直到拴在门上的钢链子拉紧。她的头发像男人一样，油亮平滑几乎露着头皮，她的上衣和裤子像很多有头有脸的人物一样，她的莫宁顿衬衫领配着领巾，看到这一幕，威廉心底从下到上沿着脊椎涌上来一阵恶心。

"我想……想和卡斯特威夫人说几句话……话。"他重申道。

"你来晚了，先生，"那个女同性恋说道，嘴里叼着烟斗，喷出一个烟圈，就像一枚吻一样，"卡斯特威夫人去世了。现在珍妮弗·皮尔斯小姐是这里当家的。"

"我原来追求的那个休格呢，现在这里有她的消息吗？"

"休格离开了，去年的其他的女孩也都离开了，"这个女人回答道，烟从她的鼻孔中冒出来，"旧人离去，新人进来，这就是我们这行的哲学。"而且事实上，拉克姆可以看到屋子里面翻修得也已经认不出来。一个不熟悉的面孔往客厅里偷偷张望，紧接着走出来，像一个精心打扮的幽灵，穿着蓝色和金色的阿尔及利亚横条厚呢。

"我找休格有很……很重要的事情，"他强调，"您要是有她的一丝下落，我恳求您能够告诉我。您要什……什么，我都答应。"

这位女士慢腾腾走过来，懒洋洋地晃动着她那紧紧折叠的扇子，好像一根鞭子一样。

"先生，我有两个事情要跟你说，"她说，"而你不需要花一分钱。首先，你说的那个叫休格的女孩已经从良了，据我所知；你可能得去救助协会的狗舍里四处找找；第二，我认为，你的肥皂和药膏包装印上你的头像之后并没什么改进。主啊，让我们眼前清静些，谁愿意处处看到一个人的脸呢。关门，艾米。"

门一下子关上了。

威廉愤怒不已，过了片刻，他打算再敲一次门，这次要得到满意的结果，不然的话，就把警察叫来。但是很快他就提醒自己，这些可恨的东西可能把关于休格的消息都告诉他了。休格并不在这间屋子里，这点显而易见；如果不在这儿，会去哪呢？休格真可能去救助协会苟且度日？那又怎样解释这离奇的巧合，就在几天前，艾米莉·福克斯还给休格寄了一个包裹？这是不是这两个误入歧途的悲惨女人相互勾结的又一个例子呢？他决定不让愤怒蒙蔽理智。他从卡斯特威夫人家里溜达出来，回到喧嚣吵闹的银街上。

"小姐在弹钢琴呢，先生？"

第三十五章

他乘坐了公共汽车，真是个折磨人的经历。在车上，他的对面坐着一位贵妇，装出一副很不自然的笑脸，她的头上方贴了一则广告，广告上是威廉的粉红色玫瑰滴剂，而他自己的头上是另一则广告，登的是瑞美尔的安息香水。威廉在贝斯沃特下了车，径直朝着卡罗琳广场上一排质朴的小房子走去。悲愤紧紧地束缚着他，几乎无法喘息，在那里他只得硬着头皮再做一番斗争。

第一次敲门，没有回应，威廉更大声，更急地敲着艾米莉·福克斯夫人的门。前窗户上挂着窗帘，但是他透过那层褪色的蕾丝，借着里面闪烁的灯光可以看到两个影子。亨利家的猫，听到敲门声就惊醒了，一跃跳到窗台上，把毛乎乎的鼻子在窗框横梁上的蜘蛛网上蹭来蹭去。和第一次福克斯夫人从拉克姆庄园把它抱走的时候相比，现在的它足足有那时候的两个大。

"请问，是谁啊？"木门那一面传来福克斯夫人的声音，听着睡意朦胧，尽管现在才下午两点。

"威廉·拉克姆。我能跟你说句话吗？"

停顿了一会儿，里面没有说，威廉站在门口吹着风，十分显眼。吃了闭门羹，焦躁不安。他清楚地知道，这样的拜访——男人只身前来拜访单身女人——有点不合礼节，但是可以确定的是福克斯夫人应当是可以通融一下吧？

"我现在衣冠不整。"门里又传来她的声音。

威廉眨着眼睛盯着黄铜的门牌号，目瞪口呆。在街角处，一条狗冲着另一侧的一条杂种狗快乐地狂吠。一个穿着带袖衬衫的男孩狐疑地瞥了一眼这个长着胡须的生气的胖男人。

"我现在不能见你，"福克斯夫人接着说，"今天上午再晚一会儿或者下午可以吗？"

"我找你有十万火急的事儿！"威廉驳斥道。

又过了一会儿，亨利家的猫倚着窗台伸个懒腰，全身舒展，露出了肚脐和两个毛茸茸的球儿。

"等一分钟。"福克斯夫人说。

威廉等着。她究竟在做什么？把休格和索菲从后门引出去？把她们藏在衣橱里？他既然费劲巴力地到这里了，他原先怀疑福克斯夫人可能知道休格的下落，但是现在他的怀疑已经放大，他现在深信不疑是她亲自窝藏了那个逃犯。

时间好像过去了一个世纪那么长，福克斯夫人给他开了门，趁她没来得及拒绝，他就迈进了前厅。

"拉克姆先生，有什么可以帮你的吗？"

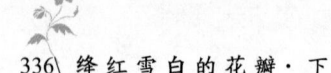

他匆匆看了一下屋子的情况——屋子散发着发霉的味道,到处是铜绿色的灰尘,铁架床靠着墙摆放,楼梯上放着一堆书,写着"给爱尔兰的手套"的粗布麻袋挡住了去扫帚间的路。福克斯夫人忍而不发,盯着他,只是为整理得不够整洁的房间感到有点害臊,她等他为粗鲁的行为做个解释。她穿着冬天齐膝的睡衣,衣领和袖口都嵌了黑色的毛皮。扣子系到胸骨上那一颗。胸以下没有穿紧身衣和裤子,穿了一件男士的衬衫。衬衫不是很干净,而且对她来说太大了。靴子上的纽扣没怎么系,只能保证靴子不会像黑香蕉剥下的皮一样下垂到脚踝。

"我女儿被绑架了,"威廉说,"是休格干的。"

福克斯夫人眼睛睁得很大,倒不像听到什么骇人听闻的消息。事实上,她看起来半睡半醒的样子。

"怎么……很离奇啊。"她叹了口气。

"离奇!"他重复了一边,对她的冷血很困惑。为什么这个家伙不一下子晕厥过去,或者双膝跪地,双手紧扣着胸,或把无力的拳头举到额头上吃惊地大喊一声"啊!"

"在我的印象里,她是个善良的好女孩。"

她的温和和仁慈激起了他的愤怒。"你上当受骗了。她就是个疯女人,一个恶毒的疯女人,我的女儿还在她手上。"

"似乎她们很喜欢对方啊……"

"福克斯夫人,我不想与你争辩。我——我……"他用力地咽了一口唾液,想着如何开口说明来意,还不能完全像个野蛮人一样让她给赶出去。不会的,"福克斯夫人,我想要说服自己休格——休格小姐和我的女儿都不在这间屋子里。"

艾米莉惊讶地张大了嘴巴。

"我不同意。"她嘟囔着。

"原谅我,福克斯夫人。"他嘶哑地回答。"但是我必须这样做。"趁着她那非难的眼神还没有让他退却,他笨拙地从她身旁经过,走向厨房,立刻就撞上了亨利的厨房一捆连锁的椅子。这个房间,首先就很小,奇怪的是里面堆满了东西,都是成双成对的:两个火炉,两个陶器食橱,两个冰桶,两个水壶,等等。一个面包片上插着一把刀子,有十五个鲑鱼罐头和二十罐咸牛肉,像队列整齐的士兵一样摆在长凳上,长凳上虽然擦拭得干干净净,但是上面玫瑰黄色的血迹却擦不掉。这里连站脚的空地都没有,透过雨水溅湿的厨房窗户外面的一切看得清清楚楚,一片苍翠繁茂的景象,但生长的却不是可以食用的果蔬。

他知道自己已经走上了错误的道路,但是无法停下来。威廉起身走出厨房,检查其他的房间。亨利家的猫尾随跟了上来，对这样的身体活动感到很兴奋，在屋子里他的脚步还一贯的沉着稳重。威廉避开了一堆蒙上厚厚积尘的家具，尽量不踢到箱子，书堆，摆放整齐只等着粘贴邮票的包裹，球根状的麻袋。福克斯夫人的客厅摆放显得她很勤勉，热爱工作，有几十封装好待发的信件，写字桌上摊开一张城市地图，还有很多零碎的物件，有胶水，墨水，茶，一个黑棕色的东西上面还有奶渣。

他咚咚地上楼去，脸红红的，除了耗费力气，更多的是出于羞愧。卧室门口的纸箱里散落着猫粪。屋子里，福克斯夫人的床乱七八糟，有一条男士的裤子，粘着猫毛弄脏了，摊在被单上。帽子架上挂着女性上衣，夹克和裙子，熨烫得整整齐齐，颜色素雅浅淡，正适合福克斯夫人。

威廉再也无法忍受了。他想象的，一把扳开衣橱，发出一声胜利的尖叫，长舒一口气，把休格和他受惊的女儿从里面拉出来，这样的幻想已经完全破灭。他下楼去，福克斯夫人正站在那里等他，昂着头，眼里流露出责备。

"福克斯夫人，"他说，感觉比楼梯平台上纸箱子的猫粪更加肮脏，"我……我……怎么……侵犯了您的隐……隐私。怎样做，你才能原谅我？"

她双臂叉在胸前，昂起下巴。

"不是我要原谅你，威廉先生。"她冷冷地说道，好像只是在提醒他名义上共享的基督教信仰不是打着天主教的牌子。

"我想……想错……错了，"威廉辩解道，拖着脚走向前门，最担心的是他会踩上亨利家的猫，它一直在他的脚踝边闹腾，咬他的裤子，"你认为，我还可以做什……什么来赎清我……我……我的罪过呢？"

福克斯夫人慢慢地眨着眼睛，双臂在胸前抱得更紧了。威廉后来才注意到她拉长的脸有一种别样的美——哦，天哪，怎么可能？——她的嘴角竟露出一丝嘲弄的微笑？

"谢谢你，威廉，"她温文尔雅地说，"我要给你来点儿谨慎的思想。毕竟像你这样有才智的人，世上还有很多有意义的事情需要做，那些事情才值得你去做。"她指着屋子里一堆慈善方面的材料，"我确信你已经注意到了，我做了很多工作，远远超出我的能力。所以……是的，今后我希望能得到你的帮助。"

最后，不同寻常的是，她——而不是他，开的门，还向他告别。

"喵！"亨利家的猫同时也叫了一声，快乐地伏在女主人的脚边。

言归正传，他真想来个晴空霹雳把他炸成灰烬。威廉回到家，警察打电话来了吗？没有，警察没有打来。他想要的午餐热好了吗？不，他并不想午餐已经

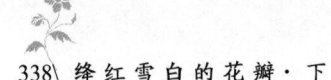

热好。咖啡,给他来杯咖啡。

这种压力真是忍无可忍,但是他别无选择,只得忍受,照常处理业务。邮件已经堆积如山,但没有一封是关于休格和他女儿的。有一封信来自格罗佛·潘基,尤其是称他没有教养,要和他断绝一切关系。威廉精神如此错乱,甚至想要找潘基去决斗:这个又丑又老的狗杂种很可能是个神枪手,手枪里的一发子弹可能就会让威廉毙命,脱离苦海。但是不,他还得保住项上人头,联合格拉摩根的奇德尔那个家伙。奇德尔的象牙瓶像贝壳一样轻巧,但是足够坚硬,一个人用力紧握,还能完好无损。威廉知道:他已经尝试了。

他撕开一封信,这封信背面署名和地址都不熟悉:弗迪南·吕西尼昂,菲尔街道2号,西德纳姆。

亲爱的威廉,这位温和的夫人向他致敬,受病痛折磨和麻烦事儿的困扰,我的头发都变白了,但是你的一瓶乌黑油让我的头发重新变得乌黑发亮,就像我年轻的时候一样好。我所有的朋友都大加赞赏。你可以将这封信用于任意用途。

威廉傻傻地眨巴眨巴眼睛,差点儿笑出声来,又差点儿抽噎起来。这证明了他和休格患难真情,这款产品是他和休格联合研发为威廉的香水厂打广告用的,就是这样:百分百真实,弗迪南·吕西尼昂夫人在西德纳姆一个镜子里看到自己染过的头发,惊羡不已。上帝保佑她!她值得拥有一整瓶乌黑油——或者这可能就是她给他的反馈。

剩余的邮件完全都是和生意相关的,但是他还是逼着自己细细地咀嚼,每个信件都把威廉折腾得疲惫不堪,更像是每次费好大力气吞咽一口灰。但是,在给哈罗德公寓的贝恩顿小姐回信的时候,在眨眼的那一瞬间,他突然意识到休格到哪里去了,而且直到现在,他的女儿还在浑身发抖等待厄运降临。

威廉终于到达了圣吉尔斯的教堂街上的利克夫人家,天空中太阳西沉,一抹不协调的金色光芒投在古老破败的房屋上,复杂的铁管道构架像巨大的项链闪闪发光,墙壁上刷的粉是黄油色的,晾衣绳上面挂的褴褛的衣物像一面面气派的锦旗飘荡着。甚至屋檐下破裂的歪歪斜斜的阁楼窗子都反射着金色的阳光——而这些光亮几分钟之后就会褪尽。

然而威廉并不愿欣赏这景色。他当务之急是要弄清从前有位马车夫是不是从这个地址接一位坐轮椅老人,听从他的指示,前往米切姆威廉的薰衣草农场,他现在就是站在那位老人家的门前,用拳头轻轻扣着凹凸不平的木门。他还记得休格说过,这位老人就是住在这里,在这样的街上一位穿着考究的男人很容易问到路。

过了许久，门晃晃悠悠开了，透过重影的夹鼻眼镜眯着眼可以看到利克上尉坐在阴暗的屋子里。

"忘记了什么吗？"他呼哧呼哧地说，把威廉当成一个刚刚离开的客人。然后说了句，"哦，原来是你啊。"

"我可以进来吗？"威廉说，直到现在还在担心，休格正携着索菲从脏兮兮的屋子里赶往后门。

"哦，当然，当然，"老人非常客气地说道，"我们感到很荣幸。先生，像您这样有四十亩田的高贵的人物光临蔽舍，真是荣幸，荣幸之至……"他把轮椅的左轮旋转过来，然后沿着湿乎乎的地毯上一条小道把轮椅转过来，地毯上散发的味道令人作呕。"1813年，农民的前景真是前所未有的好！1814、1815、1816，霜冻从没有过这么严重，海岸边，一片一片的庄稼损失惨重！南卡来罗那的亚当·蒂普顿，1963年被称为'棉花国王'！1864年，出现了象鼻虫，他吞枪自杀！"

"我是来找休格的。"威廉接着他的话头，脱口而出。也许他就想直截了当说明来意，一点儿也不拖泥带水，让这个老家伙大吃一惊，露出更多马脚。

"她从没来找过我，那个妓女，"林克上尉嘲弄道，"女人的承诺就像帕坦人的停火约定。我从未得到我的鼻烟，也没能再去你的薰衣草田看上一眼，先生。"

"我还以为你不喜欢那次经历，"威廉感慨道，他还没有跨过客厅门槛就立刻注意到了光线很暗的楼梯间，"我似乎记得你抱怨那一趟就像……被绑架一样。"

"哟，那发生了细微的改变。"这位老人诉说道，既没有表现得不安，也没有很热衷细究这个问题。他到屋子里舒适的一角去休息，把一些破旧的东西和那一堆过时的瓷器和军用的旧物放在一起。"我的第一片薰衣草农场啊！有很强的教育意义。"他谄媚地抛个媚眼，露出了后面暗黑色的大牙。

一个女人从楼上下来，楼梯发出嘎吱嘎吱的声音，现在向屋子里探头张望，她还是个小美人，虽然不再是少女，但保养得非常好。和善的面孔，一脸幽默，身材苗条，穿的是两季之前流行的颜色。

"先生，你在找我吗？"她问眼前的陌生人，对眼前这交易的景象感到惊奇，这不是她招来的，而是主动找上门来的。

"我找休格，"威廉说，"我相信，她是这间屋子的常客。"

这个女人悲伤地耸耸肩："先生，那是很久之前的事儿了。休格找了个有钱人照顾她。"

威廉站直身板，握紧拳头，"她偷了我的女儿。"

卡罗琳思索了片刻，琢磨这个男人说得是否当真，或者"偷了我的女儿"这句话是不是受过教育的人们对一些崇高想法的花哨的表达。

"你的女儿，先生？"

"我的女儿被绑架了。是你的朋友休格干的。"

"你知道吗，"林克上尉饶有兴趣地插了一句，口吻很悲伤，"英格兰和威尔士淹死的每十个人中，有六个是不到十岁的孩子？"

卡罗琳注视着这位衣着光鲜的陌生人，他怒目浑圆，好像被冒犯了一样，正当她在思考为何他与一位旧相识长得如此相像，她才理解原来这个家伙就是香水生产商拉克姆，是她那位温和的牧师的兄弟。一想到那个可爱的男人，她的心底激起一股诡秘的波动。事情来得突然，没有什么预兆，在没有预兆的时候，回忆往往是残忍的。她往后退缩，一只手保护性地捂在胸口，无法和站在她面前的这个男人责难的目光对视。

"别以为我是个傻子！"拉克姆大吼，"我敢说，你知道的情况比你承认的要多。"

"先生，请……"说着，她把头转过去。

就像已经掀开盖子的大桶一样，他同样肯定。威廉察觉到再无法隐藏的秘密散发的恶臭。他终于走对路了！事情最终朝着他渴望的方向发展，事情就要落幕了，真相就要大白，压力要释放出来，足以让整个宇宙剧烈地震动，然后一切回归本位，恢复常态！带着强烈的决心，他推开面前的女人，大步流星地走出客厅，冲上楼去。

"呀呀！七便士！"林克上尉大喊，手在空气里乱抓。

"先生，小心脚下！"卡罗琳喊道，"有一些台阶——"

但为时已晚。

圣吉尔斯，伦敦城，整个英格兰，世界上大部分地区，夜幕已经降临。

点灯工人还在大街上溜达，严肃地点火，就像一队天主教徒一样，街上点燃了无数盏烛台，有十五英尺高。要是每个人都俯视着这些灯烛，场面一定很壮观，悲哀的是，没有一人这样做。

是啊，夜幕已经降临，只有那些无足轻重的小人物还在辛苦劳作。排骨店里活跃起来，给洗衣店的苦工端上来牛腿和土豆。酒馆和啤酒屋和豪华酒店忙于服务源源不断的顾客。体面的店主关上房门，锁上支柱，闩上门闩；熄灭灯烛，想想那些没卖出去的商品，自我反省悔过，度过又一个沉闷的夜晚。而在下层社会，穷人，那些卑贱的生物，在自己家里忙碌，粘贴火柴盒，缝裤子，借着烛光做铁皮玩具，把邻居洗过的衣服扔进轧布机，蹲在茅坑里把裙子几乎撩到肩上。任他们辛苦劳作吧，任他们翻掘土地，任他们湮没无闻，你没时间看更多。

上流社会的人们呆在煤油和汽油供暖的屋子里，过得暖和又舒适，仆人负责拨旺炉火，让那些人现在以及接下来几个小时，直到上床睡觉，他们可能在刺绣，吃晚餐，粘贴剪贴簿，写信，读小说，在客厅做游戏，祈祷，无论做什么都可以很舒服。

亲密的聚会在钟声响起的时候就结束了，聊天也会中断，无论他们聊得多么兴致勃勃，直到第二天规定的时间才能继续。奶妈会抱着乖巧的婴儿去见妈妈，让妈妈抚摸亲昵一两个小时，赶紧再抱上楼睡觉。像柏德烈和阿什维尔这样的未婚男人，一点儿都不会因为没有妻子而处于劣势。他们在皇家咖啡馆，把餐巾纸铺在膝盖上，或者斜倚在俱乐部里的扶手椅上，品一杯雪莉酒。在最豪华的房子里，厨师，厨房女佣和男仆都舒展一下身体，准备迎接复杂的挑战，端起一盘热腾腾的饭菜，穿过透风的长廊，正巧在关键时刻赶到餐厅。在一些小户人家，小家庭能接受端到他们面前的一切吃的，并且感谢上帝有东西吃。

在圣吉尔斯的教堂街，没有人在感谢上帝，没有孩子能洗澡，煤气灯少之又少。威廉被带到这条路上走，沿路简直一片漆黑，在潮湿肮脏的鹅卵石子路上，一路踉踉跄跄，磕磕绊绊。他的胳膊搂在一个女人的肩膀上，每走一步，他都痛苦地呻吟，并尽量抑制住呻吟声。他的一只腿上裤子撕破了，湿乎乎地往外渗血。

"我很好！"他叫喊着，放开了那个女人，走在她后面，只有他的伤腿支撑不住的时候，才再去抓住她。

"就在前面，先生，"卡罗琳气喘吁吁地说，"我们就快到了。"

"给我叫辆出租车吧，"威廉说，跌跌撞撞地往前走，只能听见自己喘气的声音，"我只需要一辆出租车。"

"先生，出租车不来这里的，"卡罗琳说，"就在前面了。"

突然一阵风吹过，下起了雨夹雪，刺痛了威廉的脸颊，他的耳朵在抽痛，肿胀起来，好像被愤怒的家长打了耳光。

"让我走。"他呻吟道，但是他还在原地不动。

"先生，你需要看医生，"听着他在那大发牢骚卡罗琳却泰然自若地指出，"你得去看医生，不是吗？"

"是，是，是。"他呻吟道，怀疑是楼梯上木头得多么腐朽，能把他摔成这样。

前面新牛津街闪耀着灯光。风中飘来嘈杂的声音，马蹄铁啤酒厂的工人们讨厌的唠叨声从夜里传开。从布鲁姆斯伯里回家跨过边界的时候，他们衣衫褴褛的影子在毛毛雨中若隐若现。

"咦，是牧师！"有人喊道，然后传来刺耳的笑声。

卡罗琳陪着威廉·拉克姆走到大道边上，一盏路灯下面，然后把他拖回来，这样他就不会跌进排水沟里。

"先生，我会和你呆在一起的，"她平淡地说，"一直到出租马车来到，否则的话你会死掉的。"

在更明亮的灯光下，威廉仔细查看了自己的腿——衣服已经破烂不堪，湿乎乎的让人恶心，然后打量了身边的女人。她面无表情，像戴着个面具似的；她有充分的理由去鄙视他，但是，她在这儿宽容他，帮助他。

"这个，拿着，"他说。笨拙地从口袋掏出一把硬币——有先令，金镑，零钱——全都塞给她。她一句话没有说就收下了，把钱藏在裙子上一个小口袋里，仍旧在他身边待着。

真是丢人，他试着双脚站立起来，一阵钻心的痛从一只腿上涌上来，就像一只复仇的鬼魂潜藏在地下，从他的脚跟至心脏射了一发子弹。他一阵眩晕，感到一个女人的手臂紧紧搂住他的腰。

他顿时热泪盈眶：新牛津街的灯光灵动着，变得模糊不清。他的身体也在颤抖，他也为自己的伤提心吊胆：一切都结束的时候，他会变成什么模样？他注定会变成一个跛子吗，一瘸一拐地从一个扶手椅走到另一个去，成为别人的笑柄，写的字像孩子写的一样，像个弱智一样说话结结巴巴？曾经的那个他，那个男人到底发生了什么？大街的对面闪过一个幽灵般的影子，有意地闪过，像护柩人一样黑乎乎的。

他紧紧地闭上眼睛，但是幻影仍接踵而来：一个又高又瘦的女人，穿着绿色的丝绸，匆忙地穿梭在雨里，没有戴帽子，也没有打伞。片刻，当她经过一盏路灯，她浓密的头发像燃起的火苗，闪着橘黄色的光，他想象着，微风轻拂，她的味道随风飘向他，好像世间没有其他的气味。即使她经过的时候，她的手指还在身后摇曳，扭动着，吸引他去抓住。"相信我。"她似乎在告诉他，天呐，他多希望能够再次相信她，把他滚烫的脸放进她的怀抱。但是他不能：她在向索菲招手——他的女儿，浑身脏兮兮的，几乎无法辨认，衣衫褴褛，光着脚丫，成了一个流浪儿。这些像一个警示性的幻灯片在他脑海播放。坚持，坚持，这只是幻想，想象力的把戏：他一定会找回她，让她安然无恙地重回家庭的怀抱。

第三十五章

接着经过的是个可怕的女鬼，全身赤裸，惨白的尸体，深红色的伤口和紫色的青淤，让她面目全非。她的胸部裂开，露出跳动的心脏，在肮脏的鹅卵石路上优雅地跳舞。虽然他的眼睛已经闭上，威廉还是转过头去把脸埋进脸颊旁边那个温柔的肩膀上。

"先生，别倚靠着我睡着。"卡罗琳亲切地提醒他，端正了姿势，用力挤他，直到把他弄醒。他重新看看她的脸，现在已经没那么漠然了，他察觉到一丝疲倦的微笑。她的围巾滑落下去了，她太用力，锁骨上都冒出汗来了；她的肌肤虽然紧致，但脖子上起了皱纹，从上往下看，她隆起的左胸上面有一条鲜明的疤痕，可能是旧的烧伤或烫伤，形状像一个箭头。如果她有心讲述的话，毫无疑问，这道伤疤背后有一故事。

啊，她多么温暖啊，她按在自己背上的手是那么坚实有力！她的头发，对于一个不再年轻的女人来说，是那么光滑浓密。既然他们已经在这儿休息了一会儿，他已经感觉到她倚靠着自己的身体，她的呼吸真是美妙！他很无助，只能调整自己呼吸的节奏，和她的保持一致。他们在路灯下站在一起，柔和的光柱给他们蒙上一层面纱，他们短短的影子融在一起，分辨不清，一个陌生的嵌合体投在鹅卵石上，女在左，男在右。

"你真的非……非常好，"他一边对她说，一边渴望能躺在一张舒适的床上。"我不知道怎么——"

"先生，您的出租马车来了！"卡罗琳高兴地说，给他拍拍屁股上的尘土，救兵最终慢慢行进到他们的视线。趁他还没来得及把她的生活搅得更复杂，她敏捷地从他的怀抱闪开，匆忙奔向教堂街，他再也触碰不到，你也再触碰不到。

"再见！"她喊道，声音像歌声一样悦耳，她的身体已经远去。融入难以分辨的黑暗中。

也对你说声：再见。

这突然的分别，我知道，正是事物本来的样子，不是吗？你想象着能够永远，然后突然就结束了。很高兴你能选择我，即使这样；我仍希望能够满足你的期待，至少给你一段美好的时光。我们在一起有好久了，我们一起经历了很多事情，我还不知道你的名字！

但现在是时候让我离开了。